JIEHE

界河

吴宝民◎著

新华出版社

图书在版编目（CIP）数据

界河/吴宝民著
北京：新华出版社，2017.1
ISBN 978－7－5166－3064－8
Ⅰ.①界… Ⅱ.①吴… Ⅲ.①长篇小说—中国—当代 Ⅳ.①I247.5
中国版本图书馆 CIP 数据核字（2017）第 000648 号

界　河

作　　者：吴宝民

责任编辑：贾允河　　　　　　　　　封面设计：李尘工作室
责任印制：廖成华

出版发行：新华出版社
地　　址：北京石景山区京原路 8 号　邮　　编：100040
网　　址：http://www.xinhuapub.com
经　　销：新华书店　新华出版社天猫、京东旗舰店及各大网店
购书热线：010－63077122　　　中国新闻书店购书热线：010－63072012

印　　刷：河北鑫宏源印刷包装有限责任公司
成品尺寸：170mm×240mm
印　　张：23　　　　　　　　　　字　　数：376 千字
版　　次：2017 年 2 月第一版　　　印　　次：2017 年 2 月第一次印刷

书　　号：ISBN 978-7-5166-3064-8
定　　价：53.00 元

读《界河》致吴宝民（代序）

宝民同志：

你好！

你我虽然未曾谋面，但通过书信，通过电话，通过作品交流，可以说是老朋友了。

你寄来大作《界河》。在炎热的夏天，我连续读了下来，感慨良多。

宝民，你让我为《界河》写个序，实不敢当，还是写封便函寄你，如同我们对面促膝聊天，随意拉呱，谈谈我的读后感，显得又亲切又自然，这样最好。

宝民，看来你比较熟悉别具特色的苏北水乡的农村生活，熟悉那里的父老乡亲、农民兄弟和大学生村官；熟悉那里的每寸土地和土地上的一草一木，一砖一瓦；熟悉那里的沟沟河河和沟河岸边的鸭棚鸡舍，芦苇蒲草；更熟悉改革给那里带来的日新月异的变化。这是你小说创作的沃土，是你继《北风秋雨》后又推出的长篇力作《界河》的根基。尤其可贵的是，你总是站在农村改革的前沿，以历史和现实相关的敏锐目光，浓笔重彩地描绘农村和农民的新生活以及他们的喜怒哀乐，悲欢离合。反映他们的心声和愿望，反映他们不断提高的物质生活和不断地追求净化升华的精神世界，大力讴歌新时代，新农民，新发展，新气象，为农村改革鼓与呼！这是作家的责任和担当。

《界河》是一部蕴含了大量的历史信息和风俗人情的作品，更是一部接地气的作品，有着浓郁的乡土气息和地域文化氛围，在这里非常震撼地感到人与大地之间的生存呼应，人们对土地的眷恋和依赖。在这息息相关的土地上，处理历史与现实、矛盾与困惑、情仇与爱恨、守旧与开放以及人物之间的微妙关系时，都很到位，有张弛，有分寸，往往情理之中，却在意料之外，写出了新意。在写出了改革开放给农村带来的大发展大变化的同时，也暴露出了新的社会矛盾和缺失，以及对弱者的伤害。作品并没停留在这个短面上，而是以浪漫诗意的情怀描绘出火热的现实和更加令人向往的明天，使人畅然。这是读后感之一。

在对待历史与现实的关系上，你抓住了界河两岸两个村庄世代历史积怨，爱恨情仇，铺展出了历史的风云和改革的潮流在这里涌动和漫卷。使村民之间根深蒂固的矛盾、纠纷和争斗，随着时间和场景的推移、巧妙的情节和动人的故事以及细致的人物刻划，逐步化解矛盾和积怨，终于走上共同发展、互利共赢的和睦之路、共同致富的幸福之路，水到渠成地把世代积怨、鸡犬相闻而老死不相往来的界河的鸿沟代之以为"顺通大道"、"顺通大桥"，通向世界各地和美好的未来。

小说一开篇，就把男女主人公推出来。田驹和芦花在界河不期而遇。芦花大胆地趟过界河，还说："谁说女子不能过界河？"

过去的界河，令人伤心和悲戚，给两村村民留下积怨和伤痛，留下伤残和仇恨。在资源纷争中，田驹之父在两村械斗中致残，单二被砍掉一只胳膊，芦花的哥哥被打断一条腿……历史的冤仇，使界河成了怨河、恨河，变成了老死不相往来的鸿沟，隔断了亲情、友情、爱情；隔断了人心和优势资源及共同发展机遇。而今，两村摒弃前嫌，联手对外搞编织艺术品生产，携手饲养鱼虾，共同开发旅游资源和发展相关联的经济实体，相互关照，合作共赢，尝到和睦相处、共同富裕的甜头。田驹和芦花、荷花与卢畅喜结良缘；两个视为仇敌的老顽固"固主任"和"守主任"，相互仇视，相互作对，相互拆桥大半辈子，而今也悟出了拆桥和建桥的真谛，带头搭建友谊之桥。拆桥人变成建桥人，恨河、怨河变成了爱河，多灾多难的界河变成宽阔的绿水滢滢的致富河，幸福河！你以哲理的语言、深邃的构思、精巧的布局折射出界河今昔变化，有曲折、有起伏、有思想、有深度，有丰富的内涵，写出了历史的纵深和现实翻天覆地的发展变化。尤其写到两村共担界河抗洪，修复水利工程，以及张浪舍命救助疤癞的英雄行为，都十分真切感人，有利化解矛盾和积怨。作品展示了丰富的人性和广阔的人生。这是读后感之二。

其三，我要说说界河的人物形象塑造。你的第一部长篇《北风秋雨》是中国不是最早也是较早反映知识青年村官的好作品，故事发生在20世纪70年代初。《界河》故事发生在20世纪末21世纪初，两部作品故事发生之间跨度达30年。但都是写大学生村官回乡创业的，可以说是姊妹篇。两相比较，不难看出你一向热爱并关注农村以及大学生村官的情怀，盛赞他（她）们在新农村建设中所发挥的重要作用。他们年轻，有文化，有抱负，有信念，有激情，敢想敢干，敢为人先，愿为农村改革奉献美好青春。他（她）们值得作家关注和赞扬。比较起来，你在这两部作品中所着力刻画的男女主人公——苏梅、田驹、芦花——形象比较鲜明，性格比较突出，血肉比较丰满。《界河》还写了一些骨干人物，也可以说是主要人物，写得栩栩如生，如见其人，如闻其声。如蚊子整天晃着个小脑袋，跳着麻杆似的两条细腿，爱卖关子，爱说调皮话，说话总是哼哼唧唧的；篓子可是个人物，整日眨巴着个小眼睛，捻着光秃的下巴，掐指会算，油嘴滑舌，牵线说媒，一肚子坏点子，又爱占个小便宜；单二在两村械斗中因失掉一条胳膊而以"功臣"自居，整天甩着个空袖筒，挑唆村仇家恨，播弄是非，好耍无赖；自称"浪里白条"张顺的后裔的张浪，嗜酒如命，为人豪爽仗义，舍命救人，精神高尚。再如编织能手白莲、巧燕，小学校长荷花，珠圆玉润的胖嫂，花言巧语、卖弄风骚的寡妇荣，油里盐里都想参合总是不讨好的疤癞等都描写得有声有色，其神情行动似在读者眼前晃动。

宝民，你的作品体现出一种亲切、质朴、明净且具有苏北水乡特色的艺术风格。亲切得如同久别的游子回到了日夜思念的故乡，激动感慨万端；质朴得像似眼前一丛丛苇草，无修无饰，蓬蓬勃勃；明净得恰如上映蓝天白云的一泓湖水，没有神秘，没有荒诞，没有诡异，没有魔幻，不随波逐流。还有跑篙小调，情歌对唱，既有江南的情韵，又有苏北的风骨，不能不说是一道靓丽的风景。从信息里了解你是个有实力的作家，干过最基层农村工作，又干过全县文化宣传工作，写过、画过、编过，当过记者，当过官员，吃过苦受过累，有相当扎实的生活体验和积累，以写实的手法加上浪漫情怀，照样写出无愧时代的好作品。是生活培育了作家。

对你今后的小说创作，我提几点希望，百尺竿头更进一步，供你参考：一是再加强故事情节跌宕起伏，波澜壮阔，更加引人入胜。二是人物形象塑造更要鲜明突出，尤其主人公和主要人物。三是进一步追求人物语言个性化。通过人物语言表现性格特征。王熙凤和林黛玉的语言一样吗？李逵和吴用说话一样吗？《红楼梦》、《水浒》的主要人物，往往听其言就知道他（她）是谁。细读《界河》，人物语言的个性化还不够凸显。我记得有一节写村委会争论该不该派白莲、巧燕去芦花村学习艺术品编织技术。向邻村学习编织技术，本来是件好事，用不着开村委会讨论决定。但是在誓不两立的村仇积怨的背景下却成了问题。你对当时会场的气氛、各类人物的神情、动作、姿态、口气，都写得很精妙，让持不同意见的人物，一个个亮相，当面锣，对面鼓，短兵相接，针锋相对，又插进田思富老汉闯进会场，吵嚷着让儿媳去学习编织技术，情节更显得曲折回还，富于变化。

你是一个有责任心、有良知、有担当的作家，你在呼吁一种向上的精神能量，去实现人们的幸福和美好。

宝民，我匆匆读完《界河》，几乎未经思索就写了这么多。不是序，是与你面对面聊天拉呱儿。定有粗疏不当之处，尚希见谅。

孙振笃 2016.7.29

（孙振笃：河北师范大学教授，中国作家协会会员，著名文学评论家、美学评论家，享受政府特殊津贴的专家。）

引 子

"汴水流，泗水流，流到瓜州古渡头，吴山点点愁。思悠悠，恨悠悠，恨到归来方始休，明月人倚楼。"唐朝诗人白居易在《长相思》中，深切怀念远在江南的情人樊素，念想其过瓜洲古渡，溯流北上与自己相会。所愁汴水泗水流不复返，正如爱人所归无期。这种心情是何等凄苦、悲愁相思？

时隔一千多年的今天，人们会问古时的汴水和泗水究竟去了哪里？

公元前 1600 年夏代到公元 712 年唐代时均有记载"河溢通汴泗"。唐代散文家韩愈有："汴泗交流郡城角"的诗句，形象地叙述了汴泗在古城徐州城角下合流的情景。直到民国，大大小小的黄患不计其数。其中因战争人为决口多达数起。公元 1128 年，南宋杜充带兵决黄河，自泗水入淮河以阻金兵，至使黄河从北流改为南夺淮河入黄海。民国时期的 1938 年，蒋介石因日本长驱中原，授意蒋再珍带兵在花园口决黄河堤，危害长达 8 年之久。自然灾害和人为破坏使本就桀骜不驯的黄河更加肆无忌惮，在华北平原一泻千里。已形成的淮河自然水系连遭其难，相汇相通的汴水和泗水等大大小小的水系无一幸免。

然而黄水却不肯止步……

久而久之，黄沙淤积逐渐增高，较低的地方便积水成湖泊；而苏鲁豫皖交界的低洼地区形成了北方最大的淡水湖。汴水泗水下游融入其中，被湖泊和中运河所代替。久而久之，便有了四湖：南阳湖、朝阳湖、微山湖、独山湖。四湖又接纳了来自八方的千百条知名或不知名的细流小河，其中一条名叫界河。就在这条界河两岸，一百多年来，生生息息一代又一代人在此演绎了多少爱恨情仇、悲欢离合的故事。直到 20 世纪末 21 世纪初，界河两边的田家村和芦花村发生的故事仍叫人百肠千结，又叫人畅然释怀……

1

这是一个深秋季节,四湖大堤内,早来的西北风一阵紧似一阵地扫过湖面,旋即在界河边的芦苇丛中吹起响亮的口哨,林林总总连片的芦苇万马奔腾般地向堤外涌动……

然而,那连片芦苇又好像一道撕不破的屏障……

四湖大堤外,就显得平静温暖了许多。这时,一个美丽漂亮的女青年走到界河岸边,对两岸的田野凝视了好一阵。已收获过秋庄稼的田地,显得高低不平,好像没开垦的处女地。

界河边芦花村与田家村的交织田里,胡乱地生长着还没有收割的芦苇和水稻。

女青年回头向背后的家乡芦花村看了一眼,然后向前方的田家村张望了一阵,这才卷起裤角找一个宽阔平坦的河面趟过去。

趟过界河的女青年情不自禁地笑了,清脆的笑声撒满了界河两岸:"谁说女子不能过界河?"

在村庄的不远处,一个英俊壮实的男青年正在向界河那边眺望。

女青年喊道:"这位大哥,请问你们田家村固主任在哪?"

田家村固主任不姓固,而姓袁名固,十里八村的人们都这样称他为固主任。

男青年扭过脸来,一束睿智的目光投向女青年。

女青年声音依然清脆悦耳:"过去,田家村、芦花村为界河两岸的物产打打闹闹,积怨已久,夏季麦收,刚打闹过一仗,眼下又到芦苇和水稻的收获季节,特来走访你们村固主任……"

男青年看着不远处美丽漂亮的姑娘,突然觉得像神话故事。姑娘二十六七岁,非常成熟的样子,白润的鹅蛋形面庞,被一头黑亮的短发衬托得更加秀美靓丽,极富感情的两只大眼睛溪水般清澈,端正的鼻子,唇红齿白,腮两边浅浅的酒窝溢满喜气。她身材修长,穿着得体,举止大方,有城市的高雅,又不失乡村的纯朴。

男青年发愣了一阵,亮着磁性的嗓音有些激动:"请问姑娘从哪来?"女青年爽快地笑道:"芦花村主任助理,芦花。"

男青年仰脸哈哈大笑:"我是田家村主任助理,田驹。真是大水冲了龙王庙，一家人不认一家人了。"

"田驹……你是田驹？"女青年自言自语着，向田驹径直走过去。

田驹惊异地看着离自己越来越近的芦花，眼前不禁浮现出二十年前的童真时光：芦花村和田家村的孩子们，经常背着家人偷偷跑到界河捞鱼摸虾，他们相识相知，十分热闹。一天，田驹的父亲划着船带着田驹在四湖边撒网，芦花和母亲划着舢板在离他们不远的荷花丛中采莲。两个孩子一见面便开心地玩耍在一起。田驹串了两条鲫鱼送给芦花："芦花妹妹，回去烧了吃，那才叫香……"

芦花捡了两头最大的莲蓬送给田驹："田驹哥，接着，刚采摘的新鲜莲子最好吃……"芦花的母亲不愿让他们在一起玩，拉起芦花，一篙便撑了回家。等田驹把其中的一头莲蓬剥开，嫩绿的籽儿溢出清香，还没放进嘴里，转脸却不见了芦花。他便扯开嗓子喊："芦花妹……"

没有芦花的回声……

二十年过去了，眼前难道是当年孩童时的芦花？问道："请问你们村里有几个芦花？"

芦花清澈的眸子忽闪着，嬉笑着说："你猜猜看？"

田驹惊喜地正要说什么，这时田家村头吵吵嚷嚷来了一群男女，为首的是固主任。不由分说，几个妇女拉拉扯扯，拥着芦花往界河那边去。

芦花急道："你们这是干什么？按说界河是个记号，两村人不能老隔着一条过不去的河。这样不仅隔了我们的心，也隔断了我们美好的愿望！"

众妇女说："那就回芦花村问问你们的守主任吧！"

芦花村主任卢守业，大家不喊他卢主任，面前背后都称其守主任。

田驹急忙忙边阻止边说："她是芦花村主任助理芦花，有工作要事来访固主任，你们怎么能……"

固主任皱了下眉头，用胳膊肘狠狠捣了下田驹，暗哑着嗓子说："这里哪有什么固主任，快将她送过界河去，不然就出大事了！"

……

2

田驹翻来覆去睡不着，后悔没有及时留下和芦花联系的方式，说不准这个芦花就是小时他们常在一起捞鱼摸虾采莲的芦花。芦花稚嫩的笑声又响在他的耳际："田驹哥，接着，刚采摘的新鲜莲子最好吃……"。接着又传来一个年轻姑娘爽快清脆的声音："两村人不能老隔着一条过不去的河。这样不仅隔了我们的心，也隔断了我们的美好愿望……"说得多好呀，芦花跟他想在了一块！他这样有一搭无一搭地想着，没了睡意，便披衣起床，向村外走去。四野在深秋清凉的月光里披着薄薄的雾纱，更觉静谧而神秘。他踏着月色来到界河边，隔着界河向芦花村张望，远处月光下的芦花村朦胧一片……

田驹匆匆吃过早饭，决定去芦花村见见芦花，想当面对芦花来访田家村受到不公平的待遇表示歉意。再者也想跟芦花沟通心源，谈谈自己对化解两个村积怨的想法。还没过界河，碰见田家村小时的同学蚊子在自家收割过的稻田里查看冬小麦的苗情。

蚊子哼了声，带着鼻音说："田驹哥，还是为昨天的事窝在心里？小心窝出病来！"

田驹并不隐瞒："蚊子，芦花助理思想新，新就新在跳出圈子，趟过界河，求共同发展，我看她行。却没来得及和芦花深聊，更没留下联系方式！"

"还不是固主任的两句话把你砸晕了，几个妇女的行动把你整懵了。还大学生村官主任助理呢！就你这应变能力，早晚让你哭着回去。"

田驹红了脸，不好意思地笑笑，自嘲道："蚊子兄弟，由于事出突然，我当时真傻眼了。等回过神来，人硬是给扯走了。一夜想来，对人家真有些过意不去……"

"为了那个芦花？"

"不仅是，还有田家村和芦花村。"

蚊子直戳了当地说："你去芦花村？两村人不过界河你是知道的，特别是女人。当然你不是女人。"

"人家芦花咋就敢趟过界河来？还是找主任洽谈两个村的事！"

"那又能怎样？还不是被拦了回去。"

"你蚊子觉得这样做合情理吗？"

"啥情理不情理，历史留下的怨结，怪谁？当然，要说见个面也不是不可能，要说跟芦花那可不是小时玩家家。你想想看，他们会揍人的。"

田驹反而沉稳而镇定："有那么严重吗？"

蚊子挠着尖脑壳忧虑了半天，才哼哼着说："不然，俺陪你一块去试试？"

田驹哈哈地笑了，亮着嗓子问："蚊子兄弟，你不怕挨揍？"

蚊子勉强挤出一点笑声："有屁添风，人家揍咱就跑呗。"

这时田家村拖拉机手季响开着辆破拖拉机屁屁啦啦地跑过来，他是来搬运堆在自家田头地边新收割的苇杆子。见田驹和蚊子已趟过界河，晃起膀子，用盖过破拖拉机声的高嗓门喊道："田驹、蚊子兄弟，你俩多保重啊！不然，我也没那个胆量趟过界河去救你们。"

田驹、蚊子趟过界河，拐弯抹角打听到芦花在村编织厂。

两人直奔过去，离老远，就被门卫黄老头拦住了。黄老头翻着死鱼般的眼珠子，软硬都不让进。

这时，一个六十岁左右的村干部模样的男人从编织厂里走出来，两只不大的小眼睛从老花镜上方盯着田驹和蚊子，警惕道："干啥的？"声音尖而呛，慑人心魄。

蚊子麻杆似的细腿一抖。

看门黄老头赶紧对田驹、蚊子说："守主任来了，你们有事找他说吧。"

田驹急忙走过去，诚恳地说："您就是守主任？我是田家村助理田驹，他叫蚊子，特来拜访您和芦花助理。为携手发展两村经济，想听听您和芦花助理的看法。"

守主任猛吃一惊，本能地伸开两只胳膊拦住田驹和蚊子，尖着嗓子呛道："跟谁携手？你们找错地方了。这里没有守主任，也没有芦花助理。这里是编织重要基地，无关人员不得进入！"说着便往外推田驹和蚊子，嘴里还不住地嚷嚷，"黄保卫，干啥吃的……"

看门黄老头赶紧跑过来帮守主任的忙，一边喊人……

蚊子已吓出一身冷汗，拉着田驹就跑。一边哼哼："都怪季响那张臭嘴。老守这家伙也够狠的，要不是咱跑得快，准挨他们一顿揍不商量。"蚊子麻杆似的细腿跑得有些发软，停住脚。见田驹皱着眉头不言语，便飞快地转了下小眼睛，挠着尖脑壳说："我突然想起我们小时几个孩子在一起爬瓜的事，你常用调虎离山计，叫老家伙找不到北。"

这话并没有提起田驹的兴致，反而引起田驹一阵伤感："蚊子，提那还有什么意思呢？当时看瓜的李大爷都死多年了。"

蚊子道："田驹哥，李大爷咱不说，对付黄老头还有老守这些人，就要用点兵法。六韬三略你比我懂得多，三十六计鬼也迷糊……"然后在田驹耳边小声嘀咕了一阵子。

"蚊子，你这家伙还真有两个鬼点子！不过，这未免有点诡诈。"田驹低头思忖着。

"不，这叫智谋。兵者，诡道也！"

"三日不见，真该刮目相看。蚊子兄弟，改天咱去试试看？"

3

界河边大面积的芦苇还是在大家紧张不安中开始收割了。田家村和芦花村数百名男女，面对着两村交织的田块里生长着的芦苇，已按捺不住收获的万般情绪，又有几分故弄玄虚的张扬。这里的人们已失去常人的心态和平静，吵嚷声和收割的镰刀声响成一片。

有的怒目相对，指桑骂槐；有的唇枪舌剑，互不相让……

械斗和群斗有可能一触即发。

这时，田驹一条弧线跃到几捆苇堆上面，亮着磁性的嗓子喊："田家村和芦花村的父老乡亲们，我叫田驹，是田家村刚上任不久的主任助理。你们这样做我感到很难过。夏季打打斗斗争割麦子，秋季棍棒相对争抢苇子，想想过去那些为此死伤的乡亲们，看看致残卧床不起的我的父亲，看看断臂单二叔，再看看少了条腿的苇子哥……那些过去死去的和受伤的，那些现在活着的和以后还要活着的，他们的灵魂和心灵何时能得到安宁？芦花村的主任助理芦花说的好，咱们两个村不能老隔着一条过不去的河。这样不仅隔了我们大家的心，也隔断了我们的美好愿望……"

这突如其来的声音，如四野响了个炸雷，使所有在场的人惊骇不已，愣在了那里。

也只是片刻工夫，不知谁在故意扯着公鸭嗓子喊："你这小子算什么东西？羊群里跑出个驴驹子，充什么大个的？揍他！揍废他……"

这声音叫得人耳鼓嗡嗡响，接连向四野无边地扩散开去，惊悸着人们受伤的心头。

人群一阵混乱。转眼间，田驹觉得眼前像虚幻的梦境，有两条渔篙向他劈头盖脸打来。虽说他少时跟西庄上"铁爪子"师傅学过两年拳脚架子，关键的时候还是能做到眼疾手快。不过他已警告自己在任何情况下都要冷静克制，不能轻易动手。便仰脸向后倒去……

田驹只觉得脊背一阵灼痛。原来是他仰面倒地时有两三棵长而粗的刀尖似的苇茬子戳进了肉里，血渗透了他的夹衣。随后只听"扑扑"两声，两支渔篙着实地砸在苇堆上，被弹了回去。

"乖乖，险些要了孩子的命！"田家村固主任歇斯底里地猛叫一声，裤裆里便湿湿的，拉起田驹就跑。

固主任亲自驾驶三轮车把田驹送往医院，嘴里不住地骂道："芦花村守主任呀你个老混账，算你个狠。你一条老不死的狼，我老固不是软蛋，呜呀呀……"固主任一边驾车飞奔，一边咬牙，"咱们走着瞧，老混账，我扒了你的驴皮也算不了完……"

医生边给田驹清理创伤边说："三处创伤都很深，需要住院治疗！"

田驹呲牙咧嘴地忍着痛说："我爹多年伤残也没住过院，能替他老人家多疼一点就好了。"

固主任暗哑着嗓子骂道："你这熊孩子……那年代医疗条件差老天了，不撑也得硬撑！"

这时，龙城县委书记华平和秘书小马急急赶来医院看望老固和田驹。

华平书记关心地问："老固，小田伤得怎么样？"

田驹赶紧说："书记，扎了点皮毛，不碍事的！"

固主任干咳了两声："这熊孩子犟，像他爹，背上戳了几个洞还说没事。"

华平书记又心疼又惋惜地说："小田呀，省局的工作和农村工作可是天壤之悬呀！田家村又是一个特殊的地方，刚上任就出了这档子事，让你受委屈了！"

田驹反而宽慰书记说："书记，我最了解家乡的恩恩怨怨，了解父母和乡亲们过的啥日子，所以我来了。想不到的是，认识了小时候的好伙伴芦花村的芦花，也是刚上任不久的大学生村官，她说隔河不能隔断了心。"

固主任一肚子气还没消，又接着往上窜，在县委书记面前不好发作，便压低暗哑的嗓子骂道："你这熊孩子，还没忘了胡扯八道。"

华平书记却笑了："老固呀，田驹让我有些感动。年轻人的认识和精神很好！希望他们有所作为。新来的市委徐书记正在高层互访，解决界河边的问题已形成共识，要抓住机遇，要以科学的思想去化解矛盾，促进发展。小田知道乡亲们过得不容易，还有他们的父母，大家都要想着让他们早些过上好日子。"

一提到父母，田驹的眼泪就叭嗒叭嗒往下掉。

4

告别县委书记华平，固主任拉着田驹就往回跑。油门加了又加，三轮车屁股噼噼啦啦一路冒狼烟，他肚子里气也消了大半。离田家村小学老远，固主任就暗哑着嗓子喊："荷花，你田驹哥回来了。"

田家村小学老师兼校长的荷花正在校门口张望，好像已等了一会子，看样子着意打扮了一番。她身材丰腴，面目姣好，苹果似的笑脸上有一对会说话的大眼睛，瀑布般的长发散落在白底红花的秋衫上，人显得非常靓丽。

固主任的三轮车吱咔咔地几声怪叫，停在荷花身边："荷花，车上是你田驹哥，你们好好唠会吧。他背部有伤，要照顾好他。我去界河边做工作，县里华平书记他们恐怕早就到了。"

田驹从车上跳下来。老固的破三轮一溜烟地开走了。

荷花掩不住面庞半羞的红晕，急忙去扶田驹："田驹哥，你没事吧？"话语里几分担心，又有几分甜软。

田驹咧嘴一笑："荷花妹子，几年不见，出息得这么漂亮。真是女大十八变，差一点不敢认了。"

荷花面带羞涩："听说爹和你去县医院啦，我在这等你好一会了。伤得咋样？俺来看看。"

荷花说着就转到田驹背后去掀他的外衣。

田驹转过身来，面对荷花："苇茬子擦了点皮，本就不值得去医院，主任大叔关心，硬是把我按倒车上。"

"应该的。你为田家村受的伤，功臣！田驹哥，去里面坐坐，看看你小学读书的地方。"

田驹感叹地说："这人呢，容易怀旧，真想回到儿时上学的美好时光。"

"是呀是呀，我有时也这么想！都说童年的记忆伴随终生。"

"你还小我几岁，现在都当母校的校长了，我这才明白啥叫时光如梭！"

"时光真快，转眼十多年过去了。不怕你笑话，俺这个校长光杆一个。"

"难为你了，又当校长又当老师！"

"没办法，人家都不愿来这乱子窝。希望田驹哥以后多关照母校！"

"咱们自家人，就不客气了。"

荷花点点头，深情地看了田驹一眼。

两人边说边来到院内几间低矮的校舍前。在田驹的记忆里，校舍比以前更破旧了，屋沿边脱了不少盖瓦，被雨水冲刷得水痕一道道的，上边长满了青苔和乱草。

屋里潮湿晦暗，有四五十个孩子在"哇啦哇啦"地念书。

荷花为难地说："这两间是一二年级的合班，挤了点。另两间是三年级。田驹哥，不瞒你说，前几年县里搞小学校合并，政府拨专款建学校，咱们小学划归七里湾小学，那里建起了漂亮的校舍。可是学生家长都嫌离校远，耽误不起这功夫不说，也不安全，因此咱们这些孩子和老师都没过去。旧校舍村里拿不出钱来修缮，群众又不宽裕，只好将就了。县教育局几次派来教师，都嫌条件差，走马灯似地换。这不，最后还剩我光杆一个。"荷花一边解释，一双会说话的水汪汪的大眼睛时不时地瞟田驹一眼，像有很多话要说。

田驹感慨道："荷花妹子，以后忙不过来招呼声，我替你代几课。"眼睛却始终没有离开土砖灰瓦的教室和那些孩子，好像自己又回到了童年。

荷花激动的大眼睛里泪花闪闪。她想握住田驹的手，可是她的手却没有伸出去："田驹哥，先谢谢了！"

田驹离开小学校时，荷花望着田驹的背影，突然想到什么重要的事，想喊住他，张了张嘴，却什么也没喊出来。

5

田驹一回到自己的家，心头就感到一种沉重。一所破败的院落，破败的样子好像已住过几代人，又好像早已无人居住。歪歪斜斜的院墙是用苇材圈起来的。三间堂屋低矮破旧，曲腰弓背，雨痕斑斑，像个风烛残年的老人。十年前因制止田家村和芦花村夏季麦收纠纷被误伤致残的父亲，躺在里间一张板床上呻吟着。屋里很阴暗，有很重的潮湿霉气的混合味。

田驹走进堂屋，坐到父亲的床沿上愧疚地说："儿子没能很好地孝敬父母，二老却为儿子吃了不少苦，受了不少罪。"

躺在板床上的父亲痛苦地抽搐着，怒气不息地骂道："不孝之子，你还嫌爹毁得不够惨？你枉费了爹娘多年的心血！"

"爹，你听孩儿从头说给您听。"田驹想慢慢开导爹。

爹痛苦地扭动着身子，声嘶力竭地吼道："爹当年也是满腔热血，也想治理好家乡的山河，改变家乡旧的面貌，可是……"

闻声蹒跚过来的驼背老娘，由于长年累月地操劳、惊吓、郁闷，变得更加苍老。她做事小心翼翼，说话声音很低："孩子，你爹出事后，这家还像个家吗？这日子过得还叫日子吗？供你上大学家里老底都倒光了，欠下不少债，还不是为了让你离开这是非之地？只要你日子过得顺心，爹娘死也放心了。娘求你早早离开这个家！"娘已老泪纵横，泣不成声。

田驹的心被娘的眼泪哭痛了，被爹的怒骂揉碎了。他站起来扶娘坐在床沿上，安慰爹娘说："儿也这样想过，但儿心里放不下爹娘。您二老不要伤心，也不要担心。我回来也不是和人家打架斗狠，而是要和乡亲们一起建设一个和谐的新农村，让大家都能过上富裕安生的好日子。"

爹不愿听儿子的解释和分辩，甩过来硬梆梆的几句话："不知深浅的东西，看爹一辈子活得这个熊样子，就差去跳坑了，爹娘算白养活你了！爹不想再看到你，我也没有你这个儿子！"

娘的手哆嗦得厉害，声音颤抖地说："孩子，多年来，爹娘没过上几天好日子。眼前俺和你爹都黄土埋大半截的人了，也不怕啥了，你又掺和进来，让俺手捏着心。儿呀，离开爹娘伤心痛苦的地方，远走高飞吧！"

田驹的心像吊在那儿被鞭子一下一下地抽打着。他向爹娘倾心诉说："芦花村一个叫芦花的姑娘，小时候我俩相识相知。现在她大学毕业工作后和我一样回村当了村官，她想的和去做的和我的几乎一样。爹，娘，看看人家一个女孩子，我一个大男子汉……"

娘好像听出了什么玄妙，呆了半晌嗫嚅着说："儿呀，如果是这样，要快刀斩乱麻，这可是要命的事。"娘努力克制着自己的声音再小些，不愿让爹听到。

爹还是听到了什么蛛丝马迹，一声连一声地咳嗽，上气不接下气地喘个不停。"你娘不是吓唬你，……你们……找死……"

6

爹娘的苦衷田驹能理解，爹娘的心事田驹比谁都明白。然而开弓没有回头箭，对党的忠诚也可，对事业的进取也罢，特定的环境下历史留下的痼疾和残缺，有一千个理由去改变它。眼下必须努力扭转他和父母之间和乡亲们之间的尴尬局面，改变芦花村与田家村的紧张事态。他越想，急切见到芦花的心情就越强烈。

这天田驹找到蚊子说尽快要见芦花的事。

蚊子神秘兮兮地说："还是要用点兵法。"便如此这般给田驹耳语了一阵子，两人撒丫子奔芦花村而去。在芦花村编织厂大门不远处，两人便分头行动。蚊子胸有成竹的样子，麻杆腿直奔看门的黄老头。他狠狠地挠了几把尖脑壳，告诉自己要沉着，便煞有介事地嚷嚷："黄大爷，编织厂东墙边，有人在爬编织厂的墙头。"

"你说啥？再说一遍？"黄老头死鱼般的眼珠瞪着蚊子，迟疑着，"在哪里见过你？"

蚊子的细腿颤抖了一下，用手指着东墙边："有人在爬墙头。"

黄保卫急忙快步走出门卫的小房间，正看到田驹站在东墙边抬着脸往墙头上瞅，做着准备爬墙头的动作。黄老头踢啦踢啦地碎步跑过去，一边颤声吓唬道："干啥的？上边有电，想死咋的？"

心口直蹦哒的蚊子立马振作起来，不失时机，哧溜窜过门卫房，向编织厂间飞去。蚊子高兴的心里正直哼哼，突然被一只胖手抓住。他瘦瘦的身子几乎悬空："看你这小东西往哪里跑？这是编织重地。"

蚊子大惊，出了一身冷汗。他扭脸一看，原来是一个珠圆玉润的大美人。他连忙央告说："我、我、我是田家村的蚊子，是来找芦花助理的。"

正在忙活编织品的姑娘们一阵嘻嘻哈哈的笑骂声："田家村的蚊子，肯定是只臭蚊子，是来咬人的吧？"

"冤家！"珠圆玉润的美人说。

"冤枉！我是有急事来找芦花助理的，请你们转告一声好不好？"蚊子在一群美女面前抖抖精神，装出一副神秘的样子。"你们可知道……"他想把原委兜底说出来，一下子又不知从何说起。

"肯定这蚊子心里有鬼，不从实招来，就揍扁这只臭蚊子。"

"不不！十万火急，全是实话。"蚊子恐怕挨揍，鼻音也加重了，忙不迭地说，"不信叫芦花助理来。"

"田家村的臭蚊子，算什么东西，还想见芦花助理，你配？我呸！还不快滚。"珠圆玉润的美人叫骂着松开了手。

"快滚，快滚，不然掐断你的蚊子腿。"姑娘媳妇们喝喊着，笑骂着。有两个胖女孩竟然捏紧拳头向他凑过去。

蚊子的两条麻杆腿开始发软："别别别！你们不信，可别后悔！"

这时，一个年轻漂亮的女青年闻声向这边走来。蚊子像抓到了救命绳，连声惊喜道："她就是，我见过……美女芦花助理，我是田家村的蚊子。"

芦花脆声笑着，笑声撒满了整个编织厂："你是田家村的蚊子，你来是代表固主任还是田助理？"

蚊子被芦花的笑声笑松了心情，小眼睛飞快地转着说："是田驹助理。"

芦花收住笑，爽快地说："蚊子，请你转告固主任和田驹助理，咱们两村人虽说隔着界河，可不能隔断了心，隔断了发展机遇！"

"一定一定，那是那是！"蚊子一边答应着一边说，"田驹助理请你把电话号码写给他。"

"电话号码就不要了吧，让他来芦花村好好谈谈。"芦花婉转地说。

蚊子抓挠着尖脑壳说："田驹他好像有个急事正发愁，还是先让他给您电话联系吧！"蚊子为把芦花的电话号码拿到手，添油加醋道，"他都快急疯了。"

"那他为什么自己不来？"芦花问。

蚊子不好意思说出真相，撒谎道："来到村边被狗撵得崴脚了。"

"在哪？没大事吧？我去看下。"芦花关切地说。

"没大碍，瘸个腿不好意思来见你，这会差不多回到田家村了。芦花助理，我替田驹哥谢谢你！"

"嗷，那太感谢了。我再去田家村时，请他多协助。"芦花在记事簿上撕下一张纸，一边写一边关心地说，"请转告田助理，崴了脚别忘要看医生，要少动。"

"俺替田驹哥谢谢你！"蚊子抓起芦花写好号码的那张纸，慌慌张张地逃出编织厂。在大门外，见到田驹正被几个人推推搡搡缠得进退两难，便拉起田驹往回跑。

黄老头在后边追着喊："想起来了，那天来的就是他俩，抓住他们。"

两个人趟过界河，蚊子这才张开手心里攥皱的一个纸条子："给，芦花的电话号码。"

田驹惊喜道："蚊子兄弟，你这招还真行！"说着看了眼那娟秀的一行阿拉伯字码，小心地把纸条装进兜里。

蚊子苦着脸哼哼两声："田驹哥，啥也别说了，不是兄弟我跑得快，编织厂里姑娘媳妇们早就把我给剥吃了。不管咋说，值得。人家那芦花，真不愧受过高等教育，佩服！人家那话说得多烫心。"

"她都对你说了些啥？"田驹盯着蚊子，很感兴趣地问。

蚊子哼哼地笑："本来她不愿给写电话号码的，我说你……"

"怎么了？"

"我想着你真急了爬墙，担心脚也崴了！现在这世道，没奇招屁事办不成。"蚊子卖个关子，"人家还关心着你来。"

"关心我什么？你蚊子净瞎说。"

"不信，你给芦花打个手机不就知道了吗？俺们这些趟地沟的农民，啥时能混上通话的家伙就好了。人家芦花助理说出的话，还有那声音真好听。"

"蚊子兄弟，你想跟芦花说话的时候，就用我的手机。"

田驹估摸已到下班的时间，拨通了芦花的手机。电话那头传来芦花关心的问候："田助理，脚崴得不要紧吧？到医院拍个片子看看，多休息几天。"

"都是蚊子瞎说。"田驹把蚊子和他的调虎离山计的经过讲了一遍。

电话那头传来一阵清脆悦耳的笑声……

最后，两人约定星期天中午在界河与四湖交汇处相见。

7

田驹和蚊子接连去芦花村找芦花的事不胫而走，很快在村里传播开了。人们神色各异，一时间沸沸扬扬。

"想不到田驹迷上了芦花，说不定把魂给勾去了！好了疮疤忘了疼的家伙。"村民疙瘩骂骂咧咧地说。

"我看这里边有故事，你小孩懂个屁。"乔木匠眯着细眼说。

"小孩？我都三十大几了！"疙瘩不满地抗议。

"哈哈，呵呵呵，你八十不娶媳妇还是小孩……"

喇叭班掌鼓的秃子爷晃着秃头，手打着节拍说："那当然。芦花村的芦花，人家是诚心相对，登门问计。不过，咱村头儿扮相红脸呗，不给面子。"

"田驹、芦花是啥人？要我看，他们都是想为父报仇。"自诩会阴阳八卦，学过几天《易经》的村民幸振，外号篓子的从人群里钻出来说。幸振四十多岁，中等身材，四方脸，黄面皮，小而圆的眼睛，满嘴烟熏火燎似的糯米牙。他故弄玄虚地说，"这叫一报还一报。当年越王勾践卧薪尝胆，最后不还是把夫差打败了吗。"篓子捏着光溜溜的下巴哂笑。

秃子爷不屑地说："你篓子有几句实话？瞎话顺腔淌，一边玩去吧。"

"你们都是闲扯蛋，依俺看反正拳头硬的是老大。前些天界河边那场景，还多亏田驹两嗓子，不然就很难说了。这叫艺高人胆大！俺正想找田驹学两下子。这年头，可别学了磨子。"泥鳅娘们似的声音从人们身后传来。

"磨子咋了？"在围的不约回过头去。

"磨子疯了，你们还不知道？"

"这狗日的被人讹了。"泥鳅不知从哪里溜过来的。村民都说，泥鳅打闪，离单二不远。九成单二就在附近。

"去找田驹，学他两小手，让河那边的知道拉稀屎是什么滋味。"泥鳅娘们腔一声喊，稀稀拉拉几个人热血沸腾地向田驹家走去。

"我的娘，你们这帮熊孩子没正形，要鼓捣出人命的！"田兔子刚好从这里经过，便惊呼道，说这话时把细高身子往下弯了弯。

田驹闻声走出院子，看到大门外站了一些人，眼熟面花的，一下子叫不出名字，便亮着磁性的嗓门亲热地招呼道："乡亲们，进家来坐吧！"

疙瘩拧了下脖颈子，翘起大嘴巴子连刺带挖地说："爷们，要说家，咱俩算半斤八两，寒酸人呐。等你建了新房咱再进去坐吧！"

"政策都是一样的，怪谁？"泥鳅挤眉弄眼，一语双关。

疙瘩翻了泥鳅一眼，低声骂道："狗日的装熊，你比俺也好不到哪去。"

田驹心里很不是滋味，也不回避，直言道："田家村不少人家住得很破旧，我家更差一些。所以我回村就是想和父老乡亲一起学学外地咋干好的。大城市的高楼大厦我没把它当成家，偏偏这破烂不堪的院舍让我牵肠挂肚不敢忘记。"

"好好，田驹大侄子，就为这句话，田家村人为你感到骄傲！"篓子晃着脑袋，瞪着小而圆的眼睛煞有介事地说，"我早看出田家村会出贵人。怎么样？你看大侄子像卦里说的天庭饱满、地格方圆、主富贵、善执事吧。"他把话题一转，"不过，咱这地方穷，瞎闹腾。诸葛亮有锦囊妙计辅佐汉室，大侄子有啥良方妙法让咱村过上安生的日子？"

"啥良方妙法？别抱啥幻想，拳头硬就是良方。听说了没，老公家人也怵这个。田驹爷们，这熊日子过的，咋觉得不顺心，就是跟你讨教个三拳两脚。出一招管叫他们拉稀的……"泥鳅挤眉弄眼，娘们腔痞里痞气。

此时，田驹哭笑不得，心平气和地说："父老乡亲们，我田驹回咱们村，是协助固主任与大伙一块建设新农村，不是带领大家打架斗狠。首先要大家懂得，要有文化、有知识、懂法律……"

"嘿嘿嘿……法律，现在有些人竟然无法无天，明目张胆地做伤天害理的事。是人出了毛病还是法没了震慑力？"大家转头看时，果然村民断臂单二空着一条袖子，摇摆着走过来，他的一支胳膊是在前些年因湖产纠纷械斗中失去的。单二已近四十岁，高挑身材，削瘦的两颊，一脸的沮丧。泥鳅就站在他旁边。泥鳅黑黑的，矮矮的，光头戴着耳巴帽，他俩咋看咋像西班牙塞万提斯笔下的主人公堂吉诃德和随从桑科。只不过单二少了条胳膊。单二并不后悔，说是田家村的骄傲，还说自己是武二郎转世，少条胳臂值。

田驹心里却很沉重，急忙迎上来，热情地招呼道："单二叔，这几年过得还好吗？"

单二凄苦地说："就你叔缺胳膊少腿的，能好到哪里去？至今连个媳妇都没混上，你叔过得惨了，大侄子！"单二心中涌出一股愤愤不平的酸楚，有一滴清泪掉下来。他用剩下的一只手抓着一边的空袖管说，"你单二叔有生最佩服的是路见不平一声吼，该出手时就出手。不忘你爹卧床不起的悲剧，不忘老一辈人的冤仇。俺不求你别的事，就是想跟你学两招。武松单臂擒方腊，青史留名，难道俺单二白白毁了一条胳膊？"

田驹听得一愣一愣的："单二叔，你这账单开大了，冤冤相报何时了？"

单二甩了甩空袖管，气急地说："咋，你二叔好心之言，可不要当成驴肝肺。你小子听了，叔要的是说一不二，放个屁砸个坑。"单二眼睛发红了。

田驹用温和的声调劝道："单二叔，你的心情我能理解，你心中的苦处我完全体会。自古疙瘩易解不易结，何况事已过去多年，您应该把心放宽些，不要把心事老放在这上面转悠。大家都相互谦让，退一步就海阔天空。"

单二气得满脸胀紫，嘴唇哆嗦："狗日的放屁，你不就是挖苦你二叔吗？互谅互让还有这等恼人的事，你二叔的这条胳膊是活生生被芦花村人打残废掉的！"单二缓了一口气，话题一转说，"你田驹从大城市里回家乡当咱们的村官，我单二打心里佩服。可是听说你三番两次去芦花村找一个芦花，你用心何在？咋不问你二叔到底该怎么干？"

单二平时喜欢听赶倒山的大鼓书，更喜欢听曹操煮酒论英雄，喜欢英雄气壮山河吞吐宇宙的气概。听了田驹一席话，单二大失所望。他气愤地想，原来这家伙是来和稀泥的，不是我单二想象中叱咤风云的英雄，是我单二看走了眼。便猛地甩一下空袖管，骂骂咧咧地转身走了。那只空袖管像战场上飘荡的半片旗帜。泥鳅紧随其后，两只帽耳像一只受伤的鹰翅膀。

周围的人们也悻悻地离开了。

田驹看着单二和乡亲们远去的背影，心中像打翻了五味瓶，酸甜苦辣咸在胸中翻滚……

"你不能这样做……"一个近乎哀嚎的声音在傍晚的田家村上空回荡。

磨子真的疯了。

8

田驹终于在焦急不安中等来和芦花见面的日子。他草草吃了几口午饭，跳上一条舢板从月牙河向四湖交汇处划去。

月牙河像从界河伸出的两支胳膊，穿过四湖大堤，从堤内向堤外延伸，两支胳膊宽处间隔不下五六里，田家村坐落在月牙河南支，芦花村坐落在月牙河北支。差不多在月牙河中间有一条宽宽窄窄的界河，也叫跑马河，它从堤内穿过堤外，一头伸向四湖，一头伸向远方。这条界河便是田家村和芦花村的边界河。界河本身的故事就是一部史书。

田驹小时候就经常听爷爷讲界河的故事。

相传很久以前，这里的人们过着日出而作、日暮而息的安逸舒适的田园生活。可是有一年，一条黄龙，翻江倒海，从帕米尔高原巴颜喀拉山北麓，飞峡谷，越险滩，夹带着黄土高原的泥沙，一路汇集着大小百川，横冲直撞、汹涌澎湃而来……于是就淤塞淹没了这里的原有土地、房舍和庄稼，人们四处奔逃。大约在夏代时有个叫大禹的君主，率领大批人马与这黄龙决斗，他改变父辈堵截治黄水的办法，改为疏通河道放水的治水方略，黄龙便有了收敛。然而黄灾仍不断地泛滥，由于黄河淘沙，河床自行垫高，形成地上河。一旦决口，便如脱缰的野马，一泻千里。所以洪涝年份，百里以外善良的人们都赶去黄河岸边加固大堤。然而，人为恶意有时比自然灾害更凶残。1128年金兵南下，身居杭州的南宋朝廷坐立不安。时任京都留守杜充面对外来入侵者，在花园口掘黄河大堤，放水以阻挡金兵。结果，决口以下，黄水泛滥东流，经滑县、濮阳、东明、鄄城、巨野、嘉祥、金乡一带汇入泗水，经泗水南流，夺淮河入黄海。当时最为繁华的两淮地区被毁于一旦，淹死民众 20 多万，100 万难民无家可归。然而无独有偶，效法者是不顾百姓死活的。到 1938 年民国时期，日寇占领徐州，攻占开封，逼近迁至武汉不久的国民党中央政府。蒋介石不积极派兵抗日，而是授意时任新编第八师师长的蒋再珍，带兵在花园口先是挖掘黄河大堤，然后用炸药大炮对大堤狂轰烂炸。原本高出地面的黄河大堤便无遮无拦，浩瀚汹涌的黄河水居高临下，铺天盖地而来。这次人为决口致使整个黄河全部改道，一代代人治理的水系遭到严重破坏。苏鲁豫皖首遭其难，四省 44 个县市 100 多万难民葬身洪水，500 多万难民流离失所。自然灾害、人为灾难，使之雪上加霜。

时间倒退到咸丰年间。公元 1851 年前后几年，黄龙连年示威，黄泛使这里的人们再一次离乡背井。黄水原有河道被拦腰截断或堵塞。

古泗水汴水也迷失了方向，遂辗转于鲁中南山丘和黄水冲积扇之间沼泽洼地，滞积成条状湖群，后来称为四湖。四湖坐落在东平湖、洪泽湖西北东南一条断裂带上，绵延一百多里。由于黄河淘沙，湖滩逐年积高，湖畔更加粗旷和辽阔。四方逃荒避难的人们便发现了这块新土地，结集而至，组团开荒，组队捕鱼，便开始了他们其乐融融的新生活。过去在此耕种捕鱼的人们，几年后留恋故土，接连不断地返回家园。原来的家已经不复存在，新来的人们在此安居新家，已成这里的新主人。好在滩涂辽阔，水土肥厚，后者只好另辟荒滩，重建家园。几年后，沿湖数百里傍湖而居，便集结了大大小

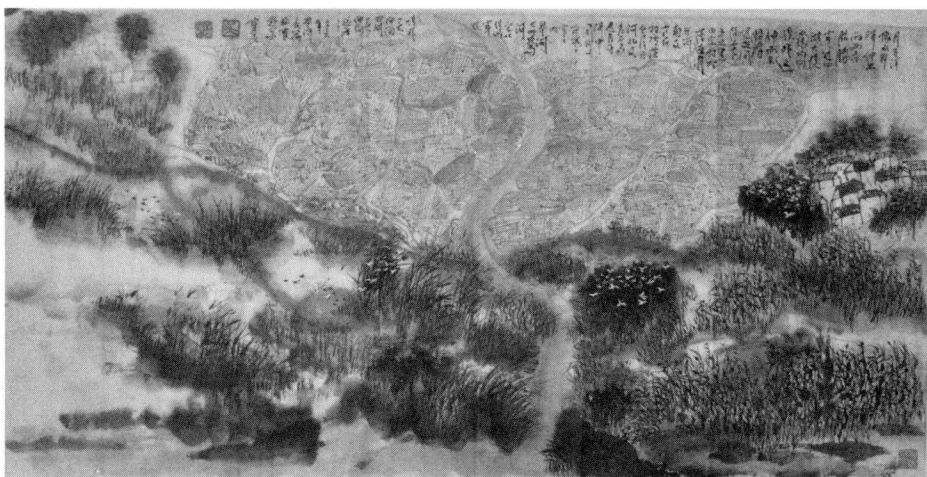

小的村村寨寨和流浪垦荒的团队。田家村和芦花村便是其中相隔不足 6 里地的两个湖边村落。一望无际的滩涂和水天相连的四湖使他们望而惊叹，同时也燃起他们无尽的欲望和占有。后来在互不相让中产生了摩擦，矛盾纠纷便接踵而来，以致发生械斗……

咸丰七年，田家村和芦花村为争抢收割湖畔小麦，再一次发生械斗。那一场械斗打得昏天黑地，神鬼皆惊，他们用大刀、猎枪、镰刀、渔叉相互攻击。突然狂风大作，四湖水掀起丈余波浪，双方才急忙收械回村。这一仗双方打得死伤惨重，田家村头领叫田雁的也在这场械斗中惨死。

知县闻报，见案情重大，急忙去报州府。统管这沿湖治安的州府道台恐怕双方再生事端，带大队人马前呼后拥来处治此事。道台连夜调查案情，双方各执己见，相持不下。道台连日寝食不安，正无计可施，半夜忽报田家村田雁的弟弟田翔来见。田翔在道台大人面前长跪不起："道台大人，请到村民中明察暗访了解案情，前两次发生械斗各有伤亡。田家村伤亡惨重，导火线是芦花村头儿叫菱角的带领芦花村人埋伏在四湖苇荡之中，用猎枪、炸药偷袭田家村下田劳作的人们。道台明察秋毫，明镜高悬，只求把芦花村的头儿菱角处死，不然九泉之下的冤死者难以瞑目。"道台脸色凝重威严，什么话也没说，只示意差役把田翔送出衙门。第二天，道台微服私访，走村串户，调查两村纠纷械斗的原委，认定是边界不清的原因所致。道台召集沿湖各村头领商议重新确定边界之事，问大家有什么好办法解决。顿时嚷嚷一片，各执己见。

道台见多时争执不下，就说："大家既无良策，就请各村在争议之地各后退十步，从中跑马划界，再起事端者格杀勿论。"

那天，日上三杆，湖风吹拂，滩涂苍茫，人声鼎沸，一片喧闹。在田家村和芦花村有争议的湖田地边早早地备下了一匹高头快马，快马后边拖一白石灰布袋。官府衙役大声道："田家村和芦花村全体村民听好了，两村因边界纠纷已久，从无划定。今高天在上，厚土有知，以跑马划界，马似龙马，飞驰有痕，以痕划界，绝无伪之意。"

历史将记下田家村和芦花村跑马划界之限定。

不远处的四湖闪着一片亮晃晃的光带。

道台威严地站立在双方矛盾的交叉处，命差役在两村争议之地各后退十步，排成两道人墙。道台令击鼓鸣号，宣道："跑马划界开始。"

早等候在一旁的衙役骑一匹高头大马，听到道台的号令，大叫"驾!"同时在马腚上猛抽一鞭。那匹高头快马四蹄奔腾，后面拖一条白灰口袋在中间飞驰开去。两边人群拼命奔跑呐喊，让高头快马靠近对方一边。芦花村头儿菱角一边带领村民拼命往前冲，一边摇旗喊叫，让芦花村村民挡住快马，让马靠近田家村那边跑。突然，那高头快马风驰电掣般往斜里一拐，活生生把菱角撞出十几米远。那马向四湖滩涂纵深处飞驰而去。

官府衙役沿痕打桩，挖沟引水，定为界河。

界河为界，田家村和芦花村今后双方收种不准越过界河，否则格杀勿论。

十几天后菱角才从昏迷中醒来。醒来后的菱角再没有先前精神抖擞，志高气昂，而是神志恍惚。他赤着双脚沿着那条新挖的界河岸边来回不停地奔跑，口中不住地惊呼："快马来了，快马来了……"

田翔因哥哥和村民的惨死而痛苦，又为哥哥报了仇喜极而疯狂，也在界河的对岸来回地跑着，口中不停地哀叫："雁哥回来了，雁哥回来了……"

两人都疯了!

从此，这里有了界河，也有人称其跑马河。

后来，两个疯子都死了!

界河没有死。

两个疯子被历史的尘埃淹没了。

界河却被定格在那里。

起初人们在宽阔的界河滩面上不敢去种庄稼。第二年一场洪水把界河冲了个九曲十八弯，界河里里外外发生了变数，一片片、一丛丛新生的芦苇萌发了生机，林林总总箭一般向上窜。

芦苇才不管道台大人的训令，到处疯长。芦苇在界河中生长，界河水在芦苇中流淌。收获中便有了新的矛盾和麻烦，纠纷、摩擦、打斗轮番上演。

时间的脚步走到公元1937年7月7日卢沟桥事变后，日寇的铁蹄在中国的土地上肆虐地践踏，四湖这一带更无宁日。日寇为了消灭四湖芦苇荡的八路军游击队，在四湖大堤外界河入口处修碉堡筑工事。为了达到目的，日寇不断地进行骚扰，并令田家村和芦花村村民为其加深界河，以便他们用机动快艇冲进芦苇荡，清剿八路军和游击队。

界河完工后，那是一个深秋的黎明，没有风，满湖滩的芦苇低垂着带露水的白花花的苇缨，近处远处似烟如雾，既神秘又深不可测。此时，日寇三只机动船和一艘快艇载着七十多个鬼子二十多个伪军，偷偷地在界河里行进，艇上布满了黑洞洞的机枪口。

他们万万没有想到，田家村和芦花村的村民不约而同，早已埋伏在界河两岸的芦苇丛里。苇丛林林，雾蔼漫漫。当鬼子进入他们的伏击圈时，土枪、手雷、火药筒、鱼叉、鱼钩、石块，夹杂着鞭炮一齐向鬼子扔去，一时打得鬼子昏头转向，鬼哭狼嚎。鬼子疑为中了八路军和游击队的埋伏，一时间吓得屁滚尿流。船只不敢再前进，急忙调转船头。慌乱中三只机动船和一艘快艇相互碰撞，不少鬼子和伪军掉下河去。

鬼子又被田家村和芦花村人早已设下的捉鱼的滚钩缠住。越挣扎越缠得牢固，滚钩钩住了鬼子的手脚和身体，钩尖深深地刺入他们的皮肉，顿时嗷嗷地叫作一团。岸上的村民便用鱼叉、长矛把鬼子、伪军刺死。当鬼子发现是界河两边村民时，大叫道："良民的坏啦坏啦的……死啦死啦的……"但不敢上岸，恐怕逮鱼的滚钩要了他们的命。

鬼子集中机枪火力疯狂地向两边芦苇丛中扫射，一片片芦苇倒了下去。两边村民们暴露在了日本鬼子的眼皮底下。没有打过仗的村民慌了，不知如何是好，有人被打伤或打死。千钧一发时刻，芦苇荡的八路军游击队听到枪声前来增援。鬼子的船只不敢恋战，丢下被鱼钩钩住和被打死的鬼子，仓惶地逃回碉堡里去。这一仗消灭鬼子18个，7个伪军，打伤20多个日伪军。田家村、芦花村阵亡7人，伤了十几人。虽然两村人都有少数的伤亡，但四湖畔的人们一片欢腾，十分振奋。

鬼子恼羞成怒，第二天便纠集了数百名日伪军对田家村和芦花村进行了大扫荡。田家村和芦花村村民早有防备，一家一只大小舢板，载着粮米，携老带幼，藏进了四湖芦苇荡。

鬼子再不敢进湖，他们尝到了土枪、土炮、手雷、鱼叉、鱼钩的厉害。他们害怕四湖的神秘莫测，只是远远地盲目地向芦苇荡开炮，用机枪扫射。比洪水猛兽更凶残的日寇，最后把田家村和芦花村的房屋烧得一光二净。

后来日本鬼子被赶出中国后，两村人又重新建起了家园。田家村和芦花村联手痛打日寇的事被传为佳话，四湖留住了它们的光彩一页。然而，四湖也记录着他们的悲哀。那是两个村一代代人为争夺湖畔资产而相互拼打的惨状，两村人为争收芦苇，为争割小麦水稻，在四湖畔留下的枪声、械斗声、厮打声和哀嚎声……田家村和芦花村鸡犬相闻，人却老死不相往来。

界河成了两村人心灵上难以逾越的鸿沟。

田驹和芦花见面，两村相隔五六里地可以说相当容易。可是在这里，他们要绕一个大圈子见面，选在界河和四湖交汇处。

从水路进入四湖的怀抱，这里离两村较远，相对清静。

田驹的舢板早早的来到约会处，放眼远望，一望无际的湖面在初冬午后的阳光下波光粼粼，远处帆影点点。

田驹把目光转向月牙河北支的河道上，河道像一条长长的白练通向芦花村那边。没有芦花的船，更不见芦花的影子。田驹便亮开嗓子唱道：

阿妹采莲东

阿妹采莲西

湖天一色两茫茫

不见阿妹归

……

突然，不远处传来清脆的对歌声：

阿哥撒网东

阿哥撒网西

湖天四面来雨急

淋在阿妹心

……

说起这两首歌，还有一段故事。20年前，田驹和芦花还是孩子的时候，两村的孩子常撑着小船偷偷来到四湖边摸鱼抓虾、采莲、打草，相认相识，纯正无邪。

再大些时，他们渐渐知道事态的炎凉，接触的就少了，大人不让他们在一起。

田驹和芦花都没忘记儿时在湖上摸鱼、抓虾、采莲的情景。上中学时，田驹写了这首采莲歌，叫同学转送给芦花。不久，芦花回赠一首撒网歌。

几年后，芦花和田驹先后考上南方和北方的大学，真叫天各一方。想不到20年后，在此重逢相见。

此刻，随着歌声，一条小船从河汊那边一片荷叶层中撑出来。真想不到秋后还有这么一片荷花丛，荷叶蓬蓬如盖，荷花靓靓艳艳，好似专迎来者。

芦花婷婷玉立，二十六七岁年龄。她姿态优美，举止大方，被湖风吹蓬松了的短发自然洒脱，白里透着红晕的鹅蛋脸上一双极富感情的大眼睛像湖水般明净，修长的身材穿着薄薄的月白色的秋衫和深蓝色的长裤，更显出她青春光艳，活力四射。芦花有着农村水乡姑娘的纯朴和城市女孩的高雅，典型的一个东方美人。

"田驹哥！那天我一眼就看出小时候在界河一起摸鱼、抓虾、采莲的那个田驹哥！"芦花清脆的笑声撒了一湖面。

"芦花妹子！我也看出你来了，更漂亮美丽了。我感觉是在做梦。"

"是呀，我也有这样的感觉。"

两人见面十分欣喜，小船很快靠拢在一起。

田驹高兴地回忆说："想起小时候，便想起你送给我的大莲蓬，还交代我，刚采下的莲蓬吃着更新鲜……"

芦花甜甜地说："田驹哥，你那时送给我的两条鲫鱼，说烧了吃最香，把鱼清肠后，肚里填上油盐葱姜，至今也没忘记那烧烤鱼的喷香味。"

"谁会想到 20 年后在此相见！"两人不约而同道。

田驹遥望北方："中学毕业后，我考上了北方的一所大学，农技专业，毕业后，先是考上省农业厅下边一个局的局长助理，干了两年，鬼差神使写报告要求辞职回村，眼下就任了主任助理这个村官。"

芦花又"咯咯"地笑了一阵："田驹哥，看来这是我们俩投缘的地方。我是在南方一所大学学外贸兼修美术。毕业后在省城一家设计院搞设计，那时就想着给家乡规划一个蓝图，也丢不开对家乡的牵挂，丢不开母亲和哥哥。前不久报名参加了组织部门任职村官的考试，就回到了芦花村。"

田驹开心地说："芦花妹子，看来我们俩是感天动地南北大对接！"

"是呀是呀，我也在这么想，这么巧！"

田驹用篙击打了一下湖面："没错，我们冤家村这对冤家儿女，天将降大任是也。让大家认识过去，改变世俗观念，就像你那天说的，隔着界河不能隔断了心。"

芦花看着村庄的方向："改变的目的只有一个，那就是经济发展，共同富裕。隔着界河不能隔断了发展机遇！"

"我举双手赞成！"

"不过，界河是个难过的坎，我第一次领教了。"

田驹歉意地拱拱手："芦花妹子，那天我还没来得及，就……。这对你太不公平，实在对不起！"

芦花却认真地说："这是对所有的女生不公平！这不怪你，我思想有准备。"说着芦花跳上田驹的舢板，"田驹哥，我们坐下好好谈谈。界河两岸的种植、养殖、加工、旅游是我们两个村的结合点，不排除婚姻，如果结合好了，我说的目的就能达到。"

田驹连连点头："好，太好了！就这样干下去。不过，大家都不愿提起界河这个名字。"

芦花感叹起来："是啊，我父亲去世早，是在界河里捉鱼时不知被谁人害的，至今还是个迷。哥哥苇子因在界河边收割庄稼时两村发生械斗，残了一条腿，母亲哭瞎眼。每每想到此事，心如刀绞。"芦花抹了把泪水。

田驹被触动心头的伤痛，两眼潮湿："我父亲是在界河边一次械斗中劝解被误伤致残，至今卧床不起。还有单二叔少了一只胳膊……要跳出这个圈子，换个活法。让乡亲们珍惜生命，好好地活着。我试着刚迈步，便知道是个很难的话题，幸亏遇到你！"

"是的，也许想的离现实十万八千里。这不，俺还没上任，就有人踏进家门槛提婚事。好像俺回村专为找对象的，真叫人哭笑不得！"芦花说着嗤嗤地笑起来。

田驹一时无语。

芦花看着远方继续说："介绍的对象是俺村守主任的侄子卢畅，现为北湖镇副镇长，我的上司。我如今都不知该怎么对付这件事。"

田驹默然了一阵子，什么也没说。先前他心中的支撑棒好像被谁突然地抽走了，他低下头去。

见田驹呆呆地沉默无语，芦花说："田驹哥，就婚姻这事我在想，要想改变别人，首先要改变自己。咱先不说这事，我是想这两个村有个特殊环境，特别是在两村人心中的思想死结，一条界河，隔断了几代人的来往不说，也隔断了几代人的美好憧憬和梦想。"芦花进一步分析自己的认识，"正如你父亲和我哥哥这些人，他们比死去的人幸运，但他们比死了还难过。他们之间的仇结不仅在皮肉上，已渗透到骨髓里。何况百多年的怨气疙瘩结了一个又一个呢！这仇恨怨结不仅在村民心里，也在一些干部心里化不开啊！"

田驹感叹地说："芦花妹子，我赞成你先前的想法。那些历史怨结，结在两村人的心里。去化解它，是有很大难度。但人们内心那些传统的优秀的一面，没有泯灭。芦花妹子，你是有外贸兼修艺术大学学历的，又找了一份搞设计的美差事，人长得又漂亮，要在大城市里发展，会有无限美好的前景，你何必回来担心受怕，受苦受累呢？这不同样有个理想目标吗？我懂你的内心！"

"说心里话，我也和自己斗争过好长时间，对家乡心灰意冷过。可一想到我的父亲、母亲和哥哥，还有那些贫困乡亲，俺就彻夜难眠……"芦花说着泪水就流了下来。她稍平定了下情绪，继续说，"这里优势资源很多，怎么科学地利用发展好这里的资源，要注入大家一种新观念。你先前有句话说得好，人们内心那些传统的优秀的一面，没有泯灭。要找准两个村共同发展的结合点。我先前说过，不排除婚姻这个重要的结合点，为两村乡亲造福而不是造罪。"

田驹很感动。他把长篙横在船头，用手拍打着水面说："芦花妹子，我完全同意你的想法。"这时他突然看到不远处一条电鱼的小船正加足马力向他们这边驰来。按湖上规矩，动力船在靠近其它船只时，应放慢速度，避免快船冲起的波浪掀翻船只。然而，这只机动船不但没减速，反而加大了马力，马达声怪叫着从他们船边飞驰而过。田驹和芦花的两只舢板还没来得及躲闪，就被快船骤然冲起的巨浪抛向空中，两人落入湖底。

当芦花和田驹钻出水面后，他们听到远去的快船上传来的肆虐的笑声。

田驹把芦花托上舢板，喷出一口水："我看好像是你们村的疤癞头、地磙、二青他们。"

芦花用手抖着一头湿发，一身薄薄的秋装湿漉漉地裹紧了她的身体，丰满的前胸和翘起的臀部更显得韵致，像正在沐浴的仙女。

田驹惊魂未定地看了芦花一眼。他无心欣赏这落水美人，他甚至后怕和芦花相约来此。如果芦花掉进湖里有个好歹，他死都无法面对。此时，他长长地出了一口气。

"田驹哥，说心里话，先前发生的事是有些害怕。回头想一想，还是界河隔着心呢。"

田驹惊魂未定地看了芦花一眼，点点头。

芦花爽快地笑了："田驹哥，你没吓着吧？"

田驹平稳着嗵嗵跳的心："俺正担心你呢！"

"田驹哥，小时候，我听奶奶讲过这样一个凄美的故事。芦花村一个叫笛子的青年和田家村一个叫柳叶的女孩深深相爱了。芦花村与田家村知道这两个青年男女的私情后，百般阻止。两个年轻人眼看相爱无望，一天深夜，两人偷偷相约远走他乡。没走多远，后面人灯笼火把地追来，眼看就要追上，两人双双投河自尽。后来传说两人变成了一对相知鸟。至今，还不时听到苇丛中相知鸟的啼叫声：相识、相惜、不弃不离。"芦花大眼睛流露着深情，大胆地表示说："田驹哥，正如我们俩，如果在思想上、感情上、信仰上很谈得来，为什么不能相爱呢？田驹哥，我这是假如……"

不远处湖面传来一阵湿淋淋的歌声：

三十里水路二十里村

五十里路来看妹妹

妹妹不愿见哥哥面哟

只因界河隔了心……

芦花和田驹好一会都没言语，是沉思在这凄婉的歌声里还是又想起了什么……

9

田驹小时的伙伴听说田驹在四湖被芦花村地磙他们撞翻了船，险些要了命，又惊又气。季响、黑丫、春旺、张浪、蚊子、田大友几个年轻人一碰头，一说给田驹置酒压惊，二说想法出这口气，就邀田驹到季响家里，商量办法。天完全黑下来时，主客田驹还没到场。

张浪耐不住酒馋，在屋里走来走去，连问："黑丫姐，田驹哥还来不来？不中咱边喝边等！"

黑丫短辫子一甩，白了张浪一眼："就你肚里有酒虫，急着醉。田驹哥一定有事扯住了腿。"

这时，从门外传来一个响亮的声音："对不起了兄弟，耽误了大家的时间，等会自罚两杯。"

田驹在湖里和芦花会面船被撞翻的事，在村里吵闹得开锅似的，父母知道后气个半死，田驹心里正纠结着，此刻却装出一脸高兴的样子。

"村里人都知道你是孝子，兄弟们应该敬你两杯。"季响说，"今晚几个儿时的伙伴聚一聚，一是为田驹兄弟压惊，二来嘛就是为修理整治芦花村的疤瘌头、地磙蛋子、二青杏几个坏孩子。"

张浪喷着吐沫星子："信不信？治服那几个坏孩子放个屁一样轻松。"

"吹牛捡大的，又不花钱，吹呗。"春旺挖了张浪一眼。

田驹"噗"地笑了，示意张浪坐下。

蚊子哼了声，麻杆腿颤抖了一下："还笑呢，听说你和芦花差点被淹死！"

"要是我张浪，一定追上那几个屄孩子，摁死他们水里，信不信？"

看黑丫、春旺捂着嘴笑，张浪晃着拳头："不信是不？我可是浪里白条张顺的后裔。"

张浪平时自谓是水浒里"浪里白条张顺"的后裔。村民却戏称他"浪里醉条"，也有人干脆叫他"浪醉"的，皆因为他成天醉酒。前两年的一天，他喝了不知多少酒，后来有人估计不下二斤。他摇晃着出湖打鱼。谁料想，一场暴风雨把他卷进了湖当心。大家说，这一回浪里醉条喝足了湖水，再也回不来了。谁知三天后，他从湖水里爬了出来，怀里还抱着一条二十多斤重的红鲤鱼。为此，固主任在村里专门摆了几桌酒席，祝贺浪里醉条胜利归来。浪里醉条说，下湖不久，他刚钩住了这条红鲤鱼，就风浪大作，三天三夜里，他就和这条红鲤鱼叫上了劲……

春旺佩服中不免有几分挑逗："浪醉哥，你这话都信，可是跟河那边几个家伙交手，可不知谁先窜稀屎！"

"你春旺什么意思？"张浪斜了眼春旺，"不信是不？"

田驹把话岔开问："芒种、冬瓜、开放、长富……他们几个呢？也是我们儿时的好伙伴。"

场面立即活跃起来，毕竟是光腚时的好朋友，大家好像又回到孩提时代。

春旺咂咂嘴说："打工呗。外面的世界花花碌碌，钱也好挣，荒了地不心疼。村里剩下的都是老弱病残和娃儿们。不是边界争争斗斗，谁愿在家窝着。"

张浪调侃道："是呀，人家季响、黑丫有个破拖拉机，在家也能赚几个。像俺们几个，傻也好，笨也罢，只想着给芦花村人磨眼珠子。"

"前些年收种季节，外出打工的都争着往家赶，也是为争那点麦子和芦苇。近几年就不一样了，很多人对土地和庄稼连同芦苇都不那么上心了，大家心里都有一杆称，值不几个钱，也争不起。大多外出人春节才来一次，过了初二就走人。人心都在变呢，七星两年都没回家了，听说在外娶了个小老婆。这年月，变得快，你都来不及想。"季响话里含着几分复杂的情绪。

蚊子哼了一声："这年头，大家的心越来越散了，叫花子烤火，都想着往自己怀里扒啦，撑死大胆的，饿死不敢的，连村长都变了！"

"嘘，别乱扯。"田大友压低声音说。

"田兔子，你也放个响屁让大家听听。"张浪调侃道。

田兔子学名田大友，别看长得身长腿长的，平日里因胆小怕事，才落下个田兔子的外号。此刻，田兔子弯下腰，大闺女似的脸通红："死去吧你浪醉。"

季响说："田驹哥刚上任，接连被人使绊子，大家说说咋修理疤瘌这几个坏孩子？"

"老少孩娃一起上，打他们个措手不及，屁滚尿流。"浪里醉条卷了卷袖子，吐沫星子喷了季响一脸。

田驹急忙摆手说："甭！甭！兄弟们，你们这样做，不是给我出气，而是添气。芦花说得好，隔着界河，千万不能隔了心！"

"又是芦花。"田兔子摇摇头，很害怕的样子。

张浪好像憋着气，借着涌上来的酒瘾，抓起酒瓶往桌上猛地一蹲，叭地一声响，酒盖冲上屋梁。叫道："喝酒，喝酒！闲功夫管这么多，还是酒这东西好，学学古人一醉解千愁。"几个人相让着便围桌坐了。桌上摆满了家乡出产的酒肴：酱拌黄瓜、清香嫩荸芽、麻辣竹笋、葱拌豆腐、糖醋藕条、松花鸟蛋、咸水对虾、水煮湖河贝、清蒸螃蟹、红烧鲤鱼……满满当当一大桌。

三杯酒下肚，大家的话便稠了起来。

季响摆摆手，可着嗓门说："大家好不容易聚在一起，甭只说那些泄气的话，说点好事。田驹任村助理，县长谈过话的，现在说啥都晚了。"

蚊子讥讽道："组织部长啥时换的你季响。当个村主任助理要县长谈话，要是当个县长不得联合国谈话！"

"哈哈，哈哈哈……。"引来满屋子一阵笑声。

季响反驳道："不懂了吧，大学生村官就是不一样。"

"这熊地方，能干出啥名堂我这姓都勾了！"张浪连连喝了两杯酒。

蚊子挠了下尖脑壳："我还是赞成田驹哥的勇气！村主任助理虽说比省里局长助理天差地别，但人各有志向。"

黑丫苹果似的脸蛋红扑扑的，一会挂着失望，一会又充满了希望。这时她马上支持说："蚊子说得对，只要田驹哥和我们一起干，田家村就有希望！"

田驹很激动："我看芦花和我们一样的心情，她不但人漂亮，境界也很高，很大度。我很赞成她敢于冲破旧观念的羁绊。一个女孩家，趟过界河来，提出不能隔了心。我更赞成她提出两村化前嫌共同发展的道理。"

田兔子红了脸，急道："田驹兄弟，芦花可碰不得，那是会出人命的！"

浪里醉条畅怀地哈哈大笑："我的妈呀！"仰脸又喝了一杯酒。

春旺伸长脖子凑到张浪面前："咋？你当喝二两猴尿？"

"噗"，张浪把一口酒喷到春旺的脸上。

田驹岔开说："即使有困难的一面，毕竟还有发展的优势吗！"

"优势？还有什么优势？"大家相互看了一眼，好像在询问优势在哪里。

"哪还有什么优势？就说芦苇、蒲草满眼都是，可产品卖不出去。芦苇全身都是宝，苇叶、荷叶、莲藕药用价值更高，可惜我们没这个能力开发。"季响心灰意冷地说。

"哼哼，这不是什么优势，而是劣势，是田家村和芦花村历史矛盾纠纷的根源。提这事就烦心！"蚊子挠着尖脑壳自顾喝了一杯。

这时黑丫端出一大碗热腾腾的龙虾："大家尝尝鲜，龙虾是我和季响从外地带来的，老贵，繁殖能力很强，一只龙虾一月能繁殖成品龙虾一大水桶。"

几个人边吃边惊道："乖乖，那不成灾了！别说人吃龙虾，恐怕龙虾要吃人喽！"

黑丫笑道："这正是外国人的想法。龙虾在国外叫红虾，引渡国内改名龙虾。听说老外就是想用这东西把中国的湖海河流给废了。他们哪里知道中国人是吃家，吃起来了得，到处抢不到手，眼看着价钱越涨越高。"

满桌人即愤然又欣然，想想皆捧腹大笑。

对龙虾的话题大家饶有兴趣地议论了一番。

说者无意，听者有心。田驹很感兴趣地说："这倒是一条致富信息。芦花说要找两村发展的结合点，养龙虾看来算一条。"

田大友不耐烦地说："谁再提界河和芦花的事罚酒。"

大家低头咔嚓咔嚓地吃着龙虾，没人再发话。

黑丫说："大家别光顾吃龙虾，还有一道上好的菜，你们猜是什么菜？"

"黑丫姐疼咱，不是糖醋鲤鱼就是泥鳅炖乌鱼！"张浪咂吧着嘴说，口水都流了出来。

"是咱鸭司令专从集上买的一只老麻鸭，并亲自动手做的一道名菜'荷叶麻鸭'。"黑丫掏底说。

"荷叶麻鸭来头不小！"春旺为了显摆自己这道菜的手艺便来了精神，不管大家愿听不愿听，便滔滔地讲起来：

"很久以前，四湖有一个老渔翁姓呼，喜欢煮鱼下酒。一天下大雨，老呼翁打不到鱼，便把养的一只老麻鸭煮了下酒。他把麻鸭脱毛扒出内脏，填进四湖莲子、苇笋、料酒、花椒、茴香、葱姜，然后采了一张大荷叶包好，再用苇叶缠了，这才放到笼里清蒸。慢慢地香味四溢，肉质酥烂，鲜美无比。过往船客，闻到无不流口水。从此后，老呼便开起"荷叶麻鸭铺"，相传很远，养鸭也曾风靡一时。乾隆下江南的时侯，专拐到这里来吃荷叶麻鸭，边吃边叫好。后来，此菜被载入《皇帝内经》："荷叶苇叶包缠清蒸麻鸭，男人食之身强力壮，女人食之活血美容，清热解毒、壮阳滋阴……"

说着，一股清香直钻鼻孔。黑丫把一只用荷叶苇叶裹缠的清蒸麻鸭端了上来。

大家在叫好声中把一只特制麻鸭一扫而光。

"哈哈！哈哈哈……"大家有滋有味地品评着。

"你春旺学老呼不成，还有脸说。"张浪仰脸喝了一杯酒。

"去年俺是在湖里养了一千只鸭，结果瘟死一半，余下一半病死的、狗咬死的，被有心人算计的，最后就成了养鸭光杆司令了。"春旺自嘲道，说起这事就有些气馁。

田驹一拍大腿："春旺养鸭是教训也是经验，咱们有这么好的条件为什么不干？不能一朝被蛇咬十年怕井绳。我看这又是一个两村发展的结合点。"

张浪又连喝了几杯，已有醉意："结合点，龙虾、荷叶苇叶麻鸭，都是下酒好菜，喝、喝……"

季响急道："我说浪醉，别光喝、喝、喝，忘了给田驹哥出气的事了。"

田驹摆摆手："我先前已经说过了，咱还得学学芦花，人家一个女孩家的气度，想着法儿要把怨气变成和气。"

田大友板着脸把一杯酒端到田驹面前。

大家都笑："罚酒，罚酒！"

田驹这才转过神来，接过大友的酒一饮而尽。

"麻鸭是咱界河边养的，莲子是咱界河边产的，苇笋是咱界河边生的。芦叶荷叶的药用价值更高，'本草纲目'有健胃、消毒、除肺热、利尿等功效。这些好处要宣传出去了不得，和龙虾一样抢手。"黑丫轻松的话语中有煽动，更有鼓励。

春旺激动地站起来说："好是好，谁来冒这个险？我是吃了苦头。"

"我觉得像吃……鸡肋……鸡肋！"张浪翻着沉重醉态的眼皮说。

"曹操最犯忌鸡肋，杀了一个主簿杨修。可要小心曹操捏了你张浪的魂。"蚊子哼哼了一句，也有几分醉意。他踢了踢张浪的板凳，觉得细腿有些发麻。

"言重了，言重了。"季响打圆场道："田驹哥，你说咋弄？"

田驹也有了几分醉意，他却没停止思忖："我在想种植怎样搞成大面积农庄式的生态园，养殖肉鸭、龙虾怎样搞好生物链，编织品怎样上升为工艺，旅游怎样放开搞活。黄河从我家乡流过……黄河的子孙呕。那么界河呢？要让它成为田家村和芦花村的骄傲……"

大家又叫："又罚了！"

田驹自觉地喝了一杯："那边有俺家十亩高低不平的地块，十有八九不淹就旱，平平整整用三亩地饲养肉鸭，两亩田地养龙虾。"

"界河两边的田块是湖河滩涂，洪涝的冲刷和淤积大部分形成凸凹地，可说养鸭养鱼虾是天然场地。可是……"蚊子边分析边说。

"又怕豁了饭又怕烫了蛋的，啥也弄不成！哪里摔倒哪里爬，我算一个。"春旺满脸涨红，酒劲冲了上来。

田兔子小心地说："可是有一条，千万不要跟芦花村扯在一起，更不能与芦花弄什么结合点。"

张浪人醉心不醉，仰脸大笑，倒了一个满杯递到田大友嘴边："兔子，别以为你跑得快，紧箍咒不光是给别人戴的。"

大友不好意思，急道："我说什么了？我是说……"

张浪："芦花，你说的……"

大家便笑翻："你俩各罚酒一杯。"

张浪骂道："兔子哇，看你这小鬼头心眼，临死还拉个垫背的。"

季响拍拍手让大家静下来，建议道："田驹的三亩鸭二亩虾也是个不小的工程，咱先成立个互助组。创业不容易，也是我们儿时朋友的一份情意。"

田驹感动地说："谢谢兄弟们支持！"然后低声对黑丫说："有一件事让我心里老放不下，小学校的危房。回乡时单位和朋友借了点钱，准备翻建家里三间老屋来宽慰父母的心，看来我要改变主意了。你抽空往小学拉六间房的砖瓦，加上小学校拆下的旧砖瓦，足够盖两层教学楼的了。"

"那你家咋办，那破房子还能再拖？"

"以后等新农村建设一起规划吧。"

蚊子醉眼朦胧，哼哼着鼻音道："田驹哥，今儿定的事啥时动手？"

田驹说："经济发展宜早不宜迟，我向固主任汇报后，就动手干！"

张浪真的醉了："我是浪里白条张顺的后裔，干……跟他们干……狗日的才不敢干，那疤瘌头，我捏死他，信不信……明天我就带人直捣芦花村。"

"浪醉……好你个浪醉……"

大家深一脚浅一脚地走出季响家，浪里醉条差不多是大友背着走的。

春旺也喝多了，踩着大友的后脚跟走着，想起去年喂养的一千只鸭，心里就不是滋味，便骂骂叽叽："狗日的，不能这样算完了。我去年喂养的那些鸭被偷去不少，想着是地磔疤瘌还有……你醒了酒，咱现在就揍他狗……"

"再说，龟孙再管你们，我这就尿裤子了。"田兔子说吧，丢下浪醉跑走了。

浪醉噗嗵摔了个筋斗，半天没有爬起来，嘴里大叫："我是浪里白条张顺的后裔。田家村老少兄弟爷们，明天，各带家伙，跟我去芦花村拼他个鱼死网破！"

春旺一腚坐在张浪的身上："浪里……浪醉，不敢去的不是人！"

10

田驹和芦花从四湖分手的第二天，刚吃过早饭，村主任老固就坐在了田驹家院子里一条缺了腿的矮凳上，点起一支烟。田驹的母亲驼着背，把一碗茶放在主任面前不平的地面上，叹口气说："他叔，田驹这孩子和他爹一样牛脾气。在大城市放着好差事不干，回来当什么村助理。把他爹气个半死，你好好劝劝他，甭这么死心眼。"

固主任长长地吐出一口烟，暗哑着嗓子说："老嫂子，这你就不懂了，孩子有出息，咱县委书记都重视着他呢。我替他想好了，你和老哥放一百个心，俺不会亏待他。你想，咱田家村，跟谁亲？咱村民呗。我日夜担心村里人都去外边打工了，留个空壳子咋办？这土地、村庄，你夫妻俩，还有我这个村主任，还有村里老人和孩子们，最苦的是孩子们，一年才能和父母见个面。钱重了，情薄了！想不到几百年，一代代过来的人，突然都变了。哪儿好？我看外边再好，也是背乡离井。城里哪好？死了都没个地方去，鬼魂都找不到家。"老固狠狠地吸溜一口烟，继续说，"听外边风传，十年八年后，村庄消失。我咋都想不明白，咱农民不种地，都跑到城里去，这算咋回事？真他娘奇怪了，城里能喂养这么多人？也许我老了，脑子跟不上快速发展了。田驹从大城市干部工作岗位上又回到乡村，这又咋回事呐？说心里话，他这一回村，倒叫我心里踏实老多。村里有了接班人，我能不老高兴？这就说村子灭不了！想想看，咱村虽然和芦花村结怨已久，不论咋说，在历史上打日本出过名的，肯定有保留价值。这两个村不和，毕竟是闹家包子。真他娘奇怪了，看是坏事，也是好事。有一部分年轻人留下来了，我们有责任守住土地、守住我们的根，守住了根，就守住了一切。这个村子是一代一代人发展起来的，我最担心是孩子们……"固主任说的有些悲壮，眼里竟有泪花闪动。烟头已烧烤着他发黑的指尖，他全然不知。

田驹娘有些不知所措。堂屋里没了咳嗽的声音。这时田驹从外面走进来，招呼道："主任大叔来了！我有事正要向您汇报。"

固主任看到田驹，便有气往上涌。他本想把听到有关田驹与芦花在四湖约会被芦花村的船撞进湖水里的事，好好教训他一顿。他把烟头狠狠地拧在地上，冷静下来，叹了一声，然后绕个弯子："其它事情都好干，唯独两个村的事不好弄。很敏感，一点小事都可能引起矛盾激化。多少年来，双方无数次纠纷争斗，又无数次上访，弄得人心不安。这已是几代人的心病……"

田驹脱口说："大叔，田家村和芦花村虽说是历史长久积怨，从根子上讲是利益之争，说到底是穷困所致。矛盾不是无法化解，人心都是肉长的。"

固主任正色道："田家村人没有多高的目标，守住土地，守住根；守住村庄，守住幸福。这就是田家村人的目标。"

"是的，大叔。我所说的跟咱们村的目标并不矛盾，其实就是为了更好地守住土地，守住大家的幸福。"

固主任斜了一眼田驹，咳了一声，严肃道："芦花村的芦花想和田家村谈什么我都清楚。她趟过界河来，我为什么不愿意和她谈，你也很清楚。那为什么还和芦花搅在一起，再扯那些说不清道不明的事？"

"主任大叔，这正是我们两村化解积怨的需要，共同和作发展的需要，其实我们的矛盾，并不是不能解决的矛盾，只是一个认识问题。"

固主任不屑一顾地笑了，暗哑着嗓子连连干咳道："前几天界河边芦苇之争，你险些遭人算计。这一次又被人撞进四湖，想把你淹死。想想看，这不是偶然，是故意！芦花村守主任老奸巨猾，都快成精了，你知道不知道？"

田驹沉思地说："好多事大都是临时激化起来的，在芦苇收割现场我没看见守主任。四湖翻船的事，可能是疤瘌几个家伙想看看我的水性如何。"

老固脸色泛青，暗哑着嗓子骂道："胡扯蛋。水上功夫，你比不了浪里醉条。你背上戳进去三根苇茬子，照此说他们是想看看你的硬功夫喽？没那回事。每次事端都是他老守在背后撑起来的。说不定他这会笑得要死。"

堂屋里传出父亲痛苦地叫骂声和呻吟声，像刀子一样穿过墙壁，刺进院内人的胸膛。

田驹压低声音说："父母的心情我能理解，群众的情绪我能感觉得到。话再说回来，他们都深爱着这片土地，可以说寸肠千结。在我们这片土地上，水产资源丰富，环境得天独厚，只有两村把争夺资源变为共同维护、共同开发、共同享受，才能都成赢家！"

老固嘿嘿笑了两声："你穿开裆裤子时，老子就已在这方面动了脑筋。咱这两村可不是一般矛盾，上边红头文件，俺也亲自贯彻过几次。你觉得磨嘴皮子的事就那么容易？"

田驹蹲下来捡了根干树枝在地上画着说："这都在中国的版图上呀！大家也该好好反思一下。"

"唇齿相连，齿咬唇的事在所难免。我虽然没读过几天书，俺这六十多岁的人经过了一些事，也听说过一些大事。中苏边界、中印边界、中越边界、中日岛争、中菲海争……牵扯到国际之争，中美不沾边还有大争小争。那都是为什么？你大学生干部比我懂得多。何况两个小村子，在中国的地图上都找不到。和平共处是有原则的！"

田驹点点头："大叔，我觉得您说得很好。和平共处也好，和谐环境也罢，都需要大家共同创造，不是靠哪一个人也不是靠哪一方面，而是靠大家实际行动。所以两边都要好好反思一下！"

"反思？"老固脸色愠怒。他喘了口粗气，声音更显暗哑，"大道理都这样说，实际呢？你虽然有大学文化，但缺少农村实际工作经验，村里工作复杂着呢，不小心你会摔得头破血流。特别现在，村里劳力大多外出打工，应该更加小心守护好这片土地，守护好田家村！你知道吗？"

田驹的母亲怯怯地说："他叔，千万甭跟小孩子一样，他不懂事，俺老两口又这个赖样子，你费心替俺管着，甭任着他的性子，俺不会怪你！"

堂屋里又传来父亲高一声低一声的呻吟……

老固从地下端起碗喝了一口水，然后缓和了下口气说："老嫂子，你放心，俺不会亏待他田驹，只要不往驴群里跑。"

"固主任大叔，俺不会给田家村丢脸的！现在正式向您汇报。昨晚，几个年轻人在一起商量，下一步……"

"等等，等等。"固主任摆摆手，示意停住。

田驹为了证实他们商量的可行性，又加了一句："芦花村的主任助理芦花，希望大家隔河不能隔了心……"

老固终于坐不住了，猛地把茶碗掷在地上："你是不是有意气我，什么芦花苇花的？你这熊孩子，我先前的话你都当作耳旁风了。眼下最要紧的是村里小学校缺少教师，荷花一个人忙不过来，你暂时去那里代课。这就是我今天来你家跟你谈话的主要内容，也好让你父母知道主任对你的关心！"

固主任说完一撅一撅地走了，没有一点商量的余地。

田驹这些天来筹划发展两村经济的火热心情像被劈头浇了一盆冷水，一下凉到脚底跟。他懵了，站在院子里发愣，老半天没有缓过神来。

外边起风了，风从破败的芦苇篱笆间吹过来，嗖嗖的。母亲啥时给他披了件外衣，他一点都不知道。

11

芦花和田驹在四湖相约的事，在芦花村更是风生水起。有甚者，添油加醋，大肆渲染，有惊愕，有感叹，有激愤，有恼羞成怒……

正是因为这两个村鸡犬相闻而老死不相往来的历史原因，两村人很少过界河。女人更不过界河，更无通婚史。

到 20 世纪 70 年代，又有一对男女重演了一场爱情的悲剧。一次芦花村和田家村两个大龄青年在四湖捕鱼，突然狂风大作，恶浪翻滚。芦花村卢干迅速靠岸，回头却不见了在不远处捕鱼的田家村的田牛。卢干清楚，田牛的船已被狂风恶浪掀翻湖中。卢干立马起锚，迎风劈浪，寻找田牛的踪迹。终于他发现了田牛在风浪中一沉一浮的身影。卢干冒着船毁人亡的危险，小船一次次靠近田牛，又一次次与田牛拉远。最后卢干终于用渔网把田牛套住，这才把他救上岸来。田牛不但不感激卢干，反而抱怨不该救他。

累得半死不活的卢干并不生气，他了解田牛如同了解自己。卢干是富农出身，田牛是"四类分子"的儿子。他俩都因家庭问题，三十大几的人了，还打着光棍。卢干说："兄弟，咱俩不是一样有难言的痛苦吗？常言说，好死不如赖活着，熬着吧！留得青山在，不怕没柴烧！"

后来两人成了要好的朋友。同命相怜在四湖打渔，交往越来越密切。再后来田牛心血来潮，要把小他十多岁的妹妹清清嫁给卢干。卢干也自作主张，要把小他十多岁的妹妹甜甜许给田牛作妻子。虽然当时社会上正是换亲风盛行，好多贫困和有历史原因的家庭儿男不好找对象，大多采取三家轮换婚姻，也有少数直接换亲。他俩的命运可就不一样了，不论是阶级成分还是两村的局面，换亲都是无法成立的。两人决定双双做通家人的工作后，带着对方的妹妹双双逃婚。当他们的妹妹知道后，左右为难，但为了娘家的香火，她们宁愿赴汤蹈火，委屈求全了。可他两家的父母却坚决反对。唯成分论已使他们饱受凌辱，自觉低人三分，更何况两村的历史冤结更使他们担惊受怕。他们对此事吓得瑟瑟缩缩，慌乱得不知所措。儿女的婚事已不是他们的私事，这是两个村的大事。这样做不仅违背了祖规，忘了村仇家恨，而更担不起这个责任，宁死不敢自作主张。俗话说，没有不透风的墙。为此两村也刮起一阵龙卷风，大骂他们兄妹违背祖规，丢了村人的脸面，毁了村庄的名声，不会轻饶他们。

两个女孩经不起多方的恐吓和压力，先后投界河自尽。打那以后，伤心至极的卢干和田牛两个孤独的男人再也不回村里去，他们各自以船为家，一年四季飘荡在四湖上，偶尔他俩在湖上碰到一起，便喝得大醉。有歌唱道：

天苍苍水茫茫

何处是家乡

爹已死娘已亡

最痛小妹为哥丧

天南地北恨难见

只有水天另一方

苦酒灌肚肠……

至今有时还能听到这哀怨的歌声在界河与四湖水面上飘荡。

芦花和田驹在四湖相约的事，芦花村里人对此纠结在心，寝食难安。其中有一人叫寡妇荣。

当寡妇荣听到疤瘌他们在四湖看到田驹和芦花的经过，便有一股莫名的心绪折磨得她烦燥不安，半夜敲开村主任卢守全家的门。寡妇荣虽然刚过50岁，当年的风韵依然不减，许多老男人对她垂涎三尺。寡妇荣神经分兮地站在守主任面前时，一对肥大的奶子在朦胧的夜色中晃得主任眼花缭乱。

"你这骚狐狸，啥事这么急？半夜三更来找老守，天明就来不及了？"主任的老伴披着一件衣服冲出来几乎挡在他们中间。

主任卢守全，大家习惯称他"老守"，就连老婆平时也这样叫他。老守不情愿地后退了一步，在朦胧的夜色中泛了泛老花眼骂道："看你这两个熊娘们！"

"嘎嘎嘎……"寡妇荣放荡地连声笑着，"我说您公母俩听清了，田家村的田驹这小子把咱村主任助理芦花的魂勾去了，知道不？"

"这话从何说起？"老守诧异地向寡妇荣靠近了些，不大的小眼睛在寡妇荣身上扫来扫去，好像要看到她的五脏六腑是什么样子。

"不知道了吧，告诉你这老昏鸦主任……"

"这简直……想不到会有这事……"守主任气得有些发晕，像喝多了酒，有些上头的感觉，连拍了几下脑瓜，却一下子不知如何是好。

"嘎嘎……这点子事看把你主人吓得屁滚尿流的，你这主任当得……"

守主任老婆斜了一眼寡妇荣，不悦地嘟哝道："破货，没事戳事。"

"嘎嘎，我才没那个心事给你戳，吃醋了吧？"

"你这两个熊娘们。"夜色中守主任隔着老婆半个膀子轻轻拍了下寡妇荣的肩头，讨好地说，"荣妹子，你帮我好好想想，要快刀斩乱麻，越快越好。"

"求我了是不？这还差不多。"寡妇荣不去看守主任老婆，拿媚眼盯着守主任，沉思了良久，这才在守主任的耳边咬了一阵子……

"不妥吧！"守主任惊道，"恐怕弄不好连累了你，再说那也不是快刀斩乱麻！"

"老娘我怕过谁，反正是破罐子破摔。这叫钝刀子割人肉，让她芦花知道那条路行不通。"

12

寡妇荣、地磙、二青、疤癞在芦花村的大街小巷的人群中撺掇了一阵子，然后四人聚到村头月牙河边的歪脖子柳树下，压低声音嘀咕了半天。

这时，只见疤癞头摇得像货郎鼓，声音也有些颤抖："这可是我们全家多年省吃俭用买的这点石头，儿子结婚盖房急用，如果……"

"没有如果，只用几十块就够了，过几天再弄回来还给你不就得了。"寡妇荣急躁起来。

疤癞一个箭步上去用手捂住寡妇荣的嘴："小娘，小声点。"

寡妇荣甩开疤癞的手，声音放小了些，一脸认真地说："你们想过没有，芦花现在是什么人？是村主任助理，是县里派进来的干部。"

二青心里骂开了，你寡妇荣又想当婊子，又想立牌坊，到底想干啥？

寡妇荣看着他三人不知所措的样子，诡秘地笑了，嗲声嗲气地说："看你们这一个个熊样，关键时候就不撑头了。"

地磙趁机想捞点便宜："荣嫂，那些不撑头的货别夹他们。"

寡妇荣"嘎"地笑了，仍不依不饶地低声笑骂道："专夹你个地磙蛋子。绊倒趴到牛B上，先别吹，要看你们的真家伙。"她挨个瞟了三人一眼，继续说道，"把一些石头堆在芦花家的大门口外，主要是让芦花知道，她和田家村来往的路是走不通的，不能和田驹走得近，更不准谈情说爱，前面就是一座山，是很难翻过去的。"

此时疤癞的心里很复杂，又有几分担心地对寡妇荣说："人说好狗不挡路，按说这是缺德的事！但为了咱们村好，也管不了这么多了。不过地磙和二青说用我家的石头，那可是给儿子盖房子的，还恐怕到时急用。"

二青甩过来硬梆梆的几句话："我家要有石头用不着你疤癞的。"

地磙摸着肚皮道："至于这几块破石头，放到那儿谁也不会去啃它两口。"

“抠屁眼咂指头的熊货。”二青咕噜了一声。

“你二青不抠屁股咂指头，石头你出。”疤瘌正想找茬，撇着嘴嘟哝道。

寡妇荣故作高深地把话题岔开：“你两个熊东西，关键时就咬。话再说回来，反正臭味自己闻，这事只有我们四人知道，天机不可泄露。我家过去盖房剩下几块小石头，如用的上就去搬。”这话也算给疤瘌榜除杂念、鼓劲撑腰。

“你真是我的亲宝贝。”疤瘌偎到寡妇荣身旁，一边咬着耳朵说，一边用手偷偷在寡妇荣身上乱摸。

寡妇荣小声骂道：“想吃奶也得等老娘解开怀。”

一阵笑骂，声音却很低，都压抑着情绪。

“啥时动手?”地磙依然不停地摸拉着肚皮问。

“夜长梦多，明天晚上就动手。”寡妇荣用不容置疑的口气说。

四人又叽叽咕咕老半天才离开，各人去做准备。

13

一大早，田驹胳肢窝里夹着荷花昨晚送来的教学课本，心情复杂地去田家村小学代课。

前几天，田驹来小学校时，一下子找到了小时候的感觉。毕竟是母校，那种感觉浓浓的，既亲切又温馨，好像一下子回到十几年前。当时他就想着以后要好好改造它破旧的样子。事隔才几天，却意外地成了母校的一个临时代课教师。他这样想时，禁不住笑了。这人呢，一生的轨迹往哪走，能走多远，看来走不出自己画的圈子。

一个村主任的职务虽不大，门坎虽不高，可是村里最高的行政长官。村主任助理就得听村主任的安排，抓经济发展固然重要，主任助理协助主任抓教育能说不重要？再说这小学实在缺少老师，就荷花一个人……田驹这样胡乱地想着，不觉已到了小学校门口。

早早地等在小学大门口的荷花老师和同学们，排着长队在欢迎他：

“欢迎！欢迎！热烈欢迎！欢迎田老师!”

顿时，田驹心头热乎乎的，两眼湿润。他说不清是为此而激动还是为此而无奈。

“田驹哥!”着意打扮的荷花迎上前来，她笑得一脸灿烂，两只好看的大眼睛含着一汪泪水。

"荷花校长早上好！同学们好！"田驹有礼貌地回敬道。

荷花把田驹领进一间用过道改成的狭窄的办公室，她的备课桌对面新加了一张桌子，一把木椅子。

"田驹哥，这是给你准备的，地方小将就点。"荷花欣喜含情的泪水终于落了下来。

"谢谢校长！"田驹对荷花的热情反而拘谨起来。

"田驹哥，以后不许这样称呼，喊妹子挺好的。"荷花抹了下眼睛，娇嗔道。

"是，校长！"田驹向荷花举了个不规则的军礼，觉得自己很滑稽，心想，自己的命运竟然落在这个女孩子手里。

"又来了。进了小学门，大学生就变成一个调皮的小学生了。"荷花腮边嘴角似乎要溢出香喷喷的美酒来。

"是啊，是啊！我好像一下子回到了童年。记得我的童年很调皮捣蛋。上课做小动作，下课砸坷垃仗，眨眼功夫猴到树上掏老鸹窝去了。那时虽然穷点，精神却很愉悦。听说书的讲，刘邦小时候就是一个捣蛋孩子，编了个竹篓子式的帽子戴在头上，说是皇冠，后来他果然做了皇帝，那竹篓子也真成了皇冠。"

"嘻嘻……农村孩子的本性，天生使然，我喜欢。听说你小时候会削木陀螺？"

"小时候玩疯了。上学了，课堂上还想着冬天冰上赛陀螺，夏天湖里摸鱼抓虾，秋天芦苇丛里捉鹌鹑，快活死了。也没少挨爹妈的教训。"

"现在有些孩子也都一样，天生的童心不泯。但是现在的孩子比以前负担重，想玩也没时间。再说，现在小学生难管，大部分父母一年到头不在身边，一些孩子心理变化异常，有的非常胆小脆弱，有的却变得坚硬蛮横。"

"缺失家庭教育，也是不完整的教育！要想办法弥补这一课。"田驹陷入了沉思。

"听黑丫说，你准备盖房子的钱交她拉砖瓦改建学校？眼下你家房子破旧成啥样了，让我都担心！"

"我从小住在里边，冬暖夏凉，有感情了，一下子还真舍不得扒掉，还是几十个小学生要紧。"

"田驹哥,以后有啥困难也让俺荷花替你分担些,现在我们就等于一个锅里摸勺子。"

"一个锅里摸勺子?"田驹点点头,在心里掂量着这话的含义。

上课的时间到了,他赶紧向二班的教室走去。

不远处传来超载拖拉机噼噼啦啦声嘶力竭的怪叫,是季响、黑丫他们给小学校送砖瓦来了。

转眼间,黑丫开着拖拉机到了小学校门口,车里装满了红色砖瓦,上面还坐着季响、春旺、张浪、蚊子几个人。田驹顿感如芒刺在背,赶紧跑过去说:"兄弟们……"他一下子不知如何解释是好。

季响跳下车,绷着脸说:"田驹哥,那晚大家相聚后,几天激动得睡不着觉,昨晚半夜爬起来喊上春旺、张浪、蚊子开车去了砖瓦厂。半路上听说你改行了,拖拉机差一点开进沟里去,幸亏碰撞在一棵柳树上。"

蚊子哼哼几声说:"田驹哥,你说领俺们建设新农村,咋弄得戏没开唱就缩头乌龟了。"

浪里醉条恐怕昨晚又多喝了酒,像没睡醒的样子,斜着肿眼泡说:"这里工作挺舒服的,有美女相陪,但要小心地磙他们揍上门来。田驹哥,你是不是被他们一竹篙砸怕了?还是被他们撞进湖水里淹蔫巴了?"

春旺戏谑道:"都不是,这叫乐不思蜀。当年的刘备叫孙尚香迷惑得不轻,险些忘了江山大业。当然你不能和刘备相提并论,不过你空有一番建设家乡的美名。话再说回来,现在是各人顾各人,哄死人的事都能干出来,何况一个村主任助理,我们几个能理解!但是你要说清楚为什么这样玩弄土生土长的兄弟,当官的都像你这样?"

田驹憋得够呛,国字形的脸上沁出细小的汗珠子,正要解释几句,这时荷花走过来。季响他们急忙爬上拖拉机,黑丫一加油门,噼噼啦啦地一阵怪叫跑走了,校门口留下一股浓烟。浓烟里依稀听到他们的挖苦声。

憋闷、委屈塞满了田驹的胸膛。他想大声抢白:不是这样的!可是他一句也没有喊出来。荷花走过来轻轻拉了一下他的胳膊,送过来甜美轻柔的声音:"田驹哥,该上课了!"

14

地磙、疤瘌、二青、寡妇荣又一次聚到月牙河边的老柳树下时,下弦月已融进村西边的树丛里。芦花村淹没在无边的黑暗中，村子里很静，偶尔传来一两声狗叫。

四人叽咕了一阵，便悄无声息地摸着黑转回村去。他们先来到疤瘌头的屋后，那里堆着高高低低的一片石头，坟茔似地。地碌摸了一块近两百斤重的平面石，低声说："我背这块大点的前边走，你们紧跟在我后边。荣嫂在前边探路，发现情况及时应对。"

疤瘌和二青两人使足劲抬起那块平面石，放在地碌的背上。地碌立马运足气力，两臂反转，用两只大手牢牢抓住石头两底边棱角，这才迈开大步，朝芦花家的方向走去。

二青和寡妇荣帮助疤瘌选了一块方子石。这块石头面不大，有厚度，重量不比地碌的轻多少。疤瘌上下摸了摸，便有七分胆怯，声音颤抖地小声说："这块太大，换块小点的。"

寡妇荣的声音有点出奇地冰冷："换只能换大的，小的压不住邪气。"不等疤瘌再说什么，和二青一起用劲，把那块一百多斤重的青石扎扎实实地压在疤瘌那瘦骨嶙峋的脊背上。顿时，疤瘌全身发出咯咯吱吱的声响。寡妇荣鼓励说："为了芦花村，疤瘌，可不能趴下了。男子汉大丈夫能背座大山，一块石头又算得了啥！"

"我日……"疤瘌顿感热血沸腾，全身像生出一股千斤压不垮的力量。他迈开两条短而少肉的瘦腿，拼命去追赶前边的黑影。二青抱了块百多斤的圆石头放在怀里，小声对寡妇荣说："荣嫂，你就不用帮我了，快去前边看动静，你的任务是前边探路望风。"

寡妇荣空身向前边小跑过去。

疤瘌家离芦花家虽说相隔十几户人家，这么大的村落，大小也要拐上几个弯，难说没人走动。虽说半夜三更，寡妇荣仍很紧张，唯恐碰着啥人，再说自己是个寡妇，半夜三更碰着啥人很难说清有什么好事。越这样想心越跳得厉害，连她自己都听到咚咚心跳的声音。寡妇荣毕竟走南闯北一段时间，想到自己眼下的责任，也不比地碌他们背一块大石头轻松，便慌慌张张摸着黑往前赶。脚下不小心被啥东西绊倒，趴在地上。她不敢叫，嘴啃着一块硬邦邦的东西，用手去摸，原来是块破砖。嘴有些痛麻，她心里一惊，千万别破了相，摸摸脸，又摸摸牙。牙还在，门牙像少了一块。心有些痛，管不了这么多了。她急忙爬起，赶上地碌他们。夜色中，见他们背着大石块艰难地往前迈着步子，腿像灌了铅块，像魔鬼一样摇晃着身影。想到他们汗流浃背、气喘如牛，她差一点笑出声来。寡妇荣急忙在他们每个人耳边嗲声嗲气地鼓了鼓劲，牙少了一块，话有点不兜风，效果却不差。看得出他们努力的步子在加快。在一片朦胧的夜色里，她睁大眼睛四处张望，看是否有什么人。如果碰到人，她会毫不犹豫走上前，把他们引到别处去；如果见到狗，不等狗叫，她会立马把诱饵甩给狗们，她兜里早准备好了馍馍，是用酒药浸泡过的，又香又软。狗吃了保管立马见效，一小时内不醒狗事。

此刻的芦花村已沉睡在梦乡里，静得没有一点声音。

地磕他们在背第二趟石头时，天上已下起零星小雨。四人心中窃喜，天助事成也，胆子也放大了许多。寡妇荣来回跑着，边探路边鼓劲。心中一高兴，警觉就少了些。这时在离她不远处，村里一只发情的母狗吸引着两三只公狗团团转。当她发现时，几只狗向她狂吠不止。这时全村的狗接二连三跟着叫了起来。寡妇荣吓得三魂丢了七魄，诱饵也忘了抛洒，转身便跑。后边二青、疤癞、地磕吓得连连甩掉背上的石头，就听"嘭嘭嘭"在深夜里发出沉重的声响。几只狂吠的狗被这突如其来的声响吓得掉头跑开，然后去忙它们的事了。

四人互相埋怨了一番。寡妇荣自歉道："都怪俺吓晕了头，忘了给狗吃酒药泡馍馍。"

"留给你自己吃吧！"二青心里骂了一句，用手摸拉着屁股上被石头划拉的伤痕。

村庄很快又恢复了平静。地磕他们缩到一个小巷处，看看再没什么动静，这才重新背起抛撂下的石头。

地磕三人不再言语，各摸着找到自己丢下的石头。这石头比先前更难背，一经雨淋，湿漉漉的滑不说，脚下也觉得没了根，像背了一座山。

可是谁也没说不行。为了阻止芦花和田驹来往，他们豁出去了。

他们在背运第三趟石头时出了点毛病，脚下老是打滑。疤癞脚下滑时两条短腿一软，被石头压在下面。他把吃奶的劲都用上，还是爬不起来。再猛地用劲，只觉心头一热，吐出一口血沫。同时他似乎听到头上的毛细血管破裂的声音，惊怕地哇呀一声尖叫。这一声尖叫又引来村里一连串的狗吠。黑夜中的地磕、二青、寡妇荣吓出了一身冷汗。三人摸过去，把石头从疤癞身上抬下来。疤癞从地上爬起时，猪打圈一样，弄得浑身都是泥水。

寡妇荣照疤瘌腚上踢了一脚,娇嗔地小声骂道:"当你碰上鬼了,把人吓死了。"

"把我压死了。"疤瘌头呻吟着说:"这回恐怕要落下病根了。"

地磙和二青心里同时一惊:"这回真是累吐血了。"

寡妇荣听着三人像泄气的皮球,心想,要不动点真的,算白干了。赶忙跑回去搬了一块小点的石头,累得屁响噗噗地走在前边。疤瘌三人再没说啥,咬着牙紧跟在后边。

四人忙乎了大半夜,看看通往芦花家的路上堆起一米多高的石堆,他们心里乐了。寡妇荣禁不住"嘎"地一声笑,这笑声像猫头鹰的声音,在大半夜里特别吓人。三个男人不禁打了个寒颤,汗毛都竖了起来。寡妇荣压低了声音:"这座山够她芦花翻越了,让她自己体会去吧,明白人不要多讲,咱们走人。"

各人摸索着回家的路。当寡妇荣打开自己的房门时,被尾随在后面的地磙紧紧地抱住。寡妇荣嗔骂道:"疤瘌,你不是累趴窝了吗?咋还有这股子邪劲!"

地磙并不言语,把寡妇荣抱紧了进了屋里去……

15

湖畔的初冬时常有雾气弥漫。昨晚下了一点雨,早上吃饭时雾还没散去,十步开外便看不清东西。

芦花像树上的鸟儿一样每天都起得特别早,先是帮母亲做饭、洗衣服、收拾院落,忙完家务,然后去村里忙大家的事。今早顶着雾水在院子里又忙开了,她不愿让母亲太辛苦了,前些年父亲不幸身亡,哥哥苇子又落下了一条腿的残疾,母亲哀痛家庭的遭遇,哭瞎了双眼。现在她能帮母亲做些力所能及的家务事,再忙也心甘情愿。她回村任主任助理后,建议村委会成立了编织培训班,她任教员。四湖畔是优质芦苇和杞柳的家乡,这里群众有着传统的编织技术。芦花小时候就是村里编织能手,她在大学的学科是外贸兼修艺术设计,可谓锦上添花。村里办编织技术培训,又是芦花任教师,大家热情很高,姑娘媳妇们更是乐意参加。芦花已和田驹商量从多方面改善两村关系,还准备把编织新技术传授给田家村。

这会,芦花招呼母亲和哥哥吃过饭,就匆匆忙忙去编织培训班。当她打开大门，发现离她家大门不远处的路上，一堆湿漉漉的大石头挡住了前面的去路，周围雾气蒙蒙一片。一夜间从哪里飞来的这多石头？幸亏不是一座山，还能勉强过去人。芦花看到这里，急忙喊苇子哥问是怎么回事！苇子挂着一根铁拐蹬蹬地走过来，围着石头堆转了几圈，一时丈二和尚摸不着头脑。好一会，瞪着眼睛对芦花说："想起来了，妹呀，这肯定是对你来的！这几天我耳朵就塞满闲话。正想问你，跟田家村人有啥好谈的。特别田驹那小子！如果真是这样，我们就是芦花村自己人的死对头。这不明明说，你跟田家村来往，这些人就跟你过不去。我苇子虽然少了一条腿，也算得上七尺男子汉，来硬的咱不怕，哥就怕人家说咱忘了村仇家恨、忘了自己伤疤的痛，以后叫俺怎么在芦花村立足？冤死的爹呀、瞎了眼的娘呀，往后这日子……"苇子边说边半真半假地嚎叫起来。这架势多半演给芦花看的。

听到这里，芦花反而爽快地笑了。她把话题一转说："哥，厂里编织与营销任务都很重，差不多都落在我的肩上。眼下编织品大量积压，哥，你能帮助妹妹把产品销出去吗？"

苇子的嚎叫声嘎然而止。他挠着头皮苦瓜着脸说："妹妹，你这不是为难哥吗！哥哪懂得这些？"

芦花也摆出为难的样子："哥，编织厂生产销售的事，村里人为难，你也为难，妹妹不也是为难吗？仅这一点，就需要和田家村结合，靠当地资源形成规模，打开销路；再者人才，田家村的田驹哥，也许他有办法。我正要去找他！"芦花越过石堆走了，身后留下两句轻松而又沉重的话语："这石头如果是冲我来的，有石头就让他们往这儿背吧！"

苇子转眼不见了芦花，心里仍在埋怨，用铁拐一遍一遍敲打着石头，一边在琢磨这堆石头的去向。要是轮到别人，可能会大骂一通：好狗不挡路，弄堆石头挡老子通行，真是个缺德的玩意，损他八辈祖宗，不拉人屎的，不得好死的，出门碰抢子的；或者哭天抢地：天呀，地呀，这又招着谁惹着谁了；这事轮到苇子身上，另当别论。苇子想，是谁看我苇子好欺负是不？错了，一条腿的苇子也不是好惹的。他用铁拐嘭嘭地捣了几下石头，又围着石堆转了几圈子，突然放声地大笑了："这人呀，啥人有啥命。痴情郎常说天上掉下个林妹妹，老天爷今儿给掉下这堆石头也算不薄俺苇子！"

母亲听到苇子在大门外高一声底一阵的叫嚷，走出屋门，问出了什么事。

苇子回答说："娘，没啥事，是狗叼来几块肥肉，放在咱家的大门外边。"

母亲说："问问谁家的狗叼得谁家的肉，快去还给他们。这狗也真是吃饱撑的。"母亲嘟哝着进屋去了。

苇子朝母亲的背影挤挤眼笑了。转头又围着石头仔细看了成色和大小，掂量着这些石头的用场，确定了便开始实施。

苇子刚到 30 岁年纪，方脸粗眉，膀大腰圆，逞强好胜，村里人称他"铁拐子"。要不是断那条腿，真能搬座山。虽说少了条腿，弄这几块石头还是没问题。苇子是个会动脑筋的人，很快便想好了这石头的用途和搬动方法。家里有个木墩子，槐木实心货，结实得很。还是父亲在世时用家里一棵老槐树底根做成的，平时用它当板凳。眼下用它来做支点，用铁拐做撬杆，一块两百斤的大石头不大工夫便滚进了院子里。虽说是冬季，外面冷风嗖嗖，苇子早脱光了膀子干得一身汗水。几十块石头，不到一个中午便被苇子安排得妥妥当当。四块长方形的进了灶房当了案板支架，两块面子较光滑的弄到院子枣树下当了石桌子，两块方正的当了板凳，下余几块补了猪圈。当苇子干完这些活时，甭提多高兴了。他自言自语道："要再多几块就更好了，老堂屋南墙底根部分快被碱吃透气了，早该用砖或石头填补一下。他在院子里转了两个圈子，又产生了一个新念头，把补猪圈的几块石头调过来补老屋的南墙，是当务之急。

苇子在不断地修改着他的杰作，干到傍晚时分，眼看大功告成，突然斜刺里有一个声音叫道："好你个苇子！竟敢用……"

苇子抬头看时，什么人也没看到。他挂着铁拐，周围寻了个遍，此时夜幕四合，连个人影都没寻见。

"真他娘的有鬼了。"苇子想。

16

在离芦花家老远的地方大叫一声的不是别人，正是疤癞。自从昨晚他家石头用来堵住通往苇子家路口时，他就担心这些石头回不去了。借着傍黑的夜影作掩护，他躲到远处察看，才发现这些石头已被苇子挪作它用。又不敢当面出去阻止，还怕苇子给他几铁拐要了他的小命，疤癞难过得差一点去跳坑了。他顿觉脊背发冷，心口发热，像赌了什么东西，"噗"地喷出一口血来，变着腔的大叫了一声，然后折身跑走了。

疤瘌头哭丧着脸一口气跑来找地磙说："地磙兄弟，俺那石头你们说好的几天就运回来。谁料这石头成了肉包子打狗，有去无回了。苇子把石头派上了用场，俺家等着建房，你看怎么办吧！"

地磙摸拉着圆滚滚的肚子说："当初是这么想的，谁能想到搬起石头砸了自己的脚。苇子比咱狠，你去找二青，我去找荣嫂商量一下该怎么办吧！"

没有月亮，天上有几颗星星在眨着眼睛。四人摸着黑，不敢照电筒，深一脚浅一脚的，先后到了村前月牙河边的大柳树下。这是他们聚头的地方。

夜色里，寡妇荣晃着一对肥奶，用媚眼扫了一下地磙，对疤瘌说："疤瘌，你看见那石头没有了？"

疤瘌弓着身子显得很沉重的样子，两条短腿不住地发抖，好像有块大石头还在背上没卸下来。他把傍晚在苇子家看到的情况细说了一遍，最后说道："苇子说石头是从天上掉下来的，老天是对他苇子的照顾，苇子还专门弄了杯酒泼洒在地上说感谢各路神鬼。想想那晚咱们四人真像神差鬼使的一样，把我家盖房的石头硬是往苇子家背，把我疤瘌也累出了毛病，一咳就心口疼，昨晚还吐了一口血，恐怕心脑血管都出了问题！"疤瘌说着差不多要哭了，重重地咳了两声。

二青恐怕粘着他什么，红着脸赶紧说："你那病跟我们没啥关系，那一块破石头也压不出痨伤来，说不定你那是色痨发作。"说着瞄了寡妇荣一眼。

寡妇荣也郑重起来，骂道："狗日的没事找事是不？他色痨是他自己找的，还说那狗屁风凉话，也不想想怎么去找苇子把石头给要回来。"

好大一会谁都没有吭声。

"苇子火爆性子咱惹不起，自从他残了一条腿，他的脾气更大了，正找不着人发泄。你去找他要石头，等于挑明跟他对着干，他不跟你拼命才怪。"二青的话硬梆梆的，也算回答寡妇荣的话。

"说得也是。软的怕硬的，硬的怕不要命的，这个关头谁出面谁是他苇子的死对头。"地磙把手从肚皮上移到胸口上，"本村人也犯不着，只好哑巴吃黄连，苦就苦了疤瘌兄弟了。"

听到这话疤瘌的脊背像被抽了筋，短腿一软，差一点歪倒下去。他赶紧去抱离他较近的寡妇荣。寡妇荣急忙闪身，疤瘌两手却紧紧抓住了二青的上衣："你们也不能看着俺这么倒霉……"

二青被疤瘌突然的举动吓得"哎哎"地叫着，摊开两条胳膊，红着脸说："粘人是不？可别弄个脑溢血，半身不遂什么的！现在也有人不太讲究，有个意外，都喜欢找个下家粘着，无休无止的要人家赔偿他。"

疤瘌定定神，缓口气，恼怒地说："二青，你觉着我想诈你点啥是不？狗日的才这样想！"

寡妇荣稳了下急跳的胸口，单刀直入："二青说那话不等于往人家伤口上撒盐吗？咱也不能这么缺德，毕竟是合伙干的事，眼下疤瘌有难，也该伸手帮一把才是。"接着亮出菩萨心肠，"俺家以前盖屋还剩下几块石头，你抽空拉走吧。地磙家门前不也有几块吗？权当帮帮疤瘌。"

地磙点点头，向寡妇荣眨了眨眼。

疤瘌咳了一声说："赔了夫人又折兵，咱们不能就这样完了。"

地磙摸拉着圆滚滚的肚皮又开始鼓动说："芦花跟田驹来往，就是说芦花村与田家村要解除历史怨结，抹平历史遗恨，这不仅是我们几个人的耻辱，这是往全村人脸上抹灰。守主任不会答应，我们这次阻止不成，但是我们决不能让他们破了规矩！"

"历史上两村老死不相往来，有界河、有鸿沟作证。有死的、有伤的作证。他们破不了例。"寡妇荣坚信着自己的行动。

远处，黑暗笼罩着月牙河两岸，四周一片死寂。偶尔有鱼跳出水面，发出"呼啦"声响，很快回归寂然。

"决不能……"疤瘌有些咬牙切齿了。

寡妇荣看着疤瘌痛苦的样子，投去一个蜜意的媚眼。安慰说："疤瘌弟弟，别难过，不信没有办法来阻止芦花和田驹的来往。再说你那点石头，冤有头债有主，他吃咱的谷子要他还咱米。"

17

田家村村委会主任老固一出村委会的门就高兴地唱开了，他是用拉魂腔的声调唱的：

主任我出了村委会大院

不由心中喜气连连

想当年风云叱咤界河两岸

如今定乾坤不减当年

来了个大学生干部安插在女儿身边

……

这一带的拉魂腔是出了国界的。这里的男女老少都能喊上几嗓子，是自娱自乐也是发泄心底的呼唤，大多以爱情为主线，故事情节跌宕起伏，有欢畅亦有哀婉。当年这一带在固主任爷爷那一辈就有汪麻子的拉魂腔戏班，之后唱出了国界，唱到了新加坡、马来西亚、泰国等东南亚几个国家。有"汪麻子一走，想死十九。别埋别埋，汪麻子还来"的说法。老人都这样说，他们听过汪麻子的戏，自带干粮，追着到各地去听。记不清听了几个村几个县，只记得汪麻子那戏唱得叫人难割难舍。唱"李二嫂改嫁"、"王三姐私奔"，那戏文唱腔真把人的魂勾去了。那声腔戏文，缱绻万种，百肠千结，让人丢不下忘不了。呜呼！要死要活不得！

这时，老固主任的拉魂腔一嗓子就唱到了家门口，虽说声调暗哑，却韵味十足，后音里还拖带着抹布擦桌子的声音。

孙红妹已多年听不到田固的拉魂腔了，今儿听着，真听得她心头荡漾，恰似回到了三十年前："老公，多天不见你个笑脸，啥事让你这么屁溜？"

老固走进院子，从鼻孔里喷出一股粗气："跟芦花村老守这个老东西争斗了大半辈子，也没理出个是非曲直，也没富了村民，更没让媳妇过上好日子，想想惭愧呀！转眼老了，这世事变化，年轻人一抹腔就离开乡村土地外出打工了，他们的感情转移到了城市，这村庄真的有一天空了，怎么了法？老守这老东西不知怎么想。"老固说着说着不禁感叹起来。

孙红妹说："你两个老冤家，斗来斗去那么多年，不后悔吗？值得吗？现在村民的眼光都转到了城市，最后你这村长落个光杆司令，找不到一个对脸子。"

"嗨，我宁愿至死守住这片村庄和这块土地。这儿就是村民的根，就算他们跑到天边，也不会忘了本，他们终究会回来的。那乡愁的感觉是无法抹去的！"老固坚信道，话语沉甸甸的。

这话使孙红妹也很感动："是呀，有谁不留恋自己生长的故乡。"

老固笑了，听得出暗哑的嗓子敞亮了许多："红妹呀，我对不住你，没有让你过上安生日子，反而成天为我担心受怕。不过，女儿我要对得住她。上面下来个大学生干部，是咱村的田驹来当我的助理，俺把他派到女儿身边去教书，先当女儿的助理。我从小看着这小子长大的，也不会亏了咱荷花。

人算不如天算呢！老固我算了却一番心事。"

孙红妹不解的眼神盯着老固："那又能咋样？"

"头发长见识短吧！像田驹这样的大学生村官前程无量，就是想让两个年轻人处处感情吗！"

孙红妹噘嘴不高兴了："我不赞成。难道让女儿跟我一样一辈子为她的丈夫提心吊胆地过日子？我已给娘家人打招呼，在县城给荷花找个合适人家嫁过去。说心里话，什么穷富，老百姓有句金玉良言：平平安安和和美美过日子才是福！"

固主任执拗地说："看出来女儿很喜欢田驹，我看他俩很般配的一对。再说女儿大事耽误不得。"

孙红妹不依不挠："芦花一个女孩家敢趟过界河，说是来化解两村积怨，咋又跑到四湖与田驹约会？你这榆木疙瘩。"

"嘿嘿，现在就是让他俩见不着面吗。这叫一箭双雕。"

"那可不是小鸡小鸭的，关起来没事了。想当初，父母坚决反对咱俩的婚姻，东躲西藏的，最后不还是成亲了吗！想来，跟你活受一辈子罪。"孙红妹撅起嘴委屈的样子，"就凭荷花闺女的学识、人品、长相，不嫁个城里好人家就对不起咱荷花！"

孙红妹的娘家在县城里。"文化大革命"时，中学还没毕业的袁固参加学校组织的宣传队演出，唱到县城。他用拉魂腔那一嗓子唱出来，曾让观众振臂高呼。孙红妹听了几场戏像丢了魂似地追到他家里。孙红妹的父母坚决不愿意下嫁女儿，把孙红妹关在屋子里。一天夜里，袁固跑到县城孙红妹家屋后，那一嗓子拉魂腔，使孙红妹硬是冲破窗户，投进他的怀抱。后来两人便结了婚。孙红妹嫁到了田家村确实后悔过，那是因为田家村和芦花村经常因湖产发生矛盾纠纷。她过得不安心、不舒心、不顺心。她曾萌生过回县城永不再回来的念头，可是又舍不得袁固那一嗓子，后来生了女儿荷花，光阴荏苒，一转眼二十多年过去了，孙红妹也便死心塌地的跟了老固。

孙红妹的话叫固主任猛地一惊，在院子里急转了两个圈子："明天就请篓子去两家撮合荷花与田驹这门婚事，免得节外生枝。

突然，一个假嗓子声音从门外传来："不请自到，不请自到！"

固主任和孙红妹吓了一跳，扭脸看时，正是篓子拖拉着一双破苇缨毛鞋蹭进屋来。

"噢，说曹操，曹操就到，老弟！"固主任热情招呼道，"看吧，看吧，正想着要请你呢！"

"不请自到，不请自到！"篓子没等主人家让坐，先自沙发上坐了。

固主任说："老弟见笑了，看你弟妹都说些啥，嘴没把门的！"

篓子的黄面皮在背影下显得黑不溜秋的样子，他捏着光秃秃的下巴说："老弟啥都没听见，耳背着呢。"

"篓子弟不瞒你说，我们守着日出斗金的四湖，守着一望无际流油的滩涂，咋就过不上幸福的日子呢？看你弟妹连女儿今后的日子都担着心，你说我这村主任干的！"

篓子故弄高深地说："你学过《资本论》吗？资本都是贪婪的。"

固主任摇摇头，嗓子变得发亮："我知道一个村主任没有什么资本可言，但我只知道什么叫守土有责，什么叫故土难舍。自古这都是一腔热血男儿心，壮志凌云守家园。一个国家是这样，一个村也是如此！现在有的人家只顾到外边打工挣几个，我看不是个长远之计。田家村两千多人难道以后都靠打工才能致富？这我不赞成，我也不信！村民都愿意背乡离井，我更不相信！村庄多少年后消失我不敢说，也许会有这一天，但我不想看到。田家村与芦花村两村人心里有纠结，是历史造成的。谁能说拍拍手一百多年的冤结哈哈一笑了事？总在心里疙疙瘩瘩的，我能理解老婆孙红妹心里有怨言。"

篓子笑着："杞人忧天，杞人忧天。我说固主任呢，不然就换个活法试试？"

固主任突发奇想，干咳了两声道："大汉皇帝刘邦深知创业难、守业更难的道理，至死都没忘记巩固政权和守住汉家江山。当皇帝了，回到自己的故乡沛县，唱出了名扬中外的大风歌："大风起兮云飞扬，威加海内兮归故乡，安得猛士兮守四方。"真叫人热血沸腾。我一个村主任跟大汉皇帝没法相比，人心那，其实都在一个理上！"

"芦花村的老守也是这样想的。"篓子捏着光秃秃的下巴说，张开满嘴烟熏火燎似的糯米呀，差一点笑翻过去，"嘻嘿……嘻嘿……"

老固皮笑肉不笑，眉心的皱纹拧在一起，心想，篓子鬼家伙猜透了俺的念想。这也不重要，重要的是完成田驹和女儿的终身大事。正要开口，篓子摆摆手让主任停住。其实他已知田驹去了小学校代课，就揣摩到了固主任的心思，今天不请自到就是为此事而来。便庄重道："昨夜晚俺卜了一卦，主任心中定有孩子们的终身大事相扰，如用得着俺幸振，当不辞辛劳。"

"哈哈！篓子弟，老哥我算服你了！"

"嘻嘿，荷花和田驹的喜酒俺是吃定了……"篓子的说笑声已出了老固家的大门。

"吃个屁！"说大鼓书的赶倒山刚好从固主人家门前路过，照着篓子的背影吐了一口。

18

寡妇荣在心里盘算着精心编织着的一张网，要彻底把芦花网住，不但她不便再去田家村，更不好与田驹见面。想到此，便"嘎嘎嘎"地笑出声来。

这天傍晚，寡妇荣找到守主任，喜笑颜开地说："主任呐，我看透了，芦花虽说是芦花村的闺女，可心里装得是外面的世界。虽然是你主任的助理，可是助理的不是你主任，我不说你心里也明白。芦花人长得漂亮，又有大学文化，又是干部，就你一个小学文化的村主任，能拢住人家？笑话！"寡妇荣说到这里卖个关子，停住话，朝守主任翻了下媚眼。

守主任递过去一支烟，仰脸看着屋顶，等着寡妇荣说下去。

寡妇荣轻微地吐出一口烟雾，带着软软的湿润从守主任的脸颊上飘过。

守主任不由摸了把脸颊，把脸转向寡妇荣。就听寡妇荣说："没有稳住鸡反倒赔了一把米。疤癞的石头被苇子派了用场，疤癞抱怨，我心里也不好受。"

主任把烟叼在嘴上，然后慢慢移到嘴角里，"噗"地吹了一口气。尖声说："荣呐，说心里话，这过程我不喜欢。我要的是她芦花不再越过界河，不再与田家村田驹那小子来往。我的脸面不重要，祖辈的脸面得要吧，全村人的脸面能丢得起吗！"

"俺也咽不下这口气，所以俺想了，要使一个姑娘守住芦花村，围着芦花村团团转，就必须嫁给芦花村，变成芦花村的媳妇！"

"芦花村的闺女变成芦花村的媳妇！"守主任半张着嘴轻声重复着。

"不错，主任，想好了吗？"

守主任眯着眼思索了一阵，点了点头，"啪"地一声，两个巴掌击在了一起。

守主任扶了把老花镜，把目光聚在寡妇荣的两只媚眼上："荣呐，你再往下说说看!"

寡妇荣并不急着往下说,深深地吸了口烟,悠悠地吐出一连串的烟圈,眯着媚眼看烟圈幻化成一丝丝缥缈。好一会才把媚眼移到守主任鼻尖上,拐弯抹角地说:"咱卢畅在南阳镇做着副镇长,也算个有头有脸的人物吧。轮年龄,说小也不小了,三十大几了吧!要说他长得好,不能算;要说他长得不好,也不是。他长得有他个人的特点,皮肤黑一点,眼睛小一点,我倒觉得蛮不错。都说好男无美妻,美妻无俊男。一丈青嫁个矮脚虎,三寸丁娶个潘金莲。咱卢畅和芦花可以说门当户对。芦花虽说是女中秀才,也对得住她。"

是夸还是损?守主任并不计较。他关心的是落脚点。这是他的高明之处,也正是他所要的:"嗯,正合我意!"守主任不由又和寡妇荣击了一个巴掌,咽了口吐沫,"荣呐,不瞒你说,芦花一下乡,就有人与卢畅提到这门亲事,不知为什两人没那么粘糊。"

"两人都是有身份的,像我们没多少文化的,见面就黏黏糊糊的。"寡妇荣摇晃着两只肥奶"嘎"地笑了。

"嘿嘿嘿,那也是!"守主任的眼镜已滑到鼻尖上。

"我担心的是,还没一张大网罩着,彻底网住她芦花,断了她与田家村的联系。"寡妇荣朝守主任翻了个媚眼。

"你说的大网?"

"当然也不能光靠你我去织网。"

"我懂了你说的意思。"

"拿什么谢我?"

"荣呐,网要靠大家多出点子。不过,这个大媒的红娘非你莫属,明晚,我让卢五先给你送去一只肥山羊。"

两个人压低的笑声融在了一起……

19

芦花村编织厂大厅里,遮阳挡雨的玻璃钢瓦筛出斑斑驳驳的影子。芦花手里拿着一本笔记本,另一只手拿着红蓝铅笔,和销售部主任兴闯正在编织厂清点着各种积压的编织品。这些日子,经她策划设计的编织产品不下十几种,和原来厂子里传统编织品确实有很大改进,好多花样翻新。可是销路仍然没有打开。

芦花村编织厂以前是村办企业的编织厂，由集体改制到个人，又由个人组成股分制。村委会虽然没有股，但是另有合同，村委协助搞好编织厂安全和产品的销售，从利润里提取百分之一作为村委会办公经费。

这时，厂长胖嫂和守主任走过来。珠圆玉润的胖嫂情绪特别低落，急得团团转："芦花妹子，目前，我们的传统产品没了市场，开发的新产品没找到销路，撑不几天了，厂子只好关门了。"胖嫂无可奈何地摆着两只胖嘟嘟的手臂。她是说给芦花和销售主任兴闯听的。

守主任如坐针毡，心里十分矛盾，想把担子往芦花身上压，跑通关节，打开市场；又想把芦花管住，不与田家村那边交往。前些天寡妇荣告诉他芦花与田家村田驹的事，使得他几天不得安宁，吃饭睡觉没了滋味，见了芦花就旁敲侧击。这会他呛着嗓子又来了："芦花呀，你要一门心思用在编织和产品销路上，不要与田家村那边有任何瓜秧马炮的……"

兴闯低头不言语，他是心里做事的人。

芦花拢了一把秀发，清脆地一笑，假装生气地说："主任大叔，俺这一心都用在编织产品上，哪有功夫跟人瓜秧马炮地扯。目前市场多变，一些老产品滞销，并不奇怪。要使新产品畅销，除了产品优秀，那也得有个时间和机遇，要多方努力才行。正想着给田家村的田驹助理打电话，兴许他有办法。"

真是越怕鬼越说鬼，守主任心里咯噔一下。寡妇荣他们在芦花家门前摆弄的石头阵，预示的警告，难道对她没起一点作用？更有几分怒气涌上脑门。心里骂道，一个妮子，这村主任助理才上任几天，就想一手抹平两村百年积怨，疯颠颠地趟过界河去化解老固，又和田驹相约船到界河口，真想翻天了。你妮子别太天真！老守这一关，是一夫当关万人莫开。气到这里便黑下脸来，在老花镜上面瞪了芦花一眼，尖呛着嗓子道："芦花，你是不是有意气我？老叔我不糊涂，以后不要提及界河那边的事，更不要过界河。"他呛人的声音强度有点威慑性。

芦花并不回避，把一头短而秀美的发丝用双手往后拢了拢，认真地说："主任大叔，又多心了是不？产品销售一旦孤立起来，它的前景也就没大希望了。"

"全国四面八方，条条大道通北京，哪里都可以推销我们的产品，为啥非要和田家村走近乎？这样只会影响我们产品的质量和销路。知道为什么吗？就是芦花村的民心！民心！知道吗？"守主任几乎是叫喊出来的。老花镜滑到了鼻尖上，又猛地推了上去。

胖嫂吓得一哆嗦，赶紧说："哎呀，看你这村主任发这么大的火，伤身体呢。芦花也是好意，她考虑没这么多，只想着熟人，多联系些销路吗。"

"熟人，哪些熟人？田家村没我们一个，我们也不需要这样的熟人。懂吗？"守主任依然呛人的嗓子叫着。

胖嫂没再多言，她准备拉芦花到办公室去，让守主任一个人消消气。

芦花执拗地摆了下修长的腰身，依然面带微笑，像是对守主任，又像自言自语："我不明白，守主任的民心是哪些人？近水楼台，田家村的人才和苇资源为什么不能相互利用？我还不明白，你田家村的仇人，就不能是我芦花的熟人？甚至不能是朋友？"

"反了！反了！都是你的对。"守主任火药般的嗓音像被泼了一桶水，反而没了火花。

"这未免不近情理是不？不过，我们也得理解守主任的良苦用心，几十年了，一贯制。"胖嫂在她耳畔轻声说。

守主任听得清清楚楚，转头说："我也觉得我先前话有点过分。芦花村与田家村相守相争那么多年，终究得到了什么？没有平安可言，没有幸福可说，还能有什么可讲的？没有。事情发展到今天，不还是各人顾各人吗。眼下，大多数人拍拍屁股去外地打工挣钱去了，甚至有人把分的土地也抛荒了，有谁还会想到这个芦花村，这片土地？过去，这赖以生存的编织厂以及厂内外堆积的芦苇，似乎还能闻到界河两岸与田家村械斗争夺的呐喊。而现在没有几人了，只有我们这些坚守的人。我也不敢相信，有一天，这些都会消失得一干二净，连同我们的村庄。"他停了停，摇摇头，继续说，"不，不会的，请你们相信我的话。不能一意孤行，有一条也是不能越过的，那就是界河。"守主任蹲了下来，把头耷拉到下面，离土地很近，眼镜滑掉在地上。他哭了，呜呜的，泪水啪嗒啪嗒落在两脚间的土地上。他们谁也没见过守主任这样伤心过。

珠圆玉润的胖嫂突然感到不知所措，又觉不好意思，又不知从何劝说，只好拉着芦花转身离开。

守主任依然哭声沉痛，却没有了眼泪，把耷拉下的头扭过去想偷偷看胖嫂和芦花的反映。不料她们已走开了，编织场的姑娘媳妇们也都躲了起来。他心里笑了，虽然不是诸葛亮哭周瑜，多少会使她们感动或小心做事。他继续想，这姑娘家可以撒娇任性，要叫她们做了芦花村的女人，她就会一心想着芦花村，死心塌地为芦花村出力。想到这里，他禁不住笑出声来：芦花呀芦花，咱骑着毛驴看唱本）走着瞧，看我守主任怎样把你芦花村的姑娘变成芦花村的媳妇。

20

芦花坐在她的设计室里，一边看着她最新设计的艺术编织品图纸，一边想着先前她和胖嫂与守主任之间发生的不愉快。她承认自己的快言快语，甚至于直言不讳，使守主任发火以至伤心流泪。她深知守主任对芦花村的感情和爱恋、固执和坚守，乃至胜过他自己的生命。他眼睛里看到的只有芦花村和他脚下的土地，与田家村历史纠葛和矛盾、根深蒂固的历史怨结，化不开也淡不去。她能理解他，甚至同情他。但是她不能接受他对她的强求。她不也同样爱着生她养她的这块土地吗！乡愁缠绕着她，亲情牵挂着她。她芦花不是回来了吗？回到生她养她的土地上。她芦花有她的主张，也有她的理想与抱负。她不敢有多大的奢望，她只想证明自己的存在，证明她的能力、热情和愿望，证明她所做的一切是值得的、美好的，不仅对芦花村还是田家村，还有这个社会。因此，她无怨无悔，努力做她想要做的一切。

累了，就想给田驹通个电话，多时没有听到田驹的声音了。她打开手机，拨田驹的号码，对方盲音。

芦花自语道："换个地方看看。"

芦花走出编织厂，还是要不通，干脆向界河那边走去。通向界河那边，有一条弯弯曲曲的小路。

界河那边徘徊着一个英俊壮实的年轻人的影儿，咋看咋像田驹。

芦花的心紧跳了一阵，便高声喊道："田驹哥……"

那个人影儿正是田驹。

原来，这几天田驹身在学校，心时不时地就溜了。一会想着和芦花商量编织的事，一会又商量界河边养殖的事，一会又想到芦花也像他一样被安排在小学校教书或更小的地方，封锁了有关她所有的消息。田驹心里老没着落，想着给芦花打个电话，几次拿起后又放下，有时按了号码，手指却在接通键上停了下来。打两人在河湖交汇处见面后，他感到事情复杂了很多。他甚至想到去小学教书也与他们俩见面有关。芦花会不会因此也受影响？田驹很想知道芦花的近况，又恐怕伤害了她，故而犹豫不决，一边想着心事一边不由自主向界河边走去。就在田驹在界河边徘徊之际，突然，他似乎听到芦花喊叫他的声音。同时他看到芦花修长优美的身姿，仙女般的长手臂在向他挥舞着。

隔着冰冷的河面，田驹投去一束热流般的目光："芦花妹子……"

"田驹哥……"

界河水已有些刺骨的凉，田驹呼呼啦啦一阵子趟了过去。开始呲了一下嘴，然后变成一串笑声。两人的笑声撒落在界河里，随着水面跳动着。

多年前，这里有好事者搭建过木桥，想通过木桥连接两村人的关系，可是被别有用心的人拆散了。打那后，这里再也没了桥，没有桥也便没了路。有一条弯弯曲曲的小路，是放羊人和拾荒者踩出来的。

"田驹哥，你在这里？"

"想你、念你、盼你，相爱的人心是相通的，这不就想到一块了吗！"

"真是缘相遂，心相通呀。"芦花感叹道，"可别冻着，"说着芦花弯腰帮田驹把卷了的裤腿放下来。

"看把我当孩子了是不？还没那么娇贵，比那天被撞进湖里舒服多了。

两人在没有收割的杞柳边坐了下来。

"芦花妹子，你没什么事吧，过得还好吧？"田驹急切地问。

芦花看着田驹不安的眼神，忽闪着一对大眼睛爽快地说："过得很好！田驹哥，谢谢你想着我。"

其实，田驹这一问，芦花心中已翻江倒海。她家通往村外的路口被人摆弄的石头阵，有人想跟她过不去；守主任的旁敲侧击、嬉笑怒骂不让她接触田家村给她的压力；寡妇荣三番两次去她家提亲，母亲和哥哥也想逼她就范……想到此，强忍着一汪泪水没掉下来。恐怕田驹发现，便抬头看天。

天空有几朵白云在飘，有两只云雀在自由地飞翔。她的心在追随着，宽敞了许多。

田驹这才放心地笑了："芦花妹子，你猜我怎么着？好端端的村主任助理还没正式上套，固主任却派我去小学当代课教师了。这几天老想着回乡的目的，心里火烧火燎地。还担心你被我影响，受了委屈！正不知如何是好。

现在我放心了！"

芦花心中的烦恼始终没往外吐一个字。她爽快地笑了："是固主任醉翁之意不在酒吧！"

田驹怔怔地看着芦花："芦花，那是在乎什么呢？"

芦花微微一笑，却没说话，那双清澈明净的眸子多少流露出点担心。

"我只一心想着两村怎样化解前嫌、发展经济，真还没想到其它怎么样。眼下我琢磨着尽快把小学建起来，有个好的教学环境，再去教育局请他们调两个老师过来，问题也许会解决。"

芦花接过话题说："我从新闻里听到，你拿出自家建房的钱建教室，够难为你的！"

"一开始资金缺口不小，村里拿不出。好在田家村人都关心这造福子孙的事，村民有钱出钱，有力出力，这事差不多就解决了！"

芦花从口袋里掏出一沓钱："这是我领到的第一个月的工资，要说用在建学校上实在微不足道，仅仅一点心意。"

田驹愣怔了一会，推辞说："芦花妹子，我知道你家也很困难，你母亲身体又不好，苇子哥又是残疾，怎么能用你的钱呢！"

"穷日子过惯了，没有这月工资一样过，这是我代表芦花村对田家村后代人的一份心情。"

田驹把钱捏在手里，感到那钱热热的，心中升起一种敬意和感激："芦花妹子，我代表田家村父老乡亲和孩子们感谢你！感谢芦花村！"

"田驹哥你我都不要客气，你我的角色是一样的，目标是一致的。希望我们俩都能尽快进入到自己的角色中去，为两村和睦发展，实现我们的抱负。"

"可是想不到刚要迈步就有那么大那么多阻力。"

"俗话说万事开头难，更不要说在这种特殊的环境下，可不能盲目呀！"

田驹沉思了好大会说："我在村上提出要抓好今冬编织产品改造和明春界河滩涂的养殖，有人却不理解，认为会使两村的矛盾加大。我想这是改善两村环境和关系的出发点，最好的结合点。芦花妹子，你说呢？"

"这个结合点要定位在大家共同富裕上面，才会有生命力。过去这湖地有限的资源一直在人们视线里争争吵吵之中，还不是矛盾纠纷怕了吗？这些人大都担着心，站在一个现有的物质层面上，完全从眼前个人利益得失考虑，看不到价值利用的空间会给他们带来的好处。就如芦花村编织厂，目前研制开发了一些新产品，如果打开销路，有个发展的好前景，田家村也不会守着金矿不为所动。"

"芦花妹子，你分析得非常对。在没形成规模和品牌之前，销售渠道便是一个最大问题，需要我们共同努力。"

"田驹哥，我今天找你，也是想让你帮一把。产品积压在那里，大家心里堵得慌。"

"我在省城工作了两年，认识一些朋友，让我好好想想。"

"在学校也不能误了孩子，特别对父母外出打工的留守儿童的帮助教育。谁都想着有一个美好的少年时代，这很重要，是村之大事，应该有个计划，短期的和长期的。如果我们把编织、养殖、旅游和相关的企业发展起来，减少外出打工者数量，也是改善两个村关爱的细节。田驹哥，眼下每周你不是还有两个休息天吗，牺牲了也值得，我陪你！"

田驹顿觉心头一阵热热地感动："芦花妹子，我懂你！"

两人相互勉励着。

临分手时，田驹送芦花一程，芦花又把田驹送回来。然后，田驹又送芦花。好像他俩有说不完的话，道不尽的心思。

21

这几天，一有空余时间，田驹就和在原来省城工作过的一些同事朋友电话联系，帮助芦花寻找芦苇编织品的销路。这天，田驹接到南方对外贸易编织品有限公司钱总的电话，要他们马上带产品过去看看。

田驹恨不得马上解除芦花村的编织销售困境，又一时脱不开身，想给芦花打个电话，又恐怕在电话里说不清楚。再者，想见见芦花，几天不见怪想的。田驹等到下课后，这才抓起自行车高兴地唱着飞出校园。

荷花校长见田驹如此高兴的样子，问了一声，他却飞远了。

当田驹赶到芦花村编织厂时正好是下班时间，一群姑娘媳妇正走出编织厂的大门。

芦花看到田驹，一下不敢相信自己，大眼睛忽闪着，惊喜道："田驹哥，你怎么来了？"

在一旁的胖嫂插嘴道："芦花，这就是你说的那个田驹？怪不得……"

一群姑娘媳妇扭头看着，底声议论着，小声笑骂着。

看门的黄老头急忙抓起电话向守主任汇报。

守主任如临大敌。这些天耳朵塞满了芦花和田驹见面的事，便恼羞成怒。他在办公室转了个圈子，立马让人通知寡妇荣，让她带上几个年轻人给田驹点颜色看看。

很快，一群年轻人把田驹团团围住。

寡妇荣先是向地碌几个人耳语了一阵，然后跳着脚对田驹骂道："好你个不知好歹的田驹，上次来守主任就给足了你面子。谁知你瞪鼻子上脸，隔着界河，三番两次找上门来闹事。就别怪老娘不讲情面了，让你小子知道芦花村不是好惹得！"

地碌和一群年轻人围着田驹，先是你推我搡，然后便动起手脚。

芦花急忙劝道："大家不要这样，有话好说！"

寡妇荣心想，当着你芦花的面，正好杀鸡给猴看。便提高嗓门说："没啥好说的，快给守……"突然感觉不对，立即改口骂道，"快给老娘狠狠地教训教训这不知好歹的臭小子，让他明白，芦花村也有婆婆。"

田驹急道："大家都别误会，我是来……"

寡妇荣跳着脚道："别废话。你们几个有血性的，还不快给我好好收拾这坏小子。"

地碌、疤癞、二青几个年轻人一哄起上，围上田驹便猛冲猛打起来。

芦花冲过去，一边劝说，一边阻止他们。

好歹田驹小时跟南乡的武林高手铁爪子学了几年功夫，上跃下跳，四面遮挡，并不还手，他知道在人家家门口打架的后果。为了震住对方，他瞅准机会，突然把地碌甩一个猪八戒拱地。

一群人便往后撒丫子，准备走人。

寡妇荣扯起嗓门，怂恿呐喊："谁也不能走，所有在场的一起上！"

田驹被团团围住，水泄不通。搬脖子抱腿搂后腰，硬把个田驹困在中间。田驹终因寡不敌众，动弹不得。

芦花的喊叫无济于事，眼泪也下来了。

寡妇荣尖嗓子也变得嘶哑起来："你小子有三头六臂，今天也要治服你。芦花村大人孩子不希望再次在芦花村见到你。如不然，别怪老娘让你后悔一辈子，你芦花村的熟人也不会给脸面。"寡妇荣的这番话不仅警告田驹，也是说给芦花听的。

"兄弟姊妹别误会，我是来帮……"

寡妇荣不愿听田驹把话说完，声音又提高几个分贝："地磙、疤癞，守主任说了，要他姓田的转告固主任老家伙，如下次再敢来捣乱，一定连他老东西一块打趴窝。"然后对地磙耳语了几句。

地滚、疤癞头、二青几个年轻人手疾眼快，几个人围抱着田驹，推推搡搡，拥架到一辆三轮车上。三轮车左拐右拐，不大会来到界河边。几个年轻人七手八脚架起田驹，一声喊，就把田驹仍进界河里了。

界河是个季节河，冬天水深深浅浅的并不流动。

田驹从水里爬上岸，抹拉了一把脸："你们几个听好了，回去告诉你们守主任，我田驹是为帮你们编织厂销售产品解决困难的。"

他这才听到口袋里的手机响着就断了："一定是芦花打来的。坏了，机子进水了。"

田驹上了岸，湿淋淋像个落汤鸡。这时，只见芦花飞跑着从芦花村追了过来。芦花一对极富深情的大眼睛含满泪水："田驹哥，你没事吧？对不起，都怪我！"

田驹却半开玩笑地说："芦花妹子，这怎么能怪你呢！比那天撞进大湖里要安全得多，哈哈……"

芦花仍然不放心："别冻坏了，快去换衣服！"

田驹笑笑："没事！"

芦花抱怨说："田驹哥，事先怎么不告诉我一声？叫俺措手不及，他们也真是！"

田驹看着芦花说："我想当面告诉你个好信息，让你高兴，也是想顺便看看你。还没来得及就给扔进界河里了。还好，就算冲个澡。"

芦花"噗"地笑了："啥好消息，让你那么开心？这时候还能给自己找乐子。"

田驹说："是这样，你村那个编织厂也许有救了。原单位一个同事，联系了南方一个同学的编织外贸出口公司，要我们带货去看。"

芦花感动地泪花闪闪，她真想跑过去抱住田驹给他暖暖身子："田驹哥，太谢谢你了，你快回家换衣服！我和胖嫂马上动身，带着产品随后到。"

22

他们准备了一下，当晚坐上通往京沪线的火车。

第二天上午，火车到了省城车站。田驹、芦花、胖嫂一行肩挑手提编织的工艺品，走进了南方外贸集团的大门。

外贸集团的钱经理高高的个子，看上去30岁的样子。还没作介绍，钱经理就指着芦花说："这么面熟，在哪个大学毕业？"

"南方经贸大学。"芦花仔细端详了一阵钱经理："看出来了……"

钱经理一拍大手，笑了："还是我先说吧。我们是一个大学校园的同校生，好像你比我晚两届，我们毕业典礼时，你们还排演了欢送节目。没记错的话你叫芦花，也是当时的校花！"

芦花一阵清脆的笑声："没错，同学们都叫你钱大个子，男篮的前锋，现在是商贸界的精英了。咋想到是你，敬佩，敬佩！"

田驹惊喜道："绕了半个地球，原来你们是校友呀！"

"哈哈！"钱经理眼睛笑得细眯眯的。他握住芦花的手直摇晃，一脸真诚："芦花同学，我倒是问你，大都市难得的艺术才女，又有这么好的工作，怎么回到了乡村？可惜了，可惜了！"

芦花美丽清澈的大眼睛有泪花闪动，一定触到什么心绪。说："量体裁衣，哪有什么可惜的。"

几个人相互看了一眼，便仰面大笑起来。

他们边说边来到展览大厅。大厅的四壁全是用各种材料的艺术编织品装饰得别具一格。

芦花、胖嫂把带来的编织品一一打开，放在大厅地板上。钱经理观看起每一件苇编、草编产品。他拿着一件《湖上人家》的苇编艺术品把玩着，反复琢磨品味："湖上人家"作品，选题比较新颖，在湖光山色的映衬下，画面清新流畅，如果人物再传神一些，就是说刀法用小写意刻画出来，便是一幅上等极品，这是编织方面的技巧！"钱经理从他们带来的十几样苇编和柳编产品中看中了三四个样式。然后说："艺术最初的诞生，是从田园发展起来，开花结果的。"钱经理特别佩服她们的手工艺术。

钱经理带着他们参观了芦苇、蒲草编织工艺品展厅，这些都是热销几十个国家的精品。

芦花、田驹、胖嫂一行看得眼花缭乱，目不暇接，有实用艺术品、有观赏艺术品。作品多姿多彩，这些产品里揉进了古今中外名胜风景，更有古今中外传奇故事、经典寓言、神话传说，小到花鸟鱼虫，无不形象传神，生动活泼，如临其境，栩栩如生。

几个人看得痴迷。芦花说："有些艺术品我们一下还做不到，这里也有方法技术，更有绘画艺术，是艺术产品，更是精神产品。"

钱经理笑了："芦花同学说得好，我已把它们作为精神产品的象征。"

芦花明净的眸子里流动着光彩。她有些激动地说："这里有些现代艺术产品要能和我们传统的编织品艺术结合好的话，说不定就是艺术精华。"

钱经理听得十分兴奋："智者所见略同。芦花同学能理论结合实践，搞艺术的就是不一样。"

田驹趁机说："天下之大，天下之小，看来都是一家。还请钱经理选个良辰吉日到我们那儿考察指导，乡村就缺少你这样的大家。"

钱经理大喜道："你们那里有取之不尽的编织品源泉，又有技术人才，你们说我能不愿意去吗？"

大家都兴奋地鼓起掌来。

钱经理弯着腰说："老同学，你们的忙我一定要帮的，先让你们带走十个芦苇、杞柳、蒲草的编织样品，这些产品大都出口欧美国家，量大紧缺。你们先比着葫芦画瓢，但质量上标准不能有丝毫的马虎，否则就是次品。当然正品价格你们会满意的，回头我们双方签订两万件合同，到期我带技术人员前去验收产品。"

两万件编织合同在签订时，却出现了不同意见。

珠圆玉润的胖嫂嘟着嘴坚持说："芦花村只能作为唯一甲方和南方编织品外贸集团公司签约。"

田驹笑着说："产品是芦花村的，当然芦花村说了算。"

芦花却有另一番见解："我的想法，芦花村、田家村一块与南方外贸集团签订合同。因为两村在编织方面都有优势，这是一个有经济价值的结合点，也是个机遇，有利形成规模，有利化解矛盾，有利调动双方积极性，发挥对外优势。"

田驹很赞成芦花的大局意识，可产品是人家的，又不好多说，夹在中间心里打鼓。

钱经理不知其故，便直言不讳地说："我赞成芦花同学的观点，两个拳头捏在一起打出去才有力量。"

既然钱经理把话说到这份上，胖嫂也不好再说什么。谁也不愿意说出两个村的矛盾，又恐怕影响合同签订。心里只是想：田家村为此要起风浪，芦花村一定会掀风波。不过，大家机遇难得，也顾不得这么多了。

芦花村和田家村一起与南方贸易总公司草签了一份编织艺术品的供销合同。

至此两个冤家村有史以来有了第二次合作。第一次是打日本鬼子，算来已有50多年了。

田驹想起爷爷讲的故事，心里在说，历史大概就是这样形成的。他想到固主任也想到了守主任，还有田家村和芦花村的村民。他看了一眼芦花，像似问又像似在思考着下一步棋该怎么走。

芦花心里笑了。她找准了芦花村与田家村编织方面的结合点，并开始迈出付诸实施的第一步。

胖嫂心里在打鼓，怎么面对守主任呢？守主任恐怕要闹翻了，还有芦花村的村民。

23

田驹刚到村，签订合同的事立马在村里传开。田大友听后吓出一身冷汗，他撒开两条长退朝固主任家跑去。固主任家的大门敞着，大友快步走进院子小声问道："固……主任在家吗？"孙红妹走出来，见是大友，忙说："兔子呀，发生啥事了？你大叔在村委会，去那里找他吧。"

大友目呆呆地站了一会，没有走的意思，眨了眨眼皮，几乎耳语道："固大婶，我刚从村委会来，铁将军把门。现在的村干部不是都在家公干吗？"

"都说你是老实人，咋净说瞎话。"孙红妹不高兴了。

大友一急，有点结巴了："田驹、芦花去省城推销编织品，两村合伙签订了一个合同。刚回村，说不定麻烦大了！我真担心……"

"兔子，胡诌什么两村合伙？"固主任拖拉着鞋从房间里走出来。

"固……我先前说得都是真的，是蚊子亲口告诉我的。田家村和芦花村合伙签订了两万件编织合同。俺恐怕乱子闹大了，特……向您汇报！"

固主任听后头脑轰轰响，像是被谁用棍子狠狠砸了一下。心想，完了。田驹这小子怎么能干出这等蠢事？让他到学校教书，倒放任了他，帮着芦花村编织厂去寻求销路，还连到了一块！

越想越气，便顺手摔了一个烟缸。

这时泥鳅慌慌地来找固主任，急切地说："田驹和芦花牵手了。"

"放屁，什么牵手了？泥鳅，你用哪只狗眼看的？"固主任刚说消点气，一肚子气又往上窜，血往头上涌，心跳加快。

兔子吓得掉头跑了。泥鳅一愣，娘们着腔说："在城里车站我看清了，田驹、芦花、胖嫂背着大大小小的编织品说是从南方来，你说怪不怪？"

固主任好一会不言语，眉心拧成个疙瘩。他稳定了一下情绪，急忙提上拖拉着的鞋向村委会走去，他接二连三地干咳着。

泥鳅紧跟其后。这时，田家村一些村民涌向村委会，在办公室里争争吵吵。

固主任先是一脸严肃地听，一边自言自语："两村一个合同……"

人越聚越多，大家越吵越激烈，就差屋帽没顶起来。

固主任气得脸色发紫，嘴里骂骂唧唧："两村一个合同……问我？我还要问呢！"就轰着大家到院子里听田驹解释。

单二像受惊的公牛，甩着那条空袖管在人群里窜来窜去，声嘶力竭地喊叫："这个村庄太疯狂了，猫给狗做伴娘了。"

不少人激动地大呼大叫，随声附和："俺们不干，偷偷摸摸就签了，这里边肯定有见不得咱田家村人的事，把狗屁合同撕了。"

"狗屁合同，撕了，撕了。要干不是人！"泥鳅娘们着腔尖声叫道。

"谁干谁是婊子养的！"疙瘩翘起大嘴巴子一边接茬，一边鼓动。

季响跳上他的破拖拉机，可着高嗓门盖过乱嚷嚷的嘈杂声："二万件编织品合同，两万件呀！这是多么大的一笔财富，为什么撕毁不干？为什么？"

面对两万件编织工艺出品合同，屋里屋外的人群一阵阵骚动，声浪前浪推后浪，有反对的，有支持的，有惊喜的，有担心害怕的，有哭的有笑的，有叫骂的……

春旺在人群里一蹦老高，趁机说："季响问得好。说真心话，我们田家村编织技术早落人家屁股后面了，更比不上芦花村，应该抢抓时机，培训我们的人员，和芦花村一争高下。"

张浪带着几分酒意，摇头晃脑地说："这个合同签得好，等于白馒头送到嘴头上，不吃白不吃。再说，能挣好多酒钱，憨熊才不干！"

蚊子高调跟着帮腔，在人群里穿来穿去："干，好好干，要论功行赏！"

单二气恼地甩起空袖管，声嘶力竭地骂道："你两个熊孩子算啥东西？两只狗除了吃就知道喝，下三烂一个。芦花村是你哪门子亲戚，被人卖了还帮人数钱，不知羞耻二字。"

"单二叔要揍人。"蚊子惊叫道。

"揍人，老子是揍的坏熊！"单二说着便抡起独臂向蚊子、春旺、张浪扑打过去。

泥鳅、疙瘩也骂骂咧咧参合进来抡拳踢脚。

"哗"地一声，一阵喝喊，人群吆喝着便闪出一圈空地。

六个人便走马灯似的混打在一起，一时拳头飞舞，腿踢脚蹬，砰砰啪啪，横竖一片皮肉声响。

单二、春旺、蚊子、张浪、泥鳅、疙瘩几个人打累了，也被田驹、季响一些人劝停了。

田驹跳上一个板凳，亮起磁性的嗓音说："乡亲们，眼下你们打架、骂架、闹矛盾都是为这份合同，是吗？告诉大家，合同本身没啥矛盾，就如同界河两岸的庄稼、芦苇一样，它们本身没有啥矛盾。矛盾是人为的，是人造成的。今天，我们要敢于面对矛盾，要敞开胸襟化解矛盾。合同本来是一件好事，是两个村共同发展的优势，是造福两个村的民众。大家所谓的怨愤、气恼，是历史造成两个村的怨结与不和。社会发展到今天，才有了这新的转机。这百载难逢的机遇，我们不干吗？"

屋内屋外突然静止了，大家相互看着，好像在说：田驹说的是个道理呀！

"别拿几句臭理论蒙人了，我只知道芦花村希望我们田家村往死里去，怎么能化解怨结？怎么会合作好？是你田驹一厢情愿，脑子出了毛病。"单二刚蹲下喘口气，又舞着那只空袖管跳起来。

"咱才不买芦花村那个账，混球才买。你田驹才脑子进水。"泥鳅狠狠踹了一脚田驹站的凳子，凳子晃荡了一下。

田驹把双腿叉开，扫了大家一眼，亮着嗓门继续说："乡亲们，我们田家村的编织，谁心里都明白，要说传统技术现在还剩几个人，要说现代工艺又有几人能拿得出手？就算我脑子进水，也知道哪头轻哪头重。芦花村能跟我们田家村在编织方面联手签合同，这说明什么？大度、诚意，还有爱心！"

晏埂副主任从村办公室里吼喊出来："大度，诚意，爱心？我看他们心里有鬼，是别有用心。就他多少有点名气的编织厂，跟我们早已散了架的编织业联合，合签一份两万件编织出口合同，有谁能信？没有鬼才怪哩。"

"是呀是呀，这里边肯定有鬼！"不少人随声附和。

"有鬼，有鬼！"声音轰然四起。

"告诉大家，要不是芦花助理争取，钱经理支持，人家还不跟咱合签来！"

"什么芦花柳花的，我们不同意……"人群里有接连的反对声，单二、泥鳅、疙瘩声音最响。

"我们不同意。还是晏埂副主任分析得有道理。这里边有鬼，肯定有鬼！"村委院子里不少人又一阵骚乱。

"我赞成晏埂副主任的话，既然有鬼，我们就把那狗屁合同撕了！"单二跳着脚说。

"撕了，撕了……"

田兔子给固主任搬出来一个凳子。固主任蹲在上面，眉头拧成了疙瘩，按说这件事他不能容忍，又不便当众给田驹多大难堪，毕竟是他的主任助理，更重要的是正在说合他做未来的女婿。翻来覆去想了一阵子，暗哑着声音说："大家都回去吧，让我再好好想想这事该怎么办。"

院子里的人渐渐走光了，固主任猛吸了几口烟，又一连用力吐出去。烟雾幻化出好多图案，慢慢地散开去。在平时他爱看这种烟雾的升腾变化，这会他没有了情绪，从凳子上跳下来，猛地把凳子踢翻。一边在院子里转圈子，一边自语道："田驹呀田驹，不好好和荷花在一起教书，让我跟着你擦屁股。守主任这老东西把个芦花放出来和田驹搅在一起，为什么？怎么会突然两个村合签一个合同，是诚意和爱心？是芦花想和田驹走近乎？还是他老守想扒俺家的豁子，离散田驹与荷花的亲事？不然又是为什么呢？固主任头脑里一连出现好多问号。不论咋说，老鼠给猫拜年不会安啥好心。也别怪我老固不给你守主任情面，其实也没啥情面可讲，你那小九九能骗住我老固？笑话。是该让你死了这份心的时候了，我主任不支持这件事，看你们拿什么去落实。这合同不撕不还是一张废纸吗？"

固主任丢了一院子烟头，外面天色已上了夜影，便关了办公室的门往家走，半路突然想到一个关键问题，那就是荷花和田驹的事要抓紧定了。男人吗，娶了媳妇才算有了家，才能安下心来，扎下根来。"老固想到这里，便转身向篓子家走去。这时，他发现离自己不远处，有两个人影一闪不见了。这身影有点熟悉，他在努力回忆着，回忆着……

"你不能这样做……"突然，一个近乎哀嚎的声音从不远处传来，在傍晚的田家村上空回荡。

固主任心里一惊，不仅加快了脚步。

24

芦花村与田家村合签两万件编织出口合同，在芦花村也闹得风生水起。

寡妇荣、地磙、疤瘌、二青等村民在大街小巷先是大呼小叫，大骂芦花村与田家村合签一个对外编织合同是个大阴谋。

"有人想把芦花村给卖了，我们决不答应。"吵吵嚷嚷声此起彼落。

疤瘌更是一惊一乍的。他的短腿早已围着芦花村跑了几圈，一边跑一边喊："不得了了，芦花村要出大事了，有人把芦花村给卖了。"

有人不知发生了什么大事，人们仨仨俩俩跟着向村委会涌去，潮水一样。

村委会铁将军把门。大家又向守主任家拐过去。

听到叫嚷声，守主任老婆急忙走出大门，见状，不由分说，指着寡妇荣的鼻子骂道："你这个骚狐狸，竟敢带着你的养汉上门来找事，啊呸！"

听主任老婆这般的骂人，人群便一哄而散。

寡妇荣、地磙、疤瘌、二青仍不罢休，大呼小叫地向编织厂走去，却被黄老头挡在编织厂大门外。

然而，在编织厂里，姑娘媳妇们却像过节一样热闹。

胖嫂因和田家村同签一个合同虽然心里忐忑着，还是高兴占着上风。珠圆玉润更显明眸皓齿，笑得粉脸微红，激动地说："我们的产品终于找到了销路，走向世界。"

清秀亮丽的芦花清脆爽快的声音在编织厂绕来绕去："姐妹们，只要大家精诚团结，精益求精，我们的资源才能充分利用好，我们的编织业才会有更加美好的前景，我们家乡的人们才会更幸福！"

怎么向守主任汇报？胖嫂喜形于色，但心里在打鼓。她的眼前甚至出现守主任像一头被激怒的狮子，愤怒地向她们咆哮着，最后撕毁了合同，带着芦花村的男女老少向界河那边冲去。想到这里，胖嫂不禁出了一身冷汗。她对芦花说："这次南方行动，特别牵扯两村的合同签约，我们要及时向守主任汇报，争取主动。"

芦花宽慰胖嫂说："你是厂长，我想主任不会过多横加干涉。"

话没落音，守主任满脸怒气地走过来，接着一串尖而高、短而促的火燎燎的声音："胡闹，简直胡闹！不打声招呼，两村签一个合同，合起伙来干？岂有此理，岂有此理！这么大的事，不吭不哼，还有原则吗？咋想的？啥意思？翻天了。你们把我这个村主任还当二分钱吗？你们还是不是芦花村的村民？我再问你们……"

守主任叫嚷着，吐沫乱飞，一连串的质问使芦花和胖嫂像淋在雨里。

芦花抹了一把脸，很快镇定下来，笑笑说："主任大叔，我和胖嫂正要向您汇报。不论怎么说，厂里积压的新旧产品终究有了销路，更好的是，我们以后编织的产品，已签到销往国外的创汇合同，您应该高兴才是。"

"不是您也催着去找销路吗？有了这么好的销路，难道您不高兴，主任？"胖嫂紧接着反问道。

守主任喘着粗气，把滑到鼻尖的眼镜推了一把，声音依然亢奋："怎么能让我高兴起来？你们这样做，不说我，是伤了村民的心。"

芦花却不以为然地笑着说，"我知道您气的是两个村签一个合同。事情是这样的……"

胖嫂赶紧补充说："两个村一纸合同也是钱总提议签的，他是南方编织外贸的老总。"

这简直是对村主任的蔑视和不满。守主任仰脸看着天空，天空有几块乌云聚集着，看来要下雨了。

守主任嗓子冒烟，咽了口吐沫说："钱，钱是你爷……"他还想骂钱是您老爷，骂到嘴边死劲咽了回去，改口道，"钱总，钱总再值钱，你们也不该把芦花村出卖了。"

芦花依然笑笑说："主任大叔，您先消消气，自古生气伤身，和气生财。和田家村合作，是我的主张，包括钱总，是希望我们这里的优质资源和规模优势共同打开通往世界的路，这也是我们共同的出发点。当然，我做得有不够的地方，有急于求成的心理，又当着胖嫂法人厂长的面。"

"你不要拿法人吓我，我这个村主任法人总比她村编织厂长法人大吧！"

"厂长法人是有权决定她的业务联合对象的，你主任也不能滥用职权！"这话芦花只在心里说，却没有说出口，不然，守主任听了会吐血。

守主任稳定了一下情绪，重重地叹了一口气，蹲了下来，点了一支烟，狠狠地吸了一口，从鼻孔里喷出来，很快被一股风刮散了。他想，历史上为了苇编资源你争我抢老死不相往来的两个村，编织出口合同说签就签了，未免有些唐突，这到底哪来的劲？怎么会这样呢？再说，他田家村编织业多年冷落萧条。土地承包后，集体编织厂已土崩瓦解，过去的编织手大多已远嫁他乡，年轻人出外打工，无人问津。芦花村编织业虽然已是股份制，几起几落，但惊喜不断，编织技术力量雄厚，他田家村怎么能比？和他们同签一个出口编织合同岂不让人笑掉大牙。再说她胖嫂带头股份了编织厂，那也得有个原则！他固主任是啥东西，明明是在做崇。他肚里到底装的什么药？想白手拿份子？这老家伙得寸进尺，界河边的资源想多得多占。两村签一个合同，亏你想得出来，这不明明由过去的明争暗斗，变成了现在明争明抢了吗？啊呸！死去吧，固主任，不要脸皮的！还有田驹这小子，他咋有这么大的魅力，能让芦花、胖嫂跟着他转？难道固主任这老妖使什么魔法，他也在打芦花的主意？

他无法接受这两村一纸合同的现实。他感觉像做梦一样心在悬空。

一纸合同说签了？怨仇相结百多年说解了？谈情说爱谈谈了说爱爱了？祖规说破破了？笑话，天大的笑话！守主任狠狠咬住自己的嘴唇，苦苦地思索着，不断警告自己，要先稳住阵脚，不能乱了方寸。想到这里，守主任的声音开始变得缓和而低沉："请原谅我先前过急的话，也许我老了！"他心里却在说，难道我真的老了吗？还是你们头发长，见识短？

守主任慢慢站起来，重新燃起一支烟往回走。他却没有中断思绪，他想起和寡妇荣正在实施的一个关键词：要让芦花村的闺女芦花变成芦花村的媳妇，首先是要把芦花这闺女稳住，让她成为芦花村的女人，走不出芦花村。芦花和卢畅这个大媒要盯紧了。

守主任深一脚浅一脚去找寡妇荣时，天空飘起了小雨。

25

龙水县剧团破天荒来到了田家村。三十多个男女演员第一次亮相田家村这偏远的乡野。田家村沸腾了。县级大剧团到田家村演出还是头一遭，大人孩子欢呼雀跃，奔走相告。

村主任老固便是其中一个。这个老戏迷像年轻了几岁，一边在村里走来走去，一边哼唱着拉魂腔。听说龙水剧团拿手的是梆子戏，转乎唱起梆子：

山人我坐定在军中大帐

不由得我心中细思量

想当年麾下有一员上将

一杆枪抵曹军无人能挡

......

田驹放学后急忙赶了过来，正碰上固主任。没等田驹说话，固主任暗哑的声音透着亮色："田驹呀，别听风就是雨的往校外瞎跑，跑什么跑？你把精力用在学校上面，把感情用在与荷花共事上。外面的事情有我撑着。"

田驹半开玩笑地说："俺只怕累坏了老主任。"

固主任拍拍胸脯："俺的身子骨还硬朗着呢，正如现在说的，六十岁的年纪，十六岁的心态。呵呵……"

表面顽童一个呀，可心里正唱周郎妙计。田驹心想。这时县剧团团长祝爱玲笑嘻嘻地走了过来。她三十多岁，看上去二十多岁的样子，风姿绰约，光彩照人。大家相互作了介绍。祝团长妩媚地一笑，半露出一排雪白的牙齿："固主任、田助理，这次县剧团来田家村演出，是县领导亲自安排文化局送给田家村的一台大戏，是咱老百姓喜闻乐唱的梆子戏，高亢激越，很带劲。不像那拉魂腔软绵绵的，丢魂一样。"祝团长见面就夸赞起梆子戏来。

"哈哈哈，都一样，都是好戏种！几十年没有心思坐下来看家乡的大戏了呀。"固主任暗哑着嗓子有几分伤感，"17岁那年俺背着馍馍，跟着拉魂腔班在外地转了半个月，听得入了迷。今天，难得县领导送梆子大戏到家门口，感谢了祝团长！"

田驹对祝团长说："团长大名早有耳闻，听说您是个远近闻名的花旦，转型时期带领县剧团人员激流勇进，巾帼不让须眉。百闻不如一见，钦佩！"然后指着几个年青人正垒着的土台子："祝团长，我们这里条件差，土台子上唱大戏，演员和咱们观众真像是一家人。"

祝团长鼓掌嘻笑道："说得好，俺剧团演员要的就是鱼水情深。"

田驹更乐了："看到剧团，我忽然想起一件重要的事情，祝团长，改天我去县城专门拜访。"

祝团长笑得面如桃花："田助理，去指导指导！欢迎欢迎！"

老固见田驹与祝团长聊得热火，有几分不高兴。就凑过去："田驹，放学时你没约荷花一起来看戏？"

田驹被说得有些不好意思："放学时，荷花留下了几个同学补课，我就提前过来了！"

老固一语双关："你俩之间更应该有个相互照顾，荷花一心想着你哩。"

田驹感到脸面一阵发烧，他心里已有要约的人。

这时村里大人孩子围上来看演员。他们都觉得演员画上妆，女的都跟天仙女一样美丽好看，男的也跟潘安、宋玉一样英俊潇洒。卸妆以后肯定也一样，便围了个里三层外三层的观看。

田驹趁机退出人群，找一个僻静处苇堆边拨通了芦花的手机："芦花妹子，告诉你个好消息，今晚县里专门安排龙水县梆子剧团来田家村唱大戏。请你过来看戏，同时把一个重要想法告诉你，想听听你的意见。"

手机里传来芦花清脆的笑声："田驹哥，俺知道你在想啥。不花钱的戏你当然乐意请我看喽。中央文工团来演出，可别忘了我呀！"

"肯定忘不了。这次真有要紧事和你商量，傍晚时你在芦花村外边等我，我去接你。"

当剧团的锣鼓在田家村土台子敲响的时候，大家已早早吃过晚饭，说说笑笑赶往村前看大戏。土台子前后场地已挤满了男男女女、老老少少，两支千瓦的电灯泡把土台子前后照得如同白昼。

田驹和芦花在观众后面的偏远处，在一个土堆上边坐下了，一边看戏台内外热闹的场面，一边交头接耳地谈笑着。

"芦花妹子，今晚请你来就是想让你看一看乡村男女老少喜听爱唱大戏这一场景。我想如果借用剧团的力量，针对田家村和芦花村的实际编排一些节目，最后在两个村巡回演出，那肯定有一个事半功倍的效果。"

芦花顺着田驹的话思考了一会，委婉地说："把田家村和芦花村的历史和现状结合起来，进行艺术创作，肯定有戏看。目的是摒弃旧的观念，化解历史冤结，寻求一个新的生活方式。"

"好好好，就是这个主旨！芦花你有艺术天赋，你来执笔，我来协助，把我爷爷讲的那个故事编进去。"

此刻当谈及爷爷讲的跑马划界的故事时，一串故事像电影一样出现在芦花的眼前……

"芦花妹子，你在想啥？"田驹转脸看着沉思的芦花问。

"提起你爷爷讲的故事时，我就想起小时候大人们讲的故事。故事里生生死死几代人，恩恩怨怨不了情。我答应你，由我执笔，剧本暂定名《界河》，完成后请剧团演出，让观众去体会和感悟吧。"

"芦花妹子，你说得太好了。我也在想，俗话说人为财死、鸟为食亡。这句话的含意到底有多深，我说不清楚。有一位世界伟人他提倡要不断提高人的思想境界。如果无度地鼓舞膨涨人的私欲，人的私欲将会吞噬一切。如果人的社会公德缺失，人的道德标准下滑，这个世界将是没有希望的！"

芦花一语双关地说："田驹哥，我懂你的意思。这台戏咱们不仅联手写好，也要联手唱好，让大家摒弃旧嫌，顾全大局。我们这种做法也许让人不理解，但有一点要肯定，就是做事以先立德、后立言、再立业的做人理念来教育人，肯定错不了！"

"没错，就要做好联手的文章，就如这次两村联手签订的艺术品编织。"

"第一次联手是否能成功很关键！"芦花有点担心地说。

"会有很多想不到的困难。"

田驹和芦花在交头接耳谈论着两村的历史、现在和未来，他们俩的谈话不时被戏台上的锣鼓声打断。他们两个人凑得更近了。

这时，突然有人惊呼："不好了，村南不知谁家的苇垛着火了！"

瞬间，只见村南面大火熊熊，火光冲开夜幕，烧红了半个天空。

看戏的人们哇地一声喊，各自回家拿灭火的家伙向火场奔去。

芦花紧跟着田驹找到两只水桶，灌满水向火场跑去。

有人一边救火一边喊："是田驹家的苇子垛。"

大火终于被扑灭了，苇子垛被烧去了一半。

田驹在送芦花的路上，把外衣脱下来披到芦花身上说："谢谢你，看把全身都弄湿了。"

"是烧的你家的苇垛，你怎么看这件事？"

"我看这事与两村签订合同有关，目的是想阻止两村合同的落实，拆散将要共同发展的编织业。"

"我也这么想。"

"这也提醒了我，你也要多注意，特别是个人安全，这叫我担了一份心。"

"我没事的，注意好你自己！"

26

芦花村编织厂依然热闹着。虽然守主任在合同方面大呼小叫一阵子，编织厂的姑娘媳妇们劲头十足，她们全身心地投入，追求艺术品的精致与价值。

两万件合同两个结怨已久的村共同签订，芦花不仅担负着芦花村的多方面压力，同时担心着田家村的消极和阻力。特别田驹家的苇垛被烧，叫她一直放心不下，一旦合同不能兑现，受影响的不仅是芦花村，两村化解前嫌共同发展的梦想将会成为泡影。想到此，芦花便坐卧不安，决定到田家村去看个究竟。

界河对面不远处，有三四个年轻人在说说笑笑步量田块。原来是田驹请季响他们实地看一下挖养龙虾池、建鸭棚的事。学校还没放学，他们几个就先过来了，一边商量一边等田驹。芦花在上次过河的地方脱下鞋子，用脚在水里试了试。已进入仲冬天气，水很凉。不过，河水比先前瘦了些也浅了些。深浅到腿弯，她挽起裤管趟了过去。芦花趟过河脆声喊道："吆，你们忙着呀！见田驹助理了吗？"喊着，便向他们这边走来。

季响、田大友扭脸看时，都惊住了："是个漂亮的女青年！"

蚊子小声惊叫道："是芦花村的芦花助理，我认得。"两条麻杆腿不由地跳起来。

季响慌乱地转圈子："兔子，快去拦住她。"

田兔子扭头向村里跑去，一边叫："我去村里喊妇女们来拦挡她。"

"跑什么，我又不是老虎，吃不了你们。"芦花清脆的笑声响得很远，撒满了界河两岸。

田兔子跑得更快了，被什么东西绊了一下，回下头继续往前跑。

芦花笑得弯了腰："这个大个子，怕我什么呢？"

蚊子急慌张迎过去，挠着尖脑壳，惊喜地小声问："芦花姐，你怎么来了？"

"不欢迎？"芦花看着蚊子嘻笑道，"我认得你叫蚊子。"

"咋不欢迎，可老想你呢！"蚊子不好意思地搓着手，哼哼唧唧说："芦花助理，上次是我闯进你们的编织厂，多亏了你出面，还给了我联系号码。那天也感谢父母给我一双细长腿，不然很难说能在这儿再见面。"

芦花笑得更响亮了，两只美丽的大眼睛水汪汪的，两腮浅浅的酒窝像溢满了蜜："没那么严重吧蚊子，谢谢你！我们互相联络是为了化解前嫌，更好地发展两村的经济。田驹哥告诉我，你们准备在这里养殖肉鸭和龙虾。这是界河两岸的共同优势，也是两村的结合点，便于形成规模，达到双赢。这次来，我是想了解咱田家村对编织品的做法，怎样去兑现合同。"

蚊子有些感动："芦花姐，你说得好。我们……"

不远处有自行车铃声传来。

蚊子扭头往田家村方向看，在通往这边弯曲的田间小路上，一辆自行车飞驰而来。

芦花美丽的两只大眼睛忽闪着，溪水般清亮："蚊子，又想叫人赶我走？我偏不走。"

蚊子不安地挪动着两只麻杆似的细腿："不不不！"

来人是田驹，老远就喊："芦花妹子！"

"田驹哥，给你联系老没信息，就趟过河来了。"

"上课时机子关了，下课就往这里赶。想不到你过来。"

芦花开门见山地说："自打两村一块与南方外贸签订合同后，我总觉有什么事情发生，想到田家村看一看。任务重，时间紧，等不得。"

"我也急着呢。"两人在河边边走边谈。

季响愣愣地站了半天，好像才回过神来，转脸对蚊子小声说："快去村里拦住他们。"蚊子撒开细腿向村头跑去。

27

入冬的第一场雪还没把四湖和界河冰封起来。朔风在冰冷的湖面和河面上肆无忌惮地吹着尖利的口哨。

编织合同签了后，田驹感到并不轻松。阻拦、设障碍甚至烧他家苇垛他都不怕，他担心田家村暂时缺少编织能手和技术人才，到时拿什么东西去兑现合同？弄不好就会断了这条线，也等于断了这条致富的路。更重要的是这条牵线是连着两村发展的和睦希望。

芦花为此多次趟过界河进行鼓劲，他懂得芦花一片好心和诚意。可是，这是明摆着的好事，却往前走得很艰难。

他和季响、蚊子、春旺、张浪组织发动了两次有关编织会议活动，报名的却寥寥无几。

这时，季响来找田驹说："田驹哥，编织的事，大多人不但不愿参加，有人反而卖原料。该怎么办？"

"还是因为与芦花村联合编织，有人赌着气。再者，会编织手艺的年轻人在外打工的多。三是在家的老年人对艺术品编织缺少信心。"黑丫分析说。

张浪使劲点着头："再就是有人在背地捣鬼反对，想干的也不敢出头。"

田驹沉思着，"你们分析的都有道理。眼下要紧地是抓好技术人员的培训，把心灵手巧的组织起来成立技术小组，带起头来，发扬互帮互学的精神。"

这时，田大友肩扛铁锹去他的承包田里摆弄庄稼。

"兔子，过来，咱们一起规划编织的事，合同都签了，不然要亏的。"季响喊住田大友。

大友不情愿地说："我去加固麦田埂子，麦子长高就不好弄了。再说雨水冲毁了田埂，麦子就淹了，一倒伏，产量就没了！"

一提到雨水，春旺就想起喂肉鸭的事，说："田驹哥，界河边养肉鸭鱼虾的事，要干也该抓紧了。"

"哼，养殖是应该有个规划，不然等到跟前抓瞎。"蚊子挠着尖脑壳说。

这地方资源丰富，四湖和滩涂处处是宝。除了芦苇和杞柳到处疯长外，这里湖河纵横，鱼虾丰富，由于无节制捕捞，这一带鱼虾日渐稀少。政府下决心禁止烂捕，湖泊鱼虾的产量虽说有所回升，但市场需求量日渐增大，远道而来的鱼虾贩子们眼睁睁等着鱼虾捕捞船靠岸，那一份期待和渴望，是如此地强烈和迫切。

面对家乡的湖泊河流、一木一草、一枝一叶，都在田驹心里琢磨了很久。他和芦花有一个共同的观点：发展好这儿的编织业和养殖业，而后是旅游业。但是田驹心里阵阵敲鼓，他感到从没有过的心有余而力不足。

"编织迫在眉睫，好在养殖还有段时间，眼下我们几个抓紧到各户串串门，听听大家的心里话，只有编织户去掉顾虑，我们才能落实好合同。"我还是村主任助理。"田驹认真地说。

田大友寒着脸说："跟你跑风险不小。再说谁给报酬？眼下都讲究这个。咱不像市场那样讨价还价，多少得有个表示。"

田驹说："凡是我要你们为村里的事出工的，先记上账，年底我负责支付！"

张浪不失时机："乡里乡亲，提那外了，弄杯酒喝足也。"

大友没再吭声，田驹走在前面，他们三人一组。季响、春旺、蚊子一组。因此却引出一段意想不到的韵事来。

前面有几条狗在咬架，张浪捡了块砖头扔了过去，想不到穿的一只茅窝歪破了帮。张浪生气地把那只茅窝向远处抛去，隔着几堆乱苇草，那只茅窝却落在田贵爷正在编织的条框上面，吓得田贵爷翻了半天白眼，咳嗽个没完："是哪个……狗日的……想砸死老汉。"

田贵爷七十多岁，年轻时饥饿劳累落下哮喘病，这会正坐在门外编织柳条框子，时不时的还要吐上两口。这一吓非同小可。

张浪赶快跳着一只腿跑过去，嬉皮笑脸地说："贵爷，是我不小心，都怪这只旧茅窝破了，不跟脚。"

"狗日的，想砸死贵爷……正好找着个出殡的。"贵爷连连咳了几声，抢过那只破毛窝，眼疾手快用苇篾子在毛窝后跟破损处穿了几针，然后扔到张浪脚下，"这就跟脚了。"

"贵爷，还是你老的手艺高。"张浪边穿毛窝边夸道。

"啥高手艺，连饭都混不上了。"贵爷咳了一声，便低头做他的事。

贵爷的老伴前两年过世。田贵的儿子发财、媳妇金凤都外出打工了。孙女珊珊刚满14岁，辍学在家，帮助爷爷编织苇箔。苇箔吊挂在两棵树之间的横棍上面。珊珊个子瘦弱，正低头织箔，经绳在她手里费劲地翻转着。孙子点点今年12岁，上4年级，上学爱去不去，爷爷管不了。孩子想念父母，有时和姐姐一块偷偷地哭。点点性格内向，越发变得性格孤僻冷淡，爱逃学，老去网吧，有时半夜都不回家。

一次，爷爷费了好大劲找到他。他小声对爷爷说，"爷爷，我一进网吧，想念父母就没那么难受了。爷爷，你不怪我吧？"

爷爷什么也没说，用粗糙弯曲的老茧手抚摸着他的头，连连咳嗽着，最后叹了口气，算是回答了他。

这会，点点正在一边剥苇裤子，低着头一声不吭。

老贵身边有两个编好的杞柳条筐，这是给亲戚们盛苹果用的，样子不讲究好看，要求能装一百个苹果就成。

老贵叔喘着气："编好看的那些东西值钱，可咱编不出来。"

大友插话向田驹道："前些年咱这儿专门成了个收购点，织光杆苇帘，出口日本，听说日本是用来在海滩避暑遮阳用的，要求特别高。先前价格还可以，后来层层扒皮，经过打通关卡，到老百姓手里就所剩无几了，后来这条路就断了。"

"贵叔，这货准备往哪销？"田驹又问老贵叔。

"就是到……到镇上，卖给人家搭个鸡棚、鸭棚什么的。"

"价格呢？"

"比原料多卖毛把钱，我这看病的药费，呼……"说着连连咳嗽几声。

"贵爷，你家还有什么收入？"

"就俺这破身体。珊珊考上高中，说要几千块，爹妈在外打工出点事，一下拿不出这多钱，就不上了，帮俺编个货到集上去卖。"

"珊珊年纪还小，不去读书怪可惜的。这样吧贵叔，珊珊要去读高中，费用我来想办法。"

珊珊懂事地说："谢谢叔叔！家里要照顾爷爷，还要照顾弟弟。弟弟想念父母，夜里经常做梦哭醒好几回，俺担心弟弟。"珊珊说不下去了，泪水在眼眶里打转。

"姐弟都要上学！"田驹关心地说，走到点点跟前，"点点是乖孩子，要听爷爷的话，叔叔们正在张罗做大事业，爸爸妈妈很快就会回来一起干。"

爷爷、姐姐也这样哄过他，每天放学后，他都跑到村头往远处张望。一年过去了，也没见着父母的影子。点点大失所望，已经不信了。点点一边低头剥着苇裤子，一边委屈地抽泣，瘦弱的肩头一耸一耸的，什么话也不说。

"孩子还小……呼……"老贵爷又咳嗽起来。

院子里突然沉默了，只有点点在憋屈地抽噎。

张浪走到点点跟前，蹲下来，抚摸着他的肩头说："叔叔向你保证，我们在走着前人没走的一条富裕的路，用不多久你父母就会回来。"张浪一想到他小时失去母亲的痛苦，泪水便涌了出来。那时他学会用酒浇愁，便落了个酒晕子的名字，这里面有多少辛酸和痛苦，没有经历过的人是不会知晓的。

"我替孩子谢谢你们兄弟！田驹……你是好人呐，让珊珊去吧！"贵爷说话好像一下子有了底气，声音也大了。

"贵爷，珊珊要准备好星期一去学校，到时我来接她！"

"谢谢田驹叔叔！"珊珊向田驹鞠了一躬，眼泪吧嗒吧嗒地流了出来。

老贵爷什么也没有说，昏花的老眼潮湿了。

田驹、大友、张浪离开贵爷的家边走边分析贵爷的家庭贫困原因。

"老贵叔的儿子发财、媳妇金凤虽然在外打工，到年终却没有拿上几个钱，工头赖账，当时没有签合同。"大友说，很惋惜的样子。

"能找到活干感觉就不错了，谁能想到还有这样不讲诚信的人？"张浪愤愤地骂道。

"都是关系托关系进的工地，你要求签合同，人家兴许不让你干。"大友无可奈何地摇摇头。

"这是预谋好的，请等着人家宰你。"张浪撇撇嘴，摊摊两手，又像喝了几盅，"田驹哥，啥是理？他们背乡离井，还受人家的窝囊气！你就不能招兵买马，让他们都回来？"

"回来干甚？你张浪管钱花？现在有几个老板不坑人的？坑不死你就好！"大友心里不平，有意挤兑张浪。

"田驹哥不是在做吗！就有些狗杂碎伸头不咬缩头咬！"张浪反唇相讥。

听话听音，大友听得出张浪在骂他，底声回骂了一句。眼看两人翻脸，田驹赶紧插话说："你们俩为这事打个头破血流又有何用？都管不了钱花！"

说这话时，他们三人已来到了巧燕家大门口。巧燕正在院子里编织草苫子，奶奶在一旁梳理苇草。巧燕高中毕业回村后，原打算到外面创造自己的一片天地，可是父母早已出外打工，她又舍不得丢下80岁的奶奶，不然她也不会窝在家里。巧燕羡慕她的同学和村里姊妹，她们差不多都已天南地北地闯荡，只是巧燕的心随着她们在远走高飞。

见田驹、张浪、大友他们进来，巧燕急忙搬凳子，奶奶颠着小脚去锅屋倒茶。

"巧燕，认得田驹哥不？"张浪问。

"没见过面，只是听说。田驹哥，听说你在省城都当了官，咋又回到村里来了？"巧燕羞怯怯地问。

"丫头，咋问话呢，那是你田驹哥！"奶奶提着水壶过来说。

田驹赶紧接过水壶："谢谢奶奶！巧燕妹妹问得好，你田驹哥骨子里都是故乡的情和意，走得再远，总觉得那不是家，根在这儿。"

"噢，我知道了！但是，我还是不明白，那为什么有的人走出去就不愿意再回家呢？"

"巧燕妹妹，你问得问题可能有个特殊原因，就如我们田家村与芦花村人。不过，无论外出的人们走多远，从心里说，他们不会忘记故乡，更不会抛弃她，这里才是他们的根。也许不久有一天，我们的村庄消失了，但是，故乡的影子在他们心里不会消失，会跟随他们一辈子。"

"田驹哥，我明白了！爸爸妈妈肯定是这样的。"巧燕哽咽着。

奶奶在一旁抹眼泪："老了老了，儿女却不在身边。"

"还是说点轻松的话吧。"大友说，"巧燕妹子，你这苇草苫子织得好漂亮。"

"是外村人种大棚用来遮风挡雨的，再漂亮也不值几个钱。"奶奶说。

"奶奶您放心，我们过来看看，就是想着把这些苇草卖上好价钱。我们村与芦花村编织品已和外贸公司签订了供销合同。巧燕妹妹心灵手巧，给她报个名，先去培训班学习。"

"谢谢田驹哥哥，我会好好干。"巧燕激动得满脸通红。

田驹他们来到湖莲的家。湖莲二十八九岁的样子，人长得漂亮，又细皮嫩肉的，大家就给她起了个外号叫"白莲"。

　　白莲家有四口人，丈夫叫七星，都喊他瓢虫。一个三岁的女儿甜甜，还有一个跛脚的婆婆。丈夫已外出打工，两年没有回家。有人传说瓢虫在外发了点小财，跟人管工地，转包个三手四手的活，弄了钱，买了房子，还在外边找了个小老婆。

　　白莲不相信，电话里催瓢虫回家看一看女儿，瓢虫回话工地太忙了走不开。白莲摧紧了，瓢虫就把手机也关了，又换了一个号。白莲开始担心了，可是又抓不住对方的把柄，她带着女儿去了上海。可是瓢虫没有跟她见面，她哭着回了家。

　　这会白莲正坐在院子里，用蒲江草编织草帘子。跛脚婆婆在另一边梳理着蒲江草，把根部的黑叶子乱叶子摘掉，一根根捋顺溜了，然后一把把放在白莲的身边。女儿甜甜正在一个小板凳上画画。

　　还没进院子，张浪就故意喊上了："白莲嫂子，瓢虫哥回家了吗？"

　　白莲见田驹他们走进院子，把手头活放在一边，急忙站起身来："是你们兄弟，快来坐会吧。"说着去找板凳。见板凳甜甜用着，不好意思笑笑："七星嘴上说弄套沙发的，到现在还没见影儿。"

　　"哼，男人有了钱就在外面烧包，说不定这个家伙把你大白莲早忘记了。"张浪绷着脸十分认真地说。"这男人有了钱就这么邪门。你看西庄老昌子多老实，离了两个了。几十年的大集体一百多人的球毛蛋厂改制，空手套白狼，归他三两个人了。听说政府政策他享受了不少，弄了钱便胡作非为！"

　　白莲愣在那儿，两眼眶涔满了泪水，像一朵白莲花含着春雨。

　　张浪怜香惜玉地说："白莲嫂子，这事不要放在心上，大不了他娶你再嫁，啥了不得的事，谁离了谁不能活咋的！"

　　"嫁你没心没肺的酒晕子张浪。"白莲擦了一把眼泪笑骂道。

　　"没心没肺是瓢虫哥，只要你白莲愿意，狗日的不愿要你！"张浪一本正经的样子。

　　白莲"扑"地笑了："滚你个蛋吧，看你那熊样，一天到晚醉熏熏的，跟你还不饿死。"

　　"我是浪里白条张顺的后裔，也算名人之后，敢作敢当。跟了我算你造化有福，乐吧你！"张浪不由自主地摇晃着身子自夸道。

"别扯蛋了，你们男人有俩钱就骚包，有几个好东西？就你这浪醉只跟酒有缘，倒不如大友哥老实巴交可靠。"白莲笑骂道，瞟了田兔子一眼。

田兔子吓得倒退了一步，弯着腰慌乱地摆着手："别别，俺现在还娶不起媳妇。"

张浪撇撇嘴，讥讽大友说："兔子哥，看你个傻蛋样，白送你个白馍馍不敢吃。俺想吃够不着，嘿嘿，俺知道白莲嫂心里喜欢的是坏男人。"

"滚吧你浪醉，看你这德性。"白莲红了脸，把话题一转说，"你们几个来看编织的吧？咱老百姓冬天闲着干啥好？咱这苇子、蒲江草，虽说不值钱，总比烂了沤了好。"

"这草帘子派啥用场？"田驹走过去看了问。

"外边有人来收购，是搞大棚菜，保暖用的。人家给多少钱就卖多少，拾麦打烧饼，清赚。"

大友插嘴说："这蒲江草咱这里多得是，往年船捞车拉，各家都大垛小垛的，一年四季是家禽家畜的好饲料。再者，烧火、编织、建房、造纸，老多用途了。"

"现在却没人珍惜了！"张浪说，"也派不了多大用场。"

"不是没人珍惜，在咱这里是不值钱了，就如芦苇一样。"白莲又把话题扯回来。"听说人家外地把这些东西摆弄得可值钱了。不仅编各种席、筐、篮、炊具、渔具和手提包，还编成宫灯、屏风，还可代替塑料制品造饭盒、茶具、餐具日用品，还有人物、动物、飞禽走兽、花鸟鱼虫等，好多好多艺术品出口。"

"白莲嫂，你说的没错，我们正琢磨这事呢。今天我们三个人来串串门就是想摸摸底，看乡亲们在干啥，想啥？"

"过去两村人眼盯着界河两岸资源，恐怕谁多收去一棵一粒，心胸小的像芝麻粒子，那是因为贫穷饥饿。现在大家生活逐渐好了，眼光也放宽了，虽说转移到外地打工了，但心里纠结疙瘩还没解开，不敢回想也不敢面对那伤心之地。说个难听的话，因为这，俺那七星才一年四季不愿回家，叫俺这女人家活得真没个滋味。这家俺是苦撑着，说不定哪天真的散了！"说着，白莲的眼泪又出来了。

这话戳到老婆婆的疼处，在一边也跟着落眼泪："你兄弟几个，看有啥法让七星快回家，娘也想他。"

田驹宽慰说："大娘，您老放心吧，咱这里发展了，不叫他回他也要回。"

老婆婆一把抓住田驹的手，满脸皱纹的脸上老泪纵横。

浪里醉条眼瞅着白莲满是泪痕的脸，心里也跟着流泪，便大着胆子一本正经地说："白莲嫂子，如果你们真散了，我张浪一定能撑起你这个家。我敢发誓！"

"也不尿泡尿照照自己的熊样！"大友低声骂道。

从白莲家出来，三人沿着村边一条小路往前走。这时，二马脸骑着自行车冲着他们的后背使劲摇铃铛。大友急忙往路边一闪，二马脸的自行车刚要穿过去，张浪一只脚猛地踹在车后架上。二马脸的自行车差点歪倒，骂道："混帐，想养老咋的！"

"二马脸，慌啥？找不到门似的。你们村没有牌场吗？"张浪有几分不悦地说。

二马脸并不搭话，猛蹬了几下自行车，一拐弯不见了。

"二马脸，他不是八里屯人吗，怎么跑到田家村来赌博？"田驹不解地问。

大友小心地往外张望了一圈，说："串村赌博已不是啥稀罕事，外县外省的都有，明里玩的是小钱，暗里有地下室，钱玩大里去了。"然后压低了声音，"知道不？在咱村西老鳏孤家地窖子里一缠就是几天几夜。听说二马脸在一个小地方当过头，后因贪污又因一桩贩卖人口案牵扯了进去，蹲了几年大牢，背里都叫他拐子。出狱后仍不思悔改，花钱跟外地一个外号'赌王'的学了一手赌技。那点子打的，他软硬都能吃进去，钱哗哗的。"

"是哗哗过，也有他挨揍啪啪过！"张浪调侃说，"听说有一次在城里一家赌场里，二马脸袖筒里事先暗藏的一张牌玩漏了。按牌场规矩，所有赌资赔进去还不算，还要给他剁掉两根手指头。他跪地求饶，手指保全了，却免不了一顿揍，拉到野地里揍了个半死才算了事。"

"我知道了，狗难改吃屎。"田驹摇摇头，"城里不敢去，就跑到村里哄那些不知他底细的乡村人。"

"没错。他和芦花村编织厂销售员兴闯玩得很投机，私下聚拢外地的赌客。赌场就设在鳏孤家的地窖子里。"张浪摇晃着身子继续说，"咱村里疙瘩、泥鳅、冬瓜，还有现在疯了的磨子，都迷过他们的牌场。头两年冬瓜喂了几千只鸡的收入，都砸在了二马脸的牌桌上。要不是冬瓜欠一腚账跑出去外边打工，他惨了！"

"还好意思说人家呢，自己的那一根指头没喂狗就好。"大友瞥了张浪一眼。

浪里醉条痛苦地回忆说："啥叫浪子回头金不换。当时俺也迷上赌，想着一夜发财，可每次口袋里钱都被别人掏空，想赢恨输。渐渐感觉二皮脸那里有鬼，可是又摸不透鬼的底牌，发誓不再去赌场。可心里发贱，手指头发痒，那晚输得几乎光着身子出来，就捡了两块大砖头，硬是把那个摸牌最多的食指给砸扁了。十指连心，改了。"至今，那根食指外有疤痕内有筋残，短了伸不直。

田驹感叹道："嗷，这人一旦管不住自己，只看到钱，什么也看不到了。"

"是呀，前几年二马脸当那点官时，他请的那些给他帮忙的人，后来也被他给算计上了。腰里有几个臭钱就烧包，吃喝嫖赌都占了。后来他的胃口越来越大，连丧天害理贩卖儿童的事都干。蹲了监牢后，在监狱一只眼差点被人打瞎。"张浪吐了口吐沫说。

"人呀，做没良心的事，终会遭报应的。"大友提高声音说。

田驹沉思了一阵说："不能让这种邪气在田家村蔓延，还要以村委会名义告戒鳏孤，讲明他们开设赌场对他、对赌者、对田家村安全的危害性。"

"有人反映过，也来人查过，里边有线，抓不住证据。场上人都说玩玩而已，开心娱乐的。"大友小心地说。

"嗷，怎么会是这样？"田驹不解地问。

"一言难尽。老鳏孤是挡箭牌，还来了个年轻女人在他身边热乎。二马脸和兴闯与年轻女人暗里操作。"

大友趴在田驹耳边小声说："其实二马脸和兴闯他们一边赌，私下在放高利贷，赌输赌红眼的人捞钱心切，不管利息多少都敢碰。想发外快的田家村人，二马脸都有拿捏。二马脸对他们发恨话，钱是芦花村兴闯的，不给就别怕芦花村的男女找上门，打你个腿断胳膊折的。"兔子吐了口吐沫，"威胁恐吓，他是利用两村矛盾发个人钱财。"

"嗷，兴闯经常来吗？"

"不，很少出面。来也在晚上，有时拐到单二家坐坐。"

"单二叔？早年我听说过他们之间的事！"田驹摆摆手，没让大友再说下去。

田驹三人看到老蔫仰着脸在小山样的一堆砖瓦旁抽烟，转脸不见了。

浪里醉条凑到田驹耳边低声说："知道不？老蔫的媳妇就是那个叫山雪的，在外地名义打工，实际是干小姐。去年回家一次，买了能盖两层小楼的砖瓦后又回去了，说是年底回来动工建楼房。"

"在外边打工赚钱多的是，也不能说人家在外挣了钱就不干净！"田驹回驳道。

"是咱村的冬瓜在外地打工时，去干那事碰上的。这家伙一看是山雪转头跑了。"

田驹低下头，好大一会没言语。他在思索着：现在人除了钱，思想都是碎片，没了目标。过去那些理想，那种激昂向上的崇高精神，还能找回来吗？

田驹三人和季响的小组在村里老槐树下碰到一起。

你一言我一语，谈论着进家到户摸底的情况。

田驹思考了一会说："据我们了解掌握，不少村民还是愿意学好干好艺术编织的，有的还帮着出主意。所以我们必须抓紧实施，光说是没用的。"然后对大友说，"你尽快找几个青年男女，像巧燕、白莲等，去芦花村编织厂学习。我跟芦花电话联系，学成后，回来办培训班。"

田驹从口袋里掏出几张百元钞票交给大友："吃住就在那边。是一次友谊与技术的交流，毕竟两村和南方外贸签订了合同。"

田大友急了："田驹兄弟，芦花村技术再高，咱都不能去那儿学习，这敏感区大家都不愿意去碰。"

"大友哥，咱要正视差距，学人家的长处才能进步。就拿芦花来说吧，她设计编织的艺术品，钱总都另眼相看，我们呢？"

这可是众叛亲离，大逆不道……田兔子想。

"大友哥，咱是一起长大的兄弟，过去这两个村闹矛盾，甚至械斗，咱们都参与过，都遭受其害。我们这代年轻人不仅要去思考，而且要去改变！"

大友想了半天，又犹豫了一阵才说："这样吧，田驹兄弟，我去找巧燕、白莲，先叫她俩去那边试探试探情况，趟趟路子，咋样？"

"不是去试探，而是让她们过去好好学习，回来好辅导大家，懂吗？"

这事固主任那边也得去说清楚，大友心里说，却站在那里没动。

张浪嘀咕道："屙屎抓着个屌，小心过头。你兔子不去有人去。"

季响、春旺互看了一眼："就让张浪跑个腿吧。"

醉条眨眨眼嬉皮笑脸地说："我真愿意跑这个腿，反正与白莲的话还没说完。"

"我呸，也不尿泡狗尿照照。"大友撇撇嘴，不高兴地走了。

28

芦花和田驹相约，一起到龙水县县剧团找祝团长商量排演大戏《界河》的事。

龙水县是个十几万人的老县城，城区至今还流传着秦汉以来的历史和传说的故事，历史遗迹也被黄水泥沙淹没殆尽。这些年城市建设风起云涌，这个小县城走在了前面，借历史人物和龙水传说故事，四面改造，八方扩建，已成相当规模，追踪溯源颇有影响力。亭台楼阁、宫阙黛瓦，仿照原古又建起了一些旅游景点，非常壮观。就梆子剧团也盖起了大门面，并把剧种的来源也追溯到两千年以前。

田驹和芦花来到团长办公室。祝团长眉目含笑，言语诙谐："早感耳热心跳，知有贵客来访，原来是两位名人！"

田驹向芦花介绍说："这就是我说的龙水县剧团团长，国家一级演员祝爱玲女士。这是芦花村村主任助理芦花。"

祝爱玲和芦花俩人相互握手，拥抱，十分亲切。

"人都说好花开在一树，俊女出在一家。看你俩真像姊妹。"田驹夸赞说。

"我们两人自然感觉像姊妹般亲近。"两人又拥抱着说笑了一回。

芦花十分激动地说："祝团长，前些天在田家村看到你们剧团演出，又听田助理介绍，很受启发。我和田驹萌发了写一个剧本的冲动，题目叫《界河》。内容以我们两个村的历史为背景，反映一百多年来的恩恩怨怨、生生死死、爱恨情仇的故事。想请贵剧团协助排演，目的是释嫌解怨，达到和谐共处，促进经济发展和新农村建设。"

祝团长声情并茂，连声说："好呀，好呀！我们正缺少深入生活自编自演的节目。每年上边都要求剧团生产有思想内容的新剧目，就是缺少大手笔。这下好了，有二位高材生，又有生活基础，有个好剧本，肯定今年咱们剧团要出彩了。不过……"

"祝团长你放心，排演成功后，还请你们大篷车在田家村和芦花村巡回演出！"

"当然当然！如果成功，不仅在村里演出，还要在县里演、省里演。如果能评为优秀剧目，还要在全国上演呢！"祝团长一边哗哗地翻看剧本，一边笑吟吟地说，"我看剧本后再和你们联系。一剧之本，本子是立足之根基，要多打磨几遍，关键的还要请专家帮着修改。贴近生活，贴近实际，贴近群众，一字一句都能打动人们的心灵，从中受到启发和教育，那才叫好戏。出一个好作品不容易。不过……"祝团长收敛了笑容，变成了一个冷美人。她绕着弯子说："二位领导积极配合，我相信没问题，只是吗……资金方面。现在谈事都把经济放在第一位，剧团也不例外。剧团改革，改掉了铁饭碗，演员靠演出挣饭吃。上百人的剧团，动不动一天要上万元的打发，唱古装戏买几套行头，唱念做打有基本功，背台词就可以了。可是，现代戏就麻烦了，最少一二个月才能排练出来上演，道具服装全部要购置新的，就是要多少功夫花多少钱。弄不好，还出力不讨好。更别说赚钱了，像这个十场现代戏，没有二三十万是排不出来的。"

"我的妈，要花这么多！"田驹和芦花唏嘘着相互看了一眼。

既然点透了那层窗纸，祝团长说话一泻千里："你们当小孩玩家家？我还是说少了呢，这叫前期投入。前期投入的概念，简而言之，不出排练场的花销。出了排练场的公开演出，服装道具，来往车辆，吃喝拉撒……我不说你们也清楚了！"祝团长的意思，没有资金配合，这就要下逐客令了。

田驹和芦花先前热乎乎的心一下子冷了下来，两人全傻眼了。心想：我们写剧本三天五天不睡觉都行。几十万现金，还是前期投入，看来没戏了。

最后，祝团长看芦花和田驹后边也没啥好戏，就说："田驹助理，还有我的姊妹芦花，不是我祝爱玲不帮你们，说句不好听的话，因资金问题，我这个剧团都快拉不出去了。不过还有一条路子指给你们，去找县文化局无疾局长。我知道局里也没钱，他能给你们想法子，只要戏能出彩。"

田驹和芦花怎样走出祝团长的办公室都不知道了。

"找无疾局长也是个未知数，祝团跟咱过不去。"两人在街上盲目转着，田驹问自己又像问芦花，

"那是自己跟自己过不去！"

"我信。芦花你这话说得深刻！不能说祝团长不愿相帮，她也很想出一台好戏，可是家家都有一本难念的经呢！"

最后两人还是无奈地来到文化局无疾局长办公室。无局听了他们的来意后，哈哈地笑了。他了解田家村和芦花村的情况，更知道剧团的困境。便对田驹和芦花说："我很赞成和支持对特殊地域环境的宣传，说不定效果事半功倍。目前文化局确实想让剧团搞台像样的大戏，苦于剧团连工资都发不上，局里经费捉襟见肘，想排场大戏很困难。我倒有个主意，你们把剧本请剧团和专家认同后，我带你们去找分管文化的副县长古月，请他再疏通各方关系。"说着无疾局长抓起电话，接通了剧团祝团长，要她尽快把剧本看了，他等着听这个剧本成色如何。

田驹和芦花又从低沉的心绪中兴奋起来。

29

田家村副主任晏埂听田兔子说田驹指派巧燕、白莲去芦花村学习芦编技术，心里气就不打一处来。田驹代表村里签订了两万件苇编合同，这事还没了，又去热脸蛋贴人家的冷屁股，田家村人的脸面让他田驹给丢尽了。也忒把田家村人看小了，更没把他副主任看在眼里，实在让人咽不下这口气。当天夜里，晏埂找到断臂单二。临走说："他田驹不给村干部、群众面子也吧，最不该往你单二伤口上撒盐。"

这话正点在断臂单二的心病至疼之处。

断臂单二愤怒至极，好像田驹一次又一次跟他较劲，让他那支断臂一次又一次流血。天不亮，他甩着一条空袖管走东家串西家，走大街进小巷，吵嚷着，叫骂着。白莲、巧燕去芦花村学习苇编，祖辈的脸面都不顾了！又是他田驹，变着法跟咱过不去。

泥鳅跟在单二的屁股后边，捏拳踢腿，骂天嚼地。

当断臂单二他们走进一个小巷时，碰见两个买苇子的外村人正和本村疙瘩在讨价还价。单二骂道："狗日的，只知卖那几根苇杆子钱，知不知道田驹把咱们田家村人都给卖了？"

"咋，二叔？"疙瘩愕然。

"狗日的装糊涂，你还有闲心谈买卖，这村里有几个不知道的！田驹往咱爷们脸上抹灰，你不生气吗？你不愤恨吗？你不关心吗？你如果说一个不字，你就不是咱田家村的爷们，你就是忘恩负义！"

疙瘩被骂得晕乎乎的。看断臂单二正在气头上，泥鳅也添油加醋，便附和道："这么大的事，也真该理论理论！"

"混账，还要理论吗？明明这是背叛。背叛你知道吗？忘记过去就是背叛！"单二瞪着小眼睛有点吓人的样子，"打他小子回村这几个月，看搅合的，界河成了浑水坑，更叫人气的是与芦花村联合搞什么编织，还派巧燕、白莲去芦花村学习，咋忍？"

"有能耐怎么不叫他们来田家村这边学习？"泥鳅愤愤然。

他们身后跟过来一些男女老少的村民。单二的嗓门又提高了两个分贝："大家听好了，我单二为田家村不说立功也是出过力的，为田家村的老少兄弟爷们的利益是舍生忘死的，为保护田家村资源是断过臂受过伤的。如今有人就不那么地道，变着法想亲近仇家，千方百计抹平两村之间的怨恨鸿沟，不分青红皂白。这可能吗？我断臂单二不会，我想我们田家村人也不会！"

"不会的，断臂单二是田家村的精神，是田家村人的偶像！"泥鳅身边几个人异口同声地捧场说。

"还是找固主任问个究竟吧！"有人叫着。

"走，去找他固主任，这么大的事他不会不知道！"一片叫嚷声。

这时从拐角处摇头晃脑地走出来喝醉酒的张浪。先前张浪在小卖店散酒缸前弄了四两四湖大曲和二两水煮花生，自饮了一回。听到叫嚷声，酱红着脸东脚打西脚走出来，一把抓住泥鳅："看你们这般地叫嚷。田驹怎么你了？我看他做得好。你要去学习兴许人家不教你个杂碎，白莲和巧燕去芦花那里学习，编织出口是已签了合同的。"

泥鳅向单二投去求援的目光。单二甩了下空袖管，骂道："合同，什么狗屁合同？二两猴尿就灌得不知东西南北了，看我替你爹教训你个不争气的。"说着就用独臂向张浪打去，口里连连骂道，"叫你个醉鬼。"

张浪撒丫子赶紧后退，脚下绊了一跤，歪歪斜斜地跑，一边跑一边回骂："二表叔，你这混蛋，咋就不认合同呢？"

单二他们路上碰到赶倒山和乔木匠。单二想说服他俩同去村委会。

乔木匠眯着一只眼说："不是我说你二侄子，遇到啥事都沉不住气，急性子。不就是巧燕、白莲到芦花村学编织吗？知道跟谁学吗？艺术家芦花。

至于这样兴师动众地闹腾？他们去学习有啥不好？"

赶倒山道："田驹他们看到大伙家门口堆着这么多苇子出不了手，才想出来的办法。跟谁签合同我不管，我心里还急呢！"

单二回骂道："一个三斧头砍不出血的熊木匠，一个整天胡诌八扯的赶倒山，都是些不明事理的老糊涂蛋。死去吧你们，不要脸的熊货。"说着，带着泥鳅等人吵吵闹闹、骂骂叽叽地向村委会走去。

30

傍晚时分，村委会两间办公室里烟雾缭绕起来，30瓦的灯泡吊在黑乎乎的横梁上，固主任坐在老圈椅里颤抖着手一根接一根地划拉着火柴，还是没点着嘴角边那根烟。副主任晏埂蹲在刚才被固主任踢断一条腿的木椅子上噗噗地抽烟。妇女主任马群坐在长凳上左看右瞧的。田驹坐在固主任对过，手里拿着本子和笔在思索着什么。屋子里气氛郁闷而紧张，

固主任说话了，把费了好大劲点着的那颗烟猛猛地吸了两口，又用力地吐出去，好像要把肚子里的火气一股脑地吐出来。他情绪很激动，嗓子更显得暗哑："今天，今天的会议，主要是消除白莲、巧燕去芦花村学习的影响。为这事，单二和一些村民闹翻了天。我以村委会的名义声明：他们两人去芦花村学习编织技术，完全是个人行为。"看来这话是他深思熟虑过的。

晏埂扳着脸反问道："个人行为？你主任说的个人是谁？"

固主任想不到晏埂会当面将他的军，便没好气地说："待查清后，这事一定要在全村消除影响。"

固主任心里清楚，这事没有田驹撑着，不会有人跑到芦花村去学习什么编织技术，更不会有人趁机闹腾。为这他早气得头脑发晕，手脚发抖。可是他又不得不压住心头怒火，为的是他的妙计要一步步去实现。有时他只好装糊涂，从心里他十二分不赞成两个村签订的那份合同，又不便当众撕毁，更不愿与田驹闹翻。他想把编织的事慢慢拖下去，合同也就自然成了一张废纸。谁知田驹他们几个年轻人不罢不休，又弄出了这么一出烫手的山芋。他在把握时机，斩草除根，决不能任其发展。

马群用圆珠笔敲打着笔记本说："其实编织合同都签了，学习是个实际行动，也是合同的延伸。学习人家的长处也是个机会，我看没啥不妥的。别着劲有啥好处？大家只会经济上吃亏。"

晏埂黑着脸抢白说："经济上吃点亏又咋了？也比冤家硬拴在一根绳子上好受得多！那是丢脸现眼！两家合同不但要解除，我建议白莲和巧燕要马上回来消除影响。芦花那个丫头片子我看不知深浅。"

田驹意识到晏埂副主任是在借芦花敲打他田驹，没等晏埂再往下说，便站起来解释说："化解两村怨结当然是两厢情愿。芦花村的芦花可以说是一心想化解两村怨结的代表。为两个村共同发展，我们总不能没有行动吧！"

"什么行动？拿出卖田家村人格作筹码，这算鬼行动！"晏埂愤怒地吼道，涂抹星子喷出老远。

田驹看晏埂对问题的看法一下子很难想通，便转过话题说："现在我们村男女劳动力在外打工一大部分，留在家里的部分是妇女和身体弱的半劳动力。眼下，少数在搞传统编织，大多数无所事事，打牌、玩麻将，连外村的人都吸引了过来。前两天，我们挨户走了一圈，家家堆积着两吨以上湖苇和家苇，只等出售价钱较低的原材料。我们为什么不能把闲散的劳动力发动起来，让白莲、巧燕来培训学习，让他们掌握一些新产品新技术呢？何况从编织技术上和编织规模上，我们与芦花村差一截子。人家为什么非要和我们同签一个销售合同？在生产方式改变以后，农村分田到户，但不能分了心；在生产形式上，散兵作战，但不能散了心。这就是我们当干部的责任，要善于引导和带领大家共同奔一个幸福的目标。"

"田驹说得很有道理。再说，芦花是科班大学生，并兼修艺术，说得上艺术专家。人家境界高，思想又开放。不然，你请他们也不会和你联合，联合应该是互惠互利双赢的，我们拿什么给人家看？再不学习人家的长处，就被人家抛远了！"马群有些激动，白脸泛起红潮。

"我认为，过去老死不相往来的两个村，今天也应该有个底线，至少活得要有骨气。因为编织上有差距，我们才不想沾他们的好处。眼下，丢了自己的脸不说，还让人看不起。我不赞成这样的联合。"晏埂把烟头狠狠地拧灭在凳面上，坚持说。

公说公有理，婆说婆有理。固主任找不到下断语的机会，皱着眉开始在办公室转圈子。

晏埂为坚持自己的意见，从三条腿的凳子跳下来，大着声音说："我的看法，可以说是全村人多数人的想法。与芦花村联手签订对外编织合同，这不符合田家村的现实状况，更不符合田家村村民意愿。为什么有人接着又派白莲、巧燕到芦花村学习编织技术？这里面纯属出于个人目的，在全村造成极不好的影响，这两件事都是无组织无纪律的行为。我建议暂停田驹的职务，要他写出检查，更好地消除影响。"

固主任停止转圈，又划拉了一根火柴，"噗"地吹灭。这些天田驹跟芦花联系与来往、两村签订的编织合同、村里沸沸扬扬的声音，早使固主任一肚子气正不知如何发泄。他担心田驹继续与芦花来往和编织品联合，怕断臂单二与一些村民闹事，又怕女儿的婚事落空。听了晏埂的一番话，心里便有了他的所谓斩草除根的机会和主张。暗哑的嗓子提高了几个分贝，说："大家对田驹批评意见都是好意，也是从爱护出发。就凭无组织无纪律这一条，那就让田驹暂停助理工作，专心协助荷花教好书。通知白莲、巧燕快回田家村，及时挽回影响。适当的时候再恢复田驹助理的职务。"

话音没落，门外传来吵嚷声："我们来找田驹。"

固主任心想：来人一定是反对田驹私下派人去芦花村学习编织的，正好不仅是村委会的意见，也是群众的心声，让田驹心服口服。便招呼来人进会议室里说话。

来人不是别人，是80岁的村民田思富。他挺着腰杆嚷嚷道："田驹在哪里？我要给儿媳妇报名，去学习编织技术。"田思富身后跟着几个妇女："我们也想去学习。"

田思富底气十足地说："别看我老了，能掏出钱来。80了，政府不嫌弃，还给钱花。近两年积攒了点农保钱，咱也派派用场，支持儿子媳妇学习编织技术。还能有机会说明我活得有用，有面子，像个人样子。"思富说着，眼里含满泪水。面前浮现十年前的一幕，那是怎样的一幕：田思富弓腰站在儿子面前，低声下气地说："儿子，给几个零碎钱装在兜里装装脸面。"

儿子在兜里掏了半天，摸出几个硬币，还没交到思富手里，就被走过来的儿媳一把抢过去："老不死的，不挣一个子儿，还想要脸面，伸手不问哪来的钱？没脸面死去吧你！"

思富顿觉脸面丢尽，老泪纵横，一巴掌打在自己的脸上。他真不想活了，他向村头河边走去。后来被村民硬是拉了回来。

田驹回村不久就听说了这个故事。此刻，他的心里翻江倒海，望着思富老爹说："大爷，我知道您老心里想的什么！真正脸上没面子，是兜里没钱呀！"

此时，老固主任想不到田思富来这一手。晏埂副主任感到田驹话里有音，是趁机讥讽他。老固不解地看着田思富，心想，这老家伙昏头了，不是明明朝我脸上扇巴掌吗！却慌乱地说："思富老爹，您老今天是喝多了吧？"

晏埂立马接着说："思富老爹一定脑子出了毛病，快送医院吧。还不快点？"他指着在门外看热闹的泥鳅和疙瘩喊道。

门外老远处传来田思富的叫声："你们脑子才出了毛病，送医院的应该是你们。"

31

初冬的早晨，从四湖那边飘过来一层层薄薄的水雾，在田家村迷漫。田家村在湿润清凉的空气中，好像比以往醒得都早。

田驹的母亲早早起来，习惯去老屋后边转一圈，那里有她亲手栽种的树木和开垦的菜园。

当她佝偻着腰身来到老屋后边时，她惊呆了，不禁大叫一声："我的树……"差一点晕过去。

闻声赶来的村民这才发现，田驹家屋后还没成材的几十棵杨柳树被剥了皮。剥了皮的杨柳树白亮亮的，半截树身赤裸裸地闪着寒光。仲冬不九的杨柳树枝头还剩少许叶子，虽然发暗了，仍坚持着不愿离开，在树枝梢头沙啦啦地抖动着。此时树身的惨状，硬是活剥了皮的伤疼，给看到它的人一种彻骨的寒心。

比刮骨剥皮更让人难受。田驹看了心疼，眼泪差一点流了出来。这十几棵树是五年前他上大学二年级放寒假时，从城里买来的树苗栽下去的。当时他把树坑挖得宽宽松松，又渗了粪土。母亲弯着九十度的腰帮着提水浇灌树苗，汗水顺着母亲布满皱纹的脸上和斑白的鬓发上往下流。父亲在病床上不停地唠叨种树的要领。这树苗寄托着父母很大的希望，父母亲对田驹说，等几年后这树长成材给你盖新房娶媳妇用，还有你上学时借的钱。想不到还没成材的树一夜之间被人算计了，全给毁了，父母的希望化成了泡影。

这么歹毒，是谁干的？

村里人也像剥了皮的树木一样，表情麻木。

有人说："这世道变得坏人胆大妄为，扒树、毁苗、明偷暗抢，甚至杀人放火，什么事都能干得出来，连法也不放在眼里。"

"怎么叫人放在眼里，犯法只要有钱就能把事摆平。做好人就更难了，只好忍气吞声。"

"以前犯个事算事，现在犯个事不算事。还会有人出来和稀泥。"

"这点破事还算事。"

"那也得有个度，有个原则！一味地和好反而纵容胆大妄为的人！"

"有人动不动总拿外国人说事。国情能一样吗？笑话！"

"比才会知道差距。不能盲目崇拜，更不能张冠李戴。"

"想不到这年月也会出狗汉奸和狗奴才！"

"啥不会出，你想不到的一夜之间就能钻出来！"

"这根子吗，咱笨脑子想，就是对这些不守法的人失去了威慑力。"

"也不尽然，恐怕是教育出了问题！"

"噢，这话就深了，十年树木，百年树人。"

"还是多方面引发的社会问题！"

"固主任来了。"有人说。

固主任一脸严肃，浓眉紧锁，怒目圆睁。他围着田驹家几十棵被剥了皮的杨柳树转了几圈，然后暗哑着声音说："就这种行为，严重犯罪。新主任助理刚上任，又是本村本土人，有什么过不去的？让他如此难堪，这不明摆着拆我村主任的台吗？我们对这种罪恶的行为一定要调查清楚，连同上次火烧田驹家苇垛的事。"固主任猛吸了一阵烟，接连用力地吐出去。

"真是造孽啊！"田驹的母亲弯着九十度腰身，哭泣着说。

固主任劝了几句，向大家摆了摆手说："大家都回去各忙各的吧。这事我们不能算完，回头报派出所！"

等大家都散了，固主任语气温和地对田驹说："田驹呀，看来我让你教书是没错的，你就好好呆在学校吧，和荷花一起把学校的事干好就不错了。农村的事是复杂的，有些人什么事都能干出来。你想想这些天除了教书又干了些什么事，肯定触及了矛盾要害处，不然谁会对你下手呢？"

田驹劝母亲说："娘，这事你别往心里去，明年开春俺再买树苗栽上。转脸对固主任说，"老固叔，依我看农村现在缺失的是制度建设，缺少的是村规民约，缺乏的是思想教育，缺失的是人素质的提高！"

固主任瞪着深黄的眼珠子看了田驹好一会，眉心拧起一个疙瘩："田驹呀！不是老叔说你，你说那一套眼下还管用吗？扒你个树皮，偷你个庄稼，盗你个猪羊……这在农村已见怪不怪了。你比我走得远看得多，眼下大家把心思都用在挣钱上。现在人人想发财，个个想致富！少数人急红眼不走正路，也有少数人心里不平衡，找你作为报复的对象。现在物质丰富了，人的毛病也多了，也不管道德不道德。田驹呀，我不是说你，啥事不是你想像的那么简单，一句话就能解除百年积怨富了村民？一句话就建成了新农村？新农村可以说建在哪儿都没问题，还不是给人一个漂亮好看的表面？可是人心呢？人心！"固主任暗哑的声音突然提高了八度。

"好端端的人心！为什么会变成这样？"田驹的老娘刨地问天地叹息。

这时泥鳅走到老主任眼前，挤眉弄眼瞟了瞟了那些被剥了皮的树："固主任，这人心隔肚皮，说不准哪一会就给你背后一枪。"

固主任瞪了泥鳅一眼，暗哑的嗓音像木匠房里锉刀的锉木声："你这个小熊孩，没屁放了吧，快滚一边去。"

泥鳅愣了一下，娘们着声音问："主任，你这话什么意思？"

"咋！"

泥鳅看着主任越发冰冷的面孔，转身跑走了。

32

村委还是坚持要白莲、巧燕回来。

当时晏埂副主任对固主任说："解铃还须系铃人，这事交给田驹去办。"

思富的儿媳麻嫂和几个姑娘媳妇去芦花村编织厂学习只能成为泡影。

这几天，田驹心里十分矛盾和郁闷，一下子想不明白因为白莲和巧燕去芦花村学习会有那么多批评和指责，更想不到村委会叫他停职检查。

怎么给他处理，他没意见，他只希望大家最终理解他的良苦用心。

星期天，田驹决定去芦花村编织厂走一趟，把白莲、巧燕接回来。

去芦花村的路，前面说过，抄小路虽然近，但有很多不便。要是走水路，必须从田家村前的月牙河绕到界河半身的交汇处再往月牙河北道口往回划，才能到芦花村。U字形象像绕半个地球似的。

门前的月牙河边，夜里结了点冰渣，太阳一出便融化了。

田驹很喜欢划船，划船感觉轻松愉快，往往醉于湖水和两边的美景之中。他跳上一支舢板，一篙便划出一箭之地。

突然，一只受伤的兔子从远处麦田里向月牙河这边奔来，后边有两个青年人紧追不舍。他们肩上扛了一支枪，枪杆上吊着几只死了的野鸡。

田驹急忙稳住舢板，对两个年轻人大喊一声："这四湖畔是禁猎的地方知不知道？保护野生动物人人有责。你们的枪从哪来的？还有枪杆上的野鸡都要说清楚。你们要去四湖生态管理处接受处罚，问题严重还要去坐牢房。"

两个年轻人立马堆下笑脸："兄弟，这不关我们的事，不知是哪个王八蛋下的药。我们枪头上的野鸡是捡来的，这枪也是市场卖的玩具枪，其实我们不动枪，每天都有收获。不过这价钱比活的就差远了，饭店老板死勒你的价，不信你看看这野鸡连一点外伤都没有。"

"你们是哪个村的，我咋不认识你们？"田驹亮着嗓子问道。

突然，两个青年转身向四湖方向飞奔而去。四湖那边停了一支机动小渔船，一阵发动机的声音，小船扬起一片水雾。

没有风，太阳远远地照着冬天还未结冰的湖面，四湖像一面看不到边的镜子。湖边浅水处有三三两两的细苇棵子，旗杆似的竖着，四周更显得空旷辽阔，又有几分的神秘。

当田驹点篙准备穿过界河时，界河拐弯处有一个电动船发出沉闷的嘟嘟声。田驹一听就知道是用电网触鱼的，就对着那船喊了一声：

"喂，你们在此用电触鱼是违法行为。"

突然马达发出了轰响声。那船急忙调转船头，朝湖滩的河汊开跑了。

快到中午下班时分，田驹像绕了大半个地球来到了芦花村。他向门卫室黄老头说明来意。

老黄头警惕地张开两臂，唯恐一不小心田驹钻了过去。他翻着死鱼般的眼珠子叫到："又是你，怎么不长记性？守主任看见没你的好！"

田驹笑容可掬地向老黄头说："黄大爷，芦花村和田家村共同对外签订了芦苇编制合同，您还不知道？"

黄老头摆着手连连说："不知道，我也不愿听，你把死人说活都不管进，你还是快快离这里远一点。"说着就去摸电话。

这时，老远处一个清脆爽快的声音传过来："田驹哥，没想到你来了，怎么不打个电话！"然后快步走过来压低声音半开玩笑地说："你不怕他们再把你扔进界河里去！"

田驹笑笑："怕就不敢进芦花村了。芦花妹子，给你添麻烦了！"

芦花笑着说："欢迎还来不及呢。走，看看我们的新产品去。巧燕、白莲在里面。"

田驹愣愣地看着芦花。她穿了一件雪白的羊毛衫,海蓝色的直筒裤,显得身材修长,气质端庄。秀美的面颊红润润的,两嘴角的酒窝像灌满了蜜,大眼睛忽闪忽闪地,一头短而黑的秀发随意地松散着,更显得青春焕发,魅力四射。

"怎么不认识了?"芦花见田驹从头到脚不眨眼地看她,不好意思地问。

"你不开口说话,我还以为是俄罗斯的姑娘呢。"

"去你的吧,中国的姑娘不比俄罗斯的美!"

"当然是中国的姑娘美喽,只有中国的姑娘才是最漂亮最优秀的!"

"别贫嘴了,到编织厂车间看看吧!"两人便往厂里走。

老黄头转身踢啦着碎步进了门卫室,嘴里嘟哝着:"田驹,守主任可不买你的账。"

几十个姑娘媳妇们正在忙着搞编织,这会儿都把眼光集中到田驹身上。

正在学习的白莲和巧燕忙过来和田驹打招呼:"田驹哥,俺们可盼家里人来了。"

几个快嘴姑娘嘻嘻哈哈一阵推搡:"芦花姐,一定是你什么贵客吧!"

"芦花姐咋不提前告诉我们一声?"

芦花大方地说:"姐妹们,别急嘛,听我给你们介绍。他是我的同行,田家村的田助理,田驹哥。"此时,芦花的声音格外清脆甜美,撒满了整个编织厂。

姑娘媳妇们便唏嘘一阵。有两个姑娘像发现头条新闻,抢着说:"那天被老主任轰走的不是他吗?"

"呀呀呀!"有人张着嘴半天没合上,"正是此人!哇呀呀!"

"冤家一个!"

田驹的心乱跳了一阵子,很快便稳定下来,亮着磁性的嗓子大声说:"芦花村的姐妹们!前不久,芦花村、田家村在南方共同签订了编织品对外销售合同,这是史无前例的,是发展两村美好前景的第一步,是芦花助理和胖嫂厂长高明之处,今天借此对大家表示感谢!田驹是来向你们学习的,也是来看看白莲和巧燕,希望今后能合作愉快。"田驹嘴里这样说,心里还是沉沉的。他这次来,是想延伸他们的合作,也是为了栓紧这条线。

芦花动情地说:"姐妹们,别的我不多说,就目前我们厂开发的编织新技术，有田驹哥的功劳。"

姑娘、媳妇们忘了做手上的活，一边嘻嘻哈哈交头接耳，悄悄话便神秘起来。

胖嫂闻声走过来，拍了一下田驹的肩膀，哈哈地笑着："不说芦花妹子心里藏着宝贝，在胖嫂眼里，你田驹兄弟就是芦花村编织厂的贵客！"

田驹感动地握住胖嫂的手："胖嫂，谢谢！"

芦花坦然地笑了，那一对水汪汪美丽的大眼睛含着几分羞涩："田驹哥，有了南方外贸的合同，大家的积极性很高，编织出了不少艺术品。就突然想起'一苇渡江'的故事。"没等田驹说话，芦花就兴致勃勃讲道："北魏时，有个和尚叫神光，听说天竺国高增达摩去南朝金陵弘扬大法，便去会面。到江北看到达摩踩着一根芦苇正在过江。岸边一个婆婆正在收割芦苇，神光便抱起一捆芦苇跳进江中，一下却沉入江水，神光费了全力才爬上岸来。问老婆婆：'前边那人一根芦苇可以过江，我抱一捆芦苇，咋险些丧命？'婆婆道：'那人心诚化取，当然渡他过江。'神光连忙上前道歉施礼，恳求渡其过江。婆婆看神光心诚，答应相助。神光这才踩着那捆芦苇渡过江去，然后追上达摩，请大禅师去嵩山弘扬大法。后来达摩到嵩山少林五乳峰山洞落迹面壁9年，炼就大乘禅法，传播开来。"说到这里，芦花清脆地笑了一阵，继续高兴地说，"咱们的芦苇恰乘东风好扬帆，可以漂洋过海渡世界。"

田驹钦佩地不住点头："芦花妹子，你联系得太好了，给我上了一课。一苇渡江，能联系到界河两岸芦苇漂洋过海，靠得不但要有技术，重要的有真心诚意！芦花妹子，谢谢你！"

"田驹哥，不要客气。你理解得很好，我们需要的是技术和真心诚意！"

田驹有些难言："芦花妹子！只是……"

"怎么了田驹哥？有什么心事说出来，我们共同商量。"

田驹沉吟了半天，婉转地说："村里有个新活路，催着白莲、巧燕回去！"

不要多解释，芦花已经全明白了。她说："有人脑子一下转不过弯来，这也能理解，啥事都有个过程。再说，白莲、巧燕他们学得很用心，更重要的是，给芦花村的兄弟姐妹一个融洽的开头。抽时间我会过去看看！"

白莲、巧燕眼里含满泪水："芦花姐，我们还会回来向你学习的。"

芦花依依不舍地把田驹他们送到村外。

在挥手告别一刹那，巧燕、白莲哭出声来。

33

田家村卫生室比往常突然增加好多瞧病的人，原由是新来了一个漂亮的女医生，医科大学毕业生关爱爱。

关爱爱笑容满面，瀑布似的黑发在背后不停地流动。她用柔软的嗓音对前来看病的人说："各位大爷大妈、叔叔阿姨，大家不要急，我是来田家村卫生室工作的，不是临时坐诊，请大家放心。"

外号柏木梢的村民有些艰难地说："过去有病不敢看，没钱呀。现在合作医疗好！上边又下来了这么好技术的医生，有啥不放心的。"

跛脚方月一瘸一拐走过来开玩笑地说："关医生医术高超，准能把你柏木梢几十年的老气管严病彻底治好，保你以后喘气顺顺溜溜的。"

卫生室里一阵笑声。

篓子走过来，捏着光溜溜的下巴，搭讪道："哮喘的媳妇比哮喘小十几岁。想顺溜，哼，死了再托生吧！"

"也不尽然，哮喘哥的能耐大得很。"跛脚说。

柏木梢一语双关回敬道："你这瘸子，裤裆里乱弹琴。还有你篓子，顾了上头没下头的。"

"呵呵……哈哈……"

正热闹间，田驹背着一个老大妈一溜小跑过来："大家先让一让。关医生，这老妈妈已昏厥不醒。"

关爱爱急忙走过去："田助理，这大妈是？"

田驹把大妈放到病床上说："她是赵芒种的妈。芒种和媳妇在外打工，大妈一个人在家种田照顾上学的孙女。这不，在学校门口就晕过去了。"

关爱爱给赵大妈量血压、听心脏、看眼球后说："心脏不好，紧张劳累，睡眠不足所致。"

关爱爱开了药方，让小王医生挂了水。

关爱爱说："田助理，大妈一会就好了，你先去忙吧，有事让人去叫你。"

田驹点点头，和来看病的人打个招呼，这才离开卫生室。

不多会，单二甩着一只空袖管走进来，用断臂捣了下篓子，两人便出了

一苇渡江去 真心大乘法
万劫过重洋 诚意宿灾秧
明河长渝滔书画并纪
丙申夏月 吴宝民 [印]

卫生室，在对过路边各人找一棵树，背靠着蹲下来，拉出了长谈的架势。

篓子捏着光秃秃的下巴，眨着小而圆的眼睛说："那个穿白大褂的就是关爱爱，听说是田驹联系过来的。如果真是这样，看来荷花的竞争对手不弱。"

单二忧心忡忡："那倒不怕，让我担心的是田驹对芦花村那个芦花的亲近，那才是我们水火不能相容的。"

篓子咂咂嘴，眯起小眼睛，故作高深地说："嘻嘿，田家村有戏看了。"

单二甩了下空袖管说："你这篓子屁股早晚擦不净，又想戳点事。前些天，听说固主任请你吃酒了，那酒能是白吃的吗？告诉你篓子，别光想着吃不花钱的酒，吸不花钱的烟，田驹与荷花成不了事，会要你的狗命。"

平时篓子与单二好斗个贫嘴，骂个大会，拉个转眼。此时，便不依不饶地骂道："噢，你狗日的跟表叔较起劲来了，你是固主任的啥人？哪家的鸡？凭什么？"

单二自让了三分："篓子叔，说心里话，我是巴不得喝田驹与荷花的喜酒，知道为什么吗？怕就怕的是田驹与芦花。到那时，田家村人面对仇人，还有什么脸面活着！你我都是田家村的男人，你这老混蛋！这事你能不用心？"

"说得轻巧，吃灯草灰吗？"

"瞪鼻子上脸看热闹是不？我单二把你篓子的脑袋拧下来，信不信！"

篓子好大一会没哼声，掏出一根烟燃着，可着劲吸了一口，思忖着说："单二乖乖，你叔可没这么想。田驹与荷花的事是主任的意思，中间说合是我主动找上门的不假。当时很想成全两个孩子，也想了却主任的心愿。谁知田驹与芦花村的主任助理芦花有这当子事。现在我真希望田驹与芦花捏成一团，你想，以后对两个村有什么坏处？"

没等篓子再说下去，单二就气撅撅地骂开了："你个吃里扒外的熊货，昧着良心，田家村人哪个对不起你？是固主任还是荷花？你这混蛋啥时转的向？看来还不如田家村一条赖皮狗！"

篓子并不急着还嘴，斜着小圆眼睛瞄了下气歪鼻子的单二，然后慢腾腾地从口袋里抽出一支烟，捻了捻，弹出烟丝，接在原来的烟屁股上，悠悠地吸了一口，咧了咧烟熏的黄米牙，这才说："狗日的单二，要跳墙了是不？叔问你，你得了固主任什么好处？"

"啥意思，你个老狗？"单二的情绪又回到原点。

"姜子牙钓鱼，愿者上钩。拿烟来！"

"你连表侄都不放过。"

"谁都一样，这是时局。"

"我这条胳膊值多少钱？是为田家村丢的！"

"那是过去的事了，时过境迁。"篓子站起来，拍拍屁股上的土。

"我呸！"单二从怀里摸出一包晒金叶，"说你篓子叔比我狠，看不出来，心里想的嘴里说的和实际做的是三套马车。"

篓子撇了下嘴露出满嘴黄米牙笑着："单二呀，乖乖，你小子以后也长点心眼，孝敬好你叔天经地义，不会有你的亏吃。你知道芦花村主任助理芦花的家吗？"

单二不解地摇摇头。

"你小子听好了，近日你去芦花村，告诉芦花的母亲，那个瞎了眼的老太婆。就说田家村的田驹和田家村固主任的女儿荷花已定亲，请你家的芦花好自为之，不然，没啥好果子吃。明白吗？"

"哎呀呀，幸振表叔呀，你这歪招，高！真服你了！"

"歪招？你叔每一招都是歪打正着。再说，田驹与关爱爱正好着呢？"

"篓子叔，我骂你老东西移花接木，招太损！他们俩根本没影的事。"

"一世为人，站着睡倒一般长。你单二不也和我一样吗！听好了乖乖，老子过的桥比你走的路多，吃的盐比你喝的水多。老子还有连环套计，保管叫你那个不顺心的人田驹在田家村无法呆下去。"

单二立马兴奋地站起来，把嘴凑近篓子："表侄愿效犬马之劳！"

"不正说关爱爱与田驹的事吗。"篓子斜着红眼边扫了下对过村卫生室，"要做足田驹与关爱爱的风流传闻，懂吗？"

"还是姜老的辣，驴日的！"单二伸出一根大拇指。

篓子心里笑了：还有相连的一计，不能告诉你龟孙子，那就是牵着固主任的鼻子走。

34

芦花打从第一次趟过界河相知田驹后的日子里，她对家乡芦花村的感情不禁扩大到了田家村，她觉得自己的灵魂在界河两岸不辞劳苦地奔走，哪一边都不能偏废。特别两村对外合同的签订，预示着共同发展的大势，白莲和巧燕回去后，对田家村的编织技术挂在心里，悬浮不下。还有田驹，几天不见到他的影子，怪想念的。田家村与芦花村在她的心目中不知不觉已经化成了等号。

女人不能趟过界河的训戒，在她看来已是一句过时的话。

田家村像一块磁石吸引着她。

芦花趟过界河，不声不响，没给田驹通电话，也没给白莲、巧燕通个信息，趟过界河，径直向田家村临时编织厂走去。在厂门口，她看到，有老的少的、男的女的围着编织样品，白莲和巧燕正指点着比葫芦画瓢。

巧燕眼快，第一眼就看到芦花走过来，惊喜地叫到："芦花老师，是你吗！"她赶忙跑过去，亲切地抓住芦花的手，"芦花老师，想不到您真的能过来！"

这一叫，大家都放下手中的活，眼睛都集中到芦花身上：一个亭亭玉立的女青年，一头乌黑的短发，俊秀的脸蛋堆满微笑，一双极富深情的大眼睛表示着友爱。

白莲喊道："芦花老师！"喊了一声，眼泪也流了出来。

有人重复着："芦花老师！"

"芦花老师，这个名字太熟悉了！"不少人在猜测着，在哪里见过，不，是听过。是了，是白莲、巧燕讲编织课时，常常挂到嘴边的话："是芦花老师这样讲的。"

"原来她就是芦花村的芦花！"

芦花清脆爽快的笑声撒满了田家村编织厂："各位乡亲，我叫芦花，从芦花村来。我来，没有经过乡亲们的同意，对不起！在这里向大家问好！我来不说过去的事，只说眼前。大家都知道田家村、芦花村共同签订了两万件编织品出口合同，为了按期保证数量质量，就得靠大家相互学习，取长补短，共同来完成。我特意来看看大家的编织情况。"

这时 80 岁的田思富走到芦花跟前："你就是芦花老师？"

芦花赶忙说："不敢不敢！大爷，我叫芦花。"

田思富说："你教孩子们编织新技术，谢谢你！我老了，也不懂。我知道，外国的钱也不是好赚的，没有过硬的本事不行，要拿出让他们心服口服的产品，让他们喜欢的产品，就靠你们这帮年轻人了。"

芦花激动地说："大爷，您这番话我很受教育，我们会努力的，不辜负您的希望。"

田思富说："我老了，也跑不动了，儿媳妇早想着能跟你学习，我是想让儿媳妇当你的学生。"

几个姑娘媳妇也围过来，亲切地喊"芦花老师!"

麻嫂一下抓住芦花的手："芦花老师，俺叫麻嫂，笨手笨脚的，还请你多指教。"

听田驹说过思富老爷子与儿子和媳妇麻嫂几个硬币的故事，这才与他们联系到一起，顿觉心里有说不出的滋味，眼泪在眼眶里打转。

"都是父老乡亲，我会尽最大的努力，要大家掌握编织技术!"芦花含满泪水的眼睛看着饱经沧桑的思富大爷，泪水终于夺眶而出。

这时一个村民拿着他的编织品走到芦花跟前："老师，这个苇蒉子在拐角时老是编不平，往上翘，该咋办?"

芦花接过编织品，看了一眼说："这就是刀法的基本功。拐角时的刀功，用力的大小是不一样的。"说着，她走到教桌的黑板前，拿起粉笔说，"南方外贸公司这次给我们出口合同的十个样品。就这十个样品原料，芦苇、杞柳、蒲草，都是我们自家门前的资源，我愿一个个与大家共同磋商。"

篓子听说芦花在编织厂讲课，便小跑赶过来，在大家后边站了会，急忙转回身去，恰巧与急急走来的单二撞了个满怀。

单二甩着一只空袖管骂道："篓子，投胎找不到门咋的? 还一箭三雕，我看把你给雕进去了，人家都找到门上来了，说不定你个驴熊是内奸!"

篓子一把抓住单二前胸的对襟，瞪起小眼睛问："看着我的眼睛，告诉我，单二，交代你的事去办了吗?"

单二一脸的愁绪，一条空袖管无力地耷拉着。低声说："还没来得及，她就过来了。"

篓子瞪着小眼睛骂道："狗日的废物，废物!"

篓子走了两步又转回身，贴耳交代单二说："你在这里盯好了，看田驹啥时来。然后当众质问他俩，为什么两个冤家村签一个合同? 然后再当着芦花的面质问田驹，为什么吃着碗里还看着锅里? 亲着荷花抱着关爱爱，问他是什么用心? 正好借机把他田驹弄臭，让大家的吐沫淹死他。"

单二甩甩空袖管，心想我正等着出这口憋气。不过，驴日的这招也太损

103

了，嘴里却说："篓子叔，你放心，这事准行！"

35

固主任在办公室里转圈子，见篓子慌慌张张地跑来，问道："篓子，啥慌的？狗撵似的。"

篓子上气不接下气地："芦花，芦花村的主任助理芦花，鬼差神使地跑来咱村讲编织技术。听众不少，老思富、贵爷都去了，思富还发表讲话。"

固主任脑门的汗一下就出来了，盯着篓子，急道："你这家伙，她怎么来到村里讲的课？不是……田驹在不在？"

"来时还没看到，我已叫单二盯着。估计这事与田驹有关，不然，再借给芦花个胆她也不敢来讲课。"篓子说看着固主任的脸，"这火怎么灭？还有思富这老东西。"

"政府给他几个农保钱，他腰杆硬了，底气足了，油里盐里都有他。那芦花还让她讲什么？快叫上单二，再找几个妇女，你们一起把芦花轰走。"

"看样子不如上次好使，芦花讲编织技术，好像在场的都入了迷。"篓子为难地掰着手。

"总不能让芦花在这里想讲什么就讲什么！"

为了刺激一下固主任，篓子一语双关地说："我担心她与田驹串通了，除了展示她的编织技术，再就是暗示她与田驹的暧昧关系。"

这话正击中固主任的要害，像被谁抽去重心支柱，突然瘫软下去。田驹、荷花、芦花、关爱爱，在他脑海里搅合在一起。

篓子心里有几分得意，抓耳挠腮，表明无计可施的样子。

固主任心里涌起一股怒火，思来想去终于找着了发火点："篓子，我先来问你，你们是不是有心给我出难题，要我的难堪？跟你说了多长时间了，至今荷花与田驹这媒还在那儿悬着，看你这媒人当的。我固主任没白你呀！"

想不到固主任先在他篓子头上敲炸弹，一时手足无措："田驹只顾忙，总说现在没时间考虑婚姻的事。谁知这小子有心事！"篓子拍着两手。

"你就不能多跑几趟，累断你的腿了是不！上他家找他爹娘，在孩子的婚姻大事上，能麻溜爹娘这一关，你比我更明白，我不信这事还能不成！"

篓子故作矜持地吸溜了几下嘴。

"老弟，不是我话语重了，是我心里急呀！这道理我就不多说啦，这不光是你我的脸面，是整个村人的脸面。不是吗？"固主任脸涨得通红，"当下要紧的是要把芦花快快撵走。"

"怎么撵？大家听得正在兴头，这不把听众都得罪了。"篓子搓着手，吸溜了几下嘴，小圆眼睛乱转，"芦花不仅有根还有梢。有人虽然不露面，可背后支持，还有巧燕、白莲左右护着，更气人的还有那个酒晕子张浪，跑前跑后。听说前些天田驹、张浪，还有大友去白莲家，白莲不顾廉耻说七星不要她了，非要嫁给大友不可，大友吓得屁滚尿流。这可得意了那个酒晕子张浪，他狗日的却厚着脸皮当面就赌咒骂誓要娶白莲，你看那德行，呸！"

"我说你个篓子呀，火烧眉毛你都说些啥？哪轻哪重、半斤八两，你分不清楚？"

"你看我这嘴！"篓子照自己腮上扇了一巴掌，"今天就要当着芦花、田驹的面说清楚。你田驹为什么亲着一个荷花？不不不！"篓子又照自己嘴上来了一巴掌，"你田驹和荷花的婚姻是父母之命明媒之言，你为什么还要抱着关爱爱，眼里还盯着一个芦花村的芦花？"

"这话是否太重了？"

"舍不得孩子套不着狼，田驹虽受点委屈，可是芦花和关爱爱那边就会各奔东西。谁还稀罕一个脚踏两只船的臭男人？"

固主任正要说什么，篓子已走出村办公室，话从老远处传过来："等着听好消息吧，固主任。"

篓子一路小跑，先找了固主任的老婆孙红妹，又找了几个身板硬朗的老年妇女。说："历史上，大家都尝过两村打斗的苦头，特别是两村男女之间恋爱的悲剧，大家听说过，也品尝过。如果两村再发生男女之间的事，为此打闹起来就是拼得你死我活，这痛苦全村人都要牵连进去。"

几个老太婆一下没了主张："幸振篓子，你这龟儿子，那还不快想办法，绝不能让芦花与田驹他俩成了两口子。"

篓子嘻嘿嘻嘿地笑了："只要你们几个老白毛肯用力，他俩就成不了。你们抓紧把村里在家里的男男女女都邀到临时编织厂，越快越好，谢天谢地！"

篓子复又找到单二，然后说："你让泥鳅快到小学校告诉田驹，就说要他立马到村临时编织厂，说芦花村的芦花等他有急事。快去。别忘了告诉他，干好了我请他去四湖大酒店。"

单二按篓子的安排对泥鳅如此这般交代一番。泥鳅闪身出了编织厂。

篓子、单二、泥鳅在编织厂内外频繁地走动，被妇女主任马群看在眼里。她唯恐他们给芦花出难题，暗中安排张浪瞄着单二、篓子的动向，安排季响、春旺维护听课秩序，内部安排白莲、巧燕保护好芦花的安全。

当她看到篓子与独臂单二、泥鳅分别耳语后泥鳅匆忙跑去的背影，就追了出去。半路上她喊住了泥鳅："泥鳅兄弟，慌啥，看跑得你这个傻样子？"

泥鳅停住脚，就把篓子、单二让他叫田驹的事说了一遍。然后问："马群主任，有事吗？"

"没事，你去叫吧。"马群琢磨了一阵子，他们的意图便猜出个大概。等泥鳅跑回去后不大会，田驹才走出校门。

"田助理。"马群喊住了他。

"马群姐，你在这忙啥？听说芦花在编织厂讲课，你没去听？"

"去听了。"马群简要说了下经过。最后说，"在田家村，你不要急着和芦花见面，这样会伤害芦花的。懂我的意思吗？"

田驹沉思了一会："我知道了，他们不仅当面要出难题阻止我们编织合同工作进行，还有更深的目的。谢谢你马群姐！"

"要照顾好你自己，我走了。"

"马群姐。"田驹喊住要走的马群，"这事不要告诉芦花，请你多关照她，还有编织厂那边的事。我回去上课了。"

村子里，负有使命感的几个老太婆吆三喊五地向临时编织厂快步走去。

看看天已大半上午，仍不见田驹的面。篓子、单二像热锅上的蚂蚁，不住地向泥鳅发问："田驹怎么还不来？"

"话都传了，他说下课就来的。"泥鳅娘们着嗓子说。

临时编织厂里，大家正聚精会神地听芦花讲编织课。

突然，一群老太婆蜂拥而上，把巧燕、白莲推到一边，不容分说拉着芦花就走。

"怎么回事？"一群闺女媳妇拦住了去路。季响、春旺、张浪急忙拉开这几个老婆婆，想护住芦花。

孙红妹赶紧说："你们都让开，是几个老婆婆家有自己编的家什，想让这个女教师给指点指点。"

大家看是固主任老婆出来说话，便不好再说什么，就让开了路。

几个老婆婆带着芦花转弯抹角走去，不一会到了界河边。孙红妹说："我说你就叫芦花呀，别自作多情了，田家村的编织用不着你来指教。""咱两村有古训，女人不能过界河。""俺们几个老婆婆是送你过河去的!"

芦花转过身来，笑着说："想不到你们几个老大妈为我这么用心。你们想到没有，我们两村对外签订的两万份编织合同，到期不能兑现，大家可都损失大了。"

"我们管不来这么多了，这多年不编不织的不也照样过来了吗!芦花呀，你还是在芦花村安心干你的事吧。"

"大妈，我不会丢掉田家村的编织不管的，那将失去两村发展致富的大好时机，还有两村人要化解积怨。"

"芦花呀，实在难为你了，有这条界河隔着，祖辈老死不相往来，你回去吧，以后不想再见到你。"说着几个人蹲在河边，一起向芦花泼水。

芦花站在水里，心情沉重地说："大妈大婶们，明天我会再来的!"

巧燕、白莲、季响、春旺、张浪发现事情不妙，赶紧追了过去。

36

芦花一连几日趟水过界河，守主任大为恼火，想想脊背都出冷汗。他心里那个气，嘴里在念道："寡妇荣呀寡妇荣，你这媒咋说的，越说越离谱了。你这网咋罩的，越罩越没边了。你这个熊娘们的。卢畅呀卢畅，你咋不争一点气，至今和芦花还没一点眉目。人家有粉朝脸上擦，咱总不能往腔上抹吧!这芦花村人的脸，老一辈少一辈的脸往哪搁!芦花呀芦花，不知天高地厚的疯妮子，看你把个芦花村搅的。"守主任一阵阵地想，一阵阵地发气。

他让卢五找来寡妇荣说："荣呐，你这媒说的，我咋觉得芦花越来越离谱?"

寡妇荣脸有难色，撅着嘴不高兴地说："看吧看吧，我没怪你，你倒怪起我来了。我问你，你这个主任咋当的?光许愿不进香，有这么干的吗?不是我想那只羊，我是想把羊送给铁拐苇子和他老娘。"

"噢!"守主任拍了下自己的脑瓜，"看我这记性，也怪卢五，当时去他外祖母家了，我却把那只羊丢在了脑后。苇子该有，他娘也不能少，当然送你一只不能含糊。"

"你还算明白，舍不了羊套不住狼，是你主任小心眼。"寡妇荣委屈的样子，娇嗔道，"我这媒人跑断腿心甘情愿，是为啥？还不是为了你，为了芦花村，为了祖辈人的过去，为了现在芦花村老老少少人的脸面。"寡妇荣眨了下媚眼，讨情似地继续说，"现在时代变了，人人都向钱看，说个媒没有几张大票子，谁给你跑腿。没几个驴粪蛋子拾，谁起早五更！算我看走了眼，夹在中间左右为难。"寡妇荣的泪说下来就下来了。

"荣呐，难为你了。怪都怪我小心眼，没有体谅你的苦处。今晚我亲自给你送去好了吧！"

"嘎嘎嘎！"寡妇荣破涕为笑："这还差不多！我再问你，你主任能随便让芦花说过河就过河？"

"她是个大活人，腿长在她身上，你有啥招？"

"也真是。"

"关键还是你说的，要她变成芦花村的媳妇！芦花她娘她哥到底还有啥想法？她娘咋说？苇子又是什么态度？我一直担着心。"

"先前我说的是媒人的苦处，那几个钱算小钱。就凭芦畅的条件，不拿个十万八万，嘴上抹石灰——白说。"

"这！"

"这还不能完事，不建两层小楼，叫花子能动心，住哪儿？当然，那些戴的挂的定情物是必不可少的。"

守主任思忖着，然后点了一支烟，尖着嗓子大包大揽地说："我这里全给他，只要这媒成了。你现在就去告诉他苇子。"

"你个老驴这会急了。"

"我不是担心夜长梦多吗！"

37

一连几天，芦花每天早上趟过界河，有巧燕、白莲左右护着，春旺、张浪在不远处跟着，还有急着想学技术的麻嫂几个媳妇姑娘有意无意地照顾着芦花，然后径直去田家村临时编织厂讲编织技术。不知内情的人，很难发觉内紧外松的样子。

听课的人一天比一天多起来。每天，芦花还没到，编织厂里人已拥满了，有男的有女的，有年龄大的，也有年小的。就连体弱多病的贵爷也听出了瘾。他们面朝黑板，专心听芦花讲。芦花讲得通俗易懂，边讲边在黑板上作画。

田家村人听得很认真，恐怕漏了什么，有的还拿个小本本记录着。

篓子、单二在外围也装着认真听课的样子。其实他们早已商定，暂不阻挡芦花来讲课。每次暗里指派泥鳅去学校找田驹，想方设法要把田驹诓骗到场，然后，出芦花和田驹的丑，要他俩的难堪。篓子、单二一边假装听课，一边巴望着田驹的出现。

马群一边听课一边观察课堂上的动静，以便及时作出反应。

每次还没讲完，几个老太婆就走向芦花，相拥着便走。马群安排不要阻拦，避免发生冲突，被别有用心的人利用。

大家心照不宣，到时自动让开一条路。

她们走向界河，和头次一样的劝告，得到的是和头次一样的回答。

渐渐的，几个婆婆妈妈也听得上了心，每次拉走芦花时便拖拖延延的。

单二、篓子老是见不到田驹的影子，心里焦躁不安起来。

单二把篓子叫到一边，没好气地骂道："你这头黔驴，你那花花点子屁一样不管用，原来是跟自己过不去。芦花照讲编织课，关爱爱照样看病人，田驹照常在学校讲课，你篓子到底还有点啥脓水？"

篓子小眼气得通红，反唇道："你是怎么交代泥鳅的，这熊包怎么就没把田驹叫到编织厂？我正想问你呢，狗日的。"

单二甩了下空袖管，说："这两天，只要芦花来编织厂讲课，我就催泥鳅想方设法叫田驹来编织厂。可人家不为所动，说课紧脱不开身。"

篓子不再言语，思索了一阵："田驹不来编织厂，总不能这样等下去。"

"还是按你篓子的想法，把田驹的名声背地里搞臭。田驹不来见芦花，正好散布他和荷花热恋着，和关爱爱暧昧着，脚踏三只船。这风一定要传到芦花的耳朵里去，三只船什么意思芦花心里就明白了。"单二又从迷茫中兴奋起来。

"我的个乖乖，跟老子还没学几天就要出师了。娘的，算你有脑子。"篓子捻着光秃秃的下巴，眨着小眼睛坏笑。

"还不是学老昏蛋的那点看家本事吗！"单二不无讥讽地扳着铁块似的面孔。

篓子毫不在意单二对他的蔑视，心想，要拿出点真家伙才能叫单二心服口服。便压低声音说："那就分头干吧。"

这天傍晚，黑丫、季响、蚊子、张浪、春旺几个人碰头耳语，有人风传田驹感情上的问题。

田驹发现大家用异样的眼光看他，以为他冷落了芦花。咂咂嘴说："芦花是为了两村的发展前景才来指导编织技术，我们应该关心她！"

"芦花这么用心帮助我们的编织事业，被人天天撺着，还听人杂七乱八的话，人家图啥？还不是为咱田家村好吗。别的不说，这么冷的天，水刺骨凉，总不能让她在界河里趟来趟去的吧。我看着都心疼！"季响感动地说。

"哼，你疼哪门子心？黑丫姐也不会答应！"蚊子挠着尖脑壳笑说。

"我当然心疼，她是为田家村人吃苦受累。你这熊蚊子，我没那铁石心肠。"黑丫反击道。

"自找没趣，还是人家穿一条裤子亲。"蚊子自嘲道。

"怨你熊蚊子没心没肺不长眼乱碰。"春旺讥讽道。

田驹本来想给大家解释自己的难处，又不好说清楚，只是说："芦花每天趟冰过河来田家村讲课，大家看在眼里疼在心里。我的确对这事关心不够，心里十分内疚。"

"不然我们弄条船，天天派人接送如何？"张浪说，"我来负责这件事。"

"不行，行不通。你们想，芦花趟水过河是她自己主动的。我们如果在此撑船接送，村里有人会找我们麻烦的，反而更糟糕。"大友分析说

"那就在界河上边搭个便桥，也不是为哪一个人，也好掩人耳目。"蚊子晃动着细腿说。

"这倒是个好主意。"田驹思考着说。

黑丫说："我和季响准备结婚盖房的建筑材料备齐还没动工，拉十几根檩子够了。"

大家的目光转向季响。

"看我干吗？我会不同意吗？"

"谢谢你们俩！如果大家没意见，算村里欠着你俩的，今晚就动手干。"田驹说。

"今晚把桥搭建起来，明早晚不了芦花过河来田家村讲课。"季响和春旺高兴地说。

"芦花明天来到界河边，突然看到眼前新搭建的一座桥，她该怎么高兴呢？"蚊子挠着尖脑壳，想象着说。

"不知道，你除非是芦花。"

"再不然，你蚊子心里有鬼！"

……

38

当晚，一条极其简易的桥修好了。双排水泥棍棒单行桥，架在界河的河面上，通往芦花村与田家村的方向，显得单调而又艰难的样子。这是田驹几个年轻人给芦花修的专桥，取名为"芦花桥"。

想不到算处不打算处来。从那天起，田家村临时编织厂却没人看到芦花的影子。当时，田家村编织厂里，像前些天一样，早早赶来听芦花讲编织技术课的男女老少，面对黑板等着芦花的到来。然而从早上等到中午，从中午等到傍晚，他们一直没有等到。有人跑出村外等待，也没见芦花的影子。他们失望的样子，像丢了什么。

一直希望儿媳能尽快全面掌握编织技术的老思富，见人便问："芦花老师怎么没来？"接着把耳朵凑近对方。

有人摇头，有人反问："正想问您呢！"

几个老白毛婆娘拿眼相互探询，好像说，是我们几个做得过分了，断了芦花和我们之间这条路。

单二和篓子在人群后面相互捣了一拳头，心里叫道：咱们干得漂亮。

一连几天，田家村临时编织厂等芦花来讲课的人没有少，看样子非要等出个结果不可。有人猜测芦花病了，有人猜测守主任和疤瘌把她软禁了，有人猜测被她哥哥苇子关在家里，有人猜测是否因为流言蜚语、恶意中伤田驹而牵连了芦花……有人跑出村子向界河边久久张望。

田驹几个年轻人走上简易的芦花桥。他们站在桥上自言自语："这桥算白搭了！"

蚊子看着田驹手里拿着的大哥大的第二代，戏谑道："田驹哥，关键时这玩艺也不中使，扔到界河里算了。"

"你以为我骗你，你来试试。"田驹把手机递给蚊子。蚊子点了号码，按了接通键，并把天线抽到最高。

在围的不由得把耳朵凑上去。好一会，手机里传来的是嘟嘟嘟的声音。大家无奈地摇摇头。

"芦花桥"搭建起来了，芦花却没了影儿，为什么？像一个谜团缠绕在这几个年轻人的心头。

他们所能想到的都想了，所能猜到的都猜了，终没能猜想出芦花究竟为什么突然断了来往和音信。

黑丫说："田驹哥、蚊子兄弟，不然，你俩再去芦花村走一趟，我们大家都在关心她！"

蚊子急忙摆手，哼哼唧唧地说："去不得，去不得。别说那守主任汹汹的样子了，光看门黄老头也会把我蚊子吃了。"

"你这熊蚊子，越抬举你，你越往胳膊上吸血。你不去别后悔，我张浪陪田驹哥去，看他们能怎么的！"

田兔子急忙摇头，低声说："别没事戳事了，她芦花不来正好呀，大家都落得清闲，主任也省得烦心。"

黑丫和剩下的几个年轻人等着田驹的态度。

田驹更不放心芦花，他比谁心里都急。眼下，就编织合同的落实、技术的指导、两村历史矛盾的化解、界河两岸资源的利用和发展、养殖的新项目策划，他和芦花的观点不仅相同，而且志向目标一致，他觉得芦花才是他的榜样、带头人、主心骨。他不能没有她的支持。

究竟该怎么办？

田驹思忖着，说："先用电话联系着看吧，一旦有芦花的消息，我会立马告诉大家。"

"编织的事总不能没人指导吧，往后咋办？兑现不了合同要挨罚的。"春旺担心地说。

季响说："白莲、巧燕她们已跟芦花助理学了一些编织方面的技术，暂作技术指导，学中干，干中学吗！怎么样？"

"再请妇女主任马群大姐出面做编织工作的负责人。"田驹补充说。

"完全支持！"大家异口同声。

"芦花村编织厂不能中断了联系，特别是芦花。不然，我们还是一个大损失"季响分析说。

"鼎立支持！"张浪、蚊子接口说。

"我不赞成，这样会惹好多麻烦，我们都会跟着倒霉。"大友嘟着嘴，坚决反对的样子。

张浪骂道："你这只破胆的兔子，关键时侯就劈腿。"

大家悻悻散去。

是有不少困难和阻力，但不能放弃与芦花村编织厂的联系，特别是芦花助理。田驹心里鼓励自己。

田驹接着一连几天给芦花打手机，可是手机一直是关机状态。

芦花究竟怎么了？为啥手机老是关着呢？田驹像个闷葫芦一样咋也猜不出结果来。

39

这是个黑漆漆的夜晚，田家村沉睡在梦乡里。远处的村庄偶尔传来一两声狗叫，便归于寂然。

这时，一个黑影偷偷爬过白莲家的矮墙，在白莲住房的门外轻声敲动，接着便有撬门的声音。婆婆在里间里住，年纪大了耳朵背，听不到外面的动静。幸好门是上了两道栓，并加了顶杠。白莲听了好害怕，搂紧女儿不敢出声。白莲一晚上没有合眼。

第二天，白莲把这事说给张浪听。

张浪说："白莲，别害怕，晚上我在你灶房里住。看谁敢欺负你，我打断他的狗腿。"

当夜，张浪夹着自己的被卷来到白莲家的大门口。大门虚掩着，看看四周没人，便推门进去，上了栓，然后躲身进了灶房。灶房靠北的墙边铺了新麦草，上面有席子和一条新被子。看来是白莲给他准备的。他把自己拿来的被子铺在下面，把那条新棉被盖在身上，顿觉全身暖融融的，十分舒服。他睡不着，拥被坐起，从灶房的窗口往外看：外面黑乎乎的，院子的矮墙只能看到个轮廓，天边的几颗星星好像在对面的树梢上向他眨眼睛。张浪心里有些激动，又有些紧张，想着白天白莲跟他说的话，便盯着那道矮墙出神。不知过了多久，像有个人影爬过矮墙，径直向白莲住的房门走去。那人却不敲门，好一会，转回头向他走来，却看不出那人的面目。他想走近那人，看看到底是谁。那人却退了几步，并扭过脸去。那人高个子，他一直看不到对方的脸。他很生气，问那人为什么来敲白莲的门。那人不答话，反而质问他为什么来这儿住。他说白莲是他的未婚妻，他是在这为她守夜。就是因为你这头不规矩的蠢驴来敲她的门，让她担心受怕不能入睡。那人跳起来晃晃拳头，说，白莲才是俺的未婚妻，还轮不到你这穷途末路的酒晕子。他听了非常生气，狠狠地向那人一拳砸去。刚一出手，就砸在了墙上。他疼得"哎哟"叫了一声。

他惊醒了，原来是一场梦。

他没了睡意，回想着先前的梦，感觉很滑稽。他揉揉眼睛从灶房窗口往外看，矮墙的那道轮廓线弯弯曲曲的像一条蛰伏年久的老龙背。突然，有个黑影爬了上来。接着，又一个黑影爬上来。后边的黑影显得比较小，先后匍伏在矮墙上。

张浪的心立马收紧了。他屏住气，扒着灶房的窗口仔细盯着。心想，看来白莲的门不只一个人去敲，这一下就来两个。瘦高个子的黑影先溜下矮墙，接着矮小的影子溜下来，小影子几乎是个孩子。这两个一大一小的黑影没有去白莲堂屋房子那边，而是在院子里轻手轻脚转了一个圈，每到旮旯处，都停下来胡乱地摸一阵子，最后摸到灶房来。

张浪心里砰砰乱跳，赶紧躲在房角里，身子紧紧贴着墙壁，两眼不眨地盯着那两个一高一矮的身影。这两个身影进了灶房。在进房的一刹那，他几乎叫出声来。他赶紧捂住自己的嘴，这两个人影太熟悉了。一个几乎天天能听到他撕心裂肺的叫声，另一个小个子黑影，前几天他还抚摸过他的肩头。怎么可能呢？他俩要干什么？他心里惊叫着，心猛然沉了下去。

这一高一矮的黑影在灶房里摸索了一阵子，就听高个子压低声音说："她家的羊不拴在灶房，晚上恐怕牵到堂屋去了。你去推推堂屋的门，看里边上锁没？"

"我害怕，跟你一块去！"小个子声音稚嫩。

高个子黑影没言语，他在脱裤子小便，正对着张浪靠着的墙角。一泡尿差不多都撒到张浪的身上。张浪几次攥紧拳头想用腿猛地把那家伙打倒或踢翻，可是他忍了，一动没动，恐怕一动吓坏谁似的。一高一低的黑影子终于走出灶房。张浪这才喘了一口气，拧拧身上尿湿的地方，复又趴在窗口上盯着那两个黑影。两个黑影在白莲门前停下来，高个子黑影好像在用力推门。

张浪已挪出灶房的门，贴在门外一棵梧桐树旁。只要他们一敲门，张浪会向箭一样射出去，首先把那个高个子打翻在地。

然而，这一切都没有发生，影子没有敲门。看来他们料到进不去屋内，又折转回来。高个子影子径直进了灶房，在案板上拿了把菜刀走出来。

张浪吓出一身汗来，以为那黑影发现了他，拿刀要和他拼命，弯腰把脚下一根棍子摸到手里，正准备来个先下手为强。不料瘦高个子黑影却把菜刀递到小个子黑影手里，低声说："不能空手回去。"下边的话没有听清。

两个一高一矮的身影回身翻上矮墙。这时，天边划过一道长长的拉尾巴星，在小个子手中的刀刃上闪过一道寒光。

张浪心中不禁打了个寒颤，好一阵都没回过神来。

40

田驹每领到工资，都要拿出一部分给父母，然后再买一些吃的穿的孝敬父母。父母拉扯他这么大也不容易，该孝敬的不能少了。其余的都积攒起来用在目标实现上。这天，他拿到工资第一件事决定宴请一下小时的伙伴，有来无往非礼也，也是向伙伴们表表自己的心迹。

于是就请了季响、黑丫、春旺、张浪、蚊子、田大友、白莲、巧燕几个年轻人，季响开着拖拉机专门到龙城县湖鲜大楼下了馆子。

田驹有意点了两个大菜：一个是"清蒸荷叶鸭"，另一个是"红烧麻辣龙虾"。另外几盘煎蒸熏烤的肉鸭部件，外加一个面筋鸭汤。这是龙城有名的两道菜、一个汤。

掌勺的年轻厨师知道他们从乡下专门赶来吃特色的，十八样配料齐全，最后又特别加了半瓶黄酒，凉菜热菜一齐上。十个凉拼，热炒色泽鲜美，浓淡甜辣各有特色。两盆热气腾腾的大菜，馨香扑鼻，一白一红。白的是清蒸荷叶鸭。此鸭皮白肉鲜，香辣酥嫩。主要原料是四湖的莲籽和茡荠，及当地佐料填腹而后清蒸而成。红的是油光红亮的龙虾，是用十八味加川味麻辣烧，皮红肉白，鲜嫩可口。

一桌人看得馋涎欲滴。

他们大碗喝酒，大口吃菜，直夸这鸭肉鲜美，龙虾肉嫩。

蚊子边吃边哼叽着说："龙肉也不过如此！"

春旺叭叭着嘴笑问："蚊子吃过龙肉？"

"天上飞的，地下跑的，他啥没吃过，人血都喝过。"张浪仰脖子喝了半碗酒，扯过一条鸭腿啃着，"不怕你喝人血，小心一巴掌把你拍死。蚊子喝血生性如此，正如大家喜欢喝二锅头一样。"

"一棍打八家，可没人像你浪醉离不开喝猴尿那东西。"蚊子反唇相讥。

一桌人边吃、边喝、边笑，气氛热烈畅快。

当面筋鸭汤上来时，满桌人已有几分醉意。

田驹眯着眼睛亮着嗓子说："大家先别急着喝这面筋鸭汤，听我讲一讲这汤的来历。"

大家便霹雳啪啦地鼓掌，有的用筷子敲桌子喊好。

田驹清清嗓子讲道："话说公元前54年，匈奴呼邪单于向西汉元帝请书和亲。王昭君请求出塞。在匈奴期间，昭君一时不习惯当地钦食，常怀念家乡的面筋鸭汤。元帝专派人到咱们这一带水地收购肉鸭，送往塞北。后来，面筋鸭汤因而出名，名曰'昭君面筋鸭汤'。喝了养颜生津，延年益寿。更重要的是昭君给匈奴带来平安和兴旺。"

"好！好！好！妙！妙！妙！"一盆面筋汤转眼间便喝了个底朝天。

黑丫很感兴趣地说："咱这地方该来个什么招亲，希望带来平安和兴旺！"

大家默然一阵。

蚊子说"有了。"然后低声对黑丫，"我看田驹哥故事里有话。"

"扯吧你。"黑丫不解地凑到蚊子身边。"你说这话倒提醒了我，芦花助理有消息了吗？"黑丫看着蚊子的大眼睛问。

蚊子摇摇头："田驹哥昨天还跟我说，必须到芦花村走一趟，一定要我和他一起去。"

只听田驹继续说："经市场调查，肉鸭和龙虾养殖是个投资少利润大的生意，如果界河两岸全部养肉鸭、龙虾、螃蟹等水产品，到时候它将成为全国最大的水产养殖基地。我建议留有春田准备种其它作物的，可抽出部分田块试养。我今天请你们几个来吃肉鸭和龙虾，表明我的决心没有变。"

在围的几个人几乎哑口失笑："田驹哥，你不是说梦话吧？你在那娃娃国里怎么能养鸭养虾？胡闹！醉话！"

季响站起来，晃着身子说："田驹兄弟，我们感谢你还没忘了咱们这些光腔的朋友，你有钱了，请这些穷兄弟打打牙祭，也不为过。至于养鸭养虾，都是酒桌的话，甭往心里去。好好教你的学生，别忘了穷朋友就行。"

蚊子哼唧了两声却哭了："田驹哥，咱们有这好条件，王昭君的鸭汤、乾隆的荷叶鸭都利用不好，如守着青山没柴烧，真无脸面对父老乡亲呀！"

"没觉得自己是蚊子，呀呸！"张浪早有几分醉意，"再想喝田驹哥的酒吃田驹哥的饭，以后就难了。秃头上的虱子明摆着，这是最后一次散伙酒饭。"

大家面面相觑。想起村里这几天"田驹脚踏两条船，手里还按着一个"的传言，芦花又没了消息，两村编织合同在老虎尾巴上甩着。猜测田驹恐怕在田家村蹲不下去了，是最后跟兄弟们的告别酒。

田驹能从伙伴们脸上的表情看出一点疑惑，声音有些激动："兄弟们，你们误会了我。我田驹没忘在县委华平书记面前许的诺，没忘我们共同初步设想和改变家乡面貌的计划，一定要用实际行动兑现。养殖上，现在就准备在界河边我家几亩瘦田里试养，等明年一开春就把鸭苗和龙虾苗放养进去。如果你们有时间，明天星期天给我帮帮工，工钱我一分都不会少。"

季响在桌边敲着筷子："我们能理解你，怕你脚踏三只船。鱼和熊掌不能兼得，反误了大事。"

"田驹哥。"蚊子擦了把泪迹，"今天在场的都是从小长大的朋友，兄弟问你不是醉话，你对芦花有没有想娶她的意思？"

全桌人一惊，汗都出来了。

"放屁你蚊子。你应该问的是娶荷花的事。"田大友瞪大眼睛冲着蚊子，"你这熊蚊子醉了？这事传出去全村人要跟着倒霉的。"大友恨不得提起蚊子的耳朵给他两巴掌。

"大友哥说得不是没有道理。你对荷花没有意思，不愿娶她为妻，别说在界河滩养鸭喂虾，你养个鸭崽虾米也不成。"春旺严肃的表情有些夸张。

"你们在开我的玩笑是吗？我对荷花真没啥意思。"田驹仰脸喝了一杯酒，脸色发红。

张浪喷了口酒气："看你田驹哥不拾一把柴火烧得不轻。你想啥哩，人家荷花十里八村打着灯笼也难找的美人，又是教师，那怎么就没意思的。不明白，是不是？"他本想说听传言，亲着一个荷花，抱着一个关爱爱，眼盯着一个芦花，话到嘴边却咽了回去。

蚊子翻着醉眼说："不明白吧浪醉？不明白你是傻子。"蚊子故弄玄虚地贴近黑丫、白莲、巧燕，"只告诉你一个人，田驹哥先前昭君面筋鸭汤故事里有话，他是对芦花村的芦花有意思。我看这事一厢情愿！和我一样想着而已。"

"田驹哥不会有，你蚊子敢有这种想法？"

"哼哼……而已……"

三个女性相互看了一眼，像似问：真得吗？

张浪偷听出一些囫囵词句，耐不住猜疑，把黑丫拉到自己身边，小声问："早就风声雨响的，真的假的？前几天芦花来咱村讲了几天课，田驹哥边也没沾，后来再没见芦花的影子，现在也没听说她有啥信息。"

黑丫却绕了个弯子低声说："芦花，大家都见过几次面，听过她几次编织技术课。不同凡响吧。人家那大方，那水灵，那气质，谁见了都爱。我要是个男的，我也会拼命爱她一回，昭君面筋鸭汤倒是一场好戏。"

田驹见他们几个私下嘀咕不便直问，反正啥事不说不清，不讲不明。干脆借故出去方便，让他们去说、去谈、去沟通。

田驹一离开餐桌，很快满桌人便知道了蚊子、黑丫、白莲、巧燕、张浪私聊的全部内容。

张浪开心地笑了！"这确是一件美事。如果这事成了，昭君面筋鸭汤会变成芦花面筋鸭汤，也会带来两村的安宁和兴旺。"

"纯粹胡扯蛋！只有面筋荷花汤，哪会有芦花汤！你们用脑子想想看，荷花能吃，芦花能吃吗？脚丫子都知道。"田兔子急红了脸，争辩说。

"这家伙还真是。"大家唏嘘着。

"不全对，芦花的药用价值比荷花要高得多。"季响说。

"季响哥说的也是，既然田驹哥瞅上了她芦花，又都是村主任助理，那就敲锣打鼓娶过来，也给咱田家村撑撑脸面！"白莲说，有几分兴奋。

"想想而已，不着边际。"

"村里都风传田驹脚踏两只船，手还按着一个，那又咋回事？"

"当时听了我也疑惑。马群姐告诉说，要相信田驹。"黑丫说。

"我不想听更不想看那可悲的结果。"

"事在人为。"

这时田驹敲门走了进来，房间便鸦雀无声。

田驹坐定，稳了下情绪说："我先前在门外听跑菜的小二说，咱们这桌有人因斗嘴生气摔了盘子！"

大家相互看了一眼："没有呀，这嚼舌根的小二，让他端一辈子的盘子！"

"那还不美死他，让他端盘子尽摔跟头。"

"我知道你们对我狠，对小二一样发狠。这怪不得别人，这只能怪你们自己，谁叫你们背后说人闲话呢？"

大家这才释然，不好意思地笑了。

季响说："田驹哥，大家的话你可能听到了，没有别的意思，是想着你的前程，想着共同的事业！因为一个芦花不值得。"

春旺接着说："田驹哥，是你把我们几个人心燎热的，又是你把大家的心变得冰凉的。以后大家希望你拿定主意，依傍固主任，爱定荷花，带领我们大干一场！"

"对，对，对！"

"难道我和芦花交往真的错了？那么值得大家关注！不过，在我个人事情上确实还没有过多考虑。在位的小时候都和芦花是要好的朋友，虽然隔了一条界河，可是我们两个村还是地连边的邻居。两村人亲过、怨过、斗过、打过、骂过，也恨过，那都成为历史了。现在我和芦花干着同样的工作，化解怨结、发展经济是我们的心愿和目的。当然，我对芦花在心里也越来越放不下，位置也越来越显得重要。"

大家沉默了好久。

张浪醉眼朦胧地晃着身子，摆着胳膊说："田驹哥，兄弟说句大话，话到这份上也只能往上冲了，谁怕谁？"

田大友感到从来没有过的头重脚轻，他像是对全桌人又像对自己："等着瞧吧，田驹要捅大篓子了，那一定是田家村的不幸，我感到害羞更害怕。"

41

田驹利用星期天搭建养鸭棚开挖养虾池的想法，得到了大多儿时伙伴的支持，天不亮就和田驹一起赶到界河边田驹家的冬田里。

季响晃着膀子说："我们几个人对养鸭、养虾一窍不通，咋弄田驹哥你就指挥着干吧。"

田驹按照从外地朋友介绍和书本上学来的知识，先在自家田块选出三亩地搭建鸭棚、二亩鱼虾。画出一排鸭舍图样，画出井字形的鱼池，画出条形的虾池。

田驹一边丈量着尺寸一边说："咱这里是天然的养殖场，水源充足，无污染，植被茂盛，氧气充足，利用不好，真是有愧这好地方。"

"好地方？听村里传言，这儿养狗都养不成。你在界河边养鸭又养鱼虾的，到时把鸡鸭鱼虾给你弄死，赔了血本哭都没地方。再不然揍你个腿断胳膊折。要说犯法，人家用钱就摆平了，找谁讲理去。然后继续跟你作对。这年月，这种人倒活得滋润，天地良心。"大友胡乱嚼了一阵子。

"别被不怀好意的吓住，田驹哥！"春旺鼓励说。

"你说我不怀好意？"大友指着自己的鼻子，"你春旺才是。我不是吓唬你，前几年我让亲戚在湖边代养了几十只鸡，连人偷加狗咬，最后鸡毛没见着，落了一肚子气。还有一年上大水，稻棵子也没见着。"

"你那点屁事还值得一提。养殖上我比你惨，但我不怕，这不跟田驹哥来学习吗！"春旺讥讽大友道。

田驹想，这人一朝被蛇咬十年怕井绳。便宽慰说："大友哥，不要怕，只要我们考虑在前，防备在先，危害都可以避免。"

蚊子和春旺拉了一条绳子，砸下第一根木橛子。说："田驹哥，春旺的精神要得，兔子的话也不是危言耸听！"

田驹一本正经地说："对了，在这界河边养殖肉鸭和鱼虾意义可大着呢，我们要利用界河的水发展养殖，下一步就看我们怎样治理好界河了。也给芦花村那边烧一把火，在界河两岸把养殖业发展成全国最大的养殖基地。"

春旺挖出一掀土，咂咂嘴："这工程还真不小，估摸着要动千多土方。"

田驹说："这才是第一道工序，修好池了后还要很多功夫。总之，养鱼也好，养龙虾也好，要做好水池培肥，水池消毒，水中养草等。"

黑丫短辫子一甩说："咋说田驹哥是养殖专家呢！"

田驹笑了："这只是从书本上看了些有关资料，最主要的是我们自己实践，探索出一套四湖滩涂和界河边养殖的经验。"

黑丫说："拉运苇子稻草的事就交给我了，十天八天房子就建起来了。"

田大友在犹豫着："我反复琢磨，这事有几成把握？弄不好就是个泡。"

"你这家伙，关键时不打破头血就劈腿，啥意思，兔子？"张浪撇撇嘴像有几分醉态，盯着大友问。

田驹摆摆手说："你俩别争了，我算个账，这一亩田，一茬养五千只肉鸭，一年四、五茬。一只鸭赚二元钱，你们自己会算，那是一个什么数字？养鱼慢一点，龙虾来得更快一些，价钱，大家心里都明白。"

季响把一锹泥土培到池埂上："这话比较客观，大家注重的是市场效益，到时我家这边二十亩水田，全拿出来搞混养，稻田里养鱼虾。"

"一举多得，不失为好举措。"春旺说。

黑丫说："杏子嫂两口子见我就叨叨，她家界河边有两亩水地，计划养2000只蛋鸭，圈养和散养结合。然后把鸭蛋腌制成咸蛋，又好保存又多卖钱，苦于没有养殖户做伴，两口子害怕，这下好了。"

"看来大家早有这个心，只是没这个胆量。田驹哥挑了头，界河边会热闹起来。"春旺感慨地说。

"想得说得都不错，别忘了你春旺自己咋混成光杆的。"大友警告说。

"说实在话，我至今心里也没底，暂跟田驹哥打工，先把技术学到手。"

"我说呢，弄得吊蛋精光，还不够记一辈子。"

"看吧，一说上坡就炸蹄子，啥人。"张浪把一张脸收缩成一个拳头。

正说闹着，界河对岸不远处河叉里有一只舢板划过来，停在河叉湿地边。几个人跳下舢板，径直朝田驹他们走来。

蚊子惊道："看吧，是芦花村的地磙、疤癞头、三杏他们来找茬了。"

地磙双手叉腰，圆圆的肚子一鼓一鼓的，转眼到了跟前。他围着刚刚开挖的鱼虾池转了一圈："俺说田家村你们几个熊孩子，你们不是搞明修栈道、暗度陈仓吧？"

蚊子哼声说："有屁直放，别拐弯抹角。"

跟过来的疤癞说："还不明白吗？交织田都种了小麦，沟池挖得这么近，是暗里想侵吞我们的麦田。安得什么狼心狗肺？"

季响晃着膀子说："狗屁话，小人之心。"

地磙摸拉着圆滚滚的肚子说："我看这蚊子想挨揍。"说着一挺肚子就把蚊子推到刚挖的沟里去。

蚊子跳着细腿骂道："娘的地磙，看我蚊子好欺负咋的？"

这地方历史上男女老少都有习武的习惯，所以动起拳脚来也很容易。

蚊子身轻灵活，边骂边跳上沟，照地磙腰部就是一脚。地磙脚下像扎了根，蚊子转身跳出圈外。

田驹亮着嗓子说："咱们讲道理，谁也不许动手。这是我家的几亩承包田，想在这里试养肉鸭和龙虾，成功了我们两个村拉起手来共同致富。"

疤癞捏腔拿调，斜着花边眼说："我们不是交过几次手了吗？在湖里淹你一回没死，又把你扔进界河里，还没死。你比我们多个鸡巴咋的？今天是

121

再来讨教个一二。"

田驹依然沉稳地说:"我们是邻村,相互取长补短是好事,但不是这个样子。我们要的是心平气和,共同发展,包括武术。"

地磙:"嗨嘿……"

季响卷了卷袖子,晃了晃膀子:"你个地磙蛋子,找事是不?正想为田驹兄弟出这口气,自己送上门来了,别怪这拳头不认人。"说着就向地磙劈头一拳。

地磙用胳膊挡住:"你小子还真狠。"另一拳向季响劈脸砸去。

另一边,疤瘌上前去抓张浪的衣领。浪里醉条伸手却抓住疤瘌伸过来的三根手指头,顺势往前一拽,疤瘌头便向新挖的养虾水沟栽过去。田驹一个箭步向前从身后把疤瘌抢了回来。

田驹摆着手:"咱们都是自家兄弟,谁也不准打架!"

"自家兄弟,你想得倒美,谁不知道你心里有啥样的鬼点子。别以为芦花村人好哄骗,想好事,没门。"疤瘌连连咳着,"明知道两村男女不往来,为啥你和芦花来往不断?肯定有鬼!"

张浪装出七分醉态,嘴一撇骂道:"放狗屁,看我用醉拳揍你小子。"刚一过招,地磙放下季响,猛地从背后向浪醉扑去。浪醉被弄了个嘴啃泥。

春旺正要上前去踹地磙,不料背后二青一个扫挡腿把春旺扫了个平地割草,"咚"地倒在地上。春旺力挺站起,飞起一脚向二青胯部踢去。二青顺势闪过,立足未稳,谁知春旺照胸跟过来一个直拳,紧跟脚下使个绊子,二青仰面倒地。

田驹在他们中间左挡右拦,亮着嗓子叫:"你们谁想打,就冲我来吧,我保证不动你们一个指头。"

地磙看看田家村那边的人多赚不到便宜,便招呼疤瘌、二青扭头走了。

蚊子对着他们走去河汉的背影吐了一口,跳着细脚杆骂道:"地磙,找软柿子捏。等着瞧吧地磙,下一次你再想拿捏我,看我不甩你个狗啃屎才怪。还有疤瘌、二青小儿。"

季响转头对田驹说:"田驹哥,明天你正常去上课,这里的事就交给我们几个兄弟了。

张浪趴在地上还没爬起来,说:"怕个熊,跟他干。"

蚊子讥讽道:"你那醉拳自己留着用吧!"

122

张浪自我解嘲说："差半斤酒，不然我把他三个小子全捏吧死，信不信？"

大家便笑。这才发现田兔子不见了。

"肯定吓跑了，白长个大个子，一见打架就拉稀！"张浪撇了撇嘴，爬起来，指着村里方向，"田兔子，你个胆小鬼，快回来！"

田大友早跑得无影无踪了。

42

第二天一大早，蚊子气喘吁吁地跑过来上气不接下气地说："田驹哥，田驹哥，不好了，咱们搭建的养鸭棚全都被狗日的给拆了个七零八落，新挖的养鱼虾的沟池也差不多给捣毁填平了。"蚊子一边说一边哭。

固主任黑着脸正站在田驹的大门口和田驹谈着什么。

"田驹，我说你不多吧。你看，你们这些屁孩子，咱们好好的稻谷地，虽说高低不平，年年都是好收成。四湖无边无际，鱼虾满湖，挖什么沟池养什么鱼虾，喂什么肉鸭，这不无事生非吗？当然，你们有土地自由经营权，那也不能盲目瞎搞。田驹呀，怎么说你好呢？还没上任就跟着给你擦屁股，这样下去还不把天戳个窟窿。我说前些天芦花村里人老往这边跑，还有蚊子你这狗崽子。活该！"固主任暗哑的声音像喊出来的，气得屁股一蹶一蹶地走了。

蚊子看着固主任气蹶蹶的背影，扇了自己一个嘴巴子："田驹哥，实在对不起，都怪我不该当着固主任的面说这事。"

田驹紧闭着双唇，从鼻子里喷出一声重重的喘息，然后拍着蚊子的肩膀说："蚊子兄弟，这咋能怪你呢。要有不对的地方，那也是我的不对！"

"田驹哥，那试养肉鸭和鱼虾的事就这样被人给糟蹋了，他们高兴了，咱们却完了。"

"蚊子兄弟，咱这界河试养肉鸭鱼虾的事第一步还没迈出去怎么就说完了？好歹得有个结果吧，继续干！"田驹一字一句，没有一点泄气。

蚊子挠着尖脑壳，小声道："看来老主任不支持我们继续干下去。"

"还是利用我的星期天，把伙计们的劲再鼓一鼓，劲可鼓而不可泄。这关键时候，把被毁的全部修整好，搞得更坚固些。"

"有人再跟咱们捣蛋呢？比方说，把养鸭棚拆了扔到四湖里去！"蚊子小

123

心地说。

"不要怕,就是把我们的人扔到四湖里去,我们不是还会游泳吗?再说他们不已经干了吗!"

"也是。不过那些人只是在暗里使坏,给你个突然袭击,叫你防不胜防。就像扒你家的树皮,烧你家的苇子垛,偷你家的东西。这社会风气咋突然就坏了?几千年的淳朴村风呀,厚道的村民呀,咋一下子都毁了。"

田驹笑了,可他心里却想哭。蚊子像个孩子,他寄托的希望是那样地单纯,又那样地茫然。

突然,有一个尖历的声音从不远处传来:"你不能这样做。"是磨子。

田驹的心绪完全被接连发生的事给搅乱了。

"蚊子,咱们快去界河边看看!"田驹拉着蚊子就跑。

43

入冬的第一场雪把整个世界装点一新,到处一片洁白,近处的村庄,远处的树和四湖白茫茫一片。

这一天,正赶上田家村教学楼落成典礼。两层教学楼在田家村成了最高建筑物,上下各6间,宽敞明亮,成了田家村最大的亮点。一到六年级教室、校长室、老师的备课室、图书室、阅览室、娱乐室等,上小学毕业不出村,这是田家村历史没有的壮举。小学校院了内外又进行了美化、绿化。院中间一杆红旗在空中迎风飘扬,院外的操场打扫得干干净净,四周摆满了鲜花。此刻在一片洁白世界的映衬下,教学楼更显得风光无比。

田家村人悬着的心落了地。从田家村小学教学楼第一块砖石垒起直到最后一把泥灰抹平,这中间田家村人和田驹一起经历和承受了很多。按说这工程一个半月时间完工,却用了三个月,中间停了三次。

田家村人对田驹捐资建教学楼的事非常感动,也相互捐了一部分资金,买了建筑材料。谁知道建材价格上涨,几天料子就用完了,又变成了大半拉子工程,只好再次停工。

四个月后,田家村小学教学楼才圆满划上了句号。田驹代表村里给工头打了个工程款欠条,三年内还清。不久上级政府拨出了扶持教育费用,还上了所欠款项,这是后话。

这一天,田家村人都当自己的大喜事一样的高兴。一大早他们都起了床，拿起扫帚和铁锹，从自己家门口不同的方向，向学校同一个地方打扫路径，然后又把学校的操场打扫得干干净净。有人从家里端来自己养的花草，祝贺教学楼落成典礼。

全村男女老少都聚到了校园里，看着新建的教学楼，看着校园上空迎风飘扬的红旗，看着在宽阔的校园里活蹦乱跳的孩子们。他们都十分激动，等着落成典礼大会召开。

断臂单二甩着一只空袖管也来了，他显得精瘦，甚至有些憔悴。他的面目黝黑，一脸的凄然。他身后跟着泥鳅。他们在场地遛达了一圈，谁也不搭腔。别人打招呼，单二从鼻孔里哼一声。

张浪老远就喊："二叔，今天高兴了吧？"

"啥事能让老子再高兴，除非让老子能小二十岁年纪，没断那条胳膊。"

张浪搭讪道："断臂叔，那你就亏大了。"

单二骂道："狗日的浪醉，老子比活着的人是亏了一些，但比死了的，比卧床不起的还是幸运的。老子当年为田家村拼打，一个抵三个，你小子当时在哪？还在你爹的大腿里。你运气。"

张浪"扑"地笑了："你还是亏了，你晚生二十年不就没事了吗！"张浪东摇西晃的，眯着眼睛坏笑，像喝了酒。

"骂得好！"篓子戴着顶鸭舌帽，很斯文的样子，轻捻着光秃秃的下巴，挤着小圆眼睛，向单二喊道，"二侄子，过来、过来！"

单二本想追上张浪抽他两袖子，忽听篓子叫他，便骂道："篓子叔，狗嘴里还能吐出象牙来？"

外人听不懂单二的话中含义，篓子心里明白。可他故作高深，矜持道："单二呀，今天你骂老叔也高兴，离老远就看见你印堂发亮，定有喜事！"

"如若没有喜事，别怪我单二撕了你的臭嘴！"

篓子还是把单二拉到一边去说："叔知道你心里不好受。不过话说回来，关键时还是你篓子叔给你解心头之耻。怎么样，那连环计一出，连她芦花的影子也见不到了吧？你最担心害怕的事烟消云散了吧？就着今天的好日子，就该请你叔到四湖鱼馆吃几条鲜样的鱼虾。其间不能少了黄花鲫鱼和四个鼻孔鲤鱼，还有清炖乌鱼、红烧龙虾，另外半斤四湖烧！"

单二思忖着，也是，提起芦花村就气，见到芦花村的人就眼红。是不是篓子的损招起得作用暂不考究，打那后芦花就没再趟过界河来田家村讲课这是千真万确，也没听到芦花和田驹有关的消息。便说："篓子表叔，这桌酒席我认了。这样吧，晚几天，我跟四湖王老板说好了，专弄一桌。听说王老板专从外地招聘来几个漂亮的陪酒女，到时来两个让你这老驴开开荤。不过，丑话说在前面，如果她芦花再来咱田家村，你倒请我单二一桌还不算，要叫芦花在田家村立马消失。不然，拧掉你这颗不中用的驴头，信不信！"

"娘的，撅腔想巧。"篓子骂了一句，却把巴掌伸了出来，"君子一言，驷马难追！"篓子流着馋涎，与单二的一只手"啪"地拍了一个响。

"真他娘单掌拍不响！"单二自嘲道。

"乖乖，知道这个道理就好。"篓子意味深长地向单二撅撅光嘴巴子。

这时，村主任老固和副主任晏埂、妇女主任马群、主任助理田驹，还有校长荷花，胸前戴着大红花，个个满脸喜庆，正在校门外迎接县委华平书记和市县教育局的领导们。

这是个十分热闹欢庆的场面。市县电视台、报社的记者来了不少人，在人群里挤来挤去，又是拍摄又是采访。

田家村小学教学楼落成典礼开始后，华平书记讲话说："田家村人不等不靠，勒紧裤带建教学楼，这是一件造福子孙的大好事。更值得称赞的是村主任助理田驹同志把自己多年积攒准备盖房子的钱拿出来建学校，这种奉献精神正是我们这个时代所发扬光大的。"

主席台上已开始剪彩。

剪彩后，田驹追在华平书记的后面说："书记，这教学楼盖起来了，可是缺少教师呀，我现在是两头忙。"

尤局长连忙向华平书记解释说："前几年这里也调过来几个老师，都嫌这里教学条件差，加上环境不安全，没能留住。"

华平书记说："人能改变环境，环境也能改变人。田家村在县里也算个偏远的地方，应该选两名优秀的教师过来。"

尤局长表示："回去就办！"

田驹兴奋地说："我替田家村父老在此感谢各位领导了！"

固主任有些急了，他挤上去还没来得及说话。

华平书记却说："老固呀，这都是我们当干部应该干的。过去没有干好，现在要补回来。你们村委班子要多动脑筋呀！听说小田要搞规模饲养肉鸭和鱼虾，这便是个不错的主意。这地方有得天独厚的条件，县里正鼓励有条件的村镇发展肉鸭饲养，正是天时地利。如果这地方把人的工作做好了，才真正是一块日出斗金的宝地，不要错过。"

"华平书记，这地方人的工作不比其他地方，难上天了。"

"老固呀，不是我说你了，田驹在这么短的时间，怎么就能干成几件大事？和芦花村联合搞芦编艺术品出口创汇，这是多好的事，双赢哪。"

老固急红了脸，正要说什么，华平书记打住了说："老固呀，不要再说了，要我们这些干部是干什么的！"

老固不再言语，后悔自己说多了，心里埋怨田驹，这小子没事找事。

44

送走了参会的客人，田驹思考着华平书记的话，心中有了底气。心里高兴起来，想把这份喜悦告诉芦花。可是他又为难了，这些日子忙不说，一直没有联系上芦花。编织的事巧燕和白莲把所学到的兜底都拿了出来，但实际编织质量还有很多问题。马群几次催田驹去芦花村，因事忙耽搁下来。

田驹正想着这些事，固主任冷着个脸把他喊住了。他早就打算好了，田驹这小子硬的不吃，就来软的："田驹呐，你为村里带头干了件大好事，村民感谢你，书记县长高看你一眼，你想没想，接下来连带的一些事。什么界河边养殖鱼虾肉鸭呀？什么两村联合艺术编织品呀？这下好了，县长都讲话了，可是我对村民怎么说？对田家村怎么交代？你小子明明在逼我爬杆子走钢丝吗！逼我坐蜡。"老固说到这里，差一点涕泪纵横了。没等田驹说什么，固主任把话题一转说："田驹呀，你也得为老叔想想。村民怎么看我？有些事得慢慢来，下一步你跟荷花应该配合好。她是校长，主行政抓全面；你任教导主任。教导主任这个职务也不是谁都能干了的，我去找教育局说。你是大学生，学识比荷花高，你们以后都应该把心思用在教学上，把田家村的孩子一个个都培养成有用人材。你们有功劳，我这个村主任脸上有光不说，也算对得住乡亲们了。"

田驹愕然了，正要说什么，固主任摆摆手："就这样定了。"田驹急着争辩说："固主任，教学的事还是教育局说了算，说好的近几天他们派两名教师过来。教导主任的事，教育局会考虑的。"

固主任摆摆手，嗓子暗哑得有些颤动："他们这些老师我不放心，前些年也派来过几个，不都走了吗？打仗还是亲兄弟，上阵还是父子兵。还是用自家人我放心。"

"主任大叔，我虽大学毕业，可不是教学专业，时间长了怕误了孩子。"

固主任头也不转，边走边婉转地说："那就再争取校长荷花的意见吧！"

老固好像卸去心头一个大包袱，走起路来脚步很轻松。

田驹看着固主任走远的背影，呆若木鸡地站了好久，一个无形的包袱，又沉甸甸地压在了他的心头。

田驹很想找一个人倾诉这烦闷的心情，拨开眼前的迷茫。他自然就想到了芦花，还有那编织的事不能再拖下去，马群、巧燕、白莲从编织技术方面告急，不然就撂挑子了。虽说进芦花村编织厂难，见芦花的面更没有把握，但还必须要去。一个周末的机会，田驹硬着头皮，没有叫蚊子跟着，一个人便奔芦花村而来。

当田驹来到芦花村编织厂外时，门卫黄老头离老远就让他停住。

"黄大爷，按说我们已是老熟人了，两家又是对外编织合同的联合体。请您转达芦花助理，说田家村田助理找她有要事商量！"

黄老头死鱼般的眼珠子盯着田驹说："芦花？这么多天我都没见她人影儿了，有多少人找她？没见着，守主任都见不到她。你以为你是谁！快走快走，不然守主任来了不给你面子。"黄老头一脸的苦笑，不吃那一套。

"芦花究竟怎么了？请您告诉我好吗？"田驹有些急了。

"你这人怎么了？我所知道的都告诉你了，再不走，我可叫守主任了。"

田驹思来想去，芦花的母亲和她哥哥苇子一定知道芦花的去向。

田驹问清了芦花的家，去芦花村代销点买了些食品，提着抱着的直奔芦花家去。可是离老远就被芦花的哥哥苇子凶凶地拦住了。

苇子自从把疤癞他们的石头派了用场后，就十分警惕，恐怕有人找上门来闹事。他是横竖要给找茬的人决一你死我活。

苇子已三十多岁，在两村械斗中断了一条腿，性格变得很暴躁，不修边幅，一脸胡茬，头发咋撒，挂着一根铁拐，凶凶地，村里人都叫他"金鸡独立"。这名字虽然响亮，但他觉得这是对他人格的污辱，也是十分伤自尊的称谓。所以他自卑，更显得冷酷。

见田驹向他家走来，苇子便挂着铁拐黑着脸迎上去。他不认识田驹，见是外村人，便更加警惕起来。他浓眉紧凑，大眼圆瞪，黑着脸，粗着嗓子吼了一声："干熊的？"

田驹愣怔了一下，心想，这苇子和芦花真是天差地别。他马上和颜悦色地说："你就是苇子哥吧！我是田家村的田驹，是芦花助理的同事。"

一听说是田家村的田驹，苇子便来了几分怒气，粗嗓门更是砸人："你就是田家村的田驹？听说你有两下子。收割湖产时，跳出来讲话的是你？两村签编织合同的是你？让芦花多次趟过界河到田家村教编织的是你？在界河边挖养鱼池的又是你？还有……是你，三番五次来找芦花的又是你？你吃了豹子胆了你。丑话说在前面，芦花村小屁孩也不会吃你那一套。警告你离我家远点，滚远一点，不然我手中的铁拐可不认人！"说着就把铁拐举了起来。

田驹眼前突然闪过一个械斗场面：两村男女为争割界河边的小麦，相互拼打起来。田驹看见一条腿的苇子猛地抱起手中的铁拐向田家村一个村民头上砸去……

眼下，这个一条腿的苇子情绪十分激动，暴跳如雷。

田驹，笑笑说："苇子哥，俺不是来和你打架的，俺是想看看大娘和你的生活过得还好吗？顺便问问芦花助理。"

"你是来寒碜俺们的吧！"苇子凶巴巴地说，"甭套近乎了。实话跟你说吧，甭想打芦花的主意。"

芦花的瞎眼娘听到外面苇子的吵嚷声，摸索着从屋里走出来："儿呀，你又跟谁吵架呢？"

田驹急忙跑过去抓住老太太的手："大娘，俺是田家村的田驹，和芦花是同事。俺来看您老人家了，您现在身体还好吧？"

芦花的娘仰面长叹一声，两只失明的眼睛便有浑浊的老泪流了下来，哽咽着说："俺听芦花多次说过你和你父母的家事，你也是个苦命的孩子。俺也劝你不要再让父母太伤心难过，担心受怕的。父母为你们操碎了心，咋不体谅呢？转了八个圈咋又回到这鬼地方？"芦花娘压抑不住心中的苦痛悲哀瞬间哭出声来，"想他爹不明不白地死去，苇子又落了这个下场，俺眼也哭瞎了，天呐，这往后的日子怎么熬呢！"

田驹的眼泪也下来了："大娘，您老受了大半辈子苦，芦花才放心不下，我也是想着爹娘呀。我和芦花都在努力为两个村的人以后过上和和睦睦的日子。大娘，我想知道芦花现在在哪里？"

芦花娘长长地叹了一声："孩子呀，俺不是怪你痴人说梦，你和芦花都从梦中醒来吧，我的孩子！你村里那个叫泥鳅的前几天来过，说是单二让他来的。单二断了条胳膊，不好意思来，其实是没脸来，是他让泥鳅传话，说是俺芦花三番两次过界河都是田驹勾引的。你来了，俺也劝你一句，别在俺姑娘身上打什么主意，都不会有啥好结果的。再说了，你已经有了固主任的姑娘荷花，还不满足吗？冤孽呀！"

"大娘……"

"别问了孩子，芦花不可能再跟你见面了，你就死了这条心吧。"

苇子用铁拐捣着地面："再不走，俺可揍人了！"

苇子黑着面孔，一幅仇恨的样子，凶凶地吼道："田驹，以后小心别叫俺再撞到你！"

从芦花家走出来，田驹的两腿像灌了铅，心像掉进深山谷底。

45

这天，田家村小学校大门上方突然扯出一幅鲜红的横联标语：热烈欢迎林萍、姜群老师来田家村小学任教。门旁墙上还贴了几条欢迎条幅。

荷花、田驹已准备好迎接新教师的到来。他们组织全校小学生载歌载舞，在校门外夹道欢迎。县教育局教育股张辉股长高兴地把两位老师的情况作了介绍，林萍、姜群两个教师都是师范大学毕业生。

荷花校长不无感慨地介绍小学校的情况，田驹急不可待地抽身去找固主任。

田驹心里喜忧参半。喜的是自己可以脱开教务，专心地去实现他回村的梦想。忧的是与他志同道合的芦花现不知去向，天不遂人愿……

这样想着的时候，他已经走进了村委办公室。

固主任坐在村委会两间办公室里老式的旧木椅上翻看着报纸。

"主任大叔！"田驹走到固主任身边，亮着嗓子叫道："告诉您个好消息，县教育局派来的两位教师已来学校报到。都是师范毕业，专业对口，这是田家村孩子们的一大幸事。荷花校长正在为她们介绍学校的情况，安排课程。"

固主任没有抬头，好像早已知道此事，一幅漫不经心的样子。他把报纸放到一边，把老花镜摘下来丢到桌角上，暗哑着嗓子说："田驹呐，教学的事跟你说得也不少了，连教导主任的官衔都许给你了。你觉着你是谁？我是主任，这教师我们田家村学校不接收。"

田驹不由戗了主任一句，"这可是县教育局调配过来的，我们田家村做

130

不了主，我的主任。"

固主任没有言语，又拿起报纸翻得哗啦响。

正在尴尬之中，荷花带着张股长、林老师、姜老师来见父亲。

张辉说："固主任，县领导、县教育局对我们田家村非常关心，特派来两名优秀的师范大学毕业生林萍、姜群来田家村小学任教，请多关照！"

田主任好像这才反应过来，把报纸丢在一边，暗哑着嗓子急忙说："嗷嗷，应该应该！"接着他对荷花说："你们先去学校吧，回头我去学校看她们。我和田助理再说些事。"

等荷花她们走后，固主任正要说什么。田驹趁机说："主任大叔，田家村小学有荷花校长的领导，有两位优秀的教师，以后不愁没人才，祝贺啊！现在我就能腾出精力来协助您搞好村里其它工作。比如……"

"够了够了。"固主任不耐烦地往老木椅里团了团身子，点上一只烟，恨恨地吸了一口，吐出一片烟雾。田驹，这个在他眼皮下长大的毛孩子，在外边几年，突然间会有这般的心胸和胆略。反过来又一想，我这大半辈子，年年和芦花村扯皮拉脸，争地边子，争资源，最终不是耗气耗人耗时吗？这都是为啥？不也是为咱老百姓吗！你田驹说得比唱得好听？联合编织与国际接轨谁信呢！话再说回来，这学校里就没有让你动心的地方？事已弄到这步田地，只好骑毛驴看唱本——走着瞧。你愿意咋搞就咋搞吧，不碰个头破血流我看你小子也不会死这个心。不管咋说，田驹与荷花这媒必须抓紧系上。再说篓子，牵个媒多少才满足你个破胃口？人呢，说变就变了，不论哪行，都图发财。那也得有个度吧，有个情理吧？我哪样亏待了你这狗东西！

回过神来再看田驹，早没了踪影。

46

固主任还是请幸振篓子吃了个家宴，篓子临走又揣了固主任一条土豪烟。

篓子在主任面前眨着小眼睛，拿捏着腔调说："芦花这个钉子总算拔掉了，不见影子了吧！眼下关爱爱，也用不了几天。"

"这倒不紧要，要紧的是把荷花与田驹的亲事定了。"固主任的老婆孙红妹提醒道，"不然，城里他大舅那边也回信了，给荷花物色了一个机关上的小伙子。"

"别急，别急！你孙红妹就不懂了，现在年轻人的心花得很，面前有个关爱爱，他就和荷花贴不下心。就是和荷花结了婚，照样三心二意，说不定哪会就离了。"篓子喷着吐沫星子，酒醉使他不再矜持，头重脚轻，掏心扯肺，说话也东一榔头西一棒子。

孙红妹听不下去了，摸了把扫帚向篓子拍过去，边拍边骂："我叫你个老熊没屁放了是不，还没结来就离。你这老驴，哪是说媒，满嘴放炮，是成心给俺扒豁子。"

"俺是比喻，红妹呀。"篓子眨着小圆眼睛躲着孙红妹拍过来的扫帚，看看孙红妹不依不饶的样子，撒丫子便往外跑。跑到街上，篓子酒全醒了，鞋子掉了一只，回头找了半天也不见了踪影。他照自己脸上拍了一巴掌："都是酒惹得祸。"

篓子摸了摸怀里，那条土豪烟还在，心里说，这算个啥？还当多大面子。这固主任也太不明白，都啥时了，过去的黄历还能用吗？真是老糊涂蛋一个。慢慢磨吧，反正耽误的不是我篓子。

幸振篓子嘴里说着，脚却不由自主地向村卫生室走去。

村卫生室看病的人都走了，医生王妮也回家了。卫生室里只有关爱爱一个人在收拾东西。

篓子头重脚轻，还没进门，差一点拌了个筋斗，一时乱了分寸："哎呦，奶奶的，这鬼地方。"

关爱爱急忙停下手中的活，关心道："大爷，您慢点，哪里不舒服？"

"一到这里来，全身不舒服，腿肚子都转筋。关医生，我是说……嘻嘻……"篓子一屁股坐在条椅上，往地下吐了几口翻上来的酒水，顿时酒酸味充满整个卫生室。

关爱爱急忙走过来，给他拿来个痰盂："大爷，您喝多了？稳稳看。"

篓子挺了挺腰身，故作矜持地说："关医生，我不是看病，特来看看你。你为了百姓的健康不远万里来到田家村，你是一个高尚的人，一个脱离……"

关爱爱忙不迭地摆手，止不住笑出声来："大爷，我可没那么大本事。"

"关医生呀，大爷的意思是说你从外地初来乍到，给你说几句私心话。"篓子虽说多喝了几杯，头脑非常清醒，此刻正襟危坐道，"这地方不仅穷，环境也差。像你这医科大学生，到这里来工作，你爹妈知道会疼死的。"篓子紧皱眉头，一脸痛苦的样子，向痰盂里吐了口酸水。

关爱爱又去忙她的事，一边说："是上边领导关心村民，越穷越苦的地方越需要医生。现在新合作医疗看病能报销，村民有病也敢看了，医生就显得紧缺，累点苦点也乐意。"

篓子嘻嘿嘻嘿地笑，捏着光溜溜的下巴，向门外瞧了一眼，神秘地说："不瞒你说，关医生，过去界河两岸这两个村子经常发生械斗，连医生都被打了，打得还不轻，差不多往死里去，知道不？"说到这，故意停住，拿小圆眼睛瞅关爱爱的反应。

关爱爱来时就有些耳闻，此刻听篓子言语，便也不觉什么新奇："过去的事，也是历史原因造成的，就让它过去吧。"

看关爱爱无所谓的样子，便故弄玄虚地说："我掐指算了，近些天两村要为编织方面的事大打一场，连卫生室都不会放过，当然，你就会牵扯进去。"

关爱爱一愣，头脑里立刻出现一场打斗的疯狂场面。不过，她马上冷静下来，思忖着篓子话的意思，转头说："篓子大爷，如果真是那样，我当医生的你说应该怎么办？"

篓子笑了，翻着小圆眼睛，心想，这小妮子，反问起我来了。立马说："我劝你快点离开这里，越快越好。"

关爱爱反而振作起来，挺胸道："大爷，救死扶伤是医生的天职，应冲到现场护理伤员才是。如果听风就吓跑了，落下个胆小鬼的名声不说，问题是该当何罪！"

"这这这……"篓子一下子不知如何回答是好。

"大爷，打斗的事我不管，我也管不了。我要管的是伤员病号，这是医生的天职。如果有一天我国与外国发生战争，我会第一个报名到前线去！"

"啧啧啧……"篓子不由自主地捏着光秃秃的下巴，"关医生，真想不到当今还有你这种思想的人。怪我眼拙，我以为现在的年轻人只会享乐。"

大大出乎篓子的意料之外。他用心良苦的一件事，就这么轻易输给一个初来乍到的姑娘家，这让他很没面子。他占卦问卜，仍思索不出个究竟，黄面皮便渗出细小的汗珠子。他像突然找到了答案似的。关爱爱之所以那么强硬，这更能证明她为爱而来，不是说为了爱情死都不怕吗！

这时有人来瞧病，篓子借故慌忙离开卫生室，一边走一边思索着该如何对付他推论的为爱死都不怕的关爱爱。突然，一个乱点鸳鸯的诡计在他脑海里铺展开来。他拍了一下自己的脑门，嘻嘿嘻嘿中有几分阴阴的笑。

47

省文化厅文艺处苗处长给祝爱玲团长打来电话。

祝团长笑得十分灿烂，鲜花一样的脸蛋更显得娇艳无比。她见到所有的人都笑，这是他当团长以来从没有这样从心底往外笑过。她向团的演员们说："一个剧本救了一个剧团，以后我们团的日子好过了。"

演员们被弄得一头雾水，莫名其妙："团长，外地请咱演出，给高价了？"

祝团长故弄玄虚，半天不回答，她的红唇像两片带露半卷的玫瑰花。好看的大眼睛笑得半眯着，更显得风情万种。她慢慢地从心底溢出甜甜的话语："这是我当团长几年来也是文化体制改革以来我觉得第一个好消息，就是我们上报的《界河》剧本，经过几次修改，省文化厅已作为优秀剧目进行推介。排练演出任务交给了我们龙水县剧团。并且拨给我们 30 万元排练费和服装道具费，同时，每年给我们一百场演出任务，演出费 40 万元。"王团长话还没有说完，演员们已把她架到空中。

祝团长被大家捧得云里雾里的一阵子，缓了一会才继续说："大家先悠着乐，还有更大的喜讯。不过……"祝团长卖了个关子，就此停住。

"祝团长，我们喜欢跟着你干。"

祝团长风情无限地摆摆手："这个更好的消息我暂时自己乐着，到时候再告诉大家。我现在的任务，快到街上叫个面的来，我这就去告诉田家村的田驹、芦花村的芦花，他们是剧本的创作人。一个好剧本救了一个剧团，这是真的！一个好的剧本，要为人民立言，为时代放歌，这是赵副厅长肯定的主旨。你们想这几年我们周边的县级剧团有多少个因吃不上饭解散了，各谋生路了。而我们坚持下来了，靠的是什么？一是打拼精神；二是靠人才帮衬；三是靠文化政策。现在我们都具备了，我们才有了今天。虽然各种文化形式纷纷出台，剧团唱戏也是千百年来人们生活中喜闻乐见的一种表演形式。现在一个县养不起一个剧团，何谈丰富群众文化生活。大的文化演出团体能赚到钱，一个县剧团就难了。而且喜欢看戏的都是老百姓，老百姓喜欢看戏，却拿不出多少钱来。今天赶上了机遇，也亏了田家村的田驹，芦花村的芦花，我能不亲自去感谢他们嘛！有文化政策，有好戏，就把剧团搞活了，群众也有好戏看了。"

"应该应该，把他俩请来就行了，何必劳团长大驾。我们好好庆贺庆贺，平时舍不得喝，今天喝它个一醉方休！"

"我们真正的衣食父母是群众。本来一个电话告诉他们就行了，可是这样不妥，应该当面感谢他们，并且他们也比较忙。这是我的本职工作，而他们只是业余的。接下来，我们还有一个艰巨的排演任务。省厅赵副厅长、苗处长还要亲自来审看我们的节目，能不赶紧吗！"

面的已停在剧团大门前。祝团长上了面的，直奔田家村而去。

一个小时后，在界河边，祝团长把省文化厅的意见当面告诉了田驹，除感谢外就是邀请他们协助导演排练好这场大型现代戏《界河》。祝团长像大姐一样，高兴地拍着田驹的肩头，谈话十分亲切、动情。

田驹却高兴不起来。他说："祝团长，芦花要是知道此事，会高兴得跳起来。可是我们和芦花多天已联系不上，"

祝团长听了，好大会才说："无论怎样，我们要振作起精神，克服一切困难，把《界河》排练好，何况这剧目的出台正赶上文化扶持政策，是个难得的机遇，只能成功不能失败。"

田驹点点头："我同意代表芦花协助导演排练好这个大戏。争取春节前在田家村、芦花村公演。然后再各地正式巡回演出。"

祝团长很激动："剧团出一台新戏，就像添了一个新生儿。《界河》上演是我们期望的，我看到了成功，看到了观众的感动和受到的启发。这个主题很好，有一个伟大的而且光明磊落积极向上的精神，我们要从思想上、艺术上潜移默化地感染观众，即使一时有不同的看法，或者说有争议，甚至红脸骂街，也说明这个剧目的效果已经达到了。"

为了《界河》大戏排演成功，田驹与祝团长在界河边把手握在了一起。

田驹和祝团长看着界河，心中翻动着波澜。界河深远的历史，承载着多少悲欢离合和鲜为人知的故事。而今，界河将要敞开她宽阔的胸襟，面对千万个观众去进一步了解她认识她，而后去谱写她新的一页。

此刻，在芦花村编织厂的芦花已一连半月未出厂门，关在设计室谁都不见，手机也关了。也不与外界联系。半月前，她接到钱总经理打来的长途电话：国外销售编织品方面要求，不仅按质按量完成合同任务，还要有合同外附加的 10 个不同的编织品创新任务。否则，合同终止续签。这可事关两村的发展前景。设计创新 10 个样品图案，并不是那么轻巧的事。首先要考虑样品的新颖和潮流，还要使每个人看了都喜欢。每一件创新图纸出手后，她都像孩子一样又蹦又跳，又舞又唱。昨天，十件创新产品还没完全脱手，有两件作品还在研制节骨眼上。这会儿已全部完成。她高兴地舒了一口气，走出编织厂的大门，像多日没见到阳光的孩子，跑到田野里大声欢唱。接着她想到的是向田驹报个喜，然后把创新的编织艺术品传授到田家村。她没有给田驹打电话，而是向界河那边跑去，她想一气跑到田家村，当面向田驹叙说编织艺术品创新的经过和喜悦。

她突然发现界河那边有两个人在握手。她紧跑几步，看清了，有一个人是田驹，另一个好像是祝团长。

"田驹哥，祝团长……"那清脆悦耳的声音在四野飘荡。

正在握手的田驹和祝爱玲团长，循着声音望去。他俩先是一下惊呆了，而后，几乎异口同声喊道："芦花……"

两人忘了界河和冰冷的河水，边喊边向河对岸奔去。

河水溅起浪花，打湿了他们的衣服和头脸。

芦花、田驹、祝爱玲三人在界河中间相会了，三人的手握在一起，笑声连成一串。

他们相互倾诉着这些天来发生的事情，相互祝贺着意想不到的业绩。

48

芦花的十样创新艺术编织品图纸一经亮相，便被大家称为合同以外的创新样品，有欣赏艺术品亦有实用艺术品：《美在家乡水》、《采莲送阿哥》、《鸭鸣荷花荡》、《荷花盛开的地方》、《送你一双芦花鞋》、《界河有个约会》……单单这些创新艺术品的名字就让你享受不尽。还有一件《龙凤荷》的编织样品，巧妙的编织技术，更让你赞口不绝，花纹刀法无从挑剔。

芦花和胖嫂把芦花村编织厂的姑娘媳妇们作了分工，挑拣出一部分心灵手巧的姑娘们编织芦花设计的创新产品。

芦花不会忘记田家村，那里有她的梦想和夙愿，有她的心愿和追求，有她的友情和恋情，有共同的事业和发展。

眼下，她忘不了编织艺术品合同以外的任务和担当，她不能丢下田家村，不能丢下田驹。她要去田家村编织厂，把南方外贸公司合同外的附加条件交代清楚，没有创新产品，就无法续签出口创汇合同。眼下，芦花急着要把她的创新产品技术传授给田家村。

这天吃过早饭，芦花和田驹通了个电话。

田驹说："那些天，田家村编织厂的男女老少等待你好心焦，他们的编织难题等着你去解决，手头有不少编织产品等着你去指教。我也急呀，去芦花村编织厂找你，被黄老头撵了出来，去你家，又被苇子哥的铁拐赶了出来。"

"活该！"手机里传出来一阵清脆的笑声。

"芦花妹子，我已从学校脱身，你放心来讲吧，我来安排人保护你。还有……"田驹慷慨陈词。

"不要搞得那么紧张，还是我一个人。姑娘嫂子们不用说了，那些婆婆妈妈多少对我也有些感情了。"

"我还是有点不放心。"

"没事的，就这样！"芦花挂了手机，就直朝田家村而来。

田驹找到妇女主任马群，请她出面安排讲堂，维持讲课秩序。马群交代春旺、张浪和巧燕、白莲准备好讲课的用具，关照好芦花。

芦花就要来田家村继续讲编织课的消息很快传遍了全村，田家村男女老少向临时编织厂涌去。春旺、张浪、巧燕、白莲和一群姑娘跑出村子，前去迎接芦花。

老远她们就看到芦花正快步向这边走来。在那简易的木桥上，她们相会了。

"芦花老师！"

"芦花姐！"

"好想你！"

"想死我们了！"

"姊妹们好，我也想你们呐！"

走出小桥，大家把芦花围在中间，紧紧拥抱在一起。

"我们专为您架了一座桥，命名为'芦花桥'。"白莲说。

"我们终于把您从芦花桥上盼来了，芦花老师！"巧燕激动地哭了。

"太谢谢你们了，这叫我十分感动。"芦花看着晃晃悠悠的桥面，大眼睛满含泪水。

她们簇拥着芦花向田家村临时编织厂走去。

芦花助理在田家村再次出现，又一次轰动了田家村。村人奔走相告，有竖拇指夸赞的，有大吼大叫反对的，有惊慌失措的。大吼大叫反对的是断臂单二，他甩着一只空袖管，扯天卷地骂了一阵子，然后便骂到篓子身上。骂到最后，便指使泥鳅去找篓子，兑现承诺：让芦花立马走人，并罚篓子在四湖大酒店摆一桌丰盛的酒宴，让他单二顺顺气。

当篓子听到芦花又来田家村时，全懵了，整个人虚脱似的，头大耳鸣一阵子。他连走带跑去了村临时编织厂，只希望听到芦花来田家村是个谎言。然而，现场一切都是真的。芦花自然大方，洒脱悠然地在田家村编织厂讲着课。和上次不同的是，黑板一边挂着两张图纸，那是芦花10件创新产品中其中的两件：《采莲送阿哥》、《界河有个约会》。这题目和内容，芦花创作时心里最清楚。如果田驹看了，会让他更感动。马群仍然让田驹暂时回避，避免有人当面责难，影响大家听课。病歪歪的贵爷早早地也来了，在远处听得那么用心。这很让篓子眩晕，像喝了一壶，头重脚轻，差一点站不稳。接着面前似乎出现单二甩着空袖管气急败坏地骂他个狗血喷头。充人和丢人是挨着边的。和单二打手击掌好像就在昨天，那桌丰满的酒席还没兑现。而今，她芦花好像从天上掉下来，明摆着要单二来敲他的竹杠。他篓子反陪一桌不说，还要在固主任面前丢人现眼。他没忘记那天在固主任面前大包大揽的话，从此田家村再不会出现芦花的影子。而眼下呢？

这芦花是从哪儿冒出来的？看来一时也没啥好法子让芦花消失，反正掖不住藏不了。赶快去向固主任汇报，固主任肯定会气歪了鼻子。他往自己脑门狠狠拍了一巴掌，都怪自己大话说过了头。单二不会放过他，固主任不会饶了他，活该倒霉。他恨恼地照一块烂转头踢去，破毛窝烂了帮子，他的两个脚指头实实在在踢在那烂砖块上，疼得他嗷嗷地叫着转圈子。他咬牙切齿一阵子，发红的小圆眼睛滴溜溜转了一圈。怎么没见田驹的影子呢？他已不在学校教书了，肯定这事跑不了田驹。

先硬着头皮向固主任汇报再说吧。幸振篓子往村委会一瘸一拐走去，老远就听固主任在暗哑着嗓子训斥副主任晏埂："你们都是干啥吃的？一个黄毛丫头都把全村人的魂勾去了，岂有此理，岂有此理！"

篓子正要转头回步，却被一个人斜刺里拦住。泥鳅晃着腰身悠着娘们嗓子说："篓子爷，正要去找你，慌啥呢？不就是个芦花吗。"

"嗯，你小子说啥？"篓子故作矜持，挤着小圆眼睛，捻着光秃的下巴。

"篓子爷的话总不能算放屁吧？别装聋作哑了，告诉你，单二叔已在四湖鱼馆等您多时了。说罚酒难听，是您老专请，这宴席是您预定的，吃四湖四鲜，喝四湖老烧，走吧！"

篓子听了，汗都下来了："泥鳅，你不会说没见着你篓子爷吗？这狗日的单二还当真了。"

泥鳅故意嚷嚷起来："没见着，只见着个老驴了。"

"你们这些王八羔子。"篓子要拔腿走人，却被一个硬嗓门喊住："篓子老哥！"是晏埂副主任，他正被固主任训得无计可施，好像突然有了办法。

篓子低着头走进村委会办公室。

背后传来泥鳅悠滑的娘们声："篓爷，四湖鱼馆等你，不见不散！"

"龟儿子，还真被他们敲上了。都怪……"篓子向自己脸上抽了一巴掌。

"天大事，值得这样？"固主任本想对篓子发一顿牢骚，见他如此自责，气便消了大半，"老弟，你来得正好，我们商量看如何不让她芦花再回来。"

"我用连环计想着她不会再来咱田家村，量她也不敢。为什么她敢？都是他田驹捧大了芦花的胆。咱荷花这个媒人我也不当了。"篓子把芦花来田家村一股脑地都推到田驹身上，想借此来个金蝉蜕壳。

办公室里一下子沉默了。

固主任拿在手里的一只烟一直没有点燃，他已把它捻碎摁在桌角上。脑子飞快地转了一阵，他要找几句烫贴的话，安慰并鼓励篓子说："篓子老弟，你是不想关心村里的事了？"

没想到主任来这么一句。声音虽不明亮，篓子突然感到心头一阵温热："主任，不是，不是我不想问，而是……"

"难道就没有别的法子？"

"别那么优柔寡断的，该成亲的成亲，该不让进村的关上门别让她进来。"晏埂猛地打着火机，却没有点烟，硬着嗓门说，"我不信这百年的规矩说破就破了。"

篓子努力破解主任的意思，思索着良策。先前的金蝉脱壳计没有脱开，反而觉得身上又加了块石头，让他有点喘不过气来。他把光秃秃的下巴捻了又捻，好像计策就在那里边。

"听说界河搭了一座简易小桥。"固主任提醒道，随后拉着长腔问道，"你们知道叫什么桥吗？"

篓子眨着小眼睛："能是什么桥？"

"芦花桥。有意思吧？"

"芦花桥！太不自量力了吧。"篓子尖起嗓子叫到。

"芦一花一桥？真他娘想得出来。"这几个字发出来的声音，像从固主任嗓子里抠出来的。

"一定是田驹他们几个不知天高地厚的熊孩子搞鬼。"篓子猛地一咬牙，扯掉了一根鼻毛，他的黄面皮粗糙得像麻布一样，红着小圆眼睛盯着固主任，"这不明摆着他们是跟田家村叫板，也是跟你固主任叫板吗。"

这几句话正刺在固主任的痛处，一股怒气直往脑门上窜。办公室里空气一下子紧张起来。

"一个芦花，拦不住挡不了，又专架了一座芦花桥。笑话，天大的笑话！你我都是大家的笑柄，知道吗？还厚着脸皮说三道四！"没想到固主任一怒之下把怨气一股脑转嫁到晏埂和篓子身上。

明摆着，主任要拆桥，可是主任没说。还要等主任说出口吗？

"一定要拆掉，今晚就动手。"副主任晏埂、篓子几乎异口同声。

篓子接着说："现在是隆冬天气，滴水成冰，晚上把那桥拆了，刀子似的刺骨河水等于设了一道防线。用晏埂副主任的话说，关上门别让她进来。"篓子转了几下发红的小圆眼睛，不失时机地继续说，"拆桥的事，田副主任和我算两个，加上单二、泥鳅在拉上阁瘩，共五个人，晚上神不知鬼不觉办了。不过，那三个家伙嘴馋，早想着四湖四鲜还有四湖烧酒，先让他三个货吃饱喝足了，剩下的事就好办了。"篓子想趁机还愿，凑腿搓绳，省得单二、泥鳅找他的茬敲他的竹杠。"这顿酒饭烟钱就记在村委会账上。主任，你看呢？"

固主任燃着烟猛吸了一口，狠狠拧在桌角上："天冷，你们多吃点，多喝点，多吸点。"说吧，主任快步走出办公室时脚踢在了门槛上，差一点拌倒。

篓子顺了一口气，心里笑了。他拿眼看着晏埂："晏副主任，下边看你的了！"

晏埂好大一会才回过神来，哼了一声："你这个不正经呀，啥损事你都能找个垫背的。"

"嘻嘻，俺哪敢有这个意思。"

"你找单二、泥鳅、阁瘩，四湖鱼馆见。"

"那几个家伙早就在那儿等着了。"

"噢，看来你篓子老兄早算在前面了，真叫俺刮目相看。"

篓子向副主任晏埂挤挤小圆眼睛，嘻嘻地笑着说："这倒霉的事总得找个人担着！"

篓子这样说笑着的时候，他突然想到芦花讲课的那张设计图纸。他心里想，那应该是她的创新成果，是他们合作的基础，是任务的要求。耽误了或完不成那是什么结果？篓子心里在推测掂量那图纸的斤两。他盘算着下一步棋该怎么走，让单二、泥鳅永远记住篓子在他们心中的地位有多重要。

49

当夜，界河上的芦花小桥被拆了个七零八落，上边的棚板全部拆除，扔得到处都是，几棵立柱也被拔起，推倒在河水里。

芦花小桥被拆掉的当天深夜，单二裹着件旧大衣摸黑来到篓子住的一个小套间里。这是篓子侄儿的一处小院子。侄儿幸段两年前带着妻儿到广州打工去了，院子由篓子暂住着。

小套间里吊着15瓦的灯泡，篓子坐在床头上吸烟，示意单二坐在他对面的一个小马扎上。单二坐了，接过篓子递过来的一根香烟："表叔，啥事神经兮兮的半夜叫俺过来？"

"二呀，说心里话，你现在最反对田驹与芦花的是什么？不就是反对他俩相爱吗？不就是反对两村签订一个编织销售合同吗？不就是反对界河两岸联手养肉鸭吗？还有……你振叔让你了却这个心愿。"

单二从马扎上站起来，把那根吸了半截的香烟用脚踩了踩："篓子叔，能如此，你是我亲叔。如日弄我单二，别怪我单二拧下你这颗驴头！"

篓子压低声音说："我说二呀，老叔的颈上驴头你不是拧过几次了吗，还是改不掉的急性子。你狗日的听我把话说完。芦花来田家村讲课的内容我打听了，是她最新设计的创新产品，也是南方对外销售集团下达的新任务，如完不成，就是说以后他们之间的编织业务来往一刀两断。懂我的意思了吧？"

单二摇摇头。

"就是以后外贸跟他们断绝关系,两村不再有编织合同的来往。"

"嗷,有什么办法?"单二往篓子跟前凑了凑。

"我再告诉你,芦花设计的图纸非常重要。如果图纸我们能拿到手,就抓住了主动权。"

单二依然摇头,有些不耐烦的样子:"拿她个图纸管屁用?她不照样讲吗!"。

"你是个急性子,是做不成大事的人,真是恨铁不成钢。你想,芦花村、田家村,特别是田家村,技术力量缺少,大部分人是从头学起,真能掌握芦花设计的图纸样子还要一些时间。如果芦花的这些图纸被能力强的专业队伍所使用,等芦花村和田家村编织出来产品,就没有了创新价值。到那时,两家的合同不但没了多少意义,以后不能再续签。"

单二又从马扎上站起来,情绪有些激动:"明白了,振叔,这是一步高棋。但是……"

"我受不了你这急性子。单二呀,你听叔咋说的。"篓子复又递过一支烟,"你知道不知道幸段在广东干啥不?"

单二坐下来,仍然摇摇头:"咋又胡扯到幸段?"

"告诉你单二,幸段是广州一家编织品艺术公司销售科的科长,一直与南方对外贸易集团钱总经理那里有业务关系,如果芦花的编织创新产品设计图纸弄到手的话,当然要送到幸段手里。幸段再给他的广东老板,新产品很快就会成为钱经理的货。等芦花他们的产品编出来,钱经理还能把芦花、田驹的产品视为创新产品吗?这叫一箭双雕,遂了你的愿。再者,咱爷俩还会有一笔可观的收入。"

烟头烧着单二的两根指头,吱吱地发响。他照上面吐了一口吐沫:"你这话我听着悬。"

"我知道你单二要说悬,那就是图纸怎么到手。"

"俺算服你了!听你的。"单二重新燃着一支烟,两只眼睛不眨地盯着篓子。

篓子两只破茅窝子先后发出啪嚓落地的声音,他的两只光脚已抬到床沿上,拉起了长谈的架势。

"芦花村那边你不是和兴闯有生死之交吗?"

"你咋知道的，你个老驴，在调查我？"

"这屁点事，想瞒你表叔不容易。"

"我是与芦花村兴闯有过生死之交，那时都在混湖，我是救过他的命。说那还有啥意思，这事我从来没提过。后来听说他在外边混了几年，前年又回到芦花村，现在芦花村编织厂跑销售。他来看过我，就这些。"单二把一口烟喷出去，烟圈在篓子面前幻化成一幅似是而非的图案。

"这就对了，图纸的事就由他来办。"

"你当喝二两猴尿那么轻松？人家不会愿意。"

"你咋知道他不会愿意？我敢肯定他不像你说的那样。"

"为什么？"

"你问我为什么？你应该问你自己为什么。"

篓子递给单二一个纸条，上边写着侄子幸段的名字和手机号码。

单二还没完全明白过来，篓子已下逐客令了："单二呀，乖乖，幸振叔要睡觉了，叔等你的好消息。"说吧关灯灭火。

"你这头老驴，比我性急。"单二一边骂一边摸索着走出篓子家的院子。月黑风高，伸手不见五指。单二顿觉起了一身鸡皮疙瘩，头发也竖立起来，不禁失声道："有鬼！"

50

第二天一大早，田驹、春旺、蚊子、巧燕、白莲去界河边迎接芦花。看到小桥被拆的情景，心猛地往下一沉。

西北风嗖嗖地刮着，刺骨的寒，刮得脸生疼。

蚊子哼哼骂道："肯定是疤瘌头他们搞得鬼，真坏熊。木板棍棒都扔在河那边。"

"蚊子，你没抓住人家，咋能乱骂是谁拆毁的。"田驹哑着嘴，"还是想办法过河。"

"反正我看那家伙不是好东西。虽说水不深，好几米宽，都结了薄冰，下去割肉一样，还不冻死。"蚊子只顾嘟囔，被西北风呛了一口，猛咳了一声，赶紧用手捂了嘴。

春旺摊着两手说："河里都结了薄的冰荏子，架桥架不得，沿冰又沿不得，趟水又趟不得，等芦花来了咋办？有人存心想坏了这条路！"

蚊子的大眼睛看着冰茬子的水面，挠着尖头说："我有办法了。疤瘌他们不是拆桥阻止芦花过界河吗，那算啥本事。"蚊子卖个关子，把话打住，只拿眼盯着春旺。

　　春旺看看自己，骂蚊子道："熊蚊子，又想毁坏人是不？看我也不能把桥架起来，要干你去干。"

　　"哼，看你紧张的，我想的是让你干件好事。"蚊子挖了春旺一眼。

　　"不信蚊子嘴里还有啥好货。"

　　"告诉你，等芦花来了，你就稀里哗啦趟过冰渣河去，然后把她背过来。你想想哪里能亏了你？说不定你春旺能捡个大便宜，信不信？"

　　"蚊子，这好事就让给你了，我春旺从不捡这样的便宜。"春旺吸溜了一下嘴。

　　田驹站在一边不言语，一边听他俩嚼舌，一边拿眼往芦花村的方向张望。冬季的田野光秃秃的，西北风打着溜地叫，无遮无掩，没看到芦花的影子。

　　"说好了，你不背！那好，我去叫张浪，他是浪里醉条，这事他准行。"蚊子站起来，两条细腿冻得打颤。

　　"他也不行，还是你蚊子行，想到就要做到，才算男人。"白莲插嘴道。

　　"看吧，疼上了，张浪哥真有福气，估计他现在还醉着没醒。话再说回来，我蚊子冻病了可没人疼。"蚊子叹了口气，"不过，我也是个男人，话说下了，你们不背可不要后悔。"蚊子跳着两条细腿，做下河的准备。

　　"就你蚊子，别说背个人，你自己不摔倒河里就不错了。"春旺讥讽道。

　　田驹说："蚊子兄弟，知道你是好意，天冷水凉不说，凭你一身骨架，你也背不动她芦花。

　　"来了！来了！"蚊子尖声叫道，"看，芦花姐，好像刚出村不久。"

　　田驹用手打着眼罩子往芦花村方向看，似乎有个人影在晃动。

　　春旺叫道："蚊子这家伙眼挺尖的，这会我才看出一个红点儿。"

　　不大会功夫，芦花已来到界河边。

　　她头上围了条大红色的绒巾，在脖子上绕了一圈，又分别搭在前胸和后背上，被风吹得不时地飘起来。上身穿了件天蓝色的羽绒袄，浅赭色的筒子罩裤，绛红色的皮鞋。

　　"啊，像天边一朵彩霞飘过来！"蚊子感叹道，不觉心里一紧，看看河那边的芦花，再掂量自己的斤两，有些后悔先前的大话。假如把芦花背到河心，不小心摔到水里，岂不毁了蚊子的声誉。想到此，喊道："让芦花姐等着，我去弄船。"

芦花已发现桥被拆坏了，对着河这边喊："田驹哥，你们都在这，大冷天的都先回吧，我这就过去。"清脆的声音顺着西北风传过来，很响亮。她麻利地脱掉鞋袜，然后往上卷了卷裤管，便准备趟过河来。

"芦花妹子，别别别，你会冻病的。"田驹向河边急跑过去，打着手势不让他过来。

"芦花老师，等等，蚊子就去弄船了！"巧燕、白莲用手卷成话筒喊道。

"不用了。没桥时，我不是趟过好多次吗，也不会冻病的。人在于锻炼，不仅心志，身体同样重要。"

看看芦花已下到河里，田驹鞋袜没脱，裤子没卷，便呼呼啦啦趟过河去，猛地背起芦花，"芦花妹子，为了田家村，你这样叫我们心里咋能过得去。"

"你把我看作小孩子了！"芦花轻声嗔怪道，"快放下，叫人难为情的。"

春旺、蚊子同时受到感动，呼呼啦啦趟进河。大家扶着田驹和芦花，慢慢趟着河水。刺骨的寒冰已不觉得冷，一股暖流爱意温润着每一个人的心。

51

入冬的第二场雪飘了不到半个时辰雪花就停了，季节已进入三九，天气反而转暖。近年来，由于世界性的大自然遭到人为的破坏，全球气候逐渐变暖，节令已使人感到失去了过去的纯美，变得不正常起来。农谚说：一九二九不出手，三九四九凌上走。看来今年又是个暖冬。

凌上不能走。单二选在一个没有月亮的傍晚骑车绕到西小桥，二更天气到达芦花村。芦花村冬天的夜晚，显得安祥而沉静。大多数院子和房屋里亮着灯光，偶尔庄里传来几声狗叫。单二曾经来过兴闯的家。那是二十几年前的一个夏天，兴闯撑着木船去岛上送货，船小吃水深，到湖心时遇到大风暴雨，船眼看就要沉没。当时在湖上捕鱼的单二，正急着返航去湖湾躲避风雨，发现正在危难中的兴闯，那时身强力壮的单二来不及多想，拼命把船与兴闯的船并拢，两人顶着大风雨用绳索把两只船连在一起。兴闯的船又分卸了部分货物，终于人船货都保住了。

兴闯非常感谢单二，说是不光救了他的命，还救了他一家人的命，那一船货是一家人的生活指望。

兴闯非要把单二请回家，大摆酒宴请单二，表示感谢。

单二只是说，危难之时，救人生命，谁都会这样做。

两人成了生死之交。

后来两村人在挣夺边界物产械斗时，单二断了一支胳臂，兴闯半夜偷偷去田家村看望他，并给他送去钱款和温暖。随着时间的推移，这段感情只好深深埋在双方的心里。

二十几年后的此刻，在兴闯的大门前，单二甩着那条空袖管。他犹豫了。

"兴闯弟！"他轻轻地喊了一声，声音颤抖。

堂屋里有灯光射了出来："谁？"

"田家村单二。"声音有几分悲凉。

"是你，单二哥。"

大门先是打开一条缝，后两扇门大开。

堂屋的灯光照着门外的人，四十岁年纪，高高的个子，一条空着的袖管，面容憔悴。

"单二哥！"兴闯呆看了一阵，双臂抱住了单二，"二哥，半夜三更，发生了什么事？"

"咱兄弟中间见过一面，转眼也有十几年了！"

"二哥，啥急事半夜三更来找你闯弟？"

单二小心地咬着兴闯的耳朵，把篓子的话全盘端出，然后拿出篓子交给他侄子的电话。说："兴闯弟，你知道我的脾气，我想你心里也不顺溜，不为别的，争这口气。"

兴闯思忖了一会说："单二哥，我是芦花村编织厂的推销员，我有很多机会接触芦花助理设计的各种图纸，拍摄下来翻成原图纸还是有机会的，然后再传到他人手里并不费多大难。这可涉及设计权法，担着风险的，弄不好会吃官司。"

"噢，这……"单二吸溜了一下嘴。

"二哥，你放心，啥也别说了。你为兄弟曾经舍生忘死，我能说个不字？再说，也不一定就有人能找到咱兄弟头上。"兴闯感慨万千地表白。

"你还是我的好兄弟!"单二眼里泛着泪光。

兴闯心里在琢磨,还人情债要干,送人情钱也要干。一举两得,何乐而不为呢!

52

芦花和田驹共同创作的十场大型舞台现代剧《界河》,元旦这一天终于跟观众见面了。

在农村,元旦说不上个节日,机关和文化人却拿它很当回事。

省、市、县文化部门把《界河》首场开幕式的演出时间定在了元旦这一天,地点定在田家村,这对田家村来说是开天辟地的一件大事。

这天一大早,龙水县剧团开来了一辆崭新的大篷车,上边旗帜招展,锣鼓喧天,在田家村转了一个圈,然后停在村南苇茬地的向阳坡。

这辆大篷车是半月前省文化厅奖给龙水县剧团的。大篷车能装运剧团所有设备、人员,打开铺平是一个方圆100多平方米的大舞台。

乖乖,就这气势,也叫人感觉像喝了一壶酒似的。

《界河》首场公演在田家村拉开了序幕。

省、市、县文化部门还邀请了界河两岸有关部门负责人前来观看。有关负责人先后讲话,赞扬了田家村与芦花村联手文化搭台、经贸唱戏的做法,肯定了《界河》正面教育、积极向上的宗旨。

田驹、季响、黑丫、春旺、张浪、蚊子协助当地公安在外场维持秩序。

这时单二甩着一支空袖管走到田驹身边奚落道:"大侄子,原以为搞些啥高招给咱们村带点福音,你单二叔也跟着沾点光,想不到是唱戏。"

"错。这样的大戏,你花钱也看不到。"张浪走过来说。

"你懂个屁,喝二两猴尿行。我能不知道你们撅腚要屙啥屎。"单二一脸凄然地骂道。

大友不知从哪儿跑过来,恐怕单二闹场子,想说点什么,单二已红了脸骂道:"你兔子也不是什么好鸟。老子为田家村少了一条胳膊,大不了再少一条,照样站在人前像个人。你兔子算什么东西,弓腰曲背,软蛋一个。人家往前一步,你后退两步,械斗时你跑得比谁都快,说不定裤裆早窜稀屎了。"

大友饯白道:"我不是去拿家伙去吗!"

田驹向单二叔和颜悦色地说："单二叔，今天是个特殊日子，外边也来了不少人，有什么事过后再说吧。"

单二更觉是发泄的时机，横竖不给面子，骂道："娘的，老子过的桥比你走的路多，吃的盐比你喝的水多。你这一套在田家村行不通，在芦花村更行不通。老子三拳打不死镇关西，总不能被镇关西打死。唱个戏就能解决两村几辈子的矛盾？你以为小孩子玩家家，打哭了又哄笑了。村民不会被你这玩意说服，你爹也不会，你叔我更不吃那一套。"

田驹不生气，只是笑："单二叔，有不妥的地方看了后咱爷俩再交流。"

单二甩甩空袖管，气呼呼地正要骂娘，一阵密集的鼓点，把单二的话挡了回去。接着一遍锣鼓家什响亮，大型梆子戏《界河》正式演出开始：

剧中七哥哥，头裹白毛巾边走边唱：

祖祖辈辈居住在界河两岸，

风风雨雨尝遍了苦辣酸甜。

最可恨小日本侵略进犯，

铁蹄贱踏我美好家园。

七哥哥我当了八路军交通员

定下了今晚上与三妹妹相见……

三妹妹天生丽质，声若黄鹂：

与七哥哥两情相悦还没团圆，

只因两村历史恩怨相牵。

更可恨日寇凶残天恨人怨，

送情报今晚上与七哥哥面谈……

话外音：

两村人都没想到

七哥哥三三妹妹都是八路军的交通员

界河两岸村民呐喊：

两村历史冤结不饶不依，

七哥哥三妹妹再相见定要抽筋扒皮……

台下观众心中焦急，替七哥哥和三妹妹接头捏了一把汗。

舞台下的乔木匠突然一把抓住身边的赶倒山："那不是俺三姑吗！"

赶倒山抹了一把眼睛："那时咱都十几岁了，追他们时我们都参加了。"

舞台上的七哥哥和三妹子终于被前堵后追的人给捉住了。愤怒的人群推拥着被捉住的七哥哥和三妹妹往各自的村落走去，他们边走、边打、边骂……

赶倒山心情沉重地说："当时，谁也不知他们俩是八路军游击队的交通员，只知道他俩为争取婚姻自由、争取幸福的美好愿望，毁在了自家人手里，毁在两村人不解的冤结里。"

人们都不会忘记边界之争的代价。观众都为这一对年轻人担心。

舞台上七哥哥、三妹妹都被关在各自的村里，有专人看管着。三妹妹家门上了大锁，家里人严加看管。

与七哥哥接头的游击队员张二知道内情后，向芦苇荡的八路军、游击队汇报。八路军的连长宋清命令游击队长杨百发带张二找村长要人。

七哥哥脱身后，杨百发队长知道解救三妹妹要困难得多，当天夜里，决定先让七哥哥去摸清三妹妹的情况，然后再拿施救办法。

七哥哥心急如焚，他只身翻墙破窗救出被困的三妹妹逃出村口，但是被严密监视的村民发现，紧追不舍。眼看就要追上，两个年轻人携手跳进了界河。村民急忙打捞，一连几日，活不见人，死不见尸。

田家村上了点年纪的人都能说得清这段历史，年轻人也从老人那里知道这凄婉的故事，但大家都埋在心里，不愿说起此事。舞台下看戏的乔木匠愤愤地说："三姑在界河殉死，当时我痛不欲生。正巧日本鬼子准备去四湖芦苇荡清剿八路军游击队，把界河两岸的群众都抓去加宽加深界河。我不干，老哭着找三姑。小鬼子就用皮鞭狠狠地抽打，至今我身上还有深深的伤疤。"乔木匠眼里噙满了泪水。

坐在木匠身边的田思富大爷咳了一声，痛切地说："当时你三姑和七哥哥逃走，我也和大人们拿着棍子去追赶。后来听说三妹妹妹和七哥哥都跳界河死了，我惊吓一场，想他们的死与我也有关，发热多少天都起不了床。日本鬼子抓村民大人小孩去扒界河，我在河上晕倒了。小左一郎摸了摸我发烫的前额，拎了一桶冷水照我劈头盖脸浇过去。口里大叫：'抓八路要紧的，快干活去，那时，我真差点死了……'"

舞台上：持枪荷弹的鬼子挟着大人小孩开挖界河，不断有打骂声传来。

舞台下赶倒山说："当时界河挖好后，日本鬼子调集兵力准备进湖清剿八路军游击队。时任田家村村长的田禾和卢花村村长卢根认为两村历史问题闹纠纷，但毕竟是家事。有良知和爱国心的人对日本侵略者早已恨之入骨。于是两个村的村长和群众都想借机消灭鬼子。

时间是 1942 年 7 月 20 日凌晨。

舞台剧本分别以南村北村代名。南村村长田禾和北村村长卢根分别带领村民不约而同在界河两边芦苇丛里埋下伏兵，准备伏击日寇。

他们白天准备鸟枪土炮自制炸药。晚上，他们去界河边设下二里长线的捕鱼用的鱼网滚钩。两村人在界河两边的举动心照不宣，双方的用意心知肚明。男女老少齐上阵，南村在界河南岸设伏，北村在界河北岸设伏，等鬼子完全进入伏击圈后，然后速战速决。

这时，舞台两端各走出一个农民装扮的人。他俩是界河两岸北村和南村村长田禾、卢根两人。他们边走边唱：

小日本鬼子实在猖狂

烧杀奸淫丧尽天良

今天界河两岸摆下战场

让狗日的有来无回去见阎王……

当满载鬼子和伪军的 5 条船进入伏击圈，两岸密集的土枪、炸药、鱼叉、弓箭一起向鬼子汉奸投去。

鬼子、伪军死的死，伤的伤，大多滚进界河。不死的向岸上爬，不料被鱼钩钩住，又被鱼叉、弓箭射死。

鬼子再不敢靠岸，恐怕埋有地雷和鱼钩渔网，害怕他们手中的渔叉。那渔叉像多头的箭一样，只要飞过来，百发百中，鬼子当即身亡。

剩下的鬼子拼命用机枪往两岸疯狂扫射。一片片芦苇倒了下去，两边村民全部暴露在鬼子的眼前。

没有经过战斗的村民慌乱起来，两岸先后有几个村民中弹倒下。

两村村民处在危急时刻，四湖那边冲过来十几只舢板，机枪和步枪迎头向船上的敌人射击。七哥哥和三妹妹站在船头。原来他俩没有死，他俩跳河后被游击队接进芦苇荡八路军的驻地。

当他们听到界河这边机枪声和夹杂着步枪、土雷和鞭炮声时，七哥哥断定是村民和鬼子打起来了。八路军连长宋清和游击队队长杨百发立即带队冲出芦苇荡进入界河，发现两岸村民正处在危急关头，便快速冲过来给鬼子迎头痛击，同时游击队几只小船迂回靠岸进入阵地，协助两岸村民打击敌人。

鬼子小左一郎举着战刀,眼看三面受夹击,只好丢下 20 多具尸体鬼哭狼嚎般调转船头逃走。

硝烟淹没的舞台上,军民开始清理打扫战场。这一仗,打死日本鬼子 24 人,打死伪军 7 人。两岸群众也付出了沉重代价,南村死了 6 人,北村死了 5 人。他们在两岸各掩埋了遇难的村民,后来被评为烈士。

台下有哭泣声,那里面有他们死去的亲人。

台下乔木匠说:"我当时看到了我三姑,带领着游击队和八路军来解救我们。我哭着喊三姑的名字,她没有听到,只忙着帮助掩埋死难的村民。我想跑过去,可是父亲却把我一把抱住,'那不是你三姑,她已经死了!'不知道父亲为什么这样恨三姑?"

他们在《界河》剧情里找到了答案。

接下来《界河》大戏以倒叙的方法,还原了乔木匠的爹爹和七哥哥的爷爷原型。他们两人同时为两个村的头人,一次在为边界之争,也是为收割庄稼之争,两村发生械斗,两村人们打斗了一天一夜,南村和北村各有伤亡。两个村的头人、乔木匠的爹爹和七哥哥的爷爷都在这场纷争械斗中丧生。

当舞台上拉开第十场大幕的时候,界河两岸南村和北村的村民从舞台两边上场:

> 界河两岸苍茫茫
>
> 芦苇稻谷似水长
>
> 都知人生苦与短
>
> 何必相煎论短长
>
> 弃嫌解怨放眼亮
>
> 携手共建新村庄……

话外音:界河是条多难的河,界河是条英雄的河,界河是连接着北村和南村人生命的河,界河是条不老的河……

为界河而哭泣,为界河而自豪,为界河而歌唱吧……

舞台下的观众在回忆,在揣摩,在感叹,在想往……

53

大戏在田家村整整上演了三天,田家村的群众和周边村民却不厌其烦,好像都进入了角色。

固主任每场都坐在前排观看，如今他虽然到了耳顺之年，看着这档子戏，他会想起什么呢？他会感慨什么呢？他什么也没说，完全沉浸在剧情和唱腔里，心里翻江倒海，表面也精神了许多。他一边走路，一边暗哑着嗓子用梆子的声腔唱着《界河》里的词句：

想当年祖父辈坎坷不断

更可恨小日本毁我家园

家事小国事大不为别念

界河岸埋伏兵凝成铁拳

……

想不到和平年代又起风雨

为什么耕耕种种也起事端？

……

张浪见到田驹说："看到了吧，这固主任好像变了个人似的。"

田驹说："怎么没看到单二叔看戏？"

蚊子接过话说："头天闹了一阵，走了又转回来。不过他离人群远远的，在那棵老柳树旁痴痴地看，后来不知为啥传来闷闷的哭声。"

田驹这时想起什么似的，拿出手机拨通了芦花的电话："芦花妹子，谢谢你送给大家的精神食粮！头天的演出你也看了，很成功。应群众要求，又加演了两天，效果太好了，我自己一直沉浸在剧情里想那些已经发生过的事，想老一辈的过去，那种在国难当头时放弃一切个人恩怨，不怕死奋勇杀敌的大无畏精神。年轻人的今天，生活在幸福之中想的是什么，又做了些什么？但愿能达到我们想要的目的！"

手机里传来芦花清脆的声音："田驹哥，那精神食粮也不是我一个人的。有你的，还有为此共同努力的。我一直认为，理想和信念是国富民安的根基，否则后患无穷。所以我们有责任做好民心工作，恳请祝团长来芦花村演出。"

田驹笑着说："芦花妹子，仁者见仁，智者见智呀。我这就找祝团长先挂个预邀。"

芦花回话说："这样吧田驹哥，我先请示村里守主任，然后派人郑重邀请祝团长他们，这些细节不能少！"

田驹说："芦花妹子，你想的很周到，等你的好消息。"

田驹挂了电话，在演出场地巡看了一遍，大家专注地观看舞台上的演出。

他看见磨子一个人在人群后边的一个土墩上坐着一个劲抽烟。田驹立刻想到磨子发病时尖历的喊叫声，头皮便有些发麻。他的疯病因何而起呢？至今都还没有弄清楚。他不敢问这事，恐怕引起磨子哪根神经受刺激。磨子比田驹大几岁，平时不大跟人掏心窝子，好像有很多心事。见田驹走过来，磨子挪挪屁股，算是跟田驹打了招呼。

田驹走到磨子身边，友好地说："磨子哥，咋离恁远，听到词了吗？"

"昨天我是坐在前边的，看了听了老想流泪。我是想起我的父母亲。打我记事起，父母就没过上一天安生日子。父母亲胆子都特别小，都恐怕树叶子落下来砸破了头。他们整天愁眉苦脸，唉声叹气。当时我不知道为什么，后来我才发现生活苦还不说，他们对两村人争夺湖产特别害怕，唯恐发生到自家身上。年年收种割锄都十分小心，可以说提心吊胆。一天，父亲偷偷离开生他养他的村子，从此渺无消息。郁闷寡欢的母亲得了一场病，不久离开了人世。做儿子的心里疼呀！"磨子说着，泪水像断了线的珠子往下淌，有几滴热热的，滴在田驹的手背上。

田驹心头一阵酸楚："磨子哥，大爷和大妈的事，从来没听你说过呀。"

"说啥呢，是这场戏掏咱心窝子。像我经历过的，比什么感受都深。"

田驹想大哭，喉头哽得难受。却宽慰磨子说："磨子哥，把心里话说出来就好，不要老憋闷在心里，敞开你的胸怀，放开你的眼睛向前看吧。还有我的父亲，不讲他们的前因后果了。想想看，他们活着能比死了的强到哪儿去？我们还能眼睁睁看着活着的人再像你我的父母那样压抑着心情，担惊受怕地过日子吗！"

磨子"呜呜"地哭了。他颤着声音说："田驹兄弟，我心里还有一件难受的事想对你说，又怕……"

磨子心中还有什么不可告人的秘密呢？田驹想趁机解开他胸中的死结，"磨子哥我知道你心中有苦水……"

磨子张了张嘴，把要说的话憋了回去，扭身跑走了。

田驹好一阵心里沉沉的。突然，他听到不远处传来磨子哀怨的叫声："你不能这样做……"

磨子心里到底还憋着什么难以说出的话呢？田驹想。

54

一辆黑色卡尔奔摩托车在田家村的土路上奔跑，后边扬起一片飞尘，直达田家村小学的大门口。这时，正赶上放学，一队接一队的孩子从学校大门里涌出来。

从摩托车上跳下来的年轻人正是北湖镇副镇长卢畅。他发现在学生们后边走出来的荷花，便摘下墨镜急忙迎上去问道："请问您这位老师，听说田家村近期要来个南方外贸编织艺术品销售公司钱总经理，可有此事？"

按理说，一个教师一天到晚给孩子们上课，外地来什么艺术品公司经理她怎么会知道，可说风马牛不相及，但是他却问到了根子上。

钱经理年底要到田家村考察并验收编织品的事，荷花的父亲固主任已在饭桌上说了不止一次。村里人都知道这件事，况且离年底也没多长时间了。

荷花停住脚步，打量了一下来人：油光滑亮的偏背头，黝黑脸膛，身体稍胖，但很健壮，一双不大却有神的眼睛。荷花浅浅地一笑，不失大方地问："你从哪里来，你认识他们？"

"我姓卢名畅，是北湖镇的副镇长，抓招商引资工作。不认识钱经理，只是听说，到时想与钱经理见个面，邀请他去我们那儿看看。前两天，田家村村里唱大戏，那是俺村的芦花执笔写的《界河》，请我来观摩，来这里一趟路就熟了，这不眨眼功夫就到了你学校门口了。"

荷花嗤嗤地笑了，一双会说话的大眼睛笑得水汪汪的："你这副镇长真是会走捷径，信息还怪灵的。不过他们来也没定具体时间，反正就在这几天。"

卢副镇长心里高兴，眼睛盯着荷花娇美的脸蛋，得寸进尺地请求道："老师，到时您能帮我联系钱经理吗？我给你个手机号码。"

荷花收起笑容说："这个不妥吧，算咋回事呢？"

卢副镇长笑了："怪我莽撞了，说了半天，还没问你尊姓大名呢。"

荷花说："哪什么大名，小名学名连根倒，都叫荷花。"

卢副镇长"噢"了一声："原来你是固主任的千金，本村小学校长，怪不得眼前这么靓。只听说田家村有个叫荷花的姑娘，是十里八村找不到的美人，今天有幸一见，果然名不虚传。"卢副镇长小眼睛更有精神了，一直对着荷花上下打量，"对了，我说在哪见过面，说不定是在梦里，真真切切，看来三生有缘。"

荷花红了脸，有些生气的样子。说："你这人忒贫嘴，有这么当面夸人的吗？"

说吧就准备走开。卢副镇长向荷花虔诚地鞠了一躬，道："荷花校长，这样吧，本人真诚相邀，请你做个介绍人吧，借你个面子，到时也免得人家拒绝见面。"

荷花笑了："你这人真逗，还是什么副镇长呢。要说这点面子不给也不是本校长的风范。"

卢副镇长咧着大嘴直笑，笑得十分开心和舒畅："谢谢你荷花老师。哦，是荷花姑娘。我还有急事，等钱经理来时一定拜访。"

卢副镇长骑上卡尔奔，临走前向荷花招了招手："荷花老师，再见！"

55

已经几天了，田驹还没接到芦花那边有关邀请龙水县剧团去芦花村演出的消息。

田驹想，《界河》的演出使田家村群众受到意想不到的教育和启发，芦花村的演出一定不能少。眼下，估计守主任那边有阻力，芦花一时很为难。

或许芦花不好当着守主任的面说她写的这台戏怎么样，那么他田驹为什么不能当面向守主任推举这台大戏？还有一项硬任务，年底，南方外贸公司钱总经理就要来两村考察芦苇资源和编织情况，不仅有合同落实，还有合同外附加的编织品创新任务。前些天，芦花接连又来田家村指导有关编织技术，大家有不少长进，可是谁也不会一口吃个大胖子。想到这里，田驹有些坐不住了，他决定去芦花村，看能否帮助芦花做点什么。

季响绷着脸说："《界河》这个大戏当然芦花村不能隔门过，他们花钱也不一定看得到。"

蚊子哼了一声："受教育也不能光我们田家村一家。"

黑丫嘻嘻哈哈地笑了一阵："看你这蚊子心眼，这点事心里也不平衡。"

"当然，他不受这个教育，我们还是吃亏。"蚊子摇着头。

黑丫说，"如果芦花村人愿意看这戏，俺愿意义务出拖拉机帮着剧团拉道具过去！"

"人家剧团有几十万元的演出大篷车，那才叫气派。你那破拖拉机叫人看了有多寒碜！再说离老远听着跟放大炮似的，还不把人吓死。"

黑丫笑骂着，苹果似的脸绯红："那么多年也没吓死你这臭蚊子，还说得出口。"

张浪半眯着眼说："让他们看这样的大戏，我举双手赞成。不过，派几个兄弟跟着田驹哥去，准备好家伙带着，以防万一。"

田驹哈哈地笑了："我不是关云长单刀赴会，也不是刘邦赴鸿门宴，而是我要给他们送大戏上门，瞧不瞧是他们的事，这难道不够朋友？"

春旺说："还是多防备着点，不怕一万就怕万一。因为他们不一定这样认为。你站得高度人家不一定够得着，得让他们一个台阶一个台阶的来。"

田驹说："这话说过头了，别忘了这大戏主要还是人家芦花写的。芦花是谁？是芦花村人！咱可没这么大本事。"

大家便不言语了。

当田驹走进芦花村的村委会时，中午的灶烟已开始在村子的上空升腾。一切都显得清静而安详。

芦花村的村委会和田家村的村委会差不多是天造地设的一对，两间旧瓦房的房顶起伏不平，样子像得了病的老人，显得憔悴和萎靡不振。

被芦花村村民称作守主任的卢守全自打体改后，一半时间在编织厂，因为村里的办公费出在那里。剩下的一半时间有时在家有时在村委办公室，偶然用个高音广播喇叭喊点什么事，隔三差五地来到村委办公室翻弄一阵子旧报纸，然后坐在一张旧藤椅上，无聊地抽烟，看着黑乎乎的天花板想心思，这已经成了他的习惯。今天他在村委会。

田驹跨进两间村委会办公室的门栏。由于外面的光亮和室内的暗淡反差较大，屋内显得不太明朗。田驹好一会才看清守主任的脸部表情。

一个六十多岁老人沧桑的脸，原有的光滑水韵被刀似的岁月刮割已尽，并在额头和眼角划下一道道粗砺的皱纹，头发花白，厚厚的玻璃老花镜后面细眯着一对不大的眼睛。

他在想什么？那天，田驹在芦花村编织厂第一次面对他疯狂地大呼小叫，波浪翻滚。此刻，却像一潭静水，无声无息。

田驹恭敬地道："您好，守主任。"

守主任警觉地坐直了身子，从眼镜框上面瞪起一对小眼睛："姓田的，蹬鼻子上脸是不？你来干什么？"

田驹谦和地说："守主任，俺是来向您汇报工作的！"

守主任不动声色："汇报？可别忘了有条界河隔着！"

这话分明在提醒田驹，这不是在你田家村，也不是在其它地方。

田驹哈哈地笑了，亮着嗓子说："守主任，我咋一点也没觉得那条界河把我们两村相隔得这么远，反而我觉得更近。界河虽说是条多难的河，可是它是一条英雄的河，更是一条连着田家村和芦花村生命的河。今天我特地来找你商量界河大戏在芦花村演出的事。"

守主任一边听，一边努力压住愤怒。心想，芦花跟这小子都是一个腔调，他们明明在给我上界河的课，他耳边好像全是响着界河、界河、界河……

守主任几乎从藤椅了跳了起来："姓田的，你告诉我，芦花为什么一次又一次趟过界河？你都在搞什么鬼名堂？我正式警告你，芦花是我守主任的助理，是卢畅副镇长……"他本想说是卢畅副镇长的未婚妻，话到嘴边咽了回去，"从这以后我不想再见到你姓田的。"

田驹仍然和颜悦色道："守主任，生这么大的气何必呢？您都是过来人了，啥事也看得比我们年青人更清楚，体会得也更深切！"

"不要给我唱高调。界河不就是你们要讲的界河吗？大家都知道。甭提界河，一提界河芦花村的人就闹心，更不需要再看什么戏中的界河啦，还是你们田家村留着看吧！"

"《界河》可是芦花村主任助理芦花执笔写的。"

"你说什么，芦花写的？我才不信，加个名字不能算数。如果是固主任那老东西做后台，回去告诉他，我们会老账新账一起算。你走，快走，快快离开芦花村，不然，我让你好看！"守主任的声音响得很远，说罢自己转身先走了。

田驹心里想，这守主任怪固执的，送上门的大戏硬是不愿看。人家请还请不来呢！真是热脸蛋贴上了人家的冷屁股。

好像有个声音在他耳边响起："你怕界河吗？界河也许会让你更怕；你烦界河吗？界河也许让你更烦；想回避它，能回避得了吗？你正视了界河，就等于亲近了界河。亲近它，就会热爱它，喜欢它。"就像他和芦花对待界河一样，从开始的惊恐、畏惧、怨恨，到正视它、面对它、亲近它。他们喜欢上了这条界河，同时，都喜欢上了对方一个人。

舞台上的界河虽然和现实的界河有差别，但是那舞台戏剧中的界河，不说跌宕起伏的剧情，仅就那勾魂摄魄的唱腔，那清澈明快的鼓点，那行云流水般的二胡和板胡的律动，谁能不为之动情。

守主任一边气嘟嘟地往家走，一边在想为什么是芦花写的剧本？快走到家门口时，突然，一个心计涌上来。

56

黑色卡尔奔摩托车刚停在芦花村委会门前，卢畅就大着嗓子喊："老叔，什么事这么急，叫我立马赶来？"

守主任愤然说："芦花找我要唱大戏，说是《界河》。田家村的田驹也找上门要送大戏到咱村，说是《界河》。田家村的固主任这个老东西和田驹这小子究竟安得什么心？让这界河的大戏烦燥得我头疼，原来是芦花写的。这内容你都看了，里面没有损咱村的事吧？"没等卢副镇长回答，他又接着说，"这界河的事等会再说，我问你和芦花的事发展得怎么样了？我已三番五次托寡妇荣去芦花家提这门亲事，她们没有回绝，证明是朝咱这边敞开门的。可是你得要跟上才行，光我这儿使横劲管屁用吗！"老守主任从滕椅里走出来，气愤中又有些急躁的样子。

"老叔呀，看我实在也太忙，几次镇里开会见过几次面，也没来得及深谈。前两天我还专门去厂里找她，这你是知道的。并到她家看了她母亲，她母亲和苇子很盼望这门亲事。"卢副镇长解释说。

"田驹这小子，还有这戏，这里边会不会有其他事？"

卢畅说："大戏我看了，内容还可以吧，打日本的，也有界河两岸两个村闹矛盾纠纷的事，没说田家村和芦花村。人家是文艺作品，说的是北村和南村的故事。叔，我不是告诉过你吗，开幕式时人家邀请你过去，你硬是不去。"

"看吧，这就是你的粗心了，你不觉得这戏里边另有戏？田家村那个叫田驹的屁大点的事就往这边颠，他哪有什么正经事。自打这两个村有历史冤结以来，特别是男女之间从不来往。明白吗？现在如果他田驹和芦花之间任其发展，那可是咱芦花村的羞辱。"

"叔，我懂！我也和苇子私下交了底，让他管好芦花，不要和田驹来往。"

"你懂就好，甭让你老叔心挂两肠的。你也老大不小了，夜长梦多，抓紧把这亲事定下来，等来年找个好日子把喜事给办了，俺这心就装肚子里了。这不仅是你的大事，也是芦花村的大事，谁叫咱爷们问着镇村里大事来。"

"叔叔说得是，侄儿牢记在心。不过，芦花从小性格倔强，她认准的事，很难转过来。"

"今天我让你过来，叔给你提供让芦花高兴感谢的机会。我知道她现在想要《界河》在咱芦花村上演，这是她写的剧本，她能不喜欢这大戏在咱村演出吗？你就积极地给她提供条件，也让她看看你对她的态度。再说了，《界河》不是芦花写的吗，是上边审定过的，能挡得住人家演出吗？我也反复想了，咱能挡得住不来芦花村演出，能挡得住人家在外村演吗？放着面子不要非往脸上抹灰不好，那咱爷们不是傻子吗！眼下要紧的是叔先不管故事是什么内容，叔要你开着车带着芦花去龙水县把那个剧团请过来，在咱村里演它几天，且不说其他人的面子，先把这个芦花的面子给足，她能不高兴吗？也表示了你对她的支持、信任和关爱，这一举多得，咱为啥乐而不为呢？"

姜还是老的辣。卢副镇长开始在心里佩服他老叔。自己那天在田家村也观摩了《界河》的演出，说实话，戏文写得委婉动听，内容感人致深，情节波澜起伏，确是一场好戏。可我卢副镇长至今对芦花都还没有表示祝贺的态度，并对她的作品不但没支持，更没肯定，心里好像还有怨言，别扭得很，矛盾得很，又不知从何说起。跟老叔一比，自觉惭愧，险些误了大事。便拍着后脑勺说："哎呀这事，我咋都没想过这重要细节？细节决定成败。看把这事弄的，本来两个人的戏，差不多被自己搅黄了。"

"总觉得比人家地位高，忽略了感情，大忌呀！"守主任感叹说，"一定要挽回来。"

正说话间，村里卢五赶着七只山羊从村委门前走过。守主任眼睛一亮，把卢五叫住说："卢五，你通知芦花马上到村委会来一趟，有要事商量。"

卢五答应一声，赶着七只羊去了。

不一会，芦花骑自行车来到村委会。

卢副镇长老远迎过去："芦花呀，今天老叔特别请你过来给你请功，你创作的《界河》是对家乡做的一大贡献。老叔同意咱们俩一块去龙水县剧团把《界河》这场大戏请到咱们芦花村家门口，好好演它几天！"

芦花还没反应过来，就听守主任说："是呀，是呀！谁叫你是我的助理来！你芦花写的大戏，第一个就该在咱家门口演出，怪我先前没有听懂你的意思，田家村抢在了前面。不过，卢副镇长很看重你编的这个大戏，这不专门来找我，想同你一起把大戏请到咱们村好好演它几天，全村老少开开眼界！"

芦花心想，《界河》大戏一直在守主任、卢副镇长心里横着劈材，怎么突然间爷俩来了个360度大转弯，一唱一和的，搞啥名堂呢？芦花心里这样想着，嘴里却笑着说："芦花回村只是想着界河两岸不再有纠纷，共同搞好经济建设。《界河》是思想和文化建设的一个方面，两位领导既然决定要去请龙水县剧团来芦花村演《界河》，我愿陪同卢畅副镇长一块去见祝团长。"

守主任破天荒的嘿嘿哈哈地笑了，一边笑一边从深度的老花镜上方看了一眼卢畅，示意他立马行动。

卢副镇长有些激动地请芦花上他的摩托车。

芦花说："镇长你先走，这摩托一坐就晕，我骑车后边就到。"

"这样不好吧。我打个电话要办公室给安排个车过来。"说着，卢副镇长要通了政府办公室秘书小解的电话。

"几十里地不要麻烦了。"芦花已骑上了自行车。

"等等，一块走！"卢副镇长发动了卡尔奔。

57

田家村又迎来了一个喜庆的日子。村里男女老少等候村头，迎接南方编织工艺品销售集团的钱总经理一行。钱总这次来田家村和芦花村的目的：一来兑现田驹和芦花签订的苇编艺术品供销合同；二来要审定他们新创作的编织艺术产品是否合格，能否有资格对外续签销售合同；三是实地考察当地芦苇资源。这欢迎场面田家村人第一次经历，大家又高兴又激动，敲锣打鼓，彩旗飘扬。

当一辆白色的王牌商务车颠簸着停在田家村村头时，从车上走下来钱总经理一行几人。

钱总对田驹开玩笑地说："看来你们欢迎外地来客还要先考验他们的耐颠力，这弯弯曲曲、坑坑洼洼的疙瘩路比坐蹦蹦车还要刺激，几次以为我的车轮子掉了下来。"

呵呵呵呵，引来一片笑声。

"钱总您太幽默了！"田驹向钱总伸过手去，一边说，"钱总经理，如果让你们真受惊了，说来你别笑话。其实这路几百年来就是这样形成的连环阻隔带，我们习惯了！"田驹笑着说。

"你这孩子，怎么能对客人这样介绍。"固主任暗哑着嗓子纠正说，"钱总，主要是没钱修这破路啊。"

钱总笑笑，并没把这话放在心上："咱们先看看产品，再看资源。"

"你们远道而来，一路辛苦，还是去村委会休息会再看吧。"固主任热诚地招呼道。

"固主任为了欢迎你们，特别把本地特产莲籽茶、苇芽茶已在四鲜鱼馆泡好了，清热解毒又去火，这是外地很少有的。"田驹夸赞着本地特产。

钱总开心地说："看来你们这儿特产不少，刚一进村就看到农家院里芦苇缨子、毛窝子。"

固主任吵啦啦地一阵大笑："过去一入冬这一带人人穿毛窝子，家家编毛窝子到集市上去卖钱。大人孩子都穿毛窝子防寒，暖和着呢，是这里的一大特产。"

"嗯，把这东西改造成冬天休息时的暖垫，或者……"钱总思考着说。

"把它艺术地加工起来，既好看又暖和。"同来的石副经理插话说。

"要说暖和，它不如现代丝绒、棉花。"固主任有了话题，"你们看过'棒打芦花'这场大戏吗？说得是一个后娘冬天给亲儿子做了件棉袄，却给前夫的儿子用芦花做了一套。下雪天，亲儿子穿了棉花做成的棉袄暖暖和和，可是前夫的儿子穿着芦花做的棉袄，却冷得发抖。丈夫不知真情，认为前妻儿子没出息，就用鞭子打儿子。结果，袄被鞭子抽烂了，才发现里面全是芦花。"

"听说过这场大戏，也是你们这地方的一大特产。"钱总感触地说着，不禁大笑起来。

"不能一视同仁，不能和睦相处，最后弄得一家人不和！"田驹感叹道。

"是这个道理！"几个人附和着。

大家说着不同的话题，边走边看村前村后大大小小堆积着的芦苇、杞柳和蒲草。远处四野无际，一片片冬小麦像绿缎子一样在风里飘动，四湖和界

161

河同村前的月牙河连在一起，如龙飞凤舞，闪着粼粼的波光。

田驹说："如果在夏季一眼望去，荷花妖妖艳艳，芦苇林林总总，杞柳蓬蓬勃勃，蒲草深深浅浅，河水幽幽，湖水蓝蓝，美不胜收！"

钱总接话道："怪不得我那老同学芦花舍不得离开这地方，仙境啊！是走进世外桃源创业啊！这里真是一片神奇的土地，定能创造出世界上更多更好的艺术品。"

大家便鼓起掌来。

钱总继续说："我能想象得到这美丽的地方会出美人。"他指着白莲和巧燕说，"你们还有芦花，一方水土养一方人，她人呢？"

巧燕说："她是芦花村人，离这儿不远！"

"芦花村！"钱总重复着，"多美的名字，我已不止一次在合同里见到过这名字。"

田驹用手指了指远处一个朦胧的村庄。

钱总对田驹说："看过你这里，就去芦花村见老同学芦花。前些时电话里我又给你们增加了创新任务，这也是国外用户的要求，不然就会终止续签下批合同。不是我难为你们，没办法，也是一次锻炼和考验的机会。前不久，芦花回过电话，说开发了 10 个新产品，我相信她。"

巧燕说："这创新产品，没有新思想新观念是创不出来的，芦花姐就是行，她还亲自来我们村指导。现在我们已掌握了 5 个创新产品的编织技术。回头请钱总过目。"

"是啊，芦花不仅手巧，而且想法新颖。几次过来给田家村民上了不少编织课，手把手地教……"白莲如实说。

固主任听了心里那个气，在客人面前又不便发作，赶紧打断说："田家村能编会织的人多得是，过去村里编织能手如云。"

钱总说："好呀，先看你们这边的产品吧。"

一行人来到村里临时编织厂，这是村里过去屯草的地方。田驹他们用砖头磊起一个大院子，粉刷一新。然后四周用苇材建起十几间遮雨避风的芦苇大棚，里面已存放了一批编织品和工艺品。不少姑娘媳妇们正模仿着样品精心地做着编织。正面大棚墙上悬挂的一幅《仙女牧鸭图》，显得十分亮眼。

编织厂挂幅《仙女牧鸭图》，这叫钱总有几分不解，又有几分惊奇。钱总走到近前，怔怔地看着。

这是一幅装裱在镜框里的国画。画幅虽说不大，但意境深邃。近处荷叶如盖，荷花艳艳；中景水阔涟涟，群鸭欢唱荷间，有一牧鸭女子，仙女般飘然似舞，红色裙带宛若朝霞漫染；远景芦苇成林，缥缈如烟……那画中的诗句亦让钱总沉醉其中：飘飘若仙女/亭亭立银河/不见王母面/不识牛郎哥/芙蓉拌身边/莲子随相携/芦苇弄笛箫/胜似闻仙乐/早起牧鸭曲/晚归群鸭歌……

没等钱总开口，田驹解释道："这是芦花助理专送田家村编织厂的。她说，她正在用家乡的优质苇材，用烫熨的技巧，准备制作一批《仙女牧鸭图》，走出国门。"

"原来如此！"钱总满脸光灿，哈哈哈地笑着，带头鼓起掌来："唉呀！想不到芦花老同学还有这番用心和艺术天赋，佩服，佩服！"

芦花还有一番用心，那就是希望田驹在界河边带头搞好养殖业。不过这层意思只埋在田驹心里。那幅《仙女牧鸭图》已嵌入他的心田脑海，特别那牧鸭仙女，他怎么看怎么想都是她芦花的化身。

钱总一行在编织厂各个编织间逐个对编织品种细心地察看，带着挑剔的眼光，他们时不时点头又时不时摇头。

最后，钱总拿在手里的和挂在墙上的 5 件创新产品，反复看了半天，疑惑了半天，最后吃惊地说："前几天，广州一家编织厂的一批创新成品已到货。其中《美在家乡水》、《采莲送阿哥》等这 5 件创新作品，编织图案、结构的大小几乎完全一样，可以说是一张图纸。你们怎么会有他们的图纸？"

"怎么可能？"田驹、巧燕、白莲愕然地张大了嘴，"是芦花姐的创新！"

田驹非常认真地说："后来听胖嫂说芦花为设计这10件创新产品，关在房子里半个月没出门。"

"还有5件新产品编织技术要领我们还没全部掌握，都是芦花老师过来照图讲课，亲手把教。"巧燕说。

"你们说10样自己的创新产品，眼下在这里我看到的就有5件和人家广州的相同，并且人家广州的一家编织厂几天前都大批销售成品了，你们还没编出来，怎么解释？"钱总摇了摇头，无奈地摆摆手说："那5件呢？恐怕也没有啥新鲜喽。"

"这太搞笑了吧，不可能吧？"田家村人的心猛然缩紧了。

钱总的脸没了笑意，紧皱着双眉。

大家虽然心里不相信芦花会欺骗她们，但面前钱总经理的话，又使他们的心里瓦凉瓦凉的。

大家围着钱总一行又来到一些村民家里，看了苇帘、苇席编织品，又看了一些杞柳编和蒲草编。

钱总板着脸说："传统的芦苇编织很好，确实与工艺品媲美。然而工艺品中却有一部分比较粗糙，造型上呆板，这里芦苇、蒲草、杞柳的品质很不错，但你们的苇编、草编、柳编艺术却相差甚远，可以说有一半是次品。要兑现合同的话，不仅拿不到好价钱，你们还赔本呢！"

听到钱总这番话，有的人傻眼了，有的人拿着自己编织的产品，大失所望。有几个姑娘和婆姨当场就哭了，眼泪一滴滴滚落在她们手中的编织品上。

巧燕和白莲难为情地说："都怪我们没有学好。"说着泪就下来了。

钱总经理仍不客气地说："眼泪是换不来金钱的。当初，我在学习验定产品时，为了多出口，次品当优质品，结果不但没有过关赚到钱，后来还赔了大价钱，人还差一点被淘汰出局。当然，你们第一次搞工艺技术的产品，只能说明你们没有太多的经验，但必须用艺术头脑和技术手段。不然守着金湖银滩，还是没钱赚。话再说回来，有些苇编、草编、柳编还很不错，有很大发展空间。"在围的人们这才稍稍喘了口气，心里有了点空隙。

接着，钱总温中带火地说："创新产品是国外市场要求，也是我们签订合同附件中提到的，没办法。模仿不是创新，如果模仿打着创新的招牌，是

164

侵权行为，弄不好还要为此吃官司。"

大家这才大吃一惊，心里没了底。对芦花，对编织前景又一片黯然："想不到会是这样！"大们的心一下子又像掉进冰窟里：

"芦花，早就看透了，她就是和我们田家村过不去。"

"我们太善良了，被她害苦了，雪上加霜。"

"是解不开的村仇家恨，是给父亲、哥哥来报仇的。"

"黑天白夜，忙得赔钱，想不到呀！"

"言过了吧，本来就是个技术问题。"

"是好心做坏事。"

大家低声议论。

钱总不知大家悄悄说什么，继续边走边说："不能光跟着人家的屁股后面走，这样永远没有你们自己的东西，怎么去闯世界？"

田驹心里满是疑惑。模仿就是模仿，创新就是创新，芦花不会把模仿说成创新。而且这题目和内容，没有亲身生活经理和感受是创作不出来的。田驹相信芦花，便对钱总说："钱总，芦花本人素养和技术大家都是认同的，我敢说是一种误会，真假还须创作人芦花助理证实。"

"钱总都验定过了，还说那些有啥用。"固主任不耐烦的样子。

"钱总，我们田家村的编织业有很大差距，芦花村会给您满意的回答。再说，芦花开发创新的产品，我们相信她！"白莲、巧燕也提出质疑。

固主任皱紧眉头撅着嘴，表示很生气的样子："钱总说得还有假吗？不自量力！"

"这是千真万确的，所有创新产品都在我手里和脑子里。不信，你们去公司验证。"钱总很决绝，"我当然希望有更新更好的产品问世！一个盛产芦苇的地方，开发不出芦苇的新产品，是无法立住脚的。"

在围的田家村人沉默不语，无言以对。固主任却笑了，他早已憋闷在心里的话若不是当着钱总，早骂出声来了：知道你们搞这么个狗屁合同不会有啥好结果。怎么样，糊弄人吧！你们这些不懂事的小屁孩，给老子戳了多大祸，跟着你们三天两头擦屁股，还觉不疼不痒的。啥叫不见棺材不落泪，哭去吧，你们这些不知好歹的熊羔子。

田驹为芦花感到不平，可又能说什么呢？该说的他们都说了，可人家硬是不信。创新产品怎么能和广州的一模一样呢？田驹也蒙在了鼓里。怎么告诉芦花，还恐怕伤了芦花的自尊心。田驹有点急了："钱总，还是到芦花村编织厂，亲眼看一下芦花设计的图样，还有新产品再说吧！"

"芦花村、芦花村！钱总不是说了吗，还乱扯蛋。"固主任早憋了一肚子气，压低沙拉的嗓音骂道。

田驹听不进固主任的骂声，继续说："钱总……"却没有说下去，他心里感觉赌得慌。

固主任脸上一会晴一会阴的，皱着眉头，嚷嚷着直打岔。

快到吃午饭的时间了，钱总经理说啥也要到芦花村去看看。

固主任抓住钱总的手不放，坚持在田家村四鲜鱼馆吃饭。说是准备好了。

田驹心里希望钱总坚持去芦花村，他暗里全身用劲，甚至差点喊出声来。

石副经理打圆场说："钱总，吃过饭去芦花村不迟，别凉了固主任和大家的心。"

"看来商量不如强量。客随主便吧。"钱总只好笑着说。

田家村四鲜酒馆是县城里来的女老板王莉开的，饭店门前载着两棵竹子瘦瘦的，王莉却胖胖的，来吃酒的人都叫这儿红肥绿瘦。红肥绿瘦酒店打扫得干干净净，能座十几人的大饭桌上摆满了家乡的特产：八个凉菜，六个炒菜，四个烧菜。主要有：松花湖蛋、香辣苇芽、冰糖菱角米、藕夹莲籽、红烧龙虾、清蒸荷叶鸭、水煮湖鸡、千子粉肉、糖醋鲤鱼、清炖乌鱼、狗肉鳖汤，上了满满一桌子。

固主任让黑丫开拖拉机专程从酒厂买来四湖特酿。

钱经理看得直愣眼："你们这是搞什么名堂，是不是搞展览？"

固主任解释说："钱经理不要见笑，要说展览还算不上，不过这些都是我们自己的地方特产，不出村就能拾掇几桌。这地方还有一个特点，人热情好客，侠肝义胆，心胸……"

"心胸吗？"钱总经理截住固主任的话，"就不那么宽阔了，连我的老校友芦花都不愿招呼过来陪着喝两盅。"钱总说罢哈哈大笑。

大家都跟着笑，但田家村人笑得很勉强。主任、田驹都没笑出声来，他们各有各自的心思。固主任当然不希望也不会答应芦花过来，这不但违背了祖上规矩，也违背了他的心愿，他不希望给田驹、芦花之间提供有任何的来往机会。田驹当然希望芦花过来能一起和她的老同学吃顿饭，叙叙友情，谈谈眼下编织情况，特别是创新产品的事。碍着固主任的面子，田驹不好勉强。只是说："钱总，芦花会在芦花村热情欢迎您的！"

钱总经理失意中还有想不明白的地方："是不是有什么事瞒着我？"

固主任恐怕钱总再说下去，慌忙斟满了一杯酒，打断说："钱总经理，俺干了近四十年的村干部，村里从没有来过像您这样的贵客，也没这样贴心过，干杯！"固主任一仰脖子，激动地自顾干了一杯。

钱总哈哈笑着，也干了一杯："爽快！爽快！"

接着固主任又跟石副经理和丁秘书同干了一杯。然后说："让白莲、巧燕两个美女陪钱总多喝两杯。"

"不不不！我最怕美女陪酒，一喝就翻。"

满桌人便大笑起来。

固主任招呼钱总和石副经理还有丁秘书说："快来品尝一下我们地方特产，只怕你们吃后不思归啊！"

钱总夹了一片藕夹肉放进嘴里嚼着："固主任是要搞东吴招亲还是要来个刘禅归降乐不思蜀？你们这样我以后就不敢来了！"

田驹心头郁闷，表面还是笑着接过话头："以后钱总再来我们就随便了，主人客人一家人，吃家常便饭。"

固主任仰脸又喝了一杯酒，暗哑着嗓子喜道："只想着你钱经理看好这聚宝盆。"

大家说笑一阵子，一边喝酒，一边吃菜谈论着。随钱经理一起来的石副经理三杯酒下肚，便生出很多感慨："先前看到了这么辽阔的水域和一望无际的湖滩资源，如果能充分利用，那将是无价聚宝盆。"

随同来的丁秘书插话说："这地方坦荡辽阔，如能全盘规划，科学开发，那将是人们心中的世外桃源啊。"

钱总大笑："同行的人都很喜欢这个地方，正如固主任说的不思归了。"

固主任心想，这地方是个让人自豪也让人伤心的地方，让人留恋也让人痛苦的地方。如果钱总一行知道这界河两岸历史的矛盾纠纷，他们会怎么想呢？说不定会立马走人。便说："就我们这湖滩大得很，界河这边的湖畔资源就足够你们利用开发的了。这不是一辈子人能干好的事，更不要担心你们的货源不足！俗话说贪多嚼不烂，更不能冒然联合，盲目开发。"

钱经理哈哈大笑:"主任呀,你们还不了解我们的经营,所供需的产品连着五湖四海,所需的资源你们再多几个这样的湖畔也只是九牛一毛。"

固主任瞪大了眼睛,才知道人外有人、天外有天的道理。一下子又不知如何表达他心中赖以生存的这片热土。

马群开玩笑说:"钱总经理,田家村这片土地在我们眼里看不到边,可是在世界地图上连影子也找不到。"

大家便笑了起来。

这时钱总的手机响了。钱总接听后,捡了一根酸辣嫩苇芽放在嘴里嚼着,若有所思,好一会才说:"我有点急事要赶回去处理,这次就不能去芦花村了,请田助理转告芦花。你们田家村这批编织产品虽说有好大一部分不合格,但我看出你们这儿的人厚道诚实,可教可塑,又看到这儿的丰富资源,我真想继续能跟你们合作下去。暂留石副经理在这里指导编织,收购合同合格产品,支付款项,考察沿湖资源。我希望能在这里投资建厂,作为南方对外贸易的生产基地。当然,新产品的开发创新更重要,继续挖掘潜在的力量。我先前说了,一个盛产芦苇的地方,生产不出编织创新产品,是没有前景的!"

大家点头称是。

田驹在想:和南方外贸能否继续合作签约,能否在此投资建厂,还是个问号,关键芦花的 10 件创新产品要有个权威性的结论。

固主任却巴望着投资建厂的外贸生产基地落户在田家村!这不仅是田家村的引资项目,也是这方圆几十里,甚至几百里四湖区域出口编织生产的基地。投资发展,建厂兴业,修路铺桥,盖楼置景,那可是大工程,田家村可就沾了大光了。想着想着,固主任脸上露出从没有过的笑容,他的嗓子好像也不那么暗哑了,原本浑黄的眼睛也放出炯炯的光:"钱总经理,我敢说,田家村编织潜力很大,你们要帮助挖掘出来,你就是田家村的贵人,我代表田家村人感谢你!"

钱总哈哈地笑了:"真正的财神爷是在有才有智者那里。我的目标不只在田家村、芦花村,还有整个四湖滩。"

田驹思量着说:"钱总经理,再大的四湖滩也得有个亮点,这个亮点就是界河两岸。"

"不,这个亮点就在田家村。"固主任纠正说。

"芦花村的编织到底是个什么样子，先留石副经理在此验收有关合同产品，同时考察沿湖资源，考察投资建设芦苇编织及艺术品产销基地分公司的可行性。"

"钱总何时再来？"田驹关切地投去询问的目光。

"我一定会来的。下一步两家合同能不能续签，我都要给在坐的和老同学芦花当面说个清楚，有个交代。"钱总诚恳地说。

大家挥手向钱总告别，目送钱总的车子颠簸着出了村子。双方言犹未尽，"欢迎钱总尽快再来指导"的声音不断地在钱总的耳畔萦绕。

58

南方对外贸易有限公司钱总经理来田家村考察的事，田驹早早向县委书记华平作了汇报。华平书记开完会，立即带秘书赶到田家村，方知钱总已走。华平书记见到石副经理。抱歉地说："知道钱总石副经理从省城赶来，县里有事耽误了一下，不知钱总就这么匆匆赶回去了。"

石副经理回答说："南方对外投资和贵地合作都有诚意，钱总留下我在此落实合同兑现，并考察当地资源和产品开发升级，不好意思惊动县领导。"

华平书记说："贵公司来这偏僻地方指导对外编织销售工作，我们应全力服务好。这里资源丰富，有日出斗金的四湖；地下有取之不尽的优质煤炭资源，地上有丰富的苇草资源，优质稻谷资源；这里沟渠成网，湖河浩荡，水里有取之不尽的鱼类资源；这里湿地连片，鸟类百种，有得天独厚的生态资源；这里有人们向往的人间天堂般的旅游资源。界河要建亿万吨的大码头，到那时不愁物产运不出去。从界河出发，驶入四湖再进入大运河，我们的产品就畅通五湖四海了。"

石副经理高兴地说："我一定把您的想法传达到钱总经理。华平书记，我们来的途中就发现这里有很多事情可以做成大文章，我一定为此尽力！"

"这很好，你们选准了做大文章的地方。目前，关于我们对湖滩利用和开发有一个总体设想和长远规划。一些基础工作正在陆续做，编织、养殖、种植、旅游相关联的一些项目开发正在起步。正如石副经理说的，是能作出大的文章。目前我们正着手在全县推进这篇大文章，正需要你们联手帮忙呀！"

石副经理突然抓住华平书记的手，摇晃着说："听您一席话，胜读十年书。华平书记，我向您申请，在此安家立业，愿成为这地方的一个荣誉公民！"

华平书记哈哈地笑了。他握紧了石副经理的手说："欢迎外地朋友来此发展、兴业，越多越好，到时我亲自给你们发荣誉公民证书！"

华平书记转头对固主任和田驹说："县委、政府工作重心在抓经济。你们要抓住机遇，乘势而上。这段时间听说小田助理干得还不错，编织找到了突破口，并找到了连接两村友好的纽带。同时要多项并举，继续加深这种关系。先前我说了，在你们这里要带头搞好种植、养殖、编织、旅游，这是一个天然生态的大的种植和养殖场、编织基地、旅游圣地。从资源前景看，远不止这些。"

这时，巧燕走到田驹身旁，在耳边小声说："芦花姐在界河边急着见你！"

59

俗话说：一回生二回熟。卢副镇长要办公室安排辆轿车，说是有招商任务。先是开到田家村小学校大门口，卢副镇长站在荷花校长面前，喘着气嘿嘿笑着说："从上次见面后，心里一直都在惦着你！"

荷花并不介意，回敬道："卢副镇长，这招商大事总是赶不上趟，早也是你晚也是你。"

"你是说钱总他们回去了？"

"钱总经理当天就回了，留下石副经理考察资源和兑现合同。"

"刚听到消息就往这赶，想不到这么快就走了。"卢副镇长坐在荷花对面的一把木椅上。这是田驹没离校前用的木椅，荷花是个有心人，一是把它作个纪念，二是田驹再来时好坐坐。新来的两个老师安排到了另一个办公室。

荷花倒了杯开水放在卢畅面前。

"荷花老师，还是荷花妹子亲切吧。"卢副镇长是个见面熟的人，"荷花妹子，说真心话，其实吗，是想和你聊聊心里话。我也是教师出身，神差鬼使地当了副镇长，我想我们肯定有很多共同语言。"

荷花嗤嗤地笑了，打断了他的话："这不可能的。你想，我们俩一是隔着界河，井水不犯河水；二吗，两村历史怨结深重，男女从不往来；再者你是北湖镇的官员，我只是田家村一个平凡的教师，有什么共同语言可说！"

"呵呵，荷花妹子，请允许我这样称呼你。你错了，直觉认为，从见到你的那一刻起，我心里再也放不下你。"

荷花的脸红红的，为了阻止卢副镇长再往下说，直言道："卢副镇长，不要多想，我们是有缘无分。你不就是想找我做个牵线吗！先结识一下留下来的石副经理，我成全你。"荷花说着站起来，示意带他去见石副经理。

卢副镇长认识了石副经理。

等荷花走后，卢副镇长不失时机，硬是缠着石副经理去北湖镇考查。

石副经理说："去也得和固主任、田驹助理打声招呼。"

"回来再说吗。反正去考察这一带编织资源，这个面子是荷花校长的。荷花是谁？他是固主任的千金！"卢副镇长也不愿意去见固主任，更不愿意去见田驹。他清楚，他提出这样的要求是说不出理由的。"荷花校长的面子给不给?"卢畅又一次提醒道。

又是荷花牵线介绍，又是芦花村的上级，芦花村与田家村艺术品编织又是签的一个合同，去北湖镇也在份上，不去也有理由推辞。正犹豫间，卢副镇长抱住石副经理的胳膊，不由分说把石副经理按进车内，发动了引擎。

卢副镇长把石副经理拉到北湖镇政府，通知芦花助理和石副经理见面。

在北湖镇政府的接待室里，石副经理握着芦花的手高兴地说："老同学，不，是钱总的老同学，我代他向你问好了！这地方出美人呢，在田家村没有见到你很遗憾。你和田驹在南方签的第一批苇编合同总经理看了，不太放心，特安排我留下来验收这批产品。田助理说你们帮助田家村完成二千件艺术品。还有你们芦花村没验收，心里正悬着。一看到你，我的心就放下来了。"

芦花一阵清脆的笑声："过奖了石副经理，我没有你说得那么大魅力，在编织品方面比外地还有很大差距，尤其是出口产品。"

卢副镇长插话说："石副经理，请你把心装进肚子里。不仅我们芦花村编织技术，芦花镇的资源足足供你们南方编织品销货的，你就不要回田家村了。明天我带你到各村转转，所有苇编产品我们这边全给包了。"

石副经理不解地把两手摊开，好像问：这是怎么回事？田家村那边呢？

芦花委婉地说："卢副镇长没别的意思，见了你石副经理想一下子让北湖镇富起来。当然，编织产品的合同是田家村和芦花村合签的，怎么能把人家给丢了？再说，两村友好合作是个牵头，不变的是化解两村矛盾纠结，逐

171

步扩大发展镇村经济，慢慢扩大，卢副镇长一定会赞成和支持的。"

"那是那是。"卢副镇长呵呵地笑了，有神的小眼睛转了转，他不愿和芦花谈话产生分歧，何况还当着石副经理的面。随即自嘲道："看吧，我这副镇长只顾自己的小圈子，还是芦花助理说得对。你们先谈着，我镇里还有个会，我让小解秘书安排石副经理住镇里招待所。"说罢出去了。

石副经理揣摩出一点意思。苦笑了一下："芦花助理，我来时也没告诉田驹助理和固主任。在田家村的项目还没考察完就来考察北湖镇，也不妥吧。说真的，你们芦花村那边的事，让我睡不着觉，所以和田驹商量明天去你们村看第一批产品。当然，开发创新产品也不是那么容易的事，这是我也是钱总最关心的。还有预付款项的事，所以急着想来见见你。"

芦花的 10 件编织创新产品的事，石副经理在这里只是轻描淡写一点，并没往深里说，他觉得说不清楚。

芦花清脆地笑着："石副经理，前天，钱总来时给我打过电话，后来信息就断了。毕竟两家编织是一个合同，我最关心的是田家村的编织，我就急着去田家村，想当面听听钱总的看法。田驹让巧燕转告我，钱总有急事先回了，他正接待华平书记，说近日陪石副经理来芦花村验检产品。"

"是啊是啊，我和田助理已商量过了，明天就去你们编织厂。这会见了你，确实让我心里踏实好多。"

正说着，镇办公室秘书小解过来说："石副经理住宿已安排到镇招待所，让我来接石副经理过去，明天带石副经理考察镇上的编织业。"

石副经理用求援的目光看着芦花："这，这……不能这样！"

芦花心想，石副经理在田家村还没考察完，又没征得田家村方面的同意就来考察北湖镇，固主任、田驹助理该怎么想？这一定会影响两村的合作。

芦花委婉地说："解秘书，先谢谢卢副镇长对石副经理的关心。石副经理已约好明天考察内容，他急着要赶回去。"

解秘书急道："石副经理走了，我怎么向卢副镇长交代？"

为避免卢副镇长误解，芦花解释说："石副经理明天来验收芦花村合同编织产品，其实也是考察北湖镇的编织业。这不矛盾，请转告卢副镇长。"

卢副镇长听说芦花送走了石副经理，亲自开车去追。可是追到田家村村头，也没追上。他原本想留住石副经理好好招待一下，然后陪他一起考查北湖镇芦苇资源，请他们投资开发编织工艺，请芦花好好配合，也有了进一步接触芦花的机会。却不料事与愿违,让他大失所望。气不打一处来,对着解秘书大吼大叫了一阵。

芦花被卢副镇长的一连吼叫吓了一跳,但她很快振作起来,不慌不忙道:"卢副镇长,这气你就生多了,也误会了。石副经理坚持要走,解秘书也在跟前。因为来时几个村干部都不知道,一旦知道他不情愿,你我都会陷进与田家村之间的矛盾隔阂之中,我从心里不愿这样做。再说,明天他们就去芦花村验收编织品,还有预付定金的事,不也是给北湖镇办事吗!"

这一番话把卢副镇长堵得够呛,半天没吭声,拿小眼睛盯着芦花,仍然气鼓鼓地,一语双关地说:"你的好意我领了,但是我不明白你对田家村的干部、编织事业比我上心。你想着北湖镇吗?想着我的感受吗?"

看着卢副镇长扭曲的面孔和疑惑的目光,芦花依然笑笑说:"我不仅想着田家村,我更想着芦花村。想着田家村同样是为了更好地发展芦花村,发展更多一点的地方,这是区域的连带关系,包括人。"

卢副镇长长出了一口气,他不想和芦花争执下去,态度变得谦和起来。他走到芦花跟前,声音温和了很多:"芦花呀,请原谅我先前的态度有些急躁。咱们毕竟是一个村的,俗话说,远亲不如近邻,近邻不如对门,以后互相关照的事多着呢!说心里话,我也是为你好。明天我赶过去芦花村接待。村的事就是镇的事,你的事就是我的事。"

解秘书说:"我也想去领导的家乡拜访,这机会可不想错过。更想和石副经理好好聊聊,写篇报道,题目都想好了,"

卢副镇长随坡下驴:"好好好!真是秀才不出屋,便知天下事。明天解秘书跟我一起到芦花村采访!"

60

吃过早饭,卢副镇长和秘书小解急急忙忙赶往芦花村编织厂迎接石副经理。解秘书问胖嫂说:"厂长,石副经理来考察的时间定在啥时?"

"听说来,我的心就砰砰跳,恐怕验收过不了关。"胖嫂担心地说。

"石副经理没说具体时间,只说是今天中午,田驹助理陪着一起来。"芦花在端详着刚编织好的一件作品说。

胖嫂早急得团团转,像一个陀螺,汗都出来了,不停地催芦花道:"芦花妹子,你给田驹他们打个电话,问问究竟啥时来,我还真有点存不住气。"

"都是心里没底，像只热锅上的蚂蚁。"芦花开玩笑说。

"芦花妹子，你心里倒拿得稳，嫂子就缺少你的风雅。"胖嫂开玩笑道。

"还有人比你珠圆、玉润、风雅!"芦花笑着。

"挖苦你嫂子是不。其实我倒喜欢你这芊芊杨柳、胸丰臀肥、面如桃花的西施女。怪不得界河两岸的小子们不是电话就是来人。"芦花在胖嫂身上擂了几拳，笑骂道："我想界河两岸的男青年都喜欢你这珠圆玉润、体态丰腴的杨贵妃。"

"哈哈哈……"胖嫂笑得前仰后合，"他们应该是我的干儿子才是。"

卢副镇长并不理会，他在琢磨芦花的反应。

胖嫂沉静下来，看了下手表："这时还不来？芦花，打个电话问问。"

芦花笑笑："电话打了，不通。他们不急，我们急有啥用。"回头对卢副镇长说，"你们先喝茶等着，我再赶制一件新产品，抢在他们来编织厂之前。"

卢副镇长和解秘书一会与胖嫂聊几句，一会与芦花聊几句，一会看着她的编织。他们之间的话语有一搭无一搭地。

直等到快吃午饭时还不见石副经理的影子。卢副镇长开始急躁起来，脸色由晴转阴。

他们哪里知道，石副经理正被田家村的几个村干部陪着去四湖荡舟了。

原来，一大早，石副经理还没起床，固主任就叫醒他说："感谢你这几天没黑没白地考察田家村。田家村湖滩一望无际，筹建南方外贸编织品分公司看来非田家村莫属。"

石副经理一边穿衣服一边说："钱总临走时交待的任务，不仅考察田家村、芦花村，还有周边地方，不全面了解情况怎么向钱总交待？"

"钱总经理对田家村第一印象很好，秃子头上的虱子明摆着。"

"只有实地看了才能作结论。"石副经理提上裤子，系着皮带坚持说。

固主任继续开导："石副经理，你在田家村考察也不是一天了，只有田家村，也只有……"

"看不出来还是听不出来？那天钱总有点泄劲!"石副经理哗哗地洗了几把脸。

固主任干咳了两声："是编织技术暂时还跟不上吗，急也生不出个蛋来。今儿进四湖看风景，中午就在那儿吃湖鱼、湖虾、湖鳖、湖蜊。湖那边有船上餐馆，再喝他几杯湖上大曲，观景带考察，岂不乐呵。"

石副经理听得已有几分心动。不过，今儿要到芦花村考察，原是和田驹定好的。再说，昨天也当着芦花的面说过，怎么能说变就变，咋向芦花交代？他拿眼睛寻找田驹。

田驹正等在门口，眼睛好像在向芦花村的方向张望。

"固主任，今天我和田驹去芦花村，改天再去四湖赏风景吧。"石副经理用手抹了一把稀疏的头发说。

"石副经理，俗话说，在家靠父母，出门靠朋友。我是这儿的主人，应该听我的。"

"嗷！"石副经理干笑了一声，"那就恭敬不如从命了。"

田驹心想，固主任既然已作安排，不管石副经理乐不乐意，也只好这样了。他想给芦花通个电话，手机却忘了充电。

季响撑一条双橹船，固主任、田驹、马群、白莲、巧燕陪着石副经理去村口月牙河上了船，向四湖摇去。

双橹船摇出了月牙河，进入一个湖汊不远处，便有高高低低的湿地的景观出现在他们面前。一蓬蓬芦苇和杞柳，一片片绿水围着一块块土岗，上边长满了各种树木和杂草，被当地村民称作湿地群岛。船桨声里惊起的水鸟白鹭，鸣叫着飞向远处的湖面。

田驹对石副经理说："知道这湿地群岛的故事吗？隋炀帝动用倾国之力，挖好大运河去杭州看琼花，路过这湿地群岛，便命随从人员停船观赏。一个大臣告诉他，这里有名士许由不受尧帝禅让隐居此处；老子骑牛西行绕此地而行，孔子南行在此遇到老子，两人就地日夜长谈，使道儒融畅贯通；大汉皇帝刘邦做泗水亭长时，曾在此乘老鼋渡过泗水，吃樊哙的狗肉；汉代名相张良死后葬到此地。当年多少风流人物已成烟云！"

石副经理深深陷入这些故事中，口中不住地吟念："真是风水宝地，日月浩荡呀！"

不远处湖荡那边有打渔的船家时不时唱起四湖渔歌：

咿呀嗨哟……

四湖水畔茫苍苍

芦苇稻谷似水长

阿哥阿妹船头立

对歌撒网鱼满仓

……

石副经理听得手舞足蹈，叫道："想不到这边的湖水太美了，更想不到这边的渔歌比丽江渔歌更有风骨。"

他叫田驹把歌词帮着记下来，想闲时学着唱一唱。田驹说："这都是出自内心的表白，你对此感情深了，说不定能唱出更有情调的渔歌来。"话没落音，湖荡处便传来一个男青年清脆的水上小调：

三十里水来二十里沙

五十里地到妹妹的家

隔山隔水隔不断

妹妹为啥不见哥哥的面

……

石副经理不由叫道："太美了！可惜了！可惜了！"

大家被他说得一头雾水："怎么可惜了？"

"如果钱总在场的话，一准能对上这漂亮的水上情歌。"

这时，前方那支溜子船，船尾坐着一个女青年，正向他们一边招手一边对歌道：

三十里水路二十里村

五十里路想亲亲

妹妹不愿见哥哥的面呃

只因界河隔了心

……

大家陷入了沉思。

石副经理好像感觉到了什么，嘴里轻轻念着："只因界河隔了心……"

田驹听石副经理念叨，心想，他还不了解界河的历史。

这时，马群对着石副经理唱道：

水路沙路长又长

哥哥两头往返忙

疲惫哥哥的手和脚

疼在妹妹的心头上

……

这歌好像唱给他石副经理的,石副经理激动万分,突然诗潮涌动,唱到:

水路沙路长又长

哥想妹来妹思郎

一朝双双船头会

手拉手儿诉情肠

……

"拉手,拉手!"白莲、巧燕欢喜地叫道。

船里便有一阵掌声和笑声。

石副经理却红了脸说:"我喜欢这地方的山水,更喜欢这里的人!我会建议钱总在这湖畔投资建设休闲度假湖村。人们劳累之余,来此度假休息养生,吟唱爱情歌曲,陶冶情操。"

固主任更来了精神:"这话不错。我们就是石副经理的后盾。"这时,船上老板娘招呼他们上船吃湖鲜。

固主任说:"好!好!好!今天和石副经理喝个一醉方休。用湖水煮湖鱼,在湖上喝四湖大曲,真是神仙过的日子。当年刘邦骑老龟过泗水吃樊哙狗肉喝美酒,还不如我们现在方便。"说得大家便有几分馋酒。

大家都知道固主任的用意,心照不宣,先后上了船舱饭店。

田驹在背后用手捣了一下石副经理,低声说:"芦花村那边还等着你验收编织品呢!"

石副经理心里一紧。虽然说一时玩得高兴,心里总扯扯拉拉的。昨天他对芦花说得话权作放屁?那么芦花和编织厂里的人在焦急地等他验收产品,该怎么收场?再好的珍肴美味也没了食欲。他对固主任说:"先谢谢主任的盛情,我们立即去芦花村。"

"咋,看日头都啥时辰了,老板饭菜都上桌了。"固主任笑说。

"晚点就晚点了,不能食言。如果食言,就无法让人相信我石副经理了。"

田驹看了固主任一眼,赶紧说:"主任大叔,我陪石副经理一块去,不然他饭也吃不下。"

"田驹助理陪我去芦花村,马上!"石副经理好像在命令。

固主任咳了一声,努力想劝说石副经理改变主意:"现在去,人家早散场了，不如改天吧。"

"那也得去。田驹助理，快去借条舢板。"

田驹已跳上船家饭庄老板的一条小舢板，转眼间人和船已消失在天水之中。

固主任心里又恼又气，不禁骂了声："狗日的！有能耐别再回来！"

当石副经理和田驹把舢板箭一样向芦花村撑去时，卢副镇长已决定离开芦花村了。他一边气一边想：说不定昨天是芦花和石副经理有意设的局？不然，怎么会唱出金蝉脱壳之计？但他实在忍不住踢翻了面前一把椅子："芦花呀，我问你，你昨天放走石副经理咋说来？怎么到现在连个屁影儿都没有见？你们不是在耍我吧？"卢副镇长脸板得寒霜一样。

"卢副镇长。"芦花放下手中的画笔，笑笑说，"我想石副经理不会食言，或者暂时被什么事情拖住了！"

"简直胡闹！这简直是儿戏！你芦花要负这个责任，还有石副经理。"

芦花什么也没说。她也急呀，又说不清楚。石副经理昨天走时是对她这样说的，谁知石副经理遇到啥事。她打田驹的手机，一直是忙音。

解秘书说："卢副镇长，我写的这篇南方外贸编织艺术品总公司来芦花村考察，准备投资兴建分公司贸易基地的报道看来是要泡汤了！"

"泡吧泡吧，看来连你我都被泡了汤！"卢副镇长呼地上了车，关了车门，把司机一把推到副驾驶坐上。他发动车子，脚下猛地加大了油门。

桑塔纳在高低不平的土公路上飞驰颠簸，车后扬起一股长长的尘土。

桑塔纳疯狂了一阵子后，终于在田家村小学的门口嘎吱地停了下来。

卢副镇长想要通过荷花当面质问石副经理。

61

石副经理和田驹两人来到芦花村时，已是吃午饭的时间，卢副镇长已离开多时了。

石副经理对欢迎他的胖嫂、芦花及芦花村的姑娘媳妇们连连拱手，表示来晚的歉意。

没有谁抱怨他来得这么晚，而是真诚地感谢为他们的事业而奔波的人。

石副经理虔诚地坚持抱着饿肚子对芦花村合同内的编织品进行认真检验，并给了相当的肯定。最后对合同附加的 10 件创新产品予以否定。因为这 10 件创新产品与广州一家编织厂基本相同，并且人家已经成品供货并批量生产。他和钱总对这 10 件创新产品是一个调子，他绝对维护钱总对编织产品鉴定上的权威。

当石副经理说到 10 件创新产品与广州一家编织厂的基本相同时，芦花村编制厂在围的人都唏嘘不已，对芦花那份相信感一下子降到最低数，分明那眼神的流露，甚至有几分轻蔑和可怜。

这样的检验审定结果，芦花一下子懵了。她不能相信，简直与世隔绝的半月时间里，闷在创作室里苦思冥想和一刀一篾编织的实践给她带来的痛苦和快乐，突然就变成了几乎是灾难性的当头一棒。更让她大惑不解的是，不是一件，而是 10 件创新作品和广州一家设计的图纸相同，并且人家已经供货批量生产。这对芦花简直是个谜，是个致命打击。她险些晕了过去。

胖嫂被蒙在鼓里，这 10 件创新作品是芦花关在屋里半月磨出来的呀，怎么可能 10 件都和广州的相同？胖嫂的身心好像从高山一下子摔到了谷底，她向芦花投去无助的目光。

然而，在田驹心里，10 件创新产品和人家相同，是偶然还是必然，还是另有蹊跷？这在田家村钱总检验时他就提出了质疑。眼下，面对石副经理与钱总如出一辙的检验结果，田驹眼看着芦花委屈得不能自己，便安慰芦花说："芦花助理，我劝你要坚强，任何的打击伤害都不是空穴来风。我相信你，支持你！"

芦花很受感动，在自己受屈辱之时，有一个坚强的肩膀和一声温暖的话语就够了。

此时，石副经理在反复察看眼前的 3 件芦苇画创新作品，是芦苇制作的另一种表现形式，纯属手工艺的熨烫艺术品。这 3 件新产品的新颖他从来没见过，疑惑中感到震撼。

他要看一眼创作芦苇画的工具。

很简单，眼下，一件电熨斗和几根电锉刀摆在他的面前。

芦苇画剪贴熨烫，立体真切，惟肖惟妙，如亲临其境。画面凸显芦苇画创作的特点，色泽洁白，质地柔韧，纤维纤细，散发着天然的芦苇清香。

他看到的是一个有一定绘画才能和芦苇画制作技巧，更少不了熨烫功夫的艺术家。他似乎看到一个才女正在挥洒着她的艺术天才：湖水浩淼，波光倩影，近处渔歌对唱，人摇船移，花草层叠，鱼跃鸭鸣；远处，帆影点点，接天连日。一副四湖风光芦苇画就挂在了他的面前。

石副经理又走到一幅挂帘的前面，题目为《故乡的荷塘》。整个挂帘板面是用洁白的芦苇篾子粘帖起来，像一张国画宣纸，画面全是熨烫出来的，势如泼墨：荷叶如盖，丛丛叠叠；荷花娇艳，千姿百态；青莲丰韵，粒粒溢香；鸭戏其间，自由欢畅……

正是一个作者对故乡的热爱和眷恋，才会创作出如此优秀的作品！

石副经理啧啧称赞的当儿在想：难道这芦苇画创作的图纸也是来自广州？

石副经理情不自禁，赞叹芦花创造的芦苇画，又免不了几分猜疑。

面对这么美的创新艺术，他感叹！他要等钱总来后再作定夺。

田驹马上鼓励芦花说："哪怕有一件是我们自己创造的新产品，就有希望创造更多新产品。"

当时胖嫂既感动又有些许不安。

芦花仍毫无表情，大家在说什么她一个字也听不进。无论怎样也无法相信那 10 件创新产品会和广州的一家公司的产品一模一样，她还笼罩在一片迷雾里无法自拔。此刻，她在思考着不是价值多少的 10 件创新产品，而是怎样挽回她的声誉以及两个村的损失。

石副经理和田驹什么时候离开的编织厂，怎么走的，她已记不起来。

62

年的气息越来越近，人们忙着赶年集，开始置办年货，偶尔村庄传过来鞭炮声，在四湖空荡的上空回响。大人和孩子们的身上脸上洋溢着一种喜庆的气氛。

龙水县剧团在芦花和卢畅的邀请下来到了芦花村头。

祝团长是个有心人，还特别把田驹也邀请了来，说是为了加强田家村与芦花村之间的感情联络。芦花当然很高兴，卢副镇长也不好说反对。前些天因石副经理闹得不愉快，卢副镇长后来听说石副经理去了芦花村，只是时间晚了点，显得自己情绪急躁，便不好再说什么。

剧团大篷车刚开到村南头，就被拦截在了那里。村主任老守只安排村民卢五招呼演出的事。卢五像个长不大的孩子，只高兴得又唱又嚷地跑东跑西，嚷嚷龙水县大剧团来芦花村演出的事，并不知怎么招待。卢副镇长和芦花各有各的事，一时又没抽出手过来，说是等剧团到了演出地守主任再出场。还没等守主任出场，地磙、二青、疤癞头几个年轻人先出了场。

地磙径直走到田驹面前，二话没说，上前抓住田驹的衣领："姓田的，田家村装不下你了是不？你做了好多对不起芦花村的事还没找你算账，搬县里大剧团来压我们是不？今天不是俺地磙搬起门框砸人，就让你领教领教俺地磙的拳头是吃荤不吃素的。说着，一拳便向田驹眼窝打来，田驹一偏头躲了过去。谁知道这一拳来得急猛，正准备在田驹身后下手的疤癞万没想到田驹闪了个空挡，被他疤癞头用整个脸皮迎了过去。

"哎哟，俺娘，你地磙的眼睛长到腚沟子里去了？"疤癞仰面倒了下去。

芦花村民听说龙水县剧团来芦花村唱戏，三三两两来了不少男女老少，人群便一阵骚乱起来。二青只看到疤癞突然人仰马翻，便直着嗓子红着脸喊道："田驹到芦花村来打人了，大家快来揍这小子！"

人群便一下子围上田驹，一阵拳打脚踢。

田驹左右招架。剧团人员立即围上来挡住了田驹。

田驹心想，他和剧团来是为了消除两村隔阂，增加文化交流，而不是争论是非、打架斗殴的。想到这里，便把憋气往肚子咽。看看又围上来不少男女，田驹振作了一下精神，亮着磁性的嗓子大声说："芦花村的父老乡亲们，今天龙水县剧团来芦花村慰问演出，是想通过文化交流来改善两村关系。你们知道县剧团给大家带来了什么礼物吗？是本村芦花助理执笔创作的大型现代戏《界河》，是由省市县各级领导和艺术家们关心和参与打磨的一台爱国爱家的优秀剧目。乡亲们，为了化解两村历史矛盾，我田驹甘愿做两个村的和平团结的使者。"

场面有了转机，有人出来阻止闹事的人。

"又是这田驹，俺警告过你，不要怪俺这铁拐不认人。"苇子挂着铁拐正往人群里挤，"你们赶快离开芦花村，八辈子没戏看也不会请你们来。"

铁拐苇子的话，引起人群又一阵吵闹声："快拾掇家什走人，我们不要看界河，我们讨厌《界河》，看了会更闹心。"

有人叫好，有人大骂，有人起哄。也有人感到新奇，想看看芦花编写的《界河》是个啥样子。

这时芦花从编织厂匆匆忙忙地赶了过来。人群闪开了一条缝，芦花跳上大篷车，便响起清脆的声音："父老乡亲们，请大家安静，安静！眼看就到春节了，大家辛苦了一年，这台大戏是我和卢副镇长按守主任的意见特别邀请，一来是对乡亲们慰问，二来是文化交流传播知识，三是宣建设社会主义新农村。龙水县大剧团全体演员、祝爱玲团长、特邀田家村田驹助理一起前来芦花村送大戏，咱们应该欢迎感谢他们！乡亲们，你们说是不是？"

响起了一阵阵掌声。

有人吹起口哨，高一声低一声地喊："我们要看芦花助理的大戏。"

芦花握着祝团长和田驹的手说："真对不起，叫你们受委屈了，都怪我做事不周，早该前来迎接你们，不料厂子里一些事绊住了脚。守主任在村委会那边接待你们！"

大篷车开到了村中一片空旷的广场上面。

剧团开始摆设道具，演员开始化妆。卢五先前被打闹惊吓了一阵子，这会才定下神来，帮着剧团跑前跑后地忙。

疤瘌躺在原地用手和胳膊捂着脸呜呜地哭，硬是不起来，声称被田驹打残了，老账新账一起算。寡妇荣掰开疤瘌紧捂的手，看见大半个脸肿着，眼圈黑黑的，满脸泪水，便用嘴吹了吹，骂道："地磙熊东西下手也太狠了。"转脸对地磙说，"有能耐把田驹也打个狗熊眼，都是这家伙惹得祸。"

地磙说："原想着这一拳把田驹打趴下的，恐怕他还手难招架。谁知他躲得快，并没有出手。我知道过去他学过这一套，现在又在外边长了见识，真动起手来我也措手不及。谁想我这重拳让疤瘌兄弟替这小子挨了，你粘他，大家伙给你作证，粘不上他自己认倒霉。"

"啥东西，一点也没留情。看人家躲了，还不抽回拳去？还往前打。"疤瘌埋怨说，疼得眼泪直流。

"说啥来，这一拳叫直拳，懂不？一出拳就很难收住。一般躲过去的人不多。田驹躲过了，说明这小子真有两下子。先前说过，他躲过没出手，如果他一出手我也会变成你这个熊样子。"地磙解释说。

疤瘌头只好哑巴吃黄连，有苦说不出。

寡妇荣正要说什么，大篷车上一阵锣鼓家什响把寡妇荣的话堵了回去。她拉着疤瘌去了医院。

守主任不知道先前发生的事，他和剧团的祝团长见了面后，就和老婆各搬了一个小板凳在大篷车前不远处找个地方坐下来。首先他要芦花知道他守主任对这个剧目的关心和关爱，至于芦花他们编写的这个《界河》的内容，也让他怀着几分好奇又有几分期待与矛盾等着大戏开演。

守主任目不转睛地盯着舞台，随着舞台上人物的唱词念白，情节的发展、故事的起伏、矛盾的冲突、背景的舞动和更换，他的视角和听觉全部融入到《界河》的剧情中去了。

眼前的场景竟然使他联想到爷爷的故事。

百多年来，界河两岸便浓缩了两个村里恩爱情仇的一幕幕场景。

直到台上传来枪炮声，才唤起了守主任童年的记忆。当时他是儿童团的一名团员，负责村前站岗放哨。

守主任只觉得眼前耳际风雷激荡，呐喊嘶杀声不绝于耳，他很兴奋也很激动，他觉得他高举着红樱枪向鬼子刺去。

此刻守主任分不清台上还是台下风声夹裹着雷电的轰鸣声、哭叫声和喟叹声混合在一起，回荡在芦花村的上空，相约到很远很远。

守主任突然振作了一下精神，从舞台的剧情中把自己找回来。他狠狠地掐了自己两把，使自己回到现实中来。如今他已进入了老年，其中他经历了界河两岸群众痛击日寇的壮举，也经历了两岸群众拳脚棍棒的争斗，都是那样清晰和真切，他恍若做了一个梦，好像刚刚梦醒。

这时一阵锣鼓震响，一个红亮的声音响彻芦花村的上空：

界河两岸苍茫茫

芦苇稻谷四水长

……

63

这几天，田家村固主任正在紧锣密鼓地撮合田驹和荷花的婚事。

固主任对老婆孙红妹说："如今学校来了两个老师，这田驹一脱身，和咱荷花不就生分了吗？"

孙红妹说："按说田驹和荷花在学校处了些日子，儿女情长，都老大不小的，还不像吸铁石一样？恐怕田驹心思没在荷花身上，是在芦花……"

"就是和芦花他们在一块，也不过玩玩而已。想想看，田驹的爹娘同意还是芦花的娘和哥哥答应？这村仇也是家仇呀！何况他两家是两个村矛盾纠纷伤害较重的，这是第一；第二，两个村的老年人支持还是青年人支持？第三，我固主任会同意还是芦花村守主任会同意？"老固分析到这儿得意地笑了。他燃了一根烟吸着，悠然地吐出一串烟圈。

孙红妹没有立刻赞同丈夫的分析，她提出另一个问题："田驹是见过大世面的人，就怕他看不上咱荷花。"

老固好像早已胸有成竹："田驹他比咱荷花强哪儿？论文凭，荷花虽然没读大学，可也是中师毕业，与田驹也差不到哪去；论资格，荷花是小学校长，端着国家铁饭碗。虽然田驹大学毕业，又当过省里什么局长助理，吃着国家饭，眼下不也是个村主任助理吗？再比长相，十里八村能找到像咱姑娘长得漂亮又通情达理的？"

固主任这一分析，孙红妹如梦初醒："比家庭条件，他更不行！他破破烂烂一个家，老爹残疾，长年卧床不起，老娘弯腰驼背不能负重，这一比，反觉得……"

固主任的脸色突然变得像青石板一样凝重，口气也显得更加威严："其实从大处想，拿咱荷花拴住田驹这小子的心，避免他跟芦花瞎搅合乱弹琴，坏了咱田家村的规矩，毁了咱田家村的名声。"

"把篓子请来给他点压力！"

"这家伙存心扒豁子，上次给他两笤帚疙瘩，还好意思再请他？"

"现在这家伙也学坏了，不啃你几次不会给你个啥结果。"

"啃就让他啃吧，反正咱不少吃穿。"

孙红妹放开大脚把子去请篓子。

不大会，篓子便一阵风落坐在主任家的饭桌边。

孙红妹母女俩麻利地做了几个下酒菜端上桌。

篓子明知主任的意图但不挑明："主任老哥，干嘛这么客气？说一声就行了呗。"说着就捻了一个花生米，丢进嘴里咯嘣地嚼着。

孙红妹在篓子身边坐下说："还是俺那讨债的闺女荷花老让你老弟操心，上次怪俺性急，砸了你两扫帚疙瘩，您千万别往心里去。"

这水到渠成的话，连老固听了都满意，多年老婆也被熏染得有声有色了。

喝了几杯酒，篓子小圆眼发红，黄脸皮已变成黑不溜秋的样子，咧着黄斑米牙说："你公母俩听着，俺篓子大半生说成多少媒俺也记不清了，拆散的也不在少数。俺不是老王卖瓜，周围村庄的青年男女都装在俺心里，凭这三寸不烂之舌，俺能让一丈高嫁个矮脚虎，地犟牛娶个梅花鹿，八十的娶个十八的，七十的嫁个三七二十一的。"

"你幸振也学坏了，真是不管三七二十一了。"孙红妹半开玩笑地骂道。

"这不是赶时局吗，只要你拿钱来。"篓子毫不掩饰，眨着红边小圆眼看着孙红妹。

"这都是什么屁话，过去人想都不敢想！"孙红妹在心里骂。

"过去，《醒世恒言》里有乔太守乱点鸳鸯谱，那是权力的决断；现如今乱点鸳鸯谱是钱的决断。"篓子露出满嘴烟熏火燎的糯米牙，嘻嘿嘻嘿地笑，"不过，现在男女更不好把握，特别是打工潮，男女青年都挤进了大城市。"篓子卖个关子挟了一个油炸小鱼在嘴里反复嚼着，好大一会才说，"田驹虽然生在咱田家村，可在省城念过大学，又当过省局里什么助理，这小子心胸宽着呢。不是说他看不上咱荷花，也不是说他不喜欢咱荷花……"

固主任两口子相互看了一眼，揣摩到篓子话中的意思，却不说出口。等着篓子的下言，可是篓子偏偏不急，害得老两口心里一热一冷的像得了疟疾。

"该怎么办？"主任两口子不约而同地问，好像一下子没了主张。

篓子看看到了火候，嘻嘿地一笑："为成全主任家的美事，我这双老腿就是跑断也认了！"

固主任两口顺着话说："事成了，不会亏待你篓子小弟的！"

篓子对固主任两口子言行并不满意，捻着光溜的下巴想：你主任推小车，咱就慢慢推吧。嘴里却说："荷花闺女的事，就是俺幸振的事！《红楼梦》里贾宝玉、林黛玉爱的你死我活的，到头来又怎么样？还不是薛宝钗姑娘的吗！"

田主任和老婆孙红妹理解此话的意思，觉得篓子这小子变得很难琢磨。

篓子有了几份醉意，临走时在原地转了一个圈，伸手把桌角的两瓶没有开启的四湖高曲拎在手里，心里说，主任家的东西，没有硬道理是拿不走的。笑着说："不是我篓子拿主任两瓶酒，这意味着主任家的双喜快临门了。"

篓子出了主任的门，三转两拐很不情愿地来到田驹家的老屋里。说不情愿，一是破门破院他不想进，没油水；二是田驹的爹娘病歪歪的，不乐意谈；三，固主任两口子在闺女方面不明白。要不是和芦花村那边埋着旧怨窝着新恨，真懒得过来。

篓子点燃了田驹的娘递给的一根烟，对着卧床不起的田驹爹说："看人家荷花那闺女，国家教师，聪明伶俐，尊老爱幼，漂亮俊秀，爹又是村主任，别说十里八村，就是龙水县你打着灯笼再找一个……"

"那是！那是！"田驹的娘连声应着。

田驹的爹连连咳嗽了几声，痛苦地呻吟着。

篓子依然绕着弯子："不瞒你公母俩说，你家好运来了！"

田驹的娘叹了一口气："他叔，你看俺这两口子病病歪歪，儿子又不争气，哪来啥好运气？"

"人哪，十年河东，十年河西，叫花子碰巧也能捡个金元宝。"

"他叔，你越说俺越糊涂了！"

"瞎子吃韭菜直来直去吧。俺先前说了半天荷花，您还不明白？俺就是想给咱田驹说这个媳妇。怎么，相不中？"

田驹娘愣了半天，看着躺在床上的丈夫可怜兮兮地说："使不得。你看俺这个家，那不是遭罪人家闺女吗！"

篓子嘻嘿笑了，小圆眼睛滴溜溜地转，拿腔捏调地："要比条件，你全家人脱光了脚丫子也赶不上。你两口病快快的一对，左看右瞧，家徒四壁空荡荡。再说你儿子田驹，白瞎了一个大学生，别说干个村助理，村长又咋啦？能有多大出息乎！话又说回来，人家荷花看中了田驹，这就叫啥人啥命，相中就是货，对眼就是磨。命里注定姻缘相牵，百年修得同船渡，千年修得共枕眠。你家这不是走好运了吗！俺说你老两口咋还不知足。"篓子吐沫星子乱飞。

田驹的父亲在床上呻吟了两声，努力抬起头来："篓子兄弟，人家讲究门当户对。你也先前比较了，这差距太大。咱咋能让人……人家这大出息的姑娘跟咱受这份洋罪，还是……不提得好。"说罢，田驹的父亲把脸扭到一边，"呜"地哭了，哭得十分伤心。

大出所料，篓子一下子懵了。田驹的爹娘不但不感谢他这个大媒人，还一口回绝。篓子心想，正经不好念，歪经总归好念吧，俺幸振篓子不学自通。想到此把烟头丢在地上，又捡起来猛吸一口，这才重又丢下，用脚踩灭。然后撇着嗓子正色道："老哥哥、老嫂子，不是我说您不懂道理，就拿我这笨脑子想，人家村主任放着这么好的闺女嫁不出去了是不？非嫁你家田驹不成？话说重了，人家主任想得比你高，看得比你远，主任就是主任，看问题是站在全村的角度上，对女儿的婚事更应该衡量再三。田驹这孩子是省油的灯吗？到底能有多大出息，很难说。为什么老主任对田驹能上心？你们憋在家里也许不知道，田驹和芦花村的一个叫芦花的姑娘好着呢。这些你们难道一点都不知道？他俩一起去四湖划船，一起去南方签订两村的编织合同，一起走马灯似地相互往两个村串门，在一起编什么大戏，又是商量搞什么养殖、旅游，还……这话我不该说，固主任是为了叫他俩尽早死了在一起的心，省得再重蹈历史的覆辙，也免得两村人旧仇不去又添新恨，那是老主任为了保帅不得不丢车。这个帅就是田家村，这个车就是女儿。心痛也没办法，放到你身上也会这样做。要在平时，你给我一万块这媒都不能跟你家提。是我幸振篓子今儿把这层纸挑透了，你们看着办吧！"

篓子说完，重又燃上一支烟坐在门槛上，等待田驹爹娘的回答。

屋里沉默了好久，谁也没有言语。田驹的娘看看丈夫，丈夫正一口痰往上涌，憋得头脸发青。田驹娘赶紧喊篓子过来帮忙把田驹的爹扶起来坐下，帮着捶背。田驹的爹这才一口粘痰吐了出来："冤孽……咳咳……"

篓子着实吓了一跳，想不到这说媒还差点要人的命，急忙劝道："老田哥哥不能想不开，芦花村的芦花先放到一边，眼下说的是荷花，这样的美事进到谁家不感谢八辈祖宗积得阴德。你老哥是有文化的人，这事打着灯笼都难找。想想俺幸振的苦命，三头该碰死南墙上。有啥法子，能死吗？看看你卧床不起的老哥哥，再看看弯腰驼背的老嫂嫂，俺的心难受。"说着篓子渐渐地有了哭声，捂着红眼圈的五根手指却张开着偷看田驹爹娘的反映。

田驹的爹被篓子的一番情感感动得哭了："他叔，俺给你……磕头了！田驹这孩子一直是俺的一块心病，可别丢了咱田家村人的脸呢！这亲事只要荷花家……愿意，谢天谢地！孩他娘，快扶俺起来，给他叔磕个头！"

篓子抹了把眼，赶紧站起来说："老田哥哥，这话有些重了，您这不是在折煞俺的阳寿吗！快躺下，咱不是掏心窝子为您好吗！说到底为咱全村好！为了田家村着想，老主任啥都舍得，咱还有啥舍不得的！"

"那是那是……"

篓子走出田驹家的老屋，放心地笑了，山样的难题在篓子面前都会化作乌有。忽然心中又一沉，心头酸楚起来。他想起自己的爹妈，在不平静的年代里，饥寒交迫，担惊受怕，不幸去世，自己至今仍孑然一身，也没过上一天好日子。一种难言的苦涩涌上心头，篓子放声痛哭起来。

64

今年春天来得好像比往年早，在新年来临之际纷纷扬扬地下了一场大雪。俗话说干冬湿年下，终于在年底给了些冬季的感觉，明年会是个好年景。

瑞雪兆丰年。人们的心情一下子清爽和明亮了许多，也温暖了许多。

从外地打工的游子挤火车赶汽车，日夜兼程急着回家和妻儿老小团聚，这是自古流传下来的质朴的民风。春节大团圆，老少同欢聚，家家过大年，远走天边不怕远，千山万水隔不断。

大年三十，年的气氛热烈而红火。家家门楣上贴上了鲜红的春联，鞭炮声不绝于耳，放假的孩子们更是欢天喜地，他们在家门前堆雪人，打雪仗。有的把二响的大雷子埋在雪堆里，露出药捻子，点上一个"嗵"得一声把雪花重新扬起，接着"日溜"一声，另一个炮仗便冲上空中，"哐"地一声震响，天边便传来一阵悠长的回声。

年三十中午吃饺子前，要到祖坟上去烧纸，放鞭炮，告诉亲人过年了，给他们送去一些纸钱，在那边别没有钱花。家家上坟烧纸钱，户户祖坟鞭炮声。怀着一份思念，揣着一份虔诚，几多的伤感和情怀，在界河两边大大小小的坟茔旁边寄托的话语在纸灰中飘飞。

今年各家过年物品要比往常丰富很多，四湖和界河各种鱼虾鸡鸭堆满案头。各家蒸白馒，蒸团子，蒸糖糕。团子有糖的、菜的、绿豆小豆馅的，糖糕是白面、糯米面、玉米面掺和在一起，加糖果仁等，摊在笼布上面蒸熟后，用刀切成各种形状的块块。这是孩子们最爱吃的食品。

从年三十早上各家开始包饺子，晚上要把初一的饺子包出来。吃饺子前，要供天地神灵和已故长辈，同时供上鲜果和点了红点的白馒头。大多是上了年纪的老人，这家的祖母或母亲去做这些事情，免不了烧香磕头念叨一番。

田驹的母亲上了香，磕了三个头，好长时间没有起来。她祷告天祷告地，口中念念叨叨说了心中想说的话，祝福一家人生活平安吉祥。最后声音大起来：祝愿儿子田驹与荷花早日结为夫妻。

傍晚时分，田驹的母亲又早早地做好了年灯，自己动手做年灯的大多是老年怀旧的人。他们把胡萝卜或红芋切成的段子掏空，有的是用面粉蒸出来的，各种各样的造型的灯，有的是按子丑寅戌的属相制作的面灯。灯里安了线捻子，然后倒进一些豆油；有的干脆按个蜡烛，点亮了，把一盏盏灯分别放到院里院外、门旁等地方，整个院里院外便灯火通明起来。也有不少人家手工制作的大红灯笼，高高挂在大门旁，里面是电池带动的不同色彩的灯泡。孩子们高兴地打着各式灯笼到处走，炫耀谁的灯笼更好看。大家都期望来年生活平平安安，红红火火。

这时候，家家都在吃年夜饭，一边吃一边看中央电视台新年联欢节目。

特别熬年到深夜，把大雷子炮仗放得山响，年的夜晚特别热闹，热闹中又有几分安详，那偶尔传来的一声鞭炮，响得轰然而悠远，好像围绕天际而不绝。

田驹先是陪父母吃年夜饭，然后被从外地打工回来的芒种、于跃、冬瓜、月新、开放几个青年人拉扯到一起，在冬瓜家请他儿时长大的好伙伴喝年夜酒。正热闹间，冬瓜却没想到，大年三十夜，要钱催债的追上了门。

二马脸带着一高一矮两个人闯进了冬瓜家的大门。

冬瓜躲藏不及，立马小跑迎上去，把来者三人拉到门外说："哥们，家里来了几个远道的客人，你们先等会，我这就去拿钱。"

"怎么，也不请我们三人里边坐坐？"矮个子粗着嗓门说。

"里边是外来客人，不方便吧，晚天专请三位！"说着转身回房。

冬瓜早惊出一身冷汗来，他万没想到二马脸会这个时候来堵门要账。因为这账欠得不光彩，这账还是两年前赌博欠下的。当时在鳏孤地窖的赌博场里，他犯下了一个大错误，他几乎赌尽了家里所有。他不甘心罢手，借了二马脸他们的钱继续赌。那是什么钱？高利贷。越想捞越输，越是输越想捞本，他不识水深浅，白纸黑字签字画押。时间不长，背上了两万元的高利贷。

看看无法扳回本钱，为躲避还债，冬瓜只好跑到外地打工，两年不敢与家里联系。

跑得了和尚跑不了庙。二马脸多次带人来冬瓜家讨钱。冬瓜的老娘被逼喝了农药，亏得被人发现及时，不然险些要了一条老命。

冬瓜怕当着这么多人丢丑，特别是田驹在场，也得死要面子活受罪。欠账还钱天经地义，他总感觉这钱输得有些窝囊。

门外，二马脸故意和一高一矮的人大声嚷嚷。

冬瓜赶紧从打工带回来的钱包里拿出 1 万元钱，转身几乎是小跑来到二马脸面前，低声说："哥们，你们先拿走 1 万元，下剩的过了年再还！"

"打发要饭的是不？"二马脸哗哗地拍打着账本，圆圆的小眼睛在明明灭灭的灯火中泛着幽光，压低声音说，"你小子别装糊涂。两万元的借贷，我问你两年息多少钱了？"

冬瓜没有吭声。

二马脸继续压低声音说，"当年本息就已 4 万，两年总计 8 万元，清楚了吧。"

"在外打工也没挣下多少钱，回头我再给你们拿去。"冬瓜返身又去了房间，回头又交给二马脸 1 万元。"反正就这么多了，还留个本钱过了年搞点养殖，下余的账，接着再还吧。"冬瓜摆出无可奈何的样子。

"别想赖账耍滑头，到时要你好看，知道不？要不是看在你老舅的面上，今晚少一个子儿都不成。"二马脸向一高一矮摆了下头，三人转身消失在大年的夜色中。

提到老舅，冬瓜知道所谓老舅的面子，是因为老舅和二马脸都是八里屯人，当年老舅是八里屯的主任，后来老舅发现二马脸年轻有为，就提前退位，把二马脸推荐了上去。想不到，这人走了下坡路。

冬瓜不声不响地打发走了二马脸他们，心里像卸了一块心病，同时心里又像填进去一块石头。反正不好受呀，那高利息的赌债他要继续背着走。

冬瓜带着沉重的心思说："田驹哥，咱们这里有得天独厚的资源，弄好了抓钱比外面容易，年后就不准备外出打工了，决心跟着你在家搞好编织业和养殖业。"

月新接着说："田驹哥，前几年俺搞苇编，赚了点钱，后来又赔了进去，高兴过也丧心过。听巧燕说咱们编织产品找到了对外销路，俺心里那个高兴劲。"

于跃扬脸喝了一杯酒，眼里闪着泪光："田驹兄弟，听说你回咱农村不长时间，干了多年大家想干没能干的事，我佩服。年后我就不外出打工了，跟着你干。虽说在外赚了几个钱，可苦了父母和孩子，他们身心都受到了伤害，特别是孩子。"于跃说不下去了，话哽咽在喉。

大家一时无语，沉默了好一阵子。

"是的，我们外出打工的男人，不仅亏欠父母，更亏欠孩子！"芒种深有感触地说，"田驹哥，自家的事就不再说了。这些年，劳力大多外出，家里庄稼种不好，有的抛荒没人种。我回来就是想建农庄，集中起来干大的，全种无公害庄稼，用你们养鸭的废弃物来个良性大循环。"

"具体说说看。"田驹鼓励道。

"本地实际加外地经验吧。我想承包 100 亩以上农田，当然种管由我全权负责。然后有入股的股民给我定出年薪，定出农田的总收成，这总的收入有入股者地亩多少平均分配。超出部分二次分配，超出部分的百分之几归承包者，剩下部分还是按入股者地亩多少平均分配。这样承包者种管用心，入股者不吃亏也省心。入股者可以参与劳动，拿工资报酬。有关具体事宜还由大家商量，双方有利才能实施。"

田驹高兴地端起一杯酒说："好好好！这个实施办法我看行，在分成中大家利益悬殊差不多，这确实是解决目前土地问题的可行办法。不过，还有个问题，承包者是否有能力承包。还有一个监督的问题，这才完善。总之，这个方法有了一个好的框架，与芦花村又找到一个好的结合点。绿色庄园，连片种植，解决就业，一举多得。咱村里往后有好多事要干，编织、养殖、种植、旅游，还有很多相连的产业等着我们去干，需要人手呢！"

于跃说；"外出打工主要担心父母和上学的孩子。媳妇跟去吧，不放心孩子，孩子跟去吧，上学又不方便。不跟去吧，年轻媳妇在家怪难熬的。"

"要外出打工，还是带上媳妇，不然咱庄上几个光棍汉子还有两个老骚乎也叫她不会安生。"月新做了个鬼脸说。

"就你这熊货骚包。"于跃挖了月新一眼。

"你想试试咋的？"

田驹说："你俩别闹了，回去各人好好想想。"

他们越谈越热烈，直谈到又一阵响天震地轰轰烈烈的鞭炮声，大多人都开始起床了。

年初一是大有讲究的。年初一起床早也是这里的风俗习惯，天一放亮，妇女们要早起下饺子，全是素馅的饺子，意味着一年素心平安。吃过饺子后，相互到各家去拜年。少的要给老年人拜年，辈分低的要给辈分高的拜年。辈分相同的男女结拜而行，在村里大街小巷里，三五成堆的人们，从近到远一户户挨门去拜年。在路上碰面喜气洋洋，高声大嗓："二叔、三爷正要去你家拜年，在这里遇到您，这头就给您磕这儿啦！"几个小青年遇到几个辈分较大点的，说着就趴倒地上磕起头来。

在这一带拜年还有一说，平时村民之间有个磕磕绊绊的，借拜年这一习俗相互走动，问个寒暖，道个祝福，过去的不悦便化为乌有，和好如初。

田驹、季响、春旺、蚊子、冬瓜、张浪、大友、于跃、芒种、开放、月新，这是一群辈分和年龄差不多的年轻人，他们在村里各户拜了一圈。

白莲和一群年轻妇女带着刚过门不久的石榴的新媳妇巧儿来给田驹的父母拜年，正和季响他们几个年轻人在田驹家的大门口相遇。张浪向蚊子挤一下眼，蚊子便心领神会，两人迅速在田驹家大门两边把拦门棍一人一头操在了手里。拦门棍在当地过年时是有讲究的，每户都要在大门前放个拦门的木棍，一般对掐粗细，木质便不计较，用意是拦住钱财不能外流，挡住邪恶保住平安。有这样的习俗，过年时家家大门前都放着大小粗细不等的拦门棍，这就给捣蛋顽皮的青年人创造了取乐子的条件。当新媳妇巧儿不留意左腿刚跨过去拦门棍，右腿还没有迈过去，张浪和蚊子两人齐声喊："起！"巧儿就骑上了拦门棍。拦门棍抬的高度，巧儿翘着脚尖刚沾到地，瞬时慌了神惊叫不已，满面通红。白莲急来救助，芒种几个年轻人一齐哄闹，把白莲也一齐抬了。白莲尖着嗓子笑骂："蚊子你这不成正形的熊孩子，快放下俺……俺可骂人了。"看看就要歪倒，张浪趁机把白莲抱住。

"看吧看吧，八撇还没一撇就疼上了。"蚊子哼哼着说，两条细腿还在跳个不停。

白莲脸涨得通红。

田大友心里在骂张浪又骂蚊子，后悔没有张浪那个勇气。

大家笑得前仰后合一阵子，便鲇鱼一伙鲶鱼一群的又去别家拜年了。

在拜年三五成群的人流中，有一个人一直心神不宁，那就是乔木匠。自打村里演出《界河》大戏他接连看了三遍，当时他内心波浪起伏，寝食难安，晚上更是辗转反侧。剧中有一场景一直在他眼前延伸，这个延伸的内容与芦花村芦花的父亲有关，这个延伸的故事变成了一个压在他心里的石头。眼下他只想涉过界河来到芦花村芦花家，他乔木匠要在芦花父亲的遗像前诉说他心中压抑的痛苦，向芦花家人讲述界河里边有关他与芦花父亲的故事。不然他的灵魂不得安宁，这是他乔木匠终身难忘的，也是他一直内疚的。多年来他无从释怀，经常做恶梦，梦到自己掉进一个黑暗冰冷的地窖中，更糟糕的是孤身无援，喊天天不应，叫地地不灵，直到惊醒出一身冷汗。

在田家村按年龄和辈分，差不多该走动的人们走完了拜年过程，太阳已从四湖里升到东南天边。这时，远处一片片白雪被太阳的光辉照得人睁不开眼睛，乔木匠被这亮光刺得有些眩晕。最后他还是决心到芦花村走一趟。

界河已结了冰，厚厚的，乔木匠用脚跟狠狠地在冰凌上跺了几脚，脚下发出咚咚的响声。他沿着冰凌过了界河，径直奔芦花村而去。

乔木匠在村头碰到两个孩子，打探到苇子家的住处。乔木匠心中一喜，原来近在眼前。他很快走进那个破院子。

"老金嫂子，俺给您拜年来了。"说着进了三间老式堂屋里。

芦花的母亲听到来人声说："磕啥头，年都跑远了！"

乔木匠抓住芦花母亲的手："老嫂子，俺是田家村的木匠乔三。"

"乔木匠。"芦花母亲惊道，"你怎么过来了，田家村乔三？你哥在世时多次提过你，你两个在界河边下的八卦渔网阵挨得最近。两个村历史上打打斗斗，死死伤伤，都是冤家呀。可是你们俩多年都没说过一句错话。"芦花母亲不禁哽咽起来。

"老嫂子，虽说两村人打打斗斗，俺和金大哥在界河边各下各的八卦阵，各逮各的鱼，离得最近，各有各的底线，可是没有一句错话。

"十几年前一个初秋午后的一件事，一直像一块石头压在心上。在一片稀疏的苇丛中，我和金大哥各自在界河两边摆设着八卦网。突然一声枪响，在金大哥的不远处一只白鹭腾空向远处飞去。我着实吓了一跳。再看金大哥，他突然斜歪在船头，额角和脖颈上有鲜血往外流，他乱舞着一条胳膊，疼痛地挣扎着。"

"我知道是有人用自制的猎枪溜了弹，没有打死那只白鹭，却误中了金大哥。我惊恐地拿眼去搜寻放枪的人，除了一片林林总总的芦苇外，什么也没看到。当时我怔怔地看了几眼金大哥，心里矛盾极了，我不敢再看下去，也不敢喊，那时我想得最多的是两个村人的矛盾纠纷。如果我一喊，也许我成了害死金大哥的凶手。我想扶起他可我没有那个勇气，金大哥的血在我面前流淌，他痛苦得连叫喊的声音都没有。我害怕了，我逃跑的心占了上风，一举篙就拼命地划回了田家村。

"如果当时我要把他送到医院，或者我及时告诉你们一声，金大哥也许不至流血过多而去。十几年来，这是压在我心中的一块沉重的包袱，直到我看了那台《界河》的大戏，就再也坐不住了，借拜年这个机会，我找到了您老嫂子，还有您的孩子。现在请允许我在金大哥的遗像前磕三个头。"说着就跪在金大哥遗像前"啪啪啪"磕了三个响头。说，"金大哥，俺给您来拜年了，十几年前您那次突然遇难，兄弟我再清楚不过，俺看在眼里，急在心里，如果及时救您，哪怕大喊一声。可是俺怕说不清道不明，也许您不会早早的就走了。都怪那历史给两个村造下的恩恩怨怨，都怪俺当时想得太多……俺对不起您，请您在九泉之下谅解。"

乔木匠说到这里，转脸给芦花娘磕了三个响头："嫂子，真对不起，你受苦了，孩子们也受苦了，俺当时是自私在作怪，没有及时去救金大哥，您更不知金大哥的真正死因。还请您原谅，都是历史矛盾纠纷造成的。"说罢从地上爬起来，一溜小跑出了芦花村。

65

白莲盼丈夫七星新年探家的梦又一次破灭了。

新年期间，田家村远远近近外出打工的村民都回来和家人团聚，唯有七星没有回来，这已是第三个年头了。白莲日思夜想盼丈夫回家的梦彻底破灭了，她痛苦不已，强装欢笑宽慰婆婆逗女儿欢乐。可她心里却在流泪，她拼命地用编织来驱赶和掩盖她心中的痛苦，心里决定要和这个瓢虫离婚了。

这时，田驹、蚊子、巧燕踏着雪说说笑笑走进院子。

张浪正在一旁帮着白莲整理苇干子。张浪忙站起来招呼道："听说你们要过来看看，我提前来了一步等你们！"说罢，感觉有点不好意思，眨眼笑笑，"想着白莲心里寂寞，早过来一步陪她说几句话。"

"好好好！哈哈哈……"大家心照不宣。

蚊子却跑到灶房里，大惊小怪地说："白莲嫂子，你家灶房咋还铺着狗窝，不见你家养狗？"

蚊子好像有意拐弯骂张浪，张浪又不好理论，只好吃个哑巴亏，脸一下红到脖根，装作没听见，低下头去整理苇干子。

"你这熊蚊子欠揍。婆婆担心有人偷苇干子，非要在灶房看守。要是狗窝，也是给你铺的。"白莲有意替张浪掩饰笑骂道。

"看我这臭嘴。"蚊子看着白莲涨红的脸，打了一下自己的嘴巴子，故意夸笑说，"白莲嫂，你的脸白里透红更好看来。"

"怕是被臭蚊子叮的。这只臭蚊子到处叮咬。"白莲笑骂道。

院子引来一片笑声。

巧燕走到白莲编织的一件帆船艺术品前仔细地观看，满意地说："巧手编织出东西就是好嘛，白莲嫂子真行，比我还多会了几样。"

"还是妹妹心灵手巧。"白莲高兴地说。

蚊子哼儿吧唧有意无意半开玩笑地说："有这样的媳妇是造化，七星哥享不了这个福，兔子那家伙更享不了这个福。想不到醉浪捷足先登，碍你们的事了吧？"

张浪不知蚊子出于什么心理，老是叫他难堪，真想一耳光把他揍扁了，便讥讽道："还是蚊子福大造化大，理应有一个像白莲嫂子一样的媳妇，可是丈母娘不争气还没生出来。"

蚊子挠着尖脑壳，气得两条细腿乱蹦，却一句话也说不出来。

"白莲嫂子嫁谁，有她自己的主张，你们别咸吃萝卜淡操心了。"田驹调侃说。

白莲好像这才回过神来，笑笑说："看忘了给你们倒水了。"说着就去拿水瓶。

田驹笑着说："白莲嫂子，不麻烦了。你也要抽时间到各家给编织生手多指教些。咱们村的任务很重，弄不好就失去一次致富的大好机会。"

"我带了几户，看了编织样品还不错。下午再碰个头找找不足。"白莲回答说。

"好，我们去别处再看看。"田驹说着和蚊子、巧燕走出院子。

蚊子回头向张浪说："走吧。"

张浪摆摆手说："你们先走，回头我陪白莲嫂一起去。"

蚊子哼哼地说："真羡慕死人，看着人家吃香的喝辣的，这田兔子老兄要跟我们一起来，恐怕要给自己个大嘴巴子了？"

"说你闲吃萝卜吧，一点都不冤枉你！也不想想自己该咋着！"巧燕一边往外走一边说。

田驹看了蚊子一眼，心里说，"有戏！"

蚊子眨了眨眼睛，好像不解其中的意思，只当自己和田兔子同病相怜，便显出很惭愧的样子。

66

田驹近两天无论怎样都和芦花联系不上，芦花的手机一直关着。又有什么新情况？还是10件创新产品的维权起诉出了什么问题？

芦花的10件编织创新产品打从被钱总经理和石副经理先后否定后，像一块石头重重地压在芦花的心头，吃不香、睡不甜，无从释怀。芦花认认真真思考了些日子，决定起诉南方编织品对外贸易总公司和钱总经理。

这事她没有声张，她顾及着老校友钱总的面子。她也不是冲着钱总经理，她要洗刷自己的清白，弄清这10件编织创新产品真假的来龙去脉，更关系芦花村、田家村今后的合作与发展。

编制创新的10件产品成了无效创新，全部算作是模仿编织艺术品，田家村和芦花村经济上要受很大损失。芦花自己名声也受到很大损害，她咽不下这口气。她请了朱律师全权代表，帮助她对10件编织创新产品进行维权。田驹支持她打这一维权官司。

芦花等着法院的调查和取证。

眼下紧要关头，田驹恐怕芦花出什么事，不敢怠慢，带着蚊子、巧燕一块去芦花村编织厂去找芦花。

看门老黄头电话打给守主任，守主任不在。厂长胖嫂正愁创新产品的事，便答应田驹、蚊子、巧燕他们进厂商谈。见到田驹，胖瘦原来的豁达而亲切的面容不见了，嘟着嘴说："都怪你们，连累了合同兑现不说，创新产品好好的出了这档子事。"

"我们也正为这事急呢，说怪谁都不管用。车到山前必有路，共同努力度难关。胖嫂，芦花助理呢？"田驹拿眼去寻找芦花。

"找芦花，你们这是白来了。"胖嫂叹了一声，"雪上加霜，我现在也抓不到她了。"

"咋了？"田驹、蚊子、巧燕惊问。

"芦花在厂里，我心里还有着落。她这一走，我们的合同更没希望了。"

"芦花怎么了？"

"她出了什么事？"

"咳！"胖嫂好像还没从压力中走出来。

"芦花究竟怎么啦？"田驹惊道，一下抓住胖嫂的一支胳膊。

"对她来说是好事，可对编织厂……"胖嫂欲言又止。

田驹琢磨着胖嫂的话，心不禁抽紧了。

"还是说我们的编织吧。"胖嫂说，"这虽然是个编织方面的合同，可是对芦花村和田家村来说，它是历史上没有过的新鲜事。这种变化用芦花的话说，这是社会的进步促使了我们两村人从对立的双方走到合作的一方，这可不容易呀。我佩服芦花妹子的胆识，几次力排众议，才有了这一结果。不过，这不能说明一帆风顺，想不到又出来这么多岔子。"胖嫂摊着两手。

"胖嫂，还是说说芦花姐吧。"巧燕急着说。

"那天看了芦花写的《界河》大戏，不但了解了界河的历史，更懂得了一些精神和信仰，也认识到低俗和平庸是社会文明前进的阻力。"

"胖嫂，您认识事物有独到的见解，佩服佩服！不说别的，都像你这样为人处事的态度，历史也许是另一个样子！"田驹看着胖嫂珠圆玉润的样子，想着心广体胖的含义，钦佩地拱着手，接着说，"我还是想知道芦花在哪？"

"让你笑话了兄弟。你和芦花都是大学生，我哪敢在鲁班面前舞大斧。说心里话，我支持芦花是想着我的厂子，都像你嫂子这样没心没肺的，历史将变成一个什么样子！"说罢哈哈大笑。

"过谦过谦！"田驹心里放不下紧张，"胖嫂，还是说说芦花吧，她现在哪里？您能告诉我吗？"

"告诉你有啥用呢？我又高兴又不情愿！"胖嫂依然绕着圈子，"我只想和你们研究下一步编织的出路在哪里。"

蚊子急得抓耳挠腮，两条细腿乱蹦。

田驹心里冰凉，他猜到了问题的严重性。他睁圆了大眼睛在编织厂四处张望：设计室的门上了锁，职工们正在用心编织着自己手中的作品。

"你们真想知道芦花？"珠圆玉润的胖嫂声音细若游丝："本来也不是啥秘密，其实你们和芦花也不是外人，自打两村联合签订对外编织合同以来，可以说风风雨雨这么多日子，大家都相处有了感情，有了共同的心声。还是让凤妹子告诉你们吧。我现在心里十五只吊桶打水，七上八下呀。"胖嫂感叹了半天，好像是和芦花久别的意思。

田驹、蚊子、巧燕已被胖嫂说得心里沉沉的，巧燕的眼泪都快下来了。

凤妹子嬉笑着却不开口，为了卖个关子，她把正在熨烫的芦苇画左右端详着，半天才说："喜事，大喜事，这有啥不好说的呢。芦花去镇里登记去了，还要往下说吗？"

"登记？开会登记？"田驹希望自己没听错，反问道。

"嘻嘻嘻……"凤妹子笑了一阵，"大喜事，当然是结婚登记了。

"和谁？"田驹、蚊子、巧燕几乎异口同声。

"卢、畅、副、镇、长！"凤妹子一字一顿地说。

字字像一把刀子戳在了田驹的心上。他的心在痛，他的头也有些眩晕，像坠进了无底深渊，顿感脚下也失去了重心。以防别人察觉自己失态，田驹趁势弯腰趴在那副芦苇画上面。

"你这人怎么这样看画？我刚粘上去的花瓣，别弄坏了。"凤妹子急道。

巧燕说："凤姐，不会吧，这有点太突然了吧！前几天芦花姐她还去我们编织厂讲课。"

凤妹子说："咋就不会呢？两天前的一个早上，苇子哥拄着铁拐高高兴兴的样子，边走边大声说，'芦花去镇上和卢副镇长登记去了'，我耳朵又不聋，还有在场的姐妹！"

"是的。当时苇子哥说这话时，编织厂的人都在，说完他就一瘸一拐地走了，走得比以前快多了。"一个叫倩妮的丫头补充说。她手里正用蒲草编织一只调皮的猫咪。

胖嫂看田驹趴在凤妹子芦苇画面上那么专注的样子，就解释说："田助理，这批芦苇画完全按芦花的图纸、石副经理的指点卯足劲干的。等第一批货交出后，你们再派人来学习。"

此刻田驹好像什么也没听到，额头冒着细小的汗珠子。巧燕看在眼里，替田驹感到一种惋惜。她赶紧把一方纸手帕放到田驹手里。

胖嫂说："编织工艺品与芦苇画是不同形式的艺术品，有芦花在，她能去指导帮助，她和卢副镇长去镇里登记后恐怕就回不了编织厂了。人不在这儿，我们以后怎么合作，连我自己都不知道。"

田驹像一下坠入五里雾中，这使他感觉太突然了。几天前他还和芦花通了电话，两人为产品创新的事还相互鼓励。她怎么会突然就嫁人了？田驹的喉头也像被什么东西堵住了，喘不过气来。

胖嫂好像感觉到了什么："田助理，你怎么了？"

"没什么，只是心里有些不适。"

胖嫂心里全明白了，心想，田驹助理，你的良苦用心可没有感动上帝呀！

蚊子、巧燕都在想，田家村和芦花村第一个对外经济合同也许这是最后一次了吧，说不定田家村和芦花村才建立不久的关系从此就中断了。

姑娘眼里涌出一种无奈的亮晶晶的泪水。

"胖嫂，编织方面的事换个时间再谈吧！"田驹感觉心里很乱，像被什么东西塞得满满的，很难受，行动也有些慌乱失态，两只脚不知怎样迈出芦花村编织厂的。

67

田驹从芦花村回家后，就一头扎进他的独居房。这是他家东屋和灶房隔开的一间房子，还是他青少年时期住的老房子。这时，他蒙头裹脚躺在床上，跟谁也不说话。娘以为他病了，急忙去卫生室叫来关爱爱。

关爱爱摸摸田驹的额头，量量体温，对身边的田驹娘说："大娘，田驹哥没事的，是身心疲劳，睡一觉就好了。"

此时，田驹感到从没有过的痛苦。为了改变家乡的面貌，他从省城回到了家乡，可是一连串的美好设想，在实施中却连连碰壁。他遇到了志同道合的芦花，并得到了她的帮助和支持，找到了两村化解前嫌、共同致富的结合点，包括婚姻。在工作学习乃至生活相互的关心照顾下，他俩相爱了，他感到前景的美好和希望。正当他满怀信心去实现梦想的时候，听说芦花突然与北湖镇的副镇长卢畅结婚了。可以说对田驹是当头一棒，又似晴天霹雳！不仅感觉他爱的人离他远去，更感到人情的变化与悲凉。两村化解前嫌共同编织的美好梦想在哪里？他一下子陷入了迷茫之中。

他的心情坏到了极点，心头堵得难受。当关爱爱给他检查身体时，他真想大哭一场。然而，他把头和脚用被子裹得更紧了，从被窝里闷闷地发出了一声哀嚎。

娘吓得一下子瘫坐在地上："孩子呀，你到底怎么了？快告诉娘？"

屋里一时没了声音，静静的。

娘又开始数落起来："孩子呀，人心难猜呀。你就是不听爹娘的话，人家先前烧了你的苇垛，扒了你的树皮，掀了你的养鸭棚，拆了你的桥，停了你的职……咋就不长一点记性呢？"

关爱爱从地上把田驹的娘扶起来："大娘，您放心，田驹哥不会有大事的，恐怕是哪里不顺心，心里有压力，释放一下就好了。"

从堂屋里传来爹痛苦的呻吟声……

第二天黎明光景，田驹还闷闷地睡着，突然听娘惊慌地大喊着爹不行了。他一骨碌从小房间床上爬起来跑到爹跟前，抓着爹的手摇着喊着，见没回音，便慌忙跑向村卫生室把关爱爱叫来。关爱爱听了听脉跳，看了看眼睛说："老先生的脉跳停止了，瞳孔放大，准备办后事吧。"

一阵撕心裂肺的哭声从田驹家传来，田驹的爹去世的消息很快传遍了全村。

田驹跪在父亲遗体前放声大哭："爹，你一生过得凄苦，您活着念念不忘为两村人和睦相处，操心费力，您受了委屈，苦水往自己肚里咽。您最后连个像样的房子都没住上，原想让您以后过上好日子，谁想您就这么委屈地走了……"

篓子说："别光哭了，快给你父亲指个路吧，让他驾鹤西游，别在这里老委屈他了！"

田驹一声凄厉地叫喊："爹呀，您顺着大路向西南，一路走好！……"

在场的男女老少无不悲痛流泪，他们追忆死者生前好处，不能自己，陪着田驹流泪不止……

篓子感慨一番："人生最苦事，生离与死别呀！"

村主任老固来了，他把篓子及理事会成员叫来，商量田驹爹的丧事。

篓子不知啥时被推举到执行大老执的位子，大家已说不清，都知道田家村人的红白喜事都是篓子跑前跑后的。

篓子按村上风俗和死者的年龄等推算下葬日子，说要停丧7天。

田驹说："早安葬一天，爹的灵魂早一天安息。再说大家家里地里都很忙。"

篓子说："按农村的风俗，最少也不能少于3天时间。"

固主任对田驹说："就这样办了，你只管戴你的孝帽子守丧就行了，其它的事都有理事会负责。"

很快，理事会在田家老屋墙壁上张贴公布了丧事期间的勤杂人员分工名单。

田驹家破旧的院子里搭上了灵棚。田驹家亲近门辈份小的跪棚守灵，迎谢前来烧纸吊唁的人们。

理事会的人说，田驹爹是田家村里老治保主任，生前坎坷多难，死后也该让他风风光光地走。村委会献了花圈。本村赶倒山和秃子大爷说喇叭班他们包了，好好吹吹唱唱，权作敬送。

第二天下午，按当地风俗，傍晚时分"闹灵棚"。是当地有名的老曲目"火烧葡萄架"。只见秃子大爷挺肚子鼓腮把大小两三支喇叭拿在手里，一会用嘴吹，一会用鼻子吹，一会笑着吹，一会哭着吹，一会喇叭筒里、嘴里、鼻子里、眼里便喷出火来，火里便呈现出一串串紫色的葡萄来……这时板胡、二胡、笙、琴、大锣小锣一应家什，紧吹紧打。周围的人连声叫好，捧得秃子大爷情绪更加高涨，葡萄架烧得更加红火……闹灵棚直闹到深夜方散。

第三天，田驹家所有亲戚朋友前来送殡吊唁，烧纸祭拜的客人三五成群。篓子手拿话筒，喝喊着陆续前来烧纸的亲朋灵前祭拜。有行二十四拜大礼的，有行四叩手小礼的，有行三鞠躬礼的，有的干脆进灵房大哭一场的。赶倒山和秃子大爷的唢呐班站在行礼吊唁的人们一边，鼓腮挺肚地一曲接一曲地吹，鞭炮一挂接一挂炸响。

这时，礼柜上给篓子送来一张纸条。

篓子上下左右看了两遍。突然，篓子全身一阵颤抖，哆嗦了一阵子。

"篓子叔，中风了咋的？"张浪猛地喊了一声。

篓子这才变腔变调地喊道："芦花村村委会代表芦花助理、群众代表义线牵、混湖、赵喜雨给田老先生吊丧来啦。下边请芦花村客人祭拜亡灵，烧纸、点鞭、吹响！"

季响和春旺眼疾手快，从柜上拿过孝帽子不由分说戴在芦花、义线牵、混湖、赵喜雨头上。赶倒山和秃子大爷的喇叭跟在后面呜哇呜哇吹将起来。

只见芦花一行人戴着孝帽在田老先生遗像前献上花圈，然后默哀三分钟，再三鞠躬，来表达对田驹老爹的哀悼和怀念。

田家村围了不少人过来看热闹。季响说："《红楼梦》里有佳人俏穿重孝的说法，依俺看人家芦花只戴个孝帽子就够俏的了！"

"我也这样看，也该给芦花弄身孝服穿穿更好看。"张浪有三分醉意地笑着说。一大早，张浪就跑到管烟酒的棚里，空腹喝了两大杯，现在连他自己都感到头重脚轻的样子。

篓子瞪着小圆眼睛，骂道："季响、张浪你两个熊羔子没正形是不？人家是代表芦花村来吊唁的，这是个严肃的事，怎么说话！"

张浪回敬道："篓子叔，今儿还从来没见您这么悲哀过！芦花她们代表芦花村来田家村吊唁，这是破天荒的事，也该是半忧半喜。"

田驹没有想到芦花村芦花一行代表来为父亲吊唁，历史上两村早已断绝的人情来往，破天荒有了改善。

当田驹在悲痛中见到芦花时，他哽噎得一句话都说不出来。他真想抱住芦花大哭一场，释放他积压在心头的悲伤。然而，他只是沉重地叹了一口气。

芦花村委和村民代表来田家村给田老先生吊唁，出乎所有田家村人的意料。田家村人都远远近近地围上来点头致谢，并对芦花另有一番品头论足。

田驹的父亲突然去世，芦花听到信息后，就立即告诉守主任。并说："过去两村人互不往来都是历史了，现在田驹助理在化解两村矛盾中也牺牲了不少自己的利益。何况田驹的父亲也是为了调解两村矛盾而落下的病因，我们芦花村委应该对死者表示哀悼，对他的家人表示慰问！"

守主任思虑了半天说："历史上我们两个村老死不相往来，要去吊唁田驹的父亲，这样就打破祖规了。"

"社会发展到今天，还有什么不利发展的框框不能打破呢？"

守主任想坚持自己的意见，恐怕惹得芦花心里反感，再说他正在促成她和卢畅的婚姻。不如顺水推舟做个人情，便说："你代表我，再找两个群众代表，就去田家村凭吊吧！反正人死了，一切怨恨便烟消云散。"

村民义线牵、混湖、赵喜雨虽说没见过田驹，听说他是个无私无畏的人，早有心相识，便趁机说和芦花一块去。芦花助理一行代表芦花村来田家村为田驹的父亲吊唁，在田家村引起不小反响。生死喜庆从没来往的两个村，如今破天荒地有了变化。芦花助理大方优雅的举止，田家村人从没有感觉到如此的欣慰。

田家村不少人好像早已与芦花熟悉，一些姑娘媳妇们便把芦花围了起来，问长问短。

她们最关心的是芦花老师那 10 件创新编织艺术品的结果，她们早听说芦花为此已聘请律师维权。还有荷花老师何时再来田家村指导编织技术。

芦花说忘不了田家村和田家村的人。

下午三时许，一队送殡队伍走出了田家村，唢呐呜呜咽咽吹个不停，把田驹的爹爹送到了另一个世界。

68

娄子去村卫生室找关爱爱，见村里结咳病汉柏木梢在等着关爱爱打针。柏木梢吃力地说："侄子，给老叔算算，田驹的老爹走了，看我这病会到哪一步？这人呢……"柏木梢感叹着命运多舛的人生。

娄子一边在门口转悠，一边掐指头，好大会才捏腔道："病汉老叔，吉人天相，你命不该绝，赶上政府拿钱给你治这病。羡慕，好好活着吧，死不了你。"

病汉嘿嘿嘿地笑了："那就好。我早就说了，再好的柳树身子也活不过我这柏木梢。"然后咳嗽一阵，"娄子呵，你要羡慕，老叔我愿把这柏木梢转嫁给你。"

娄子一愣，骂道："你这老乌龟，咒你侄。就你这德行，叫关爱爱多扎你几针放放血。爱爱医生呢？"

柏木梢喘着粗气说："去田驹家了，你小子来看啥病？"

娄子没有回答柏木梢的问话，只是急问道："去田驹家了，她自己？"

"是田驹娘来的，好像说是田驹病了。祸不单行呀！关医生她们急忙走了。"

"什么鬼东西？"娄子嘟哝着转身就走，他要去田驹家探个虚实。

"你才鬼日的！"柏木梢以为娄子在骂他，对着娄子的背影骂道。

娄子心想：要是关爱爱与田驹中间早插上一条腿，他幸振也许不会吃孙红妹几扫帚疙瘩。固主任也不会对他娄子磨磨蹭蹭不舍得破费。话又说回来，希望关爱爱真的与田驹相爱，他娄子又有什么好果子吃呢？田驹与荷花的婚事这绳套子是他幸振自己套进脖子里去的，自己找上门不说，大包大揽的话在主任两口子面前是喷过口的。再说，关爱爱在田家村孤身只影，找田驹做个依靠也不是不可能，他们大学生之间好沟通容易粘合……想到这里，不禁出了一身汗。为此，幸振娄子决定去见固主任，说明他对荷花的婚事是上了心出了力的，是他娄子从芦花、关爱爱身边把田驹拉回来的。

这时在村巷里见关爱爱从田驹家出来，便急忙躲到一边。等关爱爱进了卫生室，一溜小跑来到固主任家，气喘吁吁地说："固主任，我两只眼看着关爱爱从田驹家出来。这小妮子爱谁不好，偏偏爱田驹……"

想不到固主任却开骂了："没用的狗东西。"

这时固主任家的一条黑狗正趴在桌边闭目养神，听到主任的骂声，爬起来向主人伸了个懒身。主任照狗腔飞起一脚，骂道："狗东西，叫你只知道贪吃。"

篓子从固主任家嫣嫣地往回走，心里塞得满满的，他觉得固主任在指桑骂槐，他哪是骂狗，明明是骂他幸振。他本来想在主任面前表表功，反而挨得如此辱骂，让他实在委屈气恼，渐渐地他把这气恼转嫁到了关爱爱身上："关爱爱呀关爱爱，你应该嫁给……"篓子思量很久的一个荒唐的念头又从脑海里跳了出来。

69

阳春三月，这是一个更明媚的季节。界河有了流动的水声，清澈而舒缓，偶尔有鱼跳出水面，荡起一圈圈的涟漪；界河两岸被雪水浸泡过的麦田更显得滋润而松软，麦苗墨绿含翠；界河及月牙河岸边春草萌动，万物复苏，芦苇笋尖争相露出地面，能听到滋滋往上长的声音，泛起一层层的绿意。

养鸭喂鱼虾的最佳时期已在眼前。进了鸭苗、鱼虾苗后就要科学饲养管理，这是摆在养殖人面前疏忽不得地一件大事，弄不好就前功尽弃。

田驹因失恋又因父亲突然去世，精神接连受到沉重打击，几乎大病了一场。养殖的事已刻不容缓，养肉鸭养鱼虾他只是理论知识，没有实践。田驹半夜睡不着觉，突然想到县委书记华平，又觉得书记太忙了，这点事怎么能麻烦书记呢。正思索间，华平书记的秘书小方打来电话，说华平书记看到他准备在滩涂大搞养殖的报告和信息，很关心，专门安排科技部门给他派个畜牧技术员过去，帮着指导畜牧饲养技术。

田驹非常感动，天不明就起床，草草吃了点饭，满怀信心地喊着春旺、蚊子和不愿再外出打工的冬瓜、月新、于跃几个年轻人，把前些时重新搭建的养鸭棚再整理一遍，苗鸭就要进棚了。

季响和黑丫、张浪、大友帮助到外地孵化场拖运已订好的肉鸭苗去了。

"田驹哥，这地方如果再能建起一个孵化场就好了。"于跃建议说。

春旺接茬道："一旦大批饲养，到时就不要求奶奶告爷爷的。"

"咱真得有这个打算。"田驹心里激动，想着5000只肉鸭苗就要上手。

蚊子提醒说："鸭苗进入大棚后，吃住就要在这里了。我们轮流看管吧，防止鸭棚再被人毁了，那可就惨了！"

春旺来了精神："我前几年在湖里养鸭也有些人捣鬼，说不准还真能抓住个把坏蛋，老账新账一齐算。"大家这才看到春旺腰里别着个三节棍。

这时月新把话题转到养鱼虾上来："龙虾倒是个新鲜事物，可以作主打，鲫鱼和鲤鱼容易养，大家又喜欢吃，价钱也不错。"

冬瓜分析："这里鲫鱼、鲢鱼和鲤鱼还有一个特点，鲫鱼、鲢鱼肉细味美，是饭桌上的美味菜肴。鲤鱼有四个鼻孔，是四湖特产，鱼肉虽说粗了点，但降血压、降血脂，医疗的药用价值很高，可以作为主要鱼类饲养。"

蚊子挠着尖头："咱这四鼻孔鲤鱼还有一个特点，你们不知道吧……"蚊子看了他们几人一眼，知道他们在等着听下文，却故意卖关子。

月新说："蚊子哥，卖啥关子，四鼻孔鲤鱼不就是事事如意吗。"

蚊子戏谑道："这也算特点？告诉你们吧，用四个鼻孔的鲤鱼配上冬瓜抄了吃，能治妻管严病。"

冬瓜骂道："你个吊蚊子，变着法儿作贱你哥，看我不揍扁你。"

蚊子认真起来："冬瓜哥，你别往心里去，这虽然是个治病偏方，谁也不会把你给吃了。"

春旺看着蚊子认真的样子道："真还第一次听说。"

蚊子把一大锹泥土培在埂堰上："信不信由你。"

冬瓜说："甭听这蚊子日弄人，他一天不祸害两个人就难受死了。"

几个人又笑，笑声在空旷的湖滩上很快被风刮得没了声息。

田驹干得有点冒汗，把羊毛衫也脱了，说："大家建议多种养殖，我看行。如果界河两岸的湖滩划片作为养殖基地，内容上先是肉鸭、蛋鸭，二是龙虾，再是鲤鱼、鲫鱼、鲢鱼，然后鳖蟹类。方法上棚养、圈养、散养、池养、兼养等，之后再发展优势养殖，就是根据市场需求确定主要饲养种类。依靠着四湖傍着界河做好水的文章，做好观光旅游的文章，这是其他地方不能相比的优势。龙水县委、县政府对湖滩开发利用有了远景规划，目前全县养殖已风起云涌，何况我们当着这得天独厚的优势。"

于跃抹了把脸，拍了拍小肚子说："我离村这几年到外地打工，说心里话不情愿。如果大家相处和睦，利用好这里的资源优势，谁愿意舍近求远、寻苦受罪、忍气吞声地挣那几个钱？"

正说话间，黑丫开着拖拉机顺着田间小路跑过来，副驾上坐着季响，车帮上坐着张浪、大友，车厢内五千只嘎嘎叫的鸭苗，还有几桶龙虾种。

十几个年轻人临时在现场搞了个简单的肉鸭和龙虾安家仪式，又说又唱又跳一阵子，把肉鸭和龙虾种分别放在两个大棚和3个龙虾池里。为防寒，上面覆盖了光杆苇箔又加了一层塑料薄膜，即美观大方又实用。

田驹风趣地说："春旺兄弟，你我晚上在这儿守夜。小时候记得晚上跟爷爷一起睡在野外的草棚子里看瓜，逮着过小偷，他们的名字叫刺猬。回忆起儿时的田园生活，农耕文明也是一种享受。"

张浪笑开了："我们小时候晚上还偷过瓜呢，看瓜的老爷爷一声吆喝，我们便跳进了界河，哈哈……"

几个人嘻嘻呵呵大笑起来，空旷的界河边有了接连不断的笑声。

蚊子提议："咱们甭只管笑，要想着哭的滋味。我建议两人以上轮流看管，轮流值班，以防万一。"

季响说："进料喂食是个不小的功夫，晚上两人结合一个班，白天相互关照点就行了。"

田驹提出："这肉鸭和龙虾一旦有了成色，就动员发展养殖户。还有鲫鱼、鲢鱼苗和四鼻孔鲤鱼苗近几天也要落实下池。时间不等人，时机更不等人。先采取户养再联合养，逐渐扩大，目前我们一家一户还担不起大的风险。"

五千只肉鸭苗放进养鸭棚，呷呷的叫声给滩涂增添了几分生机。

龙虾种也分别放进了龙虾池，大家松了一口气，只有田驹的心更放不下来。他担心养殖等多方面问题，一旦有闪失，他这个引领者在滩涂的养殖事业就会陷入困境。季响、春旺、冬瓜、蚊子、大友、开放、月新、于跃围着呷呷叫的鸭苗转来转去，都担心第一次养这么多肉鸭隐藏着危险，可是又说不准危险在哪儿，好像有一颗炸弹掩埋在周围某个地方，说不定哪一天就会爆炸，那五千只肉鸭苗和几池鱼虾顷刻变为乌有……

70

芒种、开放合伙集约了一百多亩地的庄园正在规划中。他们选了一块田，离田驹他们的养殖场较近的地方，先划出一块水稻秧板田："田驹哥，我们拉呱说话近，搞生态种植，从秧苗抓基础，你们的鸭粪我们包了。"

田驹笑道："芒种、开放你两人的思路很对头，也省了我好多麻烦。我也深受启发，养殖下一步也要考虑向生态发展，规模发展。更重要的是，减少了外出打工的劳力，减少了老人孩子们的身心伤害。"

芒种叹了口气："咱村里老柴头告诉我，他上小学的孙子孙女一天到晚想念在外打工的父母，晚上睡觉做梦都哭好几回。这种年龄的孩子最需要的是父母在身边的关爱，也是孩子最离不开父母的年龄，恰恰这种年龄段的孩子的父母出外打工的最多，时间最长。还有的留守孩子受到不良人的轻蔑和欺辱，给她们身心造成难以愈合的伤害。"

"我有切身感受。"开放把头低了下去。

"人生最苦事，死别与生离。"春旺从一边走过来问。

"那你为什么还制造这种悲剧？"

"是我的罪过？"开放指着自己的鼻子，然后揉了揉潮湿的眼睛："罪孽呀！正因为我的孩子遭到了如此的伤害，我没能力外出打工把孩子带在身边，就决心不再外出打工！"

"还有更甚的事，有的孩子走向了犯罪。"

"这个话题太沉重了，不仅我们村，在全国这种问题多了去了，谁能解决得了？"芒种低沉着声音说。

蚊子跳着细腿跑过来，看着芒种、开放规划的庄园，心里痒痒的："芒种哥，还是说我们自己的事吧。你把部分人家的土地拢在了一起，便于种植和管理，这很好。我想参加你的股份，拿出一半的土地。另一半参加田驹哥的肉鸭鱼虾试养。"

说这话时，春旺、冬瓜、张浪、于跃、大友也围了上来。

"这家伙吃着碗里还看着锅里。"冬瓜取笑道。

"蚊子吸血都是趁人不在意时。"张浪斜了一眼蚊子说。

"屁话差不多，你张浪不注意时我蚊子吸你多少血？我是冠冕堂皇地干，不像你张浪啥事偷偷摸摸，还有脸说。"蚊子反击道。

"有啥偷偷摸摸的，净瞎想。"张浪撇撇嘴。

"别看蚊子脑袋小，灵活。芒种、开放你们今年要能鼓捣出个名堂来，我愿意拿出一部分好地转包给你们。"于跃对芒种、开放说。

芒种叫好："正好你家5亩地和我的庄园挨着，我答应现在就转包过来。田驹助理作证，回去就可以签合同。我把今年庄园种植思路告诉你们。夏季太空丰产 10 号大豆，是北京某学院的科研成果，全育种推广，高产优质，无任何公害；夏季太丰 6 号水稻，也是一家科研成果，我和开放几次专程前往学习，到时人家教授来亲临指导，是生产原生态无任何公害的绿色晶莹大米。"

田驹感慨道："我很赞成芒种和开放的做法。当时我回村的想法，其中就是利用好我们本地的资源优势搞好种植和加工，这个种植就是庄园式的种植，全无公害，让人们吃得健康。大家现在都担心化肥农药、化工原料和转基因的危害，大家摄取的食品中有残留的影响健康的成分。庄园式的优势能避免……"

芒种抢过话头说："一是变零星土地为大块土地；二是便于统一耕作，统一灌溉施肥，统一良种优化，统一利用天敌，保证作物原生态生长；三是抗拒自然灾害能力增强；四是减轻无劳力户压力，减少抛荒地；五是入股的农户，他们可以在庄园干些轻便的活，庄园发工资，有两次分红，收入都会大大增加。"

"采取入股者统一定产，实行二次分配，其中参与劳动者计酬这办法合理。共同致富靠谱，我看行。如果真能做到像你芒种说的那样，我愿意入股。"春旺说，"话再说回来，你庄园达不到入股者的要求应该怎么罚？"

"这当然与入股者共同协商，双双认同后签约。"开放解释说。

"加上我们的养殖，形成一个农副牧渔生态旅游观光区。和芦花村……"

"肯定又是一个很好的结合点！"蚊子抢着说。

田大友斜了蚊子一眼："就你蚊子聪明，屁事都跟芦花村粘上边，烦不烦。"

田驹把话展开："庄园的事，当然和芦花村是个很好的结合点，然后扩大到沿四湖整个滩涂地，形成一个大的生态农业旅游观光带。这里边有种殖、养殖、编织、加工、餐饮、销售、文化娱乐等等。这些项目就像一颗颗宝石镶嵌在绿色的生态园里，那将是一个多么美好的生活环境。只恐怕……"他又想到一旦缺少芦花的支持，就增加了几分担心。

大友摇着头："想想而已，只要与芦花村结合，我看都没什么好下场。"

"你兔子的好下场是什么？人家白莲这么美丽勤劳的女人当面表示要嫁你，你却吓跑了，你才不会有好下场。"蚊子讥讽道。

大友的脸红了："是穷，没有勇气。"大友摊着手，无奈的样子。

"穷怕谁，那是不自信。"冬瓜插嘴说。

"你兔子只能吃草，想吃那块肥肉已不可能，有人偷偷替你吃了。"蚊子却拿眼去看张浪。

"看我干啥，我想吃，人家又愿意叫吃，不吃不是傻蛋吗？有人伸着尖嘴想吃，可惜连个啥味都不知道。还偷吃？我明着吃馋死你蚊子。"

"嗷！醉浪！"在场的人对张浪的话很感兴趣，惊奇地瞪大眼睛，把各种复杂的目光投向张浪，"是真的吗？如果是真的，不愧是浪里白条的后裔。"

"还有这么个新鲜事，醉浪艳福不浅呢。"冬瓜点着头说，有几分羡慕又有几分嫉妒。

"说说熊嘴痛快而已吧。"田大友挖了张浪一眼，"人家说得清楚明白，是不嫁醉鬼的。我田大友心里坦然，等我富裕了，会向白莲求爱的。"

在围的眼光刷地投向大友，好像说，你这个小心眼又胆小的兔子，这话有点离谱，到时恐怕黄瓜菜都凉了。

71

自打张浪住进白莲家的小灶房，一直没有出现那个敲门的人，时间一长，他心里却不安起来。我究竟算白莲的什么人？相好？情人？未婚夫？都不是。他突然觉得自己像一条狗，又好像不是。狗是主人家的，可以在主人面前撒欢卖乖，也可以大摇大摆，他不能。他在偷偷摸摸地干着不为人知的事。是仗义？是同情？是出于爱护？好像都是，又好像都不是。他一想到自己的身世就有些自卑和不安。他9岁那年母亲有病突然去世，当时他还不太理解母亲的死意味着什么。母亲去世后，他曾经到处找母亲的身影，到处打听母亲究竟去了哪里？没有人能给他满意的回答。那时他刚刚上二年级，每次放学，他都希望母亲已经在家里等他，母亲一边烧水做饭，一边料理家务，或者在给他缝补衣服，刷洗鞋袜。可是，他每每都失望了，他找遍屋里所有的地方，也没有母亲的身影。他绝望地哭了，也不知哭了多长时间。爷爷紧紧地抱着他，也早已老泪纵横了。打那后，他知道母亲再也不能回家，他这才感觉像天塌了一样，他永远失去了母爱。那天，他跑到母亲的坟头前，哭了个天昏地暗，死去活来。哭累了，他趴在母亲的坟头上睡着了，他见到了母亲，母子俩抱头痛哭……

父亲又给他娶了个母亲，从此他连饭也吃不饱，还经常挨打挨骂。上三年级时，他辍学了，10岁时便挑起沉重的家务。他干起活来什么都不想，只想生身母亲。他学会了喝酒，他感觉喝酒好，喝醉就会忘掉一切，就会忘掉痛苦和思念。后来一喝就多，一喝就醉，成了远近闻名的酒晕子。

他15岁那年，父亲和新娶的母亲外出打工，一去再没有回来，他和爷爷相依为命。

张浪回想着，不觉下弦月已落进村西边的树林里，白莲家的那道矮墙显得黑黝黝的起伏不定。这时，一个黑影慢慢爬上白莲家的矮墙，先是一个头的影子，东张西望了一阵子，然后，变成一个胖乎乎的身影伏在矮墙上，好一阵子，那胖乎乎的身影才溜下矮墙。那人好像踮着脚尖，悄悄走近白莲住的房门前，接着把半边脸紧贴在门板上，好像侧耳在听里边的动静。

张浪心想，这个黑影恐怕是上次来敲白莲家门的人。他猫也似地轻捷地尾随了上去。

那黑影侧耳听了好一会，便扬起手准备敲门，不料被另一只手抓住了。

黑暗里，两个黑影几乎脸对了脸。

"浪……你，你，你！"声音压得很低。

"固……"声音好像从喉咙里挤出来，被抓的手慢慢地松开了。

"大胆，我发现有人爬墙头，就追了过来，原来是你小子。干什么来了？"

"我在这儿帮着白莲守夜。她晚上害怕，老睡不着。"

"放屁，不是偷人就是偷东西。说？"

"一不是偷人，二不是偷东西。还是那句话，帮白莲守夜。"

"你小子突然成了好人了，鬼才信！"

"是白莲需要我这样做的。"

"你又喝醉了吧，你这酒鬼？"

"一点没醉，到这里就没敢沾一滴酒，真的！"

"不仅醉，还醉得不轻。你连自个姓啥名谁都不知道了。"

"我……"

"你迷路了，我送你回家。"

"……"

两个人的声音只有对方能听到。

然后，两个人轻轻爬过矮墙，很快消失在黑夜里。

72

进入 4 月，春风温润，到处流动着暖暖的光辉。田里庄稼、沟河边芦苇，刺刺地往上蹿。四湖湖畔更加喧闹起来，除了各种鸟类唧唧啾啾争鸣啼叫外，一片嘎嘎呷呷的鸭叫声和四湖滩涂边的鸟叫声混合在一起，热烈而欢快。

田驹在界河边建棚搭圈，饲养了五千只肉鸭，和春旺一起精心喂养。近半月时间，10 间鸭棚的鸭们摩肩接踵，每只都长到 2 斤多，羽毛光亮丰满起来。一亩鱼塘，两亩龙虾沟池，眼见得一天一个样，增长繁殖更快。季响、张浪、蚊子、冬瓜、于跃、月新几个年轻人轮流值班，好像是他们自家饲养的。添料、配药、看护、观察、记录。大友不吭声，恐怕沾着粘着什么。田驹也趁机鼓动大家要有信心干起来。天时、地利、人和，机会不要错过，也要鼓动芦花村养起来。

张浪建议，鸭群撵到界河洗个澡。等于向芦花村宣传展示。

大家一致赞同。

说干就干，5000 只肉鸭便放进了界河。田驹和蚊子撑一条舢板吆喝着群鸭不要游散了。

鸭们进了界河，便欢畅起来。嬉戏、追逐、高唱……

正热闹间，就听有人大骂："好你个田驹、蚊子，竟然把鸭群赶到界河放养，污染界河，明明向芦花村示威挑战，你小子吃了狗熊胆！"

蚊子跳起细脚回骂道："你地磙不要倚仗腰粗耍蛮横。界河放养肉鸭，你行你也放。"

田驹摆摆手说："地磙你们三人听我说，眼下喂养肉鸭、鱼虾，是个大好时机。打架斗狠、磨嘴皮子，都不管吃穿，更不管富裕。田家村、芦花村应该充分利用好界河及两岸资源优势，共同发展致富。希望……"

没等田驹说完，疤癞把话打断道："你田驹没安啥好心才不会上你的鬼当！"说着拿船篙狠狠击打水面，一面吼喊，惊吓得鸭群一阵飞窜到岸上去。

看看季响、张浪几个年轻人往这边赶来，地磙这才叫疤癞调转船头。一边回转，一边心头仍愤愤的，时不时回头骂几句："田驹，等着你们的，咱们没完……"

二青坐在船头不语。

地磙、疤癞在界河里闹腾、搅和一阵，养鸭的发展多少受些影响。有人准备养肉鸭犹豫不决起来，恐怕因此再引起两村的争端。也有人担心被人暗里算计了，静等事态的发展。

对此，田驹反思道："地磙他们这一闹，到提醒了我，界河只养我5000只肉鸭、可以说是一道靓丽的风景，如果界河两岸养殖业发展起来，定会污染影响环境。""田驹哥，你说这话啥意思？"在围的几个青年人几乎同声问。田驹沉思了一阵说："养殖能致富，但不能破坏环境为代价。我突然想起在大学图书馆里看到过一个资料，日本为防止养殖污染，养猪采取的生物床养殖技术。"

蚊子跳着细脚杆，不高兴地哼声道："咋又扯到日本鬼子，还养猪？那小日本鬼毒害中国人民还不够？"

"鬼子有技术也是害人的技术，那鬼东西害死人不偿命，学不得！"张浪调侃道。

季响摆下手说："大家甭急，让田驹哥说完，再看能不能学。"

田驹笑了："鬼子也不能都是坏东西。用他的先进技术为咱服务有啥不好。现在我国有些地方养殖在此基础上改进利用。微生物养殖乍听摸不着头脑，其实没啥了不得，就是利用咱们的稻壳子、玉米秸秆等堆积发酵，做成养鸭的垫床，鸭们的粪便通过有机垫的微生物迅速分解，没了污染，没了臭味道。没分解的广泛用于植物和蔬菜的肥料，节水、节料，降低养殖成本，提高肉品质量。"

"哈哈，呵呵呵！"大家不禁地笑起来，"猛一听怪吓人的，原来是咱到处乱堆的东西。相互利用，这好事还真得好好利用，闲着也是闲着！"

田驹继续说："鱼虾可采取水草为主，生物颗粒饲料搭配、绿色养殖。"

大家齐声叫好："生态种植，芒种沾了咱养鸭的光，肉鸭是微生物养殖，鱼虾是绿色养殖，天时地利人助，养不好，还真对不起这片土地！"

不几天，季响、冬瓜、蚊子几个年轻人有的搭建养鸭棚，有的挖掘养鱼池，有的开挖龙虾沟，只不过数量上都比田驹少了好多。

乔木匠和高瓦匠成了大忙人。几个年轻人半夜就把他俩叫起来干活。他们夸乔木匠搭建的鸭舍讲究通风敞亮，鸭们精神好，成长快。夸高瓦匠砌的饲养池科学卫生，便于进料添水，鸭们健康生长。

麦杏嫂和麦杏早想着饲养2000只蛋鸭，这几天没少跑了腿，看了这家看那家，问了张三问李四，他们饲养的都是肉鸭。他俩的心便悬在空当里。

张浪开玩笑地说："杏嫂，当年杏子哥拿个酸杏子，你把身子都给了他。眼下这点破事，咋就定不准盘子？"

麦杏嫂哈哈哈地笑了，毫不隐瞒，兜底说："还不是因为吃亏上当怕了，才倍加小心。饲养2000只蛋鸭，砸不到你头上不觉蛋疼。"

张浪就喜欢杏嫂泼辣的性格和睿智的言语，正思索着对答，不料斜刺里传来蚊子跑腔走调的哼唱声。蚊子昨天上架了1000只肉鸭，正在兴奋头上。这会，他拍打着细脚杆对麦杏嫂捏着腔调说："杏嫂，你养2000只母鸭，我养1000只公鸭，你要配对，我全包了。"

麦杏嫂笑骂道："蚊子，你那点脓水还是给你未来的媳妇留着用吧。想赚你杏嫂的便宜，没门。"

麦杏嫂话里明显对他蚊子的轻视。蚊子心里不服，便大着胆子叫板道："杏嫂，明年我就养一万只。"

"哈哈哈……"麦杏嫂一边笑一边骂道，"别人说这话我还有几分相信。就你熊蚊子，小心大话压死你没人心疼。"

这话听着砸人，看不起蚊子。蚊子抓着尖脑壳，一下子没了声响。

岸边传来一阵喝喊，是春旺、冬瓜、于跃他们："蚊子不咬了，看被杏嫂夹得！"

蚊子钻进了他的养鸭棚，心里在暗暗较劲：好你骚狐狸，把蚊子看扁了是不！明年我一定要养它三千只以上！

73

卢畅副主任一有时间就开着他的卡尔奔往田家村小学校跑。一说是找石副经理往这里拐个弯问候一下荷花老师；二说芦花村小学缺少像荷花这样优秀的校长和老师，借此请荷花谈谈经验。再不然就说，一天不见荷花老师的面，怪想的，特来看看。

这天，卢副镇长匆匆处理完公务，开着摩托直奔田家村小学校而来，上了二楼敲开荷花校长的门，很随意地给自己倒了一杯茶水，便坐在荷花的对面，好像他是这里的主人，更像这里的一名教师。他燃着一支烟，突然意识到了什么，马上掐灭了说："荷花老师，昨天晚上翻来覆去睡不着觉，想了很多，芸芸众生，知己者该有几人？像你我倾心相交者更是难得。说真的，想你，特来看看。一天不见你的面……"

荷花不等卢副镇长再说下去，一语双关地说："卢副镇长，你哪是夸俺？是在笑话俺。俺这心里没啥弯弯绕，说不上倾心。你们村主任助理芦花，有理想有抱负，人长得漂亮又聪明，在你身边还没看够，跑这么远来看俺这一个普通教师？想多了会伤神的，卢副镇长。"这清纯的声音里却含着不硬不软的刺儿。

"嘿……嘿嘿嘿，荷花老师，我是说心里话，真的！至于芦花，虽然我俩住在一镇一村，还有工作关系，见面的机会比咱俩多。可是，总觉得中间隔着什么，说不清。不像咱俩容易交流，谈起来顺畅，总想说掏心窝子的话。我想听听你的真心话。"卢畅朝后脑抹了一把油亮的头发，明亮的小眼睛盯着荷花娇羞的脸颊。

荷花什么也没有说，只是轻轻扭过脸去，隔窗看天。天上几朵蓝色的云彩在飘动。

此刻，卢畅觉得荷花更加美丽端庄。

"现在不要急着回答，晚天见面再聊。"卢畅说着站起来，"我回去还要到镇医院看看芦花的母亲。她病了，听说病情不轻。"

"哦！听说老太太也怪可怜的，什么病？"荷花也站起来，眼盯着卢畅。

"我也说不清楚，庄家人不得已是不会住医院的。"说这话时他们前后已下了楼。

荷花回到办公室后，反复琢磨卢副镇长先前说的话。卢畅对她荷花的好感能听得出来，她并没往心里去，她心里只有一个田驹。卢畅与芦花中间像隔着什么，隔着什么呢？是不是因为田驹？很可能是田驹！她荷花应该怎么办呢？一个想法在她脑子里一闪，随机脸颊潮红，并自言自语道："芦花的母亲病了，这是个不可错过的机会，我要让芦花知道，我荷花究竟是田驹的什么人！"

74

自从乔木匠把芦花父亲的死因吐露后，才真相大白。然而这对芦花母亲又是个沉重打击，恍惚了一段日子，终于病倒了。

为了给母亲查明病因和尽快康复，芦花向守主任请了假。恐怕编织厂的姐妹分心，跟胖嫂说去镇里休息几天就回，便匆匆把母亲送进了北湖镇医院。芦花不愿母亲再吃苦受罪，更不愿让母亲受病痛的折磨。母亲大半生日子过得艰难困苦，在她幼小的心灵中就感受到了世态的炎凉。父亲的去世，对母亲是个致命的打击，她差一点跟父亲而去。母亲为了两个幼小孩子才坚强地挺了下来，承受着常人无法承受的苦难。哥哥苇子的不幸，不亚于在她受伤的心口上又刺了一刀，母亲的心一直在滴着血。她哭瞎了眼睛，几次想一死完事，可是看看眼前还没成人的两个孩子，她又没了死的勇气。只好把灾难和困苦一股脑扛在肩头。在人前面后，她拼命地干活来掩盖内心的苦痛。晚上，她一个人泪水流面，来释放自己的委屈和苍天对他的不公平。没日没夜的劳作累垮了她的身体，哭干了泪水，哭瞎了双眼。可是她的心亮亮堂堂的。她要看着儿女们都有了自己的家，她才能了却心愿，她才能安然地面对死亡，才能告慰地下有知的丈夫。不然，她将死不瞑目。

芦花想起那个大年初一的中午，田家村自称乔木匠的人，来到她的家中，诉说十几年前父亲死亡的秘密。当时，她在母亲不远处看书，乔木匠的话使她惊呆了，半晌没有回过神来。她咋也想不到人情会这么悲凉，人会这么冷漠。直到母亲哽咽着放声大哭……母亲从此变得精神恍惚。

芦花为了照看母亲，能在母亲身边多呆一会儿，自进医院后，她就把手机关掉了，想尽到儿女的孝心。母亲为儿女擦屎擦尿，把一家的苦难一人承受，熬去了心血，直到儿女长大成人。如今母亲这场病，又是一场意外的打击，病倒了。她要尽心尽力地补偿母亲，承担起一部分痛苦。她回避了外界的一切干扰，来照看病中的母亲吃喝拉撒，慢慢宽慰母亲的心。母亲走到鬼门关口又被拉了回来。

母亲能开口说话了，拉着女儿的手，用柔弱的声音说："芦花闺女，你父亲虽然死的冤屈，不要怪乔木匠，都是历史造成的罪孽。受伤的白鹭不也是无辜的吗？乔木匠看着你父亲流血没去救治而逃之夭夭，是因为两个村过去相互伤害扭曲了他的灵魂。田家村的乔木匠是这样，那么芦花村也有乔木匠。娘拼死拼活吃再大苦，受再大罪也想着把你们兄妹培养成才，远走高飞，娘就了却了心事，百年后见你父亲，也好向他交待。谁料想你哥不争气，你呢又是这脾气，飞来飞去又飞回这芦花村，能叫娘安心吗？"

芦花抓紧母亲的手说："娘，正因为这样，女儿在想，无论田家村还是卢花村，为了不再出现另一个乔木匠，为了不再发生爹娘这样的悲剧，为了两村人平平安安过日子，女儿才回来的！"

娘抚摸着女儿的头："孩子，娘懂闺女的心思，可是娘总对你兄妹放心不下。"

芦花安慰娘一阵子，慢慢开导说："娘，我也不是小孩子了，总不能让娘老操着心，工作上又有政府领导支持，我知道该咋干。婚姻的事我自个做主，我和田家村田驹儿时就相识，工作后又有共同语言和志向，现在正在相处中。两村历史矛盾责任不应该让我们年轻人来承担，这不公平，对子孙后代有百害无一利。如果历史上没有这两村的怨结，父亲在危难之时乔木匠也不会因怕受连累不去及时救治。"

娘哭着说："理是这个理，可是闺女呀，你想没想过，咱们可担当不起这个过错。家仇连着村仇，几代人的怨结，想一下摆平不可能。芦花村男女老少的吐沫星子也能把咱淹死。你爹九泉之下能瞑目吗？田家村人怎么看你？呜呜……"

这时正巧苇子从村里赶过来看母亲，在门外听得真切，人没进病房的门，声音便急躁地传了过来："妹妹呀，母亲的话还能错吗！"苇子捣着铁拐进了母亲的病房，"如果你嫁给田家村田驹，是对咱芦花村多大的背叛。就凭你哥哥这条腿，你也不能嫁到田家村去呀。还有父亲的死，田家村的那个乔木匠见死不救，不是咱的仇人吗？"

芦花耐心地劝道："哥，如果这两个村历史上的怨恨一辈一辈传下去，我们的子孙后代会有多大的痛苦。看看其他村村寨寨繁荣兴旺，村民安居乐业，再瞧瞧界河两岸的田家村和芦花村，不思进取，动心思用在皮皮毛毛的纷争上，赌一时之气，争一时的所谓私恨怨结，在旧矛盾上重新制造新的矛盾、新的痛苦、怨恨，值得吗？村民受穷不说，整日人心惶恐不安，这叫过得什么日子？这才叫天下人耻笑呢！历史上国与国之间、不同民族之间通婚和睦，其中也有的是为了避免征伐，百姓免受其难，何况我们这两个小村民的老百姓。我和田驹只是新时代平常百姓家儿女的正常恋爱，当然我们俩的诚意，在工作中已敞开了心扉。现在已到了 20 世纪末 21 世纪初，为了两村之间的男女恋爱悲剧不再发生，从我们这儿起，要有一个好的开始，也是缓解两村之间历史上的矛盾，我们能做成这一点，就是两个村之间了不起的文明和进步。"

苇子哄劝道："好妹妹，也许你说的都有道理，全是你的理由，这条腿权作我自己砍掉的。但是眼下的事实实在不容你乐观，你只是一厢情愿。田驹是什么人？是个骗子，是个势利小人。他已与本村固主任的女儿小学校长荷花订了亲。说媒的是幸振篓子，不信你去问问。妹子你是太单纯了，被人卖了还帮人家数钱！"

"不，这不可能！田驹不是那种见利忘义目光短浅的人？"

苇子控制不住自己的情绪，把铁拐捣地"嗵嗵"响，继续说："田驹那势力小人能靠得住吗？谁嫁给他就得倒霉一辈子。好了，咱不说他了。再说卢副镇长，人家有哪点比不上田驹？人家当着镇里的官，他叔又是咱村的主任，老主任几次三番的托人来求婚，咱这小胳膊拧不过人家的大腿呀！再说又是一个村里人，低头不见抬头见，问问咱病床上的娘是这个理不？别再让咱老娘后半生为你担惊受怕的。"苇子声情并茂地劝说着芦花。

芦花娘在病床上有气无力地插话说："芦花呀，你哥说的在理，娘也不会害你。"

芦花沉默了，一汪泪水在眼眶里打转，终于含不住，一颗颗泪水无声地像断了线的珠子顺着两颊滚落下来。有几颗砸在娘脸上，娘心疼地抓住女儿的手。

"哥再告诉你一遍，田驹已和荷花订了亲，你就死了那份心吧！"苇子用铁拐在地上戳着说。

非同儿戏，女儿家能找到个喜欢的人、志同道合的人难道真这么难吗？

芦花顿时有一股憋闷、有一种说不出的委屈涌上心头。她真想回到童年，扑到母亲怀里大哭一场，痛痛快快诉说出她心中的委屈。无论女儿长多大，在母亲眼里都是孩子。可是眼下不能呀，这是在医院在病房里，是母亲疗伤的地方，哪怕母亲听到女儿一声哭泣也会影响到母亲的心情和病情。她把痛苦压在心底，把委屈憋在肚里，让泪水无声地流。

75

这是个星期天，荷花决定去界河边养殖场找田驹。她心里早已想好一件事，她认为这是老天成全田驹和自己的一件事。

界河边接二连三搭起了一片片养鸭棚，有砖砌的，有泥垛的，有苇笆子夹的。为了保暖防雨，棚上用芦苇箔铺顶，最上边又覆盖了蒲草，冬暖夏凉。

荷花不觉耳目一新。这时忽听冬瓜的声音："方技术员，我棚里有二百多只鸭子得了病，不吃不喝，懒得动。"

"我就过去看看！"方技术员的声音是从田驹的大鸭棚里传来的。

春旺看到了荷花，惊喜道："俺说咋突然霞光耀眼，原来是荷花妹子！"

"就你这春旺嘴油。真没想到荒郊野外会有这么一片白云绿水养鱼虾池，还有这一排排的养鸭棚。你们真怪厉害，这么短的时间弄出不少名堂。怪不得田驹哥连学校的大门都懒得进了。"荷花走到田驹身边说。

田驹和蚊子正趴在白塑料棚下观看鱼虾种的生长情况，突然听到荷花的声音，急忙站起身来笑笑："荷花校长，你咋跑这儿来了？"

"是啊，荷花老师，你怎么……"蚊子挠着尖脑壳。

"我也是土生土长的，平时只是教个书没时间到田里来。荷花跟你们的距离这么远吗？又是校长又是老师的。"荷花一脸不高兴。

"荷花妹子，不是这个意思。这些天，只是没日没夜地忙，被鸭、鱼虾这些小东西拴住了。"

"是呀，鸭呀鱼呀都能拴住你的心，可有个人却拴不住你的心。"荷花有些委屈，差一点泪就下来了，赶紧把脸扭到一边。

蚊子自觉在此碍事，扮个鬼脸借故说："我到春旺的鸭棚里去看看。你们尽管亲热吧！"

田驹急忙解释说："荷花妹子，我们都还年轻，不早把心思用在事业上会后悔的。我想尽快利用这片得天独厚的资源，把界河两岸带动起来，发展好种植养殖加工业。不久的将来，这地方将成为全国最大的编织和种养殖旅游观光带。县委华平书记正在号召推进全县发展，我们已落在后边。"

"如果我不教书，一定跟你们来改变这片滩涂地。"荷花听出了兴趣。

"荷花妹子，我建议这片滩涂作为师生的校外课堂，供你们观光学习，别光坐在教室里死背硬啃的。"

"田驹哥说得好，等你们把种养殖、编织搞出成绩来，我请你们去学校讲课，然后带学生来这儿实践。"

"还是文化人脑子转得快，理论联系实际，实践是检验真理的唯一标准！"田驹把话一转："荷花校长，这么远跑来不会光看养鸭的吧？还有什么事找我吗？"

"又是校长。"荷花不高兴地小声说："人家不是专来看你吗！"她美丽的大眼睛盯着田驹的眼睛，把她认为田驹关心的事，也是她觉得成全自己的一件大事，郑重地告诉田驹："田驹哥，芦花的母亲病重住院了，你知道不？"

田驹一愣："你听谁说的？"

"别这么紧张，田驹哥。事情是这样的，那天北湖镇卢副镇长找石副经理，顺便拐到我们学校里，从他嘴里听说芦花的母亲有病住进了北湖镇卫生院。你们是两个村的主任助理，平时又都为两个村操心费力的。我想芦花不一定会告诉你她母亲生病住院的事，作为同事，我们应该相互关心。所以，趁星期天的时间特来找你商量，最好一块去趟医院看望一下。"

田驹听荷花通情达理的一番话，十分感动。马上表示："荷花妹子，你说得很有情理，我赞成。我们应该马上去一趟医院，表示我们的心情和良好的祈盼！也是我们两个村的人情来往又往前走了一步。"

荷花心里笑了：只要她和田驹一块去北湖镇医院看望芦花的母亲，这说明我荷花和田驹不是一般的关系，这是明摆着告诉芦花的。

张浪、蚊子、春旺听说芦花母亲住进了医院，也想一同去探望，被荷花巧妙地拦住了："我想和田驹哥先去看看老人的病情，然后你们再去也不迟。"

田驹向蚊子和春旺交代了一下，说傍晚前就回来。然后用棒子脸的三轮车和荷花去了北湖镇卫生院。

在卫生院大门口，田驹突然停下来。他心里在矛盾着，他想：见到芦花，他们该说些什么呢？是先祝福他和卢副镇长婚姻美满？还是先问病人病情？他和荷花是来医院看望病人的，当然是先问病人病情。这个在生活中遭遇千万不幸的母亲病了，理应来看一看。转念一想，这些天芦花有意回避他，信息也断了，一定是因为她和卢副镇长走马式的婚姻登记。突然见了面，芦花会不会感到难堪和尴尬？想到这里，他停住了脚步。

荷花见田驹犹豫不定的样子，急忙问："田驹哥，怎么了？人都来了，还有啥不好意思的？"

田驹嗫嚅着说："荷花，我就不去病房了，苇子要是在的话定会吵嚷起来，反而对病人不利。你代我向老人家问好。"田驹说着从兜里掏出几张人民币交到荷花手上说："千万别让他们手头缺钱误了病情。再说我们建小学校时芦花就拿出第一月的薪水支援我们，我们田家村永远不能忘。"

荷花心想，照你这样说，我不是白来了。事已至此也不能全由着你，就劝道："田驹哥，苇子也不会因为我们来看他母亲而吵闹。世界上有几个不近人情的，你不是说因此两村关系又接近一步吗，事到临头咋又打退堂鼓了？这样不好，田驹哥，还是咱们一块去吧。"不由分说就挽上田驹的胳膊。

正在这时，芦花从病房走出来，碰个正着。三人互相对看了好一会谁也没有说话。

芦花先是看见荷花用手挽着田驹的胳膊，脑子里马上验证了哥哥苇子的话：田驹与荷花已订了亲，他势利小人，快死了你对他那份纯朴的痴情爱心。

田驹想把那支胳肘从荷花肘腕里抽出来，想不到荷花把他挽得更紧。就这样坚持了好一会儿，谁都没说话。

芦花看到这里，心中便涌出一股屈辱和酸楚。心想：你田驹和荷花跑医院来是在向我展示你们的恋情和风采，还是炫耀什么？你田驹在回村后多次向我芦花表示对家乡的悲悯，多次对两个村姑娘小伙的纯真爱情的悲剧而痛惜，你曾偷偷相约向我表白要用我们俩的爱情去感动两个村的乡亲们，去唤醒麻木的良知，用我们的心和行动去化解百年的恩怨情仇。我们有了共同的心愿和抱负，我们有了时代进步给我们的良好时机，我们都如愿以偿。难道亲情、友情、爱情、大局、目标都是一句空话？想到这里，芦花哽着嗓子问："你们是？"好像陌路人相逢不相识。

田驹到这时才回过神来："芦花助理，是荷花校长听卢副镇长说你母亲生病住进了医院，我们心里很不安，这不听说后便急着赶来了。现在不知大娘病情怎么样了？"

芦花冷冷地说："谢谢你们的关心，医生关照老人家不让外人打扰。"

田驹趁机把几张人民币递给芦花说："这点钱也算田驹、荷花和田家村对老人治病的一点心意。"

芦花没有接钱，也没有看一眼。说："田驹，我们家虽穷，但心底坦荡。这钱我不能收，谢谢你！"

荷花笑笑，一语双关地说："芦花妹子，我和田驹哥俩人今天冒昧地来看望大娘，这钱也带来了，回头让田驹哥交到前台记账处，以备急用。大娘身体康复后，我和田驹哥一起再去看望她老人家！"

这时有人喊芦花的声音传过来："芦花，芦花……"

苇子站在病房门口朝这边叫，他手中的一支铁拐举着。

芦花转身向病房跑去，她的泪水在眼眶里打转。

苇子低声对芦花说："芦花妹妹，你自己都看到了吧，不是哥哥哄骗你吧！我不是说了吗，田驹和荷花早就订了亲，那田驹是势利小人，连蝇头小利都看到眼里，难道不知道荷花和固主任的厉害关系。只可怜你这痴情女子隔了一层铁板，人家说不准都快结婚了，看他俩人好的像一个人似的，只有你自己蒙在鼓里。"

芦花的眼泪刷地流了下来，捂着脸跑进了病房。

田驹愣愣地站在那里好一会。

荷花吐出心中憋闷的一口气，扯了扯田驹的衣角娇声说："田驹哥，咱们回去吧。"

苇子在不远处笑了，他得意地朝田驹和荷花做了一个鬼脸，用铁拐向他俩扬了扬，示意：拜拜！

76

一天深夜，蚊子一声惨叫，吓得人汗毛眼子乱炸。

蚊子饲养的一千只肉鸭，每只已长到一斤左右，一次流感死了 70 只，刚说稳定下来，突然鸭棚内骚动起来。有的扯着嗓子嘎嘎地直叫，有的在棚内乱飞，一时间整个养鸭棚乱作一团。

在大棚外的草棚内睡得正香的蚊子吓得打了个寒颤，翻身起床，从床头上摸了根棍子直奔养鸭棚来。他借着鸭棚内 20 瓦灯泡的昏黄的光亮，发现有两条野狗在棚内正疯狂地扑咬他的肉鸭。

蚊子直了嗓子惊叫："快来人呀，快打狼，狼正在啃咬我的肉鸭。"

蚊子的惊叫声先是把两条狗吓得一愣，然后叼着被咬的肉鸭先后窜出养鸭棚。这时养鸭棚内看护肉鸭的田驹、春旺、冬瓜、张浪、还有离得较远的月新、于跃等都爬了起来，几只三节光亮的手电筒胡乱地照着，在湖滩交织成一条条水银光柱。

他们询问着蚊子发生的意外情况，并很快聚集到蚊子的鸭棚周围。

大家这才发现，蚊子的养鸭棚后边，防风挡雨的苇箔墙被狗扒开了一个大洞，洞外有一片狗的蹄印。

在养鸭棚内，蚊子在一声声惊叫，他用手电筒照着他那一千只肉鸭，已有二百多只被野狗咬死。

蚊子呜呜地哭了。

春旺在三月的深夜里打了个寒颤："这不知是哪来的野狗，我前年喂的那一千只肉鸭，有一半是被它们咬死的。有好几只狗，深夜抱团出击，那些个晚上，我一个人没敢追赶。"

田驹说："咱们两个人一组，在周围找找看，防止这些狗转回头来。手里拿好棍子，这地方湖边野滩较大，草丛水坑较多，说不定真有几只野狗出没也不足为奇，大家小心便是。"

大家便俩人一组在界河边搜寻狗的踪迹。手电筒在滩涂黑漆漆的四周照射出一缕缕白光。

突然，在界河一边离蚊子养鸭棚不远处，有几只绿莹莹的眼睛对着手电的光亮低声哀嚎，像狼。

看来这几只野狗还没有走的意思，等机会再次袭击棚内肉鸭。

"大概有五六只野狗，样子很凶恶，夜里他们根本不怕人。"

田驹动员大家说："今晚我们就来个集中追打，把它们包围起来，往界河里追赶，来个痛打落水狗。"

七八个人，每人手中拿一条棍子，一把手电筒，撒开了包围圈，向界河逼近。看离界河不远，七八人齐声呐喊："打死这群野狗！"向界河直扑过去。

那五六只野狗看看人们来势勇猛，便顺界河边沿很快跑得没了踪影。

七八只手电筒一齐向界河里照去，界河的水平平静静的没有声音，偶尔有鱼跃出水面，发出"哗啦"的一声脆响，便归于寂然。

"狡猾的家伙。"

田驹说："大家赶快回去，各家看好各家的鸭棚！"

"狗日的，看着我蚊子好欺负，去咬我这病鸭子，我要把狗东西打死才解心头之恨！"蚊子急急往自家鸭棚走，恐怕再出意外，一边恨恨地叫骂。

"蚊子，我能帮你解这心头之恨，还能吃上香喷喷的狗肉！"紧走在蚊子身后的春旺说。

"春旺哥，你要能帮我逮住这狗日的，我送你十只肉鸭。"蚊子停下脚步等春旺赶上来。

春旺说："你别急。我先给你讲个故事，看这办法行不行？"

"又扯到孙子兵法吧，打个狗也有点扯得太严肃了。"蚊子哼哼着，"有话直说，有屁直放就是了。"

春旺不管蚊子喜欢不喜欢，神兮兮地说："我大爷他年轻时喜欢捉黄鼠狼子，就在这四湖滩涂荒无人烟的地方。他每次傍晚背着捉黄鼠狼子的铁夹子和木拍板放置到一些坟墓旁边，五更便来放置家伙的地方收获被夹住的或被拍住的狼子，然后到供销社去卖钱。一次傍晚，大爷他在界河边儿座坟茔边放了铁夹子和木拍板，因为白天他发现了那地方有狼子的脚印。当他五更来此处看结果时，发现木板下边有一只还没死的黄鼠狼子，黑嘴白蹄，金黄油亮。大爷认为逮到一只上等皮的好狼子，高兴地把狼子用绳子拴了系在棍子一头，用肩挑着，另个肩上扛着夹板子，踩着黎明的夜路往家赶。正走间，他只觉背后像有人拍了他一巴掌，扭脸看时，有一只更大的黄鼠狼子，叼了一只小狼子往回走。再看他拴在棍头上挑着的那只狼子已不见了，只有一个绳头在那儿飘动。大爷他吓出了一身冷汗，拔腿就往家跑，回家得了一场大病，从此再也不提捉狼子的事。"

"春旺兄弟，你讲得怪吓人的，说不定这地方真有神鬼的！"蚊子往春旺身边靠了靠，颤颤地说，"春旺哥，这故事真能吓死人，你别讲了，咱野狗也不捉了。先前那一对对绿莹莹像灯样的眼睛，说不定真是鬼变的！"

春旺在黑夜中捏捏拳头，说："蚊子听话听音，锣鼓听声。咱说的不是狼子，咱说的是狗。"

其他人都没言语，在听春旺讲。

春旺清了清嗓子继续说："我上中学时，家里喂的几只鸡常常半夜被狼子偷袭，那鸡叫声吓得我汗毛直竖。就恨这该死的狼子，便用大爷捉狼子的办法，准备教训教训这乱串门的狼子。捉狼子的拍板是用一个旧锅盖搞的。那天傍晚，我把拍子放在鸡窝旁边，拍子上边压上几十斤重的大石头，再把拍子用一根半米的棍子斜撑起来，棍下头拴块肉骨头，等那狼子叼着肉骨头往外走时，支撑拍子的棍子就会和板子一块扑倒，就等着叫那馋狼子的好看。

果然，半夜里就听到我家鸡窝门前狗的嗥叫声。

"肯定连狗一块拍着了。"张浪在黑暗中兴奋起来。

"这狗肉肯定让春旺哥吃上了！"蚊子和冬瓜赞赏地说。

"等我爬起床，拿起木棍走到鸡窝旁，有一条馋狗上了当。没把它拍死，已挣扎着跑走了，南墙上只留下一滩稀狗屎。"

"弄了半天，春旺哥狗肉没吃上，狗屎倒吃上了！"

几个人便放声笑起来。笑声冲破黑夜的天际，满天星斗都跟着颤颤地笑。

春旺并不计较，在黑暗中板着脸说："这几只野狗过不了几天肯定还要来吃蚊子的肉鸭。"

蚊子打开电筒朝前晃了晃，生气地说："那野狗就不吃你春旺的？"

春旺恨恨地说："吃谁的都一样！反正我们要把这坏蛋吃掉。我想就用这办法把这几条狗一个个的吃掉。你不吃掉它，它肯定还来吃你的肉鸭。"

冬瓜建议道："这要请乔木匠编一个大大的杞柳大拍板，到时压上两块重的石头，保管能吃上狗肉。"

"拍不死，也让它们长点记性，蚊子的肉鸭也不是那么好吃的。"田驹支持说。

几个打开的电筒同时晃了个大圆圈。

"这倒是个好办法，明天我就回村把大锅拿来，架在这里，大家请等着吃狗肉吧，还有瓶绿豆酿。"张浪在黑暗中咽了口唾沫。

"哈哈……哈哈哈……"一阵开怀的笑声在空旷的四野传得很高很远。

大家说着聊着，天已五更时分，他们又各自在自家鸭棚转了一回，又分头钻进自己的棚窝里睡起来，去做香香的吃狗肉的梦。

77

田驹意想不到的事发生了。那天早上他刚端起饭还没来得及扒一口，蚊子上气不接下气地跑来了："田驹哥，哼哼哼，不好了，完了，全完了。"

田驹把端起的饭碗重新放到桌角上："蚊子什么事，看把你急慌的？"

"哼……"蚊子喘了两口粗气，这才说，"界河边你家养的那几只鱼虾池，埂堰不知被哪个狗日的掘开了，大多数池的水放完了，鱼和虾也顺水流进了界河，白白忙活了这么多天，看看马上能卖钱的鱼虾差不多被冲进界河里去了。呜呜……"蚊子蹲在地上哭了起来。

田驹的母亲正弯着腰在院子里喂鸡，听到这一消息，吓得一下子瘫坐在地上。她哭着说："孩子呀，一开始你爹就反对，娘也劝你甭动那个心思。人心难猜呀，你就是不听爹娘的话。还没等大家都学上你，有人就眼红了，那东西惹人眼，早晚会出大事。人家先前烧了你的苇垛，剥了你的树皮，拆了你的桥，淹了你的人，掀了你的养鸭棚，这又放跑了你的鱼虾……咋就不记呢？你不带头养那个肉鸭养那个鱼虾大家就没事干了，就活不成了？咱四湖界河的野鸭、野鱼虾还能逮完了？就那湖滩庄稼苇子已够大人孩子闹心的了，外面世界这么大，为什么要回到这个是非之地，闹腾得没有一天安生的日子，哪辈子造的孽呀！呜……"

田驹坐在饭桌前好大会子一动不动，听着母亲的责骂，饭一口也吃不下去，他心中的疙瘩已装得满满的。难道因为养了肉鸭、鱼虾眼见要赚钱就有人眼红？还是因为仇恨借机报复？还是为了搞恶作剧？这有些太过分了，这手下得也太狠毒了！

田驹想了一阵子，也没理出个头绪，然后不顾母亲的叹息和责骂，拉了一把呆在那里不知如何是好的蚊子，拔腿向界河边奔去。

田驹和蚊子一口气赶到界河边的龙虾池旁，春旺、冬瓜正在池外帮助打捞溜跑的龙虾。田驹看到大多数水池的水已顺着排水沟流进了界河里，因为这几个池子水源相通，为了进排水方便才这样设计的，想不到被人钻了空子。

黑丫开着拖拉机赶过来了，上面坐着季响、张浪和田大友。看到面前的情景，几个人也傻了眼："这是哪个狗日的干的？太缺德了！"

季响说："报派出所吧，查出来弄残这小子。"

大友赶紧小声说："看吧看吧，我知道在这就搞不成啥名堂。依我看，快卷家伙走人，省得再弄出其他事来。"

"走人，还是你兔子自己先走吧，我们反正认上了。"冬瓜一脸寒霜，硬硬地说。

黑丫脸气得通红，指着蚊子："田驹哥这几池虾，说好了我们几家养殖户轮流看管，今天是蚊子值班，该死的蚊子跑哪里去了，啥人把水给放了？"

"蚊子老弟，全栽你手里了，这事意味着咱们的养鱼虾彻底完蛋。知道不？"张浪跺着脚说。

蚊子擦了把眼泪："先是想着我那几百只鸭子，喂了料。然后都怪我到南边沟里拉了一会稀屎，回来就听哗哗的流水声，才发现这沟池的埂堰几处都被掘了。真是见鬼了，我到处查找，都没发现一个人影儿。"

"那到底是啥人干的？到处是坑坑洼洼的，柳墩苇草棵藏起来三两个人哪里去找？再找找看这人能藏那去？藏到黑窟里也要把他挖出来。"张浪一歪一斜地骂道。

春旺摊着两手："都怪我，我只顾喂鸭饲料，听到有人喊，没有在意，想不到出这么大的事。"

冬瓜埋怨自己说："我在鸭棚只顾给几只病鸭喂药，哪想到会有这事。"

黑丫跳到流水的豁口，抱怨蚊子："没人帮忙，那还不用身子去堵？没见过抗洪英雄的行动吗，真笨死你了！"

蚊子抹了把眼泪："去堵了，俺差一点被冲进界河里去。"

田驹摆摆手对大家说："事已到此，别再埋怨蚊子了，他够难过的了。"

还剩一个养鲫鱼池鲢鱼池和一个鲤鱼池里水没有被人放掉。

几个人清理了饲养龙虾的沟池，弄得满身泥水，也没捞到几桶龙虾。

田驹甩着手上的泥水，感触道："还好，还没弄到血本无归。大家不要泄气，我们这段时间也算累积出了经验，算是花钱买教训，要接着干。不然，我们真就失败了，有些人真就高兴了。找大个鱼虾挑上一些，煮了哥弟几个喝上几杯，好歹算没白忙活。"

春旺惋惜地说："如果没有这突然的损失，按市场价估计这十个池子少说也得赚它万把。对其他饲养户也是敲了个警钟，不仅养鱼虾要小心，养鸭也不能放松警惕。"

季响提醒说："人都说煮熟的鱼虾，稳拿准吃。咱这到口的鱼虾，却没吃着，真可惜了。每个细节都不可大意，大意失荆州，后患无穷。"

大家发了一通感慨，都说时下干成一件事真难，特别是这不安静的湖滩和界河两岸，更不容易。

最后清理的所有龙虾都集中到两个养虾沟池里去。

田驹家饲养的鱼虾被人暗里扒堰放了水，其他饲养户也担起心来。昨天冬瓜家养的三千只肉鸭还不到一个月，就有几百只扒窝，相继死掉。饲养户心中罩着一层阴云，埋怨不该跟田驹太紧了。现在说啥都晚了，只好硬着头皮往前走一步是一步。

田驹看出大家的心思就鼓动说："前进路上的挫折虽然我们有些没有料想到，但是却给我们提了个醒。做任何事都不会那么顺畅，不过，我们不能怕这怕那的，这样就很难成功！"

蚊子说："田驹哥，眼下这几池龙虾和鱼生长情况还记录不？"

"这项工作是我们不可缺的细节。"田驹说着掏出了小本本和钢笔，"只要饲养下去，观察和分析肉鸭和鱼虾的生长过程，中间出现的问题，包括狗咬死的，人毁的，都要认认真真记录下来，帮助我们不断总结经验教训。"

这时从村那边传来高一声低一声呼喊："田驹，固主任找你有急事。"

78

乔木匠身后背着个大圆杞柳编织盖，一边费劲地走着一边喊："田驹，固主任在村委会找你有急事，要你立马回去。"

"啥事这么急？"张浪歪着头问。

"不知道，你得去问固主任。"乔木匠放下拍狗盖说。

"恐怕是听说田驹的鱼虾沟塘被扒了豁子，主任要他放弃养殖回学校教书。"季响分析说。

田驹走后，大家心里忐忑不安。不过事已到了这步田地，开弓没有回头箭，只有硬着头皮上了。

大家放下手中的活计，围到乔木匠身边。乔木匠便来了精神："春旺，这是前几天你交给我的活。我做木匠多年，第一次做这种东西，但保准管用。这拍盖用了50多斤上好的杞柳条子，硬实得像块铁板。只要这狗走进去，可以说，有来无回。"

"好好，你乔木匠叔是第一功狗，吃狗肉时忘不了你。"蚊子高兴胡乱地侃道。

"蚊子有大汉皇帝的口气，可惜生错了时代。"春旺讥讽说。

"那是那是。不过，乔大叔功不可没！到时，肯定会请他吃个狗蛋什么的，吃啥补啥。"张浪哈哈地坏笑。

在围的便畅快淋漓地大笑起来。

乔木匠红了脸，骂道："你这些熊孩子拿你叔开心。"转头说，"别忘了下块肥羊肉作引子。"

蚊子急切地说："乔大叔，那就安装吧，这拍盖就放在我那鸭棚后边上次狗扒开过的地方。"

春旺严肃地说："这个自然，狗改不了吃屎，早晚它还是会来吃你蚊子的肉鸭，就安装在你那里最合适。"

蚊子并不忌讳："反正是煮熟的鸭子不怕烫，下了逮狗的拍盖，我还真希望那些狗们快些光顾。我是为了大家以后的安全，舍上自己这批肉鸭了。"

"听，蚊子还真有这个水平，真服他了!"冬瓜插话说。

"小心逮不住狗，再搭进去几斤羊肉，更不合算了。"大友取笑说。

"像你们这小气鬼，抠屁股舔指头的人!"蚊子哼唧着说。

"蚊子啥时这么大方起来了，这人不可貌相，海水不可斗量! 说大气就大气了!"大友反唇相讥。

几人说说笑笑拥着乔木匠来到蚊子养鸭棚后边，选择了下拍盖的地方。

春旺、开放眼急手快，各抓过一把铁锨很快就把那地方修理平整一遍，大家上去用脚踩实。

大家七手八脚帮乔木匠抬过拍盖，下边用一根孩子胳膊粗细的棍子撑起来，60度角调整好。

周围没有石头，季响建议用土压上去跟石头一样管用。大家手脚一起上，往杞柳拍盖上培土。

看看有二百多斤重的样子，春旺招呼大家说："轻了拍不死那狗，再重了那狗就拉不动下边的撑杆，就白吃了蚊子的羊肉诱饵。"

大家一致赞同春旺所言。

逮狗的拍盖下好后，春旺看了蚊子一眼。

冬瓜煞有介事地说："蚊子兄弟，俗话说，舍不得孩子套不着狼。赶快买上二斤羊肉煮熟了作诱饵，那狗闻到肉香，说不定很快就来上勾。"

蚊子爽快地答应着："我这就去集市上买肉，回家把那羊肉煮得香香的，再抹上点香油，不怕这几只狗不吃，吃慢了也馋掉它们几颗狗牙!"

大家便兴奋地笑起来。

乔木匠又指使大家薅来一些青草和芦苇放在拍盖周围和上边作掩护。

张浪用心垒砌着煮狗的大锅说："等蚊子放上诱饵，保管有大家的狗肉吃。不过……"大家知道张浪要说什么，都没言语，心里都在盘算四湖老酒下狗肉的滋味，不觉咽了一口馋水。

79

田家村刚发生一件荒唐事，固主任急着找田驹，就是要告诉他，要他去做好关爱爱的工作，让她尽快离开这个村子。

事情是这样的。幸振篓子认为田驹与荷花的婚事老捏合不到一块，是她关爱爱在里边作梗，心里一直愤愤的，便产生了一个以桃嫁李乱点鸳鸯的可笑念头。他先去找断臂单二，见面就道喜："单二呀，乖乖，你的桃花运终于来了。"

单二把那只空袖管搭到篓子的肩头，不冷不热地说："篓子叔，看你老侄这个熊样，什么桃花运杏花运的，早与咱单二没了缘。再不然看你老侄没死，寒碜你老侄是吧？"

篓子嘻嘿地笑了："二啦，叔不吭你，是你的运气好。"说着从兜里摸了一支烟叼在嘴上，并不急着点火。

单二仰脸看天，天雾蒙蒙的。他的心情也和这天气一样，扒不开："知道你驴嘴里吐不出象牙。"

篓子又嘿地笑了一声："别老是拿一只狗眼看人。天赐良机，转眼即逝，信不信由你。"说这话时，篓子才点着叼在嘴角上的那只烟，狠吸了一口，眯着眼悠悠地吐出一串烟圈。

单二的思绪随着那串烟圈似乎也飘忽起来："信你这一回。"

篓子的声音变得温和起来："大侄子，正因为振叔看你老大没成个家，同病相怜吧。昨晚给你占了一卦，你的婚姻大事在村医疗所。咱村医疗所小王已有对象，除此就关爱爱一个姑娘家，想必就是她。这婚姻大事天定，机不可失亦不可泄。你如有诚意，老叔当然愿意做这个大媒。"

"嘿……嘿嘿嘿……你表叔脑子没进水吧？"单二把那只空袖管从篓子肩头上抽下来，用还好的一只手贴贴对方的额头，"发烧。"

"狗日的，好心当作驴肝肺是不？"

"你这头蠢驴，我不知道别人几斤几两，我难道不知自己几斤几两。我看你还是把这好事给你自己留着吧!"单二头也不回地走了。

"犬子难教也!"篓子故作矜持道。

篓子并不死心,他分析了村里的几个未婚青年人,最后决定去找泥鳅。

这天傍晚,篓子找到泥鳅后,同样按照对单二那一套,神秘兮兮地对泥鳅说了一回。

泥鳅先是一愣,转而咧着大嘴笑开了,接着感激涕零:"篓子叔呀,俺长这么大,还是第一次有人给俺说媳妇。关爱爱长得好看,又会看病打针,多好。俺咋谢你?我泥鳅天天请你篓叔喝酒,说假话是这样的!"他伸出一个小手指头,然后从床底下拿出一瓶散酒,放在当门一张少了一条腿的方桌上,倒了两半碗。回头找了两个白萝卜,洗了洗,递给篓子一个,两人喝一口酒,咬一口白萝卜。

泥鳅咽下一口酒和萝卜,感动地颤着娘们腔说:"叔,你是俺亲叔。我长了三十多岁,就你一个提媒的。男女这人吗,相中就是货,对眼就是磨。娘在时说命中注定!"

篓子仰脸喝了个碗底朝天,喷着唾沫星子说:"你听叔的,没错,保管你成事。关爱爱啥人?外来人,对外说得好听,说不定家庭婚姻受挫,来这里不就是想找个疼她爱她的男人吗!"为了让泥鳅放心,又无中生有地加了一句,"我在她面前提过你,她喜欢你这样无牵无挂的光棍。"

"真的!你老叔放心好了,俺知道该咋疼她爱她!"

"算准你泥鳅今生今世的桃花运,就在医疗所。面见关爱爱要好好拉呱拉呱,她这人有戏……"

一瓶白酒见了底,两人都有了几分醉意。

篓子这时趴在泥鳅耳边嘀咕了一阵子。

泥鳅愣怔着,翻着眼皮问:"这叫先下手为强?"

"乖乖,就看你的啦。"篓子捏着光溜溜的下巴,转着小圆眼,压低嗓门说,"泥鳅啦,你和爱爱有没有夫妻缘,就这一锤子买卖。"

他们一前一后向村医疗所走去。

他俩在医疗所不远处站住了,医疗所里灯光亮着,已没了病人,关爱爱在用心看书。

"是时候了。"篓子捏着嗓子说,两人蹑手蹑脚来到医疗所的门前,篓子示意泥鳅进去。泥鳅在门旁犹豫着。

篓子干咳了一声，算是给泥鳅助威。

"关……医生……"泥鳅有些慌乱地迈进卫生室的门坎。

关医生从书本里抬起头："泥鳅，哪里不舒服？"

没等泥鳅说话，篓子突然走了进来："噢，关医生忙着。我停会再来。"篓子说后往外就走，出门时有意把门给关上了。

泥鳅趁势抓住关医生的两只手，颤着娘们腔说："关……爱爱，俺想和你谈……"说着他把嘴脸伸了过去要亲吻。

一股酒气直冲关医生的脑门，关爱爱在一瞬间明白了一切。她猛的抽出泥鳅抓着的双手，甩开右臂，一个巴掌狠狠地向泥鳅的左边脸扇了过去，就听得"啪"地一声响亮。紧接着抓起一个针管子。

泥鳅一吓，酒意全消了，左脸带着五个手指印子"噌"地撞门而出。这一下不要紧，正躲在门外听动静的篓子，劈头盖脸吃了一扇门板子，"啪"的一声响，篓子差一点被扇昏过去，往后退了好几步，额头便起了个大包。

泥鳅管不了这么多，早抱头鼠窜，无影无踪。

这事到此并没有算了，泥鳅回家思想了一夜，恶人先告状来了。

泥鳅找到固主任，捂着被关爱爱打肿的半边脸，把自己的遭遇向固主任哭诉了一遍。最后说："固主任，你要替我做主，出这口冤气。"

固主任转着圈子："你这下三烂，做出这等丢脸的事来，还出鬼的冤气！"

"是篓子做的媒人，她爱爱不愿意拉倒，不该打人，还拿长长的针管子乱扎，亏我撒丫子快。"

提到篓子，固主任已明白了个八九，心里埋怨篓子做出这等小儿戏，如吵闹下去，连自己也会被拉进浑水里去。便暗哑着嗓子哄劝道："泥鳅啦，你也是三十大几不小的人了，咋不长心眼呢？篓子让你吃屎你也去？这事假如宣扬出去，谁敢给你再说媳妇？你咋在村里蹲？再说了，关爱爱要告你个强奸未遂罪，你只有坐大牢了。"

泥鳅打了个激灵："俺就怕这个……"

固主任表现出关心的样子，小声说："泥鳅啦，俗话说，家丑不可外扬，事情到此为止。关爱爱那边村里会做好她的工作。篓子这家伙，你等着，我不会轻饶他，让他永远不敢再犯。"

泥鳅走后，固主任想，一要稳住篓子和泥鳅，当作什么事也没发生。二要做好关爱爱的工作，最好让她尽快离开田家村，省去很多烦恼。

谁来劝说关爱爱？固主任首先想到了田驹，然后借机再敲敲田驹。在村里碰见乔木匠，便捎话找田驹说有急事。

固主任见到田驹说："田家村出大事了，知道不？"

田驹搬了一把木椅坐在固主任的对面，眼睛盯着固主任，好像问：什么大事？

固主任就把泥鳅哭诉的事情说了一遍。然后说："这受害者泥鳅挺委屈的。"

田驹听了又好气又好笑："主任大叔，照理说，受害人是人家关爱爱，因她防范意识强，身体没遭到伤害。然而她精神和心里遭到了伤害，她是无辜的受害者。"

"我在纳闷，俗话说，苍蝇不盯无缝的鸡蛋，这个泥鳅为什么去找她关爱爱？"

田驹猜不出固主任话的意思，反问道："主任大叔，那关爱爱为什么没同意，反而打了他一巴掌呢？再说，事发前，篓子有直接关系。"

固主任没有言语，他点着一支烟，用力地吸了一口。

田驹继续说："关爱爱鸡蛋有缝无缝另当别论，事发时关爱爱也没吃啥亏。但是性质不在这里，篓子教唆犯罪，泥鳅强奸未遂罪，如果成立，都够判刑的。"

固主任倒吸了一口冷气，在办公室里转了两圈，然后沙哑着声音说："田驹呀，俗话说，家丑不可外扬。为了事态不再发展，叫你来，就是做好关爱爱的工作，最好能让她尽快离开田家村，这也是对她好。"

这才是固主任要田驹找关爱爱谈话的本意。固主任一直在想，关爱爱一旦离开田家村，此事不仅烟消云散，荷花在本村就没了竞争对手。

田驹心想：关爱爱一个外地人到田家村来做医生本就不容易，篓子和泥鳅对她的伤害就够委屈她了，还让她离开村子离开岗位，这不明明在挤兑外来人吗！便说："这样做关爱爱是否能接受得了？"

"接受得了接受不了都得接受，谁能想到会发生这样的事！我想她会顾及脸面。"固主任把烟头拧在桌角上，这往往是固主任研究事时最后的决定方式。

田驹提醒道："主任大叔，我们想的是否一厢情愿，假如关爱爱要去派出所报案呢?"

"嗯!"固主任思忖着,又燃起一支烟,猛吸一口吐了出去:"你马上去找关爱爱,也要把她的情绪先稳定下来再说!"

80

这些天,田家村人在交头接耳地传播着芦花的信息:

"芦花出嫁了!知道不?"

"哪个芦花?"

"还能哪个芦花?就是来咱村讲编织技术课的芦花,芦花村的主任助理!"

"芦花出嫁了?对象是谁,哪村的?"

"哪村里?好像是芦花村!"

"亏了!"

"听说是北湖镇副镇长卢畅!"

"我说呢!"

"卢畅,是吗?怎么会是卢畅?"

"怎么不会是卢畅?"

"噢!这个……"

"她该嫁给田家村!"

"嫁给你?你尿泡尿照照自己!"

"不是说和田驹好着吗?咋说嫁就嫁给别人了?"

"你问谁?你只有去问芦花为什么。"

"她也当不了自己的家!芦花村哪个女人敢嫁田家村?除非她不想活了!"

"看来芦花老师不会再来我们田家村了,更不会再来讲课了!"

"哎呀,还有好多没讲呐,怎么弄?"

"讲什么讲,还不是拾人家的屁吃。"

"说不准是冤屈了芦花,听说她已聘律师维权。"

"做做样子而已。钱总当场已下结论,你们都在跟前。"

"那也是技术,总归是出口产品。"

"那天说得好好的,说是接着讲的,隔这么多天,原来她出嫁走了!"

"毕竟是嫁出去的闺女泼出去的水。"

"人家是芦花村的闺女，咋就成了你家的闺女？"

"半夜娶媳妇，想得倒美！"

"不知道呀？早知道该派代表去祝贺！"

"这编织合同算玩球了，成了一张废纸！"

"都怪单二、泥鳅他们闹腾的，一开始就说废合同。臭嘴，这好受了，废了！"

"……"

篓子笑了，小圆眼睛好像蒙上一层雾水。他一溜小跑，把芦花村的芦花嫁给卢副镇长的消息，第一个告诉了固主任。

断臂单二笑了，把空袖管舞动了一番，重重地从丹田里舒了一口气。

固主任笑了，笑了半天，暗哑的嗓子有些发亮："这才符合村情，符合两村民意。"

一提到芦花，田驹就不再言语，心里闷闷的。他虽然还是那样勤奋工作，但表面上憔悴了好多。季响、张浪、蚊子为了给田驹解除心里痛苦，请他喝了两次酒，两次都喝得大醉。

蚊子挠着尖头，感叹地说："一个芦花就值得你这么上心。"

"蚊子兄弟，你们不懂！"

季响、张浪、蚊子相互伸了下舌头："我们是不懂。"

"不过，我能慢慢理解芦花的难处，这不全怪她！"田驹在给芦花辩护，也是在想说服自己找理由。

81

这天，田驹找到白莲和巧燕说："芦花是不会来了，编织技术的事要靠你们俩担起来。眼下，大多在家的男劳力都搞起了养殖，但是妇女和弱残劳动力都投入到编织上来。再经不起意外的闪失，我们不能中断了与芦花村的联系，从我们自己做起，营造好的环境，没有好的环境什么事都做不起来，即使做了也留有后患。石副经理那边也要照顾好人家。出门在外一个人不容易，要他体会到在田家村就如待在他自己家里一样温馨，等他把要考察的考察完。"

白莲手里拿着一个设计小样晃着说："石副经理也是个直爽之人，有啥问题我们能直接交流。前两天他去了芦花村编织厂，没见到芦花。胖嫂说，芦花来了几次电话，主要是说两村编织方面的事，还没忘记关心田家村编织进展，请胖嫂多关注。她还说编织艺术品创新不能停步，要经得住考验。关于芦苇画的创作，她说芦苇画不是编织品艺术，是烫贴手工艺术，没有离开我们本地的芦苇资源。所以说这两种不同形式的艺术品都不能丢。"

"太好了，芦花这样越让我佩服她！"田驹有些感动地说。

白莲说："石副经理说，胖嫂告诉她，芦花助理的每一件创意作品都是有根源的。我们身边的这条界河的主流，流经京杭大运河，通往四湖。四湖又和哪儿相通知道吗？有一个重要之处，就是水泊梁山，那可是生了英雄豪杰之处。虽然连着我们这儿也就百多里。在这一望无际的四湖滩涂，我们这一代人要创一番大业正是靠天时、地利与人和。"

"石副经理很赞成，说他考察的正是如此！"

"芦花还说什么了？"田驹看看白莲又看看巧燕问。

"芦花还说，建议设计三国里英雄关云长千里走单骑护送两位皇嫂寻夫君重情重义的故事。还有家喻户晓妇孺皆知的西游记里边的师徒四人，唐僧、孙悟空、猪八戒、沙和尚去西天取经的故事。"

"胖嫂告诉石副经理，芦花这人我真佩服，有女性温情甚至多情，更有巾帼不让须眉之女中豪杰。"

这时张浪、蚊子、大友也围过来。

蚊子说："我看不尽然。要说芦花，我还真有点发言权，她有柔弱的一面。一次去芦花村编织厂，我看有一副很耐人寻味的人物构图。这种构图在感情上受过挫折，心里寂寞，有孤独感，含悲伤成分。"

"蚊子跟谁学了这一套说文解字的，还卖关子，我就喜欢有屁快放的人。"张浪不高兴地嚷道。

白莲向张浪白了一眼。

张浪赶紧底下头去。

"哼！"蚊子吃醋道，"像张浪这家伙就得有人管着才不随便放屁"

大家都笑。只有大友不言语，看着白莲的脚，心想，我就不信张浪有这个本事。

巧燕笑笑："蚊子，你不懂这种心理，这心理是瞒不过田驹哥的。"

田驹装出不懂的样子，对巧燕点了点头："说说看。"

"蚊子说的是一幅《红楼梦》图案'林黛玉葬花'。背影花枝颤动，人物写实和写意相结合，衣服穿戴粗略洒脱飘逸，而面部表情凝重凄婉，一根根细若发丝的线条，人物动态表情淋漓尽致，编织或芦苇画熨烫都是很难达到的效果，不知芦花姐设计此图何意？"

好一会没人言语。

田驹心想，此作品创作主体是以人物感情为主调喻悲含悯和无奈的情绪，往往作者是在情绪不好的时候勾画出来的。但是这种创作是有思想性的，是作者本人借题表达流露出的一种心情。芦花不是这种性格的人。姑娘家的心思很难猜，谁知道呢？他觉得有好久没给芦花通电话了，自北湖镇医院见了一面，而且是十分尴尬的见面。不去想她了，他能理解她。他觉得世间万物没有什么可能或不可能的事。

这时只听白莲说："胖嫂让石副经理带来一份设计图，说是芦花交代的，在编织组传看，大家都说无从下手。胖嫂还对石副经理说，芦花说那10件被否定的创新作品，她请大家原谅她，让大家失望了。愿本想着创新产品是会卖个好价钱的，想不到会出这档子事。把大家苦心编织的创新艺术品被人家作为模仿品来收购，经济上吃了大亏也毁了她的声誉。她已经请律师在打维权官司，首先是和他的老同学钱总，接下来钱总还要与广州那家苇编厂辨真假，给她自己和大家在声誉和经济上讨个说法。此事，石副经理也坐不住了，他张着两只手老是不解地叫，究竟怎么回事？石副经理都一头雾水。"

大家为芦花的精神所感动，不约鼓起掌来。

"胖嫂说，芦花还说，她希望大家继续按原来的图纸做出一批精准的样品来，不要放弃，不要灰心。最新创造的芦苇画，等钱总和技术人员审定。对芦苇画艺术品而言，难度更大，功夫更细致，剪烫贴润等十几道工序，要领难掌握，要有专人指导。"

田驹说："能请技术老师来指导固然重要，但是我们不能依靠别人。我们要发挥我们的潜力，先做好做的，如合同内的作品、芦花坚持的创新作品。还有实用的芦苇风景卷帘、办公芦苇卷帘、遮阳芦苇卷帘、晾晒芦苇卷帘、装饰芦苇帘、吊顶装饰苇席、炕席，还有芦苇浮漂、芦苇鱼漂。在草编上，更是丰富多彩，人物、动物、花鸟草虫无所不包，就看我们是否跟上社会的需求，等等。在技术产品上要学习芦花村，在大局方面要比风格。我的意思是我们村组成的技术攻关小组，认真研究克服难点，然后要白莲、巧燕几个能手，认真打磨出新品来。只有这样，我们两个村才会有共同的优势，又有相互学习的靓点。"

田驹没说出口的是，他担心结婚后的芦花与卢副镇长，在芦花村与田家村结合点上，是否还能结合下去。

82

张浪自从在白莲家小灶房里守夜后，几乎当作自己的家。黑天守夜，白天在白莲家里地里，有重活难活就有张浪的身影。白莲几次想对张浪说点什么，张浪就急忙把眼神挪开，他总是回避着白莲那白皙的面容和忧郁的眼神。就是在他守夜期间，在她家看到的小偷和抓住的敲门人，也从没跟白莲说过。白莲也从没问过他。

这天，张浪一脚踏进白莲家门坎。

白莲正在堂屋里精心编织一个白杞柳的萝筐。张浪蹑手蹑脚走到她身边她都不知道。这时白莲右手正准备拿身边的柳条时，张浪不声不响把一根剥了皮光亮亮的杞柳条子递到她的手上。白莲接过来时吓了一跳，叫道："你个浪，吓死我了。"

张浪哈哈笑了，醉迷迷的样子，欲言又止。

"咋不说话你，看你平时没有正形的样子。"

"白莲，说真的，对你，不敢没正形。你想过我吗？"

"滚一边去吧，狗才胡思乱想的！"白莲笑骂道。

白莲的编织品在村里数一数二的，张浪总是没事时跑到她身边请教编织技术，并把编好的产品分类放在一起。这时张浪不知重复了几遍的话说："我知道七星已三个年头没回家了，我已听人说七星在外边……

白莲没有吭声。

"说心里话，我浪里白条心思一直在想着你，可你咋不为自己想想呢？"

"是看着我这个女人可怜？"白莲放下柳条拿眼睛盯着张浪问，"我说过不喜欢酒晕子的。"

"白莲嫂子，你让我说真话吗？"

"你这酒晕子还有真话！不过，俺想听听。"

张浪把自己成为酒晕子的前因后果说了一遍。最后说："说真的，母亲的早逝一度使我绝望过，多年感觉这世上再没有第二个亲人。一直活得失落、痛苦、茫然，沉重没自信，自卑着难过着。我现在已不是小孩，都快30的人啦，也想成个家。可是，总摆脱不了我小时的感觉，平时的开心都是装出来的。"

白莲听傻了，她呆呆地看着张浪，眼里含着泪光，说："你的身世我从来没听人说过，只知道你是个酒晕子。"说着，白莲情不自禁地把张浪抱住了。

张浪却像孩子一样把头拱在白莲的怀里，放声痛哭。他从小应该得到的母性的爱，他没有得到，他缺失。这会，他趴在白莲怀里哭得好一阵子抬不起头来。

白莲擦了把眼泪，把张浪的脸用手捧起来，说："张浪，我知道，你幼小时心灵深处埋下了失去亲人的痛苦和母爱的缺失，这是无法弥补的。现在都快30岁了，你已经是成年了，要有勇气承担过去，更要有信心面对未来。"

"我也这样想，也在努力去做！只是……"

"张浪，现在我想问你，你喜欢我什么呢？"

"说心里话，我是挺喜欢你，你长得不仅好看漂亮，心灵更美，再是你朴实善良。"

白莲笑了，她相信张浪的话。不过，她还是故意笑骂道："你们男人没几个好东西。就你张浪来说吧，看你这会求女人油嘴滑舌死皮赖脸的，得到了，不知哪天就把人忘了。"

"我敢发誓，如果我张浪娶了白莲，负心对不起她，天打五雷轰……"

"那好吧，如果你是真心爱我，就帮我把那张纸递到法院去。"白莲示意张浪看桌角上放的一张纸。

桌角上放的是白莲在风雪交加的夜晚写的离婚申请书。

张浪拿过那张纸看了一会，思考了一下："白莲……"他激动得像多喝了几杯，"不是我张浪不愿意把这张……纸送到法院去，是因为这离……婚申请我去递不大合适，必须你亲自去才行。不然，我借棒子脸的三轮车带你去，反正你自己要去。"张浪说着两只胳膊抱住了白莲的腰，"既然自己决定的事就要大胆朝前走出一步，走出一步天……天地宽！"张浪激动得口吃了。

白莲两颊红红的发烧，两眼湿润了，她那原本冰冷的心突然觉得滚烫起来，滚烫且急速跳动的两颗心贴在了一起，能融化眼前的冰天雪地，能融化整个世界。此刻白莲觉得很幸福，伸开两只长长的手臂，拦住了张浪的腰。

"白莲，这些天晚上我在你家守夜，白天有时帮你家一点忙，你从来没正经看过我一眼。我知道我配不上你……"张浪与白莲耳鬓厮磨着低声诉说着。

"我知道你是好人，你帮我守夜，我心里很踏实，睡得也安稳。那两夜院子里有动静，我是知道的，我爬起来先是在屋里听动静，接着我趴在窗内往外看，虽然鼻眼模糊，但轮廓还是清楚，在门里边听见的虽然不完整，但是我心里明白。"

"你都知道了……"

"啥也别说了，我很感激你!"白莲把张浪抱得更紧了，"今晚，你把被子抱到我这屋来吧……"

83

界河边第一次迎来了肉鸭和龙虾收获的喜庆日子。

田驹第一批饲养的五千只肉鸭已和县屠宰公司联系，今天就要出栏了。两沟池龙虾也要收获了。

冬瓜、蚊子、张浪、月新、于跃等村民先后饲养的肉鸭也一天一个样的生长，差不多已长成半大肉鸭了。

杏麦嫂的 2000 只蛋鸭，圈养和散养在她家的两亩田地里，田头紧挨着界河，鸭们喜乐自在，长得也比架养的快，个个羽毛丰满漂亮，它们摆着屁股，成群结对，一会在旷地慢步，一会到界河水边畅游，相互嬉戏追逐，河水溅起水花，嘎嘎嘎地叫声一片。

麦杏和麦杏嫂一有空就拌着指头算蛋鸭下蛋的日子。

冬瓜兴奋地对蚊子说："再过 20 天，我这两千只肉鸭也和田驹哥的肉鸭一样就要出栏了。"

蚊子沮丧地说，"我的肉鸭饲养比你冬瓜哥的早三天，看样子出栏要晚你三五天。都怪那几只狗熊，惊吓得鸭群多日都惊慌不定。逮狗的诱饵也已换了三次，那些家伙都没个脚后跟。我真纳闷，它们好像懂兵法似的，知道我们设了埋伏，毁了我二百多只肉鸭不说，又白白搭进去二斤羊肉，真算倒霉透了。"

春旺咂咂嘴："蚊子别存不住气，我就不信那群狗不来！眼下要紧的是张罗田驹哥家就要出栏的五千只肉鸭和几池要上市的龙虾，要声张出光景来，也等于宣传好我们自己的产品！"

正说话间，季响、黑丫开着拖拉机来了。几个人都围过来问田驹肉鸭出栏的事和鱼虾上市的事。

冬瓜抓了一只龙虾对着太阳瞄，一边自言自语："这龙虾交配的次数和时间也能增加。"

蚊子量着温度说："不懂了吧冬瓜哥，田驹哥的实践，勤换水，多喂猪肝贝壳类食料，这龙虾交配次数和时间就增加，繁殖就快就多，这一个多月一池子就增加了5池子数量。"

田驹笑了："蚊子说的没错，往后它们生长随着温度升高繁殖更快，像变戏法一样。"

张浪醉醺醺的样子说："田驹哥的五千只肉鸭今天出栏，已把里攥。县屠宰场今天来车拉，咱们就只管点钱喽！"

蚊子跳着细腿说："哼，小的压不起秤砣来，还是大个的那家伙厉害，一个顶几个，能养出一批虾精来更好。"

季响骂道："听说你的肉鸭都养成龙飞鸭了，也没见成了精。还不如蚊子长成精来，成精的蚊子恐怕把人也给吃了！"

蚊子打趣地说："真把你季响吃了，黑丫不把俺揍扁了！"

几个人的笑声在广阔的界河两岸此起彼伏。

田驹分析道："再过些天就是鱼虾繁殖旺期，为了把我们养殖的肉鸭和龙虾已成功的信息提前传扬出去，除正式销货到屠宰公司的同时，先逮一部分进入市场。"

张浪推了一网子龙虾拉上来："在我们肉鸭和鱼虾进入市场前，要拉两个锣鼓围着村子敲上几圈，进城一路更要敲得响亮。"

"好，张浪这家伙脑子有个宣传意识，我们不保守也不虚张声势，就用黑丫的拖拉机打个前阵，前面写个横幅。"田驹赞道。

春旺说："就叫诗人推拿个词吧。"

春旺说的诗人是高考落榜的青年笛子。平时这小子喜欢写几句挠不着痒痒的诗，村里喜欢找乐子的人就叫他诗人，现在冬瓜的鸭场打工。此时，诗人推了推架在鼻梁上的眼睛说："我先给你们讲一个故事。话说大汉皇帝刘邦受伤在藏龙洞里被困，当时有一只鸭王为了救刘邦，它飞到一座名山的绝壁处，把一棵百年灵芝衔回来献给刘邦。刘邦吃下灵芝，很快伤愈，杀出项羽重围。刘邦当了皇帝后，不忘鸭王好处封鸭王为龙飞鸭。鸭王感其刘邦义重，便拔羽毛几根，化为群群肉鸭，造福当地百姓。咱不考察此一说是正史还是野史，咱借皇帝的吉言就叫'龙飞鸭'和'龙飞虾'大卖场。"笛子说。

黑丫笑得满脸红润："诗人就是诗人，他的想法就不食人间烟火。龙飞鸭、龙飞虾，咱这老百姓咋能吃得到。"

"咋说诗人是浪漫主义，这美名也可餐。"季响说。

田驹亮着嗓子说："你们说的都很好，用界河特产命名就是让芦花村也沾上光，引导他们去界河边搞养殖，是养的龙飞鸭和龙飞虾。"

听说田驹他们在界河边饲养的肉鸭和鱼虾获得成功，要捕捞上市，不少村民当风景一样陆陆续续来观看。

"乖乖，这才一个多月就见大利了！"村民看着界河边不知不觉中已建起的一栋栋鸭棚，那棚里的肉鸭个个肥美，欢叫着，数以万千，十分惊奇。再看接二连三的鱼塘虾池，真像传说中的瑶池。

季响几个人用网子推上来的龙虾，一拃长的虾身饱满红润，一只只活蹦乱跳，十分喜人。

蚊子穿上皮衩跑到池里打捞，把大个的鱼虾放进筐里，把小的放进另一个养虾沟池里去。

棒子脸取笑说："蚊子，小心大龙虾把你家的老二夹住了。"

蚊子还嘴道："棒子脸大哥，逮个最大的龙虾给你老婆去玩吧，这家伙要是夹住那里就不会轻易放手了。"

引来大家一阵开心的笑骂声。

这时，龙水县屠宰公司开来两辆大车，来装运田驹的五千只肉鸭。在围的无不欢心鼓舞。

季响、冬瓜、张浪、蚊子、月新、于跃等几个年轻人估摸着自家饲养的肉鸭出栏时间，和县屠宰公司预约。

黑丫把拖拉机开到养鱼虾池旁，季响、张浪，冬瓜把大筐的龙虾往车上装。芒种、于跃、白莲、巧燕也来帮忙。

一只只肥鸭嘎嘎叫着上了车，活蹦乱跳的龙虾在暖暖的阳光里泛着橘红色，像跳动的火焰。

在围的村民脸上愈发地灿烂起来，羡慕声不断。

幸振篓子好久没有露面，今儿也赶来凑热闹。他眨着圆圆的小眼睛说："这比娶媳妇都高兴，我算着界河边有喜事。"

大家便笑。有几个年轻人向篓子嗤之以鼻。

田驹看看大家情绪很高，便趁机说："乡亲们呢，我们田家村有了自己的特产品，自己的品牌，以后还要靠大家支持，带头发展。要不多久，我们这儿一定会变成全国最大的肉鸭和鱼虾养殖基地。"

篓子才不管别人的脸色："看过人家养过鸭、养过鱼，但还没见龙虾这玩艺也能饲养。"今天算开了眼界，他用两根指头在竹筐里捏出一只大龙虾。

大友早就想养又不敢养，用张浪的话说，又怕豁了饭又怕烫了蛋。这会便偷偷问蚊子说："蚊子，养这玩艺，心里踏实不？"

蚊子哼了声："要说不踏实，保管吓得你掉裤子。"说着自己也笑了，"俺爹俺娘穷了一辈子，舍不得吃喝，打捞一只鱼虾也要拿到集市上去卖，供我们姊妹读书，想想俺都难过死了。兔子哥我告诉你，接下来我要养个三千只肉鸭，两亩鱼虾，再逐步扩大，不仅娶媳妇，还要盖楼房，买他辆新三轮，还有让我父母天天有大鱼大虾吃。"

篓子流着馋水说："蚊子啊，你是孝顺孩子。也别忘了你振叔，小时候我还抱过你呢。给你叔送点龙虾尝尝，大小都不要紧。"

蚊子便用柳条子串了一大嘟噜龙虾说："篓子叔，回家煮了下酒。"

"这还不够塞牙缝的。"篓子说着，捡大的又串了两嘟噜。

秃子爷来了，看看养殖光景，瞧瞧沸腾场面，听听嬉笑的人声，心里不由兴奋起来："田驹爷们，这大的喜事要好好宣传宣传。三十年前，田家村成立过文艺宣传队，那一套锣鼓家什还好好的保存在我那儿，今天拿出来凑凑热闹。"

"好呀！"人们齐声叫好。

黑丫满面春风开着拖拉机在前边，车上方用红布打着一条横幅："界河特产龙飞鸭、龙飞虾隆重上市。"车帮两边坐着田驹、季响、春旺、张浪、蚊子、冬瓜、月新、于跃、白莲、巧燕……

在食品公司大卡车和棒子脸的车厢里，一排排芦苇篓子里红红火火地装满了龙凤鸭、龙飞虾。庄园的芒种、开放开着他们刚买来不久的三轮车在后。车里边坐着赶倒山、秃子大爷、乔木匠等一帮人猛劲地又吹又敲又打，引得芦花村和田家村在田里干活的人们停下手里活计，拥到界河边看风景。

界河对岸疤瘌青扯着嗓子叫道："你们怎么打界河的招牌，界河也有芦花村的份。还没给你们算账呢。"

田驹隔岸回答道："疤瘌兄弟这让你说对了，以后这里生产的肉鸭鱼虾就是界河的特产。这些特产的发展是我们这两个村共同的品牌，希望你们在界河那边养起来！"

寡妇荣也跑前跑后大喊大叫："田家村能养出龙飞鸭、龙飞虾，俺芦花村就能养出龙飞鳖、龙飞蟹来。"

疤瘌跳着短而瘦的腿杆子，咳着嗓子附和着。

庆贺龙飞鸭和龙飞虾成功收获的人们旋即敲锣打鼓进了田家村，又围着村里转了一圈，这才奔向进城的大道。

黑丫、棒子脸、芒种、开放的车接连进入龙水县城，招摇过市，吸引了众多目光。有人驻足观望，有人在回顾这界河的历史，回想田家村和芦花村呐喊械斗的那个地方。

在水产市场上，几家饭店老板争相订购龙飞鸭和龙飞虾，他们感到这生态水产品格外的鲜美。有的给田驹他们打招呼，想当面签订常年供货合同。

最后田驹他们硬是被几个老板请进向阳大酒店。

向阳大酒店的女老板叫格兰，是从川西南过来投资兴业的，精明伶俐，办事果断。在酒桌上她代表在坐各位饭店老板，和田驹代表草签了龙飞鸭和龙飞虾，常年供货合同。"

田驹仰脸喝了一杯酒，兴奋地说："格兰老板，界河两岸饲养出来水产品优质鲜美。请川妹子和各位老板放心，你们大开炉灶，做好特色鱼虾各种吃的文章。咱们这地方，鸭的名吃就有龙飞鸭、荷叶鸭、灵芝鸭、桂花鸭、香酥鸭，还有龙虾十八味，龙虾全席宴等等。"

几个饭店老板听了欣喜若狂，各自揣了大杯酒敬给一行来人。乐器班里赶倒山、秃子大爷、乔木匠从来也没这样开怀痛饮过，反正花的是饭店老板的钱，再说几年也没心思更没钱坐在大酒店喝酒了，这机会难得，不带几分酒意实在对不起自己。

张浪醉了，在红地毯上又唱又跳。这家伙唱了半天一句都没在调上。

有一句大家听得真切："我和白莲相爱到永远……"

"嗷！"一厅人拍手尖叫，"欢迎白莲来一个！"

白莲大方地走向红地毯，向大家鞠了一躬，唱到：

"我家住在界河河畔

大风从这儿刮向天边

不管是东西风还是南北风

你都是我的金蛋蛋金蛋蛋

……"

张浪愣了一下，酒也似乎醒了不少，幸福使他热血沸腾，立马在白莲身边舞动起来。

全场爆发出一阵阵热烈的掌声和尖叫声。

蚊子也不示弱，也跑到红地毯上一边舞动着细腿一边唱：

"有个美丽的地方

让我难舍难忘

那里有我美丽的梦想

还有我那美丽的姑娘……"

黑丫拍手叫好："这歌词和歌声听起来都像歌星唱得差不哪去。"

蚊子更来劲了："俺娘说俺小时候哭起来就像唱歌一样！"

"你比臭蚊子叫声好不了多少。"大友叽讽道，他后悔没傍上白莲。

芒种说："等庄园庄稼丰收后，我举办田家村专题演唱会。"

"好好，物质和精神文明咱都不能差。"田驹很赞赏这种做法。

一厅人便鼓掌。

在回家的路上，春旺哼哼唧唧手里点着票子，口里叫道：

"欢迎张浪再来一个！"

张浪在车箱里已醉入梦乡，打起了呼噜。

车子拐上入村土路时，黑丫接替了季响，脚下加大了油门，拖拉机在高低不平的土路上蹦蹦跳跳起来。车上的人发出高一声低一声的狂叫。

冬瓜哀求说："黑丫姑奶奶，求你慢点开，俺肚里肝胆肠子都颠出来了！"

黑丫笑道："咱田家村的人，都是这路颠出来的，你黑姑奶奶就不怕颠散架了。"

听到赶倒山大叔和秃子大爷、乔木匠在后边三轮车上骂棒子脸："你个狗日的，把老子都颠散架了。"

棒子脸越发地朝大疙瘩的路面猛加油门，一边哈哈笑着回骂道："赶倒山大叔、秃子大爷，您两个老熊听着，再不颠就没机会了，听说从中央到地方，上级拨专款正修铺县与村、村与村的水泥公路，想想看，能用几天，你两个老家伙想找这疙瘩路松松筋骨都没这个条件了。"

"哈哈，哈哈哈……"

84

蚊子已经是第三次给逮狗板下诱饵了。这时间，他饲养的肉鸭也平均长到了 3 斤多一点。

蚊子下这第三次诱饵时，不免有些纳闷和沮丧。心想，难道这些狗也神了，自从他们下了这逮狗拍盖，连狗影儿也不见了不说，他又白白搭进去 3 斤羊肉。如果这样下去，不仅毁了他二百多只肉鸭，说不定一只羊也要搭进去了。他这样想时，不免有些发呆，眼睛直直地看那界河上游方向。界河弯曲地拧动着宽阔的身体，河岸高高低低，路面宽宽窄窄，在温暖的阳光里透出斑驳的色彩，疙疙瘩瘩，硬硬邦邦，好久没下雨了。

蚊子突然看到就在这条硬如榔头的沿河路上，在流动的光辉里，有几条狗正向这边飞奔而来。蚊子惊喜地揉了一把大眼睛，心想，可把它们盼来了。转忽间，那几条狗窜下路面，直对蚊子的养鸭棚奔来。蚊子有点晃悠，眨眨眼睛仔细看时，那几只狗已扑到他的跟前。蚊子几乎把魂吓掉了，可着嗓子尖叫："狼！狼！狼！快救命呀！快来……"。

离蚊子养鸭棚较近的春旺听到蚊子变腔的呼叫声，急忙冲出来。眼前的情景却也让春旺大吃一惊，一只狗带领五六只色毛不同的狗正向蚊子这边扑来，蚊子早被吓呆那儿。

春旺大吼一声，一个箭步飞奔过去，对准领头狗猛地飞起一脚。这一脚正踢在领头狗的下颏巴儿上，只见那条狗四蹄朝上在半空里划了个漂亮的弧线，落在四五米以外的一个泥水坑里。突然，紧跟领头狗的五六条狗来了个180度急转弯，嗷嗷几声吓得屁滚尿流没了踪影。被春旺踢翻的头狗在泥水坑里猛地来了个前翻，调头跑进苇丛中去了。

"哈哈……哈哈哈……"春旺仰脸大笑。

蚊子好像这才从恶梦中惊醒："春旺哥，亏你这一脚，不然……这狗，不，简直像狼，神了，我早就想，这些家伙懂得兵法！"

"哈哈……哈哈哈……"春旺又大笑不止："学过兵法，看了么？我这一脚只用了十二分劲，如果用到十三分，这狗就被我踢死了。真后悔当时没有紧跟踏上一只脚，让这条恶毒的大黑狗拣了一条命！"

"我看得清楚，这家伙是四眼子狗，常常会给人突然袭击，让你来不及招架。"蚊子惊魂不定地说。

"哈哈……哈哈哈……我这一脚，要这群狗熊，就你蚊子说的狼，叫它们长一辈子记性！以后它们再也不敢光顾这里了。"春旺很是自豪地表现着自己。

"你这一脚它们这一群狼狗一辈子都不敢来了？"蚊子疑惑地问道。

"是呀，你想它们能不长记性吗？就如你蚊子说的，它们多少也懂点兵法，还敢来吗？它们不想要命了！当然，它在你胆小鬼面前是不怕的。"春旺继续大吹大擂起来。

蚊子再没有言语，心里在想，这我不白白毁了二百多只肉鸭，外加3斤羊肉吗！这春旺的脚也太不争气了，要不就踢得轻一点，要他们不长记性，还有吃狗肉的可能，要不就一脚把它们踢死。干吗这踢得不死不活的，从此那些狗们不敢光顾这里，最后连个狗毛也没抓到。蚊子想到这里就有些不高兴了。都怪这春旺，唉！不对呀。都怪我蚊子，本来就不该大呼小叫的。对了，这些狗们哪会是冲他蚊子来的？是冲他的香喷喷的羊肉来的。如果我蚊子不声不响，那些狗们会对他下的香喷喷的诱饵在板盖下边你争我夺，那该是什么场景，至少也拍死它三两条狗是轻而易举的事。那事情会是另一个样子，大家香香地嚼着狗肉，称赞着蚊子，皆大欢喜。而此时春旺好像成了打狗的英雄，他蚊子却成了胆小鬼。

蚊子越想越气，便钻进自家鸭棚里睡觉去了。春旺又说了些什么，他一点也没听进去。

蚊子不知自己睡了多久，饭也没吃。

突然一声狗的尖叫，把蚊子惊醒了。

蚊子忽地从鸭棚里爬起来。外面一片漆黑，已经深夜了，蚊子抓了手电筒直奔鸭棚后逮狗拍盖那边跑去。在手电筒的光亮下，他看到他们下的逮狗拍盖已扑倒，板盖下边有一个黑狗的后腔和两条腿还在动着呢。蚊子惊喜地大叫："逮住了！偷吃肉鸭的狗贼逮住了！春旺哥、冬瓜哥、田驹哥、张浪哥，你们都快来看呀，都快来呀。"蚊子十分激动，细麻杆似的两腿连连跳着、笑着，"都快来看呀……"

第一个冲过来的又是春旺。春旺的手电筒光亮一晃一晃的。他高兴地大叫道："就是这家伙，前年它先后偷吃和咬毁了我三百多只肉鸭。"

这时田驹、季响、冬瓜、张浪、月新、于跃都过来了，他们高兴地叫着，很快分了工，剥狗的剥狗，打水的打水，烧火的烧火，界河边一口大锅下熊熊的劈柴越烧越旺。

闻香从庄园赶过来的芒种、开放哈哈地笑着："蚊子这家伙有好吃的，也不打声招呼。"

"狗鼻子挺尖的，瞒也瞒不住。"张浪一边烧火一边笑骂。

"是呀，馋狗就是离不开灶台。"芒种回骂道，"浪哥，兄弟们都在，私藏的几瓶好酒也别独喝了。"

"早准备好了，少不了你一壶。"

灶膛里火烧得旺旺的，照得周围大家的脸红彤彤的。

不远处有十几只绿莹莹的眼睛在朝这边张望，并发过来低低的哀嚎声，是它们在向死去的狗致哀。

春旺在大声讲叙白天打狗的故事，最后说："想不到这家伙晚上又绕了过来！"

季响说："这狗还真懂得兵不厌诈。可是没料想对手下了机关，不然，又被它们偷袭成功了！"

大家感叹这狗的智商不低。

季响说："通知乔木匠、高瓦匠、秃子爷、棒子脸、赶倒山、黑丫、白莲、巧燕、笛子、大友、方技术员，还有石副经理他们过来吃狗肉。"

"好，有福伙计们同享，有罪同受。"春旺说。

"哼哼！我这就跟他们联系。"蚊子撒开两条细腿向村里跑去了。

季响好像又想起了什么，说："当年大将樊哙屠狗时曾经杀一只老鳖配着狗肉煮，那香味全城人闻得都流口水。二千多年来，到今鳖汁狗肉都成了天下名吃，咱们今晚也该配两只煮了。"

"冬瓜池子里好像有几只大点的老鳖。"春旺说。

冬瓜说："我这就去逮两只来配上，保管大家吃得过瘾。"

不一会冬瓜捉了两只老鳖过来。"还是小了点，斤把一个。"

"大小也是一道名菜！"张浪朝大锅底下加了几根木柴说，"立柱年关给我带来两瓶好酒，高瓶的，还没舍得喝，在看鸭棚里。"

"想不到狗窝里还能搁住油饼。"芒种开玩笑地说。

"今晚没酒就瞎芒种了！"张浪回敬道。

"哈哈哈……呵呵呵……"

"就等着这下酒的狗肉。"在围的口水都流了出来。

不大会，水在锅里翻腾起来，配了两只老鳖的狗肉香味也越来越浓，在四野弥漫着。

85

芦花的母亲已经出院回村，芦花就一心扑在村里事务和编织工作中。

这天她的心情很好，想找个人说说话，把手机也打开了。自从母亲有病起她的手机大多是关着的。她给外地一个老同学聊了一会，接着一个熟悉的号码跳到她的眼前，是田驹打来的。

接不接呢？她犹豫了一下。自从在医院和田驹见面后，再也没有心思想和田驹推心置腹地交谈。工作方面的关系还是不能断，这也是化解两村怨结发展两村经济不可缺失的联系。

她按了通话键。

没等她开口就传来了田驹热情的问候："芦花助理，好一段时间咱们失去联系。你现在还好吗？大娘身体康复了吗？"

芦花没有回答，不知为什么，她的眼泪无声地流了下来。

这两天田驹都在想，界河边养殖肉鸭和龙虾成功的消息应该告诉芦花。无论他们个人之间有什么解不开的疙瘩，都不能影响他回乡的初衷。他想芦花和他虽然在感情方面，特别在爱情方面，现实也许太残酷。是她承受不了各种压力，而被迫为之，他能原谅和谅解她。在事业上，他不会怀疑她对他的支持，他会相信为两村化解怨结、共同发展那是他们共同的目标，所以他要把界河边养殖的成果告诉她。

"芦花助理……"田驹自从听到芦花和卢副镇长去登记那天起，他已不再称她芦花妹子，"我告诉你个好消息，界河边饲养的肉鸭和龙虾已经成功了，虽然中间损失了不少，还是大有赚头。我饲养了五千只肉鸭，纯利达万元。所剩的两池龙虾也卖了好几千元。如果铺开来饲养，咱们界河两岸可以说寸土寸金呢。我们的招牌是：界河特产—生态养殖龙飞肉鸭龙飞鱼虾。这一下就叫响了，县城好几家大饭店已签订长年供货合同。"

手机那头传来芦花短促的声音，好像刚刚大病初愈："噢，田助理，祝贺你们的成功，还得向你们学习！"

自从芦花在北湖镇医院看到田驹和荷花手挽胳膊一起去看望她母亲那一刻起，心中就填满了一股憋屈，她不愿再喊田驹哥，算回答了对方的问候。

"芦花助理，虽然我们俩……不不不！但是，我们不会忘记，也不能忘记我们曾为了化解两村矛盾、共同创造富裕这一诺言。还有我们联手搞的对外创汇编织业初步成功！"

"田助理，过去在个人感情方面的事不要再提它了，我们都彻底忘掉吧，不然会伤及我们自己和他人。"

"近些日子，我一直也在这样想，在两个人情感方面有了无法愈合的伤口时，我愿意个人承担最大的痛苦，不愿意我们俩之间有任何的思想隔阂影响到我们两个村之间的发展。"

"田助理，这几天我也在反复想，担心也罢，顾虑也罢，那又能怎样？目前社会公论人们社会公德缺失，思想道德滑坡，诚信度下降，连我们俩都不能幸免，可以说是一种悲哀！也不为怪，现在人心难猜，越来越让人担心真心诚意。一味势利和自私会使人们的灵魂变得丑恶，正如一个平常人眼珠是黑的，心是红的，一旦人在势力和金钱方面钻进去，那人就会变得眼珠是红的心却是黑的，哪还有美好而言！美好是一个空洞的言词罢了。"

田驹认为芦花在责怪自己。在社会大潮中，个人像飘荡的一叶扁舟，他不同样有这种感觉吗！便说："芦花助理，你我都不要过于责怪自己，我能理解。但是，我想好多事情都在郁闷和不坚定中失去，失去了才知道更加珍贵，也许上帝预先安排好的，谁动摇了都得失去。"

芦花心想，即如此，我们还有什么可谈呢？就回话说："田助理，你说的对。但是，我想有的失去的能找回来，但有的失去的无法找回来。好在我们还有没失去的事业。为此，我没有理由拒绝你我工作方面的联系，我也很希望以后很融洽地发展我们两村之间的正常关系。"

"那是，那是！我这次给你通话就是想告诉你这些。眼下，编织品两村更要紧密联系，感谢芦花村帮助田家村完成二千份定单，虽说合同内容还没完全兑现，特别附加条件那10件创新编织品也出现了问题，我希望会有个公正的说法，相信你！"

"我一直感到纳闷，百思不得其解，我这10件作品创作时间并不长，怎么 10 件创新作品与广州的相同呢?"

"我想是否你设计的图案还没等上边审批就已外传?"

"我也这样想过,但又想不明白,怎么会传到广州去的?"

"是呀!这么短时间,怎么会传到广州呢?"

两人在电话里沉默了一阵子。

还是芦花先开了口:"先不管它吧,眼下我们两村在经济结合点方面还有很多事情要做。"

"是呀,就说养鸭这事吧,龙水县全县都在搞,华平书记要把这地方作为一个亮点,带动整个滩涂养殖业,我敢放松吗?所以界河两岸来个相互促进,造福的是百姓。也是我们回村时的最大理想和心愿。芦花助理,你说呢?"

芦花的手机那边突然没了声音,田驹估计芦花的手机没电了,或许是……

86

界河边养殖肉鸭和鱼虾的有关新闻像股热流在田家村人们心头骚动不已。他们睡不着觉,趁着月色,三三两两来到界河边自家承包田里,由于当时干旱少雨,豆棵子疏疏密密,有的大半缺苗,在没有成色的田块里,有的搭建鸭棚,有的整理沟池,有的去找田驹和黑丫联系养殖的种苗。他们行色匆匆,像赶着做一件大事。

后半夜,露水很重,他们穿了雨衣,挑起灯笼继续干。界河边星星点点灯火和不远处四湖的渔火相应相接,一直亮到东方发白。

这时大家模模糊糊看清了对方的面目。

月新、诗人、田大友、乔木匠夫妻俩……

"乔木匠改行养鱼虾,巧的爹碰到巧的娘了!"张浪对着不远处乔木匠夫妻喊,清早第一嗓子在四野里显得湿漉漉的。大家接二连三地笑开了,也相互搭讪上了话。

一阵拖拉机嘣里啪啦的怪叫,黑丫开着她的四轮给大家送来了肉鸭苗、鱼虾苗。界河边一天的热闹就这样又开始了。

田驹、季响、冬瓜、张浪、蚊子帮助一些村民放养肉鸭和鱼虾的苗子,做一些技术方面的指点。蚊子却像一个成熟起来的饲养家,给饲养户讲述他

250

饲养肉鸭和龙虾的故事，讲述他的不幸和成功。

春旺的声音比蚊子更高，他不厌其烦地大讲打狗的过程。

界河边响起一阵接一阵的笑声。

木匠深深吸了口早晨湖畔新鲜湿润的空气，对着冬瓜的方向摆摆手："冬瓜兄弟，你家准备养几亩？"

"木匠老哥，肉鸭养殖再增加两亩场地。夏茬不够，豆田来凑。拣几亩豆苗稀松的地方增建养鸭棚，也学田驹准备这一次养它一万只肉鸭。"冬瓜喷出一口烟雾，那烟雾慢慢融进早晨含露的气息里。

麦杏刚把蛋鸭群赶到界河边，手中的竹杆停在了半空中："你冬瓜吃了豹子胆，不怕养飞了你喝西北风。"

"这你就不懂了，前有车后有辙，看准了抓住不放。在这方面，你麦杏比我有经验。"说笑归说笑，冬瓜心里苦，欠着赌博高利贷，必须打翻身仗。

麦杏不再言语，他知道冬瓜说的经验是什么，转头撇了麦杏嫂一眼，她正在打扫鸭们踩过的路面。麦杏这才挥动手中的竹竿赶蛋鸭下河，河中的小鱼小虾早晨较懒散，正是蛋鸭们扑捉早餐的好时机。

乔木匠在早晨清新空气里转了一圈，然后和冬瓜聊了会养殖的事，这才折回新挖的鱼塘边。面前一亩鱼塘是他花钱雇人开挖的，准备搞个鱼鳖虾蟹混养。乔木匠年轻时缠过湖，守过夜，网过鱼摸过虾，在湖河里下过八卦阵。眼看老了，儿子媳妇都在外地打工，想着湖河田野生活，就和老伴商量一起到界河边自家田里弄一亩鱼塘守着。一是搞些营生，二是和界河边种植养殖的年轻人唠嗑，打发寂寞。

这时只听界河对岸传来霹雳啪啦的鞭炮声和人们的喧叫声："是二青的，二青……"

原来，就在界河边田家村养殖热气腾腾时，芦花也在芦花村村民中宣传，鼓动大家饲养肉鸭和龙虾。

二青在界河边放了阵鞭炮，找了两个闲人，搭建起了自己的养鸭棚。放言：不信养殖超不过你田驹。

这事把村里守主任惊住了。他在办公室里把老花镜戴上又摘下来，摘下来又戴上。折腾了一阵子后，便走出村头，朝界河那边张望，界河那边有不少人影晃动。老守开口动骂：你们几个盲动小儿，别看这会田驹他们吵得沸沸扬扬，用不多久就会鸭飞蛋打，鱼虾入湖。你们急什么急，老子还没急呢。当心别给我丢了芦花村的人……

守主任越骂心里越气，这骂声谁也没听见，只是在他心里骂的。可是让守主任最担心的事还不在这里，他最担心芦花掺和进去。

恰恰就是芦花。自从那天田驹电话告诉她在界河边养殖肉鸭和鱼虾成功的消息后，她就一直在思索着芦花村该怎么办？芦花村和田家村在苇编方面已有了合作关系，有失败有成功也有欣喜。如果养殖业方面能在界河两岸联起手来，不仅共同致富，而且在化解两村历史矛盾上又迈进了一大步。一些人的出发点不在这里，而是在争高下和堵气上。要让他们在实际饲养中领会到界河两岸养殖发展的关系、前景和目的，这是主要的。芦花想打电话把这一想法告诉田驹，能在技术上得到他们的支持，本想能有个正确引导。可是芦花打心里不想过多地跟田驹对话，她总觉得在田驹他们之间像堆了捆劈柴，横七竖八的，说不清道不明的难受。她觉得自己的感情被田驹欺骗了，这是她感觉心中受到的最大伤害和委屈。她思前想后，自己还是不和田驹见面，准备派人去学习。虽说二青较前有所行动，但出发点不是相互学习，而是赌气对着干，这样的人咋能抹下脸去学习人家？派谁去更好呢？

87

赶倒山和老伴喂了五只山羊、三只母羊和两只公羊。突然，一天夜里被小偷全部偷走。

赶倒山和老伴疼得揪心掉眼泪。儿子媳妇在外打工不容易，还有孙子在外上学，不好张口跟孩子们要钱。油盐酱醋、吃药打针、人情礼节的不少花销。所有这些差不多就靠老两口一年喂两茬羊。一茬喂4、5只。今年第一茬5只，眼看就要卖个好价钱。恐怕被人偷，晚上老两口和羊住在一个屋里。老两口住东间，5只羊栓在西间。

赶倒山从小就拜师学说唱大鼓书《兴唐传》全本，后来逢集赶会占场子说唱大鼓书，《兴唐传》是他的拿手说唱。他说唱口齿清楚，交代明白，不拖泥带水，又能去粗取精，内容显得紧凑丰富。十里八村都喜欢听他的说唱，夸他赶戏有戏听，给他起个雅号：赶倒山。妻子也是个喜好说唱的人，给他拉个下手，每次开场妻子总少不了唱个小段扇乎扇乎，倒也生动活泼，珠联璧合，一家人生活比上不足比下有余。随着社会发展，电视和各种娱乐场所应运而生，他说唱大鼓书的场景就被冷落了，也算被淘汰了。儿女们外出打工，土地转包了出去。为了打发落寞寂寥的时光，也为了手头有几个活钱，他便和老伴买了几只羊放养。平时老两口没事就赶着羊在沟旁河边啃草。然后就一边唱他的大鼓书，老伴偶尔也串唱几句，倒落得痛快。

每次说唱前，老两口先找一个水草茂盛的地方，然后把5只羊放开吃草。接着赶倒山清清嗓子，老伴也做好串唱的准备。赶倒山唱到：

千里长江一旦开，亡隋波浪九天来；

锦帆未落干戈起，惆怅龙舟更不回。

赶倒山把大鼓说唱的韵节尾声拖到极致，然后说到：一首唐诗唱吧，大鼓书长篇说唱《兴唐传》，各位听众，您听我慢慢道来……

咚咚咚……老伴口技作鼓。

5只羊一会抬头听主人的大鼓书，一会低下头去吃草。

想不到5只羊被偷了，老两口一下子沉默了。

羊是半夜里被偷的，屋子后墙被撬开墙砖掏了个洞，5只羊是从洞口被弄走的。

田驹听说赶倒山家5只羊被盗，急忙过去，一边保护现场，一边给派出所打电话。

固主任来了，他看了看现场，气得大骂："狗日的胆大妄为，无法无天。真不敢想，把屋墙给掏个洞，过去的大马子强盗也不过如此。"

不大会，派出所来了一个民警老占，一个青年协警小丁。

小丁察看了现场，发现一大一小两个人凌乱的脚印。她一边拍照一边说："这个小的脚印，年龄也不过十二、三岁的样子。"

在一边的张浪心里惊叫一声：又是点点！

88

芒种和开放的庄园在规划种植中相继扩大到一百多亩，不少人参与他两人挑头组建的庄园，不是吃着碗里看着锅里，关键是芒种、开放把庄园看作是大伙的，规划得有条有理，措施办法合情得当，即科学又不失入股者的心。更让人心中踏实的是，入股者共同定指标，超出部分参加二次分红，参加劳动者另拿工资，入退自由，总之没有多少亏吃。参股的人都把庄园看作自家不可缺少的一部分。

田驹参观着芒种、开放的庄园，说："芒种、开放，你们的思路很对头，我很受启发，规模种植、规模养殖，股份合理分配，一下解决了分散种植零星种植的困扰，解决了大家对在收益方面的忧虑。同时解决了优质优良品种的更新换代。"

田驹禁不住按动芦花的手机号码……

电话里传来芦花婉转的声音："田驹助理，正想给你打个电话。界河那边轰轰烈烈的种植养殖业让芦花村人坐不住了，二青已经早行动了一步，我担心他赌气养不好，反而造成损失。所以明天我们推荐三个人到你那里参观学习。"

田驹直白地说："芦花助理，还是你带他们来更好。"

"说真的，我是想带他们一块过去。因为母亲有病，我这边编织方面堆积了一些活，还有新创作的芦苇画，得赶着去做。抽时间我会过去看看。"

"嗷嗷！"田驹应着。

初夏的界河很平静，深深浅浅、宽宽窄窄的，深的地方也有一人深，浅的地方也到大腿，宽的地方几十来米，窄的地方五六米。

自从田驹他们几个搭建的小桥被别有用心的人拆掉后，现在窄的地方横放了一条破旧的水泥船。这是田驹几个人把过去集体用的一条搁浅在月牙河边的破水泥船弄过来放在这儿的，是为了方便愿意在界河两边走动的人。

芦花村的村民义线牵、混湖、赵喜雨用绳索把破水泥船勾拉过来，三人上了船又划过去。到了岸后，三人探头探脑地看了一阵，不禁对眼前庞大的鸭群阵势激动地连声叫好。

听有人叫好，田驹转脸看时，惊喜道："早就盼着你们过来！"

义线牵双手合十，笑着说："田助理，芦花助理忙，派我们三人过来向你们学习养殖种植。"义线牵又自我介绍，"我叫义线牵，过去是朝阳县剧团演员，唱花旦。体制改革后县剧团解散，就回家种地了。"义线牵指着身边的一脸好胡子说，"他姊妹多，小学没读完，早早就下湖逮鱼摸虾，外号混湖。"又指着一个胖子说，"他叫赵喜雨，喜欢农事活，好弟兄。"

田驹欢喜地说："你们我都认识的，家父去世时你们几个代表去慰问的，还没来得及当面感谢，还有芦花助理！"然后对义线牵说，"年前在芦花村唱大戏，你不还登过台吗，二红脸嗓子。花旦倒没听过，以后有时间来两口。我有时心情沉闷时也想喊两声，不着调，以后还请你指点。"

"相互学习吗！我当年学小生，不知曲谱，只跟着师傅念当嘟哩当嘟……"

春旺笑着插话："俺看就叫你花旦当啷好了!"

义线牵也不避讳："大家早就习惯叫我啷当。"

张浪眯眼笑笑："花旦啷当,好风光的名字。"

几个青年人过来凑热闹,田驹相互介绍认识。然后说："咱们该谈谈养殖方面的事了。"

大家都散开,各干各的事去了。

田驹在自己的养鸭棚里,详细讲解了养鸭经验教训,交代一些注重环节,接着让他们提出问题,再耐心解答。义线牵、混湖和赵喜雨一边认真听,一边作记录。然后带着义线牵三人来到养殖鱼虾的沟池边。

田驹在沟池里抓了一只大龙虾递给混湖说："这种龙虾湖里很少。一只母龙虾,在正常 20 摄氏度以上水温下,一个月内就能繁殖一水桶龙虾仔。"

"哎呀呀,这么养下去,别说界河两边,就是四湖滩涂不都成了龙虾的王国了!"啷当惊叫道。

混湖和赵喜雨也张大了嘴巴。

田驹说着用手网捞了一网子龙虾,分别装进了四个塑料袋里说："请把另一只袋子里的龙虾送给芦花助理。你们提回家去煮了,煮时多用些茴香、花椒、辣椒、大葱、大蒜、大料等,饭店通用的 18 种味料。煮出来的龙虾味口鲜美,别有一番滋味,让大家来尝尝,保准吃了上顿想下顿。还有那制作的龙飞鸭肉、灵芝鸭肉、卤鸭、烤鸭、熏鸭,那个味道鲜美得不得了。不让你养你也得养。"

义线牵、混湖、赵喜雨被田驹说得口水都快流出来了,不禁放声地哈哈哈大笑起来。

赵喜雨没忘自己的使命："田助理,这庄园咋回事?芦花姐说别忘了这重头戏。"

"重头戏!"田驹重复着。

"重头戏?"义线牵看了赵喜雨一眼。

"重头戏就是因地制宜……"赵喜雨看着田驹,挠着头皮。

"没错,因地制宜。在我们界河两岸,种植、养殖、编织、旅游都是重头戏。"田驹想起芦花说过的话,看着一望无际的界河两岸和水天一色的四湖,激动地说。

义线牵、混湖、赵喜雨朝界河那边走去，好像被注入了兴奋剂，从头至尾都在收获中。

义线牵边走边唱：

观念变思想新蓬勃向上

界河边重布阵再上战场

……

89

田驹这两晚上没有睡好觉。义线牵、混湖和赵喜雨来田家村学习种养技术，并带来芦花对种养的思考，这说明他们已有准备。眼下正是饲养肉鸭和鱼虾的好时机……想到这里，田驹准备和芦花见面谈谈，想着在界河两岸掀个养殖小高潮。便邀春旺、蚊子一起去芦花村找芦花助理。

在芦花村编织厂门口，他们碰到北湖镇的领导们带着几个村的村干部参观村办企业，领队的正是负责乡镇企业的卢副镇长卢畅。卢副镇长一眼看到田驹，先是一愣，随后一种气愤便在胸中升腾。他气愤地认为芦花老和他过不去，就是因为他田驹。不过，在自己家门前不便发作，会被人家认为搬门框砸人。这会儿在卢副镇长脑海里有一件事占了上风，这件事他已思谋好久，便努力抑制着自己的情绪，叫道："田家村的田驹，咱们还是见面了。"卢副镇长语气硬硬的，还没等田驹弄懂什么意思，卢副镇长又对他带来的几个村主任说，"大家来认识一下，这就是田家村田驹，芦花的朋友同行，现在正和芦花村联手搞苇编工艺品出口。田驹当着大家的面说说，你心里也不能只有田家村，你眼睛也不能只盯着芦花村，还有兄弟这几个村，还有北湖镇……"

田驹听出卢副镇长话中有些讽刺的意味儿，正准备答话。

几个村主任却围上来和田驹见面，握手。

蚊子心里一慌，对春旺咬着耳朵道："哼，坏了，冤家路窄，看来我们被包围了！"

春旺小声回告他："紧张什么，没看人家握着手吗！"

"那年我出门走亲戚在芦花村头碰到几个小青年，认出我是田家村的，便围上来跟我打招呼，也握住了我的手，亲热地称兄道弟，谁知那下边连脚加腿还有拳头奔我下身而来。这都是假惺惺，知道不？我们还是快想办法跑吧，不然……"蚊子向春旺使个眼色，就去拉田驹往外走。

卢副镇长却抢在蚊子前面抓住田驹的手，态度突然变得亲热起来："兄弟，急什么？芦花去镇里给她母亲抓药去了，很快就会回来。我有一事正想请你帮忙。芦花村新建了一所小学校，也是被你的精神感动着，群众集资建起来的。新找的两个教师，都没经验。我不是负责教育的，但是这是生我养我的芦花村的事，我一直放心不下。教育要从娃娃抓起，所以想到了你们村的小学优秀教师，校长荷花女士，想请她过来给我们辅导辅导，还望你中间协助这事。"

蚊子听了一惊，心想，这是什么话？想打田驹未婚妻的主意。

春旺心里不是个滋味，这总不会是以牙还牙吧。

田驹听了却十分高兴，心想，如果芦花村和田家村在小学教育上联起手来，对以后两村经济、思想、文化建设发展，那将是百年大计、千年大计。便亮着嗓子回答说："卢副镇长，你提的问题太重要了！芦花村的孩子教育和田家村的孩子教育一样，都需要一个良好的基础教育。芦花村孩子的事就是我们的事，荷花的工作我来做。何时需要教师之间的学习交流，卢副镇长你尽管说。"

"田助理，只要有你这句话就够了。荷花老师那面我去请，到星期天我用车子去接她！"卢副镇长随后一阵大笑，宣泄着他多日来的心中块垒。

蚊子气得哼哼地直摆头，对春旺小声说："看他那笑的！这卢副镇长看来是黄鼠狼给鸡拜年，没安啥好心，还是要拒绝他的好。"便扒到田驹耳朵上说："你告诉卢副镇长，荷花不会同意到芦花村来搞什么教学辅导，更不要他卢副镇长去接送。"

田驹明白蚊子的意思，笑了笑。

卢副镇长已经带领几个村的村主任闹嚷嚷地离开了芦花村编织厂，车后扬起一片尘土。

没有见到芦花，蚊子气恼恼地嘟哝说："哼，这次出门没选好日子，就碰到了个卢副镇长，倒让他捡了个大便宜。星期天他用车子去接荷花，田驹哥你就这么爽快地答应了，真是猪恼子。"越想越气，便提高了声音，"他卢副镇长为啥偏偏要提出请荷花来搞什么教学辅导？田驹哥，你真是脑筋不转圈，再不就进水了？荷花的事，就那么爽快地答应了。也不想想卢副镇长这家伙是什么人？说不定咱们这次来是赔了夫人又折兵。"

田驹拍了下蚊子的肩头，笑着说："想哪去了兄弟。这次来，碰到卢副镇长，想不到在教育上边两个村也有了结合点。卢副镇长想和我们在教育上联手，这是件百年好事。我们要好好配合，把这件事做好才是!"

"还配合做好，这我就不明白了，凭啥?"蚊子不解。

田驹解释说："百年大计，要从娃娃抓起。你想我们两个村的教育从娃娃开始团结、友谊、诚实、和睦，这才是为人的基础。"

春旺点点头："田驹哥看得远，这倒是个根本!"

"人家卢副镇长不一定这样想!"蚊子两细腿跳着，仍然不服地争辩道。

"好了，咱就别争论这事了，芦花去给她母亲抓药很快会回来，我看咱们就去她家找她，再看看芦花的母亲。顺便也和苇子聊聊，谈谈养鸭养鱼的打算。"

"还去他家? 说不准苇子的铁拐会砸在谁头上!"

"就蚊子一张臭嘴，还真不能去。"春旺转身往回走。

90

芦花村的义线牵、混湖、赵喜雨参观学习田家村种植养殖经验回来后，芦花准备在自家承包田里先带头，让哥哥苇子来负责饲养，并让义线牵联系田驹带技术人员帮助建棚挖池。田驹很乐意，就带着春旺、蚊子张浪来到芦花家的春田里，规化设计养殖肉鸭的棚子和养殖鱼虾的沟池。

二青自田驹那边养殖获得丰收后，憋气就压在心里，在界河边放了一阵子鞭炮，拉出要养殖的大动静。然而喝喊的不如冷眼的多，栽了几根柱子便放松下来，心里没了底气。不过，二青是个有心人，见芦花家带头搞起养殖，田驹他们又帮忙，就在远处偷偷地观望。一是观察芦花家养什么，再看她家能养多少，还有让他心中猜题的是谁来帮助她家养殖。

二青所想的问题，田驹他们帮她想过。芦花首先做哥哥苇子的工作。苇子平时很寂寥，听说饲养肉鸭鱼虾又快又赚钱，无非喂个饲料，看管看管，再找个帮手。虽说少了一条腿，这些他觉得都不是问题，就满口答应下来。芦花为避免苇子与田驹他们正面发生冲突，在搭建养鸭棚整理养鱼虾沟池时没让苇子过来。芦花只是对苇子说，肉鸭苗进了圈，鱼虾种放入池，你过来管理就行了，免得帮不上啥忙，倒惹麻烦。苇子倒很听话，只等现成的喂养，也落个省心。一切就绪后，苇子才拄着铁拐露面。义线牵、混湖、赵喜雨帮助他拿着生活用品，吃喝拉撒就等于在界河边自家田里安了新家。当苇子看到呷呷叫的三千只鸭苗和几方鱼塘虾池成为自己的家业时，苇子激动得嚎啕大哭。

为了让苇子及时掌握养殖方面的技术，田驹请黑丫、春旺把知识传授给苇子。在聪明过人的芦花协助下，苇子很快就得心应手了。

接着，义线牵、二青他们各在自家的承包田里搭建了养鸭棚，各进了2000只鸭苗。

混湖在苇子养鸭棚里跑来跑去，喂料上水，成了苇子得力的助手。

苇子是个喜欢动脑子的人，不喜欢局限别人传授的养殖方法。一天，他琢磨出个新点子。对义线牵、混湖说："我要在养鸭棚边建个沼气池，利用鸭们的粪便制作沼气，用来照明和烧饭。义线牵、混湖同声赞赏，帮助他建起沼气池。不久，沼气池里鸭粪发酵产生了沼气。晚上，苇子的养鸭棚内外照得一片光亮。他还用沼气做了几个菜，专门请义线牵、混湖喝了个痛快。既方便又卫生清洁，不失为界河两岸环保生态养殖又一发明，引得界河两岸养殖户不断有人来苇子这里学习。

站在田头的松绳说："苇子养鸭还真象模象样、有滋有味的，还建了沼气池，成了高级养殖户了！"

不远处在整理春田的赵喜雨搭讪道："就你松绳能和苇子攀比，拾屁吃也跟不上。我这庄园也吆喝了几天，还没第二家来入股的，不知大家怕什？支持我发展的，入股的田亩多少都行，我的报酬要求比芒种的高。"

松绳笑骂道："喜雨，你不在跟着田家村的芒种拾屁吃吗？放个屁那么轻松，谁信！这土地转包弄不好是大问题！"

"关键看你有没有对别人像对你自己。你说的谁信？谁来监督？你有没有资格？"岔河搭讪道，点了一支烟。

"说这话有理，别人担心你不靠谱。把土地转包给你不放心，宁愿土地在那荒着。"松绳把地头一块土坷垃踢出好远。

"想吃轻巧的还轮不上你，有人借国家的政策套国家的钱，你有没有这个能耐。"岔河狠吸了一口烟，又嗯地喷出去。

赵喜雨说："套国家的钱咱够不着，我赵喜雨只管实打实地干，站着睡着也坦然，我包大伙的土地，天地良心，我对大家负责到底。"

"你有这个能力，还得组织保证。不然，拿全家口粮田跟你赌！谁放心?"松绳盯着赵喜雨说。

赵喜雨便没了声音,他在琢磨人家话说的有道理。

外号一脸好头发的中年人走过来,小心地对义线牵说:"唧当兄弟,你说这养鸭养虾的赚大钱可行?"

义线牵哈哈笑了:"头发,眼没长腔里去吧?看到界河那边了吗?前几天我和混湖、喜雨都去看了。那家伙,人家那才叫养肉鸭养龙虾。咱们只管看人家干,其实人家在一张张地数票子呢!没见黑丫开着个拖拉机在界河边跑来跑去的,甭看她开个破拖拉机,声音嘭嘭啦啦怪吓人,那钱赚的嗨了。给养殖户送鸭苗和虾种,然后再把出栏的肉鸭和成熟的龙虾运出去销售。"

来福扔过话来:"唧当叔,说话可别闪了舌头。"

"憨孩子,你看不到界河那边的事,总会看到咱芦花村吧。苇子那一拐一拐地忙,直唱拉魂腔,乐呵着呐。这信息就是告诉芦花村的人,养肉鸭养龙虾赚钱,就我们这个得天独厚的地方,还憨着个脸等羊蛋呀!"

来福笑了:"咱不是怕有意外吗?还恐怕再有什么纠纷争斗的事发生。俺知道人和气干事才能顺利,闹矛盾纠纷是破坏生产力,这不当你戏子叔是个明白人吗。"

"猪脑子吧,难道田驹和芦花还会骗人?他们那些大学同学在外很多都是大老板,他们不回来也是腰缠万贯的大老板了。人家为了咱们两个村矛盾化解,为了经济发展,放弃了外面大好机遇,人家为了啥?现在俺是越看越明白了。"

来福越听越有味道,从腰里掏了半天摸出半盒揉皱的香烟,递给唧当一根,然后给自己点了一根:"唧当叔,你就帮我思量思量这养肉鸭的事吧!"

唧当一边鼓捣饲料,一边敲打着盛料的簸箕:"来福侄子,你也一把年纪了,胡子眉毛都白了,主见自己拿,还不如嘴上没毛的!"

来福扭回脸没走几步,地磙突然出现在面前,摸拉个大肚子说:"来福,听他唱戏的瞎咧咧,有几句真话?到头来你喝西北风去吧。"

后边疤瘌咳了两声:"来福哥,田家村在界河那边养肉鸭又养龙虾,搅得咱们芦花村不得安宁,有意拉架势跟咱们干。"

"咋干?我自己现在还不知道回头朝那?"来福说。

义线牵朝着地磙、疤瘌大声说:"田家村搭棚养鸭,挖沟养虾,和咱芦花村还隔一条界河,有八十丈远,为啥咱不得安宁?那是心里闹鬼。"

疤瘌头拧着脖子说："过去纠纷矛盾还有个季节性。现在好了，他们在界河边安营扎寨，还不是常年和我们芦花村对着干下去，咋得安宁？"

"人家田驹带人给芦花村搭建鸭棚，开挖鱼塘虾池，能是对着干？"义线牵反问道。

在围的人谁也没有回答。

"这里边有鬼，就是瓦解芦花村的人。"疤瘌眨巴着插花眼皮回答。

寡妇荣提高了嗓门："疤瘌只说中了一半，还有更深一层的意思不便说出口，不然他田驹为什么这样上心？"

义线牵坦言道："那不叫瓦解，我看是化解，就是想解开两村的矛盾疙瘩。"

"算熊了吧你，我看是黄鼠狼给鸡拜年没安啥好心！你嘟当也是吃里扒外。"疤瘌接连咳了两声，眨着插花眼皮无管轻重地说。

"没屁放快滚，你疤瘌不是啥好东西。"义线牵倒掉饲料，拿簸箕向疤瘌拍去，"叫你个疤瘌熊没大没小的！"

疤瘌拔腿就跑，引来一阵笑声。

"二青算什么东西？"疤瘌已跑出好远了，不知在问谁。

"二青这家伙姓潘还是姓杨？"地磙摸拉着肚皮，不高兴地一边走一边反问疤瘌。

正在不远处用心整理鸭棚的二青只装听不见。他想人家芦花助理都做了样子，能赚到手里钱那才叫管！

地磙摆着手对在围的人说："他田驹是在养鸭养虾吗？这里边有鬼。不能顺着他们的杆子爬，要爬上去，就下不来，只等摔死，你们这些不识好歹的东西。"

岔河不解地问："怎么就摔死了？地磙，你说说我们心中好有个数。不然，还不知道怎么摔死的？"

"不懂了吧！一是这两个村有历史怨结，大家心里都横着劈材；二是，田家村田驹是我们的冤家对头，他来插那道子手；三吗，他们为什么千方百计跟我们套近乎，是有不可告人的目的。大家想想你上了他的杆子，不摔死你摔死谁？"地磙的声音越说越高。

岔河、来福、一脸好头发和松绳都晕乎了，想想地磙的话也不是没有道理。

91

卢副镇长打从那天跟田驹见面后，就一直惦着邀请荷花来芦花村小学讲课的事。这也是他有意走近荷花的一步好棋。

这天，他说去下乡，让办公室安排了辆轿车。半个小时后，一辆桑塔纳停在田家村小学的大门外，卢副镇长从驾驶室走出来，直奔教学楼办公室去。学校正在上课，校长室的门虚掩着。

卢副镇长轻轻敲了两下门，小声问："荷花老师在吗？"

"请进来吧！"室内传来甜蜜的声音。

卢副镇长这才推开门探进油光的头："荷花老师好！"

"听声音就知是卢副镇长，快坐吧！"荷花放下备课本，倒了一杯水递给卢副镇长。

"我自己来吧，又不是啥稀客了！"卢副镇长急忙说。

"卢副镇长，今天又是从石副经理那边来的？"荷花轻声问。

卢副镇长抿了抿油光的头发："荷花老师，今天情况特殊，有件事我特意跟田驹助理说过，今儿专来请你这远近闻名的优秀校干去芦花村小学帮助辅导新上任的教师，这话说来你不会介意吧？"

荷花咯咯笑了一阵："田驹哥是说了，俺觉得自己的教学也算刚上路，怎么好意思去外地辅导！不会让俺去班门弄斧吧！"

"前几天，田驹去芦花村看望芦花时说到你。"卢副镇长把"田驹去芦花村看望芦花"几个字说的特别重。"说到教育，荷花老师，你们学校在《中国教育报》上前些时还登出了改变环境、走出困境，教育好学生，特别对留守儿童的教育的报道，我都看了几遍了，实在好。"

荷花谦虚地说："我们都是朋友，不说外话，田家村的教育只能说刚有起色。要不然就请我们学校林萍老师或姜群老师去吧，她们都是师范毕业的大学生，辅导比我有经验。"

卢副镇长不厌其烦地说："我代表芦花村请的是荷花老师。芦花村是刚建起的一所小学，学校两个老师是新聘的，没有教学经验，难道荷花老师……"卢畅小眼睛发亮，盯着荷花俊美的脸蛋，讨好似地说，"虽然我们俩是见面不多，但我已觉得您的学识和经验，还有您的气质和涵养都是值得我们学习的。还有就是为了我们两个村疏通关系、化解矛盾、增加友谊，更要从娃娃抓起。"

荷花沉思不语。

卢副镇长继续说："本来我是想送给你和你们学校一幅联谊纪念品芦苇画，这一次没有带来。我也是教育出身，后来改了行，其实我挺喜欢教育的，很喜欢和教育界的朋友聊天，有共同语言。就如你荷花老师，我觉得和你就有共同语言。上次你帮助我和石副经理接洽得很好，我很感谢你的热情！我喜欢你这人的性格、脾气、言行气质，我能为你做点什么吗？"

荷花咯咯地笑了，有点不好意思起来："卢副镇长，你来请我，芦花村的村民欢迎吗？再说，他们能接受田家村的老师去那边作辅导？"

"这你就多心了，师者有谁不欢迎。师者，传道、授业、解惑也。天底下谁不尊重老师。首先我这个副镇长就十分尊重和欢迎！"

荷花想到卢畅说起田驹去卢花村看芦花，不高兴地说："你们村的芦花也是正规大学毕业生，艺术天分又高，她帮助辅导不是更好吗？"

"当然，这另当别论。更重要的是我们两个村疏通关系、化解矛盾、增加友谊这一环，从娃娃抓起。"

荷花终于被感动了："即使我去也是和老师学生们相识一下，然后慢慢相互取长补短！"

卢副镇长谦卑地说："荷花老师高见远识，就照您说的办！"

"那就去认识一下吧。"荷花安排了一下跟卢副镇长往外走。卢副镇长毕恭毕敬地跑在前面拉开车门："请吧，荷花老师！"

荷花坐进副驾驶位置，问道："卢副镇长你先前说田驹去看芦花，他们也是干的同一工作，互相取长补短。听说你和芦花也不是一般关系，还听说你们登记了。当然她是你们村的，这姑娘心气很盛，大城市优越工作条件她放弃了，回到一个常年不安定的村里来做村主任助理，不容易呀！"荷花透过车前玻璃看着前方试探着问。她知道田驹和芦花有着心灵的相通，有着同样的事业和追求，她还觉得她和田驹的感情因为芦花而显得有隔阂。

卢副镇长一边转动着方向盘，一边呵呵地笑："姑娘们的心事很难猜。你先前说我和芦花登记的事，都是扑风捉影，没有的事。"

"噢，原来是这样！"

"不过我已是三十已过的人啦，还没有处到一个知己的。都说天下人众，觅一知音难！青年男女之间一面子热粘合不到一块。比如我们俩，一见面就像见到了知己，你说呢荷花？"

荷花瞟了眼卢副镇长，笑着说："你真这样认为？你可知道咱们两个村怨结大着呢。历史以来还没有谁对谁成为知己，那要遭到村人们唾骂的。"

卢副镇长把车放慢了速度，叹了一口气说："自从我记忆起，两村的矛盾纠纷不断。先前我纳闷，后来我才懂得。三字经里'人之初，性本善，性相近，习相远'的道理。人生下来从懂事起大多都是有私欲的，约束和克制会有收敛，放纵会变得野蛮以致更疯狂。良好的教育会从野蛮和疯狂中觉悟和觉醒，所以我喜欢良知的教育，道德的教育，文明的教育。"

卢副镇长把车开到枝繁叶茂的老柳树下停下来，"荷花老师，在你的思想还没有充分的准备好之前，我就不带你去芦花村小学了。说心里话，这一次来，是想和你在思想上再进一步沟通，感情上再进一步加深。我们下车在这儿走一走，聊一聊，你平时也难得有这个时间。"

荷花走下车，定定地看了一会卢副镇长明亮的小眼睛，说："真想不到你对两个村的历史还有这样深刻的理论认识，更难得你有这份心情和心意陪我散心。"此时荷花心里想，如果他是田驹那该多好呀！

"是我一家之言，田驹和芦花在两个村历史怨结上有他们的见解，并编写大型戏剧《界河》进行演出，应该说跟我想要的并没多大矛盾。"卢副镇长仰脸隔着树丛去看天空，天空瓦蓝瓦蓝的，有几朵白云在慢悠悠地飘动。

"他们敢在矛盾的焦点上作文章，利用我们当地的芦苇、蒲草、杞柳资源积极巧妙地挂勾引导两个有矛盾的村在编织业上进行联合，走上了对外贸易，真不失一大高明举措。他们又在界河边联手搞种养殖，这使我很佩服他们。但是，不知为什么……"荷花说到这里再没有说下去，她心里很矛盾！

对卢副镇长，她毕竟还没有深交，一个姑娘家对她一个还不甚了解的男人，怎么能轻易敞开心扉呢。

卢副镇长笑了，说："荷花校长，你和我是智者所见略同。"

他们又扯了一些别的，都觉得有些热，便向四湖大堤上爬去，那儿有风。

92

蚊子从养殖场地回村时顺便拐到四湖边他家一块麦田里看看，准备把那快地秋季交给芒种入股。他沿着月牙河边的渠埂往前走，不经意间发现四湖大堤上有两个人在那里走走停停，停停走走。此时四湖沟坎草木丛生，便于遮掩，一边往前走一边仔细看，离大堤越来越近。他看清了，一个是田家村小学校长荷花，一个是北湖镇卢副镇长。他把眼睛死死盯住堤上的荷花和卢畅，看他们要干什么。这在田家村可是从没有过的新鲜事。这一发现使蚊子很震惊，起初他不敢相信自己的眼睛，他又遮遮掩掩地走了一段路证明自己的眼睛没有看错人。他开始想不明白，荷花怎么能和卢副镇长在一起，又那么亲切的样子。这一对冤家呀！

想起来了，那次在芦花村相遇，卢副镇长跟田驹助理说的话……不对呀，他卢副镇长既然请荷花老师讲课，应该在学校才对，怎么……

蚊子越想越蹊跷，等到荷花坐了卢副镇长的车子回村后，他马不停蹄地折转身跑回界河边田驹的养殖场，边跑边喊："不好了，田驹哥，俺告诉你个天大的事！"

田驹正在鸭棚观察肉鸭的生长和饮食情况！听蚊子叫，直起身来道："蚊子，什么事看把你紧张的，慢慢说。"

蚊子上气不接下气地喘着："芦花村的卢副镇长俺看见他，他……他和……荷花老师在四湖大堤上不知交谈什么，俩人看上去走得很近。然后，俺看他俩有说有笑。后来，荷花上了卢畅的小轿车，卢畅还亲手给她开车门关车门。喷儿，那车就跑远了，是向田家村方向去的。"

田驹笑着说："蚊子，我当谁家失火了呢，看你紧张的，那又怎么样呢？"

蚊子急了，跳着两条麻杆细腿："哼，你田驹能沉住气，可村里人怎么看？咱们两村历史上是男女不相往来，就凭他北湖镇的卢副镇长也是芦花村的人，和田家村的姑娘肆无忌惮地谈什么？那不是明目张胆地侵犯吗！再说他不是已跟芦花登过记了吗！咱们村荷花也不是没主的人，你田驹不找几个人揍他小子就不够爷们！"

"蚊子兄弟，那天咱不是说同意卢副镇长接荷花校长去芦花村小学校吗？"

"人家荷花压根就不会答应，这里边有鬼。"

"咋能多鬼？我不信。"

"不信吧？再说了，谈业务也应该在学校。我就说了吗，我就担心，使不得。你这猪脑子，上人家的当了吧。"

田驹若无其事的样子，说："蚊子兄弟，怪我是猪脑子好了吧。我劝你消消气，别管这么多。麦杏嫂说你吃着碗里的还看着锅里的，你家的编织完成得怎么样了？"

蚊子仍气鼓鼓的："你不说这话我还真忘了这词，吃着碗里的看着锅里的是他卢畅，不是我蚊子！"

田驹摆着手说："蚊子兄弟，对人家男女之间交往的事不是你表面看的现象。至于在一起，在什么环境下谈论工作、学习、生活方面的话题，也是沟通和促进的一种方式。"

蚊子说："那好吧，编织方面的事，家里还有我娘和我妹妹。我最近在学习养殖方面的书籍，养殖大有学问呢，在我们这个得天独厚的地方，不缺的是水，缺的是人才；不缺的是矛盾，缺的是好心情。我深有体会，有矛盾、不和谐，缺少干事的心情。不过，俺心里还有个疙瘩，那卢副镇长到底想干啥？是不是又会制造新的矛盾和纠纷？这对田家村影响不好，对你影响也不好，田家村人绝不会答应的。我这就去芦花村问问芦花姐，不然，我吃不下饭也睡不着觉！"

"蚊子，你这是干嘛呢？你不要因为卢副镇长是芦花村人，就往坏处想。"

蚊子哼哼道："不往坏处想，往好处想那就更糟了。"蚊子说着拔腿往芦花村跑去，"我问问芦花还管不管这事，一个有妇之夫的芦花村人。"

蚊子穿过界河，趟过一片芦苇丛，沿着麦田的渠渠埂埂，深一脚浅一脚地跑着。

当蚊子跑到芦花村头时，西边的太阳眼看要沉到远处那片树林子，蚊子脚下又紧跑了几小步，赶到了芦花村编织厂。

编织厂的黄老头离老远赶紧跑过去拦住蚊子。

这时，芦花村编织厂的姑娘媳妇们正走出厂房下班回家，一眼见到田家村的蚊子，就嬉笑怒骂半真半假地说："蚊子晚上一出动，准没好事，不知谁又要遭殃了。"

蚊子一眼看到芦花，上气不接下气地小声道："有个秘密要告诉你，憋在俺心里难受得很。你得离大家远一点。"

这话使大家更觉新奇，反而把蚊子围了起来。

芦花看着蚊子拘束不安，有话说不出来的样子，就说："蚊子，啥事快说嘛，没谁会吃了你，这里都是我的好姐妹。"

蚊子一下子又不知怎么说好了，扭动着身子不好意思说出口，只是说："还是离开大家一点说吧。"

胖嫂看蚊子怀抱琵琶半遮面的样子，插嘴说："你这臭蚊子，知道你一出动就没好事，不是叮这个，就是咬那个，看我不把你揍扁了。"

蚊子倒退两步，汗都出来了，他哼哼叽叽对胖嫂说："我说了，你们和芦花姐听了可不要怪我。"

胖嫂瞪着眼说："那要看你这张臭嘴说什么。"

蚊子硬着头皮小声说："芦花姐，我听说你和卢副镇长已办了登记手续，他咋又跑到田家村和荷花老师搞得那样亲近？你可不要放松管理了，这是我刚才两只眼一块看到的，哄你是小狗。在田家村东南方四湖大堤上……"

芦花一时听得丈二和尚摸不着头脑，转脸看了胖嫂一眼，又好气又好笑地对蚊子说："蚊子，你胡说八道什么呀！我咋一点都不明白？"

看芦花十分生气，蚊子急忙解释道："这是千真万确的事，哄你是小狗的。我在四湖大堤的半坎里看了半天，才看清荷花和卢畅形影不离的，有半天时间，我还差点掉到河里去。"

芦花反而镇静下来，反问蚊子道："蚊子，你告诉我这是啥意思，这又关我什么事？"

蚊子听芦花的话也愣了，就不管不顾地说："怎么不关你的事？我先前不是说了吗，你和卢副镇长不是已登记了吗？田驹正和荷花处对象呢，这不明摆着吗？"

芦花听明白了："蚊子，你不要再说了，滚，快滚！我不愿再听你胡说八道。"

姑娘媳妇们一起呐喊："滚！滚！滚得远远的，不然揍扁你这只臭蚊子！"

蚊子吓得逃也似地跑走了。

胖嫂想起卢副镇长前一阵子来编织厂讨芦苇画时的情景，禁不住心里笑了。不是蚊子的错，是蚊子不知内情。

胖嫂故意劝芦花说："芦花妹子，你别生气，蚊子是个孩子，狗嘴里吐不出象牙来。再说，卢副镇长也不是那种人，即使是，以后你可以给他敲敲警钟吗！"

"是呀，警钟长鸣，这对卢副镇长也是个教训！"姑娘媳妇们也叽叽喳喳插言说，"让芦花姐提着卢副镇长耳朵面命。"

芦花哭笑不得，一阵一阵红了脸："我对卢副镇长耳提面命？我是谁？我仅有的一点村主任助理职务都被卢副镇长停了。我提你们的耳朵面命，谁愿意听？我咋越听越糊涂？"

胖嫂为了解开这个谜，哈哈大笑一阵："妹子呀，羊鼻子安大葱，装什么象呀。你和卢副镇长的事还能瞒谁？正要问啥时吃你俩喜糖呢！我这个当嫂子的都不告诉一声，这已是公开的秘密。你哥苇子亲口对我们说的，你和卢副镇长拉手去北湖镇民政那里登记去了。那已经是前些日子的事了。"

"是呀，是苇子哥来编织厂亲口对我们说的，一点也不假。"姑娘媳妇们你一言我一语。

芦花又哭又笑，用手捶打着胖嫂："你听我哥瞎说什么。那几天我娘病了，我送娘到镇医院里看病去了，没给你们说清楚。那些天编织任务很重，恐怕耽误大家的事。"

大家一时无语，不知说什么好。

芦花好像突然明白了什么，她首先想到了田驹。她准备向田驹说清楚，这是一场误会。不，跟他说这些又有什么意思呢？他和荷花不是正好着吗，这可是她亲眼见的。她想起在北湖镇医院病房前，荷花一支胳膊不是早已伸进田驹的臂弯里了吗？

93

转眼间已是小满。俗话说：小满不满麦子有闪。由于冬春季节雨雪对这片土地的眷顾，到小满时，四湖滩涂的麦子已顶仓满浆，一颗颗麦穗硕大而饱满，一杆杆，一片片，齐刷刷列兵一样，四湖滩涂无边无际。河道沟渠纵横，交错如网，河边渠旁沟沿已长了一人多高的芦苇，林林总总，杞柳、蒲草大片小片，风姿婀娜。界河边，一栋栋鸭棚和一池池鱼虾塘掩映其间。整个四湖和湖滩在流动的光辉里荡漾着绿波。

再过半个月就到芒种了。

田驹和芦花商量，麦收前上市一批肉鸭和鱼虾。田家村田驹、季响、冬瓜、张浪、蚊子是饲养肉鸭和鱼虾的大户，芦花村苇子、义线牵、二青等家饲养的肉鸭和鱼虾提前一部分进入市场，吊足大家的胃口，希望夏收后养殖业有个大发展。

季响说:"我们养殖前已跟龙水县食品公司和屠宰场签了合同,合同还没到期,他们要在价钱上拿捏我们咋办?"

田驹胸有成竹:"我已作了市场调查,不仅龙水县市场缺口大,就连北湖县市场还是个空白。"

黑丫甩着小辫说:"田驹哥想得这办法好,要提前打入北湖县市场。芦花姐那边的肉鸭和鱼虾销到北湖县城去,保准卖个好价钱。"

蚊子抢着说:"黑丫姐,我和你一起去联系芦花和义线牵,我家养的肉鸭也销进北湖市场去。"

张浪笑骂道:"蚊子一听有利可图,就急忙叮上去,真像一只吸血蚊!"

"让你浪醉说对了,我蚊子叮这么紧,生活才弄个一般般。叮不紧,拉得更远。"蚊子挠着尖头继续说道,"市场经济吗,谁给的钱多就卖给谁,这就叫搞活,有脑子的才会赚钱。"

"看来蚊子还真有个经济头脑,现在这社会脑子好使才赚钱,脑子转慢了就可能喝西北风。"春旺感触地说。

"有道理,眼下不仅要脑子灵,还要长记性。"季响补充说。

黑丫感触道:"这蚊子养鸭养虾倒长了不少本事,懂得是真不少。这样吧,蚊子家的,芦花家的,谁家的都可,愿意往哪卖,我帮着往哪运。市场经济吗,我搞运输的也得活,才能赚钱,不然我这拖拉机也白跑了!"

季响点点头:"眼下还需要再造造声势,再扩大一下影响。"

"让已经养起来的坚定信心,扩大规模;让拿不定主意的下定决心。"

季响道:"眼馋可以,眼睛可别发红,发红心就要变黑,还真要小心眼睛发红的!"

春旺说:"哥说得有道理,我们是吃了亏的,树大招风,枪打出头鸟,不能不小心!"

张浪不耐烦了:"也甭小心过火,又怕豁了饭又怕烫了蛋,什么事业也干不了。该撑头的就得撑头,怕鬼怕邪就别干。"

麦杏嫂挤过来:"你这熊孩子净说不管饥饱的话,俺养了 2000 只蛋鸭,算着再过两个多月就下蛋了,下一步准备再扩大养殖,先给俺宣传宣传。"

蚊子哼哼地取笑道:"是该好好宣传,就像当年宣传麦杏怎样把你哄到手一样,众人皆知!"

269

麦杏嫂抓一块湿泥朝蚊子砸去："滚你个烂蚊子，没有正经话，咋不宣传你媳妇的事？"

一说媳妇，蚊子正经起来："杏嫂，还真请你给说个媳妇，咋宣传都行！"

麦杏嫂骂道："你这熊蚊子的德性，还媳妇，等猪八戒给你背个吧！"

黑丫笑道："先别闹了，说正经事。大家准备出栏的肉鸭和打捞上市的鱼虾抓紧时间装箱。我的拖拉机，棒子脸的三轮车，还有芒种、开放的大三轮都开到了地头，要披红挂彩。"

不大会界河边就热闹起来，拖拉机、三轮车排着队，披红挂彩。赶倒山、秃子大爷边吹边打，像娶媳妇一样热闹。

龙水县食品生产公司的两辆大卡车也开到界河边养鸭户的地头。

田驹看了界河边聚了不少人，就说："乡亲们，界河边养殖肉鸭和鱼虾可以说今天又一次丰收，希望继续扩大养殖户，大家月月有高收入。"

大家把一只只肉鸭装进汽车和大拖拉机的笼子里，把打捞的一桶桶鲜活的鱼虾往车厢里装。

界河对岸苇子、义线牵、二青几家养鸭棚前和鱼虾池边也围了不少看热闹的人。田驹、芦花为了大造养殖的声势，专门在龙水县食品公司包了辆大卡车来收购芦花村几家出栏的肉鸭和鱼虾。

芦花分析说："在麦收前出手一批肉鸭和鱼虾是对的。收种季节前，城区和乡村都准备购买一些鱼肉菜类忙季节，市场各种肉类和鱼虾价格不仅比平时上涨，一时还成了市场抢手货。"

田家村和芦花村所有饲养肉鸭、鱼虾和水产品的农户都多少不等地赚了一把，他们还从来没有这么痛快，有这么多的收入。

像闻到了腥味的猫，远远近近的肉鸭贩子、鱼虾贩子们盯上了他们这里，大把的票子在他们手上点来点去。田家村和芦花村的养殖户高兴地唱起来，也有一些人后悔地直跺脚。

94

田家村和芦花村村民在骚动和不安中又迎来一个麦收季节，其实在麦子收割前这种骚动和不安在人们心里的成分更多一些。表面上，他们各自都在往最坏处想，他们早早地把收麦的镰刀磨了一遍又一遍，挑麦子的扁担、绳子，还有准备应急时的棍棒。一旦发生冲突，这械斗的家伙是少不了的。

容易引发矛盾的焦点是在交织田上。四湖滩涂的纵深处新开发的土地，他们在开发播种时已种下了矛盾冲突的隐患，犬牙交错地垦耕播种，等到庄稼一打一垄长得密不透风时，边角垄界已分不清张王李赵了。由于界河是个季节河，只有夏季雨季才有水流，平时断流，窄窄宽宽内外没有水的地方，同样是两村人争相播种收获的矛盾焦点。

田家村的芒种规划了大片的庄园式的种植，明显减少了户与户之间交织田的纠纷矛盾。

滩涂上没有公路，没有平坦，有的是高高低低、坑坑洼洼的土路和河渠，纵横纠缠在一起。历史上古老的耕种收获方式，在此延续着。田家村和芦花村的村民涌动在人流中，他们手持镰刀、木棍，肩扛扁担、绳索之类。他们收割的麦子靠肩膀运出滩涂，他们用木棍和扁担守卫着安全，更是心理安全防卫。

早在几天前，龙水县和北湖县按照省市县里的要求，抽调一部分领导干部、公安干警深入到四湖滩涂的麦田，帮助村民收割小麦，现场解决交织田的矛盾纠纷。并明确要求，两村之间、各村各户之间开垦耕种的交织田，凡有争执的一律不准收割。龙水县和北湖县在两村安装的大喇叭，不停地作着安防宣传。由于滩涂太大，实地工作人员一时顾不过来。在机械化快速发展的时今，这里依然黄金铺地，老少弯腰，季节的循环在四湖滩涂依然慢悠悠地像老人的脚步。

男女老幼在滩涂用镰刀用手铲收割小麦，收割的麦子一片片倒下，然后他们用麦秸捆成个子，肩挑人扛运回家里。

太阳火辣辣地炽烤着大地，炽烤着田间收割麦子的人们，汗水顺着他们的脸和光着的脊梁往下淌。

整个滩涂流动着匆忙收麦和运麦的人们，同时也流动着争执和拳脚相对的人们。村里大大小小的干部和县乡派来的干部以及公安人员，分头深入实地解决现场纠纷，成立了若干个调解纠纷小组。

芦花村的芦花、田驹和几名公安人员代表组成了其中一个调解纠纷小组。当他们来到张浪和疤癞收割的麦田里时，他俩经过一场争斗后像受了伤的两头绵羊，都各自趴在地上喘息，累得已爬不起来，但仍不罢休的样子。

调解纠纷小组向他们俩问清情况，芦花和田驹在他俩有争执的麦田里各插了两面黄旗，寓意这地方有争执，麦子暂不收割，待后处理。把张浪和疤癞劝解一番后，各人去干各人的事了。

当芦花、田驹和两名公安人员在滩涂深处见到泥鳅和地磋时，两人还像牛打场似的转圈圈，圈圈越转越大，脚下的麦子已扑倒跟打麦场似的一片。

调解纠纷小组人员一到，把泥鳅和地磋争执的原因进行了解。然后，芦花和田驹在两家有争执的地方插了黄旗。

泥鳅和地磋各自退回到有争执地之外，坐在那儿翻白眼喘粗气。

四五天时间，滩涂大面积小麦被收割运出。剩下争执不清的交织田上的麦子，像被一个高明的剃头匠剃成花瓜一样，这儿一片那儿一溜，高高低低的麦秆举着大小不等的麦穗站立着，没有人再争抢收割，显得孤独而无援。它们失去了连片地相互依扶，晚上一场雨，这些失去依扶的麦子扑扑倒地，麦粒便簌簌地脱落下来。不几天，一片片不规则的新绿益然而生。然而，环境和气候已不适应它的生长，很快便被另一物种所代替。

小麦收割结束后，田家村和芦花村村民又有了另一种焦虑。在收割过的小麦田里，有一部分人被人们饲养的肉鸭和鱼虾赚了钱而感染，铁心一搏；还有一大部分人拿不定主意，是养殖还是种植？春争日，夏争时，可等不得犹豫，他们像热锅上的蚂蚁。

土地承包属市场经济，或种或养自家拿主意，虽然有人引导，也是淌着试着深浅，随时都有风险。田驹、芦花他们养殖肉鸭、龙虾、鲫鱼、鲢鱼、鲤鱼现在确实赚了钱，谁敢保证大家都养这些还能赚钱？

田驹见到芦花说："要把村民鼓动起来，这是最好的养殖季节，肉鸭生长快，也是鱼虾繁殖旺季。"

芦花告诉田驹说："田助理，芦花村十几户村民饲养的肉鸭和鱼虾，他们都算了经济账，说是一亩相当十亩的收入。北湖县市场也被打开，需求量很大。我想召集村民，就在义线牵养殖场地，请你结合实际搞个讲座，让大家多掌握点养殖知识。"

田驹爽快地答应着："好呀，这也是个宣传的大好机会。"

不大会，芦花已招呼了一些村民在义线牵的养殖场听田驹讲肉鸭和鱼虾的养殖要领……

这时，地磋领着几个村民围过来。疤癞很不友好地说："田驹你这人脸皮真厚，咋又跑到芦花村一亩八分地指手划脚来了？要养什么我们自己会养，凭什么听你的？大家都散了，这里边肯定有不可告人的目的。"

"疤癞哥，请你来讲吧！"芦花做了个请的姿势。

疤癞朝后咧了咧。

村民来福在养殖方面一直拿不定主意，这会田驹讲得科学，听得正在兴头上，心里正盘算着准备养它二千只肉鸭，另加上几亩鱼虾。现在半路杀出个程咬金，来福不高兴了，骂道："疤癞头，你搅了大家的发财梦，回来不揍你个小子才怪。"

疤癞反讥道："来福大哥，不听劝咋的，啥时被人收买了？"

义线牵不悦地说："疤癞，你这家伙不长眼，大家早就想听养殖这方面的技术吗？人家田驹就是及时雨。不想听就滚远一点。"

岔河附和道："这养鸭还真有个科学道理，不懂就是门外汉，装懂就是憨熊一个。"

疤癞头以为有人会支持他，把田驹轰跑，想不到自己找了个没趣。他瞅瞅地磋，地磋不知跑哪去了。

几个村民接着说："疤癞，讲好了我们听你的！"

芦花借机说："乡亲们，我们两个村只有和睦相处抓好经济才有出路，抓好我们当地资源的利用和开发才是正事，赌气闹事就会破坏生产力。我们都不要当这样的历史罪人。"

在围的村民说："我们赞成芦花助理的话，只有和睦了才会生活得安心，干事才顺心，经济才会出效益。"

这时，芦花村大喇叭里通知芦花马上到村委会开会。

芦花走后不久，张浪从界河那边跑过来，大叫："田驹哥，不好了，你家有两个池的虾苗都漂到水面上来了，死的也不少。"

田驹也慌了："我来时好好的，怎么一下子都飘上来了？春旺呢？"

"春旺也不知咋回事，恐怕又是哪个坏熊趁人不备下了毒，不然……"张浪像喝醉了，左摇右摆地骂道。

田驹看了大家渴望又焦急的眼神说："张浪你先回去，和春旺一起查找一下原因，我把养鸭的注意事项给大家讲完就回去。"

芦花听说田驹的养虾池被人下了毒药时，已是第二天的中午。她去芦花村的几户饲养户家了解情况时，村民无意之中告诉她的。她听后心里很不安，认为田驹是因为芦花村……便马上拨通了田驹的手机："田助理，刚听说你两池鱼虾遇到了麻烦，我真替你心疼，能帮助你做些什么吗？"

"芦花助理，谢谢你的关心！是这样的，昨天午饭后我去你们那边给一些养殖户讲技术。黑丫拉来的鱼虾种苗分给养殖户后，还剩下一些，便倒进我家两个养虾池内。由于密度过大，池温变高，池内缺氧，虾苗都浮了上来，还死了一些，不是张浪怀疑的有人下了毒。"

"这我就放心了！可是还有一件让我不放心的地方。眼下是肉鸭和鱼虾生长旺季，但也有不利的一面，就是雨季的到来。养好了，界河两岸就铺开了，弄不好很难再发展。我想对你说，也是我最担心的事。昨天村里开了一个防洪涝会议。不知你怎么看这个问题。"

田驹听了一愣，他对雨涝的问题真还没有认真分析过。不过，他坦然地说："雨水一般淹不了界河两岸。"

"田驹助理，不要只顾沾沾自喜，没有忧患意识是要吃大亏的。还应该做好防大涝和防洪的准备。听村里的人说土地承包前界河两边都有分水沟，纵横交错，与界河相通，与四湖相连，排灌方便。自从土地承包以后，原有的一些沟渠、河道被破坏，在各家承包地里都填平种上了庄稼。这些年雨涝时常排不出，干旱时浇不进去的问题日渐凸显。"

"前些时间我参加了县里的一个农业会议，就有不少村干部反映这个问题，要一下子恢复这些田间工程和设施看来有很大难度，不是你我一下子能做到的！"

电话两端一时陷入了沉默，好像预感到了什么不妙。

95

南方外贸编织艺术品公司要在四湖滩涂筹建编织分公司，这等于招商引资不请自来。田家村固主任认为这个项目落户田家村，等于上门送金元宝。

日子一天天过去了，钱总经理走后已几个月连个人影也没见。石副经理来来回回穿梭一样，田家村、芦花村成了他半个家。

村干部们轮流陪同石副经理，对芦花村、田家村和周边环境进行了全面考察。

在考察现场，石副经理非常兴奋地对固主任、田驹说："我已把近些天来考察的情况初步给钱总作了汇报，并把兴建分公司的初步想法告诉了他。建议公司地址建在界河这边田家村的土地上。那里有一片高地，高高低低的一片铲平了就行。从四面看那地方地理位置不错!"

田驹急忙阻止说:"那是坟地,埋葬的是在抗日战争期间牺牲的抗日的村民、八路军战士和游击队队员。以后有条件我们准备在那里建烈士英雄纪念碑和纪念馆。"

石副经理有些感叹地说:"还真没想到这些土堆是烈士坟墓。如果能和旅游结合起来,不光是一道亮丽的风景。缅怀烈士,重温历史岁月,珍惜现在的幸福生活,倒是一处很好的革命传统教育基地。"石副经理说到这里,摸了一下额头继续说:"要联合南方对外旅游总公司合资兴建休闲湖上度假村。这可是造福人民、享受生活的一件美事,也是一件造福子孙的大好事。"

田驹抓着石副经理的手,激动地说:"早有些想法,也很模糊,经你这一指点,如拨云见日。钱总经理来后,我们一同去芦花村考察,把界河和界河两岸作为旅游观光带,然后建造湖上度假村,这地方就搞活了。"

石副经理放缓了口气说:"一定让人家有东西看,编织厂要出几个像样的产品,旅游景点、自然景观加上历史的典故,要投资兴建一些掌故项目。这些日子田家村和芦花村的故事听到不少,过去的事都是历史了。现在大家都是向好的一面努力,编织、养殖、种植、加工的产业链、旅游等,得天独厚的条件。"

老固这些天把心思都用在南方外贸编织总公司石副经理身上。能在田家村这边投资兴建南方外贸编织分公司,田家村就会成为这方圆百里的四湖编织品的编织销售中心。到那时,何愁田家村不风光荣耀?所以他三番两次催石副经理给钱总经理打电话,要他抽时间再来田家村,敲定公司实施方案。此时节正是芦苇生长的旺季,这无边无际的资源,要让钱总心悦诚服地下决心。

至于田驹他们年轻人在界河岸边大搞养鸭养鱼虾,固主任也不想过多地去问,但他们的行动他都知道得一清二楚。他不想多问界河的事,更不想多一步迈进那里。那里有他的疼、他的恨、他的烦恼和忧虑。他干了近四十年村委主任,多半生都耗在了界河那儿,那儿有扯不尽的矛盾和争执。前些时看了《界河》后,他又增加了对界河的几分爱,但是复杂的心绪实在抹不掉。田驹他们要去界河作文章,确实扰乱了他的心绪。他想年轻人不碰个头破血流不死心,就让他去碰吧,也让他们长长见识。何况土地承包以后,田地使用的事,各家有各家的擅长,想种嘛种嘛,想养嘛养嘛!啥也不用多管，谁也管不了！你想着改变环境，引导人们去跟你学，那要看有没有成果，要看有没有前途，更具体说有没有钱赚。否则，搭了工夫招人怨。他自信自己的想法，这会他又把石副经理叫到村委会，要他当着他的面给钱总再打电话，催他快到田家村来，这才是一本万利的大好事，年轻人是想不到这一层的。

石副经理联系上了钱总。钱总还是那句话，回国后就来田家村。

固主任不安的心情平静了许多。

石副经理说："近期龙水县沿湖搞了一个湿地草原方案，田驹借此设计了一个湿地旅游湖上度假村，还有抗日斗争纪念馆方案。我看很不错，等钱总来时一并提出来。有了投资意向，我们好和投资者联合发展。"

石副经理继续说："芦花和田驹方案里还有一条田家村和芦花村贯通的水泥大道，在界河上架设一座百米大桥。"

固主任被惊得目瞪口呆。他从来没想过，也不敢想，好像被谁当头敲了一棒，头脑一阵眩晕。好一会才说："不可！不可！过去界河是两个村的栏草绳。如果再铺一条相通相连的公路再加一座大桥贯通，那像什么话？是不是长驱直入！"固主任暗哑着嗓子几乎发出声嘶力竭地叫喊。

石副经理不解固主任的意思，发愣地看着他。

固主任自觉有些失态，头上、脸上都冒汗了。他走近石副经理说："这条公路和桥梁就不要规划在里边了。田家村需要铺设的路和桥有几处，我看不在这儿，应该在环村公路和环村桥上。"

石副经理看着固主任瞬间变化的表情，忍不住呵呵地笑了："你提的这个方案小了，钱总和投资者恐怕都不会同意！"

固主任好像察觉到石副经理投来的无可辩驳的目光和不容置疑的笑，不禁心里一惊。不过固主任心里已暗暗发誓，不在田家村投资建厂，芦花村也别想。

96

七月流火。七月的天就像孩子的脸，说变就变。刚才还太阳毒花花地照着，突然就阴云密布了，一阵轰轰的雷声，接着大雨点噼噼啪啪就砸了下来。

远处的四湖雨雾蒙蒙，岸边大片小片的芦苇和杞柳在风雨中沙沙作响，两米高的苇棵子，一米高的杞柳在风雨中舒展着腰身往上长。一片片稻田油绿肥壮，正顶着尖儿朝上窜。有三三两两几块长高了的玉米，点缀其间。界河两岸养鸭棚的帽儿草苫的、石棉瓦的、稻草的、青红瓦的，五颜六色，上面跳着雨花儿。一方方横七竖八的养鱼塘和养鱼虾池水面被雨雾缠裹，偶有鱼虾跃出水面，声音也显得湿淋淋的。谁也想不到白天的那些小不点是个小序曲，到了夜晚却酝酿了一场暴风雨。暴风雨夹着电光雷鸣，好像要把界河两岸的庄稼养鸭棚和池塘鱼虾一股脑地搅合在一起。一天一夜的功夫，界河两岸已是一片水汪汪了。

养殖肉鸭和鱼虾的村民们在冒着急风暴雨用绳索稳定鸭棚，用泥土加高围堰。暴风雨无情地揭开一个个鸭棚的顶盖，把界河两岸大大小小的几十万只鸭子淋泡在风雨中，又撕开一个个沟池鱼塘的堤堰口子，鱼虾顺着水势向界河里流去。

田家村的男女劳动力都上了界河，加固鸭棚，赌拦鱼虾堤堰决口。

田家村田驹开会在外，田家村民一起帮着把田驹家的鸭棚加固拴牢，把鱼虾池围堰加高。把养鱼虾的堤堰围了个结实。

界河像脱缰的野马，汹涌澎湃、摇头摆尾地向四湖一头扎去。

芦花村这边界河堤岸，有几处水已漫过河堤。芦花正带领村民加高加宽堤坝。

这时、田家村这边黑丫开着拖拉机从县城把刚开完会的田驹接回来。田驹要黑丫把拖拉机开到界河边，因水深泥陷，拖拉机刚出村不远就抛了锚。

界河笼罩在雨雾里，月牙河腹地已一片汪洋，田驹和黑丫一下惊呆了。当他们看到田家村的养殖户固棚筑堰，长长地松了一口气。当他们看到汹涌澎湃的界河水仍在上涨，有几处已冲过了对岸的河堤，芦花村那边的庄稼已没了踪影，田驹又一次惊呆了。他突然想起芦花前不久的担心和提示终于没能幸免，可是这一切都晚了。

田驹对田家村的乡亲们说："乡亲们，感谢你们冒雨奋力围堰打坝，加桩固棚，大多保住了田家村的肉鸭和鱼虾没有被大水冲走，也保住了我家的肉鸭和鱼虾完好无损。可是，眼下老天还没有睁开眼睛，外来客水和内水涌进界河，界河水不断上涨，一旦决口，我们的鱼虾和庄稼都保不住。

"大集体时，这地方通往界河的分水沟大大小小少说也有个七八条，土地承包后被承包者大大小小也给填了个平，种上了庄稼，使界河的泄水不畅，造成上涨。我们应该还原原有的分水大沟，让它来承担一部分界河的压力。这样会保住界河两岸庄稼和饲养的肉鸭和鱼虾不会受更大的损失。"

"我反对。"冬瓜说："破坏过去的水利设施和工程，也不是我们田家村兴的，各地都差不多，大家都各顾各的地，谁还问这多，淹也不是哪一家。"

张浪说："别的沟渠咱不说，就这条界河分流大沟要牵扯全村大多数村民家的田块，大家早都填平种了庄稼，要恢复就难了。挖谁的庄稼不是去割谁家的肉吗！"

春旺生气地说："当时分地时这排水沟也没当田分。把排水沟也种了庄稼，这也太没公德了。"

季响愤愤地："公德值几个钱？现在大家都黑天白日想着发财梦，有的想发财都想疯了，哪还顾公德！"

冬瓜说："这就没啥稀奇了。前年我去外地打工时听说有个村为了恢复水利工程，明沟改成暗道，上边也能种庄稼。可是有一户人家硬是把流水的暗道用草什么塞死，说是水从下面流，冲走了他家的财运。你看这事做的，一点人情味都没了。村里二半吊子，还有势力大的，横行霸道，连那些管治安的都怕三分，这世道变的！棘手的事多去了，也该有个条条框框管，不能管死，也不能不管。啥事情总得有个规矩，不然就乱套了。"

田驹着急地说："父老乡亲们，现在也不是磨牙辩论的时候，大家把原来的分水大沟填平种了庄稼，是好心惜地，可违背了科学。现在大水要冲龙王庙，一家人不顾一家人了，能这样干吗？不能！大家都会受损失。我家五亩鱼虾沟池大家筑堰打坝，可是堵住了上边几家的排水通道，他们田里的庄稼、沟池鱼虾都会受损失。理应从我家鱼塘开挖一条通水道，然后把上游积水排出去。"说罢，叫季响、张浪、蚊子帮忙，自己带头挖开了自家鱼虾池的防护堰。

一排水浪夹带着鱼虾倾泻而下。

季响什么也没有说，甩开铁锹在自家的稻田里挖了一条流水沟。春旺、蚊子、张浪也在自己田里顺势开挖了流水沟。

大家相互帮忙，一条弯弯曲曲的泄水沟在向四湖延伸。

麦杏嫂像被割了肉一样尖叫起来："我家养的几沟龙虾再过半个月就上市卖钱了，这开沟放水冲走了谁来陪？"

田驹说："麦杏嫂，你这几沟龙虾损失我来赔你。"

"你五亩都淹了，你拿啥赔俺？下边还有好多户，你赔得起？你劝大家养，又劝大家扒堰冲掉，你不是存心和我们过不去吗？你……"

"你麦杏嫂还有2000只蛋鸭保本，我们什么都没了。"蚊子跳着细腿哭丧着脸说。

"这一茬放水冲跑了，大水过后我们还要加倍地饲养。"

"蚊子兄弟，不是你麦杏嫂小心眼，俺也是借钱才养的这蛋鸭和龙虾。"

春旺说："接下来开挖的分水沟就到了单二叔的玉米地田间。"

断臂单二叔气得跳起来。他转脸对着田驹骂道："田驹，欺负你单二叔咋的？看您单二叔还没有死！你错了，二叔被你看走了眼，二叔拼了命也不会答应在我田里挖沟放水。看这齐腰高的玉米，正哗哗往上长，问问村民哪家能答应？几家养殖户能愿意？告诉你，没门。"

单二叔甩着一只空袖管，把另一只袖子也脱光了，在风雨中叫骂不停。

在围的不少人吵吵闹闹的附和单二。

田驹亮着嗓子大声说："单二叔和乡亲们，县委华平书记说得好，在大事大非面前要顾全大局。长期以来田家村和芦花村都各执一垄庄稼、几颗苇子，都计较在心，互不相让，使大家失去了信任，失去了关爱。大家不是抱怨公德缺失，道德下滑，诚信度降低吗？人心贪欲无度吗？那么现在关键时候还是这样斤斤计较呐？"

单二叔强硬道："田驹侄子，你单二叔不管那一套，过去的排水沟要恢复全都恢复，包括芦花村的分水大沟。不然，算你嘴上抹石灰，你想从我地里挖沟办不到。我现在躺在我那几亩养老田里。"说着单二真的躺在了他的玉米田里，嘴里还不住地喊叫："看哪个狗日的敢在老子身上挖过去。"

单二此举，不少在围的村民为之叫好。也有人骂单二死心眼，一根筋，大事面前只顾眼前。

一些村民的庄稼田因排不出积水，只好泡汤了，流泪说："跟着你单二只有喝西北风了！"一些村民的庄稼田因排水连带受损失，心痛地说："田驹呀，你用什么来赔偿我们的损失？"

109

田家村在争执吵闹中挖沟排涝、毁掉鱼虾沟塘泄洪的当儿，芦花也正带着芦花村的村民首先挖开了自己家的鱼塘坝堰，随后各户接二连三地挖通了排水通道，毁掉自家的庄稼又损失了自家的鱼虾，挖渠掘堰，分流上游的水，分担了界河的压力，避免了重大损失。

芦花感动地说："多亏乡亲们齐心协力，如果界河的水不及时分流，界河水位一旦抬高，河堤一旦冲毁，受损失的可是整个界河两岸呀。"

"真没想到今年洪涝这么大。"

"这就叫水火无情！"

"都怪田家村那一帮小子，在界河边养肉鸭养鱼虾，惹怒了水神龙王，最该淹的是他们！"

"说不定还真是，触怒了哪方神仙！"

"别看人家发点小财心里难受，你们也去喂养。"

"养就养，谁怕谁。田家村能，芦花村为什么不能？"

"要比精神，比风格，再比收获，这才是最重要的！"

"要往好处比，往高处看。历史上一条界河凉了几代人的心，到我们这儿，为什么不能让它变成爱河、致富河、幸福河？"

一股浑浊的浪头翻卷着冲出堤岸，堤上的人一拥而上。

浪头被众人挡了回去，后面又一排浊浪扑了过来，刚直起身的混湖、疤瘌瞬间被卷进界河。

"不好了，混湖和疤瘌被洪水卷走了！"

这一声喊在两岸同时响起："快救人呐，混湖和疤瘌被洪水卷走了！"

芦花村所有在大堤和田间抗洪排涝的人们向界河的方向顺流追去，嘴里在不住地高呼喊叫："救人，救人……"

界河对岸抗洪排涝的田家村人，谁也没有多想，撒丫子便顺界河去救人。田驹跑在最前面，张浪紧随其后。突然张浪猛跳一步，一膀子把田驹推到界河堤外。田驹在堤外泥水里翻了个筋斗，只见张浪猛地跳进汹涌的界河水中，好像说，我是浪里白条张浪的后裔，由我来……

此时界河像脱缰的野马，汹涌澎湃，浊浪翻卷，声若鼓震，大有一泻千里之势。

混湖、疤瘌像两片树叶，一会被急浪卷起，一会又被暗流吞没。

混湖毕竟在湖里经过风浪，也经历过生死搏斗，一开始在接连的浪卷波涌中猝不及防呛了几口水，然后便屏住气，集中精力，一边随波逐流，一边用力向岸边靠近。他终于牢牢抓住岸边几绺倒伏在河中的苇棵子，迅猛的水流把他冲击得像一块破布上下翻动，他无法爬上岸去。芦花、一线牵几个村民赶到，甩给混湖一条绳子，才把他拉上了岸。

"快去救疤瘌。"

混湖这才知道，疤瘌也被洪水卷了进去。两岸的人们沿着界河堤岸向下游追去，一边追一边喊："疤瘌，你在哪里？……"

"张浪，你在哪里？"

只有洪水的咆哮声……

疤瘌自从被浪头卷到界河里后，连连喝了几口水，被那涛声水势几乎吓昏了过去。他无力挣扎，忽而被漩涡搅进水下，忽而又被浪头掀了上来。

张浪水里功夫虽好，由于水大浪急，一会踩着水上来，一会又被浪头砸下去。他眼前全是浊浪翻滚的世界，有时他踩着水努力把上半身冲出水面寻找疤瘌，一下又被溅起的浪花迷住了眼睛。他终于在界河的中游发现了疤瘌被一股浪头冲上来。张浪向疤瘌奋力游过去，猛地抓住疤瘌的后衣领。这是张浪在四湖水中救人的技巧，每每都能成功。然而，界河此刻水大浪高。张浪一手推着疤瘌一手搏击着风浪，奋力向岸边游去。但几次快要靠近岸时又被浪头打了回去，几次都失败了。

这时，界河两岸芦花村和田家村的人们，正沿着界河岸寻找疤瘌和舍生忘死的张浪，突然发现张浪和疤瘌两人在界河里的影子。

人们在呼喊着张浪和疤瘌的名字，向河里抛救生的绳子。由于风大浪急，几次都没成功。

张浪没有慌乱，他在翻卷咆哮的激流中寻找上岸的机会。机会终于来了，前面不远处，界河沿边被淹没了半截的两墩杞柳在风浪中摇摆着。张浪想，不能再错过这个机会，如果抓不住，转眼急浪会把他和疤瘌抛向远处。他紧紧抓着疤瘌的后衣领，借着掀起的浪头，顺势向跳高一样拼命跃出水层，向两墩杞柳扑过去，并喊道："疤瘌，抓紧杞柳。"

疤瘌本能地死死抱住一墩杞柳棵子。这时一阵狂风卷着一排恶浪扑了过来，只见张浪被抛出好远，淹没在一片浪涛里，然后不见了踪影。

疤瘌被芦花村人救了起来，芦花村人转身向下游跑去，一边高喊着张浪的名字。

对岸田家村人也看在眼里，喊叫着、奔跑着去寻救张浪。

他们不知跑了多久，前面河道突然变宽，河岸已淹没在波涛声里。他们知道无法再往前寻去，前面已是浩瀚的四湖，湖浪翻滚，水天茫茫。

没有张浪的影子！

只听到一阵阵呼喊张浪的名字："张浪……"

"浪里醉条，你在哪儿……"

没有浪里醉条的回声，只听到界河咆哮的浪声和风声、雨声……

白莲听说张浪跳界河救人，芦花村和田家村的人们寻找到四湖边也没找到踪影，她一下子懵了，瞬间像掉进了冰窟，从头凉到脚底跟，一阵天旋地转，哇地哭出声来。她疯了似的向界河边跑去，然后沿着界河岸向四湖方向来回跑着，一边呼喊着张浪的名字："张浪呀，你在哪里？你可答应娶我的！你说话可要算话呀！"

白莲一边喊一边哭叫着："张浪呀，你从小就是个苦命的人呐！是我的命不好，我害得你这样吧？你在哪里？呜……"

寻找张浪的人们一直没有停歇。水大浪急，木船扛不住风浪。

田驹给华平书记打电话，说张浪在界河救起疤癞，自己却被洪水卷走了，两村男男女女寻找到四湖边也没找到踪影。村民的木船扛不住风浪，无法在湖里搜寻，请书记派湖上大队救生艇前去搜救。

华平书记立即指示湖上大队救生艇施救。湖上大队的救生艇立即起锚，抗拒着风浪，在界河与四湖的入口处与周边展开搜寻。

直搜寻到天黑也没有找到张浪的身影。

人们的心收紧了。

华平书记要求湖上大队第二天继续搜寻张浪踪迹：活要见人，死要见尸。

一时，人们心头笼罩着无法拨开的阴云。

97

当张浪用全身力气把疤癞推到杞柳墩上时，他却被一个浪头再次抛进界河深处。要在平时湖中游泳戏水，两天两夜也不在话下。眼下，浊浪翻滚，惊涛拍岸，因为用力救人，几乎耗尽了他的全力，再已无力搏击浪涛，时间一长，已精疲力竭，他连连呛了几口浊水，向一片树叶被接连的巨浪抛上压下，转眼间被一泻千里的洪波轰鸣着卷进了惊涛骇浪的四湖。

第二天一早，田驹、季响、春旺、蚊子分别登上湖上大队的两艘救生艇，救生艇抗拒着四湖翻滚的浊浪，逐渐扩大搜救圈。直到第三天风平浪静时，终于在 20 里以外湖叉的一片浅水滩上发现了张浪的踪迹。浅滩上有一片林林总总的苇丛，苇丛间有一片洁白的莲花，张浪静静地躺在芦苇和白莲花丛中，一层层芦苇一朵朵白莲，它们相拥着，阻挡着一次次涌来的细浪。

救生艇在浅水滩停下来。田驹第一个跳下踏板，向张浪跑去，嘴里喊着："张浪兄弟，哥找你好苦呀，快跟哥回家，兄弟姐妹都在等着你归来！鸭们、鱼虾们等你喂养……"

张浪僵硬地躺在田驹怀抱里，没有任何回音。

"张浪兄弟，你可别吓你哥，你说句话呀？你这浪里白条，两年前你在大风大浪的湖水里搏击三天两夜，不是安全归来了吗！今天你咋了？"

"张浪哥，你醒醒呀！我的好兄弟……"春旺抱着张浪两条腿，再也抑制不住，两眼泪水哗哗往下流。

"张浪兄弟，是你一把把哥扯下大堤，冲进界河去救人的，你是替哥死的，我的好兄弟！"田驹再也抑不住内心悲痛，泪水像泉涌一样流在张浪惨白的脸颊上。

一声长长的鸣笛，救生艇呜咽着返回界河的方向。

界河水已不再汹涌咆哮，水流已完全归槽，比前两天水量下降好多，流势也缓慢下来。

在通往田家村和芦花村的界河两岸，男女老少听说张浪不幸的消息，一时哭声一片。疤瘌捶胸顿足，哭喊着："张浪好兄弟，我们生前是对头，你是为救我死的呀！呜……"疤瘌哭着游过界河，在张浪遗体前磕了三个响头。

守主任、芦花和芦花村的村民们，肃立在界河边，默默地哀悼着！

田驹已泣不成声，反复说着："张浪好兄弟，是你一把把哥推下河堤，又是你第一个冲进界河去救人！平时你虽然好几口酒，哥知道你心中的苦处。你对自己想得少，替别人想得多！我的好兄弟……"

固主任一脸哀伤，可见他心中痛苦的程度无法排遣。他默然了好一阵，暗哑的嗓子有些颤动："张浪呀，你不愧是浪里白条张顺的后裔！两年前在四湖捉鱼，遇到大风浪，你硬是在湖水里游荡了三天两夜，最后从湖里爬了回来，还背了一条 20 多斤重的红鲤鱼，全村人为你自豪，为你庆贺！"他停顿了一下，喉结上下翻滚着，好像有东西噎在他的喉头。他缓了一口气，暗哑的嗓音满含悲切，"张浪唉，今天你怎么了……"固主任浑黄的眼睛里终于忍不住一汪泪水，簌簌地顺着两颊流了下来。

"这孩子从小没娘，命苦！他还没成个家呀！"

白莲已哭得嗓子嘶哑："张浪呀，你刚养了三千只肉鸭，还有一亩龙虾，你说卖了钱年底建新房，把俺娶回去。你这么狠心，丢下俺就走了，你从小就是一个苦命的人呐，怎么能会这样？呜……"

白莲哭得大家心里很悲伤，不仅又陪着流下泪来。

田大友几次想劝劝白莲，可是他的腿不听使唤，挪不动脚步。

春旺走到白莲面前，劝道："白莲嫂子，张浪哥舍己救人，大家不会忘了他！我还要告诉你，我们在找到张浪哥的身体前，是在一片芦苇和一片白莲花丛中。他的魂是寻着白莲去的，看来，他到死都没忘记白莲。你要想开了，别伤了身体，以后的日月还长着呢！"

白莲心中更加难过，悲伤地昏厥过去。

第二天，在界河边田家村烈士墓旁，添了一座新坟。田家村和芦花村的干部群众自愿聚到一起，参加了张浪的追悼会。

界河两岸的人们采来各种鲜花，摆放在那一片墓碑旁，人们永远忘不了那里有英雄的化身。

98

龙水县委书记华平带领农枝、水利局等干部灾后来到田家村了解受灾情况。他们察看了受灾现场，听了群众的反映。华平书记说："田家村干部群众在暴风雨和洪涝灾害面前科学地化验为夷；在大局面前，识大体、顾大局的精神不失为一种高尚的社会美德。这让我很感动。特别是张浪，在风高浪急的界河里舍己救人，危难时刻英勇献身的精神，我们不会忘记！"华平书记说到这里，沉默了一阵。然后感触地说："把安全让给别人，把危险留给自己，这种精神，应发扬光大。"

不久，上级追认张浪为烈士、舍己救人好青年。这是后话。

面对严重灾情，华平书记对田驹说："县委、政府已研究给你们申请特别贷款，补回一些损失，但不能依靠，要自救互补。"

华平书记走后，田驹拉上季响、黑丫、春旺去县农业银行找代行长。

代行长热情地对田驹他们说："你们贷款的事县领导已经做好了安排，

你们养殖的积极性也很高。不过，我们要考察后才能发放贷款。"

田驹他们异口同声地问："代行长，我们可是十万火急。"

代行长笑笑说："这样吧，我和放贷员小葛和你们一块过去。"

田驹陪同代行长和小葛去村里走访了一些养殖户，又到界河腹地看了现场，和一些群众作了交谈。代行长说："我理解村民养殖的心情，看了也很感动。如果界河岸向四湖深入发展养殖，前景不可估量。我们回去马上研究给你们贷款的事。"

半夜里，代行长打来电话说，他们回去没有休息就作了研究，决定给田家村灾后恢复生产低息贷款三百万元。

田驹再也睡不着觉，半夜爬起来找季响、春旺、蚊子说："低息贷款有了着落，这三百万也不是小数字。要抓住这一时机，进一批肉鸭苗和鱼虾苗。"

季响说："这一次大水有不少户毁得很惨，这包括你家的。蚊子、冬瓜的还有连带了一部分户，这低息贷款是否多考虑一点。"

蚊子哼了一声说："低息还是有息，贷多了也不是什么好事，再像这样一场大雨，说不定连贷款也冲得无影无踪，这些倒霉户连找地方哭都没有。"

田驹说："这场洪涝要说坏事也是好事。为了防止更大的雨涝，原有的分水沟被人为地填平了，借机重新开挖出来。田家村这边还是从我家五亩鱼虾池塘里穿过，要挖深加宽，而且要科学维护。早在战国时期李冰父子对天文地理有研究，在四川都江堰市岷江出口处主持兴建了中国早期排溉工程都江堰，并对排灌工程维护的技术要领做出重大贡献。而今，我们一些不大的排灌工程却挖挖平平，很难持久，造成不应有的损失！"

季响提议说："我看还是恢复原来的沟渠，谁填平的谁再挖起来。"

春旺说："这一时做工作也很难，稻苗已抽穗舍不得挖，有的刚建起了的养鸭棚和鱼虾池更不舍得毁，咱也不忍心。"

田驹说："要养好肉鸭和鱼虾，界河的分流沟渠必须挖好。你们三个成立宣传小组，用喇叭在村里和地头田间对村民进行宣传引导，恢复原有的水利工程。低息贷款根据养殖户的面积和这次受灾情况商量个意见，然后经老主任同意后，再开个村委会。"田驹说到这里停了停，问季响他们，"这低息贷款芦花村那边是否也考虑一点。"

蚊子气得连连哼了几声。"我说田驹哥，你啥好事都想着人家，可人家

285

有啥好事想着你吗？冤不冤？"

季响和春旺都笑了："人家那边政府会考虑灾后问题，都是一样的政府。"

田驹解释说："我想这一次大水他们那边有几家受灾严重的，苇子、义线牵、来福、岔河他们，分流排水，不仅毁了自己的鱼虾塘，鱼虾也冲进了四湖。他们在守护大堤中做出了不少牺牲"

春旺摇摇头："再说贷款八砖头砸不着的地方，代行长也不会同意："

田驹解释道："我们用贷款购买了肉鸭苗、鱼虾苗，供给他们困难户养着，也是等于贷我们的款。"

季响打圆场说："至于供给芦花村肉鸭鱼虾苗的事，还是争取一下芦花的意见吧。"

"那好吧，这倒是个两全其美的办法。但是这场洪涝，我们要认真总结教训。这次洪涝对养殖肉鸭户损失不算小，大部分鸭棚被掀了顶，一部分肉鸭因惊吓挤压而死，少部分被大水冲走。因龙虾沟池浅，损失较重。下一茬，重点应该发展肉鸭养殖。"田驹分析说。

这时不知谁家的公鸡第一个开始叫了起来，接着传来三三两两公鸡的鸣叫声。

不多会村里已有匆匆忙忙的脚步声和隔夜沙哑的说话声。

田驹、季响、春旺、蚊子、冬瓜、月新、开放、于跃、大友又向界河边的养殖场奔去。

99

芦花村守主任、主任助理芦花及村委会几个成员在田间检查灾情。守主任隔河相望，见田家村部分养鸭棚被洪水冲得东倒西歪，有的没了帽儿，龙虾池坝被冲得没了形影，心里说，早就料到你们高兴不了多少时间。看来人算不如天算，哭去吧你们这帮不知深浅的家伙。回头再看看芦花村这边的几家养殖户，垂头丧气的样子。心想，怎么不跟田驹小子跑了，跑麻了腿就不跑了。便正色发狠道："你们这些楞头青，要好好总结教训，抓紧处理还没有毁掉的肉鸭和鱼虾，尽快离开这界河边。不然，说不定哪一天，大水连你们一块冲到四湖去！"

这时田驹用喊话筒向对岸守主任喊道："守主任、芦花助理，我们这边受了损失，可你们那边受灾也不轻。考虑两村以后相互支持共同发展，打好水涝这一仗，我们争取了一些低息贷款，准备拿出一部分统一购置肉鸭和鱼虾种苗。芦花村如果愿意养殖肉鸭和鱼虾的，苗子需要田家村来帮忙支援的，和田家村养殖户统一对待，秋后结账。"

对岸芦花、守主任听得真切。守主任转头对芦花说："回头转告田家村，芦花村考虑养殖风险大，村民损失不起，你们留着自己养吧。"

芦花急忙说："守主任，人家一片诚意，不然争取一下村民的意见。"

义线牵说："田家村真心实意帮助咱们，我打算多养几亩，棚养、散养、稻田养相结合，我第一个报名！"

守主任白了啷当一眼，呛着嗓子说："你先前是侥幸发了点小财，你没看到二青的亩把龙虾血本无归吗？这一屁股屎就够擦的了，你还瞎搅和啥！"

来福说："虽说二青亩把龙虾冲进了四湖，可二青的肉鸭发了财，还是赚了大头，机会难得。"

岔河说："我刚尝了点甜头，想再多养一点，正愁资金不足。及时雨！"

苇子叫道："洪涝期已过，多养它几千只肉鸭和几亩龙虾，我看准行。"

听着不少反对意见，守主任那个气，又不好当着这么多人发火，强忍着说："这事自己看着办吧，我只是想提醒你们，秋季的雨涝会更大更多。"守主任不想再多说什么，板着脸转身走了。

芦花看着守主任走去的背影，转脸笑着说："守主任担心大家，要慎重养殖，权衡利弊。你们要干首先要把界河分水工程修复好。我看如果谁愿意养殖肉鸭和鱼虾的，就到义线牵那儿报个名，统一有田驹助理帮助协调肉鸭和鱼虾种苗，秋后再回报。"

地磙和寡妇荣在自己水淹的庄稼田里看了一圈，在界河边嚷嚷说："我说你们这些脑残，秋季再来场洪涝，还不跟着自家养的鱼虾跳进四湖里去。张浪搭条命，疤癞吓得病倒了，这场暴雨还不够长一辈子记性！"

寡妇荣借题发挥道："不养肉鸭鱼虾，这些年也没见庄稼受淹，人受害。都是你们这些不守规矩的养肉鸭和鱼虾带来的灾难！"

没走多远的守主任听到寡妇荣的声音，突然想到他要找的人。

100

傍晚时分，界河边亮起了明明灭灭的灯火。二马脸和一高一矮的人不声不响地走进冬瓜养鸭棚的一间看护室里。

"二马脸，你们……"

"小声点，我们是来要你欠的赌债借款，还欠6万。"二马脸哗哗翻着一个小本本，圆圆的小眼睛斜着在看皱起眉头的冬瓜。

"你们看不到吗？这一场洪涝，毁了一部分肉鸭、鱼虾，本钱都没弄上来。6万快，这不是个小数目，哪有还账的钱？"

"不是有低息贷款吗？多好机会，还等啥时还？等来年就是12万了。"

"这贷款是养鸭用的，多了人家也不会贷，请你们再等到年底吧。"

"笨蛋，多贷几万。你就不会说扩大养殖吗？"

"田驹助理为了避免贷款挪作他用，采取统一供种。"

"别说废话，拿钱。"

"本来我想着这茬还3万，年底就差不多了，谁知……"冬瓜无奈地摊着两手。

"别说没用的，这是你借的高利贷赌债，欠账还钱。也不怕你报案，你一样去坐牢。"二马脸咬着碎牙，瞪着红红的眼睛。

"看老舅的面子上，再宽限些天！"冬瓜可怜巴巴的样子。

看鸭棚内，好一阵寂静无声。

"别废话，你老舅的面子已给过了。现在你给的是钱！"二马脸在昏黄的灯光里，板着的粗糙的面皮愈发地阴暗。

"别耍赖，不然要你小子知道脸哥头上有几只角！"一高一矮两个人面无表情，把冬瓜夹在了中间。

冬瓜心里打寒，嘴里却硬道："你们不要逼急了，大不了一起坐班房！"

一把冒着寒气的刀刃硬硬地顶住冬瓜的下肋，声音钢得如刀刃一样寒人："活得不耐烦了。告诉你，外吭一声要你的小命。"

"都是实话，没骗你们。"冬瓜说话声软了下来。

冬瓜两条大腿被高个子和矮个子分别踹了两脚。

"嘴还硬。三天内我们来这里取钱，不然让你个虾球也养不成。"说吧二马脸他们离开了冬瓜的养鸭棚。

冬瓜看着二马脸他们消失在黑暗中魔鬼似的背影骂道："白眼狼！"然后抓住自己的头发捶胸顿足了一阵子。本想再苦干一年还上高利贷，从此脱胎换骨不再进赌场。好不容易有了养鸭赚钱的机会，谁知天不佑人，一场洪涝毁了他的梦想，高利贷压得他喘不过气来。

冬瓜一夜翻来覆去睡不着觉，想按二马脸说的趁机贷救灾款还了这赌债。这样不更是犯罪吗！何况田驹他们早已把这条路堵死……

冬瓜思来想去已无退路。黎明时分，他咬咬牙，反正零割肉不如一次来得痛快。他准备去报案了。他找到离他家养鸭棚不远的蚊子，颤抖着声音说："蚊子兄弟，眼下哥的鸭苗暂时不订购了，请你帮哥养好这剩余的肉鸭还有几个龙虾沟池，其他事以后再说。"

"为什么？"蚊子挠着尖头不解地问。

"你很快就会知道的。兄弟，后会有期！"冬瓜的声音很低、很沮丧的样子，像是赴刑场的感觉。

蚊子吃了一惊，还没等他问下文，冬瓜已经走远了。

101

就在这天深夜，田家村的狗接连狂叫不止。一队人影迅速包围了村西头的鳏孤家的院子和地窖。雪白如灼的长筒手电的光柱交叉如织，亮如白昼。随后声若雷滚般的吼声此起彼落："不要动，公安局抓赌的！"

地窖里一阵慌乱。有赌徒铤而走险，反抗抓捕，瞬间被枪托子击倒在地。

拍摄现场的闪光灯唰唰闪动。

赌资和赌具堆满案头。

一群赌徒们慌张地乱跑乱叫了一阵，在全副武装的公安人员面前终于静了下来。

在公安人员的控制下，二十多名赌徒鱼贯地爬出地窖，在鳏孤的后墙根一溜排开，然后两腿并拢，挨墙举手而坐。

被惊醒的田家村人，一骨碌爬起来，有大胆的围过来远远地看着。他们在小声嘀咕着："鳏寡、二马脸、兴闯……大多生面孔，周边及外县外省参赌者占了多数。"

接着，一辆大卡车轰轰隆隆地开了过来，赌徒们全部进了局子接受审查。冬瓜没有回来，他也在接受审查之列。

这一夜，田家村人好像都没入睡。天没亮，田驹在村委会办公室里用小喇叭广播开了："乡亲们，大水冲走了养殖户的部分肉鸭和鱼虾，冲毁了部分稻田和作物。但还有一个夏季的尾巴和火红的秋季，仍然是个养殖的黄金季节……

这时，单二甩着一支空袖管，身后紧跟着泥鳅、疙瘩和几个村民吵吵嚷嚷着来村委会找田驹。单二用单臂猛地撞开村委会的门冲了进去。

田驹看到单二等人怒气冲冲的样子急忙站起来，却忘了关广播，就走到几个人面前："单二叔，你们大家有啥事好好说。"

单二瞪着发红的眼睛说："田驹，你小子喝了谁的迷魂药，上级看着我们受了大灾，咱田家村从历史上还是第一次得到低息贷款，咋还想着给芦花村?"

站在单二叔身后的泥鳅娘们着腔说："芦花村究竟给你什么好处? 你放水冲毁了田家村养殖户的鸡鸭鱼虾，不管不顾，又想用我们的低息贷款为他们购置鸡鸭鱼虾苗，俺们问你是田家村人还是芦花村人?"

"说呀，我们问你是田家村人还是芦花村人?"跟来的群众愤愤地责问。

跛脚方月哭道："俺家老的老小的小，庄稼也淹了，俺往后怎么过啊! 呜……那贷款也有俺们的份!"

田驹平静地说："乡亲们，我们田家村、芦花村两个村村民都应当相互作为兄弟姐妹相处。一家有难，八方支援，这才符合我们的传统美德。如果你们谁家养殖肉鸭和鱼虾，村委首先解决你们的困难。缺劳动力户和缺资金问题，由村委会统一购买种苗。这个钱是专项贷款，是华平书记点名代行长作了考察后才决定的，是政府和银行专门扶持大家养殖的。当然这个钱贷给谁家，秋后还是要还的。"

泥鳅愤愤地说："田家村大灾受了损失，芦花村怎么不说支持咱们。"

田驹说："乡亲们，是非曲直谁心里横着木材? 大家都受了灾，无非轻重有别。在编织方面，咱田家村有困难时，人家芦花村不也是人物相助吗! 往长远看，互惠才能双赢，和合才能相依，大家才会看到真正的实惠!"

"田驹，你那是胡扯，没有芦花村难道田家村就不能发展? 我不养肉鸭，也不养鱼虾，我们有村民要饲养百只山羊，养一千只肉鸡，二千只蛋鸡这能说不是养殖? 这低息贷款总得有我的份吧? 我们要求只要是困难户，无论他养啥，都应该发放他们底息贷款。"单二叔甩着空袖管，可着嗓子说。

疙瘩攥着拳头："俺们要养100头、200只山羊、肥猪，底息贷款也有俺们的份。"

村里的广播喇叭一字不漏地往外广播着村委会里争吵的内容。村民老少都在侧耳细听，恐怕漏掉一个字。

这时，季响、蚊子、张浪、春旺听到广播里吵闹声，恐怕事情闹大，急忙赶到村委会办公室。

季响对田驹说："大灾面前，大家积极自救，他们提出要求不是没道理。"

田驹沉思良久，愧疚地说："对不起，是我忽略了大家各自的优势。眼下，无论养鸭、养鱼虾、养鸡、养羊，甚至养猪，都是灾后自救、灾后损失自补的积极行动。我真希望从此把我们整个养殖业带动发展起来，共同致富！"接着，田驹要蚊子把大家要养的项目和数字统计下来，低息贷款按比例分兑。至于答应芦花村的困难户养殖，田驹说要用他自己的一份拿出来帮助他们。

季响说："还有我的一份，不够的话，银行还有我家一点储存，愿拿出来照我们一样低息支持芦花村他们。"

102

界河两边，渐渐地比往日热闹起来。田家村在低息贷款的政策扶持下，不仅肉鸭和鱼虾养殖户大增，养鸡、养鹅、养猪、养羊也突破性地发展了几家大户。还有一部分养殖户在自家稻田地里放养了鱼虾。大家自觉地恢复了界河原有的分水沟。虽没有原来的纵横笔直宽阔高深，也能做到日降100厘米无积水。

芦花村又增加了不少养殖新户，稻田放养的也有好几家。

每天天不亮，界河两岸便欢腾起来，人的欢声笑语伴随着一片鸭鸣鸟叫声，飘散开来。

时间不久，鸭贩、鱼贩、饭店老板、市场水产滩主，谁还等着送货上门？都是闻风而至。开始用自行车、三轮车碾压在界河两岸。后来，小汽车、小货车接踵而来，整个界河两岸像一个集市。

界河里在不知不觉中增加了一些小船小舢板，在界河两岸来回穿行，两岸滩面成了肉鸭和鱼虾的买卖集散地。

鸭贩、鱼贩、虾贩、饭店老板们一大早就赶往饲养户哪里讨价还价，把上等的肉鸭和龙虾、螃蟹、甲鱼、乌鱼、四个鼻孔的鲤鱼、鲫鱼等不同鱼类装进蛇皮袋里，拉到各地市场去卖个好价钱。

界河两岸田家村和芦花村的村民凡是养殖户都发了点小财，他们一天到晚喜气洋洋，乐哈哈地唱着。

准备扩大发展养殖场地的村民，他们脑子里在规划养鸭、鸡、鹅、鱼、鱼、鳖、虾、蟹，甚至养羊的前景，摆布着饲养的细节。

田驹去了几个养殖户主那里转了一圈，随着一只去对岸的小船到芦花村这边来。

走过一片稻田，在一间芦苇搭建的休息凉棚里，义线牵正手拿着个小本本在记录着什么。见田驹过来，义线牵慌忙从棚子里拿出个小板凳让田驹坐，一边说："田助理，眼下我发了点财，多亏你费心！"

田驹说："这话就外了，养不养是个认识问题，就如我们两村人，能不能化解前嫌，相互帮助扶持发展经济，也是个认识问题。你认识清楚了、明白了，事情也就好办了。"

"是啊，田助理，我们决心抓住大好时机不放。

"什么事情都有个过程，这也是事物的发展规律。明年我们界河两岸不仅肉鸭鱼虾养殖会有相当规模了。更可喜的是带动了村里整个养殖业。"

"太好了！你是来找芦花的吧。她刚看了我的大蟹生长情况就走了，她说要到编织厂去，她正要设计几幅芦苇画，名字叫《界河的春天》，还有《沸腾的界河》等。芦花把想法跟我说了，让我提个意见，说我有艺术细胞。我草包还差不多，剧团混了几年都混到养鱼虾了！"

"养肉鸭鱼虾可是个科学技术活，你不要小看了自己，养好就不简单，比上台唱戏还要难！"

"田助理你这一说我还真想通了，就如芦花这些艺术制品。"

"是的，我们田家村和芦花村是和南方苇编工艺品出口公司有签约外汇的合同，多亏芦花助理撑起了两个村编织事业的天空。"田驹感慨地说。

"田助理，你一准有要紧的事找芦花助理，她没走远，可能在谁家养殖场地。"

义线牵已经光脚丫子跑进稻田的小路上。他看到不远处去稻田放养鱼虾的几户村民中间有芦花的影子，急忙喊道："芦花助理……"

芦花听到喊声，看到是一线牵和田驹，便向这边走来。

"田助理，我们正在学习你们多种养殖。"芦花在群众养殖的热潮中感到很兴奋。

"芦花助理，这太好了，大家都想到了一起，不久，界河两岸田家村和芦花村定会迎来多种经营的春天！"

"眼下要考虑的是这养殖的发展势头风起云涌，下一步怎样管理好，让饲养者真正得到实惠，这是我们应该做的。你说呢？"

"你提的问题很关键。有些事还没来得及考虑。不过摆在人们面前的利益分配弄不好要影响养殖户的积极性。"

"是呀，我们干部还是要学会抓主要矛盾。"

"这也许是我的粗心的地方。你和卢副镇长都很好吧！平时我总忽略朋友之间的事，关心朋友不够，请多原谅！"

"田助理，干嘛把我和卢副镇长扯到一起？你说的那事情本来是一场误会，早想告诉你，但告诉你也没啥意义。我和卢副镇长的事。都是我哥苇子瞎编的，我到北湖镇不是跟卢副镇长去登记，而是给我母亲看病，你是知道的。"她本来想向田驹表述一下自己对他的心情，一想到荷花挽住他胳膊的情景，就把想要表白的话语咽进肚里。只是说："看我跟你说这些还有什么意思呢。该成的成了，该散的散了，还是谈点别的吧。"

田驹听得入了神，他觉得好像神话故事里的情节，等他完全明白过来后，上前一步抓住了芦花的一只手："芦花，你说什么，你再说一遍？"

田驹惊诧和期待的眼神看着芦花说："芦花，你都说些什么，我咋一点都不明白？我觉得自己是在梦里！"他紧紧抓住芦花的手好久不愿松开。

芦花有点生气了，挣脱了田驹紧紧抓住的手，有几分严肃地说："请注意庄重，你也是有对象的人了！田驹，过去的事就让他过去吧，有些事不堪回首，有些事不好挽回，就如时光不能倒流一样。把思想包袱放下来，就你常说的朝前看，轻装上阵才有力量。对了，我忘了一件要紧事，我要赶紧回编织厂，胖嫂还在厂里等着我，说有个要紧的事商量。这样吧，田助理，我这里有几张草图你先看看，给我提提修改意见，出国的产品要在世界产生影响，也不是那么轻松的。"

芦花边说边迈开轻盈的步子，在养鸭棚的间隙中和养鱼塘的堰埂上燕子一样飞走了。

"芦花……"芦花已走远了。

中午的太阳毒辣辣的炙烤着大地，晒得界河水波金子般亮晃晃的，偶尔

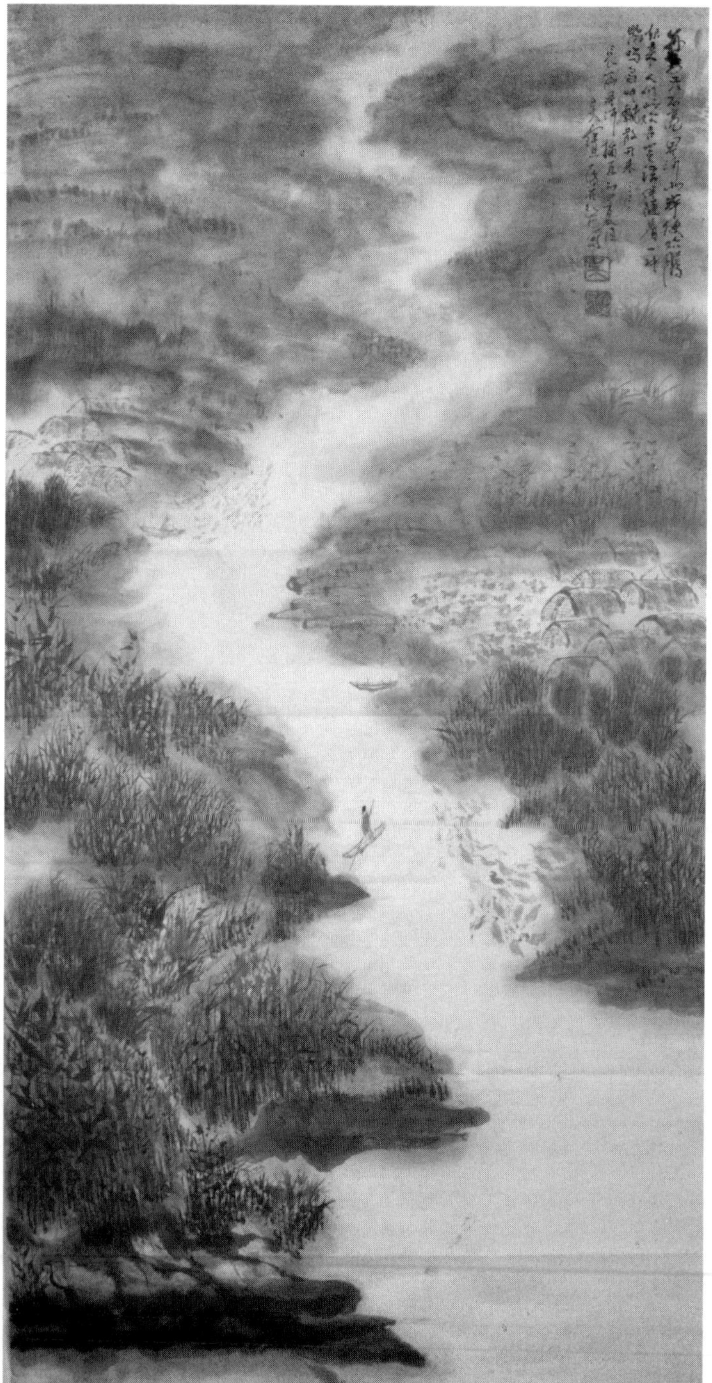

有鱼跃出湖面一闪一闪的。河边的芦苇已抽出了紫色的芦缨，有鸟儿在苇丛和柳林中叫，稻子开始抽穗灌浆，一簇簇一丛丛杞柳蓬蓬勃勃。狗们低着头在界河边走来走去，伸着长舌头舔着肉鸭和鱼虾市场散落在地上的腥味。

103

地磙心事重重地在自家稻田里走来走去。寡妇荣朝他说："咱们去二青那里看看他养的肉鸭和鱼虾，想不到这小子也放个大炮仗，更想不到这养殖和市场火红得这么快，瞬眼功夫，把老娘的眼都亮花了。"地磙还没回过神来，又听寡妇荣说，"早先我就看出田驹、芦花是个祸害，现在他们都成精了，那石头反倒成全了他们。一想到这些就钻心疼。守主任前几天又催我尽快促成芦花和卢畅的姻缘。我想不如这样好……"寡妇荣把嘴凑近地磙的耳边，如此这般说了一遍。地磙笑了："荣，还真有你的。"顺势就把寡妇荣抱住……寡妇荣并不挣脱，让地磙抱着，好一会在地磙怀里抽了一声说："一提起那石头的事我心里就打颤。疤癞说那天晚上背石头落下了病根，阴天下雨腰疼不说，有时还犯抽。接着又被洪水冲进界河里，吓破了胆，说不定是脑血栓前兆，弄个半身不遂什么的。"

"你听他狗嘴里能吐出象牙来，那家伙有劲不往正处使。"

寡妇荣"嘎"地笑了："你们男人啥时有个正行。"

他们走过混湖的养鸭棚前时，混湖正和一个鸭贩子讨价还价。

寡妇荣说："混湖，也学会抠秤眼了？"

混湖回道："荣嫂，还没学会抠你的眼呢。"

寡妇荣骂道："你嫂说你抠眼你就抠眼，卖了这么多肉鸭和鱼虾，发这么大财还这么小气，不抠眼是啥？"

混湖回敬道："荣嫂你不抠眼你也能卖，现在市场开放得很，也不算啥稀罕事。"

寡妇荣弯腰抓起一块湿泥向混湖砸去，骂道："让你媳妇去卖吧！"

湿泥块砸在鸭贩子的鼻尖上，鸭贩和鱼贩子吓得转身就跑。

混湖在后边追着喊道："回来回来，没有出息的东西。你怕她什么？她这母老虎又不专吃鸭贩子。"鸭贩子和鱼贩子已经跑远了，眼睁睁看着他们游过河对岸去田家村那边了。

混湖回头骂道："寡妇荣我……吓跑了我一泡好生意。"

寡妇荣和地磙已经走进了二青的饲养鱼虾的场地。

二青正准备往一个鲫鱼塘里下饲料，见地磙和寡妇荣走来，高兴地说："地磙哥和荣嫂好久没来关心兄弟的事了。"说着把一盆鱼虾饲料放到一边，进了一个苇席窝棚里拿出一盒三枪牌香烟，各人抽出一支。

"地磙兄弟发了，鸟枪换炮了。"地磙吸了一口烟，一股烟雾从鼻孔里喷出来，眯着眼说。

"嗨嗨，是鱼贩们给的。"二青高兴地说，"棚子里还有一箱四湖高曲，十瓶装，是湖西大酒店送来的，喝两杯吧，兄弟早没在一块喝了。正巧锅里有早上煮的龙虾，还有鲢鱼。"

地磙"嘿嘿嘿"地笑了："小贩们也会来这一套，请客送礼都送到地头养鱼虾的这儿来了，这还真没想到。"

"现在社会上都时兴这个，屁点事不送你就办不了事。"寡妇荣说，深深地吸一口烟，"这烟怪有劲的，过瘾。"

二青看着寡妇荣咽了口吐沫说："在我这儿他们赚不了啥便宜，明显比他们少要两个子儿，咱鱼肚里早塞上了沙子。集市上到处是假货，猪肉羊肉在大众之下注水，明码标价，打水的多少钱一斤，爱买不买，都成啥了！"

"你这家伙使坏，也不怕遭报应。"寡妇荣把两只肥奶在二青面前晃动着说。

二青说："疤癞头都不怕遭报应，我才不怕。"

地磙解释："他是堵着气，见你养了肉鸭鱼虾，顺着对岸田驹的杆子爬。"地磙冲瓶口喝了一口酒，把另一瓶打开交给寡妇荣。寡妇荣也对嘴喝了一口，然后递给二青。

二青说："咱们一人一瓶，谁别攀谁。我二青不是顺着他田驹杆子爬，而是跟他对着干。他养肉鸭、龙虾我也养，我养得比他还好，卖价经他们低争这口气，咋叫顺杆子爬？人家芦花就带头养了肉鸭和鱼虾，还有一线牵、思富、混湖、来福、一脸好头发……"

地磙连喝了几口酒，长出了一口气说："就算我看走了眼，想不到一下就有这么大差距，心里憋闷。我那十亩稻田年产一万斤稻谷，卖一万多块钱。你这三亩养鸭棚，这一茬已把一万元赚到手了。再少说养它个三四茬，轻轻松松，一年下来就是五六万元。再加上鱼虾的养殖，还有人给你送烟送酒的收入。"

二青仰脸喝了一口酒，觉得有些尿急，急忙向稻田跑去。

　　地磙和寡妇荣碰了一下酒瓶，把酒瓶里的酒喝了个底朝天，然后又从箱子里拿出两瓶。寡妇荣上前阻拦，地磙已打开盖。寡妇荣夺过地磙手中的两瓶酒："咱们今天喝得痛快，也不能让眼前的鱼虾们馋嘴。"说着把两瓶酒咕嘟嘟倒进先前二青打算喂鱼虾的饲料里，接着撒到鱼池里："醉吧，大家都醉吧……"

　　寡妇荣拉着地磙摇摇摆摆地走在稻田小埂上。他们两人都有了八九分醉意，东脚打西脚地走着："大家都醉吧，鱼虾们也不例外。让那个不讲究、不地道的二青哭去吧。嘎嘎……"

104

　　田驹和芦花分手后，思来想去芦花对他说的话"请注意庄重，你也有对象了。"这是什么意思呢？他翻来覆去考虑和斟酌，终于想起这话的含意。田驹拍了一下脑门，想起了和荷花一起去北湖镇看望芦花病重的母亲。

　　"误会，全是误会。他像孩子一样在他的养鸭棚前自言自语，又围着养鸭棚和养虾池塘跑了两圈："误会，全是误会！要马上给芦花解释………"

　　有两个肉鸭贩和鱼虾贩子朝他这边急步走过，认为他家的肉鸭或鱼虾要急着出售，想讨个便宜价。

　　田驹却大笑起来，拨通了芦花的手机："芦花妹子，误会，全是误会！"

　　手机那头传来芦花清脆的声音："田助理，什么误会？怎么这么多误会！"

　　"我在电话里一下子也说不清楚，你到界河这边来，我有急事告诉你。"

　　田助理，我这边编织厂一件编织工艺品正是技术攻关的节骨眼上，脱不开身！"电话那头挂了。

　　田驹心里突然凉了半截，在养鸭棚边坐了一阵。突然，界河对过传来二青的哭叫声：

　　"快来人呀，不得了了，俺家鲫鱼塘的鲫鱼全死了，都翻个了，全漂上来了，天哪。呜呜………要命了！"

　　田驹听到喊叫声，知道芦花村那边饲养鱼虾出了问题。是不是出了瘟鱼病什么的？要是传染开不得了。他急忙跑到河边，船也来不及划，一个猛子扎到界河里游到对岸去。

二青这一声叫，一些养鱼虾的户都过来了，鱼贩们也围过来。

"说不准看二青发了财，眼红的人下的药吧。"人群里有人说。

"也说不定是旧仇新恨，找个报复的机会！"有人说罢朝界河对岸看，大家都跟着朝界河对岸看去。

界河对岸一栋栋鸭舍里传出嘎嘎呷呷鸭们的欢叫声，此起彼伏。各家养鱼养虾池塘大大小小排列着，像一面面镜子连成一片，望不到边，清清亮亮的，不断的有鱼虾跳出水面，一片生机盎然。

大家把眼光慢慢地又收回来看二青家的几块鱼虾池塘，最后聚焦到那池鲫鱼塘里。鲫鱼塘不少鱼已翻个儿，有的动几下又翻过身来。

"肯定是瘟疫，看有的还没有死透，在水里翻个儿。"

"都半斤八两的个了，毁了多可惜！"有人叹道。

田驹拨开人群走过去，从鲫鱼塘里捞出几条死的和半死的鲫鱼，看了一会说："好像得了一种病，二青快拿到县防疫站去化验，看是得了什么病，顺便把药买回来，以防扩大传染。还好只这一池鲫鱼，看来其它鱼虾池里风平浪静，鱼虾们很安然正常地游动。"

二青用塑料布装了几条鱼，跟鱼贩子的一辆三轮车向县城奔去。

太阳还没落山时传来消息：二青家的鲫鱼是酒精中毒。

有人听到这个消息笑得喘不过气来："又出了个醉熊，自己喝醉也就罢了，还让自己家的鱼喝得都酒精中毒。"

二青刚稳下神来，寡妇荣却找上门来："二青快去医院看地磕吧，中午在你这喝多了酒，差不多是酒精中毒了……"

105

初秋这天，气爽风柔，到处裹着几分馨香和暖意。

田驹和芦花各人划了一条舢板，穿过苇丛中心水路，划到一片荷蓬层中。

"芦花妹子！"田驹把舢板停下来回头喊道，"见此情景，还能想起二十年前我们在这里一起采莲蓬吗？还能想起我们回乡后我俩来此相见吗？还能想起我俩在此化解两村怨结畅谈发展两村经济吗？……"

芦花的记忆最深："怎么会忘掉了，梦中还想起呢。你不是都说过几遍了吗？换个话题说吧，你约我来这里有什么秘密谈吗？"

"那天给你打电话，跟你解释误会的事。"

"我不是跟你解释清楚了吗？"

"还有一层误会。"

"哪一层？"芦花把舢板前头顶在田驹舢板的后头，顺手掐了一朵莲花拿在手上，看了田驹一眼。

田驹一下子又不知从何解释好了。他把竹篙担在船头上说："芦花妹子，我和荷花的事你还不太清楚。"

"田助理，你说这个还有什么意思，我不但知道而且还看到了。我不怪你，我只是怪自己痴情！事已至此，以后不要再提起这事。我们都已长大了，都有自己的思想和目标，都有选择对方的自由，不能强人所难！"

"不！不！不是这个意思。我是说我和荷花之间什么事情也没发生。"

"田助理，发生不发生什么那是你们之间的事，你们在一块教过书，一起赶过镇，一起交朋友，又生在一个村里，至于你们之间发生了什么和我又有什么关系呢？"

"芦花妹子，你听我说。我和荷花是像你说的一点都不假，但是我们之间行同陌路，没有共同语言，没有那种缘分，真的。"

"荷花也是个好姑娘，你们又是媒人说合，又是……我打心眼里羡慕荷花姑娘，我从心里祝福你们。"

"芦花妹子，你理解我的心情吗？当时听说你和卢副镇长去北湖镇登记了，你知道我是什么感受吗？你体会到我的痛苦吗？你知道你对我的重要性吗？在两个村之间化解矛盾解释前嫌上，在事业发展上，没有你，我如同折了一扇翅膀。如果还像过去一样两村人老死不相往来，特别两村年轻人，男女之间打不破婚姻界线，还谈什么化解前嫌，谈何发展呢？那不是一句空话吗？这不也是你对我常说的一句话吗！再说情感上没有你的爱，我不知应该怎样面对生活。至于我和荷花，我们在思想感情上，在事情的认同上，在目标上，都没有共同点，找不到共同喜好之处。荷花是个好姑娘，无论人品和模样，也是百里挑一的。如果我们在一起，我怕毁了她呀！那将是一个不遂人愿的结局，那时再后悔就晚了。现在荷花老师一时想不开，不过她会明白的，我不可能给她带来幸福，所以我一直在回避她。"

"噢，在回避她？你们……"芦花自言自语，不觉心中一阵惊愕，"田驹哥，你都说些什么呀？我咋一点也不明白？在回避她？为什么？"她重复着这句话，心想，她亲眼看到田驹和荷花手挽手的，怎么说回避她，又怎么解释呢？

看芦花沉默不语，田驹坦诚地说："芦花妹子，实话告诉你。篓子叔先后去我家提亲事说的是荷花不假，可我一直没有吐口。我的心在你那里，在田家村一半，在芦花村一半。"

"不妥吧……你们不是……"

田驹这才体味到芦花的意思，想起他和荷花一起去北湖镇医院看望芦花母亲时，他和荷花挽着胳膊的情景。

田驹苦苦地笑了："芦花妹子，在志同道合的两情方面，我不是朝三暮四的人，有时在某件事情上，只感觉到自己的无可奈何，但不能改变我的意志。"

这一次她完全听明白了，她差一点控制不住自己的感情，好像是在做梦，一汪泪水在眸子里打转。芦花哽咽着说："田驹哥，是我误会你了！不过，我们的事业有着风险，同样我们的爱情也受着风险的考验。眼下，我们两个村已有多数群众趋向两村和睦，共同发展经济。但也有不少群众思想上还转不过弯，要经过好长时间，半辈子大半辈子，甚至一辈子都转不过弯来。这我们也能理解，要给他们时间，当然我们要争取时间尽早化解他们心中的块垒。比如我的母亲和哥哥苇子，比如村干部和那些有前嫌怨恨沉重的人们，他们对我们相爱、对我们的婚姻能心甘情愿吗？如果他们认同我们，那得对两个村的和睦相处也是完全认同。"

田驹认真地听着，不时地点着头，他一直觉得如铅似的心情，终于放了下来。他说："芦花妹子，这我心里清楚，但我不想欺骗自己，更不想欺骗别人，我想念着天下有情人皆成眷属。当然，这中间我的心情是矛盾着又痛苦着。但是我坚定着一种力量，一种坚如磐石的意志，会化解，会捂热寒石。当然你这颗金子般的心，我会捧在手上十分地珍惜，无论将来发生什么！"

芦花被感动着，完全浸泡在爱情的温馨气氛里，听田驹从心底发出的感人至深的一声声对爱的呼唤。

不知不觉俩人已拥抱在一起。

"田驹哥！"已泪流满面的芦花脸对脸地看着田驹，把缠在田驹脖颈上的两只藕瓜一样的长手臂抱得更紧一些，两人亲吻着。田驹顺手掐了一朵娇艳的荷花插到芦花鬓角的发丝上，左看右看地笑着说："真是仙女嫦娥！就是撒花的那个仙女嫦娥！愿你把鲜花撒向人间！"

芦花此时开心得笑个不停，那双好看的丹凤眼笑得泪花闪闪，几只相逐的小鸟也停下来落在周围的荷花上，欢快地唱着……

各种水鸟在芦苇丛中鸣叫，青色的蓝靛鸟剑一般射上云霄，又忽然一头扎进苇丛中。

田驹拿过芦花的竹篙轻轻一点，小船向荷花深处驶去，一边唱道："妹妹你坐船头……"

船两旁，一片片荷花虽已过鼎盛时期，依然红得夺目，白得亮眼……

芦花说："田驹哥，昨晚我画了幅国画《梦入荷花池》，并蒂莲荷，相依相恋，层层铺展，一叶扁舟，一对情人，男孩摇橹，女孩采莲……"

田驹停下手中的篙："芦花妹子，神了吧你！我昨晚也有此梦景！"

芦花说："不信回去跟我到编织厂看看，已挂在编织厂的墙壁上了，我让几个巧手妹妹在琢磨用芦苇画技术表现得栩栩如生。"

田驹听了，呆呆地入了神："八成是感动上帝了！"

芦花捧起一把水泼在田驹的身上，清脆地笑着说："说什么呢！上帝不是别人，上帝就是你和我！我们的心是相通的！"

田驹兴奋地说："肯定是的，那对情人一定是我们俩！"

芦花没有说话，深情地看了田驹一眼。

小舢板驶出荷田深处，在一片开阔的湖面停下来。

一只水鸟从高处冲向水面，打了个漂又迅速飞起来，水波在一圈圈地荡漾开去。

田驹见芦花看得出神，就一个猛子扎到水里。芦花环视了一下四周，四周静悄悄的，有条鱼跃出水面，在初秋的阳光里一闪就不见了。

她站在船板上有些着急，用手卷起话筒喊："田驹哥……"

突然芦花背后的荷莲丛里传来田驹的歌声：

"三十里水路二十里沙

五十里路来看我的那个阿妹叫芦花

阿妹想哥心窝窝的那个话

阿哥思妹心尖尖的那个挂

隔山隔水隔不断呛

阿哥我也要把阿妹接回家

芦花被田驹的情歌感动得眼泪婆娑，先是开心地笑，后又哀哀地怨："田驹哥，你这情歌小调听来情深意长，爱恨绵绵，让人久久不能忘怀！"

田驹沉浸在诗情画意之中，心中唱着一首更美的歌。

芦花说："其实，这四湖水美，界河两岸美，歌美，人更美……我要把你创作的这首歌收录下来，编织到作品里去，叫《界河情歌》吧。"

"好啊好啊！你这《界河情歌》，看来要和你那《界河》大戏一起流传百世了！"

"这我还没想这么多，如果失传，真太可惜了！"

"这里水清下来洗个澡吧，先前我游了一阵子，太畅快了！"

"小时候我是学过游泳的，现在已忘了。"

"不怕，有我呢！"

芦花试了试，站在船板上又停住了。她有点胆怯。

田驹激励道："还有大风大浪呢，这点水就怕了！"

芦花闭着眼睛跳了下去，瞎扑腾了一阵子后，找到了小时候游泳的感觉。在水里游了一阵子就累了，她喝了一口水，要田驹快点把她抱上船去。

田驹抱住了单衣薄裳被水泡湿的芦花，像一个美人鱼一样，丰满而又韵致，香馨而又酥软。

田驹抱住了芦花，两人紧紧地抱在了一起，热热地亲吻着，过了好大会，都能清晰地听到对方心跳的声音……

芦花红着脸哽咽地说："田驹哥，我觉得像在做梦，多少年前，也许几百年前我们也是在这儿一块游泳，相亲相爱！"

田驹激动地说："芦花妹子，你我的感觉一样，也像一场梦，但好像不太遥远，或者是在一百年前，我们是在这儿游泳，相拥相抱。"

芦花有感而发地说："别说这么远了，说眼前吧，这地方真是适宜人生活娱乐的场地，能在这地方建设一处休闲度假村最是妙不可言。"

田驹坦然地说："咱们俩又想到一块去了，我也真有这个打算。这也许是天意，天赐良缘。小时使我们相识相知，工作后又使我们相系相连，相帮相助，相亲相爱，这就叫缘分。人的精神最高境界就是因缘而起，和合相依。"

"你还对佛教有研究吗?"

"不，它只是大学的课外课，了解一点点而已。"

芦花又感叹地说："因缘而起，又因缘而拼拼打打，冤结深重，两个老死不相往来的村庄，又因我们这一代青年人把他们又紧紧地连在一起。我不相信什么说教，但我相信和合相依是人思想的最高境界。"

"我相信，也相信我们自己，相信远大的事业会成为两个村美好未来最坚实的基础。"

夜幕降临，舢板载着两个年轻人越谈话语越稠，越谈越甜美温馨。

起风了，细浪在轻轻地亲吻着舢板，发出和谐而欢快的交响曲。

106

芦花村守主任坐在村办公室那张破藤椅上，总觉心里有些事老是放不下，昏花的眼睛不时从老花镜上方往门外瞅，门前不远处的一棵歪脖子老槐树努力向外伸展着枝杈，片片绿叶稠稠密密，一层层地向地下筛去斑驳的阴凉。守主任的目光停在一片清凉的树荫下。突然有一只羊停在那片树荫里，跟着两只羊，三只羊，一共5只羊。

一定是卢五的，比先前少了两只。守主任感觉花了不少钱的，仍然没听到他想听到的好消息，正在纠结。随后听到卢五从后边吆喝羊的声音，接着卢五出现在守主任的视线里。卢五没有马上赶走羊的意思，在树荫里停下脚步，看村主任的门开着，便向办公室这边走过来，一边喊："叔，守主任……"

"五，你小子嚷什么嚷？"守主任把老花眼睛摘下扔到桌边，干脆把眼睛闭起来。

卢五走到守主任身边诡秘地说："叔，昨晚有一件事，俺一夜没睡着觉，想来想去还是要告诉您。"卢五见守主任闭着眼睛不愿听他说话，便吊着主任的胃口说："不听别后悔，我真还不打算告诉您呢！"说罢并不走人。见守主任睁开眼睛看了他一眼，随即又点点头。卢五这才走过去，把嘴对着守主任的耳朵说了一阵悄悄话。

守主任猛地从破藤椅里站起来，又突兀地坐下，然后又站起来又坐下："五子，你说的都是真话？有一句假话我骗了你狗日的！"

还没见过守主任这样激动和气愤过。卢五赶紧回道："有一句假话卢五就不是人，任你主任怎么骗。"

"是你亲眼见的?"

"我先是在四湖边放羊,然后我游到湖里采摘莲子,想不到看到田驹和芦花各撑着一条舢板顺着界河向四湖划去。我觉得蹊跷,等他们走远了,我便泅水跟在他俩后面,躲在芦苇丛里看究竟。"卢五卖个关子,就此打住,转身出门看他的五只羊跑了没有。

守主任的话立马追过来:"五子,羊没事的,快过来坐。"

卢五坐在主任对面的一条凳子上,权作歇下脚。

"后来呢?"守主任急不可待地瞪着小眼睛一眨不眨地盯着卢五问。

卢五心里一惊,心想,如果说出芦花和田驹在湖里经过,说不准老守真把他卢五给骗了,便有几分后悔不该跟主任扯这事。就听守主任追问道:"卢五,我说后来呢?"

"后来吗,是对话。"

"都说什么?"

"离得远,我什么也没听到……害得我卢五喝了几口湖水。"

"再后来呢,你都看到了些什么?"守主任几乎趴到桌子上,凑近卢五问。

"唱歌,田驹唱的。"

守主任喘了一口气,坐回破藤椅里去,把一只手用力抠那破洞的地方,眼睛盯着卢五不放:"都是唱的什么歌?"

卢五乖巧地说:"我也学了几句。不然唱给您主任听听?"说罢便直着嗓子唱道:

三十里界河二十里村

五十里路看妹妹

妹妹不愿见哥哥面呦

只因界河隔了心

……

卢五站起来转身就要走,守主任一把把他拉住:"你赶快去镇里一趟,告诉卢畅说我有急事找他,越快越好!"

"叔,你就不能打个电话吗?电话比腿要快多了。不过电话再快也晚了。"后边的话卢五没说出口,拔腿出了门去追他的羊了。

"回来!回来:"守主任赶出门,卢五停住脚步把脸扭过来:"叔,还有啥事？"

守主任赶紧两步追上卢五："五啦，咱爷俩在这里说话，可没第二个人知道，你嘴一定要严，不要告诉任何人，不然我骗了你狗日的。"

卢五慌乱地说："你主任都骗俺几次了！再不走，我的羊真得会被人骗了！"

"卢副镇长那边你就别去了，我来打电话。你去把芦花的哥哥苇子找来！"

卢五正要迈步，守主任又把他叫住了。卢五已紧张得满头大汗："叔，又咋啦，不是骗俺吧？"

"你这熊孩子，要听话才是。你还是先把寡妇荣找来，说我有急事找她。"

卢五这才赶紧两步，恐怕守主任又转了念头。

卢五吆喝了一声，打了个响鞭，把五只羊先往家里赶，一边赶一边后悔："都怪自己这熊嘴发贱，差点被主任骗了不说，还要做这么多麻烦事。"

107

一场秋风跟一场雨，一场秋雨跟一场凉。界河两岸地理位置处在淮河与黄河故道之间，温暖带中段，四季分明，刚进入秋季时还有秋老虎之说，空气闷热得让人喘不过气来，三场秋雨后便有了凉爽。然而此地秋季雨水容易形成雨涝，成灾成患，田里进不了人、庄稼进不了场的年份十有五六。

这年秋天正赶上稻子满浆、玉米满粒的时节，又赶上秋雨绵绵。云层厚得扒不开，雨帘像从天上挂下来，扯也扯不断。阴雨连绵一周时间，地里的庄稼已泡在水里，界河的水虽不如夏季那场洪水来得凶猛、去得迅速，但势头愈来愈强，后劲十足，水位不断上涨。如果再下几天，界河之水和内水便会相连，滩涂腹地便会形成水患。

芦花对洪涝早有了足够的估计，在开挖恢复排水工程时，结合养殖，把工作做得很细，他们田块周围那些养殖户的田里排水沟渠相连、堰坝相接，已形成了一个整体，大部分田块排水较畅。但是有个别农户对排涝工程敷衍或抵触。地磙和疤瘌几家农户田里形成积水，芦花正在协调着排放。

田家村由于之前接受夏季暴雨的教训，排水大沟和田里水利工程和大部分三沟进行了恢复和开挖，大多数户与户之间保持了水系的通畅，积水较少。单二、泥鳅、疙瘩等几户村民不愿意挖自己田间的排水沟，给自己田里围了一道堰，给自己设了一道屏障，只好眼睁睁看着庄稼淹着。

芦花和田驹也一样，在抗洪排涝中冲在前面，哪里有危险、哪里有困难，哪里就有他俩的身影。界河水流湍急，他俩在两岸喊话或招手，相互鼓励。

阴雨连绵了半个月。

这天，田驹冒着危险，顶着湍急的界河水，划船到对岸。芦花嗔道："田驹哥，你吓死我了，这样太危险！"

田驹笑着说："没事的，小时就练了一身水里功夫。"

芦花放心地喘了一口气，扭头指着界河两岸的庄田说："田驹哥，我们的努力得到了验证，相信大家的力量是无穷的，一家一户单独的经营方式是有限的，更无法抗拒大的自然灾害。"

"芦花妹子，你说得对！我过来就是想跟你探讨这个问题。我们以后的经营方式，无论种植、养殖、编织还是旅游业，都要考虑成立联合体，既有它的独立性，又有它相关连的利益。一荣百荣，一损皆损。"

这时，农业发展银行的代行长找到田驹，说这次秋涝由于田家村思想准备充分，没有造成损失。低息贷款的资金全部用在了养殖上面，并且还支援了芦花村养殖业发展。报请上级领导批准，低息贷款延续到明年底偿还。

田驹和芦花对看了一眼，就在界河边用话筒宣传开了：养殖户可以去掉顾虑，所欠养殖款的，等明年年底再结算；再者，根据天气预报，一个月内天气少雨，入冬后雨水更少；三是要抓紧中秋以后这段时间，放养肉鸭苗肉鸡苗和龙虾苗，成熟较快，不要错过时机，年底前还能陆续放养两批。

他在宣传中一边讲，一边和大家一起分析了时间与天气。如果三秋播种稍有一两场雨水，已喝足水的田块一时间就很难下田，麦子播撒下去，肯定要烂麦种，说不定就耽误了一茬麦子。如果眼下抓紧时间养上一批肉鸭肉鸡和鱼虾，就可能赚上一笔钱。养殖户们听了心里便有了底，他们想到夏季相继火热的肉鸭和鱼虾买卖市场，心情就激动起来，决定在养殖上继续搏击。

108

寡妇荣到村委会去见守主任，守主任已在办公室等她半天了。

守主任一见寡妇荣心就激动起来，亲昵地说："荣呐，这些天也没见你个人影儿？想死了！"

"想俺了？老东西。俺知道你想啥！"寡妇荣嘎嘎嘎地笑着说，"告诉你主任，你想的事确切地说有进展了。"

"那是那是，荣呐！有进展？有进展就好。我看该定个日子了吧？"老守浑黄的眼珠子在老花镜上方盯着寡妇荣。

寡妇荣故弄玄虚，很快收起笑容，板着脸愣了半天说："不过，人家有一个条件叫我当面为难。"

"你所说的条件，我不都答应了吗！"

"那些条件别说芦花家，一般庄户人家也不算高。"

"嗷，那他们想要什么？"

"守主任，自达你交给我这个任务后，我是上了心的，比当自家的事还看重。到芦花家的次数我都记不清了，这样说吧，把芦花家的门槛都快踏破了。这个媒是挟生饭，难吃。芦花的娘和苇子不好缠……"

没等寡妇荣再往下说，守主任截住道："在芦花与卢畅这件事上，芦花娘和苇子，没听说有多难缠。"

寡妇荣成竹在胸地说："可有的事，对我来说难缠，对你来说容易。告诉你主任，芦花娘又提出一个附加条件，恐怕芦花嫁到卢家后，最担心她哥哥苇子没人照顾，就受苦了。言下之意，不就是给她哥找个工作、找个饭碗子吗！这咱能理解，摊到谁身上都会这样想。"没等老守说话，寡妇荣出谋道，"卢畅是北湖镇的副镇长，把苇子安排到镇里哪个单位，这事不就成了吗！她芦花娘肯定放心了，也不好再说啥吧。苇子和芦花更会感谢守主任，水到渠成的事！三全其美。"

"苇子不是一条腿吗！哪个单位愿意要他？再说他卢副镇长也没那个权！"守主任吸溜着嘴说，把支烟在手里捏着，随时有点火的可能。

"别人不开窍，你主任不开窍？现在去镇里做小工的多的是，瘸的、聋的都有。比如苇子，虽少了一条腿，但一双手啥不能干？给哪个单位看个大门不是好样的。关键是有人说话。"

"这事能行？"主任老守吃不准这政策。

寡妇荣说："能行，准行，残疾人还有优待政策。再说了，那个苇子一离开养鸭养鱼场，芦花又不可能去接替饲养，界河这边不就少了一些麻烦，也给芦花村少生许多是非。明白人还用多说，想想看？你这头老驴，再急也不能一口吃个大胖子……"

守主任呵呵呵地笑了，这话正中他的心怀。他盯着寡妇荣两只鼓彭彭的奶子说："我说荣呐，还真有你的，苇子的事我跟卢畅打招呼！"

……

109

正是秋高气爽，桂花飘香，芦花飘荡的季节。

南方对外贸易艺术编织品总公司钱总经理第二次来四湖考察，首先来到田家村。

盼星星盼月亮的固主任喜出望外，紧紧抓住钱总的手不放："钱总上次来去匆忙，没来得及多玩。今天安排去四湖旅游，要让钱总知道此地的金贵。"

石副经理已猜出固主任的心思："钱总上次没来得及去芦花村，也没见到老同学芦花，总觉得遗憾。这次来，不去就说不过去了。钱总沿途看看资源，田家村是马虎不过去的，一定会遂老主任的心愿。"

钱总经理点点头道："这次来还有一个特殊的事要见芦花，那就是老同学已把我和公司告上了法庭。"

在场的人早听说芦花维权的事，但不知内情，当着钱总的面只是说："怎么能会这样？"

田驹却委婉地说："芦花她不是有意跟公司和钱总过不去，他告诉过我，她不怕委屈，但不能因为她让两个村在编织上再蒙上一层阴影。"

"是啊，芦花的心情大家能理解，她一心为两个村好！"巧燕、白莲说。

"这也许怪我当时验收产品时太武断，一言断定是广州一家编织的新产品，也没和芦花见个面，问问啥情况。"钱总有些后悔的意思。

"我知道她对这事很痛苦，也很伤心，刚说有编织带来转机的两个村一时又产生了不应有的怀疑。既然这样，就必须经过法律程序，实事求是吗。钱总，你也能谅解。"田驹解释说，

"当然，这倒没什么，也怪不得老同学芦花。我公司也请了律师，现在司法已介入广州那家编织厂，是个什么性质的案件，现在还不好说。最后还要证明这10件创新产品归属权。"

"一定一定，我们都希望有个结果。"田驹说。

"嗷，是应该有个结果。"石副经理咂咂嘴，其他人也点头。

去芦花村的事，固主任和晏埂副主任当然都不好再说什么。

钱总约固主任一块去芦花村，顺便对田家村及周边环境也作个了解。

固主任当然不会去，因为历史隔阂，他这大半辈子还没去过芦花村，虽然只隔着一条界河。他觉得去芦花村不仅自己有失脸面，人家也不一定欢迎，回绝道："就让马群、巧燕和白莲陪你们过去看看吧。我这边给钱总准备饭菜，那就失陪啦。回头见!"固主任不愿让田驹去芦花村，田家村人心里明白。

钱总说："固主任，田驹较熟悉，也一块去吧，我们都是老朋友了。"

固主任咂巴了下嘴，什么也没说。

田驹为了让钱总经理记住这里的美景，他找了一条机动船，和白莲、巧燕、石副经理一起陪钱总去芦花村。

机动船从月牙河出发，穿过林林总总的芦苇丛、荷花荡，进入界河，然后拐进月牙河北支进入芦花村。

一条水路，放眼望去，远山近水，层层尽染。又值高秋季节，天上飘着云朵，半空涌动着芦苇的白色花絮，田间翻滚着金黄稻浪，鸭池鱼塘鸡棚鹅舍点缀其间，鸭鸣鸟唱，不绝于耳。

界河两岸，沟河纵横，湿地千岛，渠流成网，芦苇、杞柳、荷莲遮天映日，鸭鸣鱼跃。

当机动船划过一片芦苇丛，进入四湖的一瞬间，眼前猛然一亮。四湖烟波浩渺，帆影点点，渔歌问答，别有一番景致。

钱总经理像逛仙景一样，不禁感慨万端，忍不住诗兴大发：

天苍苍、水泱泱

遮天映日芦花扬

万杆芦花一支笔

写出美好新篇章

大家连声叫绝。说是钱总主题鲜明，诗意浪漫。

这时湖上传来一阵男女对歌声：

风送芦花空中飘

鱼戏荷花水中摇

哥爱妹妹花容展哟

妹爱哥哥心一条

……

钱总拍手叫好，并对歌唱道：

妹爱哥哥一条心

哥爱妹妹思想新

芦苇编成金丝鸟哟

界河两岸铺金银

大家听了连声叫妙，连夸："钱总不仅诗意练达，而且寓意深刻，既联系实际又催人奋发。"

"见笑见笑！"钱总连连抱拳，"有感而发，有感而发。"

石副经理叫道："欢迎白莲、巧燕来一个《界河凉了阿妹的心》吧！"

这时电动小舢板右拐了个弯，一个漂亮的弧度，溅起一片浪花。

田驹笑朗朗地说："钱总一来，界河不是凉了而是热了阿妹的心了。"

船上的人都笑起来，白莲、巧燕声若黄鹂，合唱道：

三十里水路二十里村

五十里路看阿妹

阿妹亲亲喜相迎吆

多谢钱总牵线人……

太好了！再来一个，人家欢叫着。舢板猛烈地晃了几下。

石副经理邀请马群主任来个对歌，先是唱道：

阿哥原住在江南

思恋阿妹往北迁

四湖相迎界河笑

不知阿妹心可甘……

马群嘻笑着，芙蓉般的脸蛋堆满幸福，清亮的嗓音对歌道：

阿哥愿迁尽管迁

阿妹南眺望眼穿

并蒂莲花比翼鸟

朝朝暮暮界河边…

"好好好！有意思，太有意思了。"大家又一阵欢叫，钱总不住地惊叹叫绝，欢歌笑语，此起彼落。

小舢板左拐右拐绕上进发芦花村的月牙河道。当他们来到芦花村时，守主任、助理芦花、胖嫂和编织厂的职工们早已在编织厂门口等候。

钱总经理和大家握手寒喧。当握住芦花的手时，钱总不禁感动万千地说："能在诗情画意中的四湖之滨见到老同学才女芦美人，三生有幸呀！"

芦花一阵清脆脆的笑声后，说："钱总过誉，你这南方富国的骄子，能屈驾来到我们这湖畔荒野关注我们的编织业，感激还来不及呢。"

好像两人都忘了正在打着的一场编织品官司，大家在说笑声中走进编织厂。

一大横幅丈二杞苇混编熨烫的《水乡艳阳天》山水画挂在编织厂迎面大墙上。

这是一幅凸凹起伏的大场景，画面的背影用光洁的杞柳条波浪起伏的花纹编织起来，其间用苇篾编织细碎花纹，然后用烫熨的工艺把苇杆、苇缨、苇叶剪贴入画，人物、花鸟、鱼虫活跃其中，编烫结合，栩栩如生。不变形，不褪色，堪称绿色家园画。

整个画面，近处杞柳深深，荷花娇艳，芦苇掩映；中景，界河从中穿过，水波荡漾，游船如织，一座大桥横跨界河之上，各类人物穿梭其间，熙熙攘攘，如《清明上河图》；远处四湖烟波浩淼，帆影点点，湿地百花怒放，鹭鸣鹰飞……

"好一幅水乡艳阳天！"钱总看了好一会，惊叹道，"此作品独具一格，高深扩远，动静结合，情景交融。更可贵的是编织和烫熨相结合，深刻而细腻，可见艺术家高深的境界。艺术无价呀。"

田驹更能体会这幅画深刻的意境。芦花想的是家乡的这片土地，这土地上的父老乡亲，连着这片土地上的一草一木、山山水水、沟沟河河，有她成长的过程和希望，有她的亲人和恋人，有她的美好憧憬；她有意识化解芦花村和田家村的历史怨结，如一条彩带一头牵着田家村，一头牵着芦花村，人们和睦相处……

有一种从没有的感动震撼着田驹的全身，心中涌起一股热流，潮湿了他的双眼。

钱总搜肠刮脑，也没想到与之类似的艺术作品。钱总突然感到来时的沉重脚步，一下子轻松自然了很多。

大大小小的苇编、草编、柳编、苇烫艺术品可谓琳琅满目，不胜枚举。

大幅的《四湖祥乐图》、《湖上人家》、《界河春天》、《采莲姑娘》、《鸭唱荷花池》等等优秀编织艺术品和烫熨艺术品，冲击力强，爆人眼球。草编人物，动物、飞禽走兽、花鸟鱼虫，更是争相斗俏。就连她们养的肉鸭、龙虾、鱼蟹也编成了艺术品。

在芦花工作间座椅后面，新挂上去一幅创意新颖的烫熨画《龙凤舞华池》，材质是用贴平了的芦苇篾片，整个画面是平熨烫出来的，龙飞凤舞，像国画家的大写意。上面有字：鸭鸣荷花池，龙凤舞华池，人间有瑶池，大爱立天地。很显然，姑娘是从故乡的"鸭鸣荷花池"联想到天上人间，向往自由、幸福、美好的爱情和人间大爱。

"好呀好！"钱总大声赞道，"家乡的荷花池、贵妃的华清池、西王母的瑶池，妙，妙在其中！"

钱总无意间看到靠墙的一条长桌上高高堆起的设计图纸，后悔自己前些时对芦花10件创新产品武断的发言，心中便有些内疚。他等着权威的结论。

胖嫂一边引领大家参观，一边激动地说："钱总，前些天，有人要买《湖上人家》，两万元人民币。俺说一万美元还差不多，这眼力怎么样？"

钱总笑笑说："艺术无价呀！"

胖嫂或许听错了还是故意说："那是不值钱喽！"

钱总开怀地笑了一阵，然后回头对石副经理说："把这其中两幅带回去推荐一下，每幅暂付人民币五十万元，款子由石副经理从这批货里来结账。胖嫂厂长，你看怎么样？"

顿时，编织厂一片欢笑，夹杂着尖叫声。

钱总喜悦地说："这两件作品过几天我带往国外，相信会有不少订单的。"

又是一阵欢声笑语，掌声雷动。

钱总继续说："想不到我们这小地方编织的基本功这么棒。"他避开上次说过的10件编织创新作品不谈，只谈眼下几幅创新的芦苇画产品。"虽然说芦苇画不是编织产品，但它的艺术形式很美，芦苇画场面大，意境深，动静结合，传统与现代结合，质感丰富，生动传神。这一被世人称作绿色艺术的芦苇画，在这里又有了新的发展。了不起呀，百年不腐，是现代家居和高档宾馆装饰之首选。"

胖嫂乐滋滋地道："芦花从小就是村里编织能手，一家人的吃穿用都是靠她编织出的产品卖钱的，何况她读了几年大学又兼修艺术。"

钱总"噢"了一声，"天才出于平凡！平凡中的不平凡，是千军好得，一将难求呀！胖嫂厂长，我愿高薪聘请芦花当我南方出口总公司开发技术顾问兼总监，您不会阻拦吧？"

胖嫂心里一紧，马上笑道："钱总，这当然是好事喽！不过，恐怕人家田驹助理说挖两村编织厂的墙角呢！再说芦花村的群众也不愿意放她走呀是吧？再说了，芦花也不是你想象的那样的人呀！哈……哈哈……"

钱总和石副镇长被胖嫂笑得愣在那儿，半天没有回过神来。

芦花也笑了，明快清脆地说："老同学，谢谢你赏识。我跟家乡有个约定，身体和心灵都属于这片土地，也愿为故土而献身！正如老诗人艾青说的，为什么我眼中常含泪水，因为我对这片土地爱得深沉。"

大家便有同样的感叹。

钱总经理没忘记那10件创新作品的真伪与谁是谁非，作为被告，当着原告芦花的面，他一直没好意思提及这件事，他一下子却不知如何开口了，只是说："芦花同学，至于那10件创新艺术品，我现在也像在五里雾中，一切有了结果我会当面给你答复。"

芦花莞尔一笑，委婉地说："钱总老同学，请谅解，我是为芦花村和田家村的现在和未来不得已而为之，实在不好意思，给老同学找麻烦了！"

大家都心照不宣，都清楚钱总与芦花的对话内容。

他们来到一间工艺编织品房里，两个姑娘正对着墙上的一幅芦苇画《美在家乡水》的挂图前在学习研究。波光粼粼的四湖，鱼跃鸭游，盛夏荷花，一叶扁舟上坐着一男一女，攀荷弄珠荡漾嬉戏……

胖嫂解释说："这幅作品是用我们四湖天然优质芦苇作原料，制作工艺精细，其画面功夫有勾点皴染，黄碳焦白多个层次渲染，栩栩如生。"

田驹痴痴地看，用心地想，脑中不时出现和芦花小时摘莲的身影。

钱总手抚作品沉醉其中，感慨颇多："此作品创意新颖，清新明了，自然质朴如身在大自然的怀抱之中。更可喜的是，用料大胆，熨烫自如，剪贴奇妙。"钱总转脸看着芦花，"芦花老同学，你是怎么构想出来的呢？"

芦花谦虚地说："学习外来技术，加上自己的体会感受和对家乡的热爱。最重要的是全厂姐妹心血的结晶。"回答自然质朴，生动明快。

在编织大厅里，还有一些工艺实用品，芦苇手提休闲包、芦苇花瓶、芦苇屏风、芦苇筐子、芦苇挂链、芦苇遮阳帽、芦苇巢窝等等，大大出乎钱总经理意料之外。

他们又看了职工编织工作间，参观了不少苇编、草编、柳编工艺品。姑娘们七嘴八舌，相互议论着编织技术和刀法，至于作品的含意，他们有的说不很明白。但家乡的一草一木一沟一河，对她们再熟悉不过。家乡编在画中，画中就是家乡，才觉得是那么亲切和可爱，美好和温馨，这也是他们每个人都想编织描绘的东西。

白莲对钱经理一行人说："我们田家村编织厂在艺术品的加工上，要向芦花姐和胖嫂她们学习。我在努力研究，编一种精神产品，这是我的追求。"

大家能体会到白莲说得精神产品指的是什么。

巧燕接着说："学习芦花姐热爱家乡、热爱生活，创造美好未来的精神。"

田驹说："这很重要。只有热爱家乡，热爱美好生活，才能创造出美好的艺术作品，当然这些都离不开作者的思想境界、道德情操等因素。"

石副经理说："钱总，自从您走后，我全身心投入到对这里的考察。四湖几百里长滩一望无际，芦苇、蒲草、杞柳资源取之不尽，沿湖村庄星罗棋布，田家村和芦花村座落其中，在此兴建分公司有利于发展编织业。编织基础和技术力量较强的是芦花村。"

钱总经理点点头，品味着大家的话，感动地说："大家说得很好，我们追求创作的艺术，而且是境界很高的艺术品，那才是有价值的东西。就如我准备在四湖畔建个南方对外编织出口分公司一样，如果用四根棍子撑起来，上边用苇编品遮住，挂上一块牌子，也是一个公司的象征。现在我们把它精心设计，让它变成一个像大鹏展翅、冲天接地、四角八午的造型。这就是我们的精神寄托，我们要在这儿起飞，飞向全世界。"

大家便有一片掌声和欢叫声。

这话出乎芦花村的村民意料之外："钱总，您说什么？"

"在这里组建南方编织品对外出口贸易分公司，你们这里一部分厂房可以作编织工作间！"

守主任一把抓住钱总经理，眼镜也滑到了鼻尖上："在我们芦花村投资兴建对外贸易分公司？没听错吧？"

"不错，我看准了你们这儿的人才和资源，首先是一大批优秀的编织人才。守主任，你没意见吧?"

"哎呀，欢迎还来不及呐!"守主任猛地往上推了下眼镜。

白莲赶紧插话说:"固主任已盼了好久的编织公司，他会怎么想呢?"

石副经理坦诚地说:"这边有机械和厂房，并有职工近百人，技术人员更强一些。上次咱们公司与田家村和芦花村签订的两万件艺术编织合同，卢花村帮田家村完成两千件，而且艺术质量都过关。"

分公司建在哪里，田驹打心里没意见，他也是想着有利公司以后发展。

"石副经理、芦花，你们拿出个实施方案，先投资五千万元，年底前施工!"钱总经理语出惊人。

这在田驹的意料之中，又在他的意料之外。只是没想到钱总看了芦花村的编织品，就这么一锤定音了。几千万元的投资，就这样一句话砸了个坑。

就听钱总对田驹和芦花说:"田家村和芦花村连着的这山山水水，真是美不胜收，人间仙境啊!怪不得你芦花和田驹回到这世外桃园创业啊!这是一片神奇的土地，能创造世界上更多更好的艺术品。"钱总说到这里，话题一转，对田驹和芦花关切地说:"再就是何时能吃你俩的喜糖，啥时举行婚礼?是否还要请我这个老同学当个证婚人?"

田驹和芦花相对看了一眼，心里美滋滋的，差一点笑出声来。芦花心里话:借老同学的吉言!

在围的人都相互看了一眼，用不同的目光讨寻这话是怎么说的?

守主任用鼻子"哼"了一声，心里说:你钱总怎么乱点鸳鸯谱。哪码归哪码。你说在芦花村投资建公司，我连摆三天大席请你吃;要说你在中间瞎撮掇田驹和芦花的事，别怪我跟你翻脸。这是万不可能的!芦花是卢副镇长网里的鱼，是芦花村的媳妇，这是早一天晚一天的事。

胖嫂哈哈地笑了，她的笑声很响，传得很远……

守主任眼镜滑倒鼻尖上，很不高兴地斜了胖嫂一眼，心里骂道:神经病。

110

送走钱总经理一行后，田驹把芦花扯到一边说:"你那老同学很讲究，作为被告还在考虑原告的幸福生活，人品精神可贵。"

"你的意思是我人品精神有问题?"

315

"芦花妹子，你的人品和精神更可贵。除此之外，还多一条，正义！特别眼下的环境，不更可贵吗！"

"无奈之举，也是对不正义的抗争。"

"这我对你更加佩服，我庆幸！也庆幸钱总想着咱俩的事，咱俩的关系应该提到议事日程上来了。"

芦花坦然娇嗔道："咱们俩的事也应该给家庭一个明确的交代。从两个村里群众看，这个阻力要比以前小很多，再就是我们两个家庭的态度，最后是我们两人的决心和亲和力。"

田驹十分动情地笑了："芦花妹子，这话应该是我说。"他抓紧了芦花一双修长的手，"要说决心和亲和力，我恨不得今天就娶了你！"

芦花脸一红："这只是你一厢情愿，三个方面的工作做不好，我们的婚姻就会悬在那里，进退两难。"

"这工作我们早已经做了，都做了几年了。别说一年，就是十年再多一些，我也要按你说的三个方面的工作都做好，只要你愿意等我！"

"我们刚回来时，难做的工作是群众，眼下恐怕我的母亲和哥哥坚决反对，再出一个其它问题就不好办了！"

田驹和芦花手牵手边说边走向四湖大堤，在大堤两岸的夹树林里，他们发现有两个人正坐在大堤下面的二道坎上轻声细语交谈什么。他俩一个是田家村的荷花老师，一个是芦花村的卢副镇长。不远处的公路边，有一辆黑色卡尔奔摩托。

就听荷花对卢副镇长娇声说："我会好好把我们的教育事业和我们的爱情紧紧地连在一起。"

卢副镇长激动地把荷花搂在怀里："我会爱你疼你一辈子，把我们芦花村和田家村的教育事业办成一个联合体，从小学一直办到大学。"

田驹和芦花看到卢副镇长和荷花亲吻，相对一笑。芦花羞红了脸，扯了田驹的手向另一边走去。

田驹兴奋地说："我希望田家村和芦花村再多几对相知相爱的人就更好了！"

"随着两村环境的不断改变，水到渠成，自然会慢慢多起来！"芦花递过一个意味深长的眼神。

田驹把芦花送到芦花村头，在回来的路上就反复琢磨，怎样把他和芦花正式恋爱的事告诉娘。他想到一旦他把和芦花的事正式提到娘的面前，娘的情绪会愤怒到不可遏制，那将怎么收场？

这样想着走着，走着想着，不觉已走进他那篱笆墙的院子里，从破旧的堂屋里透出十五瓦电灯淡黄的光亮，断定母亲在做剪纸。母亲的剪纸打父亲去世后才拾掇起来的，可能是心里空落，也是对老伴的追念。

他的思绪还没稳定下来，又在院子里走了几个圈子，终于推开堂屋的两扇门。迎面扑来他早已习惯的那种潮湿而且带有点温馨的味道："娘！"

娘正在灯光下剪纸。过去她的剪纸是出了名的，婚嫁喜庆、猪羊牛马、瓜果梨杏丰收场景，几剪刀下来，便是一幅画面。娘在用心地剪着纸画。

听儿子叫她，娘关切地问："驹儿，还没吃饭吧，娘去给你做！"说着放下剪刀。

田驹慌忙把娘叫住："娘，我不饿，我想跟娘说几句话。"

娘又坐了下来。看着儿子消瘦的面孔，心疼地说："儿呀，你爹一辈子为村子操心费力，没过上一天好日子，到死瘦成一根筋。看到你这样子，娘心里疼呀！"娘的眼泪在眼眶里打转。

"娘，你不要为儿操心，也不要再为爹的死伤心。你多保重，儿心里才高兴。娘，有件事我说出来你老一定不要太生气，你要发泄怒气，只管打儿子便是，打死儿子也没怨言。"

"儿呀，你有啥话就说嘛，别吓唬娘，娘的心都怕碎了。"娘的眼泪先流了出来。

田驹几次话到嘴边又咽回去，恐怕娘有个意外。当他再次犹豫时，突然想起芦花说的：最后是我们的决心和亲和力。他终于把咽在喉咙里的话吐了出来，轻轻地，很委婉，恐怕吓着娘似的："娘，我和芦花正式恋爱了。"

屋里很静，娘好一会没有吭声。又过了一会，娘才擦着眼泪说："儿呀，打你爹去世后，一些乡亲先后来看过俺，恐怕俺有啥意外，娘当时真想跟你爹一块去了。乡亲们去劝娘时，都夸娘有个好儿子，把你在村里做的事告诉了俺，把芦花村和芦花的事也告诉了俺，娘才宽心。娘的思想跟不上趟了，你爹生前也是为你好，怕你有个三好两歹，跟你赌气闹别扭。娘心里不是不明白。想想这两年多来你里外受气，娘对不住你，你爹他错怪了你。驹儿，如果你爹在天之灵有知，他会请儿子原谅他的。"

"娘！"田驹一下子扑到娘的怀里，母子俩放声大哭。

娘止住哭，哽咽着眼泪直往下流。这泪，是悲还是喜及而泣……

"儿呀，你爹是从旧社会过来的人，吃苦受累怕了，又连着两村打打闹闹这么多年，他没过一天好日子，他恐怕自己的儿子再受委屈。孩子，你要理解你爹。

"娘，我不会怪您，更不会怪爹。"田驹哽咽着说不出话来，控制不住的泪水簌簌地往下流。

娘显得很庄重，语气却平和而温暖："驹儿，你不跟娘说芦花的事，娘正要找你说。芦花是个好姑娘，你要珍重，好好待她！"

111

芦花和田驹的恋爱关系在芦花与家庭沟通时，就没那么幸运和顺心了。

当芦花提出她和田驹正式恋爱的事后，双眼失明的母亲哭着说："咱们这两个村的冤仇几辈人也说不清，咱不说。那么你父亲的死，田家村人见死不救，这不是罪过吗？你哥苇子致残，那更是田家村人所为。这一家人都毁了，你要记住这冤仇才对，怎么还会跟田家村联姻结亲？闺女呀，母亲可担不起这个罪呀！村仇家恨，不共戴天，你爹在天之灵也不会安宁呀！我的命苦呀，呜……"

芦花含泪劝母亲说："娘，女儿已多少次跟您老说，记住过去的不幸，是为了避免再次发生不幸。再说，田驹和别人不同，他的家庭也同样有不幸的遭遇，他父亲原是回乡的老知识青年，当时在生产大队担任治保主任，在一次抢收庄稼两村械斗时，为避免大的伤亡，他挺身出来劝解两村的群众。当时已失去理智的人，把他误伤致残了，多年卧床不起，前不久去世。田驹为了完成父亲没有完成的事业，辞去省城工作，义无反顾回到农村，千方百计化解两村历史怨结，同样遭到村民的不解和父母的反对。但是他不甘心，顶着各种压力，甚至暗算，干着别人想干干不了的事，大家从他身上看到了生活的真正意义。娘呀，其实咱们家庭的遭遇和其他村民的遭遇是同样不幸的，两个村的抵触情绪也是女儿的一块心病。我和田驹同命相连，又是志同道合。两村能发展到今天，为什么您不放心呢？"

"闺女呀，这事没那么简单！"

在一旁的苇子气得铁青着脸："妹妹呀，我早给你说过一百遍了，你咋不好好想想。你和田驹结了婚，是对芦花村人多大的背叛！虽然田驹引导我们做了些好事，可是哪码归哪码，不要混在一起。母亲说得没错，你别再气老娘了，哥求你了，把娘气死，哥也不活了！咱虽然和田驹家没有直接仇恨，可这是村仇，永不能忘，忘了就是对村民的背叛。再说，就凭您哥这条腿，你也不会忍心嫁到田家村去。田驹他对芦花村的关心和关爱，我也看在心里。但是我对田驹一直是怀有敌视情绪，说实在话我也是昧着良心，为了咱这个家，为了死去的父亲和可怜的母亲不再受伤害。"苇子说着说着就哭了，泪水从这个很少流泪的汉子眼里流出来，哽咽声渐渐地变成嚎啕声。

"哥！"芦花被哥的话感动了，泪水在眼里汪着，"哥，我理解你的用心，我不怨你，田驹更不会恨你。田驹如果心胸不宽广，人家也不会回家乡农村了，大城市里机关干部都辞了，该是多大的心胸。田驹为人厚道，正直刚强，志向远大，你对他的敌视，他能理解，不会放到心上。"

苇子捣着铁拐转了个圈子，继续劝说道："好妹妹，也许你说的都是理由，哥这条腿权作我自己砸掉的。眼下的事实，正如老娘说的，咱可担不起两村这个仇恨的历史罪名呀。再说了，卢副镇长哪点比田驹差？人家当镇里的官，大伯守主任又多次托人求婚。守主任、卢副镇长都是你的领导，人在屋檐下怎能不低头。胳膊啥事都拧不过大腿，弄不好，他处处给你小鞋穿，哥哥我心里难受呀！再说人家卢副镇长那边已经答应给我安排工作了。你也为您哥我想想，不然，哥只有一死了。"

"哥！"芦花把声音放缓和了一些说，"你总是卢副镇长、卢副镇长的，你知道卢副镇长正在处的对象是谁吗？"

"不可能，完全不可能！守主任和卢副镇长两眼可盯在你身上，他怎么会另有人选？是谁？"苇子惊奇地看着芦花，"我只看到他田驹和荷花手挽手的，你也是亲眼见到的，在北湖镇医院。"苇子大声提醒道。

芦花想把她和田驹一起眼见耳听的实情告诉哥哥，可是话到嘴边又咽了回去。想到卢畅和荷花的恋爱还没公开，她不便多讲，只是说："哥，这事你就别掺和了。卢副镇长真有对象了，他们正在亲密地谈着，她是田家村的姑娘。"

"谁？谁？谁？天呢！不是在做梦吧？"苇子铁拐捣着地哭喊着："这世道变了，难道变得冤家路宽了，仇家成亲家了？这有可能吗？冤死的爹、瞎了眼的娘……"他突然停止了哭泣，"不，绝不可能。他一个副镇长能和有世仇的田家村的姑娘恋爱，就不怕咱芦花村人戳烂他的脊梁骨骂他？"

112

秋收季节，乡村到处充实着生动的活力，洋溢着饱满和激情。

田家村的芒种、开放和芦花村的喜雨分别搞的土地流转连片种植，首次获得前所未有的大丰收。芒种、开放乐呵呵地到处报喜。芦花和田驹商量，分别在芒种、开放和喜雨的庄园组织召开座谈会，邀请北京农科所的专家辛传贝教授参加。

会上，辛教授捧着珍珠般的太空 11 号大豆、晶莹剔透的太空 12 号稻谷，激动得热泪盈眶："这是我一辈子的研究心血，大地是它们的根！"辛教授扭头对芦花、田驹说，"我想在这儿挂牌成立农业科技研究所育种基地，你们看好不好？"

"欢迎，欢迎，热烈欢迎！"会场响起一片掌声。

不知啥时，芒种、开放买来千头鞭炮，噼噼啪啪燃放起来。

不久，芒种、开放和喜雨的庄园分别挂起了大牌子：北京农业科技研究所白水晶、黑珍珠、黄宝石大豆、玉米、水稻良种培育基地。办公室铃声不断……

界河边的肉鸭和鱼虾市场又增加了肉鸡、蛋鸡、肉鹅、蛋鹅市场，稻谷瓜果市场，从天不亮就热闹起来。等太阳一杆子高时，第一批贩子已走出市场，接着又走进第二批第三批……

麦杏嫂家的蛋鸭也开始产蛋，那白花花的鸭蛋两亩田里下得到处都是，两口子拾都拾不及，只好聘人来帮忙。由于蛋鸭圈养和散养结合，扑食鱼虾为主，所产蛋大多都是双黄，一下子又吸引来不少鸭蛋贩子。麦杏嫂一天到晚笑得那个欢畅。她笑着对麦杏说："明年再增加蛋鸭 2000 只蛋鸡 2000 只蛋鹅 2000 只，建一个松花蛋腌制厂，名字都想好了，叫'四湖特产双黄松花蛋'。"招收闲散劳动力来此就业。

龙水县县委书记华平带着乡镇的头头脑脑们来到界河边参观。

华平书记走访了一些种植养殖户，关切地对田驹说："小田，产业结构调整后正在新的转换中，如果你们协调不好，服务跟不上，种养殖户还是真正得不到实惠。"

田驹点着头说："书记，我们正想办法解决这方面的问题。"

华平书记说："你们有这个意识很好，要抓紧拿出切实可行的方案。多方面争取群众意见，好办法在群众之中，这样有利发展地方和区域经济。"最后叮嘱田驹道，"合作伙伴一定要以诚相待，境界要高，利益双赢。"

田驹一一记在心里。看着华平书记走远的背影，默念着他先前说的话，心里非常激动。

田驹去找芦花商量销售事宜。

田驹忧心忡忡地说："芦花妹子，先前县委华平书记在这调查了一些养殖户，看出了产业转型方面的矛盾，分析了我们界河两岸水产养殖规模已经形成，服务体系方面却跟不上的原因和问题。"

芦花说："养殖规模给村民带来了喜悦，也带来了烦恼，主要是中间大部分的利润都被贩子们赚去了，要建立一个衔接协调养销关系协会。下一步编织业、旅游业的发展会带动起相关的产业发展，形成产业链，脱节了或不平衡，就是失误，或者说不成熟。"

"这太对了，咱们应该把眼下单独经营方式用合作协会的方式由大家来定盘子，商议销售渠道和价格，获得更有效的收益。"

"那好吧，我们在界河一块冬闲地召集两村代表来议一下，回去再和群众见面，商量具体实施方案。"

田家村这边有蚊子分别通知，芦花村这边有义线牵联系，不大会大家聚到了一起。

首先芦花用商量的口气说："由于我们界河两岸水产特种养殖业发展迅速，已形成特色规模，为了大家的共同利益，请两个村养殖户代表商议成立合作社与协会的事。"接着解释说："合作社就是个整体组织，协会是鸭、鸡、鹅、鱼、虾分体，会员是养殖户。如果这个模式有利发展经济和保护经营者利益，我们逐步去实施。"

春旺不解地说："合作社能把两个村连在一起吗？"

芦花笑笑说："目前，就两村养殖而言，可以单独成立合作社、协会组织，也可以连系在一起，共同抵御市场风险，使种养殖户获得更高利益。"

义线牵试探着说："我们两村做的是一个题目，应先从人才技术方面多合作交流。"

田驹说："这是其一。芦花助理先前说了，合作社、协会、会员是个组织，主要是共同协商在种养殖、市场销售、技术服务全过程方面的问题。"

春旺有了兴趣："这相当关键，愿意去尝试。"

混湖感到一时摸不着头脑，摇摇头说："回去和苇子兄弟商量一下，我还是不放心，再观望观望好不好？"

芦花耐心地说："不放心也是可以理解的。参与不参与前后利益对比一下，大家心里明白如镜。愿不愿参加合作社，可以自由入社，也可以自由退社。芒种、开放、喜雨的庄园模式就是很好的例子"。

"噢，是这样！"混湖挠着光头。

义线牵有些激动，两只胳膊舞动着，俨然像走上了舞台："我完全明白了合作的好意。这个办法是把大家的利益拴到了一起，都来关心大家的共同事业。"

春旺说："眼下不好的地方是都想着个人利益，为自己拉生意，又怕别人抢了生意，把自己的产品价格降到了最低，使中间者获取了暴利。我们洒了这么多汗水，这不公平！"

听春旺这么一说，大家便嚷嚷起来，都认为这是当下养殖户的一大心病，这确实不公平。

芦花继续说："合作社、协会成立后，跟大家的利益密切挂钩，尽量避免不公平现象，减少养殖户之间的矛盾。"

来福挠着头皮思忖着说："这个想法很好，恐怕会出现其他矛盾。"

芦花耐心解释说："矛盾是不可避免的，就看你如何认识和化解它。要在大家实际产销中摸索着来，不断总结，逐步完善经销方式。"

季响说："还要根据市场需求，明码标价，以质论价，保护生产和消费者的利益。"

芦花点点头说："季响说得是个实际的例子。解决大家生产销售消费环节，是一个协调和睦的成分。"

田驹想到县委华平书记的教诲，插言道："芦花助理说得这种和睦不仅是表面的，而且是心和。用华平书记的话说就是精神层面的，是一种境界，大家相互扶持，相互担当，也是相互获利。"

芦花继续说："如果大家实践成功了，两个村共同享受的不仅是物质还有精神成果。"

"只要为合作社愿意出力的一技之长都应该欢迎。"岔河说，"合作社的模式咋搞得更便于操作一点。"

二青提出问题："合作社协会在工作中会产生的费用，肯定羊毛出在羊身上。大家心里能平衡？"

"既然为大家办事，报酬多少根据需要，合作社、协会和会员商定，也没啥不平衡的。"义线牵摊着两手。

"钱花到刀刃上，我赞成。"春旺和杏嫂异口同声。

"能者多劳多得，亮里亮面，谁也说不出啥。大家就怕一本糊涂账。"季响感触道。

"我赞成！就如春旺哥帮我除掉吃我肉鸭的那些疯狗，我心甘情愿给他10只肉鸭，当然他不接受。其实，愿打愿挨有啥心里不平衡的！"蚊子跳着麻杆细腿说。大家便笑开了。

季响拍了下巴掌："啥事不能怕麻烦，该细的地方就要细，制定的办法只要合理，养殖户不吃亏，大家赞成就行。"

芦花最后说："蚊子和义线牵你们俩根据大家提出的想法，先拿个初步方案，然后交给养殖户讨论，看还有什么更好的意见。"

田驹点点头："多听听大家的意见好，这样我们心中才有底。"

散会后，芦花对田驹深有感触地说："任何新生事物的成长过程，都有一个认识的过程，具体说是个时间过程。"

"俗话说好事多磨，有他的道理在里面。"

"田驹哥，你不是说了吗？当初你母亲对你是啥态度，现在是啥态度！咱们俩的事情她能从极力反对到爽快地答应，并且心里已接受她这个儿媳妇，前后是个多么大的变化。我哥苇子对我们俩的态度至今依然坚决反对，我看也有个过程，还有时间。"

113

秋天对芦苇来说，另有别样的风采，大片大片的芦苇，摇樱如雪，飘飘洒洒十分热闹，从来不问世间争斗几何！

如果在往年，村民把承包田的稻子收回家后，就火急急等着抢收芦苇。这些自生自灭的资源，都是大地的恩赐，不要任何本钱。还有杞柳、蒲草等都是庄稼人油盐酱醋支出费中不可缺少的收入来源。大集体时，每到收获季节，都是各生产小队带领社员，集体收割，多少由劳力的强弱决定。然后集体出售原材料或加工编织品销售，年终分配和其它收入一起决算。土地承包后，四湖滩涂划割出了千家万户的田块。然而湖滩青草、芦苇、杞柳等不以人的意志为转移，仍不分张三还是李四地生长着，这便成了村民各家与各家说不清划不明的界线，户与户有矛盾也有统一，村与村之间有个大的概念，就是界河为界。可是界河里边，特别是干旱年代，也便蓬蓬勃勃生发出旺盛的芦苇、蒲草，还有抢着播撒的良种与秧苗。

面对如此复杂的环境，人们在利益驱使下，便抢收抢割。如果只顾眼前不顾一切，那么双方就产生了摩擦。由单一引起，发展到三五人，由三五人演变成群体，由口角之争发展到拳脚相加，最后演变成群斗，以至械斗。

历史记下了界河两岸血与火的呐喊，争与夺的混战，幸福与痛苦的抉择。惊心动魄过后就是休养生息，他们在思想着，摸索着……

而眼下，他们的注意力和视线已在慢慢地转移……

对界河两岸的收获而言，他们大都已放松了心里的紧张和不安，田家村和芦花村在上级高层领导互访中逐渐趋于心平气和，下边各级组织努力调解和宣传教育深入灵魂。再者是田驹和芦花的言行使大多村民感动而感化，他们从芦花、田驹两个年轻人身上看到了田家村和芦花村和睦发展的希望和美好的未来，他们被感动和激动着。

这个时候，田驹又一次站在一个高苇堆上，亮着磁性的嗓音对收割芦苇的人们说："乡亲们，芦花村和田家村正朝着和睦友好的方向发展，我们两个村的编织业，从单独初加工正在向联合开发新产品和工艺品出口创汇方面发展……"

这时，有一个人在苇荡里单手滑着舢板，怨愤不消地低声说："你们联合吧，我也会联合，看谁联合成功！田驹呀田驹，我让你没有芦苇资源看你怎么联合发展。等着瞧吧，用不了几日，就让你自己打你自己的嘴巴子吧！"

这低低的怨愤声，很快被桨声淹没了。

田家村独臂单二在偷偷摸摸做着一件不为人知的事。

一个傍晚，单二在月牙河边跳上一支舢板，用一只胳膊撑篙，向四湖方向驶去。

在四湖和月牙河的交口处，他看到一条小船上一个瘦高个、一个矮胖子在那儿等他多时了。

"独臂，你这家伙怎么到现在才出来？"瘦子有些焦急地问。

"给几户村民做工作，难呢。再说光天白日的也恐怕不方便。"

"哪有什么不方便？市场经济，只要大家愿意就行了。当然还要你多动脑子多费心，好处费一分不会少你的。"胖子说。

"我也不光为这个，我心理憋得慌。田家村和芦花村联合搞芦苇编织经营，还成立什么分公司，把怨恨忘得一干二净，我坚决反对。不然，田家村非让这小子给卖了不可。我希望你们把苇子都买走，让他们联合不成！"

瘦子说："那是你们两村的事，我们只管收芦苇和蒲草，现货现钱，一分不少，你作为牵线人员不会少你的中介费！"

单二说："你们能来几条船？我已联系了十来户。"

胖子说："十二吨机动船三条。"

单二说："船小了点，也少了点。不过多来它几趟，也就把两个村运光了。"今晚你们把船开进月牙河与界河的入口处。田家村这边连夜装船，明天一早起航，怎么样？"

夜半时分，三条机动船进入了界河，田家村几户村民把收割的芦苇、蒲草往船上装。天拂晓时，三条船像三座山包开始起航，发动机"突突"叫着，打破了黎明的宁静。不多会三条船便进入了四湖的航道。

单二感觉终于吐出心中一口憋闷，想着田家村这边再连着运它几天，然后再想法子把芦花村新收的芦苇、蒲草用同样的方式运出去，那才叫痛快。他要去芦花村找个牵线，再与瘦子和胖子挂上钩，事情就算成功了。芦花村那边地磙、疤瘌、寡妇荣、二青等人在与田家村联合编织的事上，肯定满肚子疙瘩，一经串通，就会是另一种局面。谁去搞定这件事呢？泥鳅他不放心，疙瘩也不是成事的家伙。自己虽说与他们是两村的冤家对头，却没有跟地磙、疤瘌有直接冲突。对疤瘌，潜意识里有惺惺相惜的感觉，不过，听说被张浪从界河洪水里救起后就病倒了。他决定冒险去找地磙。

天完全黑下来以后，单二拿了件大褂子，骑了辆破自行车绕弯二桥那条路，虽说远了几里路，骑车快也很安全。别看单二一支胳膊，骑自行车是他拿手绝活，带人驮货，别人还真赶不上他。

不到一个时辰，他便转到了芦花村村后，村庄透出明明灭灭的灯火。他摸到地磙的家。

地磙见到单二，先是一惊，转身要抄家伙。单二说："地磙兄弟！"

"兄弟，谁跟你是兄弟？"地磙停住了慌乱的脚步，转过脸来，"你不是田家村的单二吗？"

"没错，你别紧张，我只是想给你谈件生意。"

"生意？"

单二马上示意地磙不要声张，看看院子里没有其他人，就把来的想法原委告诉了地磙。说事成后对方会给好处费，比你几茬庄稼、苇子收入高。

地磙早对两村的联合编织气恼不休，又对界河边养殖肝火不断。鼓动几个人吵吵闹闹，也没管屁乎，人家该咋干咋干，正为此闹心。

既泄了心中怨气，又能有钱赚，地磙激动得双手抓住单二的空袖管，"单二哥，啥也别说了，我干！"

单二轻声说："地磙兄弟，一言为定。联系得越多越好，明晚在界河入湖的出入口处有三条十二吨水泥机动船开过来，装你芦花村的货。"

按约定时间，装了一夜的三条十二吨大船迎着湖上的黎明，满载着芦花村的芦苇、蒲草，晃悠悠地驶进四湖航道。三条机动船吃水很深，船老大开足了马力，老远都能听到小马拉大车的轰鸣声。

独臂单二从没有像今天这样高兴过。他拍拍口袋里的一沓票子，心里那个痛快，跑到一家小超市买了原装四湖高曲，一个烧鸡，一袋咸炸花生米，两只松花蛋，回到破旧的屋子里，仰脖就二两酒下了肚。

他一边自言自语，一边高兴地哼哼："这市场经济干啥都能赚钱，也能这么玩。单二我也学会了一套，这一套叫一箭三雕，嘿嘿……"

一瓶四湖高曲全干了，一只烧鸡、一袋花生米、两只松花蛋全进了肚子。

单二仰脸八叉地躺在他儿时睡的单人床上，他梦见自己回到了快乐的童年时光。

114

田家村的单二和泥鳅、芦花村的地磙和寡妇荣暗里鼓动村民并放出风来说："芦花的10件创新产品全是模仿品，官司打输了。南方艺术品对外销售公司已拒绝田家村和芦花村的编织品合同续签，关系撑不了几天了。芦苇、蒲草越放时间长越不值钱。眼下卖芦苇、蒲草，保证现货现钱，过了这个村可找不着这个店了。"

一时间，田家村民有急着出手原材料的不得不走关系，找亲友提着酒拿着烟，托单二来帮助卖掉刚收获的芦苇、蒲草；芦花村急着出卖原材料的村民，半夜三更登门找地磙来帮忙。两人一时成了香饽饽。

田驹把季响、春旺、黑丫、蚊子、巧燕、白莲找来商量办法。

蚊子哼了一声："这里面一定有人想搞垮我们刚兴建的编织厂，掐断和芦花村刚联起手来的关系，这家伙还真狠！"

季响分析说："也不完全是这样，现在有些人的思想像墙头草随风倒。再说市场经济买卖自由，有愿意买的有愿意卖的就可成交。"

春旺忧虑道："如果芦花老师的10件创新产品官司输了，编织对外销售合同这事还真完了。"

白莲说："村民说，咱田家村已卖去几十万斤原材料，怎么就几句不着实的谎话，一时卖掉这么多原材料不心疼？"

"听说芦花村被外地船只买走的原材料也不比咱村少。"巧燕接着道。

黑丫提出："出卖初级产品村民吃了大亏，要紧的是有什么办法让群众不再外卖原材料。"

田驹有几分不安："这卖原材料对咱们刚建起不久的编织厂面临无货源的危险不说，不少青年男女想用家乡的原材料编织美好的梦想将付诸东流，两个村联手合同将成泡影，更要命的是南方编织总公司在芦花村建分公司的事将成无米之炊。"

蚊子跳着细腿笑了："钱总不讲究，芦花村建分公司的事干脆滚球。当时在芦花村砸了橛子，也不考虑田家村的感受，固主任一下就气病了，几天都没爬起床，这叫一报还一报。"

不知何时，泥鳅跑了过来，娘们着腔说："你们几个不要狗咬耗子多管闲事，撑不了10天半月，田家村和芦花村的所有苇子、蒲草统统能卖个净光。报仇消恨的机会来了。"泥鳅瞪着眼睛瞅了一圈继续嚷道，"现在是市场经济，谁想干啥干啥，管闲事吃饱撑的，闲着难受就到村南撅屁股去。"

季响气道："泥鳅你不编不织又不养，是闲得屁股蛋疼了吧，我劝你不如拾个驴屎蛋去，养肥你那二亩荒地。别像个搅屎棍到处瞎搅和。"

"你说谁像搅屎棍？搅了你的运输生意？拉什么货都赚钱，不拉编织货要死人？你这人才贱呢！"泥鳅瞪着眼骂道。

春旺瞪了一眼泥鳅说："对你们这样蛮横不讲理的只有来硬的。不信，再胡搅就揍孩子。"

泥鳅见春旺站起来要打架，骂了一句什么就走了。

季响说："这么争着买原材料，不是空穴来风。要稳住编织局势，必须高出市场价购买大家的原材料，先交卖主一部分定金；再宣传引导，让他们知道怎么做对自己有利。"

田驹思考了一阵："钱的问题，上次的定金已挪作它用，使群众对我们失去了信任。眼下这个局势看，谁的资本大谁说了算，就担心外来资本跟我们顶着干！"

季响转了几个圈子说："目前我们群众卖方与抢购苇子、蒲草的买方只是算经济账，还不至于投大的资本去跟我们争夺原材料。"

"是的，他们不会为单二、泥鳅跟我们拼血本！"黑丫分析说。

这时田驹的电话响了起来，是芦花的。她告诉田驹，要千方百计保住编织原材料。芦花村用稍高市场价已经全部定购了村里剩下的芦苇、蒲草、杞柳。她们已和钱总取得联系，提前预支来一部分资金，拨取一半与田家村。几个人便欢呼起来。

田驹说："钱的问题已解决一半，剩下一半，这样吧，群众手头卖肉鸭和鱼虾的钱，借出来一部分高于银行利息，然后兑现定金的事。这样就能保证今年底和明年芦苇收割前编织厂不缺原料。"

白莲感触道："这市场经济看来是无情的！"

季响咂咂嘴："我们慢慢体会它的滋味吧，不是美酒就是苦药！"

田驹鼓劲说："没有两条路可走，狭路相逢勇者胜！"

115

独臂单二这些天感觉自己做了一件人生中最畅快的事，恶气出了一些，口袋里也有了一些钱，每天都有一番神仙般醉意。这样飘飘然没几天，想不到他的计划很快就不再那样顺利了。村里抢着卖苇子、蒲草等原材料的人们突然不见了踪影，到第4趟时，那3条大船空船而返了。

单二没想到芦花、田驹他们行动这么快，用比他们还高的市场价格，以定金先收买了所有剩余的湖产原材料。看来田驹和芦花是一个鼻孔出气。

现在单二慢慢体会出一个从来没有的想法，资本能摧毁一切。

单二知道购买编织原材料的高个子和矮胖子，不会拿资本帮他实现梦想，更不会拿资本跟芦花、田驹他们拼血本较劲。不过，单二看清了私人资本的能量，他只恨手里无资本。他甚至想象他有一定数量的雄厚的资本，必定会把田驹、芦花以及芦花村的人打得一败涂地。

当夜他做了个梦，他发了大财，有了很多钱。他把田家村、芦花村所剩芦苇、蒲草以及所有编织原材料通通以高价买了个精光，周边有苇子、蒲草的村民提着礼品走他的后门，请求高价收购他们的苇子、蒲草。他成了所有编织原材料的主人。田家村与芦花村没了编织原材料，两村编织合同自然解除，钱总投资建造的编织分厂因此空洞无物，像一只风筝，随着一阵大风刮跑了。

单二竟然笑醒了。准确地说是泥鳅把他喊醒的。泥鳅告诉他又一件添堵的事。

这件添堵的事对单二来说实在不可思议，田驹的老娘竟然同意并支持田驹娶芦花村的芦花做媳妇。

为此，单二坐卧不宁，心里翻江倒海。怎么能会这样？单二怎么也弄不明白，田驹那躬腰驼背的老娘深受其害，痛失了丈夫，居然满口答应了这门亲事。

"田驹和荷花的大媒是篓子保的，咋保成个芦花？这家伙只管翘着脚丫喝酒，到现在还说芦花已和卢畅结了婚，这老小子日弄人的。"泥鳅骂道。

"大家都被这龟儿给骗了！"单二恼恨地甩了下空袖管，低头思忖着说。

"噢，对了！"泥鳅随声附和，想起和关爱爱的一幕，不禁脸上像虫子在爬，"篓子是个大骗子，他不仅骗了固主任，还骗了我，骗了你单二叔……"

"找他篓子去，当面让他说个明白，不然把他个驴头拧下来。"两人一前一后向篓子的住处一阵风走去。

半路上正碰见篓子朝他俩招手。

单二破口大骂："篓子，你个驴熊！你是向田驹保的荷花还是芦花？"

这事篓子已耳闻多时，此刻，他捻着光秃的下巴，翻着小圆眼睛，故作高深地说："乖乖，你小子只知其一不知其二。你知道芦花的娘和芦花的哥哥苇子的态度？告诉你单二，他娘俩说了，田驹要娶芦花，这一辈子不可能！"

"噢，有这事！"单二半信半疑地摇摇头。

"当然，也要给田驹娘点压力，让她知道田家村人对她违背祖训的不满。明白吗？"

单二和泥鳅吧嗒了几下眼皮，几乎异口同声地说："不明白。"

"人的思想都有可能转变，知道了吧？"

"你去了田驹家多少次，怎么都没说服他那弯腰老娘？"

"当面说得好好的，谁知她会变卦！老糊涂了。要从外界给她点压力，让她回心转意。"篓子不容置疑，"田驹是孝子，他不会硬扭着他老娘娶芦花的。明白吗？"

单二犹豫着，骂了句："看你这头老驴，嘴里也吐不出象牙。"

篓子自诩道："你小子眼拙，老子嘴里吐出的话向来比象牙管用。"

单二和泥鳅骂骂咧咧走街窜巷，见麦杏嫂正忙着编织苇筐，单二说："大妹子，麦杏呢？"

麦杏嫂说："他在界河边蛋鸭场，2000只蛋鸭已开始下蛋，这不正赶着编织盛蛋的筐篓，还有下一步养鸡养鹅不忙着点，拾屁吃也赶不上。"

"听说没？田驹和芦花的事，他老娘那个成天担惊受怕的女人，丈夫刚死去，她居然违反井水不犯河水的村规，答应田驹娶芦花……"

"男人有几个能过美人关的？那芦花不但人长得漂亮，又聪明能干，还会理解体贴人，一心想着大伙利益。这样的人现在很少了。再说，如果田驹和芦花真的成了，说不定是件好事！"

"好什么事？不少人口里不说，可心里恼着呢。"

"田驹、芦花是有知识有文化的年轻人，做起事来比咱看得远。我看好！"

话不投机。单二和泥鳅气呼呼地离开麦杏嫂，嘴里嘟哝着骂："熊娘们的，也跟田驹穿一条裤子。世事难料，这世道变得快，人心也跟着变。"单二对面碰见村妇女主任马群，心急火燎地说："马主任，我正要找你。田驹那个老不死的娘怎么突然答应娶芦花，这像什么话！知道吗？你是村里妇女主任，让田驹和他的老娘好好反省，咋能任他们一意孤行。还有咱们田家村荷花和卢畅的事，也谈上了。这事你妇女主任也不问？都成啥了？叛逆！去阻止他们，把厉害关系说明白，你是妇女主任！"单二情绪激动，几乎要发疯了。

马群安慰单二说："单二叔，啥事都有个因果。这婚姻大事是缘分。田驹和芦花有共同的语言共同的志向！至于荷花与卢畅也是蛮好的一双。再说了，荷花可是固主任的女儿，荷花与卢畅相爱，固主任能不知道？自由恋爱，娘老子也无权干涉。单二叔你也该想开点。"

马群走远了，单二自言自语道："真他娘的出奇了，怎么能会这样。"

单二那个憋气，把空袖管往胸口甩了几甩，他想到了小时的朋友尼龙。尼龙也是一人吃饱全家不饥的角儿，几年前，尼龙的妻子嫌家里贫困早带着唯一的儿子出远门了，再没回来。

单二见着尼龙，唉唉地说了一阵。

尼龙被单二说得一头雾水："单二哥，这从何说起，俺一点音信也没有。现在的事说怪也不怪，什么事都能干出来。记那份仇恨能值几个钱？现在社会能捞到手里钱那才是好样的。二哥咱甭管这么多了，管多了也不中用，还不如编只篮子、养只鸭、喂只鸡来得实在。单二哥，自从你弟妹侄子走后，你兄弟这个家像塌了大半边，兄弟都有死的想法，懒得管这么多闲事！"

"尼龙兄弟，你也这样认为？你二哥我这条胳膊算白废了！"单二急红了眼，可着嗓门说。

"那又能怎样？单二哥俺也替你难过，替你伤心，替你心里窝着气，俺自己心里也窝着气，这能怪谁呢？"

单二恼道："尼龙兄弟，看你二哥还没死，二哥咋得罪你了？"

尼龙拉着单二的空袖管，突然拍着胸脯说："单二哥，你我同病相怜。他们吃着香的，喝着辣的，住着高的，穿着洋的，叫俺二哥过着饥一顿饱一顿的光棍生活，叫你尼龙兄弟饱尝家散人去的痛苦，这也太不公平了吧。"

"嗷，尼龙还是好兄弟。"单二如此这般在尼龙的耳边嘀咕了一番。

116

田家村历史上第一次召开换届大会。男女老少涌向村中小学广场，唯恐失去自己这庄重的一票权利。广场拉着大幅标语："田家村村委会换届选举大会。"场地欢声笑语，鼓乐喧天，人声鼎沸。换届人选中，有原村委会副主任晏埂、妇女主任马群、村主任助理田驹、村民季响、春旺。还可以另选他人。原固主任因年龄关系不再参选。

在主席台前并排放着村里两张旧办公桌。

县有关领导和镇负责人坐在办公桌后面主持选举会议。

主持人高镇长宣布选举章程后，有五名人选先后走上讲台，发表"如当选后如何发展田家村经济、建设社会主义新农村的思路和措施"的竞选报告。

会场上群众掌声和笑声不断。断臂单二和泥鳅到处走动，暗里给原副主任晏埂拉选票。

根据他们各自发言和实际工作表现，村民现场进行投票。

接着，有三个工作人员把票箱里的票搜集起来，当场举行唱票。

高镇长公布选举结果："田驹得赞成票占83％"，得票最多，当选村主任。季响、马群当选为村委会副主任，白莲为妇女主任，蚊子任会计。春旺、黑丫、芒种、巧燕任村委会委员。

掌声夹着鞭炮声和呼叫声响成一片。

田驹走上主席台作了热情奔放的演讲："一定不辜负大家的期望，团结干部群众，带领父老乡亲搞好物质、精神、文化建设。把界河边发展成为种植、养殖、旅游富有特色的新农村，文明富庶的家园……"

散会后，田驹召开新的村委会成员扩大会议。

田驹说："先告诉大家一个好消息，上级已决定开发四湖滩涂，开通四湖与界河和大运河的水区。两地已形成共识，开挖加宽加深界河，建设一个亿万吨的大码头，我们再也不要担心养鸭、养鱼、养虾遇到水灾旱涝。这里要变成全国最大的肉鸭、鱼虾生态养殖基地；最优良的绿色生态稻谷基地；最有艺术价值的苇编、柳编和芦苇画艺术品出口创汇基地；最有历史和现代品味的旅游基地。

大家都听得热血沸腾，心潮澎湃。

蚊子趴在桌上记录，一边记一边高兴地哼唱。

117

不久，芦花村的大喇叭播放着芦花村换届选举的热烈气氛，芦花当选为芦花村村委会主任的声音飘荡在田野的上空，越过界河，在四湖畔回响。

芦花被芦花村选为村主任，百分之九十以上是群众选票，那锣鼓和噼哩啪啦的鞭炮响了半天，村里的高音喇叭反复播放着："主任助理芦花当选为芦花村村委主任！"

田家村在田间干活的人们都听得清清楚楚。

芦花当选的第二天和田驹商量，为了搞好两村的近期、中期、远期建设蓝图，有必要让芦花村与田家村村委们到外地开开眼界，感受外面发展的大好景象。

两村共同租了一辆大巴车，载着两个村新一届村委会委员和部分村民到外地去开阔眼界。

　　他们看了北京、上海，然后看了东部沿海发展城市、西部开发地区，中间又看了几个新农村建设示范村，还看了有名的休闲山庄和度假村……

　　他们花了十天时间大开眼界。这十天时间不算长，他们觉得像经历了一个世纪。

　　季响用手掐着他的大腿说："我总觉得自己在做梦漫游，那城市林立的摩天高楼，纵横叠架的大马路，连接着新农村建设的排排楼房和明净的街道，看得我眼花缭乱，心跟着穿梭的车辆在飞！这才觉得田家村的原始和沉默！"

　　义线牵深有感触地说："看那沿海无边的养殖场，打捞起的一网鱼虾足够我们田家村饲养一年的，可是咱这儿的四湖和界河的水都是流经海里去的，咋就不一样呐？"

　　春旺感叹，像喝了二两："看看西部三峡、小浪底那雄伟的水利工程，我们村里的工程又显得多么渺小，可是治理却又那么费劲，这人那……"

　　义线牵有几分痛惜地说："回过头来看，我们耽误了多少大好时光。"

　　蚊子却有另一番感想："啥事也没那样简单，反正看了这一圈才知道这世界的精彩，怪不得瓢虫不愿意回家了。"

　　混湖眨眨眼说："你蚊子有本事也去学瓢虫吗，眼下就是各显神通。"

　　白莲红着脸说："再精彩的世界里，可不要犯浑了，不然淹没了自己还连带着亲人们！"

　　大家陷入沉思，没人言语。

　　春旺眨眨眼看看蚊子，调侃道："不能了吧，想出圈，做梦去吧你！"

　　蚊子感叹一声："有人管着真好。"

　　"有人想找人管，可有人懒得管！"春旺对蚊子斜着眼看。

　　混湖张着大嘴呵呵呵地笑："混了半辈子湖，才知道天地之大。花花世界，看了怪眼馋的！馋，也不能乱馋，没有规矩咋成方圆。"

　　芦花、田驹虽然在省城几年，也没走过多远的地方，这十天他们飞驰在祖国的大好河山里，到处大建设大开发的惊人速度使他们热血奔涌。

　　芦花感触地说："我们学不了人家的速度，但要学人家的精神，那就是脚踏实地、实事求是，配合上级制定我们发展的五年目标、十年蓝图。"

　　一幅社会主义新农村建设的美好蓝图在他们心中描绘开来。

胖嫂、巧燕与白莲在说悄悄话，用心地计算编织方面的品种与开发的新产品……

"目前养殖业发展迅速，品种形式多样，搞成产业链条，发展养殖加工、孵化加工、屠宰加工、羽绒加工、毛品加工等等。让全国人们都享受到自然生态的界河特产。"大家你一言我一语，说得唾沫横飞。

黑丫补充说："要组建一支路运队，一支船运队，一支客运队，还要有装卸队。"

妇女主任马群说："经济发展离不开精神文明，结合起来才更有科学性。观光旅游、休闲度假、宾馆餐饮、科技学校、休养所、影剧院才是人们的精神家园。"

芒种的思绪没有离开他的庄园，说："种植的现代化、良种的繁殖化、生态优质化。三五年内合作社扩大规模，建成大家吃喝放心的生产基地，田间工程水利大小配套齐全。"

芦花开心地笑着说："我想在界河上面建一座通向两边的新时代大桥，两个村合建一个世纪花园和平新村。"

"好！好！好！"年轻人立即赞成，鼓起掌来叫好。

"好，太好了，我也在这么想，只是没勇气说出来。芦花主任这一说，还真是大家想要的。芦花主任，我们招商引资，建世纪花园和平新村。建议以芦花村、田家村两个村委会的名义，邀请钱总和他的朋友前来投资！"

"是呀，我们要发展就少不了争取外援，共建共享，要抓住机遇。"

"就是借鸡生蛋，这主意好。"

接着大家噼哩啪啦又鼓起掌来。

芦花村、田家村合建世纪花园和平新村的消息不胫而走。大家街头巷议，只当新的村委班子上任说个大话，说说而已，历史上两个老死不相往来的村合并一起，村民们权作是痴人说梦。

118

这些天，田家村和芦花村接连出了好多新鲜事。

大家感觉更新奇的是，田家村退休后的固主任、芦花村退休后的守主任却动了一门子心事，不约而同去界河边修一座桥。

两个退休的老主任，两人各自用板车从家里拉来木料，一个在河这边，一个在河那边，用心搭建一座简易的木桥。他俩谁也没有说话，天一亮就出工，天黑了才歇脚。目标一个，尽快在河中心对接。

界河一边劳动着的芦花村村民，界河另一边劳动着的田家村村民，看到此情此景，便生发出无限感慨：两个老人好像用心往天河那儿搭一座鹊桥，让人感到幸福和温暖。

也有不解的，指着背影戳："这两个老东西，犯了哪门子邪，相互拆桥大半辈子，咋就突然变了？"也许他们终于悟出拆桥还是建桥的真谛！

然而，有一天，固主任发现，自己在这边用心搭建的木桥晚上被人拆去一截子。他默默地看了好久，又沉思了半天。心里在说：过去这里有人偷偷搭过几次木桥，先后都被拆掉了。拆桥的事，这中间他也指使过，也授意过，那都是过去的事了。而今，也有人想阻止他搭建这座桥，他心里翻江倒海了一阵子，最后心情慢慢平静下来，他希望他的真诚能感动拆桥的人。他看了对过在用心搭桥的老守一眼，坚定地自语道："老伙计，方向一致，一定会与你对接上的！"

此时，在老固主任、老守主任搭建木桥的不远处，田驹、季响、蚊子、春旺几个年轻人正和返回故乡的游子立柱选择建立"湖禽公司"的地址。立柱15年前就跟父母在上海打拼，成就了一番建筑事业。而今界河两岸各种生态特种养殖的信息不仅勾起他对家乡的一份沉甸甸的思念，夜不能寐。他和在上海的父母商量后，便和司机一起来看望父老乡亲。

立柱看到家乡养殖业在红红火火地发展，很受鼓舞，想给家乡做点贡献。决定投资兴建"湖禽公司"。

看着眼下这火热的场景想着未来芦花村与田家村的发展，芦花和田驹决定以两个村委的名义正式向钱总发出邀请，邀请钱总和他的朋友及有志之士前来界河两岸投资兴业，共建美好家园。

钱总经理从芦花老同学邀请函里得知，田驹、芦花相继分别被田家村和芦花村选为村主任。钱总兴奋得一夜没合眼，他还有一件心事正准备去见芦花，就是芦花的10件编织创作的新产品，原告芦花胜诉了，不久法院就会作出判决。他要当面向芦花赔礼道歉，赔偿经济损失。原来，芦花的10件编织创新作品维权案，法院受理后，经过调查取证，查处广州那家编织品公司所用编织图纸是拍摄后还原的，是该公司花高价买来的，并利用技术力量的雄厚，一批所谓创新产品很快打入南方外贸出口总公司。顺藤摸瓜，办案人员很快找到篓子的侄子，经篓子的侄子幸段交代，是芦花村编织厂外销人员兴闯干的。兴闯交代受单二所使，其实是受钱财驱使干的。一天，兴闯看准芦花和胖嫂在编织间一起检查编织品时，打开芦花的创作室，偷拍下了这10张创新艺术品照片和资料说明，接着又还原成所谓原件，然后拿着单二交给他的广州某编织厂的地址，连夜坐火车找到篓子的侄子幸段，高价卖了出去。兴闯因涉嫌赌博另案处理。单二和幸振篓子因与本案有关，并为主谋。由于认识态度较好，没造成大的危害，并及时退回所得好处费，免于刑事责任，给予批评教育。

钱总联络了好友环球投资有限公司欧阳太董事长，再次来田家村和芦花村考察，和欧阳董事长一起投资开发项目，他认定了这是块宝地。同时，由衷地祝贺田驹、芦花当选为田家村和芦花村的村主任。

他们约定在界河边已退休的固主任、守主任新搭建的小木桥处聚首。

芦花和田驹各带着新的村委会班子成员在此等来了钱总经理和欧阳太董事长一行。

钱总握着芦花和田驹的手说："今天我和欧阳太董事长一行特地祝贺田家村和芦花村新的村委会班子。更可喜的是田驹和芦花相继担任了屋搭山地连边的两个村的村主任。这段时间在电视上看到芦花和田驹编写的《界河》电影，了解了历史上的田家村和芦花村。最让我感动的是芦花、田驹心中有个大局，放弃了在大都市美好的事业和前程，毅然决然回到家乡解怨创业！"钱总呵呵笑了一阵，点点头说，"这次来还要告诉芦花老同学，那10件编织创新产品作为原告，你胜诉了，祝贺你！"钱总握着芦花的手，感到很歉疚的样子，"由于我的疏忽和错断，给你造成不应有的名誉损失，向你表示道歉！最近法院会判决，判明你的名誉和创新艺术品赔偿结果。"

接着是大家的欢呼和鼓掌声。

欧阳太董事长抓住芦花的手说："中国的千千万万个知识分子大学生也许都会去做，但是我听说你和田驹做得更好，你们是我最佩服和最崇教的人！我把投资方向准备转到你们这儿来，就是看中了你们的道德和诚信、光明和正义，看中了你们这群年轻人。"

"过奖了欧总，这是我们应该做的。"芦花说着，把前几天两村委在一起设想的三年目标、五年计划、十年篮图的草稿拿出给钱总经理和欧阳太董事长看。

钱总经理摘下眼镜擦了又擦，有些激动地说："三年目标、五年计划、十年蓝图是个大工程，将来这里不仅是个乡村城市，又是个渔村城市，更主要的是个生态旅游休闲娱乐中心。这里的环境和人们的智慧造就了这片人间天堂。"钱总经理把图纸交给欧阳太继续说，"从蓝图看，我们的脚下这条小木桥旁，首先在两村之间界河之上架一座和平大桥，同时铺设一条顺通大道，没猜错吧！"钱经理说罢哈哈大笑。"当然，还有共建一个新农村、建度假村、建科技学校、建编织厂、建养殖加工厂……"

石副经理接着说："这些日子考察了这里不少地方，我真被这里迷住了……如果用心来打扮梳理，这地方不仅日出斗金，而且是人间仙境。"

"叫你们说得我有些晕了！"欧阳太董事长一边笑说一边拿出望远镜朝四处看：

远处四湖水天相接，泗水和大运河从中穿过，航道上有一支长长的载重船队在游动，偶然传来一声悠远的汽笛长鸣，划破湖上的宁静，更显得空旷而辽远。不远处，收割过的芦苇、杞柳显出湿地草原的美轮美奂，白鹭鱼鹰飞上跳下在深水浅滩嬉戏，一片片湿地围着大大小小的湖岛，像在沐浴变化了万般的风姿来。近处，收割过的稻田长出绿绒毡似的麦苗向远处飘动，坐落其间的鸭棚、鱼塘、虾池别有一番风景。月牙河似上弦月从界河中间向滩涂的两边伸延开去，田家村和芦花村像镶嵌在月牙河两边的两颗星星，界河从月牙河中间穿过，又像系在田家村和芦花村的玉腰带，悠然而洒脱。

第一次来的欧阳太董事长看得如痴如醉，喃喃自语："妙在其中，妙……"

这时界河边飘来一阵歌声：

春天里来艳阳天

哥哥我来到界河边

等待妹妹来梳扮

界河当镜子哟

芦花当金簪

春天里来艳阳天

妹妹我来到界河边

筹划共同奔富路

界河当证人哟

绿水笑开颜

……

春天里来艳阳天

哥妹相约界河边

春栽的禾苗秋结的果

界河搭金桥哟

哥妹把手牵

……

石副经理说："醉人呀！一听就知道是芦花、田驹的心曲。"

欧阳太董事长被这歌声所感染，连声叫妙："妙啊！这味道浓的，妙妙妙！妙在其中！想不到这里还生产如此美妙的情歌！"

钱总经理对答说："这里美的东西太多了，不仅水美、歌美，人更美……"

这时湖上传来一阵渔歌声：

风送芦花空中飘

鱼戏荷花水中摇

哥爱妹妹花容展哟

妹爱哥哥心一条

……

欧阳太董事长拍手叫妙。

这时，钱经理、石副经理对歌道：

妹爱哥哥一条心

哥爱妹妹思想新

芦苇编成金丝鸟哟

界河两岸铺金银

欧阳太董事长愕然了一阵子："妙！你们都会唱！"

田驹就把钱总上次来此地对歌的情形说了一遍。

欧阳太董事长又一番感慨，连叫："原来这里的山水养人呢！妙在其中，贵在其中！"

田驹接着说："是啊，说不定不久这里会生长出更多的文学家、词作家、曲作家、歌唱家、画家、研究家……"

大家不禁大笑，笑声在近水远山间飘荡。

一行人又看了界河两岸肉鸭和鱼虾特种养殖区。欧阳太董事长看得十分兴奋，对芦花、田驹说："你们的养殖思路和规划很好，我准备在此投资兴建肉鸭鱼虾食品有限公司。从孵化、喂养到加工一条龙服务产业。"

石副经理直言说："欧阳总，你来晚了一步。听说昨天，立柱食品公司已破土动工兴建，"

欧阳又拿起望远镜放眼远处，深秋的滩涂有另一番美丽，远处一望无际的滩涂好像一幅五颜六色的油画，镶嵌着纵横的沟渠河流，金子般地闪烁。

欧阳董事长笑了："不碍事的，这么大的滩涂，又有湖泊河网，发展前景好得很，他们十家八家是吃不下的。"

引起大家一片笑声。

他们一行边走边看，边思考边议论田家村、芦花村发展的目标和蓝图。

一行人来到芦花村编织厂。

胖嫂呵呵呵地笑着说："非常感谢钱总和欧阳董事长来我们这小地方投资兴业。我们缺少的正是资金和技术，知道你们不会袖手旁观的！"

"肯定不会的，钱总和欧阳董事长闻此地出美人，能不来光顾吗？看胖嫂珠圆玉润，多有亲和力！我就喜欢胖嫂这样的大美女，像俄罗斯的少妇，也像中国的杨贵妃！"石副经理和胖嫂她们接触多了，也就顺着开了个玩笑。

胖嫂一直乐呵呵地笑着："石副经理兄弟，你要喜欢这样的美女，我们这儿多得是，都是这生活好给幸福的，嫂子给你介绍一个。但你不要惹她，她一不高兴，一挺肚皮就把你甩到南国去了。"

在围的人都笑得前仰后合。

欧阳太董事长也笑个不停，感叹道："妙在其中，贵在其中！此地人不但温柔、细腻、小家碧玉，还有豁达粗犷、珠圆玉润的大美人！"我也喜欢上了这个地方，地美、水美、人更美。我打算在这里投资兴业，学习芦花、田驹的精神，开发这片神奇的土地。我咋觉这两个村特别有亲和力，我现在就考虑在你们这里计划建一个世纪和平新村，把周围村庄的人们聚到一起。也是你们规划里所提到的，如果大家欢迎，政府支持，我打算第一期工程投资预计不少二十个亿。"

"周围的村庄聚到一起？"在围的人们无不瞪大眼睛张大嘴巴，"二十个忆！"

"公路、桥梁、休闲度假村和临湖科技学校、旅游景点，在这儿办一所全国性的科技学校，办一处湖村休闲度假圣地，建一处烈士陵园和当时界河两岸打日本鬼子的纪念馆……我从芦花和田驹主任的五年计划、十年蓝图里受到激动，投资建设更多项目，容纳天南海北的有志之士来此开发创业，为此我们将进一步调查研究它的可行性。"

大家热烈的掌声夹杂着欣喜的笑声。

钱总指着不远处一个工地说："南方对外贸易艺术编织品分公司已开始动工。"

人们顺着钱总手指的方向看去，在芦花村编织厂的不远处人来车往，正往工地运建筑材料。钱总设计的一座四角八乍扯天连地的南方对外贸易艺术编织品分公司别致的造型，不觉浮现在大家面前。

芦花跟大家讲了有关界河的故事，还有听奶奶讲的有关爱情故事。

欧阳董事长感慨道：真想不到界河是一条多难的河，一条英雄的河，一条幸福的河。大家不觉沉浸在这条已苏醒的幸福的爱河里。

钱经理与欧阳董事长在芦花村和田家村考察离开后，风生水起，芦花村要与田家村合并一村的说法看起来要付诸实施。这消息已不是什么秘密，界河上游外滩要建集体村庄、世纪和平花园村，掀起一阵阵浪潮。

看来，新一届村委不是瞎吹乎，也不是只说说的，更不是痴人说梦。

芦花、田驹在界河边走着。芦花看一会田家村又看一会芦花村，感慨万千地说："田驹哥，芦花村、田家村合并建设成幸福美好的世纪花园村，是一个前所未有的设想，通过我们招商引资有了投资人，比原设想的更有前瞻性，它的概念已不是田家村也不是芦花村的，它更广泛地接纳甚至不限国界的有识之士，在这里创业发展！预示着更大范围的村庄走到一起。"

田驹明白芦花的话，沉思着说："芦花妹子，乡愁是我们大家的。我算明白了以后的发展趋势，大风潮一样势在必行。"

"下一步，协调配合好来此地投资的开发者是我们工作转变的重心。种植业、养殖业、编织业、旅游业、建筑业和相关的工业、企业、饮食业以及服务行业，都要实行专家论证，实施进程，都要实行专项专人终身负责制。"

"还有文化、教育、卫生、法制建设都要跟上步。"

我们两家村委会要相互走访，多听群众的意见，进一步化解前嫌怨结，展示我们发展规划的前景，表示我们联合开发滩涂的诚意。让他们听到看到这美好前景的发展规划，像一张名片印入他们的脑海，进入他们的心田，激发他们去实现美好的明天！"

"那时，不仅本地的打工仔返回家园，连同外地的年轻人到这儿发展的也会越来越多。我们所祈盼的故乡美好变化不正是这样的吗?!"

田驹说："县委华平书记和县长很赞成我们的规划方案和意见。界河上游的滩涂是一片故黄河的遗迹，不毛之地，不占用良田。他说，新农村规划地址要接受有些地方老村搬不出、新村却占用了很多良田的教训，看了确实让人心疼。县里已拿出新农村整改计划，不占用良田。这是在新农村规划时，华平书记很严肃认真对我们讲的这番话。

"想想也是，大地是我们人类赖以生存的命根子，我们不但要珍惜，还要环保。过去我们到外地，不论走多远，除了村庄，在路旁很难见到住房。现在好了，到处建的是房子，特别乡村公路两旁很难再看到良田，有的为了方便出入，有的为了经营，有的为了养殖，承包田靠路边的盖，不靠路边的想着法子跟别人调整也盖，反正不占白不占。老庄子一直搬不出，新房子占了大面积良田，实在是罪过！"

芦花说："土地再多那是子孙后代赖以生存的资源，滥用土地发展最终会遭到报复。要珍惜每寸土地，我们新农村建设住宅区要向城镇发展，甚至无国界，只要你愿意为这片土地出力流汗。"

这时，界河里划过两条舢板，上面的人在大声喊芦花和田驹的名字："啥时吃你俩的喜糖?"接着传来一阵笑声。

119

在芦花心里，有一件事一直放不下。那就是给田家村编织技术的讲课，因诸多不堪回首的原因中断了她的讲课计划，她决定抽时间补回来。

这天，芦花来到界河边，她无需再赤脚趟水过河，而是从容地走在两个老主任搭建的木桥上，站在并不宽而且还有些晃动的木桥上，让她思绪翻飞，激动万千。怎能不让她激动呢? 一条界河，历史上隔断了芦花村和田家村人百多年的来往，两村人都以对方为眼中钉肉中刺，打打闹闹数不清……而今终于前嫌化解，两个村的老主任在界河上亲自动手搭建通往两村的木桥，是从心底折服什么还是愧疚什么? 无需追根刨底说出什么动因，而是明白真切地告诉大家是友好和诚意！由此芦花又想到自己的母亲和哥哥，相信在不久他们心中也会冰雪消融。

当她这样想着的时候，不觉来到田家村临时编织厂。

芦花面带笑容，一对极富感情的大眼睛流露着亲和，腮边浅浅的酒窝溢满甜蜜和欢乐："乡亲们，前些时因事中断了一些编织方面的课题，我这次来是接着上次没讲完的 10 个编织创新产品编织技术，继续跟大家探讨。"说着走到黑板前，拿起粉笔……

一阵赞赏声和雷鸣般的掌声后，大家不约而同地喊了声："芦花老师好！"

芦花激动地回了声："乡亲们好！"

编织场又是一阵热烈的掌声。

固主任的老婆孙红妹和几个老婆婆们，不再那么紧张，她们安然地坐在一边认真地听芦花那莺啼般的编织技术讲解，偶尔相互低语几句。

思富老爹、贵爷早早来到现场，麻嫂手里还拿个小本本，看来准备好好记一记。

她们正在期待着芦花老师带她们走进高档次的苇编、草编以及芦苇画创作境地。

120

田家村在雪花飞舞的漫空中传来几声刺耳的警笛声。磨子、点点被公安局抓走的消息像雪花一样漫天飞舞。

"磨子两年前就疯了！怎么公安局抓个疯子？点点也不过是个十二、三岁的屁孩，犯得啥罪？"

有人说："磨子确实疯过，有时装疯卖傻！"

有人说："磨子和点点是同伙，犯罪呗，这么小的年纪，过去真少有过。"

知道原委的村民痛惜地说："可惜啦，磨子更不该把点点拉进去！"

"磨子痛哭流涕全说了。"

磨子交代说：几年前磨子在自家承包田里种了二亩塑料大蓬茄子，眼看着上市卖好价钱。那天晚上，妻的心口疼病又犯了，疼得哭天抢地。磨子把妻了拉进医院里，一晚上没有回来。第二天回家后，他发现自己二亩地塑料大棚茄子被人开着大车摘了个一干二净。这还不算，盖大蓬的塑料布也被偷了去，茄棵子一夜间被寒流全部冻蔫吧了。看到辛苦几个月的功夫连同本钱全部化为乌有，磨子好像被当头打了一棒，差点晕过去。

老婆还在医院住着，等着用钱，磨子打起精神把过去逮鱼的滚勾鱼网下进了界河，划着船顶着寒风一次又一次从远处往下滚勾鱼网的地方赶鱼，到第二天起网时，逮住了不少大大小小的鲤鱼和草鱼，当时就卖给了一个鱼贩子。他刚把一沓卖鱼的钱装进腰包，突然跑过来两个蒙面人把他按住，把他卖鱼的钱全部抢走。磨子哭喊着、哀求着，妻子正在医院看病，急需用钱，你们不能这样做，快把钱还给我！磨子死死地抓住一个蒙面人不松开，另一个蒙面人拿起船篙向磨子砸去。

当磨子醒来时，已是两手空空。妻子无钱就医，不久就撒手人寰。

再后来就不断听到磨子哀怨的嚎叫声："你不能这样做！你……"

真没想到竟然会发生明抢暗夺！磨子疯了！有人说。

磨子在不疯时和好人一样。

后来，不知怎么的，磨子产生了报复心里。他想，现在都是为了钱不择手段，他也不客气了。从哪儿下手？

正当他被这一念之想折磨得无所适从时，篓子眨巴着圆圆的小眼睛捻着光秃的下巴出现在他的面前："磨子啦，你知道你的下场是谁造成的吗？如今，像你这老实人，只有被欺负的份，要以眼还眼以牙还牙……"

篓子一番话，磨子先是揣着个小鹿砰砰直跳的心里，便燃烧起腾腾的怒火。他心里恨恨地，恨得咬牙切齿。恨谁呢？他说不清楚，道不明白。最后恨得眼睛发红，看哪儿都让他恨，甚至恨眼前的一切。他已安奈不住胸中的愤恨，他要发泄。他找了一个帮手，先壮壮自己的胆量。找谁？他一下就想到点点。点点的父母外出打工，点点经常上网吧，有时夜不归宿。爷爷奶奶管不了，还经常和小伙伴去下馆子。兜里没了钱在家偷，爷爷奶奶发现后把钱管得更紧。找不到钱，点点就去借，后来就没人借他了。孩子们都有同样的心思，心里想念父母，晚上老是做梦见到父母的高兴劲。几个小伙伴在一起说起想父母的事，大家抱在一起痛哭。他们计划弄一些钱，坐车去外地找他们的父母，这只是个计划，在一天天想着。到哪儿去弄钱？

终于机会来了。磨子找到点点说："点点，我知道你兜里没钱，叔叔给你10元，花完了叔叔再给你。"

点点喜出望外，可还是想念父母，他准备去网吧泡泡，来分散想父母的念头。可是10块钱捏在手里都出汗了，啥时能攒够去看父母的车票钱？父母在北京打工，去那儿的车票要几百块钱。他这样想着，很孤独无聊地进了网吧。

夜已经很深了，点点才从网吧里出来，拖着疲倦的影子踏着回家的路。当他拐向家门口时，磨子又出现在他的面前，把他拉到黑暗处，小声说："点点，叔叔知道那点钱不够花的，只要你听磨叔的，你会有很多钱。"

"真的，磨叔？我还有几个伙伴，都想挣钱去外地看父母，他们都在想办法找钱，你能帮助他们吧？"

"能帮助，慢慢来，我会让他们都有钱，现在不能声张，这事就咱俩知道。"

第二天天黑下来后，磨子借来他老表家的三轮车开着，车里边坐着点点，向界河下游春旺家的养鸭场奔去。

那时，界河下游靠近四湖边，只有春旺一家养鸭场，一千只蛋鸭半散养半圈养着。

四面湖滩模模糊糊，远处湖那边，有明明灭灭的灯火，点点很害怕。

磨子吓唬点点不要弄出大动静，紧跟着他，行动要快速，偷抓春旺家在湖边河叉里养的蛋鸭。

第二天天不亮，磨子和点点两人已把偷来的一百多只刚下蛋的蛋鸭卖给了50里以外的鸭贩子。

磨子给了点点5张10元票。

磨子和点点俩个人又挖透了赶倒山家的后墙，牵走了赶倒山家5只山羊。

磨子向公安局全部交代了犯罪经过。

121

县委秘书小方电话田驹到县委办公室，说县委书记华平找他。

田驹急急忙忙来到华平书记的办公室。

"田驹，你们那里的磨子、点点犯了法，你有什么想法吗？"

"书记，我们正在想，一下子还没想好，很痛心！"

"不能只痛心，要防微杜渐，特别是农村外出打工的留守儿童。点点问题告诉我们，缺少父母爱抚，缺少家庭教育，对儿童成长的缺陷是很难弥补的。这就要求我们党委、政府和社会来实地关注、关心和关爱他们。建议你们好好规划一所'打工子女学校',从小学到高中。凡是来此打工的,在家有儿童子女的,和本地村民一样安排子女入学,作为打工者的首要条件。"

田驹突然站起来向华平书记敬了个礼:"您真是金点子书记啊!点点的事情使我一直在琢磨,总觉像个没巴的葫芦,无从抓起。您的指点让我茅塞顿开。一个遮天盖地的打工潮,淹没了多少不为人知的悲痛故事,点点只是其中的一个。打工者揣着各种希望,背乡离井,把幼小的子女抛给年老的父母,甚至抛给社会不管不顾,他们甚至没作任何准备,便一头扎向大城市。这里边有金钱的向往,有美好的追求,也有不可言喻的苦痛。他们有收获,他们想到了丢失吗?"田驹心痛,真想当面问问点点的父母。

"我们不能一味地埋怨孩子的父母没做到什么,我们政府也要想到为他们做了什么。我国是一个泱泱大国,自古讲道德、守诚信、重礼仪。孩子是祖国的未来,需要身心健康成长才能担当起重任,这正是一个文明国家发展的重要标志……"

"书记,请您放心,回去我们就研究落实!来我们这里的打工者,不仅打工者要自己准备好了,当地也要想到为打工者的年幼子女的教育准备好了。家有年幼子女的来此打工者,孩子们的上学优先给予考虑!"

田驹自从磨子、点点被公安局抓走后,心里老大地压着一块石头放不下。对今后事业的发展,对人的教育,特别对孩子的教育,究竟怎么做好?

县委书记华平的一番话,使他明白了一个道理:要做好每一件事,相关的事都不能偏废,相关教育都要跟得上。磨子从一个被害者变成一个害人者,同样不可取,一定要靠勤劳致富,守法经营,不然害人又害己。害磨子的也会有同样的结果。

眼下他们的种植、养殖、编织、旅游等工业企业迅猛发展,外来打工者络绎不绝,服务要跟得上,特别是'外来打工子女学校'的建设要做好规划。

路上,他给芦花打了电话,说有急事见面商量,然后拿个切实可行的方案,再约芦花一起去见钱总和欧阳董事长。

他感觉屁股上像着了火,一会也等不得。

芦花村和田家村与环球投资公司联手建设世纪和平新村的规划意见书连同他们请北京建筑大学设计院设计的世纪和平新村图纸，一同摆上了当地党委、政府的案头。

当地党委、政府经过认真研究，一致同意世纪和平新村建设的意见。

这一年的冬天，雪好像比往来下得早下得大，银装素裹、冰天雪地。但田家村和芦花村的人们心头没有一点冷意，家家没有闲人。

他们脚下是冰天雪地，感觉却是春意盎然。

被列为省级重点工程的"界河"拓宽加深工作正在施工。几十台大型挖掘机轰轰隆隆地吼叫着伸出长长的手臂，把泥土从半腰深的河道中大斗大斗地挖出来，甩在大堤上。大堤上数不清的小型翻斗车把河泥运出去，垫平在河口以外几十米处，准备后期做沿界河铺设公路的路基。

"顺通大道"正铺设路基，人欢马叫，机器隆鸣。"顺通大道"和"顺通大桥"是田家村、芦花村十年蓝图上标出的早期重点建设项目，实现目标和蓝图不是什么梦想。国家投资的村级公路正在施工中，当地政府总体建设规划和旅游项目正在一步步实施。田家村、芦花村又有了环球投资公司欧阳太董事长和南方对外贸易公司钱总经理的投资，如同插上双翅，他们在这个区域里投资兴业，组建和平新村世纪花园，建商贸大厦和文化旅游业，铺路架桥，正是借助东风好扬帆。

文化旅游、休闲娱乐、科技学校、打工子女学校、烈士陵园、养老院、影剧院等一部分工程正在雪地中赶着运料。

外地施工人员早已进驻工地，到处红旗飘扬，机器隆隆，人来车往。界河两岸密集的高高吊塔正上下伸着手臂忙碌着，那是欧阳董事长投资在建的"世纪和平新村高楼"现场，响亮的施工哨子在雪花飞舞的空中回荡。

这是一种什么场景，在界河的上游滩涂，世纪和平新村高高的楼群正在日夜施工。人们预言用不了两三年，田家村和芦花村的村民连同它周边的人们将会搬进这高楼林立的花园似的世纪新村，她周边十里八乡的村庄或者她的范围更远一些的村庄将会消失。

"顺通大道出事了！"

在热火朝天的"顺通大道"铺路工地上，突然传来大呼小叫的吵嚷声："顺通大道出事了！"

通往界河两岸的"顺通大道"，在铺设中遇到了难缠的茬子。

负责修路的南方工程队黄队长找到田驹道："田主任不好了，有人阻止田家村通往芦花村的'顺通大道'，快去看看吧！"

田驹、季响和蚊子急忙赶往施工现场。

单二、泥鳅、尼龙正在施工道路前面的泥水地上横竖阻拦，弄了一身一脸的泥水，周围一些村民也跟着起哄阻止施工。

田驹走到单二跟前说："单二叔你这是为啥？"

单二道："田驹我来问你，就因你干了村主任，一下子把公路修到芦花村，我倒要问你为啥？这修路的钱虽然是投资商的，但土地总是田家村的吧！你为什么要把路修到芦花村去？"

季响说："二叔，宣传那么长时间你还装不明白。芦花村与田家村就要合到一起去了，周围十里八乡的村也要合并在一起了。界河外滩的和平新村一栋栋高楼就是芦花村和田家村，还有山南海北的甚至外国人！面前铺设的田家村到芦花村的顺通大道，是新开发的庄园与奶牛场。"

"做梦吧，你们这些熊孩子在说胡话。什么合并在一起？放什么狗屁？哄老子玩也不能往死里整。你小子不要教训老子，有谁同意？我单二就不同意，泥鳅也不同意，尼龙也不同意，还有一些群众都不同意。"

"你们来阻止施工也太没道理了，修了顺通路是为了与外界更好地经济合作。大家也亲眼看到了，这编织艺术品，这养殖的肉鸭鱼虾产品还有旅游的外地客人等等，都需要这条通顺路来串通。"

泥鳅坐在土泥地上，撒泼说："我家的农田被你们修路占了，我以后拿什么生活。呜呜哇……"泥鳅放声哭起来。

单二被泥鳅哭得有几分感动，高声鼓动说："还有我的承包田，我是个残废人，也是为了田家村人的利益而残废的，你们偿还我那点生活费还不够我吃饭的，我要求返还我的承包地、养老田，还有今天来的这些群众的。"

先前跟着闹哄的群众有的低下头，有的扭过脸去不吭声。

"你们这些熊货咋就哑巴了？你们怕啥？承包田是上级政府给我们的，他们没权利占用。"单二发疯一样甩着空袖管，上边的泥水抛得像下雨泥一样，继续阻止道，"占用群众土地损失有补偿，我身体的残废有谁来赔偿？不赔偿我这只手臂甭想修这条冤家路。看你们谁敢用机器从单二身上碾过！"单二躺在了施工现场。

尼龙想到自己的妻儿，不仅悲伤起来，苦哀着脸说："你们还我的妻儿。她娘俩离开了我，因为啥？还不是因为两个村闹腾了这么多年，闹腾穷了弄得这个熊样子，俺心中有恨有怨。为啥这路要修到冤家对头村？我也想不通这件事。我老婆孩子已远走高飞，我这光棍怕你们啥？谁来还我老婆孩子，我才答应修这路！"尼龙不管不顾，路基地的烂泥巴在里边打起滚来。

立柱扯扯在泥水里打滚的尼龙说："尼龙哥，这很好办，等我们这儿修好了大马路，搞好了经济发展，大家都过上安定富裕的生活，用不多久，她娘俩会回来的！听说家乡在建设中，我走了这多年不又回来了吗！"

尼龙抬头看看立柱，再看看大伙，摇摇头说："俺不信，除非你们现在把她娘俩找来。"

劝说无果后，"顺通大道"施工只好停了下来。

这时季响走过来气愤地说："思想不通就是软的不吃，就来硬的。把这小子关起来，看还敢不敢捣乱！"

田驹思考着说："那也不是什么上策的办法，关键要他们思想通，我们这个大道和桥都取名叫'顺通'，如果来硬的就不叫什么'顺通'了，而是叫'硬通'了。硬通暂时能通，但是不顺呀，这样就不符合民心工程。如果'硬通'路桥修铺到芦花村地面上，苇子、地磙、疤癞等人出来阻止，这还是我们一厢情愿，就成了断头路，等于我们的工作前功尽弃，这也说明我们的工作还没真正做到家。"

"有几个人捣蛋就不能算顺了？做任何一件事只要大部分满足就不错了。"季响争辩说。

"人心是无尽的。要求这东西本无罪恶，但不合实际的要求，违背大多数人的意愿的要求，把事情弄砸了，那就是罪过了。比如单二、泥鳅、尼龙闹得把'顺通大道'和'顺通大桥'建不成，我看就变成了罪过。"开放说。

田驹沉思了好一会："无礼要求我们不答应，合理的要求我们还是想办法解决。就是说，好事我们争取把它办好。我想这事再跟芦花主任商量一下，你们也动动脑筋，看还有更好的办法没有？"

"有人给大家办好事，有人在捣蛋，捣蛋的人我看是欠收拾！"蚊子挠着尖头，哼叽着说。

马群说："话也不能这么说。提高人的素质和修养，要依靠教育，不在一朝一夕，还要有个经常性。科技学校建起来后，不但学科学技术知识，也要学习文化知识，这是提高群众综合素质是不可缺少的一课。"

"是应该让单二、泥鳅、尼龙他们好好学学，还有疙瘩这些人。你扯他一根汗毛他也要赖你四两肉，你拿他没办法，一肚子气好像还没出尽。"

这时一阵摩托车声响，转眼间一辆崭新的大鹰摩托停在几个人面前，拿掉头盔，才看出是春旺。

蚊子羡慕道："春旺哥，这一当官就买了辆新家伙？"

"季响哥的。试试新，准备买一辆。"

"蚊子，告诉你，我还订了一辆12轮载重新汽车，用不几天黑丫就会更好地为大家服务。负责运输，就得像个运输大队长的样子。黑丫是这样说的，我就积极成全她！钱不够贷款呗，活人总不能让尿憋死。"季响乐哈哈的，大嗓门响得很远。

"还是你们两口子，没结婚就已是一家人了，小日子过得蜜一样甜。俺啥时也买上你这样一辆摩托车就好了。"蚊子有几分羡慕又有几分忌妒。

"不跟你扯了，我还要向田驹主任说件大事。"季响撇下蚊子转头对田驹说："冬瓜捎信说近几天拘留所就把他放回来，他已保证不再赌钱，重新做人。请村里协调农行代行长，他准备多贷几个款扩大肉鸭养殖。"

"臭名远扬，哪家银行敢贷款给他？拿啥担保？"蚊子挠着尖头说。

"浪子回头，他看到了养殖的机遇。"季响说。

田驹说："这是好事。规模养殖把整个界河两岸养殖业就带动起来了，也促进食品加工厂业的建设发展。村委会尽最大努力帮助，让有积极性有技术的户去实现他们的创业计划。"

说到加工厂的事，季响忽然想起刚才负责建设食品加工厂的孙厂长正在那里骂娘。说是建筑原料运不过去，因为单二、泥鳅、尼龙闹得没法通车。

话又回到了单二、泥鳅、尼龙身上来。

一时，谁也没想出啥好办法。

124

"顺通大道"修铺受阻，田驹吃不下饭睡不着觉，心里直犯堵。想说一说心中的屈闷，自然就给芦花打了个手机，把事情经过说了一遍。最后说，事不能老拖着，总得要解决。如果"顺通大道"修到芦花村的土地上，苇子哥和地磙、疤癞他们出来闹事，同样弄成尴尬局面，如何是好呢？"

手机里传来芦花清脆的回声："田驹哥，我这边正在协调外贸分公司建筑中和地方出现的一点小摩擦。你说的问题，三两句也说不清楚，午饭后，我们到界河边再商量好吗？"

下午，田驹和芦花在界河边见了面。

"芦花妹子，我仔细想了，对单二叔这样的人，只有答应他的要求。明天我就去施工路段，明白告诉单二叔，我答应还他一支胳膊！再答应还苇子哥一条腿！"

"你这是什么意思？"芦花瞪大了眼睛，不解地看着田驹。

"芦花妹子，这些天我已设身处地地想了很多。你想想单二叔和苇子哥他们目前的心灵和身体都已残疾，这两种残疾由于我们没能及时给他们在教育方面进行营养和补充医治，使他们无法从残疾的心灵和肉体的痛苦中摆脱出来。现在痛苦正折磨着他们的身心，如果不还给他们一条胳膊和一条腿，他们就无法安然，我心里也永远不得安宁。正如单二叔说他为村民失去的是身体为代价的，是惨重的。如果不还给他们一条胳膊和一条腿，他们身心原有的伤口就会继续流血，无法愈合，也将是你我的负担。"

"你来偿还械斗的罪过？这也不能怪你呀！"

"怎么还他们早已失去的一条腿和一支胳膊？"芦花摸了摸田驹的前额说，"田驹哥，是你想得太多，不切合实际以至头脑发烧！"

"芦花妹子，说真的，我心里都快着火了，能不发烧吗！你想想那工程耗在那里动弹不得，这些天来我一直在想，怎样才能把单二叔和苇子哥一些人的心理创伤和身体残疾医治修复好，不然我心理也在痛苦流泪。"

"田驹哥，我理解你的心情，我们再想想是否还有别的办法帮助他们，比如在生活方面的照顾。如果我们把合作社建立起来，把他们这些人纳入到合作社里面做些力所能及的工作，来充实他们精神的空虚和孤独感！"

田驹高兴地摇着芦花的两只胳膊："芦花妹子，继续说下去。"

芦花继续说："你先前的话突然提醒了我。再比如在他们残废的身体上注入活力，现在科技发达了，按个假肢总可以吧！"

"芦花妹子，你这一点开启了我的心灵窗口，看来你就是我的支撑，这一生就离不开你了。"

"田驹哥，看来你早就想好了，故意来试我。可是那一副假肢现在看来还无法实现，我已经问过我的同班同学敏敏，她就是东方假肢厂的高级技术员。价格我一听吓一跳，少说几万，多说几十万，进口的更贵，农民一生才能收入多少钱。"

田驹却没有被眼前的数字吓到，他自言自语，对芦花又像是对自己说："合作社，合作社会有力量的，相信大家的力量！"

"不！不！"芦花反对道。

田驹说："我知道你想的是什么。不要说了，只要有情感的人为修复一个残疾人的身心健康，大家都会乐意出力的，何况他们的残疾又是一个特殊环境造成的！"

"是的，这事牵扯到我哥哥苇子，怎么能用合作社的资金？并且合作社还没正式开张，它还是一个空架子，还没有形成实体。即使形成实体，那钱也要用在经济的发展上。不过我相信从我哥目前养殖的心态来看，用不多久他会富裕起来的，我们自己有能力解决这些问题。"芦花坦然地说。

正说话间，龙水县民政局给田驹打来电话，说他们准备给单二和苇子安装假肢。田驹接完电话对芦花说："芦花妹子，看来我们想得事龙水县民政局也想到了。"

"太谢谢他们了！"芦花感动地说。

这时田驹的手机又响了，是欧阳太董事长打来的，责问田家村的修路工程为啥停工了这么长时间？它将会影响到世纪和平新村、文化旅游、科技学校、度假村等工程的施工建设。

田驹只好如实地把情况告诉了欧阳太董事长。最后说："欧阳太董事长，实在抱歉，也不会再拖多长时间了！"

那边传来欧阳太董事长的声音："田主任，为什么不把事情早说透了？既然我们是合作伙伴就要以诚相待，你们那边的事就是我欧阳的事。这样吧，你说的单二叔和苇子安装假肢的事就有我公司负责了，安最好的假肢，资金你们不用管了。"

"欧阳太董事长，谢谢你们！假肢的问题龙水县民政局知道了这件事，他们已给假肢厂家联系过了，很快就来人给单二叔和苇子哥定做假肢。"

"那好吧，假肢的事就让民政部门来装吧。可是田主任，别忘了我们是合作伙伴，以后度假村是我们双方人员来管理，单二和苇子以后就纳入到我们度假村特殊管理人员，你看怎么样？"

田驹激动得一时无语。芦花在旁边听得清清楚楚，眼睛早已潮湿。

125

这是田驹、芦花回村的第五个春天。

这里已打造成闻名遐迩的旅游景地。有界河、四湖漂流、水上世界、湿地乐园、千岛景观、度假村、烈士纪念馆、生态农业景观、微生物养殖景观、艺术品编织景观等一大批景点异彩纷呈。每天参观旅游者络经济不绝。田家村、芦花村在外打工者纷纷返回故乡，看到家乡如此大的变化，以为梦中桃源，喜出望外，大多人投入到服务行业和管理工作，欢天喜地迎接八方来客，大家和睦相处、生财有道、乐此不疲。

科技学校、外来打工子女学校、休养院、养老院相继投入使用。

在一处清静的养老院，芦花的母亲和田驹的母亲被接到养老院居住。芦花的母亲三天前接受了眼科医生的手术，眼睛缠着纱带，老人在祈盼着白衣天使再一次光临。这一天终于来了，这是一分一秒的祈盼。休养院围了不少人，他们带着祈福和关爱的心情看着白衣天使给老人一层层的取去纱布。当纱布带完全取下来时，芦花的母亲慢慢地睁开了眼睛。白衣天使小芳用手在她眼前晃动，嘴里叫道："大娘，看到我的手了吗？"

好一会大娘喜道："看到了，一个大拇指！"

小芳往后退了一米："大娘，您再看！"

"五个指头，清清楚楚！"

芦花的母亲越看越远，她的视力已完全恢复。

"娘！"芦花喜极而泣，泪水哗哗地往下流。

"女儿呀！"娘紧紧地抱住芦花，看着芦花清秀的面孔，流着眼泪说，"女儿长大了，也长漂亮了！"

芦花叫田驹过来："娘，他就是田驹哥！"

"大娘，我就是田驹！"

芦花母亲突然抓住田驹的手："孩子，啥也别说了。大娘在梦里就梦到了你这个模样，大娘对不住你和芦花。"田驹想说什么也没说出口，这个不轻易流泪的汉子，却流下无声的泪水。

"你苇子哥呢？"芦花娘问道。

"娘，我在这儿！让娘离远一点，看你的儿子现在和过去一样不一样。儿子又变成了一个四肢健全，身心健康的人了！"苇子说着走到娘的身边。

"儿呀，你那腿？"娘还是孤疑地问。

"假肢，像真肢一样，是政府民政部门帮助安装的，欧阳太董事长、钱总经理、还有田驹他们帮我走向了一条光明大道。"

"大娘，这一切都是真实的，您就在这养老院享清福吧！"人们回答说。

芦花娘抓住身边田驹娘的手感动地说："嫂子，多亏你养了个好儿子！"

田驹娘脸上荡着从没有过的笑容回敬道："大妹子呀，还是你养了一个好女儿，知书达理，能做大事的女儿，村里的人谁不夸她好！"

126

世纪和平花园村已竣工，展现在人们面前的是高楼林立、花团锦簇的优美居住福地。花园新村竣工后，芦花和田驹首先想到龙水县县剧团的祝爱玲团长。他们与投资公司欧阳太董事长、钱总联合邀请祝爱玲和她的演员们来此演出，大戏唱了三天三夜，一时间这里成了欢乐的海洋。

芦花村和田家村走到了一起。

田家村已退休的老固主任和芦花村已退休的老守主任，这对昔日的冤家如今成了一个村的人，更想不到的是，他们在安置房分配抓阄时竟然抓到了一个楼洞的对面邻居。老天真是开了一个天大的玩笑。

一百多年来历史上爱恨情仇的两个村庄的老主任，也被爱恨情仇炽烧了大半辈子，也明争暗斗了大半辈子。原以为隔着界河打打斗斗赌气任性，冤冤相报，老死不相往来，想不到忽然就成了一个楼洞里的对门邻居。开始像做梦，总觉得不真实。照腚一个巴掌再到大腿上狠狠掐一把，又响又疼，确定是真的。现在好像才清醒明白过来，人生如戏，人生如梦。感到真正的价值所在，是在这无纷争的美好和睦的场景中，生活才会感到舒心畅快。

那天，他们搬新居时，俩个老人的手紧紧握在一起。

老守主任推了一下滑到鼻尖的眼镜，笑着说："老哥哥，俺还有个心思，那就是荷花与卢畅两个孩子的婚事。"

老固主任敞开心扉，暗哑的嗓子底气很足地笑了："守业老弟，您放心吧，孩子们的理想和未来比咱们这老家伙看得远！"

周围的村庄在向这里聚拢，世人的眼光也向这里探询，这里已无分界。这里不仅住着芦花村和田家村的村民，还住着十里八乡的村民，也有外乡外县外省的村民、外地工商人士和外地工作人员。更抢眼的是观光旅游的外国人，还有几百名大学毕业生来到这里实践创业。

世纪和平新村已面对一个新的世纪的到来，对面的界河成了它梳妆打扮的一面镜子，也成了历史与现代的一面镜子。这个多灾多难的季节河已变成绿水滢滢的爱河，河水宽阔，波澜不惊，连接着亿万吨大码头通往世界宽阔的水域河海。顺通大桥跨越界河之上，桥下绿水荡漾，船泊如织。桥上，人来车往，川流不息，繁华而又热闹。

田家村与芦花村已被上级合并为田芦镇，田驹被推选为镇长。芦花已被南方对外贸易艺术编织品公司聘为副总理兼分公司经理。

如今已是旭州市领导的华平，来到田芦镇。他对田驹和芦花说："老的一代代人在这里奠基立业，你们年轻人在这儿创新发展。想的说的干的，要对历史负责，对人民负责！"

芦花和田驹感到任重道远，他们向老书记保证时，眼里含满了泪水。

后 记

10年前，在我长篇小说《北风秋雨》后记里提到姊妹篇《故土》。当我酝酿动笔写《故土》时，就已几易其名。先是《故土》，又是《界河》，再是《走到一起的村庄》。最后还是确定用《界河》这个书名。

《界河》缘起于《界碑》，是2008年我写的电影剧本，同年被"中国现代史学会"、"中国通俗文艺研究会"评为优秀奖，由北京耕石影视公司拟拍电影。当时评委与编导认为剧本立意尚好，是立在人们心头的一块界碑。

《界碑》也好，《界河》也罢，当年我心中的《故土》，她的范围已经扩大到苏鲁豫皖的接壤地区，但是她依然是我熟知的范围，依然是我心中的故土，依然是黄河故道的魂。

记得小时候，和小伙伴们到20里外的昭阳湖去卷鱼，到100里外的微山湖去铲草。到120里外湖那边用自产的烟叶去兑换大米。工作后，对这块土地增加了更深的情感，记不清多少次去湖边采访养殖、种植专业户，也记不清采访过多少编织能手。有时也跟着上边领导们调研湖区动态，夜宿微山湖，和水上大队的船老大们彻夜畅谈，竟然忘了时间。后来我们采风南阳湖、走笔独山湖，了解了四湖的形成与历史沿革。这一带有深厚的历史文化遗迹。唐尧时，名士许由不接受尧帝禅让，隐居在微子岛；春秋时，老子西行在此地与孔子相遇，日夜倾谈，道儒贯通，留下一段佳话；汉高祖刘邦衣锦还乡，诚邀父老乡亲饮酒作大风歌，后名扬世界；在当代，有驰名中外的铁道游击队打日本鬼子的故事，人们不会忘记"西边的太阳快要落山了……"那动人心魄的歌声，依然在微山湖上空萦绕；人们也不会忘记刘少奇、陈毅老一辈革命家过微山湖奔赴圣地延安的情景，举不胜举。

这是一片神奇的土地。

1991年5月，我陪同《新华日报》社王三仁采访，共同采写完成长篇报道《盛产芦苇的地方》。

据有关资料显示，2010年，全国已有25.7万名大学生村官，其中江苏12万之多。芦花、田驹是中国千万个大学生村官中的一员，他（她）们体现了大学生村官的共性与个性，在特殊环境中的典型性。20世纪初，湖畔来了两名大学毕业生，一男一女。女的叫张兰，走进了一个亲戚承包的七千只蛋鸭饲养场，当勤杂工；男的叫胥大友，走进了私人屠宰厂，当拔毛工。他（她）们在各自的岗位上奋斗拼搏，几年后，他们不但全面掌握了有关方面的知识技术，而且看到了当地资源的优势和广阔的发展前景。后来一个承包了村里濒临倒闭的编织厂，一个牵头贷款建起了肉鸭厂。他（她）们的事迹影响了不少大学生去艰苦创业，团结周边村庄人们不断地去开发创新美好生活。他（她）们是芦花、田驹的原型，并促成了芦花、田驹和其他主要人物的成长。

记得2007年，我参加一个全国性的文学创作研究会。一个稍有名气的作家，是写儿童文学的，她讲创作源泉时说，文学创作主要靠灵感。说实在话，我也觉得灵感相当重要，所谓"意识流"文学的产生，概出如此。但我还是觉得，只有老老实实到生活中去体验，心里才有底气。

《界河》作品中的季响、黑丫、张浪、蚊子、巧燕、白莲、芒种、义线牵、二青等一批有知识有文化的年轻人，是新时期的打工者，又是新农村建设的主要力量。他们从农村走进城市打工，又从城市走回农村发展本村经济。他们敢想敢干，是桎梏精神的叛逆者，又是传统物质和文化的支持者、传播者、发扬者。25年前，我干过全县新闻宣传工作，当过记者，采访过一大批类似的年轻人。他们有文化、有胆识、有抱负、有担当。他们有致富一方的政府官员，有叱咤风云的企业家，有献身文教事业的专家学者，有舍生忘死的青少年英雄，有襟怀坦荡的农民，有风餐露宿的拖拉机手，有养殖种植编织的专业能手，有垒墙上瓦的建筑高手，有名不见经传的无私奉献者。在社会变革的大潮中，他们乘风破浪，成了百尺竿头的弄潮儿。

社会变革风起云涌，也有人不适应迅猛的浪潮，被淹死或被呛水。这些人大部分是不懂经济，盲目从事。或受人蒙骗，被人讹诈。磨子、点点他们是弱者典型，是社会快速发展、相关措施乏力所导致的受害者。他们先是从心里遭到伤害，或遭人暗算，经济受迫，喘不过气，精神崩溃。点点父母外出打工，从小缺失父母的关爱和小家庭的温暖，他们心里委屈变成心里扭曲，走到邪路上去就不足为奇了。

我在写单二、苇子过程中，心里是矛盾的。单二、苇子是特殊环境下的受害者。我曾经试想用残疾人自强自立的精神，给单二、苇子生命里注入活力，不能让其自暴自弃，便联想到我采访过的残疾人动人的故事。那是1990年7月，我采访了本县的断臂小金义。他的父母、老师、同学告诉我，5年前小金义7岁，还是个孩子。那天小金义像往常一样挎着书包蹦蹦跳跳去上学。当他听到路旁变压器的嗡嗡响声，就好奇地爬上去，用小手去拨弄接线桩，他失去了双臂。他是如何从逆境中走出来的？我目不转睛地看着舞台上残疾人的自立表演。小金义的节目是骑自行车。服务员给他牵来一辆26型女式自行车，他摇摇头，说骑男式大号的。服务员给他牵来一辆加重长征自行车，他的小身体一沾上去，自行车便在舞台上飞速转起来。他的第二个节目，用脚写字画画。他的父母告诉我，他是个倔强的孩子，生活全是自理。表演完后，我摸着小金义的头说：孩子，你的路还很长，很长……当夜我写出了长篇通讯"无翅奋飞的小鸟"，发表在《新华日报》上。还有我采访过的青年刘飞，人称"一把手"。他的遭遇与小金义如出一辙，只是比小金义多条胳膊。他贩卖鲜鱼撑起了一个家。一条胳膊，一辆自行车，一杆秤，从100里以外的微山湖边驮回鲜鱼，驮的数量每每超过一个壮劳动力，在本集鱼市，一条胳膊把一杆秤拧得分毫不差，干净利索，快捷精准，叫你不能不叹慰。当我几次试图把小金义、刘飞自强不息的拼搏精神注入到单二、苇子的生命里时，却没能如愿。毕竟伤害最深的是人与人之间的伤害，单二、苇子的遭遇却很难改变他们的行为。单二依然是单二，苇子依然是苇子，我没能说服自己。

　　至于被大家称作"浪里醉条"张浪这个人物，单说酗酒，过去乡村好像不多见，现在乡村可以说屡见不鲜。整天喝得东倒西歪有之，说话做事形态好像在醉酒中亦有之，被人称作酒晕子更有之。现在生活好一点，愁绪也多起来，有各个方面的不顺心，权作借酒消愁吧。有人纯属是酒瘾，不喝醉不算喝酒。张浪有愁绪，他的身世和现状需要一种麻醉剂来打发日月。正如他把自己美其名"浪里白条张顺的后裔"。大家还是不客气地把他调侃成为"浪里醉条"、"浪醉"。当张浪遇上田驹，他的精神好像有了依靠，与白莲相恋后，他又像被注入了另一种兴奋剂，像变了一个人，也变得勤奋有担当，生活充满了希望。当他的对头疤瘌被洪水冲走，他却义无反顾地跳进洪水里救人……救人后，前几稿他一直是活着的。他活着也是顺理成章，是英雄，前面已交代，包括张浪本人自诩"浪里白条张顺的后裔"。然而，他死也死得其所。危难之中见精神，抗洪抢险，舍己救人，这样的事迹在全国不胜枚举。在本地区我也写过几篇报道。1988 年 6 月，一个年仅 12 岁的少年学生赵燕，为救落水小姐妹献出了自己的宝贵生命。1989 年 7 月，本县加工厂甲班班长孙刚带领 3 名职工在 4 米深的废水池清理壁道。他突然感到一阵胸闷，立即意识到废水池里产生的剧毒气体，不马上离开就有生命危险。可是池口直径只有 44 厘米，不可能 3 人一起离开。生死危机关头，孙刚一边说一边毫不犹豫地把一名职工立即推上池口的铁梯，接着又把第二名职工往上推，自己却中毒一头栽倒废水池里再没醒来。他们先后被省委、省政府追认为"革命烈士"。他们的事迹见报后，感动过激励过无数人。如今，有人无视英雄行为，甚至有蔑视的言语。有人埋怨社会道德失范，人与人冷漠自私。这又是为什么？是什么迷住了人们的眼睛，模糊了人们的视线？虽然人们的观念、意识在演变，但是人都会有个最起码的良知，张浪舍生救人的壮举，是一种人间大爱，是人性的大美，哪怕是瞬间展现，像一颗流星。这就是后来张浪的精神之光。

再说田家村与芦花村，从地理位置上看，它的范围在苏鲁豫皖的接壤地域。

是一个复杂特殊的地理环境。近百年来，两村的矛盾怨结，打架斗狠，源于边界之争。

这对我来说是个重大题材，特别是他的历史演变过程。为了进一步了解有关历史，我查阅了大量历史质料，查遍市志和县志。负责湖田办的张主任给我提供了有关部分资料。我又深入到外省市县采写和收集不少有关湖河边界之争的案例。这对我写《界河》心中便有了底气。

我写《界河》有关素材，采、查、读、看、闻、感都是零零碎碎的。多年来，从乡村走进城市，工作也调换了多个单位，每到一个单位只是想着怎样搞好工作，并没时间去写长篇，平时包罗万象的东西、有感触的地方就记下来，闲暇时再慢慢琢磨消化，正像大师们所言，时间越长越看得清楚。

但愿《界河》能消除人们心头的鸿沟，永远生活在幸福美好的环境里。

感谢孙振笃教授，感谢为该书操心费力的朋友们！

吴宝民

2016 年 7 月于紫荆书屋